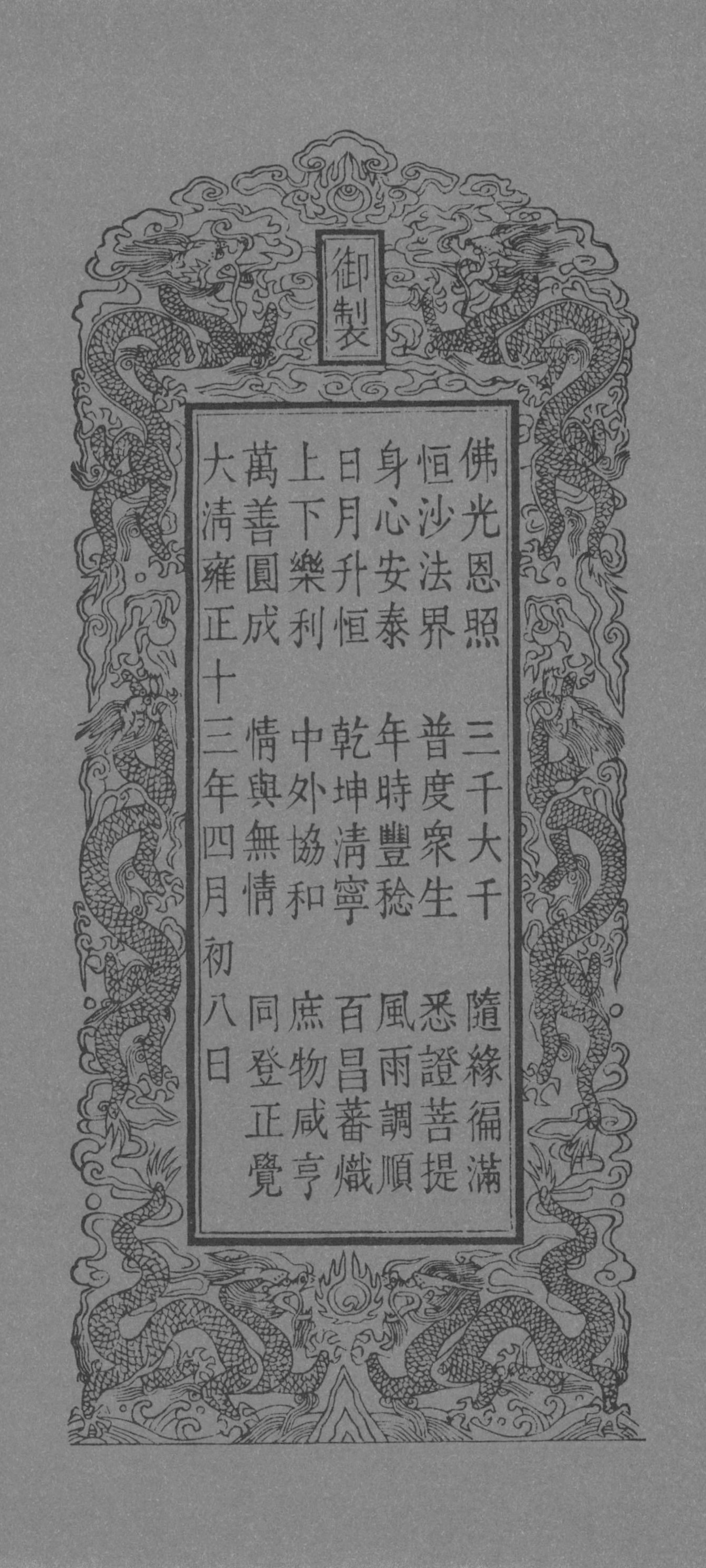

御製

佛光恩照　三千大千　隨緣徧滿
恒沙法界　普度衆生　悉證菩提
身心安泰　年時豐稔　風雨調順
日月升恒　乾坤清寧　百昌蕃熾
上下樂利　中外協和　庶物咸亨
萬善圓成　情與無情　同登正覺
大清雍正十三年四月初八日

第八〇册 大乘論（三）

大智度論

姚秦三藏法師鳩摩羅什譯

清刻龍藏佛說法變相圖

大智度論卷第七十九

龍樹菩薩造

姚秦三藏法師鳩摩羅什譯

釋度空品第六十五之下

經 須菩提菩薩摩訶薩成就二法魔不能壞何等二觀一切法空不捨一切衆生須菩提菩薩成就此二法魔不能壞復次須菩提菩薩摩訶薩復有二法成就魔不能壞何等二所作如所言亦爲諸佛所念菩薩成就此二法魔不能壞須菩提菩薩如是行是諸天皆來到菩薩所親近諮問勸喻安慰作是言善男子汝疾得阿耨多羅三藐三菩提不久善男子汝常當行是空無相無作行何以故善男子汝行是行無護衆生汝爲作護無依衆生爲作依無救衆生爲作救無究竟道衆生

爲作究竟道無歸衆生爲作歸無洲衆生爲作洲冥者爲作明盲者爲作眼何以故是菩薩摩訶薩行般若波羅蜜十方現在無量阿僧祇諸佛在大衆中説法時自讃歎稱揚是菩薩摩訶薩名姓言某甲菩薩成就般若波羅蜜功德須菩提如我今説法時自稱揚寶相菩薩尸棄菩薩復次有諸菩薩摩訶薩在阿閦佛世界中行般若波羅蜜淨修梵行我亦稱揚是菩薩名姓須菩提亦如是東方現在諸佛説法時是中有菩薩摩訶薩淨修梵行佛亦歡喜自稱揚讃歎是菩薩南西北方四維上下亦如是復有菩薩從初發意欲具足佛道乃至得一切種智諸佛説法時亦歡喜自稱揚讃歎是菩薩何以故是諸菩薩摩訶薩所行甚難不斷佛種行須菩提白佛言世尊何等菩薩摩訶薩諸佛説法時自讃歎稱揚佛告須菩提阿鞞跋致菩薩諸佛説法時自讃歎稱揚須菩提言何等阿鞞跋致菩薩爲佛所讃佛言如阿閦佛爲菩薩時所行所學諸菩薩亦如是學是諸阿鞞跋致菩薩諸佛説法時歡喜讃歎復次須菩提有菩薩行般若波羅蜜信解一切法無生未得無生忍法信解一切法空未得無生忍法信解一切法虚誑不實不堅固未得無生忍法須菩提如是等諸菩薩摩訶薩佛説法時歡喜自讃歎稱揚名姓須菩提若諸菩薩摩訶薩諸佛説法歡喜自讃歎者是菩薩滅聲聞辟支佛地當得阿耨多羅三藐三菩提記須菩提若菩薩摩訶薩諸佛説法時歡喜自讃歎者是菩薩當住阿鞞跋致地住是地已當得薩

婆若復次須菩提菩薩摩訶薩聞是深般若波羅蜜其心明利不疑不悔作是念是事如佛所説是菩薩亦當於阿閦佛及諸菩薩所廣聞是般若波羅蜜亦信解信解已如佛所説當住阿鞞跋致地如是須菩提但聞般若波羅蜜得大利益何況信解信解已如説住如説行如説住行已住一切種智中須菩提白佛言世尊若佛説菩薩摩訶薩如所説住如所説行住薩婆若菩薩摩訶薩無所得法云何住薩婆若佛告須菩提菩薩摩訶薩住諸法如中住薩婆若須菩提言世尊除如更無法可得誰住如中住如中已當得阿耨多羅三藐三菩提誰住如中當説法如尚不可得何況住如得阿耨多羅三藐三菩提誰住如中而説法無有是處佛告須菩提如汝所説除如更無法誰住如中住如中已當得阿耨多羅三藐三菩提誰住如中當説法如尚不可得何況住如得阿耨多羅三藐三菩提誰住如中而説法無有是處佛言如是如是須菩提除如更無有法可得誰住如中住如中已當得阿耨多羅三藐三菩提誰住如中當説法如尚不可得何況住如中得阿耨多羅三藐三菩提誰住如中而説法何以故是如生不可得滅不可得住異不可得若法生滅住異不可得是中誰當住如誰當住如已得阿耨多羅三藐三菩提誰當住如而説法無有是處釋提桓因白佛言世尊諸菩薩摩訶薩所爲甚難深般若波羅蜜中欲得阿耨多羅三藐三菩提何以故世尊無有如中住者亦無當得阿耨多羅三藐三菩提者亦無

說法者菩薩摩訶薩於是處心不驚不沒不怖不畏不疑不悔爾時須菩提語釋提桓因汝憍尸迦說菩薩摩訶薩所爲甚難是甚深法中心不驚不沒不怖不畏不疑不悔憍尸迦諸法空中誰驚誰沒誰怖誰畏誰疑誰悔是時釋提桓因語須菩提須菩提所說但爲空事無所罣礙譬如仰射空中箭去無礙須菩提說法無礙亦如是

論釋曰衆會疑菩薩何因緣故得如是力魔不能壞佛答有二因緣故魔不能壞一者觀諸法空二者不捨一切衆生以日月因緣故萬物潤生但有月而無日則萬物濕壞但有日而無月則萬物焦爛日月和合故萬物成熟菩薩亦如是有二道一者悲二者空悲心憐愍衆生誓願欲度空心來則滅憐愍心若但有憐愍心無智慧則心沒在無衆生而有衆生顚倒中若但有空心捨憐愍度衆生心則墮斷滅中是故佛說二事兼用雖觀一切空而不捨衆生雖憐愍衆生不捨一切空觀一切法空空亦空故不著空是故不妨憐愍衆生觀憐愍衆生亦不著衆生不取衆生相但憐愍衆生引導入空是故雖行憐愍而不妨空雖行空亦不取空相故不妨憐愍心如日月相須諸神天輕賤妄語人若菩薩不如所說行則五種執金剛神捨離不復守護惡鬼得便是人喜生惡心惡心故則生惡業生惡業故則墮惡道菩薩不爲諸佛所念者則善根朽壞如魚子不爲母念則爛壞不生是故言所作如所言亦爲諸佛所念得此二法故不可破壞若菩薩能如是眞行般若波羅

蜜魔不能壞功德智慧增益諸天則來親近談問安慰勸喻作是言善男子汝疾得阿耨多羅三藐三菩提不久以是因緣故常行空行問曰諸天未得一切智云何能與菩薩受記答曰諸天長壽從過去諸佛聞如是行得記今見菩薩有如是行故說見因知有果故諸天見是菩薩行三解脫門印亦兼行慈悲心於衆生是故說言不久作佛無守護衆生汝爲作守護無歸與作歸等義如先說若菩薩能如是行甚深般若波羅蜜十方現在無量諸佛說法時稱揚讚歎是名字者如我今稱揚寶相菩薩尸棄菩薩及阿閦佛世界中菩薩又如十方佛說法時稱揚諸妙行菩薩菩薩能如所說應諸法實相者十方諸佛說法時亦以是菩薩爲譬喻作是言某方某世界菩薩雖未作佛能如是行甚深般若波羅蜜功德希有故如大國王有大將不惜身命有方便能破怨敵常爲國王所稱譽菩薩亦如是觀畢竟空不惜我身破煩惱賊有方便而不作證教化衆生諸佛所稱譽諸佛雖無著心無分別善不善法視諸阿羅漢外道亦無憎無愛爲利益衆生故讚歎善人稱揚善法毀呰不善所以者何欲使衆生依附好人心隨善法令出世間故問曰何經中說二菩薩佛所讚歎答曰佛經無量佛涅槃後諸惡邪見王出焚燒經法破壞塔寺害諸沙門五百歲後像法不淨諸阿羅漢神通菩薩難可得見故諸深經不盡在閻浮提行者受者少故諸天龍神持去問曰如遍吉菩薩觀世音菩薩大勢力菩薩文殊師利彌勒菩薩等何

以不讚歎而但稱譽二菩薩答曰是二菩薩未得無生忍法而能似無生忍法行必有此事一切魔民所不能壞是故佛歎希有復次是二菩薩清淨大願行深大慈悲心不期疾作佛爲度衆生故有如是等功德故佛稱讚復次遍吉觀世音菩薩等功德極大人皆知是二菩薩人未知故稱揚阿閦佛世界菩薩皆効阿閦佛從初發心來行清淨不雜行生彼菩薩皆効其行是故說阿閦佛世界菩薩稱譽其德又如十方諸佛亦稱揚諸世界上妙菩薩亦如釋迦文尼佛稱揚三菩薩何等是菩薩從初發意乃至十地佛說是菩薩所爲甚難能不斷佛種此中須菩提問何等菩薩佛說法時稱揚讚歎說其名字問曰佛已先說須菩提何以更問答曰佛初說大菩薩後稱說一切菩薩從初發意乃至十地是故須菩提疑問佛佛讚歎何等菩薩稱其名字佛答佛雖皆愛念一切菩薩其中有德行勝者稱歎其名字何等菩薩佛所讚歎如阿閦佛初發心時行清淨行不休不息乃至阿耨多羅三藐三菩提如是等菩薩佛所讚歎復次有菩薩未得無生忍法未入菩薩位行般若波羅蜜力故常思惟籌量求諸法實相能信解忍通一切法無生相空虛誑不堅固有如是等相諸菩薩摩訶薩佛稱名讚歎虛誑不實不堅固者皆是無常苦無我門一切法空者即是空門一切法無生者即是諸法實相滅諸觀門復次虛誑不實不堅固即是無作解脫門一切法空即是空解脫門一切法無生即是無相解脫門如是等三種差別是

人出柔順法忍未得無生法忍出凡夫法未入聖法而能信受聖法似得聖法人是故希有如佛所稱譽阿鞞跋致菩薩能斷二地得授記是人爲佛所稱譽亦如是如是相人雖未得無生法忍智慧力故爲諸佛稱名讚歎今以信根力勝故佛亦稱名讚歎何者是所謂復次須菩提若菩薩摩訶薩聞是深般若其心明利不疑不悔作是念是事如佛所説問曰是菩薩巳信解般若波羅蜜何以更從阿閦佛及諸菩薩邊聞答曰是人聞阿閦佛作菩薩時所所行淨是人聞巳欲効阿閦佛所行是故佛説此人於是得信力於彼得智慧力故當住阿鞞跋致地是人未得無生忍法以智慧力故得如是阿鞞跋致爲諸佛所讚有以信力故得如阿鞞跋致爲諸佛所讚

若但聞般若得如是利益何況信受如所説行漸住一切種智中須菩提問佛一切法空相無所得云何菩薩住薩婆若佛言如中住如者即是空菩薩住是畢竟空中名爲住薩婆若此中須菩提問佛除如更無法可得誰住如中乃至無有是處如經廣説佛可須菩提所語説如亦空因緣所謂是如生滅住異不可得若法無三相即是畢竟空云何可住若住此中得阿耨多羅三藐三菩提而説法無有是處釋提桓因欲取般若一定相聞佛共須菩提説無相亦不可得是故白佛言希有世尊是般若甚深是菩薩所爲甚難欲得阿耨多羅三藐三菩提何以故是如畢竟空除如更無菩薩住是如中得阿耨多羅三藐三菩提亦無定法名爲佛説法者所度衆生

亦不離如亦無拔出安處涅槃諸法常住如相故菩薩聞是事心不疑悔是事爲難雖信一切法畢竟空而求阿耨多羅三藐三菩提精進不休不息是爲難須菩提語帝釋若諸法畢竟空無所有疑何從生何有難事帝釋心歡喜作是念須菩提實是樂説空法須菩提有所解説皆説空事雖説色等餘事其義皆趣向空若有難問不能作礙空亦空故若人難空須菩提先已破空於有無中都無所礙譬如仰射空中虛空即是畢竟空箭是須菩提智慧所説如箭於空無礙勢盡自墮非爲空盡須菩提説法因緣事辦故便止非爲法盡若有人雖有利箭射壁不能過人雖有利智慧邪見著有則礙而不通是故須菩提説無障無礙法

釋囑累品第六十六

【經】爾時釋提桓因白佛言世尊我如是説如是答爲隨順法不爲正答不佛告釋提桓因言憍尸迦汝所説所答實皆隨順釋提桓因言希有世尊須菩提所樂説皆是爲空爲無相無作爲四念處乃至爲阿耨多羅三藐三菩提佛告釋提桓因須菩提比丘行空時檀波羅蜜不可得何況行檀波羅蜜者乃至般若波羅蜜不可得何況行般若波羅蜜者四念處不可得何況修四念處者乃至八聖道分不可得何況修八聖道分者禪解脱三昧定不可得何況修禪解脱三昧定者佛十力不可得何況修佛十力者四無所畏不可得何況能生四無所畏者四無礙智不可得何況生四無礙智者大慈大悲不可得何況行

大慈大悲者十八不共法不可得何況生十八不共法者阿耨多羅三藐三菩提不可得何況得阿耨多羅三藐三菩提者一切智不可得何況得一切智者如來不可得何況當作如來者無生法不可得何況得無生法作證者三十二相不可得何況得三十二相者八十隨形好不可得何況得八十隨形好者何以故憍尸迦須菩提比丘一切法離行一切法無所得行一切法空行一切法無相行一切法無作行憍尸迦是爲須菩提比丘所行欲比菩薩摩訶薩般若波羅蜜行百分不及一千分千萬億分乃至算數譬喻所不能及何以故除佛行是菩薩摩訶薩行般若波羅蜜於聲聞辟支佛諸行中最尊最妙最上以是故菩薩摩訶薩欲得於一切衆生中最上當行是般若波羅蜜行何以故憍尸迦諸菩薩摩訶薩行般若波羅蜜時過聲聞辟支佛地入菩薩位能具足佛法得一切種智斷一切煩惱習作佛是會中諸三十三天以天曼陀羅華散佛及僧是時八百比丘從座起以華散佛偏袒右肩合掌右膝著地白佛言世尊我等當行是無上行聲聞辟支佛所不能行爾時佛知諸比丘心行便微笑如諸佛法種種色光青黃赤白紅縹從佛口中出遍照三千大千世界繞佛三帀還從頂入爾時阿難偏袒右肩右膝著地白佛言世尊何因緣故微笑諸佛不以無因緣而笑佛告阿難是八百比丘於星宿劫中當得阿耨多羅三藐三菩提佛名散華皆同一字比丘僧世界壽命皆等各各過十萬歲出家作佛是時諸

世界常雨五色天華以是故阿難菩薩摩訶薩欲行最上行應當行般若波羅蜜佛告阿難若有善男子善女人能行是深般若波羅蜜當知是菩薩人中死此間生若兜率天上死來生此間若人中若兜率天上廣聞是深般若波羅蜜阿難我見是諸菩薩摩訶薩能行是深般若波羅蜜阿難若有善男子善女人聞是深般若波羅蜜受持讀誦親近正憶念轉復以般若波羅蜜教行菩薩道者當知是菩薩面從佛聞深般若波羅蜜乃至親近亦從諸佛所種善根善男子善女人當作是念我等非聲聞所種善根亦不從聲聞所聞是深般若波羅蜜阿難若有善男子善女人受持是深般若波羅蜜讀誦親近隨義隨法行當知是善男子善女人則爲面見佛阿難若有善男子善女人聞是深般若波羅蜜信心清淨不可沮壞當知是善男子善女人曾供養佛種善根與善知識相得阿難於諸佛福田種善根雖不虚誑要得聲聞辟支佛佛而得解脱應當深了了行六波羅蜜乃至一切種智阿難若菩薩深了了行六波羅蜜乃至一切種智是人若住聲聞辟支佛道不得阿耨多羅三藐三菩提無有是處是故阿難我以般若波羅蜜囑累汝阿難汝若受持一切法除般若波羅蜜若忘若失其過小小無有大罪阿難汝受持深般若波羅蜜若忘失一句其過甚大阿難汝若受持深般若波羅蜜後還忘失其罪甚多以是故阿難囑累汝是深般若波羅蜜汝當善受持讀誦令利阿難若有善男子善女人受持深般若波羅蜜

則爲受持過去未來現在諸佛阿耨多羅三藐三菩提阿難若善男子善女人現在供養我恭敬尊重讃歎華香瓔珞擣香澤香衣服旛蓋應當受持般若波羅蜜讀誦說親近供養恭敬尊重讃歎華香乃至旛幢阿難供養般若波羅蜜則爲供養我亦供養過去未來現在佛已若有善男子善女人聞說深般若波羅蜜信心清淨恭敬愛樂則爲信心清淨恭敬愛樂過去未來現在諸佛已阿難汝愛樂佛不捨離當愛樂般若波羅蜜莫捨離阿難深般若波羅蜜乃至一句不應令失阿難我說囑累因縁甚多今但略說如我爲世尊般若波羅蜜亦是世尊以是故阿難種種因縁囑累汝般若波羅蜜阿難今我於一切世間天人阿脩羅中囑累汝諸欲不捨佛不捨法不捨僧不捨過去未來現在諸佛阿耨多羅三藐三菩提者愼莫捨般若波羅蜜阿難是我所教化弟子法阿難若善男子善女人受持深般若波羅蜜讀誦說正憶念復爲他人種種廣說其義開示演暢分別令易解是善男子善女人疾得阿耨多羅三藐三菩提疾近薩婆若何以故般若波羅蜜中生諸佛阿耨多羅三藐三菩提阿難過去未來諸佛阿耨多羅三藐三菩提皆從般若波羅蜜中生今現在東方南方西方北方四維上下諸佛阿耨多羅三藐三菩提亦從般若波羅蜜生以是故阿難諸菩薩摩訶薩欲得阿耨多羅三藐三菩提應當學六波羅蜜何以故阿難六波羅蜜是菩薩摩訶薩母生諸菩薩故阿難若有菩薩摩訶薩學是六波羅蜜皆當

得阿耨多羅三藐三菩提以是故我以六波羅蜜倍復囑累汝阿難是六波羅蜜是諸佛無盡法藏阿難十方諸佛現在説法皆從六波羅蜜法藏中出過去諸佛亦從六波羅蜜中學得阿耨多羅三藐三菩提未來諸佛亦從六波羅蜜中學得阿耨多羅三藐三菩提過去未來現在諸佛弟子皆從六波羅蜜中學得滅度已得今得當得滅度阿難汝爲聲聞人説法令三千大千世界中衆生皆得阿羅漢果證猶未爲我弟子事汝若以般若波羅蜜相應一句教菩薩摩訶薩則爲我弟子事我亦歡喜勝教三千大千世界中衆生令得阿羅漢果復次阿難是三千大千世界中衆生不前不後一時皆得阿羅漢果證是諸阿羅漢行布施功德持戒禪定功德是功德多不阿難言甚多世尊佛言阿難不如弟子以般若波羅蜜相應法爲菩薩摩訶薩説乃至一日其福甚多置一日但半日置半日但一食頃置一食頃但須臾間説其福甚多何以故菩薩摩訶薩善根勝一切聲聞辟支佛故菩薩摩訶薩自欲得阿耨多羅三藐三菩提亦示教利喜他人令得阿耨多羅三藐三菩提阿難如是菩薩行六波羅蜜行四念處乃至行一切種智增益善根若不得阿耨多羅三藐三菩提無有是處説是般若波羅蜜品時佛在四衆中天人龍鬼神緊那羅摩睺羅伽等於大衆前而現神足變化一切大衆皆見阿閦佛比丘僧圍遶説法大衆譬如大海皆是阿羅漢漏盡無煩惱皆得自在得好解脱心解脱慧解脱其心調柔譬如大象所

作已辦逮得已利盡諸有結正智得解脱一切心心數法中得自在及諸菩薩摩訶薩無量功德成就爾時佛攝神足一切大衆不復見阿閦佛聲聞人菩薩摩訶薩及其世界不與眼作對何以故佛攝神足故爾時佛告阿難如是阿難一切法不與眼作對法法不相見法法不相知如是阿難如阿閦佛弟子菩薩世界不與眼作對如是阿難一切法不與眼作對法法不相知法法不相見何以故一切法無知無見無作無動不可捉不可思議如幻人無受無覺無眞實菩薩摩訶薩如是行爲行般若波羅蜜亦不著諸法阿難菩薩摩訶薩如是學名爲學般若波羅蜜欲得諸波羅蜜當學般若波羅蜜何以故如是學名爲第一學最上學微妙學如是學安樂利益

一切世界無護者爲作護是諸佛所學諸佛住是學中能以右手舉三千大千世界還著本處是中衆生無覺知者何以故阿難諸佛學是般若波羅蜜過去未來現在法中得無礙智見阿難般若波羅蜜於諸學中最尊第一微妙無上阿難若有人欲得般若波羅蜜邊際爲欲得虛空邊際何以故阿難般若波羅蜜無有量我初不説般若波羅蜜量名衆句衆字衆是有量般若波羅蜜無有量阿難白佛言世尊般若波羅蜜何以故無有量佛告阿難般若波羅蜜無盡故無有量般若波羅蜜離故無有量阿難過去諸佛皆學是般若波羅蜜得度般若波羅蜜故不盡未來世諸佛亦學是般若波羅蜜得度是般若波羅蜜故不盡現在十方諸佛皆學是般若波羅

蜜得度般若波羅蜜故不盡已不盡今不盡當不盡阿難欲盡般若波羅蜜爲欲盡虛空般若波羅蜜不可盡已不盡今不盡當不盡禪波羅蜜乃至檀波羅蜜不可盡已不盡今不盡當不盡乃至一切種智亦如是何以故是一切法皆無生若法無生云何有盡爾時佛出覆面舌相告阿難從今日於四衆中廣演開示分別般若波羅蜜當令分明易解何以故是深般若波羅蜜中廣說諸法相是中求聲聞辟支佛求佛者皆當於中學學已各得成就阿難是深般若波羅蜜則是一切字門行是深般若波羅蜜能入陀羅尼門學是陀羅尼諸菩薩得一切樂說辯才阿難般若波羅蜜是三世諸佛妙法以是故阿難我爲汝了了說若有人受持深般若波羅蜜讀誦親近是人則能持三世諸佛阿耨多羅三藐三菩提阿難我說般若波羅蜜是行者足汝持是般若波羅蜜陀羅尼故則能持一切法

論問曰釋提桓因何以自疑所說言我爲隨順法正答不答曰釋提桓因非一切智人雖得初道三毒未盡猶有錯謬而自籌量我雖福德因緣爲諸天王雖得聖道味而未有一切智一切漏未盡故所說或能錯謬不自覺知是故問復次衆中大有阿鞞跋致菩薩漏盡阿羅漢及離欲諸天是諸人見釋提桓因與佛須菩提共問難心不怯弱作是念是釋提桓因漏尚未盡何能問難盡諸法邊釋提桓因以是事故問佛復次釋提桓因自知所說諸法相無違錯求佛印可使聽者信受故佛即可之問曰佛何以可釋提桓因說答曰

釋提桓因雖非一切智人常從佛聞誦讀力强是故所說有理佛便印可佛說有三種慧聞慧思慧修慧有人聞慧思慧明了故能與修慧人問難譬如乘船隨流不自用力而疾於陸行如阿難雖未離欲未得甚深禪定而能與佛漏盡阿羅漢等論議隨法無違釋提桓因白佛言世尊須菩提好樂說空善巧說空於諸弟子中最爲第一有所言說皆趣向空無相無作所謂四念處乃至阿耨多羅三藐三菩提是法中皆和合畢竟空說佛語釋提桓因知須菩提是行畢竟空人世世修集非但今世是人以空解脫門入道亦以此門敎化衆生是人若入深空法尚不得法何况行是法者如經說檀波羅蜜不可得何况行檀者乃至八十隨形好不可得何况得八十種隨形好者須菩提所行空行欲比菩薩空行百分不及一問曰法空衆生空復有何不盡而言百分不及一答曰佛此中自說除佛諸聲聞辟支佛無有及菩薩者諸法實相有種種名字或說空或說畢竟空或說般若波羅蜜或名阿耨多羅三藐三菩提此中說諸法實相名爲空行如一切聲聞弟子中須菩提空行最勝如是除佛諸菩薩空行勝於二乘何以故智慧分別利鈍入有深淺故皆名得諸法實相但利根者得之了了譬如破闇故然燈更有大燈明則轉勝當知先燈雖照微闇不盡若盡後燈則無用行空者亦如是雖俱得道智慧有利鈍故無明有盡不盡唯有佛智慧能盡諸無明復次聲聞辟支佛無慈悲心無度衆生心無淨佛世界無無量佛

法願無轉法輪度衆生亦無入無餘涅槃乃至遺法度衆生願無有三世度衆生心所謂菩薩時作佛時滅度時非但以空行故與菩薩等法復次二乘得空有分有量諸佛菩薩無分無量如渴者飲河不過自足何得言俱行空不應有異又如毛孔之空欲比十方空無有是理是故比佛菩薩千萬億分不及一佛分別是空行已告釋提桓因若欲於一切衆生最上當行般若波羅蜜此中佛自說因緣菩薩學是般若波羅蜜空行不取空相故過於二地得無生忍法入菩薩位入菩薩位故具足佛法佛法是菩薩道菩薩道具足故當得一切種智得一切種智故名爲佛斷一切煩惱習人是諸事空行爲根本問曰涅槃是無量何以言二乘所行有量答曰言智慧有分有量不説諸法法性有量不聞説大水喻耶器有量非水有量復次量無量相待法於凡人是無量佛皆能量爾所分是須陀洹乃至爾所分是阿羅漢辟支佛菩薩餘殘究盡法性是佛爾時會中諸天以天曼陀羅華散佛等如經中説問曰華供養佛及僧是八百比丘何以獨取供養佛答曰諸天所散華諸比丘當分所得墮衣上者見其色香甚妙因以發心供養於佛白言我從今日當行是無上行所謂畢竟空無相無作等爲度一切衆生故如佛所説二乘所不及爾時佛微笑微笑義如恒伽提婆品中説是八百比丘是善知識行同心等世世共修集功德故一時作佛皆同一字五色天華供養佛故世界中常雨五色天曼陀羅華佛因是事讃般若作

是言阿難欲行最上菩薩道當行般若波羅蜜阿難若有善男子能行是深般若波羅蜜當知是人人道中來或兜率天上來所以者何三惡道中罪苦多故不得行深般若欲界天著淨妙五欲心則狂惑不能行色界天深著禪定味故不能行無色界無形故不能行鬼神道眼等根利諸煩惱覆心故不能專行深般若人道中苦差三惡道樂不如諸天眼等諸根濁重身多地種故能制苦樂意而行般若兜率天上常有一生補處菩薩彼中諸天常聞說般若五欲雖多法力勝是故說二處來若從他方佛世界來若此間有般若波羅蜜處來復次阿難若有求佛道者能問能信受持乃至正憶念當知是人佛常以佛眼見是諸人等應當作是念我等便是面從佛受從佛發心種善根不從二乘發阿難若有人信心清淨不可破壞者當知是人先世供養無量諸佛爲善知識守護故能受持問曰佛亦名爲寶亦名爲無上福田若人從佛種善根必以三乘法入涅槃不虛如法華中說有人或以一華或以少香供養於佛乃至一稱南無佛如是等人皆當作佛若爾者有人作是念但行五波羅蜜欲作佛時乃觀空何用常行般若波羅蜜難知難得空行答曰以是事故佛自答阿難於佛福田中雖不虛誑要得三乘入涅槃應當了了行六波羅蜜乃至一切種智了了行故疾得佛道不久受生死苦般若有如是等利益功德故應當行阿難般若有如是功德利益故我囑累汝問曰佛無所貪乃至一切種智佛無礙解脫清淨

微妙諸佛法猶尚不貪何以故以般若波羅蜜慇懃囑累阿難似如貪惜答曰諸佛爲利益衆生故出世現三十二相八十種隨形好無量光明神足變化皆爲衆生故第一利益衆生無過般若波羅蜜能盡諸苦故是般若波羅蜜因語言文字章句可得其義是故佛以般若經卷慇懃囑累阿難復次有人見佛慇懃囑累故言佛大事辦猶尚尊重般若是法必尊必妙譬如大富長者命欲終時以衆寶與兒偏以如意寶珠慇懃囑累汝勿以此寶自無定色質如虛空微妙難識故而不守護若失餘寶爲可此寶不可失也大富長者是佛以般若波羅蜜囑累阿難汝好受持守護無令忘失除般若雖有十二部經盡皆忘失其過尚少若失般若一句其過大多何以故是深般若法藏是十方三世諸佛母能令人疾至佛道如經中說三世諸佛皆從般若得乃至爲聲聞人說法其中皆是讃般若事問曰說法令三千大千世界衆生盡得阿羅漢云何不如以般若一句教菩薩答曰是事先難答今當更略說是三千大千世界中衆生雖皆得阿羅漢自度其身不中作佛若說般若一句聞者得作佛故如人種衆果樹不如一人種一如意樹能隨人所願如意皆得復次爲聲聞說法中無大慈大悲心大乘法中一句雖少有大慈悲聲聞法中皆自爲身大乘法中廣爲衆生聲聞法中無欲廣知諸法心但欲疾離老病死大乘法中欲了了知一切法故聲聞法功德有限量大乘法中欲盡諸功德無有遺餘如是等大小差別譬如

金剛雖小能勝一切寶不得言少故不如多三千大千世界中阿羅漢福德比般若一句教菩薩一日乃至須臾其福甚多此中佛自說因緣是人自欲得阿耨多羅三藐三菩提亦教人令得自行六波羅蜜諸功德亦爲人說菩薩集二處功德不得佛道無有是處爾時佛欲明了是事故引證亦欲證一切法空不著是空法但憐愍衆生故囑累如阿閦佛大衆莊嚴不與眼作對一切法不與眼作對亦如是肉眼天眼所見皆是作法虛誑不實慧眼法眼佛眼皆是無相無爲法故不可見若不可見亦不可知無作等亦如是所見阿閦佛會如幻如夢能如是觀諸法是名菩薩行般若名無所著佛所囑累亦無所著但以大慈悲故讚是般若一切法雖是不可思議相而以利益衆生故讚歎作是言阿難如是學爲學般若若欲得一切諸波羅蜜當學般若波羅蜜如是等如經廣說佛以無量讚般若佛智慧不可盡般若功德亦不可盡何以故般若波羅蜜無量相故名衆等言語章句卷數有量如小品放光光讚等般若波羅蜜經卷章句有限有量般若波羅蜜義無量阿難問般若波羅蜜云何無量佛答般若波羅蜜相自離離故從本已來不生不集不生不集故不盡不滅此中佛自說因緣過去無量阿僧祇諸佛及弟子用是般若波羅蜜照明十方度無量衆生皆共入無餘涅槃般若波羅蜜故不盡未來現在亦如是譬如有人欲盡虛空虛空不可盡般若波羅蜜等諸功德乃至一切種智亦如是今不盡已不盡當不

盡有人知過去不盡謂未來現在有盡是故說三世不可盡何以故諸法本無生云何當盡佛知般若是眞無盡爲名字語言句衆有盡故囑累如人以香油瓶囑累弟子雖不惜瓶爲受持香油故語言能持義亦如是若失語言則義不可得爾時佛爲人信受般若故出舌相覆面告阿難我今於四衆中囑累汝般若汝當爲衆生解說顯示分別令易解所以現舌相者世間相法舌能覆鼻是不妄語相何况覆面是故佛示衆生我從父母生身有此舌相欲以般若波羅蜜令汝信解以汝等未得一切智不能遍知欲令汝等信故非以神通力所現佛於甚深妙法智慧禪定中猶尚不著何况世間八法供養利故而作虛誑於一切法中如鳥飛虛空無所觸礙但以本願誓度衆生大悲心憐愍一切故以第一利般若波羅蜜慇懃囑累汝復次阿難是行深般若波羅蜜者能入一切文字陀羅尼因一字即入畢竟空是名文字陀羅尼如先陀羅尼中說諸文字法皆因般若波羅蜜得餘聞持等諸陀羅尼亦皆從學般若波羅蜜得菩薩得諸陀羅尼已得種種樂說辯才無量阿僧祇劫說一句義不可盡是名三世諸佛眞法更無異法又復阿難般若是十方三世諸佛妙法如一城門四方來者無異門入阿難我今爲汝了了說若有人受持般若非但受持我法是人受持三世諸佛阿耨多羅三藐三菩提阿難是般若波羅蜜我處處說是行者足所以者何菩薩得是般若能行菩薩道阿難汝得是般若波羅蜜陀羅尼故能持

一切佛所說法問曰以聞持陀羅尼力故能持何以言得般若故能持一切諸佛法答曰聞持陀羅尼能持有數有量法世間亦有如須尸摩外道亦得聞持陀羅尼是人雖少時得久則忘失從般若得陀羅尼廣受持諸法終不忘失以是爲差别問曰般若便是波羅蜜何以名爲陀羅尼答曰諸法實相是般若能種種利益衆生愛念故作種種名如佛有十號等文字般若波羅蜜亦如是能到一切諸智慧邊是名爲般若波羅蜜菩薩行般若作佛已變名爲阿耨多羅三藐三菩提若在小乘心中但名爲三十七品三解脱門若人欲得聞而不忘在是人心中名爲陀羅尼是故佛說如意珠譬喻隨前物色變爲名佛如是種種說般若大功德

大智度論卷第七十九

大智度論卷第八十

龍樹菩薩造

姚秦三藏法師鳩摩羅什譯

釋無盡品第六十七（經作不可盡品）

【經】爾時須菩提作是念：是諸佛阿耨多羅三藐三菩提甚深，我當問佛。作是念已，白佛言：世尊，是般若波羅蜜不可盡。佛言：虛空不可盡故，般若波羅蜜不可盡。世尊，云何應生般若波羅蜜？佛言：色不可盡故，般若波羅蜜應生；受想行識不可盡故，般若波羅蜜應生；檀波羅蜜不可盡故，般若波羅蜜應生；尸羅波羅蜜、羼提波羅蜜、毗梨耶波羅蜜、禪波羅蜜、般若波羅蜜不可盡故，般若波羅蜜應生；乃至一切種智不可盡故，般若波羅蜜應生。復次須菩提，癡空不可盡故，菩薩摩訶薩般若波羅蜜應生；行空不可盡故，菩薩般若波羅蜜應生；識空不可盡故，菩薩般若波羅蜜應生；名色空不可盡故，菩薩般若波羅蜜應生；六處空不可盡故，菩薩般若波羅蜜應生；六觸空不可盡故，菩薩般若波羅蜜應生；受空不可盡故，菩薩般若波羅蜜應生；愛空不可盡故，菩薩般若波羅蜜應生；取空不可盡故，菩薩般若波羅蜜應生；有空不可盡故，菩薩般若波羅蜜應生；生空不可盡故，菩薩般若波羅蜜應生；老死憂悲苦惱空不可盡故，菩薩般若波羅蜜應生。如是須菩提，菩薩摩訶薩般若波羅蜜應生。須菩提，十二因緣是獨菩薩法，能除諸邊顛倒，坐道場時應如是觀，當得一切種智。須菩提，若有菩薩摩訶薩以虛空不可盡法行般若波羅蜜，觀十二因緣

不墮聲聞辟支佛地住阿耨多羅三藐三菩提須菩提若求菩薩道而轉還者皆離般若波羅蜜念故是人不知云何行般若波羅蜜以虛空不可盡法觀十二因緣須菩提若求菩薩道而轉還者皆不得是方便力故於阿耨多羅三藐三菩提而轉還須菩提若菩薩摩訶薩於阿耨多羅三藐三菩提不轉還者皆得是方便力故須菩提菩薩摩訶薩應以虛空不可盡法觀般若波羅蜜應以虛空不可盡法生般若波羅蜜如是須菩提菩薩摩訶薩觀十二因緣時不見法無因緣生不見法常不滅不見法有我人壽者命者衆生乃至知者見者不見法無常不見法苦不見法無我不見法寂滅非寂滅如是須菩提菩薩摩訶薩行般若波羅蜜應如是觀十二因緣

須菩提若菩薩摩訶薩能如是行般若波羅蜜是時不見色若常若無常若苦若樂若我若無我若寂滅若非寂滅受想行識亦如是須菩提菩薩摩訶薩是時亦不見般若波羅蜜亦不見以是法見般若波羅蜜禪波羅蜜乃至阿耨多羅三藐三菩提亦不見阿耨多羅三藐三菩提亦不見以是法見阿耨多羅三藐三菩提如是須菩提一切法不可得故是爲應般若波羅蜜行若菩薩行無所得般若波羅蜜時惡魔愁毒如箭入心譬如人新喪父母如是須菩提是惡魔見菩薩行無所得般若波羅蜜時便大愁毒如箭入心須菩提白佛言世尊但一魔愁毒三千大千世界中魔亦復愁毒佛告須菩提三千大千世界中諸惡魔皆愁毒如箭入心各於其座不能

自安須菩提菩薩摩訶薩能如是行般若波羅蜜是時一切世間天及人阿脩羅不能得其便令其憂惱須菩提以是故菩薩摩訶薩欲得阿耨多羅三藐三菩提當行是般若波羅蜜菩薩摩訶薩行般若波羅蜜時具足修檀波羅蜜尸羅波羅蜜羼提波羅蜜毗梨耶波羅蜜禪波羅蜜般若波羅蜜須菩提菩薩摩訶薩行般若波羅蜜時具足諸波羅蜜須菩提白佛言世尊菩薩摩訶薩行般若波羅蜜時云何具足檀波羅蜜尸羅波羅蜜羼提波羅蜜毗梨耶波羅蜜禪波羅蜜般若波羅蜜佛告須菩提菩薩摩訶薩所有布施皆迴向薩婆若如是須菩提菩薩摩訶薩行般若波羅蜜時具足檀波羅蜜須菩提菩薩摩訶薩所有持戒皆迴向薩婆若是爲具足尸羅波羅蜜菩薩摩訶薩所有忍辱皆迴向薩婆若是爲具足羼提波羅蜜菩薩摩訶薩所有精進皆迴向薩婆若是爲具足毗梨耶波羅蜜菩薩摩訶薩所有禪定皆迴向薩婆若是爲具足禪波羅蜜菩薩摩訶薩所有智慧皆迴向薩婆若是爲具足般若波羅蜜如是須菩提菩薩摩訶薩行般若波羅蜜具足六波羅蜜

【論】釋曰須菩提從佛聞般若波羅蜜種種相初聞畢竟空相中聞囑累如似有後還聞說空所謂般若義無量名字句衆有量是時須菩提作是念諸佛阿耨多羅三藐三菩提甚深我當問佛所以甚深佛說菩提少許分但爲破衆生顛倒故不具足說所以者何無能受者故若人取如相佛言如亦空無生住滅

故若法無生住滅是法即無法性實際亦如是若有取畢竟空者亦言非也何以故若畢竟空是定相可取是非畢竟空是故言甚深我當更問佛須菩提作是念已如佛自說三世諸佛用般若波羅蜜得道般若故不盡已不盡今不盡當不盡是故我今但問不盡義佛答如虛空不盡故般若亦不盡如虛空無有法但有名字般若波羅蜜亦如是般若波羅蜜如虛空無所有故不可盡云何菩薩能生是般若波羅蜜能生者菩薩云何心中生能行能得佛答色無盡故般若波羅蜜應生如色初後中生不可得色即生色不可得離色生色不可得生不可得生生不可得如先破生中說生不可得故色亦不可得色不可得故色生不可得二法不可得故色如幻如夢但誑人眼若色有生必有盡以無生故亦無盡色眞相即是般若波羅蜜相是故說色不可盡般若波羅蜜亦不可盡受想行識檀波羅蜜乃至一切種智亦如是復次應生般若者無明虛空不可盡故若人但觀畢竟空多墮斷滅邊若觀有多墮常邊離是二邊故說十二因緣空何以故若法從因緣和合生是法無有定性若法無定性即是畢竟空寂滅相離二邊故假名爲中道是故說十二因緣如虛空無法故不盡癡亦從因緣和合生故無自相無自相故畢竟空如虛空復次因緣生故無實如經中說因眼緣色生濁念濁念從癡生濁念不在眼中不在色中不在內不在外亦不在中間亦不從十方三世來是法定相不可得何以故一切法入如故若得

是無明定相即是智慧不名爲癡是故癡相智慧相無異癡實相即是智慧取著智慧相即是癡是故癡實相畢竟清淨如虛空無生無滅是故說得是觀故迴向阿耨多羅三藐三菩提即名般若波羅蜜問曰若無無明亦無諸行等云何說十二因緣答曰說十二因緣有三種一者凡夫肉眼所見顛倒著我心起諸煩惱業往來生死中二者賢聖以法眼分別諸法老病死心猒欲出世間求老病死因緣由生故是生由諸煩惱業因緣何以故無煩惱人則不生是故知煩惱爲生因煩惱因緣是無明無明故應捨而取應取而捨何者應捨老病諸苦因緣煩惱應捨以少顛倒樂因緣故而取持戒禪定智慧諸善根本是涅槃樂因緣是事應取而捨是中無有知者見者作者何以故是法無定相但從虛誑因緣相續生行者知是虛誑不實則不生戲論是但滅苦故又於涅槃不究盡求諸苦相三者諸菩薩摩訶薩大智人利根故但求究盡十二因緣根本相不以憂怖自沒於時不得定相老法畢竟空但從虛誑假名有所以者何分別諸法相者說老是心不相應行是相不可得頭白等是色相非老相二事不可得故無老相復次世人名老相髮白齒離面皺身曲羸瘦力薄諸根闇塞如是等名老相但是事不然所以者何髮白非唯老者又年壯而白老年而黑者羸瘦皺曲亦爾有人老而諸根明利少而闇塞者又服還年藥雖老而壯如是老無定相無定相故諸法和合假名爲老又如假輪軸輮輻等爲車是假名非實

復次有人言說果報五衆故相名爲老是亦不然所以者何一切有爲法念念生滅不住若不住則無相無相則無老一切有爲法若有住則無無常若無無常即是常若常則無老何況非常非無常畢竟空中而有老復次諸法畢竟空中生相不可得何況有老如是等種種因緣求老法不可得不可得故無相如虛空不可盡如老乃至無明亦如是破無明如上說菩薩觀諸法實相畢竟空無所有無所得亦不著是事故於衆生中而生大悲衆生愚癡故於不實顛倒虛妄法中受諸苦惱初十二因緣但是凡夫人故於是中不求是非第二十二因緣二乘人及未得無生忍法菩薩所觀第三十二因緣從得無生忍法乃至坐道場菩薩所觀是故說無明虛空不可盡乃至憂悲苦惱虛空不可盡故菩薩行般若波羅蜜如是深觀因緣法離諸邊顛倒者邊名常邊斷滅邊有邊無邊實邊空邊世間有邊等著諸邊顛倒者無常中起常等諸顛倒煩惱觀是十二因緣法諸邊顛倒滅諸煩惱有二分一者外道邪見人名爲邊二者餘衆生煩惱名爲顛倒觀十二因緣是二種煩惱皆滅是第三十二因緣觀甚深唯諸菩薩坐道場者能觀先雖能觀未能具足如城譬喻經中說佛言我本未得道時如是思惟衆生可愍深入嶮道所謂數數生數數老數數死往來世間不知出處我即時復作是念何因緣有老死如是求覓時得實智慧生因緣是老死等是故知第三觀坐道場乃得如經廣說又復觀如是因緣法過於二乘得一

切種智若有人於佛道退者皆不得是甚深觀故若得是觀則不退何以故深入畢竟空中則不見聲聞辟支佛地不見故則不於是中住復次能如是觀因緣法者不見有一法定自在無因緣而生一切法不自在皆屬因緣生有人雖見一切法從因緣生謂爲從邪因緣生邪因緣者微塵世性等是故說不見法無因緣生亦不見法從常因緣微塵世性生如虛空常常故則無生虛空亦不與物作因以是故無有法從常因緣生復次菩薩如是觀一切法屬因緣生不自在不自在故無我乃至無知者見者爾時菩薩安住畢竟空十二因緣中不見一切色等法若有若無等亦不見般若亦不見用是法行般若乃至阿耨多羅三藐三菩提亦如是是名菩薩無所得般若波羅蜜得無是所得般若於一切法中便得無所障礙般若爾時諸魔極大愁毒何以故以是菩薩深入十二因緣畢竟空中不著有無非有非無等六十二諸邪見魔網我今無有法可得菩薩便譬如捕魚人見一魚深入大水鉤網所不及則絕望憂愁亦如新喪父母復次菩薩能如是行無所得般若波羅蜜則能具足檀波羅蜜等何以故行如是法諸煩惱障般若法皆折薄諸魔人民不能得便故諸波羅蜜得具足先來雖行六波羅蜜未能得如是具足須菩提問世尊菩薩云何能行如是般若波羅蜜能具足檀波羅蜜等諸波羅蜜佛答若菩薩所有布施皆迴向薩婆若者有二種人輭根利根輭根者少多布施皆取相迴向阿耨多羅三藐三菩提

利根者破是取相而戲論空法信力轉薄不用薩婆若但求諸法實相是二種人皆不能具足檀波羅蜜一者以信力多慧力少二者以慧力多信力少故佛令說信力慧力等故能迴向薩婆若念薩婆若者是信力如薩婆若迴向者是智力乃至般若波羅蜜亦如是

釋六度相攝品第六十八之上

【經】須菩提白佛言世尊云何菩薩摩訶薩住檀波羅蜜取尸羅波羅蜜佛告須菩提菩薩摩訶薩布施時持是布施迴向薩婆若於衆生中住慈身口意業是爲菩薩住檀波羅蜜取尸羅波羅蜜世尊云何菩薩住檀波羅蜜取羼提波羅蜜佛告須菩提菩薩布施時受者瞋恚罵辱惡言加之是時菩薩忍辱不生瞋心是爲菩薩住檀波羅蜜取羼提波羅蜜世尊云何菩薩住檀波羅蜜取毗梨耶波羅蜜佛言菩薩布施時受者瞋恚罵辱惡言加之菩薩增益布施心作是念我應當施不應有所惜即時生身精進心精進是爲菩薩住檀波羅蜜取毗梨耶波羅蜜世尊云何菩薩摩訶薩住檀波羅蜜取禪波羅蜜佛言菩薩布施時迴向薩婆若不趣聲聞辟支佛地但一心念薩婆若是爲菩薩住檀波羅蜜取禪波羅蜜世尊云何菩薩摩訶薩住檀波羅蜜取般若波羅蜜佛言菩薩布施時知布施空如幻不見爲衆生布施有益無益是爲菩薩住檀波羅蜜取般若波羅蜜須菩提白佛言世尊云何菩薩摩訶薩住尸羅波羅蜜取檀波羅蜜羼提波羅蜜毗梨耶波羅蜜禪波羅蜜般若波羅蜜佛告須菩提菩薩摩訶薩住

尸羅波羅蜜中身口意生布施福德助阿耨多羅三藐三菩提持是功德不取聲聞辟支佛地住尸羅波羅蜜中不奪他命不劫奪他家物不行邪婬不妄語不兩舌不惡口不綺語不貪嫉不瞋恚不邪見所有布施飢者與食渴者與飲須乘與乘須衣與衣須香與香須瓔珞與瓔珞塗香卧具房舍燈燭資生所須盡給與之持是布施與衆生共之迴向阿耨多羅三藐三菩提如是迴向不墮聲聞辟支佛地須菩提是爲菩薩摩訶薩住尸羅波羅蜜取檀波羅蜜世尊云何菩薩摩訶薩住尸羅波羅蜜取羼提波羅蜜佛言菩薩摩訶薩住尸羅波羅蜜中若有衆生來節節支解菩薩於是中不生瞋心乃至一念作是言我得大利衆生來取我支節用我無一念瞋恚是爲菩薩住尸羅波羅蜜中取羼提波羅蜜世尊云何菩薩摩訶薩住尸羅波羅蜜取毗梨耶波羅蜜佛言若菩薩摩訶薩身精進心精進常不捨作是念一切衆生在生死中我當拔著甘露地是爲菩薩住尸羅波羅蜜中取毗梨耶波羅蜜世尊云何菩薩摩訶薩住尸羅波羅蜜取禪波羅蜜佛言菩薩入初禪第二第三第四禪不貪聲聞辟支佛地作是念我當住禪波羅蜜中度一切衆生生死是爲菩薩摩訶薩住尸羅波羅蜜取禪波羅蜜世尊云何菩薩摩訶薩住尸羅波羅蜜取般若波羅蜜佛言菩薩住尸羅波羅蜜中無有法可見若作法若有爲法若數法若相法若有若無但見諸法不過如相以般若波羅蜜漚和拘舍羅力故不墮聲聞辟支佛地是爲

菩薩住尸羅波羅蜜取般若波羅蜜

論釋曰上品末説云何菩薩行般若波羅蜜時具足六波羅蜜佛一一答此品中須菩提問云何菩薩行一波羅蜜攝五波羅蜜問曰六波羅蜜各各異相云何行一波羅蜜攝五波羅蜜答曰菩薩以方便力故行一波羅蜜能攝五波羅蜜復次有爲法因緣果報相續故相成善法善法因緣故是波羅蜜皆是善法故行一則攝五以一波羅蜜爲主餘波羅蜜有分有菩薩摩訶薩深行檀波羅蜜安住檀波羅蜜中布施衆生時得慈心從慈能起慈身口業是時菩薩即取尸羅波羅蜜何以故慈業是三善道尸羅波羅蜜根本所謂不貪不瞋正見是三慈業能生三種身業四種口業慈即是善業爲利益衆生故名爲慈取羼提波羅蜜者菩薩爲一切智慧故布施受者瞋若施主唱言我能一切施受者不得稱意便作是言誰使汝請我而不隨我意瞋者是心惡業罵者是口惡業打害者是身惡業瞋有上中下上者害殺中者罵詈下者心瞋爾時菩薩不生三種惡業意業是根本故但説意業作是念是我之罪我請彼人而不能得稱意由我薄福不能具足施與我若瞋者既失財物又失福德是故不應瞋取毗梨耶波羅蜜者若菩薩布施時受者打害心不没不捨布施如先説爲布施故身心勤精進作是念我先世不强意布施故今不能得稱受者意但當勤布施不應計餘小事取禪波羅蜜者菩薩布施不求今世福樂亦不求後世轉輪聖王天王人王亦不求世間禪定樂爲

衆生故不求涅槃樂但攝是諸意在一切種智中不令散亂取般若波羅蜜者菩薩布施時常觀一切有爲作法虛誑不堅固如幻如夢施衆生時不見有益無益何以故是布施物非定是樂因緣或時得食腹脹而死或時得財爲賊所害亦以得財物故生慳貪心而墮餓鬼中又此財物有爲相故念念生滅無常生若因緣復次此財物入諸法實相畢竟空中不分別有利無利是故菩薩於受者不求恩分於布施不望果報設求報者若彼不報則生怨恨菩薩作是念諸法畢竟空故我無所與若求果報當求畢竟空阿耨多羅三藐三菩提如布施相是故不見有益以畢竟空故亦不見無益如是於檀波羅蜜邊取五波羅蜜菩薩以尸羅波羅蜜爲主所有身口意善業布施多聞思惟持戒等助阿耨多羅三藐三菩提持戒力大故總名尸羅波羅蜜何以故欲界中持戒爲上餘布施聞思修慧等以欲界心散亂故得力微薄如阿毗曇中說出法名欲界繫或色無色界繫淨禪定學無學法及涅槃菩薩以是持戒等法不趣聲聞辟支佛地但安住尸羅波羅蜜中不奪衆生命乃至不爲邪見住是助道戒具足十善道戒菩薩住是二種戒中布施衆生須食與食等義如初品中說皆以此福迴向佛道不趣二乘何以故菩薩有二種破戒一者十不善道二者向聲聞辟支佛地與此相違則是二種持戒取羼提波羅蜜者菩薩住尸羅波羅蜜欲具足忍辱波羅蜜若衆生來節節支解持去乃至不生一念瞋心何況起身口惡

業問曰忍辱名一切侵奪能忍何以但說割截身體答曰所著物有內外內名自身頭目髓腦等外名妻子珍寶等雖俱是著處內著最深復次或有人雖隨逐財物而死亦是爲身故又復人多惜身時有惜財惜財者則少故不說復次是人尚不惜身何況餘物是故但說大因緣當知已攝小者問曰乃至不生一念瞋心者爲是變化身爲是父母生身若是變化身則不足爲竒若是父母生身未斷結人云何能不生一念瞋心答曰有人言煩惱業因緣生身是菩薩於無量劫爲衆生修集慈心故雖有割截不生瞋心如慈母養育嬰兒雖復屎尿汙身以深愛故而不生瞋又愍其無知菩薩於衆生亦如是未得聖道者皆如小兒我爲菩薩應生慈心當如父母衆生雖復加惡於我我不應瞋何以故衆生不自在煩惱所使故復次菩薩無量劫來常修畢竟空法不見害者罵者亦不見善者惡者皆如幻如夢諸瞋恚者皆愚癡若我報彼與彼無異復次菩薩作是念我應瞋處而不瞋則爲大利取毗梨耶波羅蜜者住尸羅波羅蜜多是出家人時有在家者一切出家人得無量戒律儀具足四十種善道深入諸法實相過聲聞辟支佛地是三種戒名尸羅波羅蜜在家者無無量戒律儀是故不具足住尸羅波羅蜜菩薩作是念我今捨世樂入道不可但住持戒持戒是餘功德住處若但得住處不得餘功德者得利甚薄譬如人在寶洲但得水精珠則所利益薄是故菩薩欲具足五波羅蜜故身心勤精進身精進者如法致

財以用布施等心精進者慳貪等諸惡心來破六波羅蜜者不令得入得此二種精進已應作是念一切衆生沉没生死我應拯濟著甘露地聲聞人但度一身尚不應懈怠何況菩薩自度及爲一切衆生而當懈怠以是事故我不應懈廢雖身疲苦心不應息所以者何此大乘法若不運用則爲敗壞取禪波羅蜜者菩薩住尸羅波羅蜜或未得無生忍法故諸煩惱風吹動願樹欲壞其尸羅波羅蜜爾時應求禪定樂除却五欲樂五欲樂除故戒得清淨煩惱雖未斷已折伏故不能生亂譬如毒蛇以呪術力故毒不得螫禪者四禪四無色定四無量心等諸禪定菩薩得禪心雖柔輭安住尸羅波羅蜜故亦不取聲聞辟支佛地是菩薩但作是念我應行禪波羅蜜不爲小乘涅槃亦不爲果報但爲度一切衆生故説諸法實相是實智從禪定生是心不爲覺觀所動亦不爲貪欲瞋恚所濁繫心一處清淨柔輭則能生實智如水澄靜照鑒分明菩薩住尸羅波羅蜜得是禪得禪故心清淨心清淨故知諸法如實有爲法從因緣和合生虚誑菩薩以慧眼觀不見是有爲法實有爲法有種種名所謂作法有爲數法相法若有若無以有爲故可説無爲有爲相尚不可得何況無爲問曰有爲法是有相無爲法是無相今何以有爲相中説無相答曰無爲有二種一者無相寂滅無戲論如涅槃二者相待無因有而生如廟堂上無馬能生無心此無心是生諸煩惱因緣云何是無爲法是菩薩不見此有無等法但見諸法如法性實

際問曰汝先言離有則無無今云何見如法性實際答曰不見有爲法若常樂我淨等是虛誑法若無即是諸法實見無生法故能離有生法是無生法無定實相可取但能令人離虛誑有生法故名無生若得如是智慧以方便力本願悲心故不取二乘證直至阿耨多羅三藐三菩提是名菩薩住尸羅波羅蜜取五波羅蜜

大智度論卷第八十

音釋

薩婆若（梵語也多含不翻乃總衆德至尚之名也若爾者切）誑（古況切詐也）面皺（皺側救切面皮皺也）闇塞（闇烏紺切不明也塞悉則切不通也）轅槅（轅于元切槅音隔）嶮（虛檢切危也）數數（並色角切頻也）瞋恚（瞋稱人切怒而張目也恚於避切恨怒也）腹脹（腹方六切脹知亮切）阿毗曇（梵語也此云無比法曇徒南切）螫（施隻切蟲行毒也）

大智度論卷第八十一

龍樹菩薩造

姚秦三藏法師鳩摩羅什譯

釋六度相攝品第六十八之下（有本作攝五品）

【經】須菩提白佛言世尊云何菩薩摩訶薩住羼提波羅蜜取檀波羅蜜佛言菩薩從初發心乃至道場於其中間若一切衆生來瞋恚駡詈若節節支解菩薩住於忍辱作是念我應布施一切衆生不應不與是衆生須食與食須飲與飲乃至資生所須盡皆與之持是功德與一切衆生共之迴向阿耨多羅三藐三菩提是菩薩迴向時不生二心誰迴向者迴向何處是爲菩薩住羼提波羅蜜取檀波羅蜜世尊云何菩薩摩訶薩住羼提波羅蜜取尸羅波羅蜜佛言菩薩從初發心乃至道場於其中間終不奪他命不與不取乃至不邪見亦不貪聲聞辟支佛地持是功德與一切衆生共之迴向阿耨多羅三藐三菩提是菩薩迴向時三種心不生誰迴向阿耨多羅三藐三菩提用何法迴向迴向何處是爲菩薩住羼提波羅蜜取尸羅波羅蜜世尊云何菩薩摩訶薩住羼提波羅蜜取毗梨耶波羅蜜佛言菩薩住羼提波羅蜜生精進作是念我當往一由旬若十由旬百千萬億由旬過一世界乃至過百千萬億世界乃至教一人令持五戒何況令得須陀洹果乃至阿羅漢果辟支佛道阿耨多羅三藐三菩提持是功德與一切衆生共之迴向阿耨多羅三藐三菩提是爲菩薩住羼提波羅蜜取毗梨耶波羅蜜世尊云何菩薩摩訶薩住羼提波羅蜜

取禪波羅蜜佛言菩薩住羼提波羅蜜離欲離惡不善法有覺有觀離生喜樂入初禪乃至入第四禪是諸禪中淨心心數法皆迴向薩婆若迴向時是菩薩諸禪及禪支皆不可得是爲菩薩住羼提波羅蜜取禪波羅蜜世尊云何菩薩摩訶薩住羼提波羅蜜取般若波羅蜜佛言菩薩住羼提波羅蜜觀諸法若離相若寂滅相若無盡相不以寂滅相作證乃至坐道場得一切種智從道場起便轉法輪是爲菩薩住羼提波羅蜜取般若波羅蜜不取不捨故須菩提白佛言世尊云何菩薩摩訶薩住毗梨耶波羅蜜取檀波羅蜜佛告須菩提菩薩住毗梨耶波羅蜜身心精進不懈不息作是念我必應當得阿耨多羅三藐三菩提不應不得是菩薩爲利益衆生故往一由旬若百千萬億由旬若過一世界若過百千萬億世界住毗梨耶波羅蜜中若不得一人教令入佛道中若聲聞道中若辟支佛道中或得一人教令行十善道精進不懈法施及以財施令具足持是功德與衆生共之迴向阿耨多羅三藐三菩提不迴向聲聞辟支佛地是爲菩薩住毗梨耶波羅蜜取檀波羅蜜世尊云何菩薩摩訶薩住毗梨耶波羅蜜取尸羅波羅蜜佛言菩薩住毗梨耶波羅蜜從初發意乃至坐道場自不殺生不教他殺讚不殺生法歡喜讚歎不殺生者乃至自遠離邪見教他遠離邪見讚不邪見法歡喜讚歎不邪見者是菩薩住尸羅波羅蜜因緣不求欲界色界無色界福不求聲聞辟支佛地持是功德與衆生共之迴向阿耨多羅三

藐三菩提不生三種心不見迴向者不見迴向法不見迴向處是爲菩薩住毗梨耶波羅蜜取尸羅波羅蜜世尊云何菩薩摩訶薩住毗梨耶波羅蜜取羼提波羅蜜佛言菩薩住毗梨耶波羅蜜從初發意乃至坐道場於其中間若人若非人來節節支解菩薩作是念割我者誰截我者誰奪我者誰復作是念我大得善利我爲衆生故受身衆生還自來取是時菩薩正憶念諸法實相持是功德與衆生共之迴向阿耨多羅三藐三菩提不向聲聞辟支佛地是爲菩薩住毗梨耶波羅蜜取羼提波羅蜜世尊云何菩薩摩訶薩住毗梨耶波羅蜜取禪波羅蜜佛言菩薩住毗梨耶波羅蜜離欲離惡不善法有覺有觀離生喜樂入初禪第二第三第四禪入慈悲喜捨乃至入非有想非無想處持是禪無量無色定不受果報生於利益衆生之處以六波羅蜜成就衆生所謂檀波羅蜜乃至般若波羅蜜從一佛土至一佛土親近供養諸佛種善根是爲菩薩住毗梨耶波羅蜜取禪波羅蜜世尊云何菩薩摩訶薩住毗梨耶波羅蜜取般若波羅蜜佛言菩薩住毗梨耶波羅蜜不見檀波羅蜜法不見檀波羅蜜相乃至不見禪波羅蜜法不見禪波羅蜜相四念處乃至一切種智亦不見法亦不見相見一切法非法非非法於法中無所著是菩薩所作如所言是爲菩薩住毗梨耶波羅蜜取般若波羅蜜須菩提白佛言世尊云何菩薩摩訶薩住禪波羅蜜取檀波羅蜜佛言菩薩摩訶薩住禪波羅蜜離諸欲離惡不善法有覺有觀離生

喜樂入初禪第二第三第四禪入慈悲喜捨乃至非有想非無想處住禪波羅蜜中心不亂行二施以施衆生法施財施自行二施教他行二施讚歎二施法歡喜讚歎行二施者持是功德與衆生共之迴向阿耨多羅三藐三菩提不向聲聞辟支佛地是爲菩薩住禪波羅蜜取檀波羅蜜世尊云何菩薩摩訶薩住禪波羅蜜取尸羅波羅蜜佛言菩薩住禪波羅蜜不生婬欲瞋恚愚癡心不生惱他心但修行一切智相應心持是功德與衆生共之迴向阿耨多羅三藐三菩提不向聲聞辟支佛地是爲菩薩住禪波羅蜜取尸羅波羅蜜世尊云何菩薩摩訶薩住禪波羅蜜取羼提波羅蜜佛言菩薩住禪波羅蜜觀色如聚沫觀受如泡觀想如野馬觀行如芭蕉觀識如幻作是觀時見五衆無堅固相作是念割我者誰截我者誰誰受誰想誰行誰識誰罵者誰受罵者誰生瞋恚是爲菩薩住禪波羅蜜取羼提波羅蜜世尊云何菩薩摩訶薩住禪波羅蜜取毗梨耶波羅蜜佛言菩薩住禪波羅蜜離欲離惡不善法有覺有觀離生喜樂入初禪第二第三第四禪是諸禪及支取相生種種神通履水如地入地如水如先說天耳聞二種聲若天若人知他心若攝心若亂心乃至有上心無上心憶種種宿命如先說以天眼淨過人眼見衆生乃至如業受報如先說菩薩住是五神通從一佛世界至一佛世界親近供養諸佛種善根成就衆生淨佛世界持是功德與衆生共之迴向阿耨多羅三藐三菩提是爲菩薩住禪波羅蜜取毗

梨耶波羅蜜世尊云何菩薩摩訶薩住禪波羅蜜取般若波羅蜜佛言菩薩住禪波羅蜜不得色不得受想行識不得檀波羅蜜尸羅波羅蜜羼提波羅蜜毗棃耶波羅蜜禪波羅蜜不得般若波羅蜜不得四念處乃至不得一切種智不得有爲性不得無爲性不得故不作不作故不生不生故不滅何以故有佛無佛是如法相法性常住不生不滅常一心應薩婆若行是爲菩薩住禪波羅蜜取般若波羅蜜須菩提白佛言世尊云何菩薩摩訶薩住般若波羅蜜取檀波羅蜜佛言菩薩住般若波羅蜜内空内空不可得外空外空不可得内外空内外空不可得空空空空不可得乃至一切法空一切法空不可得菩薩住是十四空中不得色相若空若不空不得受想行識相若空若不空不得四念處若空若不空乃至不得阿耨多羅三藐三菩提若空若不空不得有爲性無爲性若空若不空是菩薩摩訶薩如是住般若波羅蜜中有所布施若飲食衣服種種資生之具觀是布施空何等空施者受者及財物空不令慳著心生何以故菩薩摩訶薩行般若波羅蜜從初發意乃至坐道場無有妄想分别如諸佛得阿耨多羅三藐三菩提時無慳著心菩薩摩訶薩亦如是行般若波羅蜜時無慳著心是菩薩所可尊者般若波羅蜜是爲菩薩住般若波羅蜜取檀波羅蜜世尊云何菩薩摩訶薩住般若波羅蜜取尸羅波羅蜜佛言菩薩住般若波羅蜜不生聲聞辟支佛心何以故是菩薩聲聞辟支佛地不可得趣向聲聞辟支

佛心亦不可得是菩薩摩訶薩從初發意乃至坐道場於其中間自不殺生不教他殺讚不殺法歡喜讚歎不殺生者乃至自不邪見不教他邪見讚不邪見法歡喜讚歎不邪見者以是持戒因緣無法可取若聲聞若辟支佛地何況餘法是爲菩薩住般若波羅蜜取尸羅波羅蜜世尊云何菩薩摩訶薩住般若波羅蜜取羼提波羅蜜佛言菩薩住般若波羅蜜隨順法忍生作是念此法中無有法若起若滅若生若死若受罵詈若受惡口若割若截若破若縛若打若殺是菩薩從初發意乃至坐道場若一切衆生來罵詈惡口刀杖瓦石割截傷害心不動作是念甚可怪此法中無有法受罵詈惡口割截傷害者而衆生受諸苦惱是爲菩薩住般若波羅蜜取羼提波羅蜜世尊云何菩薩摩訶薩住般若波羅蜜取毗棃耶波羅蜜佛言菩薩住般若波羅蜜爲衆生說法令行檀波羅蜜尸波羅蜜羼提波羅蜜毗棃耶波羅蜜禪波羅蜜般若波羅蜜教令行四念處乃至八聖道分令得須陁洹果斯陁含阿那含阿羅漢果辟支佛道令得阿耨多羅三藐三菩提不住有爲性中不住無爲性中是爲菩薩住般若波羅蜜取毗棃耶波羅蜜世尊云何菩薩摩訶薩住般若波羅蜜取禪波羅蜜佛言菩薩住般若波羅蜜除諸佛三昧入餘一切三昧若聲聞三昧若辟支佛三昧若菩薩三昧皆行皆入是菩薩住諸三昧逆順出入八背捨何等八內有色相外觀色是初背捨內無色相外觀色二背捨淨背捨身作證三背捨過一切色相

滅有對相不念種種相故入無量虛空處四背捨過一切虛空處入無邊識處五背捨過一切識處入無所有處六背捨過一切無所有處入非有想非無想處七背捨過一切非有想非無想處入滅受想處八背捨於是八背捨逆順出入九次第定何等九離諸欲離諸惡不善法有覺有觀離生喜樂入初禪乃至過非有想非無想處入滅受想定是名九次第定逆順出入是菩薩依八背捨九次第定入師子奮迅三昧云何名師子奮迅三昧須菩提菩薩離欲離惡不善法有覺有觀離生喜樂入初禪乃至入滅受想定從滅受想定起還入非有想非無想處從非有想非無想處起乃至還入初禪是菩薩依師子奮迅三昧入超越三昧云何爲超越三昧須菩提菩薩離欲離諸惡不善法有覺有觀離生喜樂入初禪從初禪起乃至入非有想非無想處非有想非無想處起入滅受想定滅受想定起還入初禪從初禪起入滅受想定滅受想定起入二禪二禪起入滅受想定滅受想定起入三禪三禪起入滅受想定滅受想定起入四禪四禪起入滅受想定滅受想定起入空處空處起入滅受想定滅受想定起入無邊識處識處起入滅受想定滅受想定起入無所有處無所有處起入滅受想定滅受想定起入非有想非無想處非有想非無想處起入滅受想定滅受想定起入散心中散心中起入滅受想定滅受想定起還入散心中散心中起入非有想非無想處非有想非無想處起還住散心中散心中起入無所有處無

所有處起住散心中散心中起入識處識處起住散心中散心中起入空處空處起住散心中散心中起入第四禪第四禪中起住散心中散心中起入第三禪第三禪中起住散心中散心中起入第二禪第二禪中起住散心中散心中起入初禪初禪中起住散心中是菩薩摩訶薩住超越三昧得諸法等相是爲菩薩住般若波羅蜜取禪波羅蜜

論問曰何以但一波羅蜜爲主答曰行因緣次第應爾菩薩有二種在家出家在家菩薩福德因緣故大富大富故求佛道因緣行諸波羅蜜宜先行布施何以故既有財物又知罪福兼有慈悲心於衆生故宜先行布施隨次第因緣行諸波羅蜜出家菩薩以無財故次第宜持戒忍辱禪定所宜故名爲主除財施餘波羅蜜皆出家人所宜行菩薩以羼提波羅蜜爲主作是願若人來割截身體不應生瞋心我今行菩薩道應具足諸波羅蜜諸波羅蜜中檀波羅蜜最在初於檀中所重惜者無過於身能以施人不惜不瞋能具足忍辱波羅蜜攝取檀菩薩住忍辱中布施衆生衣食等諸物盡給與受者逆罵打害菩薩破其施忍菩薩作是念我不應爲虛誑身故毀波羅蜜道我應布施不應生惡心不以小惡因緣故而生廢退是菩薩命未盡間增益施心若命終時二波羅蜜力故即生好處續行布施取尸羅波羅蜜者問曰住忍辱時不爲惡即是戒何以故更說住忍取戒波羅蜜應當住戒攝忍答曰此中說相不說次第相生雖和合而各各有相若次第法應先戒後忍

戒名不奪他命忍名不自惜命是故於忍辱中別說戒相復次忍名自攝其心不起瞋恚持戒有二種一者不惱衆生二者自爲生禪定根本故有菩薩行忍辱未受持戒法但以畏罪故忍辱未能深憐愍衆生是人或從師聞或自思惟持戒是佛道因緣不嬈衆生我今已能忍辱則行此事易是名說忍辱能取尸羅波羅蜜復次忍辱是心數法持戒是色法持戒名心生口說受持忍辱但是心生非受持法復次身口清淨名持戒意清淨名忍辱問曰禪智波羅蜜亦是心清淨法何以但說忍辱答曰禪智力大故不說持戒時心未能清淨須忍辱守之故此經中自說因緣有菩薩大功德智慧利根於現在佛所發心行諸波羅蜜是故世世增益乃至阿耨多羅三藐三菩提不墮惡處爲是菩薩故說從初發心乃至坐道場不生瞋心奪衆生命亦不著二乘皆是二波羅蜜功德故離三種心迴向阿耨多羅三藐三菩提三心者無人無法無迴向處無有我心顛倒心取毗梨耶波羅蜜者若自集功德若度衆生發心不懈乃至成辦其事若有遮道因緣心不沒不退能堪受衆苦不以久遠勤苦爲難如經中說是菩薩乃至過千萬由旬乃至不得一人令入實法得涅槃是時心亦不能愁若得一人令持五戒等爾時心歡喜不作是念我過此無量國土正得此一人以爲愁苦何以故一人相即是一切人相一切人相是一人相是諸法相不二故取禪波羅蜜者是菩薩忍辱力故其心調柔心調柔故易得禪定於禪定中得慈

悲等諸清淨心心數法皆以是不著心迴向阿耨多羅三藐三菩提取般若波羅蜜者菩薩住衆生忍中忍一切衆生加惡事行大慈悲是故得大福德得大福德故心柔輭心柔輭故易得法忍所謂一切畢竟無生住是法忍中觀一切法空相離相無盡寂滅相如涅槃相爾時還增長衆生忍如是畢竟空中誰有罵者誰有害者爾時具足二忍故不見三事忍法忍者忍處如是不戲論一切法故能見一切法空寂滅相如涅槃本願求佛道不著是畢竟空法故乃至未坐道場不證實際坐道場已具得佛法得佛道轉法輪隨意利益衆生皆是般若波羅蜜力住毗棃耶波羅蜜取檀波羅蜜者菩薩初用精進門入諸波羅蜜中勤行五波羅蜜身心精進不休不息精進更無異體住是精進中不畏阿鼻泥犁苦何況餘苦菩薩亦知一切法畢竟空從畢竟空出以慈悲心故還起善業不取涅槃是精進力菩薩住精進中應作是念我久久必應當得阿耨多羅三藐三菩提不應不得是人過一由旬乃至百千由旬以財法二事施惠衆生乃至過百千萬億國土正使不得一人入三乘菩薩心亦不悔不沒不作是念我爾所佛土而不得一人可度云何可得度一切人過百千國土或得一人可令行十善不中入三乘不以一人不得實相故心懷輕悔復作是念我今並使此人行十善道漸以三乘而度脫之教十善已復以財法二施滿足衆生持是功德迴向阿耨多羅三藐三菩提身心精進過無數國爲衆生說法問曰一切

布施皆以精進何以但言此二施從精進生答曰雖一切施皆由精進生此以多精進力生故如經說過百千國土以二施滿足衆生取尸羅波羅蜜者菩薩具行十善道是名尸羅波羅蜜或從忍辱等波羅蜜生若菩薩從初發心乃至坐道場捨十不善道行四十種善道不休不息是名精進波羅蜜力有人一種不能行何況四種亦以尸羅波羅蜜故不生三界不受二乘衆生以懈怠煩惱心故生三界中猒惡生死故捨佛道取小乘此皆是懈怠相是故說是菩薩不貪三界不證二乘取羼提波羅蜜者菩薩從初發心乃至坐道場若人若非人來割截身體持去爾時菩薩破我顛倒善業畢竟空故作是念此中無有割者截者是事皆是凡夫虛誑邪見我得大

利我知諸法實時能入涅槃但爲憐愍衆生故受身衆生自來取去我不應惜爾時深入諸法實相此中無有定相衆生自生怖畏以此功德與衆生共迴向阿耨多羅三藐三菩提是中若有罵詈打害能忍者是爲忍歡喜不退是爲精進是二法或從精進生忍辱或從忍辱生精進今從精進生忍辱取禪波羅蜜者有人自然得禪定如劫盡時或有退得生得或上地生下地得如是雖得禪定不從精進生有因大布施破慳貪等五蓋即得禪定或有人持戒清淨修集忍辱故因小猒心便得禪定或有人大智慧力故知欲界無常虛誑不淨即得禪定禪定雖亦虛誑猶勝欲界如是雖有精進更因餘法得禪故不名從精進生有人不因五法爲主但日夜精進經

行坐禪常與心鬬以信等五力深御五蓋若心馳散便攝令還如與賊鬬乃至流汗如是等人得禪定從精進生或有菩薩鈍根宿罪所覆深著世樂馳逸難制如是人深加精進爾乃得定譬如有福德之人安坐無事福祿自至薄福之人勤設方便鬬戰乃得有福之人自然得者名爲福德自至方便戰鬬得者名爲精進而得如是一切處雖有精進多處受名取般若波羅蜜者菩薩精進力故得禪波羅蜜得禪波羅蜜故生菩薩神通力二事因緣故以神通力徧至十方未具足功德欲令具足又欲教化一切衆生除四波羅蜜所生般若餘智慧多從精進生故住精進爲主取智慧般若波羅蜜者有二種一者觀諸法實相於一切法中不見法相不見非法相二者如所說行人有懈怠故心不能行二事精進力故能具足行二事住禪波羅蜜爲主取五波羅蜜者菩薩住禪波羅蜜中心調柔不動能觀察諸法實相譬如密室然燈光照明了是名住禪波羅蜜生智慧爾時不惱一切衆生又加憐愍是名甚深有清淨持戒忍辱以神通力變化財物具足布施又遣化人爲一切說法又菩薩從禪起以清淨柔輭心爲衆生説法是名布施因禪定力起神通周至十方導利一切而不懈怠是名精進又因禪定令四波羅蜜增益是名禪定生精進餘義如經廣説住般若波羅蜜爲主取五波羅蜜者如經中佛自廣説問曰佛雖廣説其中猶有不解者今當問十八空中何以故不説四空答曰第十四名一切法空言一切者法無

不盡是故不說問曰若爾者但應說十四何以有十八答曰彼中分別一切法相空一切空皆總入十八空此中爲行者說行者或行一空二空乃至十四空隨本所著多少故有深著邪見者以餘四空所以者何有法無法等是外道邪見是菩薩修慈悲心柔輭故不生如是有無見復次菩薩以十四空熏心故於有無中了了不錯是故不說後四空問曰何以故說菩薩如諸佛無貪著心此說有何義答曰佛斷諸煩惱習不起菩薩以般若力制令不起今欲讚歎般若力故結使雖未斷與佛斷無異令人知貴般若力故發心作是念此中無有法若生若滅若受罵詈割截等問曰此即是無生忍何以言柔順忍答曰此中說破五衆和合假名衆生不能破法是故經說無生者滅者無受罵詈者又是人破我雖觀法空未能深入猶有著法愛故如得無生忍法而有慈愍衆生柔順忍中亦有念法空是二法中一處衆生不可得故名衆生忍二於法不可得故名爲法忍法忍者不妨衆生忍衆生忍不妨法忍但以深淺爲別問曰超越三昧不得超二又不從散心而入滅盡定此中何以如是說答曰大小乘法異不超二者小乘法中說菩薩無量福德智慧深入禪定力故能隨意超越如人力士踔蹴不過丈數若以天力士踔之無廣遠之難又阿毗曇中皆爲凡夫人聲聞人說菩薩則不然智慧力故入師子奮迅三昧能於諸法得自在般若力故能隨意自在說諸法應適衆生復有菩薩多行般若波羅蜜知諸法實相安住

不動法中一切世間天及人無能難詰令傾動者若得財物布施二種衆生若施佛若施衆生以衆生空故其心平等不貴著諸佛不輕賤衆生若施貧賤人輕賤故福少若施諸佛貪著故福不具足若以金銀寶物及施草木以法空故亦等無異斷諸分別一異等諸妄想入不二入法門布施是名財施法施亦如是不貪貴有智能受法者不輕無智不解法者所以者何佛法無量不可說不可思議故若說布施等淺法及說十二因緣空無相無作空無相無作等諸甚深法等無異何以故是法皆入寂滅不戲論法中故如是等名般若生布施復次是菩薩於十方三世諸佛及弟子所修三種功德隨喜皆與一切衆生共之迴向阿耨多羅三藐三菩提智慧力故無所不施能與衆生福德分復有菩薩若布施時生種種好心拔出慳貪根本而行布施慈心施故滅諸瞋恚見受者得樂歡喜故滅嫉妬心恭敬心施受者故破憍慢了了信知布施果報故破疑及無明不得與者受者定實故破有無等餘邪見觀受者如佛觀物如阿耨多羅三藐三菩提相觀已身從本已來畢竟空若如是布施不虛誑故直至阿耨多羅三藐三菩提如是等相名般若波羅蜜生檀波羅蜜復次菩薩深入清淨般若波羅蜜故非無衆生而能受持十善等諸戒欲破殺生顛倒故有不殺生戒非實相中有復次有人為百由旬衆生故持戒不殺有為一閻浮提衆生故持戒不殺如是等為有量衆生持戒或有一日持戒或受五戒十戒如是等有

量持戒菩薩行般若爲無量國土一切衆生故持戒不爲一世二世如如虛空法性實際住以畢竟空相故不取是戒相不憎破戒不著持戒是名菩薩般若波羅蜜生具足無分別戒忍辱有二種一者衆生忍二者法忍菩薩深入般若波羅蜜故得諸法忍能信受無量佛法心無是非分別如是相名般若波羅蜜中生忍辱復有菩薩勤精進具足五波羅蜜故行般若波羅蜜得諸法實相滅三業身無所作口無所說心無所念如人夢中沒在大海動以手足求渡覺已夢心即息是名從般若波羅蜜中生第一精進如持心經中說我得是精進故於然燈佛得受記莂佛言雖離智慧無禪定多用智慧力得禪定是故從智慧生禪定如佛說辟支佛經中有一國王見二特牛婬欲故鬬死自覺悟我以財色故征伐他國與此何異即捨離五欲得禪定成辟支佛菩薩亦如是少多因緣猒患五欲籌量五欲樂禪樂相去懸遠我豈可以五欲少樂而棄禪定樂禪定樂者福德清淨徧身受樂如是等從分別智慧生禪定禪定義如經中說復次是菩薩於無量劫爲佛道故種善根離欲故於諸禪定得自在深入如法性實際精進方便慈悲力故出於甚深法還修功德是人勝伏其心一念中能行六波羅蜜所謂菩薩布施時如法捨財是爲檀波羅蜜安住十善道中布施不向二乘是爲尸羅波羅蜜若慳貪等諸煩惱及魔人民來不能動心是名羼提波羅蜜布施時身心精進不休不息是名精進波羅蜜攝心在布施不令散亂

無疑無悔正向阿耨多羅三藐三菩提是名禪波羅蜜布施時與者受者財物不可得不如邪見取相妄見一定相如諸佛賢聖觀物相受者與者相及迴向處相法施時亦如是是名般若波羅蜜菩薩盡受諸戒善心起正語正業三種律儀戒律儀禪定律儀無漏律儀住是戒中施一切衆生無畏是名檀波羅蜜婬欲瞋恚等諸煩惱欲破戒能制能忍復次人來罵詈打害畏破戒故忍而不報又復飢渴寒熱諸苦所逼為持戒故如是等悉皆能忍是名羼提波羅蜜分別諸戒相輕重有殘無殘因緣本末或遮或聽等是心精進能如戒法行有犯則下意懺除是名身精進以是持戒精進不求天王人王乃至不求小乘涅槃但為戒是菩薩道住處故持戒能修集五波羅蜜是名精進波羅蜜菩薩若持戒清淨不離禪定何以故持戒清淨破諸煩惱力心則調伏譬如老奪壯力死來易壞行者不得禪定故念五欲生五蓋侵害持戒是故為戒堅牢故求禪定樂禪定者攝諸心心數法一處和合名為禪定行者能除惡身口破戒業次除三惡覺觀然後除三細覺觀所謂國土親里不死如是除已即得禪定是名禪波羅蜜持戒時知戒能生如是今世後世功德果報是名智慧復次戒持戒破戒者三事不可得是名智慧人有三種下人破戒中人著戒上人不著戒是菩薩思惟若我憎破戒及破戒者愛戒及持戒者而生愛恚則還受罪業因緣譬如象浴洗已還以土坌是故不應生憎愛復次一切法皆屬因緣無自在者諸

善法皆因惡生若因惡生云何可著惡是善因云何可憎如是思惟直入諸法實相觀持戒破戒皆從因緣生從因緣生故無自性無自性故畢竟空畢竟空故不著是名般若波羅蜜菩薩行忍辱時作是念若衆生來割截我身我即布施不令衆生得劫盜之罪或修忍時因忍說法種種因緣分别世間涅槃令衆生住六波羅蜜中得衆生忍能以身施是名財施得入法忍深入諸法爲衆生說是爲法施是二施從二忍生故名檀波羅蜜菩薩行忍辱時不惜身命爲忍辱何況惱衆生而破戒是故因忍持戒憐愍一切衆生欲度脫之持戒名一切諸善法安立住處是名尸羅波羅蜜菩薩於忍中身心勤行四波羅蜜是名精進於忍中心調柔不著五欲攝心一處

我於一切衆生能忍如地是名禪波羅蜜菩薩知忍辱果報相好嚴身等菩薩修忍能障諸煩惱能忍衆生過惡能忍受一切深法後得諸法實相是時行者心中得是無生法忍即是般若波羅蜜菩薩住精進生諸波羅蜜精進雖是一切善根本離精進則無善法可得但以精進力多生五波羅蜜故名精進生菩薩常行三種施未曾捨離財施法施無畏施是名檀波羅蜜菩薩善身口正業直向佛道不貪二乘是名尸羅波羅蜜勤行精進有人來毀壞菩薩道能忍不動是名羼提波羅蜜菩薩雖行種種餘法心不散亂一心念薩婆若是名禪波羅蜜有二種精進一動相身心勤行二滅一切戲論故身心不動菩薩雖勤行動精進亦不離不動精進不動精進不

離般若波羅蜜菩薩入禪定慈悲心力故施一切衆生無畏或禪定力故變化寶物如須彌山充滿一切雨衆華香等供養諸佛及施貧窮衆生衣服飲食等或入禪定中爲十方衆生説法是名檀波羅蜜此中隨禪定行身口善業及離聲聞辟支佛心是名尸羅波羅蜜菩薩入禪定得清淨柔輭樂能不著禪味禪定力故能深入諸法空能忍受是法心不疑悔是名羼提波羅蜜菩薩忍辱時欲起諸三昧超越三昧師子奮迅三昧等無量諸菩薩三昧不休不息是名精進波羅蜜菩薩禪定力故心清淨不動能入諸法實相諸法實相即是般若波羅蜜菩薩行般若波羅蜜能觀三種布施相如阿耨多羅三藐三菩提滅諸非有非無等戲論是名無量無盡般若中檀波羅蜜身口業隨般若行得般若故能牢固清淨持戒是名尸羅波羅蜜住般若心中衆生忍法忍轉深清淨是名羼提波羅蜜行般若菩薩身心清淨得不動精進觀動精進如幻如夢得不動精進故不入涅槃是名精進波羅蜜菩薩行是無礙般若故雖常入禪定得般若波羅蜜力故不起於禪而能度衆生是名禪波羅蜜如是等菩薩利智慧故一心中一時能具六波羅蜜

大智度論卷第八十一

音釋

羼提（梵語也此云忍辱 羼初限切）詈（力智切 旁斥曰詈）奮迅（奮方問切 迅思晉切）嬈（乃了切 亂也）輭（乳兗切 柔也）踔躑（踔敕教切 躑直炙切 踔躑跳躍也）

大智度論卷第八十二

龍樹菩薩造

姚秦三藏法師鳩摩羅什譯

釋方便品第六十九之上（經作大方便品）

【經】爾時須菩提白佛言世尊是菩薩摩訶薩如是方便力成就者發意已來幾時佛告須菩提是菩薩摩訶薩能成就方便力者發心已來無量億阿僧祇劫須菩提言世尊是菩薩摩訶薩如是成就方便力者爲供養幾佛佛言是菩薩成就方便力者供養如恒河沙等諸佛須菩提白佛言世尊菩薩得如是方便力者種何等善根佛言菩薩成就如是方便力者從初發意已來於檀波羅蜜無不具足於尸羅波羅蜜羼提波羅蜜毗梨耶波羅蜜禪波羅蜜般若波羅蜜無不具足須菩提白佛言世尊菩薩摩訶薩成就如是方便力者甚希有佛言如是如是須菩提菩薩摩訶薩成就如是方便力者甚希有須菩提譬如日月周行照四天下多有所益般若波羅蜜亦如是照五波羅蜜多有所益須菩提譬如轉輪聖王若無輪寶不得名爲轉輪聖王輪寶成就故得名轉輪聖王五波羅蜜亦如是若離般若波羅蜜不得波羅蜜名字不離般若波羅蜜故得波羅蜜名字須菩提譬如無夫婦人易爲侵陵五波羅蜜亦如是遠離般若波羅蜜魔若魔天壞之則易譬如有夫婦人難可侵陵五波羅蜜亦如是得般若波羅蜜魔若魔天不能沮壞須菩提譬如軍將鎧仗具足隣國强敵所不能壞五波羅蜜亦如是不遠離般若波羅蜜魔若魔天若增上慢

人乃至菩薩旃陀羅所不能壞須菩提譬如諸小國王隨時朝侍轉輪聖王五波羅蜜亦如是隨順般若波羅蜜譬如衆川萬流皆入於恒河隨入大海五波羅蜜亦如是般若波羅蜜所守護故隨到薩婆若譬如人之右手所作事便般若波羅蜜亦如是如人左手造事不便五波羅蜜亦如是譬如衆流若大若小俱入大海合爲一味五波羅蜜亦如是爲般若波羅蜜所護隨般若波羅蜜入薩婆若得波羅蜜名字譬如轉輪聖王四種兵輪寶在前導王意欲住輪則爲住令四種兵滿其所願輪亦不離其處般若波羅蜜亦如是導五波羅蜜到薩婆若常是中住不過其處譬如轉輪聖王四種兵輪寶在前導般若波羅蜜亦如是導五波羅蜜到薩婆若住般若波羅蜜亦不分別檀波羅蜜隨從我尸羅波羅蜜羼提波羅蜜毗梨耶波羅蜜禪波羅蜜不隨從我檀波羅蜜亦不分別我隨從般若波羅蜜尸羅波羅蜜羼提波羅蜜毗梨耶波羅蜜禪波羅蜜不隨從尸羅波羅蜜羼提波羅蜜毗梨耶波羅蜜禪波羅蜜亦如是何以故諸波羅蜜性無所能作自性空虛誑如野馬爾時須菩提白佛言世尊若一切法自性空云何菩薩摩訶薩行六波羅蜜當得阿耨多羅三藐三菩提須菩提菩薩摩訶薩行六波羅蜜時作是念是世間心皆顛倒我若不行万便力不能度脫衆生生死我當爲衆生故行檀波羅蜜尸羅波羅蜜羼提波羅蜜毗梨耶波羅蜜禪波羅蜜般若波羅蜜是菩薩爲衆生故捨内外物捨時作是念我無所捨何

以故是物必當壞敗菩薩作如是思惟能具足檀波羅蜜爲衆生故終不破戒何以故菩薩作是念我爲衆生發阿耨多羅三藐三菩提若殺生是所不應乃至我爲衆生發阿耨多羅三藐三菩提若作邪見若貪著聲聞辟支佛地是所不應菩薩摩訶薩如是思惟能具足尸羅波羅蜜菩薩爲衆生故不瞋乃至不生一念菩薩如是思惟我應利益衆生云何而起瞋心菩薩如是能具足羼提波羅蜜菩薩爲衆生故乃至阿耨多羅三藐三菩提常不生懈怠心菩薩如是行能具足毗梨耶波羅蜜菩薩爲衆生故乃至得阿耨多羅三藐三菩提不生散亂心菩薩如是行能具足禪波羅蜜菩薩爲衆生故乃至阿耨多羅三藐三菩提終不離智慧何以故除智慧不可以餘法度脫衆生故菩薩如是行能具足般若波羅蜜須菩提白佛言世尊若諸波羅蜜無差別相云何般若波羅蜜於五波羅蜜中第一最上微妙佛告須菩提如是如是諸波羅蜜雖無差別若無般若波羅蜜五波羅蜜不得波羅蜜名字因般若波羅蜜五波羅蜜得波羅蜜名字須菩提譬如種種色鳥到須彌山王邊皆同一色五波羅蜜亦如是因般若波羅蜜到薩婆若中一種無異不分別是檀波羅蜜是尸羅波羅蜜是羼提波羅蜜是毗梨耶波羅蜜是禪波羅蜜是般若波羅蜜何以故是諸波羅蜜無自性故以是因緣故諸波羅蜜無差別須菩提白佛言世尊若隨實義無分別云何般若波羅蜜於五波羅蜜中最上微妙佛言如是如是須菩提雖實義

中無有分别但以世俗法故説檀波羅蜜尸羅波羅蜜羼提波羅蜜毗梨耶波羅蜜禪波羅蜜般若波羅蜜爲欲度衆生生死是衆生實不生不死不起不退須菩提衆生無所有故當知一切法無所有以是因縁故般若波羅蜜於五波羅蜜中最上最妙須菩提譬如閻浮提衆女人中玉女寶第一最上最妙般若波羅蜜亦如是於五波羅蜜中第一最上最妙須菩提白佛言世尊佛何意故説般若波羅蜜最上最妙佛告須菩提般若波羅蜜取一切善法到薩婆若中住不住故須菩提白佛言世尊般若波羅蜜有法可取可捨不佛言不也須菩提般若波羅蜜無法可取無法可捨何以故一切法不取不捨故世尊般若波羅蜜於何等法不取不捨佛言般若波羅蜜於色不取不捨於受想行識乃至阿耨多羅三藐三菩提不取不捨世尊云何不取色乃至不取阿耨多羅三藐三菩提佛言若菩薩不念色乃至不念阿耨多羅三藐三菩提是名不取色乃至不取阿耨多羅三藐三菩提須菩提言世尊若不念色乃至不念阿耨多羅三藐三菩提云何得增益善根善根不增云何具足諸波羅蜜若不具足諸波羅蜜云何得阿耨多羅三藐三菩提佛告須菩提若菩薩不念色乃至不念阿耨多羅三藐三菩提是時善根增益善根增益故具足諸波羅蜜諸波羅蜜具足故得阿耨多羅三藐三菩提何以故不念色乃至不念阿耨多羅三藐三菩提時便得阿耨多羅三藐三菩提世尊何因縁故色不念時乃至阿耨多羅三

藐三菩提不念時便得阿耨多羅三藐三菩提佛言以念故著欲界色界無色界不念故無所著如是須菩提菩薩摩訶薩行般若波羅蜜不應有所著世尊菩薩摩訶薩如是行般若波羅蜜當住何處佛言菩薩摩訶薩如是行不住色乃至不住一切種智世尊何因緣故色中不住乃至一切種智中不住佛言不著故不住何以故是菩薩不見有法可著可住如是須菩提菩薩摩訶薩以不著不住法行般若波羅蜜須菩提若菩薩摩訶薩作是念若能如是行如是修是行般若波羅蜜我今行般若波羅蜜修般若波羅蜜若如是取相則遠離般若波羅蜜若遠離般若波羅蜜則遠離檀波羅蜜乃至遠離一切種智何以故般若波羅蜜無有著處亦無著者自性

無故菩薩摩訶薩若復如是取相則於般若波羅蜜退若退般若波羅蜜則是退阿耨多羅三藐三菩提不得受記菩薩摩訶薩復作是念住是般若波羅蜜能生檀波羅蜜乃至能生大悲若作是念則爲失般若波羅蜜失般若波羅蜜者則不能生檀波羅蜜乃至不能生大悲菩薩若復作是念諸佛知諸法無受相故得阿耨多羅三藐三菩提菩薩若作如是演說開示教詔則失般若波羅蜜何以故佛於諸法無所知無所得亦無法可說何況當有所得無有是處須菩提白佛言世尊菩薩行般若波羅蜜云何無是過失佛言若菩薩摩訶薩行般若波羅蜜作是念諸法無所有不可取若法無所有不可取則無所得若如是行爲行般若波羅蜜若菩薩摩訶薩

著無所有法則遠離般若波羅蜜何以故般若波羅蜜中無有著法故須菩提白佛言世尊般若波羅蜜遠離般若波羅蜜耶檀波羅蜜遠離檀波羅蜜耶乃至一切種智遠離一切種智耶世尊若般若波羅蜜遠離般若波羅蜜乃至一切種智遠離一切種智菩薩云何得般若波羅蜜乃至得一切種智佛言菩薩摩訶薩行般若波羅蜜時不生色是色誰色乃至一切種智不生是一切種智誰一切種智如是菩薩能生般若波羅蜜乃至能生一切種智復次須菩提菩薩摩訶薩行般若波羅蜜時不觀色若常若無常若苦若樂若我若非我若空若不空若離若非離何以故自性不能生自性乃至一切種智亦如是若菩薩摩訶薩行般若波羅蜜如是觀色乃至觀一切種智能生般若波羅蜜乃至能生一切種智譬如轉輪聖王有所至處四種兵皆隨從般若波羅蜜亦如是有所至處五波羅蜜皆悉隨從到薩婆若中住譬如善御駕駟不失平道隨意所至般若波羅蜜亦如是御五波羅蜜不失正道至薩婆若須菩提言世尊何等是菩薩摩訶薩道何等是非道佛言聲聞道非菩薩道辟支佛道非菩薩道一切種智道是菩薩摩訶薩道須菩提是名菩薩摩訶薩道非道須菩提言世尊諸菩薩摩訶薩般若波羅蜜爲大事故起所謂示是道是非道佛言如是如是須菩提般若波羅蜜爲大事故起所謂示是道是非道須菩提是般若波羅蜜爲度無量衆生故起爲利益阿僧祇衆生故起般若波羅蜜雖作是利益亦不

受色亦不受受想行識亦不受聲聞辟支佛地須菩提般若波羅蜜是諸菩薩摩訶薩導示阿耨多羅三藐三菩提能令離聲聞辟支佛地住薩婆若般若波羅蜜無所生無所滅諸法常住故須菩提言世尊若般若波羅蜜無所生無所滅云何菩薩摩訶薩行般若波羅蜜時應布施云何應持戒云何應修忍云何應勤精進云何應入禪定云何應修智慧佛告須菩提菩薩摩訶薩念薩婆若應布施念薩婆若應持戒忍辱精進禪定智慧是菩薩摩訶薩持是功德與衆生共之迴向阿耨多羅三藐三菩提若如是迴向則具足修六波羅蜜及慈悲心諸功德須菩提若菩薩摩訶薩不遠離六波羅蜜則不遠離薩婆若以是故須菩提菩薩摩訶薩欲得阿耨多羅三藐三菩提應學應行六波羅蜜菩薩摩訶薩行六波羅蜜具足一切善根當得阿耨多羅三藐三菩提以是故須菩提菩薩摩訶薩應習行六波羅蜜須菩提言世尊云何菩薩摩訶薩應習行六波羅蜜佛言菩薩摩訶薩如是觀色不合不散受想行識不合不散乃至一切種智不合不散是名菩薩摩訶薩習行六波羅蜜復次須菩提菩薩摩訶薩應作是念我當不住色中不住受想行識中乃至不住一切種智中如是應習行六波羅蜜何以故是色無所住乃至薩婆若無所住如是須菩提菩薩摩訶薩以無住法習行六波羅蜜應當得阿耨多羅三藐三菩提須菩提譬如士夫欲食菴羅果若波羅那婆果當種其子隨時溉灌守護漸漸生長時節和合便有果

實得而食之須菩提菩薩摩訶薩亦如是欲得阿耨多羅三藐三菩提當學六波羅蜜以布施攝取衆生持戒忍辱精進禪定智慧攝取衆生度衆生生死以如是行當得阿耨多羅三藐三菩提是故須菩提菩薩摩訶薩欲不隨他人語當學般若波羅蜜欲淨佛國土成就衆生欲坐道場欲轉法輪當學般若波羅蜜須菩提白佛言世尊應如是學般若波羅蜜耶佛言菩薩應如是學般若波羅蜜欲於諸法得自在當學般若波羅蜜何以故學是般若波羅蜜於一切諸法中得自在故復次般若波羅蜜於一切諸法中最大譬如大海於萬川中最大般若波羅蜜亦如是於一切法中最大以是故諸欲求聲聞辟支佛及諸菩薩道應當學般若波羅蜜檀波羅蜜乃至一切種智須菩提譬如射師執如意弓箭不畏怨敵菩薩摩訶薩亦如是行般若波羅蜜乃至一切種智魔若魔天所不能壞以是故須菩提菩薩摩訶薩欲得阿耨多羅三藐三菩提應學般若波羅蜜是行般若波羅蜜菩薩爲十方諸佛所念須菩提白佛言世尊云何十方諸佛念是菩薩摩訶薩佛告須菩提菩薩摩訶薩行檀波羅蜜時十方諸佛皆念行尸羅波羅蜜羼提波羅蜜毗梨耶波羅蜜禪波羅蜜般若波羅蜜時十方諸佛皆念云何念布施不可得持戒忍辱精進禪定智慧不可得乃至一切種智不可得菩薩能如是不得諸法故諸佛念是菩薩摩訶薩復次須菩提諸佛不以色故念不以受想行識故念乃至不以一切種智故念須菩提言世尊

菩薩摩訶薩多有所學實無所學佛言如是如是須菩提菩薩多有所學實無所學何以故是菩薩所學諸法皆不可得須菩提白佛言世尊佛所說法若略若廣於此法中諸菩薩摩訶薩欲求阿耨多羅三藐三菩提六波羅蜜若略若廣應當受持親近讀誦讀誦已思惟正觀心心數法不行故佛告須菩提如是如是菩薩摩訶薩略廣學六波羅蜜當知一切法略廣相須菩提言世尊云何菩薩摩訶薩知一切法略廣相佛言知色如相知受想行識乃至知一切種智如相如是能知一切法略廣相須菩提言世尊云何色如相云何受想行識乃至一切種智如相佛告須菩提色如無生無滅無住異是名色如相乃至一切種智如相無生無滅無住異是名一切種智如相是中菩薩摩訶薩應學復次須菩提菩薩摩訶薩知諸法實際時知一切法略廣相世尊何等是諸法實際佛言無際是名實際菩薩學是際知一切諸法略廣相須菩提若菩薩摩訶薩知諸法法性是菩薩能知一切法略廣相世尊何等是諸法法性佛言色性是名法性是性無分無非分須菩提菩薩摩訶薩知法性故知一切法略廣相須菩提白佛言世尊復云何應知一切法略廣相佛言若菩薩摩訶薩知一切法不合不散須菩提言世尊何等法不合不散佛言色不合不散受想行識不合不散乃至一切種智不合不散有爲性無爲性不合不散何以故是諸法自性無云何有合有散若法自性無是爲非法非法不合不散如是應當知一切法

略廣相須菩提言世尊是名菩薩摩訶薩略攝般若波羅蜜世尊是略攝般若波羅蜜中初發意菩薩摩訶薩應學乃至十地菩薩摩訶薩亦應學是菩薩摩訶薩學是略攝般若波羅蜜則知一切法略廣相

論釋曰須菩提聞菩薩摩訶薩大利根相所謂一波羅蜜邊能生五波羅蜜行一波羅蜜即能具五波羅蜜如上品中說是事希有故問佛是菩薩發心已來爲幾時能得如是方便佛答是菩薩發心已來除大菩薩於餘衆生無量億阿僧祇劫或有菩薩發心已來無量億阿僧祇劫大罪因緣覆心故不見佛不親近供養是故問是菩薩爲供養幾佛佛答是菩薩爲已供養如恒河沙等諸佛上言無量億阿僧祇今言恒河沙者多數理同故有菩薩久發心雖多以華香供養諸佛而未能種善根作是念我必當得果報深心行六波羅蜜故若以深心行六波羅蜜爲阿耨多羅三藐三菩提故作功德是名種善根是故第三問種何等善根佛答是菩薩從初發心已來具足行六波羅蜜一切福德無不作者一切善法無不修集須菩提聞已歡喜白佛希有世尊是菩薩能如是行方便所謂未斷諸煩惱未離生死而能勝斷煩惱離生死法者無始生死已來集諸惡法菩薩心後來而能用後來心不隨先所集惡心是爲希有一切衆生無恩於菩薩而菩薩常欲利益是諸衆生或欲奪菩薩命割截身體菩薩欲以第一佛樂智慧命欲與衆生如是等是爲希有佛可須菩提所說欲令此事明了故作譬喻如

日月照四天下若無日月則百穀藥草及衆生無以生長月是陰氣日是陽氣二氣和合故萬物成長是故日月於四天下大有利益菩薩亦如是於四生中以大悲心憐愍衆生故能隨所願行一切善法大智慧力故破衆生著善法心如是六波羅蜜等諸善增長成就直至阿耨多羅三藐三菩提又復衆生雖復有眼若無日月則無所見衆生雖有世俗善根利智不得般若波羅蜜照明尚不得二乘何況得阿耨多羅三藐三菩提又復菩薩雖行五波羅蜜不得般若波羅蜜不得名波羅蜜以不破著心故若菩薩乃至能自以身命布施若無般若其心易破如無夫之婦侵陵則易若有般若則不可破壞菩薩雖行種種諸餘深法不得般若不名爲行波羅蜜但名爲行善法有量有盡故此中說譬喻轉輪聖王雖有千子八萬四千小王及六寶不得名爲轉輪聖王不能飛到四天下若天遣金輪寶至乃得名爲轉輪聖王菩薩亦如是雖有布施等諸善法不得般若波羅蜜故不名爲菩薩爲行六波羅蜜人不能除障礙行菩薩道故譬如健將善知戰法器仗具足不畏怨敵健將即是菩薩器仗是般若增上慢者未得聖道意謂已得菩薩說畢竟空法是人行善法心不同故毀壞菩薩外道梵志等及諸魔民乃至菩薩旃陀羅者菩薩旃陀羅者如魔品中說聞魔來稱其名字而與授記而生輕慢復次爲般若波羅蜜故說五波羅蜜若人能直行諸法實相則不爲說布施等入般若初門以人鈍根罪重故種種因緣說以

布施破慳持戒折薄諸煩惱忍辱開福德門能行難事精進如風吹火熾然不息禪定攝心一定觀諸法實相故是五波羅蜜皆趣向般若波羅蜜如諸小王朝宗轉輪聖王如一切衆流皆入大海布施等諸善法亦如是爲般若波羅蜜所守護故得至薩婆若問曰五波羅蜜如諸川流般若應如大海令何以言五波羅蜜爲般若所守護故得入薩婆若答曰汝不聞先說般若有種種名字耶薩婆若即是般若異名五波羅蜜福德入般若波羅蜜中即得清淨般若般若清淨故得佛道變名薩婆若是故言入薩婆若即是入般若有人疑諸波羅蜜各各有力何以獨言般若波羅蜜功用爲大是故言譬如人之右手自然穩便五波羅蜜如左手不得般若波羅蜜則所作不便如人開目造事所作皆成如導師在前餘伴隨逐進止取捨皆隨導師不得自在般若波羅蜜亦如是導五波羅蜜所可修集成辦皆仰般若此中佛自說譬喻如轉輪聖王輪寶在四兵前導輪住餘寶則住輪是般若波羅蜜常在五波羅蜜前導五波羅蜜隨逐如般若初品中說菩薩欲具足檀波羅蜜不見施者受者及財物先籌量分別斷一切著然後布施是則般若在前導如輪寶伏四天下已常在王宫住虚空中聖王是菩薩輪是般若破諸魔民煩惱已入薩婆若宫中住是輪無所分別我常在前餘寶在後無憎愛心是可來是不可來般若無分别亦如是檀波羅蜜隨我來尸羅波羅蜜勿來如經中廣說此中佛自説因緣一切法性無所能作

須菩提聞是已白佛言若一切法性空無所有云何菩薩行六波羅蜜能得阿耨多羅三藐三菩提佛答菩薩行般若作是念諸法雖畢竟空衆生狂顛倒故深著不解我若不以方便力則不可得度方便者所謂金色身三十二相八十隨形好無量光明神通變化能以一指動十方三千大千國土梵音説法無猒色身十力四無所畏十八不共法無礙解脱一切種智大慈大悲等具足無量諸佛法然後能教化衆生衆生必能信受得如是力假令妄語人猶當信何況實語如經説我雖知諸法實相能入涅槃但爲衆生故行檀波羅蜜等如經中廣説乃至不可以異事度衆生須菩提白佛言世尊若諸波羅蜜畢竟空故無差別云何般若波羅蜜於諸波羅蜜中最尊佛可須菩提畢竟空中諸波羅蜜實無差別若無般若波羅蜜諸波羅蜜畢竟空無差別誰能知者若無般若五法云何得波羅蜜名字五波羅蜜未入般若時有差別既入般若則無差別如諸異色物到須彌山邊皆同一色不得言餘物色皆同何以獨稱須彌爲大檀波羅蜜等亦如是雖無差別皆是般若力故不得言大何以獨稱般若爲大須菩提雖掌開釋猶未善解復以異塗而問世尊若實義中無差別云何般若於五波羅蜜爲上先説未得聖道空今説得聖道空是故説第一實義第一實義聖道是最可信是中亦無差別佛可言如是如是我説六波羅蜜分別皆爲世俗故何以故世人不可但爲説諸法實相聞則迷悶生於疑悔是故以第一義

爲心用世俗語言爲説是故説分別有諸波羅蜜教化衆生衆生實無有法皆是空不生不死不退不起色等法亦如是是故般若波羅蜜雖空能示如是事故譬如玉女寶於衆女中最爲第一而最上最妙須菩提白佛佛以何意故常説般若最上者須菩提種種因縁説般若五波羅蜜無差別佛亦然可其所説而復言般若最上佛言般若波羅蜜守護一切善法至薩婆若中住者一切法雖空若無般若一切諸善法皆不能至薩婆若善法者五波羅蜜三十七品大慈悲等諸菩薩法問曰若行諸善法亦能至薩婆若何以但説般若故得至答曰雖諸善法和合能破煩惱得阿耨多羅三藐三菩提而般若波羅蜜於中功力最大譬如大軍摧敵而主將得功名

復有人言諸善法不得般若不得至薩婆若般若不得諸善法獨能至薩婆若如經説師子雷音佛國寶樹莊嚴其樹常出無量法音所謂一切法畢竟空無生無滅等其土人民生便聞此法音故不起惡心得無生法忍如此人何有布施持戒等諸功德亦有狂人醉人從佛聞四諦即時得道如是等無有智慧行餘法得道無有是處須菩提問佛般若畢竟空不取聖法不捨凡夫法云何佛言是般若能至薩婆若住佛可其言如是如是是般若波羅蜜無取無捨雖言取薩婆若以不取法故取住義亦如是此中佛自説因縁所謂一切法不取相一切法者色乃至菩提是法虛誑從因縁生自性無故不取不捨故不捨以不憶念取相故須菩提言若不憶念色等

法云何增長善根善根不增長云何得阿耨多羅三藐三菩提佛答若菩薩能滅一切法中憶念即是空無相無作解脱門解脱即是諸法實相雖有善根以取相若心顛倒故不增長譬如種穀其苗雖好穢草多故不能增長此中說因緣以衆生憶念故生三界善不善處若無憶念則不著不著則不生須菩提從佛聞是已思惟籌量是法畢竟空無所有若行是法亦應無所得無住處何以故因果相似故是故問佛菩薩作是念行般若何所住何所得佛答色等一切法中不住乃至不住中亦不住不取相故不著不著故則不住此中佛自說因緣是菩薩不見法有可著可住著者住者此中法難破故但說法不說著者須菩提若菩薩住是衆生空法空作是念

我能如是行者則是失則是離何以故般若波羅蜜是不著相是菩薩以我心外著空内著我不如般若行故言遠離般若何以故般若波羅蜜是不著相以性無故上以著空故失今以破空得般若而著般若無性故失失故不得受記若作是念住般若中能生檀波羅蜜等者亦復是失問曰上二失因緣可爾今以何爲失答曰上二失以著空著無性法故更不能修檀波羅蜜等功德而生邪見故作是念若法都空復何所行是人以不著空不著無性故行檀波羅蜜等作是念能不著空無性而能行是功德是爲眞道是亦爲失以其心有悕望故若失般若則不能行檀波羅蜜乃至大悲何以故阿耨多羅三藐三菩提是眞實法般若波羅蜜與此相似檀等諸

善法不相似以其取相著故若菩薩自憶想分別一切法不取相諸佛知是已得阿耨多羅三藐三菩提不取相者名畢竟空不可取諸相滅故亦爲他開示演說則失般若是人以求空則失無性亦失我是凡夫生死人諸煩惱未盡云何能得但隨佛語自不分別而定心爲他人說不取一切相是佛法種種因緣以此事開示教詔是亦爲失何以故諸佛於諸法無所得取義亦如是是不取相法乃至假名字不可說何況有所得諸法寂滅相無諸戲論一切語言道斷故須菩提作是念若空有失空空中亦有失無取法中亦有失然不可無道今當問佛云何行者無是過失佛答若菩薩知諸法畢竟空無所有不可取是法不可得知如是行者則無失菩薩著畢竟空著無性著菩薩所行道佛說三種皆失菩薩聞是已則捨著心今猶著佛所行未息如佛所行必是眞道我但當隨佛行一切法無所有不取相是故爲失今能如佛心中所得法如是法相佛亦無所得無所得故不貪貴佛不輕賤餘人於一切衆生其心平等此更問如是是清淨般若無有過失離自相不著不離自相是即有著法若離自相云何可行佛答若菩薩於一切法不生是名能行般若是菩薩不說是色若常若無常等是色誰色是色破色誰色破人色乃至一切種智亦如是若法如是畢竟空推求不可得是不可生所以者何性不能生性無性不能生無性如是等破顛倒得實論議皆是般若波羅蜜力餘波羅蜜皆隨從譬如轉輪聖王有所至

處四種兵常隨從聖王福故四種兵皆能飛般若力故諸餘法皆是實性同至佛道復次譬如善御駕駟不失平道馬雖有致車之力若無御者則不能有所至布施等如是雖有功德果報力無般若調御不能至佛道如是種種譬喻五波羅蜜入般若中雖無差別以是事故而般若波羅蜜最尊最妙須菩提聞佛種種因緣說般若最大又聞不行是行般若波羅蜜是故問佛世尊何等是菩薩道何等非菩薩道佛答二乘非菩薩道雖有凡夫及諸煩惱非菩薩道麤故不說二乘同行空同求涅槃故說非菩薩道麤事人不疑細事人疑故薩婆若是菩薩道因中說果故須菩提歡喜讚歎般若作是言世尊般若波羅蜜為大事故起如經中廣說乃至諸法常住故

須菩提難若般若無所生無所滅云何行布施持戒等佛答以般若無所生無所滅即是畢竟空畢竟空故不妨行六波羅蜜菩薩聞種種因緣讚一切智爲一切智故行布施等法是法爲度一切衆生故迴向阿耨多羅三藐三菩提是六波羅蜜功德安立諸法實相中迴向阿耨多羅三藐三菩提如是菩薩具足六波羅蜜慈等諸功德不顛倒正行善根故須菩提問菩薩云何應習六波羅蜜佛答菩薩觀色等諸法不合不散色等諸法顛倒煩惱和合故合以正智慧觀故散菩薩以利智慧深觀則無法合顛倒煩惱皆虛誑故非合如先破染染者事中說是故菩薩知諸法本不合故亦無散則不生高心復次菩薩不應作是念我以眞智慧令色等諸法清淨而

住其中何以故色等法無住處如地住於水水住於風風住於空空無所住以本無住處故一切都無住菩薩應如是住無住法中得阿耨多羅三藐三菩提此中說譬喻子是般若波羅蜜果是阿耨多羅三藐三菩提若人欲得阿耨多羅三藐三菩提應當種般若波羅蜜子人是行者水是五波羅蜜如人漑灌樹時雖未見果實時至則得時節和合是具足諸法如經中說讚歎般若若菩薩欲不隨他行得諸法實相若有邪見人來破壞覺而不隨若欲淨佛國土坐道場轉法輪當學般若須菩提問佛如佛所教菩薩當學般若佛言我教令學般若須菩提作是念一切法平等相何以故但教學般若佛答學是般若波羅蜜於一切法得自在故我教學般若波羅蜜般若波羅蜜於一切法中最大如佛於一切衆生中最尊又如萬川大海爲大如經中說射師喻若菩薩能如是一切法中行自在般若魔若魔人所不能勝何況增上慢及邪見人是菩薩爲十方諸佛所念諸佛念義如先說此中佛說若菩薩行六波羅蜜亦能觀六波羅蜜畢竟空如是人有大功夫故爲諸佛所念譬如勇士入陣破賊而不被鎗則爲主所念菩薩亦如是破諸煩惱賊具足六波羅蜜而不著六波羅蜜則爲諸佛所念諸佛不取是菩薩色故念不取受想行識故念何以故色等諸法虛誑不實故諸佛觀是菩薩身如實相故念須菩提歡喜言菩薩多有所學亦學俗法亦學道法亦學諸波羅蜜亦學畢竟空亦學起亦學滅凡人學起不能學滅

聲聞學滅不能學起菩薩亦學起亦學滅是故言多有所學是起滅如幻如夢畢竟空故實無所學佛可其言自說因緣菩薩所學皆無所得須菩提白佛言世尊佛所說法若略若廣菩薩所應學何以故言所學皆無所得須菩提意如佛所說八萬四千法聚十二部經若廣若略諸三乘人所學此中說菩薩欲得阿耨多羅三藐三菩提應學六波羅蜜若略若廣學者應當受持親近是法讀誦思惟正觀乃至入無相三昧心心數法不行菩薩能如是學則能知諸法略廣相廣者從八萬四千法聚已來無量佛法略者乃至小品小品中一品一品中一段復次略者知諸法一切空無相無作無生無滅等廣者諸法種種別相分別如後善知識中說須菩提問云何菩薩知一切法略廣相佛答若知諸法如如相者所謂不生不滅不住異問曰若如一相無生相云何菩薩知是如故知諸法總相別相總相別相即是略廣相答曰如名諸法實相常住不壞不隨諸觀菩薩得是如即破無明邪見等諸顛倒是人得實法故一切世間法總相別相了了先知凡夫時智慧眼病以無明顛倒覆故不能實知問曰實法相者所謂空無相無作諸智滅云何言得如實相故了了知諸法總相別相答曰我已先答而汝於如中取相故復作是難汝若知如不應作是難是如畢竟無相故不妨知諸法總相別相以智慧眼了了故復次譬如人年既長大乃知小時所行皆愚癡可笑菩薩亦如是入諸法實相起已還在顛倒果報六情中念寂

滅解脫樂乃知世間六情所著皆是虛誑可捨法是名總相於此中分別不淨有上中下無常苦空無我等亦如是乃至八萬四千種諸錯謬復次知如法性實際故亦知諸法略廣相如法性實際差別義如初品中說此中佛說非際是實際非際者無相可取無定法可著得法性故知色等十八性皆是法性法性相者佛說無分無非分無分者不可示此示彼無分別無相無量無非分者不著是無相無量等破量相法性二事妨故不見一有相有量二無相無量有相有量為麤無相無量為細是故說法性相無分無非分菩薩入三解脫門住如等三實法則能籌量知一切法總相別相須菩提聞佛答已欲更問無量佛法異門事佛答知一切法無合無散故則知諸法總相別相問曰眼見二指有合散云何言無合散答曰我先言肉眼所見與牛羊無異不可信復次三節皮肉具足為指指無定法復次設有指法亦不盡合一分合多分不合多分不合故不得言指合問曰以少合故名為合答曰指少分不名為指云何言指合若多分不合不名為合何以少分合故名為合是故不得言二指合復次指與分不異不一故即是無指無指故無合入破一異門中則都無合如佛此中說一切法自性無性無故即是無法無法云何有合散須菩提聞佛說如法性實際不合不散四門知略廣相是故須菩提言世尊是名略攝般若波羅蜜略攝門是安隱道故一切菩薩所應學

大智度論卷第八十二

大智度論卷第八十三

龍樹菩薩造

姚秦三藏法師鳩摩羅什譯

釋方便品第六十九之下

【經】世尊是門利根菩薩摩訶薩能入佛言鈍根菩薩亦可入是門中根菩薩散心菩薩亦可入是門是門無礙若菩薩摩訶薩一心學者皆入是門懈怠少精進妄憶念亂心者所不能入精進不懈怠正憶念攝心者能入欲住阿鞞跋致地欲逮一切種智者能入是菩薩摩訶薩如般若波羅蜜所說當學乃至如檀波羅蜜所說當學是菩薩摩訶薩當得一切智是菩薩摩訶薩行般若波羅蜜所有魔事欲起即滅以是故菩薩摩訶薩欲得方便力當行般若波羅蜜若菩薩摩訶薩如是行如是習如是修般若波羅蜜是時無量阿僧祇國土現在諸佛念是行般若波羅蜜菩薩何以故是般若波羅蜜中生過去未來現在諸佛故以是故菩薩摩訶薩應如是思惟過去未來現在諸佛所得法我亦當得如是須菩提菩薩摩訶薩應習般若波羅蜜若如是習般若波羅蜜疾得阿耨多羅三藐三菩提以是故菩薩摩訶薩常應不遠離薩婆若念若菩薩摩訶薩如是行般若波羅蜜乃至彈指頃是菩薩福德甚多若有人教三千大千世界中衆生自恣布施教令持戒禪定智慧教令得解脫解脫知見教令得須陀洹果乃至阿羅漢果辟支佛道不如是菩薩修般若波羅蜜乃至彈指頃何以故是般若波羅蜜中生布施持戒禪定智慧須陀洹果乃至辟

支佛道今十方現在諸佛亦從般若波羅蜜中生過去未來諸佛亦從般若波羅蜜中生故復次須菩提菩薩摩訶薩應薩婆若念行般若波羅蜜若須臾時若半日若一日若一月若百日若一歲若百歲若一劫若百劫乃至無量無邊阿僧祇劫是菩薩修是般若波羅蜜福德甚多勝於教十方恒河沙等世界中衆生布施持戒禪定智慧解脱解脱知見教令得須陀洹果乃至辟支佛道何以故諸佛從般若波羅蜜中坐説是布施持戒禪定智慧解脱解脱知見須陀洹果乃至辟支佛道若有菩薩摩訶薩如般若波羅蜜所説住當知是菩薩摩訶薩是阿鞞跋致爲諸佛所念如是方便力成就當知是菩薩親近供養無量千萬億諸佛種善根與善知識相隨久行六波羅蜜久修十八空四念處乃至八聖道分佛十力乃至一切種智當知是菩薩住法王子地滿足諸願常不離諸佛不離諸善根從一佛國至一佛國當知是菩薩辯才無盡具足得陀羅尼身色具足受記具足故爲衆生受身當知是菩薩善知字門善知非字門善於言善於不言善於一言善於二言善於多言善知女語善知男語善知色乃至識善知世間性善知涅槃性善知法相善知有爲相善知無爲相善知有法善知無法善知自性善知他性善知合法善知散法善知相應法善知不相應法善知相應不相應法善知如善知不如善知法性善知法位善知緣善知無緣善知陰善知界善知入善知四諦善知十二因緣善知禪善知無量心善知無

色定善知六波羅蜜善知四念處乃至善知一切種智善知有爲性善知無爲性善知有性善知無性善知色觀善知受想行識觀乃至善知一切種智觀善知色色相空善知受想行識識相空乃至善知菩提菩提相空善知捨道善知不捨道善知生善知滅善知住異善知欲善知瞋善知癡善知不欲善知不瞋善知不癡善知見善知不見善知邪見善知正見善知一切見善知名善知色善知名色善知因緣善知次第緣善知緣緣善知增上緣善知行相善知苦善知集善知滅善知道善知地獄善知餓鬼善知畜生善知人善知天善知地獄趣善知餓鬼趣善知畜生趣善知人趣善知天趣善知須陀洹善知須陀洹果善知須陀洹道善知斯陀含善知斯陀含果善知斯陀含道善知阿那含善知阿那含果善知阿那含道善知阿羅漢善知阿羅漢果善知阿羅漢道善知辟支佛善知辟支佛果善知辟支佛道善知佛善知一切種智善知一切種智道善知諸根善知諸根具足善知慧善知疾慧善知有力慧善知利慧善知出慧善知達慧善知廣慧善知深慧善知大慧善知無等慧善知實慧善知過去世善知未來世善知現在世善知方便善知待衆生善知心善知深心善知義善知語善知分別三乘須菩提菩薩摩訶薩行般若波羅蜜生般若波羅蜜修般若波羅蜜得如是等利益

論釋曰須菩提意以四種門雖安隱以甚深故利根者乃得入佛答無不入者須菩提明

智慧利根者能入佛意但一心精進欲學者可入譬如熱時清涼池有目有足皆可入雖近不欲入者則不入四門般若波羅蜜池亦如是四方衆生無有遮者不懈怠者是正精進不妄念者是正念不亂心者是正定如是等四門是正見正見等安住是戒行此八聖道能得般若波羅蜜須菩提小乘智短故但說利根者能入佛大乘大智故說雖中根鈍根八法和合故能入是四門佛此中以大悲氣故說中根鈍根皆可得入若菩薩能如般若所說六波羅蜜學不久當得薩婆若如聲聞法中不但以正見得道以八分合行故大乘法亦如是不但學般若故得薩婆若與五波羅蜜合故得是故說菩薩如所說般若波羅蜜當學得一切智問曰上說但般若能至一切種智今何以言與五波羅蜜合故得至答曰常說與六波羅蜜合故得至或時有清淨佛國但聞實相得至薩婆若不用次第行諸波羅蜜此中說菩薩得薩婆若則般若功報已足今但讚行般若人力勢如經中說是菩薩行般若所有魔事起即滅從上諸佛所念來至此皆是讚菩薩行般若功德乃至分別善知三乘善知字門者如文字陀羅尼中說非字名如法性實際此中無文字略說義是菩薩無量福德力故善知二法世間及涅槃若猒世苦則念涅槃若欲沒涅槃還念世間集諸福德道故善知字破福德中顛倒故善知無字語不語亦如是一語者以是一語能分別多少淨語不淨語一語二語多語男語女語等音聲各異菩薩善知是事故能伏

諸邪道及諸豪勝善知色乃至識二種相若常若無常如先說善知捨道者菩薩從一地至一地捨下地不憂得上地不貪不捨道者住是地中邪見次世間正見一切見學無學等諸見行者十六行善知須陀洹者人也須陀洹道者見諦道也須陀洹果第十六心心數法及無漏戒等諸法乃至佛亦如是善知諸根者善分別二十二根有人言觀可度衆生根有利鈍具足者可度不具足者未可度又菩薩亦自知善根具足不具足如鳥子自知毛羽具足爾乃可飛慧者一切智慧總相疾慧者速知諸法有人雖疾而智力不强如馬雖疾而力弱有人雖有强智力而不利譬如鈍斧雖有大力不能破物出慧者於種種難中能自拔出亦能於諸煩惱中自拔出三界入涅槃達慧者究盡通達於佛法中乃至漏盡得涅槃破壞諸法到法性中廣慧者道俗種種經書論議於佛法中有無無不悉知深慧者觀一切法無礙無相不可思議世間深智慧者能知久遠事利中有衰衰中有利大慧者總具上諸慧名爲大又復一切衆生中佛爲大諸法中般若爲大知佛信法與大法和合故名爲大無等慧者於般若中不著般若能如是深入更無法可喻復次菩薩漸漸行道到不可思議性中無有與等者故名無等實慧者如如意寶自無定色隨前物而變般若亦如是自無定相隨諸法行又如如意珠隨願皆得般若亦如是有人行者能得佛願何況餘者過去已滅未來未起不得言有不得言無於是中能行實相是名善知現

在法念念生滅故不可知而能通達是名善知現在世方便名欲成辦其事能具足因緣多少得所於中不令有失如菩薩雖行空不證實際雖行福德亦復不著待衆生者如賈客大將雖乘快馬能疾到所止故待衆人菩薩亦如是乘智慧快馬雖能疾入涅槃亦待衆生故不入善知衆生種種善惡心深心者現在雖惡其本則好如父母撾子外惡內善如佛度央掘魔羅知其淺心雖惡深心實善菩薩觀衆生信等五善根從深心中來是時可度義者有二亦法亦名語者語言以名字名物得義無礙法無礙故名善知義辭無礙樂說無礙故名善知語菩薩住是二善知中能以三乘度衆生是名善知分別三乘如是難解故說易解者不說問曰何以故先說善知色乃至識後說知衆界入何以先說善知緣後說因次第緣增上答曰先廣說後略說復有人言先五衆有三種善不善無記戒衆等五亦名爲五衆緣先略說後廣說

釋三慧品第七十之上

【經】須菩提白佛言世尊菩薩摩訶薩云何行般若波羅蜜云何生般若波羅蜜云何修般若波羅蜜佛言色寂滅故色空故色虛誑故色不堅實故應行般若波羅蜜受想行識亦如是如汝所問云何生般若波羅蜜如虛空生故應生般若波羅蜜如汝所問云何修般若波羅蜜修諸法破壞故應修般若波羅蜜須菩提言世尊行般若波羅蜜生般若波羅蜜修般若波羅蜜應幾時佛言從初發意乃至坐道場應行應生應修般若波羅蜜須菩

提白佛言世尊次第心應行般若波羅蜜佛言常不捨薩婆若心不令餘念得入爲行般若波羅蜜爲生般若波羅蜜爲修般若波羅蜜若心心數法不行故爲行般若波羅蜜爲生般若波羅蜜爲修般若波羅蜜須菩提白佛言世尊若菩薩摩訶薩修般若波羅蜜當得薩婆若不佛言不世尊不修般若波羅蜜得薩婆若不佛言不世尊修不修得薩婆若不佛言不世尊非修非不修得薩婆若不佛言不世尊若不爾云何當得薩婆若佛言菩薩摩訶薩得薩婆若如如相世尊云何如如相如實際云何如實際如法性云何如法性如我性衆生性壽命性世尊云何我性衆生性壽命性佛告須菩提於汝意云何我衆生壽命法可得不須菩提言不可得佛言若我衆生壽命不可得云何當說有我性衆生性壽命性若般若波羅蜜中不說有一切法當得一切種智須菩提言世尊但般若波羅蜜是不可說禪波羅蜜乃至檀波羅蜜亦不可說佛告須菩提般若波羅蜜不可說檀波羅蜜乃至一切法若有爲若無爲若聲聞法若辟支佛法若菩薩法若佛法亦不可說世尊若一切法不可說云何說是地獄是畜生是餓鬼是人是天是須陀洹是斯陀含阿那含阿羅漢辟支佛是諸佛佛告須菩提於汝意云何是衆生名字實可得不世尊不可得佛言若衆生不可得云何當說有地獄餓鬼畜生人天須陀洹乃至佛如是須菩提菩薩摩訶薩行般若波羅蜜時應當學一切法不可說須菩提言世尊菩薩摩訶薩學般若波羅

蜜時應學色受想行識乃至應學一切種智佛告須菩提菩薩摩訶薩學般若波羅蜜時應學色不增不減乃至應學一切種智不增不減須菩提言世尊云何色不增不減學乃至一切種智不增不減學佛言不生不滅故學世尊云何名不生不滅學佛言不起不作諸行業若有若無故世尊云何不起不作諸行業若有若無佛言觀諸法自相空故世尊云何應觀諸法自相空佛言應觀色色相空應觀受想行識識相空應觀眼眼相空乃至意色乃至法眼識界乃至意識界意識界相空應觀内空内空相空乃至應觀自相空自相空相空應觀四禪四禪相空乃至滅受想定滅受想定相空應觀四念處四念處相空乃至阿耨多羅三藐三菩提阿耨多羅三藐三菩提相空如是須菩提菩薩行般若波羅蜜時應行諸法自相空世尊若色色相空乃至阿耨多羅三藐三菩提阿耨多羅三藐三菩提相空云何菩薩摩訶薩應行般若波羅蜜佛言不行是名行般若波羅蜜世尊云何不行是行般若波羅蜜佛言般若波羅蜜不可得故菩薩不可得行亦不可得行者行法行處亦不可得故是名菩薩摩訶薩行不行般若波羅蜜一切諸戲論不可得故世尊若不行是菩薩摩訶薩行般若波羅蜜初發意菩薩云何行般若波羅蜜須菩提菩薩從初發意已來應學空無所得法是菩薩用無所得法故布施持戒忍辱精進禪定以無所得法故修智慧乃至一切種智亦如是須菩提白佛言世尊云何名有所得云何名無所得

佛告須菩提諸有二者是有所得無有二者是無所得世尊何等是二有所得何等是不二無所得佛言眼色爲二乃至意法爲二乃至阿耨多羅三藐三菩提佛爲二是名爲二世尊從有所得中無所得從無所得中無所得佛言不從有所得中無所得不從無所得中無所得須菩提有所得無所得平等是名無所得如是須菩提菩薩摩訶薩於有所得無所得平等法中應學須菩提菩薩摩訶薩如是學般若波羅蜜是名無所得者無有過失須菩提白佛言世尊若菩薩行般若波羅蜜不行有所得不行無所得云何從一地至一地得一切種智佛告須菩提菩薩摩訶薩行般若波羅蜜時不住有所得中從一地至一地何以故有所得中住不能從一地至一地何以故須菩提無所得是般若波羅蜜相無所得是阿耨多羅三藐三菩提相無所得亦是行般若波羅蜜者相須菩提菩薩摩訶薩應如是行般若波羅蜜須菩提白佛言世尊若般若波羅蜜不可得阿耨多羅三藐三菩提亦不可得行般若波羅蜜者亦不可得云何菩薩摩訶薩分别諸法相是色是受想行識乃至是阿耨多羅三藐三菩提佛告須菩提菩薩摩訶薩行般若波羅蜜時不得色不得受想行識乃至不得阿耨多羅三藐三菩提世尊若菩薩摩訶薩行般若波羅蜜時色不可得乃至阿耨多羅三藐三菩提不可得云何具足檀波羅蜜乃至具足般若波羅蜜入菩薩法位中入已淨佛國土成就衆生得一切種智得一切種智已轉法輪作佛事

度衆生生死佛告須菩提菩薩摩訶薩不爲色故行般若波羅蜜乃至不爲阿耨多羅三藐三菩提故行般若波羅蜜須菩提白佛言世尊菩薩爲何事故行般若波羅蜜佛言無所爲故行般若波羅蜜何以故一切諸法無所爲無所作般若波羅蜜亦無所爲無所作阿耨多羅三藐三菩提亦無所爲無所作菩薩亦無所爲無所作如是須菩提菩薩摩訶薩應行般若波羅蜜無所爲無所作

論釋曰聽者聞種種讚般若功德得善知一切事而貴愛是般若波羅蜜方便欲得須菩提知衆人意是故問佛世尊云何行般若云何生云何修有人言行者在乾慧地生者得無生忍法修者得無生忍法後以禪波羅蜜熏修般若佛答五衆是一切世間心所行結縛處涅槃是寂滅相菩薩以般若波羅蜜利智慧力故能破五衆通達令空即是涅槃寂滅相從寂滅出住六情中還念寂滅相知世間諸法皆是空虛誑不堅實是名般若行般若無定相故不可得說若有若無言語道斷故空如虛空是故說如虛空生又如虛空虛空中無有法生虛空亦不能有所生所以者何無法無形無觸無作相故般若波羅蜜亦如是復有人言有是虛空但以常法無作故不能生是爲定相摩訶衍中虛空名無法不得說常不得說無常不得言有不得言無非有非無亦不可得滅諸戲論無染無著亦無文字般若波羅蜜亦如是能觀世間似如虛空是名生般若波羅蜜菩薩得般若巳入甚深禪定以般若力故觀禪定及禪定緣皆破

壞何以故般若波羅蜜捨一切法不著相故是名修般若波羅蜜聽者作是念一切法皆有時節是故須菩提問般若波羅蜜應幾時行佛答從初發心乃至坐道場應行問曰菩薩從初發心應行十地六波羅蜜三十七品一切善法何以但說行般若答曰須菩提但問般若故佛答以行般若又復是一切法皆與般若波羅蜜和合以般若大故不說餘法問曰般若波羅蜜無量無限何以故以道場爲限答曰先已答是般若到佛心中轉名薩婆若理雖一名變故言至道場應行菩薩至道場發意已來所得諸法皆捨得無礙解脫故皆通達三世問曰彈指須六十念念念生滅云何一心常念薩婆若不令餘念得入答曰心有二種一者念念生滅心二者相續次第生總名一心以相續次第生故雖多名爲一心是時不令貪恚等心相續得入何以故貪恚等心久住則能障般若波羅蜜念少則不能爲害此爲新發意菩薩故說復有大菩薩雖行餘諸善法皆與般若和合能令念念中餘心不入菩薩多於般若中起種種戲論及諸邪心是故佛教常念薩婆若不令餘心得入常念者心不餘向縱使死急事至不忘薩婆若般若波羅蜜行相者所謂心心數法不行問曰凡夫人入無想定若生無想天聖人住有餘涅槃入滅盡定一切聖人入無餘涅槃心心數法皆不行是則心心數法不行菩薩行般若時云何心心數法不行答曰是事阿毗曇中說非大乘中義小乘大乘種種差别如先說是故不應以阿毗曇難摩訶衍

復次無相三昧中色等諸相滅故名無相以無相故不應生心心數法此亦非無想定滅盡定問曰無相義佛種種說或名見諦道信行法行爲無相人以疾故或說無色定想微細難覺故亦名無相或以三解脱門中緣涅槃故名無相是故不得但以無相故名心心數法不行乃至緣涅槃無相法心心數法不滅何况緣有相法答曰見諦道中無色定中說無相可爾若言緣涅槃無相法是事不然佛常種種讚歎涅槃無相無量不可思議法即是無相無緣法汝云何言緣問曰滅男女色等相故名無相不言無涅槃相行者取是涅槃相生心心數法是名緣答曰佛說一切有爲生法皆是魔網虚誑不實若緣涅槃心心數法是實則失有爲虚誑相若不實不能見涅槃是故汝言涅槃有相可緣是事不爾問曰佛自說涅槃法有三相云何言無相答曰是三相假名無實何以故破有爲三相故說無生無滅無住異無爲更無別相復次生相先已種種因緣破生畢竟不可得故云何有無生離有爲相無爲相不可得是故無爲但有名字無有自相復次佛法眞實寂滅無戲論若涅槃有相即是有定相可取便是戲論戲論故而生諍訟若諍訟瞋恚尚不得生天人中何况涅槃是故如佛說涅槃無相無量不可思議滅諸戲論此涅槃相即是般若波羅蜜是故不應有心心數法如先品說菩薩行般若離心非心相若有非心相應當難言無心相云何行般若今離此二邊故不應難復次先世無明顛倒邪見因緣故得是身

是身中心心數法雖有善因緣生故無自性虚誑不實是善心果報受人天福樂皆是無常故能生大苦亦是虚誑不實何况不善無記心因虚誑故果亦虚誑般若波羅蜜眞故心心數法不行須菩提聞是心心數法不行故問佛世尊修般若波羅蜜得薩婆若不佛言不何以故修名常行積集皆應是心心數法力是故言不修修尚不得何况不修修不修者是般若無爲法故不修能觀實相故言修二俱有過故言不問曰若第三中有過第四有何過復言不答曰須菩提以取相著心問故佛言不以受修不修故有非修非不修是故佛言不若以不取相心說非修非不修則無有過須菩提四種問佛皆不聽心惑故後問世尊今云何當得薩婆若佛答如如相

如亦不解是故佛言如實際問曰如品中須菩提自善說如今云何有疑答曰是如無一定相是故不得不問答如有一定相者便應已解是如甚深無量故須菩提有處解有處不解譬如大水有人入深者入淺者皆名入水不得言入淺者不入水問曰何以不以如喻實際而以實際喻如實際有何易解故譬喻答曰如實際雖是一物觀時異如是諸法體性實際是行者心取證佛以須菩提得是實際爲證故以爲譬喻問曰常說法性次如實際次法性今法性何以在後答曰今欲以我性衆生性說畢竟空故轉次在後復次從見諦道學道中能觀諸法如無學道中煩惱盡故定心作證定心作證故於一切總相別相中通達名爲法性諸法本生處名爲性是

故以法性喻實際法性有聲聞分有大乘分須菩提於聲聞分中不疑大乘分中有疑故問佛欲以凡人所可解事爲證故言如我性衆生性壽命性須菩提更無所問佛欲結句故反問須菩提於汝意云何我法實有不須菩提得道故言無須陀洹尚不見我何況阿羅漢佛言汝以小乘鈍智尚不得我何況佛佛以智慧求我不可得云何可說如我不可說有一切法亦如是菩薩能行是不可說法故當得薩婆若不可說有不可分別若有若無須菩提問世尊諸法若不可分別云何分別說有地獄等五道須陀洹等諸聖道佛答衆生無有定法地獄但有假名字云何當分別說有等衆生及諸聖人從分別衆生等故有諸道名衆生實不可得如是須菩提菩薩應如是學不可說般若波羅蜜須菩提問世尊菩薩應學色等諸法令何以言學一切法不可說佛答菩薩雖應學色等法但應作不增不減故學不增不減義如先說此中佛自說得不增不減因緣若菩薩學不生不滅法即是學不增不減須菩提問云何學不生不滅佛答不起不作諸行業若有若無故有名三有欲有色有無色有無名斷滅邊離八聖道强欲求滅以是二事凡夫人起諸行業若善若不善是菩薩知諸法實相所謂不生不滅是故不作三種業不起業相應諸法是名無作解脱門不生不滅是無相解脱門復問世尊何等方便故能不作不起諸行業佛答若菩薩能觀諸法自相空所謂色色相空乃至阿耨多羅三藐三菩提阿耨多羅三藐三

菩提相空菩薩爾時能作二事一能不作不起諸行業二能於一切法中行自相空復問世尊若色等法自相空云何菩薩應般若波羅蜜中行佛答不行是名菩薩般若中行此中自說因緣般若波羅蜜體不可得行者行法行處不可得法空故般若波羅蜜不可得行處亦不可得衆生空故行者不可得一切戲論不可得故菩薩不行名爲般若波羅蜜行須菩提問若不行是般若行者初發心菩薩云何應行般若須菩提意若不行爲行者初發心菩薩心則迷悶若以行爲行者是則顛倒是故問佛答初發心菩薩應學無所得法無所得法即是無行學名以方便力漸漸行所謂布施時以無所得法故應布施諸法實相畢竟空畢竟空中無有法可得若有若無菩薩住如是智慧心中應若多若少布施布施物與者受者平等觀故所謂皆不可得乃至薩婆若亦如是須菩提作是念有所得故則是世間顛倒無所得故即是涅槃是故問佛云何有所得云何無所得佛略答二相是有所得無二相是無所得二相者眼一色一兩一和合名爲二以眼故知是色以色故知是眼眼色是相待法問曰若不見色時亦有眼云何眼不離色答曰以曾見色故名爲眼今雖不覩色以本爲名是故一切有爲法皆屬因緣因屬果果屬緣無有定自在者乃至意法菩薩佛亦如是凡夫無智各各分別作善不善業智者知是二法皆虛誑屬因緣不以是二爲二須菩提問是二法即是有所得不二法即是無所得世尊從有所得法中

無所得從無所得法中無所得爲緣諸法取相行道故得是畢竟空無所得爲不作緣不取相行道故得是畢竟空無所得若有所得中無所得者有所得即是顛倒行顛倒云何得實若無所得中得無所得者無所得即是無所有無所有云何能生無所有佛以二俱過故皆不聽有所得無所得二事皆能平等觀平等即是畢竟空無所得因無所得破有所得事既辦亦捨無所得如是菩薩於有所得無所得平等般若中應學若菩薩能如是學是名眞無所得者無有過失從一地至一地義亦如是須菩提問世尊若般若不可得菩提不可得菩薩不可得云何菩薩學般若分別諸法相所謂惱相是色苦樂相是受等若菩薩行般若波羅蜜色等法不可得云何能具足檀波羅蜜等諸善法云何能入菩薩位中如經中廣說佛語須菩提菩薩不以得色等諸法相故行般若復問爲何等事故行般若佛答以無所得故行般若何以故一切法空無相無作無起般若波羅蜜菩薩菩提亦無相無作無起菩薩爲一切法實相故行般若非以顛倒故須菩提菩薩應如是無作般若中行無作無起故

大智度論卷第八十三

音釋

阿鞞跋致 梵語也此云不退轉鞞駢迷切 撾 陟瓜切擊也 央掘魔羅 梵語也此云指鬘掘其月切 摩訶衍 梵語也此云大乘衍以淺切

大智度論卷第八十四

龍樹菩薩造
姚秦三藏法師鳩摩羅什譯

釋三慧品第七十之下

經 須菩提白佛言世尊若諸法無所爲無所作不應分別有三乘聲聞辟支佛佛乘佛告須菩提諸法無所爲無所作中無有分別有所爲有所作中有分別何以故凡夫愚人不聞聖法著五受衆所謂色受想行識著檀波羅蜜乃至著阿耨多羅三藐三菩提是人念有是色得是色乃至念有是阿耨多羅三藐三菩提得是阿耨多羅三藐三菩提是菩薩作是念我當得阿耨多羅三藐三菩提我當度衆生生死須菩提我以五眼觀尚不得色乃至阿耨多羅三藐三菩提是狂愚人無目而欲得阿耨多羅三藐三菩提度脫衆生生死須菩提白佛言世尊若佛以五眼觀不見衆生生死中可度者今世尊云何得阿耨多羅三藐三菩提分別衆生有三聚正定邪定不定須菩提我得阿耨多羅三藐三菩提初不得衆生三聚若正定若邪定若不定須菩提以衆生無法有法想我以除其妄著世俗法故說有得非第一義世尊非住第一義得阿耨多羅三藐三菩提耶佛言不也世尊住顚倒得阿耨多羅三藐三菩提耶佛言不也世尊若不住第一義中得亦不住顚倒中得將無世尊不得阿耨多羅三藐三菩提耶佛言不也我實得阿耨多羅三藐三菩提無所住若有爲相若無爲相須菩提譬如佛所化人不住有爲相不住無爲相化人亦有來有

去亦坐亦立須菩提是化人若行檀波羅蜜行尸羅波羅蜜羼提波羅蜜毗黎耶波羅蜜禪波羅蜜般若波羅蜜行四禪四無量心四無色定五神通行四念處乃至行八聖道分入空三昧無相三昧無作三昧行內空乃至無法有法空行八背捨九次第定佛十力四無所畏四無礙智大慈大悲得阿耨多羅三藐三菩提轉法輪是化人化作無量衆生有三聚須菩提於汝意云何是化人有行檀波羅蜜乃至有三聚衆生不須菩提言不也須菩提佛亦如是知諸法如化如化人度化衆生無有實衆生可度如是須菩提菩薩摩訶薩行般若波羅蜜如佛所化人行須菩提白佛言世尊若一切法如化佛與化人有何等差別佛告須菩提佛與化人無有差別何以故佛能有所作化人亦能有所作世尊若無佛化獨能有所作不佛言能有所作須菩提言世尊云何無佛化能有所作須菩提譬如過去有佛名須扇多爲欲度菩薩故化作佛已而自滅度是化佛住半劫作佛事授應菩薩行者記已滅度一切世間衆生知佛實滅度須菩提化人實無生無滅如是須菩提菩薩行般若波羅蜜當信知諸法如化世尊若佛佛所化人無差別者云何令布施清淨如人供養佛是衆生乃至無餘涅槃福德不盡若供養化佛是人乃至無餘涅槃福德亦應不盡耶佛告須菩提佛以諸法實相故與一切衆生天及人作福田化佛亦以諸法實相故與一切衆生天及人作福田佛告須菩提置是佛及於化佛所種福德若有善男子善

女人但以敬心念佛是善根因緣乃至畢苦其福不盡須菩提置是敬心念佛若有善男子善女人但以一華散虛空中念佛乃至畢苦其福不盡須菩提置是敬心念佛散華念佛若有人一稱南無佛乃至畢苦其福不盡如是須菩提佛福田中種其福無量以是故須菩提當知佛與化佛無有差別諸法法相無異故須菩提菩薩摩訶薩應如是行般若波羅蜜入諸法實相中是諸法實相不應壞所謂般若波羅蜜相乃至阿耨多羅三藐三菩提相不應壞須菩提白佛言世尊若諸法實相不應壞佛何以壞諸法相言是色是受想行識是內法是外法是善法是不善法是有漏是無漏是世間是出世間是有諍法是無諍法是有爲法是無爲法等世尊將無壞諸法相佛告須菩提不也以名字相故示諸法欲令衆生解佛不壞諸法法相須菩提白佛言世尊若以名字相故說諸法令衆生解世尊若一切法無名無相云何以名相示衆生欲令解佛告須菩提隨世俗法有名相實無著處須菩提如凡人聞說苦著名隨相須菩提諸佛及弟子不著名不隨相須菩提若名著名相著相空亦應著空無相亦應著無相無作亦應著無作實際應著實際法性應著法性無爲性應著無爲性須菩提是一切法但有名相是法不住名相中如是須菩提菩薩摩訶薩但名相中住應行般若波羅蜜是名相中亦不應著世尊若一切有爲法但名相者菩薩摩訶薩爲誰故發阿耨多羅三藐三菩提心受種種勤苦菩薩行道時布施

持戒行忍辱勤精進入禪定修智慧行四禪四無量心四無色定四念處乃至八聖道分行空行無相行無作行佛十力乃至具足大慈大悲佛言如須菩提所說若一切有爲法但有名相者菩薩摩訶薩爲誰故行菩薩道須菩提若有爲法但名相等是名相名相相空以是故菩薩摩訶薩行菩薩道得一切種智得一切種智已轉法輪轉法輪已以三乘法度脫衆生是名相亦無生無滅無住異爾時須菩提白佛言世尊世尊說一切種智佛告須菩提我說一切種智須菩提言佛說一切智說道種智說一切種智是三種智有何差別佛告須菩提薩婆若是一切聲聞辟支佛智道種智是菩薩摩訶薩智一切種智是諸佛智須菩提白佛言世尊何因緣故薩婆若是聲聞辟支佛智佛告須菩提一切名所謂内外法是聲聞辟支佛能知不能用一切道一切種智須菩提言世尊何因緣故道種智是諸菩薩摩訶薩智佛告須菩提一切道菩薩摩訶薩應知若聲聞道辟支佛道菩薩道應具足知亦應用是道度衆生亦不作實際證須菩提白佛言世尊如佛說菩薩摩訶薩應具足諸道不應以是道實際作證耶佛告須菩提是菩薩未淨佛土未成就衆生是時不應實際作證須菩提白佛言世尊菩薩住道中應實際作證佛言不也世尊住非道中實際作證佛言不也世尊住道非道實際作證佛言不也世尊住非道亦非非道實際作證佛言不也世尊菩薩摩訶薩住何處應實際作證佛告須菩提於汝意云何汝住道

中不受諸法故漏盡心得解脱不須菩提言不也世尊汝住非道漏盡心得解脱不不也世尊汝住道非道漏盡心得解脱不不也世尊汝住非道亦非非道漏盡心得解脱不不也世尊我無所住不受諸法漏盡心得解脱佛告須菩提菩薩摩訶薩亦如是無所住應實際作證須菩提言世尊云何爲一切種智相佛言一相故名一切種智所謂一切法寂滅相復次諸法行類相貌名字顯示說佛如實知以是故名一切種智須菩提白佛言世尊一切智道種智一切種智是三智結斷有差別有盡有餘不佛言煩惱斷無差別諸佛煩惱習一切悉斷聲聞辟支佛煩惱習不悉斷世尊是諸人不得無爲法得斷煩惱耶佛言不也世尊無爲法中可得差別不佛言不也世尊若無爲法中不可得差別何以故說是人煩惱習斷是人煩惱習不斷佛告須菩提習非煩惱是聲聞辟支佛身口有似婬欲瞋恚愚癡相凡夫愚人爲之得罪是三毒習諸佛無有須菩提白佛言世尊若道無法涅槃亦無法何以故分別說是須陀洹是斯陀含是阿那含是阿羅漢是辟支佛是菩薩是佛佛告須菩提是皆以無爲法而有分別是須陀洹是斯陀含是阿那含是阿羅漢是辟支佛是菩薩是佛世尊實以無爲法故分別有須陀洹乃至佛佛告須菩提世間言說故有差別非第一義第一義中無有分別說何以故第一義中無言說道斷結故說後際須菩提言世尊諸法自相空中前際不可得何況說有後際佛告須菩提如是如是諸法自

相空中無有前際何況有後際無有是處須菩提以衆生不知諸法自相空故爲説是前際是後際諸法自相空中前際後際不可得如是須菩提菩薩摩訶薩應以自相空法行般若波羅蜜須菩提若菩薩行自相空法則無所著若内法若外法若有爲法若無爲法若聲聞法辟支佛法若佛法須菩提白佛言世尊常説般若波羅蜜般若波羅蜜以何義故名般若波羅蜜佛言得第一度一切法到彼岸以是義故名般若波羅蜜復次須菩提諸佛菩薩辟支佛阿羅漢用是般若波羅蜜得度彼岸以是義故名般若波羅蜜復次須菩提分别籌量破壞一切法乃至微塵是中不得堅實以是義故名般若波羅蜜復次須菩提諸法如法性實際皆入般若波羅蜜中以是義故名般若波羅蜜復次須菩提是般若波羅蜜無有法若合若散若有色若無色若可見若不可見若有對若無對若有漏若無漏若有爲若無爲何以故是般若波羅蜜無色無形無對一相所謂無相復次須菩提是般若波羅蜜能生一切法一切樂説辯一切照明須菩提是般若波羅蜜魔若魔天聲聞辟支佛人及餘異道梵志怨讎惡人不能壞菩薩行般若波羅蜜何以故是人輩般若波羅蜜中皆不可得故須菩提是菩薩摩訶薩應如是行般若波羅蜜義復次須菩提菩薩摩訶薩欲行深般若波羅蜜義應行無常義苦義空義無我義亦應行苦智義集智義滅智義道智義法智義比智義世智義他心智義盡智義無生智義如實智義如是須菩

提菩薩摩訶薩爲般若波羅蜜義故應行般若波羅蜜須菩提白佛言世尊是深般若波羅蜜中義與非義皆不可得云何菩薩爲深般若波羅蜜義故應行般若波羅蜜佛告須菩提菩薩摩訶薩爲深般若波羅蜜義故應如是念貪欲非義如是義不應行瞋恚愚癡非義如是義不應行一切邪見無義如是義不應行何以故三毒如相無有義無有非義一切邪見如相無有義無有非義復次須菩提菩薩摩訶薩應作是念色非義非非義乃至識非義非非義檀波羅蜜乃至阿耨多羅三藐三菩提非義非非義何以故須菩提佛得阿耨多羅三藐三菩提時無有法可得若義若非義須菩提有佛無佛諸法法相常住無有是義無有非義如是須菩提菩薩摩訶

薩行般若波羅蜜應離義及非義須菩提白佛言世尊何以故般若波羅蜜非義非非義佛告須菩提一切有爲法無作相以是故般若波羅蜜非義非非義世尊一切賢聖若佛若佛弟子皆以無爲爲義云何佛言般若波羅蜜無有義非義佛言雖一切賢聖若佛若佛弟子皆以無爲爲義亦不以增亦不以損須菩提譬如虚空如不能益衆生不能損衆生如是須菩提菩薩摩訶薩般若波羅蜜無有增無有損世尊菩薩摩訶薩不學無爲般若波羅蜜得一切種智耶佛言如是如是須菩提菩薩摩訶薩學是無爲般若波羅蜜當得一切種智不以二法故世尊不以二法能得不二法耶佛言不也須菩提言二法能得不二法耶佛言不也須菩提言世尊菩薩摩

訶薩若不以二法不以不二法云何當得一切種智須菩提無所得即是得以是得無所得

論釋曰須菩提復問世尊若一切法無作無起相云何分別有三乘佛可其意更說因緣凡夫人未得道著五衆故亦著是空無作無起法故生疑云何分別有三乘汝已得道不著五衆亦不著空無作無起云何生疑佛此中自說因緣我以五眼尚不得色等諸法狂人無眼而欲得須菩提問若無法無衆生云何說有三聚衆生佛答我觀衆生一聚不可得云何有三但為欲破顛倒故分別有三能破顛倒者名正定必不能破顛倒者是邪定得因緣能破不得則不能破是名不定皆以世俗法故說非最第一義問曰佛實住第一義中得道何以答須菩提言不答曰須菩提為新發意者故問是故佛言不何以故顛倒有法中尚不可住何況第一義無所有中住是故須菩提疑若二處不住將無世尊不得正覺耶佛答實得阿耨多羅三藐三菩提道但無所住有為性虛誑不實無為性空無所有故不可住此中佛欲明了是事故說化佛譬喻如化佛不住有為性不住無為性而能來去說法問曰化人來去說法可爾云何能行檀波羅蜜等答曰不言化人能實行衆生眼見似有所行是化事如經中說乃至須扇多須菩提意已信伏種種因緣化佛眞佛等無異今猶少疑問佛若無分別者供養眞佛乃至無餘涅槃福故不盡供養化佛亦爾不佛答供養化佛眞佛其福不異何以故佛得

諸法實相故供養福無盡化佛亦不離實相故若供養者心能不異其福亦等問曰化佛無十力等諸功德云何與眞佛等答曰十力等諸功德皆入諸法實相若十力等離諸法實相則非佛法墮顛倒邪見問曰若爾眞化中定有諸法實相者何以言惡心出佛身血得逆罪不說化佛答曰經中但說惡心出佛身血不辯眞化若供養化佛得具足福者惡心毀謗亦應得逆罪惡人定謂化佛是眞而惡心出血血則爲出便得逆罪問曰若爾者毗尼中何以言殺化人不犯殺戒答曰毗尼中皆爲世間事攝衆僧故結戒不論實相何以故毗尼中有人有衆生逐假名而結戒爲護佛法故不觀後世罪多少又後世罪重戒中便輕如道人鞭打殺牛羊等罪重而戒輕讃歎女人戒中重後世罪輕殺化牛羊則衆人不嫌亦不譏論但自得心罪若殺眞化牛羊心不異者得罪等然制戒意爲衆人譏嫌故爲重是故經中說意業罪大非身口業如人大行布施不及行慈三昧行慈三昧衆生無所得而自得無量福邪見斷善根人不惱衆生而入阿鼻地獄是故供養化佛眞佛以心等故其福不異復次此中佛說置是化佛光相具足有人見石泥像等慈心念佛是人乃至畢苦其福不盡佛言復置泥像若有恭敬心雖不見佛像念佛故以華散空中其福亦得畢苦復置散華但一稱南無佛是人亦得畢苦其福不盡問曰云何但空稱名字便得畢苦其福不盡答曰是人曾聞佛功德能度人老病死苦若多若少供養及稱名字得

無量福亦至畢苦不盡是故福田無量故雖輙心布施其福亦無盡如是種種因緣譬喻故真佛化佛無異於佛福田供養者其福無量以一切法實相無別無異故爾時須菩提問佛世尊若諸法實相無壞故二佛無異今佛分別說諸法是色是受想行識乃至是有爲是無爲法將無壞諸法相耶佛答須菩提佛雖種種分別說諸法但以言說欲令衆生得解脫心無所著若二佛共語不應說諸法名字以衆生無及佛者欲牽引令解故說是善是惡如法華經說火宅以三乘引出諸子但以名相說諸法不壞第一義須菩提問雖以名相爲衆生說無有實事將無虛妄耶佛答聖人隨世俗言說於中無有名相著處佛此中自說因緣如凡夫說苦著名取相諸佛及弟子口說苦而心不著若著不名苦聖諦苦諦即是名相等無有定實凡夫著者亦是名相無有定實云何空名相中著空名相若空名相中著名相者空亦應著空無相亦應著無相無作亦應著無作乃至無爲性亦應著無爲性是法皆如凡夫苦諦相但有名相名相亦不住名相中菩薩入是名相等諸法門中住是名相般若中應觀一切法無有實須菩提問若一切法但有名相菩薩爲何等故發心如經中說佛答若一切法但有名相者名相中名相亦空是法皆畢竟空入如法性實際中是故菩薩能發阿耨多羅三藐三菩提乃至能以三乘度衆生若諸法有定實非名相者即是無生滅無生滅故無苦無集無盡無道云何以三乘度衆生若諸法但是

空名相無實者亦無生滅無生滅故無苦集盡道亦云何可度今菩薩知一切法名相等空則離世間顛倒亦知名相空亦離名相空如是離有離無處中道能度衆生佛意菩薩行是中道般若得一切種智爾時須菩提欲難故先定佛語乃問世尊說一切種智耶佛言我說一切種智復問佛常說三種智三種智有何差别佛答薩婆若是聲聞辟支佛智何以故一切名内外十二入是法聲聞辟支佛總相智皆是無常苦空無我等道種智是諸菩薩摩訶薩智道有四種一者人天中受福樂道所謂種種福德并三乘道爲四菩薩法應引導衆生著大道中若不任入大道者著二乘中若不任入涅槃者著人天福樂中作涅槃因緣世間福樂道是十善布施諸福德

三十七品是二乘道三十七品及六波羅蜜是菩薩道菩薩應了了知是諸道菩薩以佛道自爲爲人以餘三道但爲衆生是菩薩道種智須菩提問何以道種智爲菩薩事佛答菩薩應具足一切道以是道化衆生雖出入是道未教化衆生淨佛國土而不取證具足是事已然後坐道場乃取證是故須菩提道種智是菩薩事須菩提復問是菩薩住何處實際作證須菩提意若住道中作證是事不然有二過故一者有結使人不應有畢竟清淨正智若有則與佛無異若異者有煩惱習氣故應有錯謬二者一切有爲法皆是虚誑和合故有假名無有定實是故佛言不也若住道中尚不得何況非道道非道亦有二過故非道非不道以著心取相故亦言不也爾

時須菩提意或作是念佛所得道甚深不可得底是故復問菩薩住何處實際作證佛反問須菩提問曰佛何以故不直答而反問須菩提答曰須菩提自於所得道中了了無惑貴尚佛所證故四句戲論如有著心不了故問是故佛以須菩提所得證反問汝得道時住四句中得證耶答言不也我無所住而得漏盡汝以無所住而心得解脫當知菩薩摩訶薩亦如是不住四句而證實際是故佛反問復有人言四種答中是名反問答問曰須菩提住金剛三昧心得解脫云何言不住道中答曰住名取相定有是法是人更求無為勝法故不名為住有為法不為用故不於中住復有住言是名相凡夫法中便有分別是金剛是解脫得無相法則無所分別佛為無相法故反問須菩提汝不應以名相故問汝不應以名相為難一切種智是佛智一切種智名一切三世法中通達無礙智知大小精麤無事不知佛自說一切種智義有二種相一者通達諸法實相故寂滅相如大海水中風不能動以其深故波浪不起一切種智亦如是戲論風所不能動二者一切諸法可以名相文字言說了了通達無礙攝有無二事故名一切種智有人言十力四無所畏四無礙法十八不共法盡是智慧相和合名為一切種智復有人言金剛三昧次第得無礙解脫故若大小近遠深淺難易無事不知如是等種種無量因緣名一切種智須菩提聞是已問佛智慧故有上中下分別煩惱斷復有差別不佛言無差別斷時有差別斷已無差

別譬如刀有利鈍斷時有遲速斷已無差別如來煩惱及習都盡聲聞辟支佛但煩惱盡而習氣有餘須菩提問佛世尊三種斷是有爲是無爲佛答皆是無爲復問世尊無爲法中可得差別不佛答是法無相無量云何可得差別復問世尊若無差別云何說是斷中有餘是斷中無餘須菩提是習不名眞煩惱有人雖斷一切煩惱身口中亦有煩惱相出凡夫見聞是相已則起不清淨心譬如蜜婆私吒阿羅漢五百世在獼猴中今雖得阿羅漢猶騰跳樹木愚人見之即生輕慢是比丘似如獼猴是阿羅漢無煩惱心而猶有本習又如畢陵伽婆蹉阿羅漢五百世生婆羅門中習輕慠心故雖得阿羅漢猶語恒水神言小婢止流恒神瞋恚詣佛陳訴佛教懺悔猶稱小婢如是等身口業煩惱習氣二乘不盡佛無如是事如一婆羅門惡口一時以五百事罵佛佛無慍色婆羅門心乃歡喜即復一時以五百善事讚歎於佛佛亦無喜色當知佛煩惱習氣盡故好惡無異又復佛初得道實功德中出好名聲充滿十方唯佛自知而孫陀梨梵志女殺身謗佛惡名流布佛於此二事心無有異亦不憂喜又入婆羅門聚落中空鉢而出天人種種供養又復三月食馬麥釋提桓因恭敬以天食供養阿羅婆伽林中棘刺寒風佛在中宿又於歡喜園中在天白寶石上柔輭滑澤又敷天臥具於此好惡事中心無憂喜又提婆達多瞋心以石磓佛羅睺羅敬心合手禮佛於此二人其心平等如愛兩眼如是等種種干亂無有異想譬如

眞金燒磨鍛煉其色不變佛經此衆事心無增減是故可知諸佛愛恚等諸煩惱習氣都盡須菩提意若諸法實相中若道若涅槃無所有若無所有何以分別是須陀洹乃至辟支佛習氣未盡佛習氣盡佛言三乘聖人皆以無爲法而有差別雖因無爲有差別而有爲法中可得說須菩提欲定佛語故問世尊實以無爲法故有差別耶佛答世俗法語言名相故可分別第一法中無分別何以故第一義中一切語言道斷以一切心所行斷故但以諸聖人結使斷故說有後際後際者所謂無餘涅槃須菩提問世尊諸法自相空故前際不可得何況後際何以故因前際故有後際佛可其意以衆生不知諸法自相空故說是前際是後際自相空諸法中前後際不可得何以故若先有生則後有老死若離老死有生是則不死而生是生無因無緣若先老死後有生者不生云何有老死先後既不可得一時亦不可得以是故說自相空法中無有前後際佛言如是須菩提菩薩應以自相空法行般若內外法乃至佛法不著故問曰上來常說般若波羅蜜相今何以更問答曰不但問相人常說般若波羅蜜般若波羅蜜以何義故名般若佛言以第一度一切法到彼岸名般若波羅蜜第一度者聲聞人以下智度辟支佛以中智度菩薩以上智度故名第一度復次煩惱有九種上中下各有三品智慧亦有九種下下智慧從鈍根須陀洹來乃至上下是第一聲聞舍利弗等上中是大辟支佛上上是菩薩以上上智慧度故名

第一度聲聞辟支佛但總相度於別相少菩薩一切法總相別相皆了了知故名第一度復次菩薩度時智慧遍滿可知法中二乘人可知法中不能遍滿是故名第一度復次第一度者大乘福德智慧六波羅蜜三十七品具足滿故安隱度又十方諸佛大菩薩諸天皆來佐助安隱得度如人乘七寶船牢治行具上有種種好食有好導師遇隨意好風則爲好度若人乘草栰度恐怖不名好度復次佛說三乘人以是般若波羅蜜度到彼岸涅槃滅一切憂苦以是義故名般若波羅蜜復次是般若波羅蜜中一切法內外大小思惟籌量分別推求乃至如微塵不得堅實既到微塵則不可分別心心數法乃至一念中亦不可分別是般若波羅蜜中心色二法破壞推求不得堅實以是義故名般若波羅蜜復次般若名慧波羅蜜名到彼岸彼岸名盡一切智慧邊智慧名不可破壞相不可破壞相即是如法性實際以其實故不可破壞是三事攝入般若中故名爲般若波羅蜜復次般若波羅蜜無有法與法有合有散畢竟空故是般若無色無形無對一相所謂無相是義如先說如是等種種因緣故名般若義今當說般若力所謂般若能生一切智慧禪定等諸法能生一切樂說辯才以般若力故演說一句種種莊嚴窮劫不盡星宿日月不能照處般若能照能破邪見無明黑闇故魔若魔人求聲聞辟支佛人外道惡人所不能壞何以故菩薩行般若此諸惡人於般若中皆不可得故復次若行者一心信受諷誦諸惡不

能得便何況正憶念如說行如是須菩提菩薩應行般若義般若義者所謂無常義苦空無我義四諦智盡智無生智法智比智世智知他心智如實智義故應行般若是般若如大海有種種寶物或大或小唯一是如意寶般若波羅蜜亦有種種諸智慧寶無常等四聖行十智唯有如實智如如意寶問曰如先品說若常若無常等行不名行般若波羅蜜今何以言行無常等義故應行般若波羅蜜答曰我已先答無常有一種若著心戲論無常是不名行般若若以無著心不戲論無常為破常倒又不自生著心是名行般若問曰三藏中但有十智此中何以有如實智答曰是故名大乘大法能受小法小不能受大問曰十智各各有體相如實智有何等相答曰有人言能知諸法實相所謂如法性實際是名如實智相佛此中說如實智唯是諸佛所得何以故煩惱未盡者猶有無明故不能知如實二乘及大菩薩習未盡故不能遍知一切法一切種不名如實智但諸佛於一切無明盡無遺餘故能如實知問曰若除佛更無如實智者二乘云何得涅槃大菩薩得無生忍答曰如實智有二種一者遍滿具足二者未具足具足者佛不具足者二乘及大菩薩譬如闇室中為有所作故然燈所為已辦後來燈其明益增黑闇有二分一分初燈已除第二分後燈所除第二分闇與初燈明和合若不爾第二燈則無所用如是二乘及大菩薩智慧雖已破無明佛智慧所除無明分是諸人所不能除不得言初燈無照如是不得

言二乘及菩薩智慧是遍如實知遍如實智是佛但如實智二乘及菩薩所不共爾時須菩提問佛世尊若深般若中義非義不可得云何言菩薩爲深般若義故行般若佛答貪欲等煩惱非義不應行者諸法有三分貪欲等諸煩惱是非義六波羅蜜等諸善法是義色等法無記故非義非非義若人於煩惱及行煩惱者中生怨憎心於六波羅蜜等諸善法及行善法者中生愛念心於色等無記法及行無記法者中即生癡心如經中說凡人得受樂時生貪心受苦時生瞋心受不苦不樂時生癡心是故說菩薩應作是念欲貪等非義不應念以爲非如經廣說此中自說因緣惡法善法無記法一如相無有義非義如相無二無分別故復次佛得道時不見一法

若義若非義諸法實相有佛無佛常住不作義非義若如是知即是義但破分别心故說義非義不應行如是須菩提菩薩應行是離義非義般若波羅蜜須菩提復問何緣故般若非義非非義佛答一切法無作無起相故無所能作云何般若波羅蜜作義以非義須菩提復問世尊若一切諸佛及弟子皆以無爲法爲義佛何以說般若波羅蜜不能作義以非義佛答一切聖人雖以無爲法爲義不作義以非義無增無損故此中說譬喻如虚空如不能益衆生不能損衆生虚空無法故無有義以非義何況虚空如虚空雖無法一切世間因虚空故得有所作般若波羅蜜亦如是雖無相無爲而因般若能行五波羅蜜等一切佛道法以著心故說般若無義非義

無著心故說第一實義以世諦故說言義第一義中無有義復次般若有二種一者有爲二者無爲學有爲般若能具足六波羅蜜住十地中學無爲般若滅一切煩惱習成佛道今須菩提問佛世尊菩薩學無爲般若得一切智云何言無義佛答雖得薩婆若不以二法故得分別取相者是名二法復問不二法能得不二法耶佛答不也何以故不二法即是無爲無爲無有得不得相是無爲法不可行故復問若以不二法不得可以二法得不二法不答言不也何以故二法虛誑不實故云何行不實而得實法復問世尊若不以二不以不二云何當得一切種智佛答無所得即是得此中二不二即是無分別皆無所得是無所得不以有所得爲行雖行有爲法得是無所得心不取相故無所得何以故與空無相無作合行故

大智度論卷第八十四

音釋

懱 莫結切輕易也　搥 都回切與磓同以石投下也　鍛 丁貫切冶金曰鍛　栰 房越切箄栰也

大智度論卷第八十五

龍樹菩薩造

姚秦三藏法師鳩摩羅什譯

釋道樹品第七十一

【經】須菩提白佛言：世尊！是般若波羅蜜甚深，世尊！諸菩薩摩訶薩不得衆生，而爲衆生求阿耨多羅三藐三菩提，是爲甚難。世尊！譬如人欲於虛空中種樹，是爲甚難。世尊！菩薩摩訶薩亦如是，爲衆生故求阿耨多羅三藐三菩提，衆生亦不可得。佛告須菩提：如是！如是！諸菩薩摩訶薩所爲甚難，爲衆生故求阿耨多羅三藐三菩提，度著吾我顛倒衆生。須菩提！譬如人種樹，不識樹根莖枝葉華果，而愛護溉灌，漸漸長大，華葉果實成就，皆得用之。如是須菩提，諸菩薩摩訶薩爲衆生故求阿耨多羅三藐三菩提，漸漸行六波羅蜜，得一切種智成佛樹，以葉華果實益衆生。須菩提！何等爲葉益衆生？因菩薩摩訶薩得離三惡道，是爲葉益衆生。何等爲華益衆生？因菩薩得生刹利大姓、婆羅門大姓、居士大家、四天王天處，乃至非有想非無想處，是爲華益衆生。何等爲果益衆生？是菩薩得一切種智，令衆生得須陀洹果、斯陀含果、阿那含果、阿羅漢果、辟支佛道、佛道，是衆生漸漸以三乘法於無餘涅槃而般涅槃，是爲果益衆生。是菩薩摩訶薩不得衆生實法而度衆生，令離我顛倒著，作是念：一切諸法中無衆生、我所，爲衆生求一切種智，是衆生實不可得。須菩提白佛言：世尊！當知是菩薩爲如佛。何以故？是菩薩因緣故，斷一切地獄種、一切畜生種、一

切餓鬼種斷一切諸難斷一切貧窮下賤道斷一切欲界色界無色界佛言如是如是須菩提當知是菩薩摩訶薩如佛須菩提若菩薩摩訶薩不發心求阿耨多羅三藐三菩提世間則無過去未來現在諸佛世間亦無辟支佛阿羅漢阿那含斯陀含須陀洹三惡趣及三界亦無斷時須菩提汝所說是菩薩摩訶薩當知如佛如是如是須菩提當知是菩薩實如佛何以故以如故說如來以如故說辟支佛阿羅漢一切賢聖以如故說爲色乃至識以如故說一切法乃至有爲性無爲性是諸如如實無異以是故說名爲如諸菩薩摩訶薩學是如得一切種智得名如來以是因緣故說菩薩摩訶薩當知如佛以如相故如是須菩提菩薩摩訶薩應學如般若波羅蜜菩薩學如般若波羅蜜則能學一切法如學一切法如則得具足一切法如具足一切法如已於一切法如得自在於一切法如得自在已善知一切衆生根善知一切衆生根已知一切衆生根具足亦知一切衆生業因緣知一切衆生業因緣已得願智具足願智具足已淨三世慧淨三世慧已饒益一切衆生饒益一切衆生已淨佛國土淨佛國土已得一切種智得一切種智已轉法輪轉法輪已安立衆生於三乘令入無餘涅槃如是須菩提菩薩摩訶薩欲得一切功德自利利人應發阿耨多羅三藐三菩提心須菩提白佛言世尊是諸菩薩摩訶薩能如說行深般若波羅蜜一切世間天及人阿脩羅應當爲作禮佛告須菩提如是如是是菩薩摩訶薩能

如說行般若波羅蜜一切世間天及人阿脩羅應當爲作禮世尊是初發意菩薩摩訶薩爲衆生故求阿耨多羅三藐三菩提得幾所福德佛告須菩提若千國土中衆生皆發聲聞辟支佛意於汝意云何其福多不須菩提言甚多無量佛告須菩提其福不如初發意菩薩摩訶薩百倍千倍巨億萬倍乃至筭數譬喻所不能及何以故發聲聞辟支佛意者皆因菩薩出故菩薩終不因聲聞辟支佛出二千世界三千大千世界中亦如是置是三千大千世界中住聲聞辟支佛地者若三千大千世界中衆生皆住乾慧地其福多不須菩提言甚多無量佛言不如初發意菩薩百倍千倍巨億萬倍乃至筭數譬喻所不能及置是住乾慧地衆生若三千大千世界中衆生皆住性地八人地見地薄地離欲地已辦地辟支佛地是一切福德欲比初發意菩薩百倍千倍巨億萬倍乃至筭數譬喻所不能及須菩提若三千大千世界中初發意菩薩不如入法位菩薩百千萬倍巨億萬倍乃至筭數譬喻所不能及若三千大千世界中入法位菩薩不如向佛道菩薩百千萬倍巨億萬倍乃至筭數譬喻所不能及若三千大千世界中向佛道菩薩不如佛功德百千萬倍巨億萬倍乃至筭數譬喻所不能及須菩提白佛言世尊初發心菩薩摩訶薩當念何等法佛言應念一切種智須菩提言何等是一切種智一切種智何等緣何等增上何等行何等相佛告須菩提一切種智無所有無念無生無示如須菩提所問一切種智何等緣

何等增上何等行何等相須菩提一切種智無法緣念爲增上寂滅爲行無相爲相須菩提是名一切種智緣增上行相須菩提白佛言世尊但一切種智無法色受想行識亦無法内外法亦無法四禪四無量心四無色定四念處四正勤四如意足五根五力七覺分八聖道分空三昧無相三昧無作三昧八背捨九次第定佛十力四無所畏四無礙智十八不共法大慈大悲大喜大捨初神通第二第三第四第五第六神通有爲相無爲相亦無法佛告須菩提色亦無法乃至有爲相無爲相亦無法須菩提言世尊何因緣故一切種智無法色無法乃至有爲相無爲相亦無法佛言一切種智自性無故若法自性無是名無法色乃至有爲相無爲相亦如是世尊何因緣故諸法自性無佛言諸法和合因緣生法中無自性若無自性是名無法以是故須菩提菩薩摩訶薩當知一切法無性何以故一切法性空故以是故當知一切法無性須菩提白佛言世尊若一切法無性初發意菩薩以何等方便力能行檀波羅蜜淨佛世界成就衆生能行尸波羅蜜羼提波羅蜜毗梨耶波羅蜜禪波羅蜜般若波羅蜜行初禪乃至第四禪行慈心乃至捨心行空處乃至非有想非無想處内空乃至無法有法空四念處乃至八聖道分空三昧無相三昧無作三昧八背捨九次第定佛十力四無所畏四無礙智十八不共法大慈大悲能行一切種智淨佛世界成就衆生佛告須菩提菩薩摩訶薩能學諸法無性亦能淨佛世界成就衆

生知世界衆生亦無性即是方便力須菩提是菩薩摩訶薩行檀波羅蜜修學佛道行尸羅波羅蜜修學佛道行羼提波羅蜜毗梨耶波羅蜜禪波羅蜜般若波羅蜜修學佛道乃至行一切種智修學佛道亦知佛道無性是菩薩摩訶薩行六波羅蜜修學佛道乃至未成就佛十力四無所畏四無礙智十八不共法大慈大悲一切種智是爲修學佛道能具足是佛道因緣已用一念相應慧得一切種智爾時一切煩惱習永盡以不生故是時以佛眼觀三千大千世界無法尚不可得何況有法如是須菩提菩薩摩訶薩應行無性般若波羅蜜須菩提是名菩薩摩訶薩方便力無法尚不可得何況有法須菩提是菩薩摩訶薩若布施時布施無法尚不知何況有法

受者及菩薩心無法尚不知何況有法乃至一切種智得者得法得處無法尚不知何況有法何以故一切法本性爾非佛作非聲聞辟支佛作亦非餘人作一切法無作者故須菩提白佛言世尊諸法諸法性離耶佛言如是如是諸法諸法性離世尊若諸法諸法性離云何離法能知離法若有若無何以故無法不能知無法有法不能知有法無法不能知有法有法不能知無法世尊如是一切法無所有相云何菩薩摩訶薩作是分別是法若有若無佛言菩薩摩訶薩以世諦故示衆生若有若無非以第一義世尊世諦第一義諦有異耶須菩提世諦第一義諦無異也何以故世諦如即是第一義諦如衆生不知不見是如故菩薩摩訶薩以世諦示若有若無

復次須菩提衆生於五受衆中有著相故不知無所有爲是衆生故示若有若無令知清淨無所有如是須菩提菩薩摩訶薩應當作是行般若波羅蜜

【論】釋曰須菩提從佛聞無所得即是得歎未曾有白佛言世尊是般若甚深如經中廣説以樹爲譬喻葉華果實從薄轉厚如樹葉蔭熱時涼樂衆生因菩薩道樹蔭得離三惡道熱苦何以故遮惡故如華色好香淨柔輭衆生因菩薩以布施持戒教化故受人天中福樂如樹果色香味力衆生因菩薩故得須陀洹等諸聖道果須菩提聞是歡喜言是菩薩如佛無異此中自説因緣因菩薩故斷地獄等惡道佛可其意更説因緣須菩提菩薩不發心求阿耨多羅三藐三菩提乃至三界無斷時復次得諸法如故説名如來乃至名須陀洹以如故説色乃至無爲性是諸法如皆一無異菩薩學是如必當得薩婆若是故言如佛無異不以我心貪貴菩薩故説言如佛以得如故言如佛是如在佛亦在菩薩以一相故是名菩薩爲如佛離如更無有法不入如者問曰若以同如故名菩薩如佛乃至畜生中亦有是如何以不名如佛答曰畜生雖亦有如因緣未發故不能利益衆生不能行如至薩婆若故如是須菩提菩薩應學是如般若波羅蜜菩薩學是如般若故則能具足一切法如具足名得諸法實相能以種種門令衆生得解以得具足故於一切法如得自在得是諸法如自在已能善知衆生根故能知衆生諸根具足諸根者信等五善根三乘

人各各有能分别是人有是人無是人得力是人不得力具足者信等善根具足如是人能出世間信根得力則决定能受持不疑精進力故雖未見法一心求道不惜身命不休不息念力故常憶師教善法來聽入惡法來不聽入如守門人定力故攝心一處不動以助智慧智慧力故能如實觀諸法相得根有二種一者在大心人身中則成菩薩根二者在小心人身中則成小乘根得是具足根則可度或有菩薩見人雖得信等五根而不可度由先世惡業罪重故是故言知一切衆生業因緣欲知無數劫業因緣要得宿命通既知已爲衆生説過去罪業因緣衆生以是過去罪故不畏是故求願智欲知三世事既知已爲衆生説未來世罪業因緣當墮地獄衆生聞已則懷恐怖恐怖已心伏易度衆生若欲知未來世福報因緣爲説已則歡喜可度是故説知業因緣已願智具足願智具足故得三世慧淨通達無礙知過去善惡業又知未來善惡果報知現在衆生諸根利鈍然後説法教化多所利益不虚大利益衆生故能淨佛國土淨佛國土已得一切種智得一切種智故轉法輪轉法輪已以三乘安立衆生入無餘涅槃如是利益皆從學如中來是故佛説菩薩欲得一切功德自利利人當發阿耨多羅三藐三菩提心須菩提聞是菩薩功德甚多白佛言世尊菩薩能如説行般若波羅蜜一切世間應當作禮如經中廣説分别初發意菩薩功德爾時須菩提知是甚深般若無憶想非初學所得是故問佛初發心菩

薩能念何等法佛答應念一切種智一切種智者即是阿耨多羅三藐三菩提薩婆若佛法佛道皆是一切種智異名問曰佛何以答言念一切種智答曰初發意菩薩未得深智慧旣捨世間五欲樂佛教繫心念薩婆若應作是念雖捨小雜樂當得清淨大樂捨顛倒虚誑樂得實樂捨繫縛樂得解脫樂捨獨善樂得共一切衆生善樂得如是等利益故佛教初發意者常念薩婆若須菩提問世尊是一切種智爲是有法爲是無法何等緣何等增上何等行何等相佛答須菩提一切種智無所有無所有名非法無生無滅諸法如實緣亦無所有念爲增上寂滅爲行無相爲相問曰皆是畢竟空念何以獨言增上答曰諸法各各有力佛智慧是畢竟空如法性實際無相所謂寂滅相佛得一切種智不復思惟無復難易遠近所念皆得故言念爲增上須菩提問世尊但一切種智無法色等法亦無法佛答色等一切法亦是無法自說因緣若法從因緣和合生即無自性若法無自性即是空無法以是因緣故當知一切法無所有性須菩提問初發心菩薩以何方便行檀波羅蜜乃至一切種智淨佛世界教化衆生佛答無所有法性中學入觀亦能集諸功德教化衆生淨佛世界即是方便力所謂有無二法能一時行故所謂畢竟空集諸福德是人行六波羅蜜時亦修治佛道如佛心以畢竟空無所有法行六波羅蜜乃至一切種智是菩薩行是道能具足佛十力四無所畏四無礙智十八不共法大慈大悲行菩薩道時具

足是法坐道場用一念相應慧得一切種智如人夜失寶珠電光暫現即時還得故煩惱及習永盡更不復生得佛已以佛眼觀一切十方世界中一切物尚不見無何況有法畢竟空法能破顛倒令菩薩成佛是事尚不可得何況凡夫顛倒有法是故須菩提當知一切法無所有相是名菩薩方便空尚不得何況有須菩提菩薩應行無所有般若波羅蜜是菩薩行是無所有般若波羅蜜若布施時即知布施物空無所有受者及菩薩心亦無所有乃至一切種智得者得法得處無法尚不知何況有法得者菩薩得法是阿耨多羅三藐三菩提用得法是菩薩道皆知是法無所有何以故一切法本性爾不以智慧故異非凡夫作亦非諸聖人作一切法無作無作

者故須菩提意若諸法都是無所有相誰知是無所有是故問佛世尊諸法諸法性離云何離法能知離法若有若無何以故無法不能知無法有法不能知有法無法不知有法有法不知無法世尊如是一切法無所有相云何菩薩作是分別是法若有若無佛答菩薩世俗故爲衆生說若有若無非第一義若有是實有無亦應有實若有不實無云何應實須菩提問世俗第一義有異耶若異破壞法性故是故言不異世俗如即是第一義如衆生不知是如故以世俗爲說若有若無復次衆生五受陰中有所著爲是衆生離所有得無所有故菩薩說無所有世俗法故分別諸法欲令衆生知是無所有如是須菩提菩薩應學無所有般若波羅蜜

釋菩薩行品第七十二

經須菩提白佛言世尊世尊說菩薩行何等是菩薩行佛言菩薩行者爲阿耨多羅三藐三菩提行是名菩薩行世尊云何菩薩摩訶薩爲阿耨多羅三藐三菩提行是菩薩行佛言若菩薩摩訶薩行色空行受想行識空行眼空乃至意行色空乃至法行眼界空乃至意識界行檀波羅蜜尸羅波羅蜜羼提波羅蜜毗梨耶波羅蜜禪波羅蜜般若波羅蜜行內空行外空行內外空行空空行第一義空有爲空無爲空畢竟空無始空散空諸法空性空自相空無法空有法空無法有法空行初禪第二第三第四禪行慈悲喜捨行無量虛空處無量識處無所有處非有想非無想處行四念處行四正勤四如意足五根五力七覺分八聖道分行空三昧行無相無作三昧行八背捨九次第定行佛十力行四無所畏行四無礙智行十八不共法行大慈大悲行淨佛國土行成就衆生行諸辯才行文字入無文字行諸陀羅尼門行有爲性行無爲性如阿耨多羅三藐三菩提不作二如是須菩提菩薩摩訶薩行般若波羅蜜名爲阿耨多羅三藐三菩提行是爲菩薩行須菩提白佛言世尊世尊說言佛何義故名佛佛告須菩提知諸法實義故名爲佛復次得諸法實相故名爲佛復次通達實義故名爲佛復次如實知一切法故名爲佛須菩提言何義故名菩提須菩提空義是菩提義如義法性義實際義是菩提義復次須菩提名相言說是菩提義須菩提菩提實義不可壞不可分別

是菩提義復次須菩提諸法實相不誑不異是菩提義以是故名菩提復次須菩提是菩提是諸佛所有故名菩提復次須菩提諸佛正徧知故名菩提須菩提白佛言世尊若菩薩摩訶薩爲是菩提行六波羅蜜乃至行一切種智於諸法何得何失何增何減何生何滅何垢何淨佛告須菩提若菩薩摩訶薩行六波羅蜜乃至行一切種智於諸法無得無失無增無減無生無滅無垢無淨何以故菩薩摩訶薩行般若波羅蜜不爲得失增減生滅垢淨故出須菩提白佛言世尊若菩薩摩訶薩行般若波羅蜜不爲得失乃至不爲淨垢故出菩薩摩訶薩云何行般若波羅蜜能取檀波羅蜜尸羅波羅蜜羼提波羅蜜毗梨耶波羅蜜禪波羅蜜般若波羅蜜云何行內空乃至無法有法空云何行禪無量心無色定云何行四念處乃至八聖道分云何行空無相無作解脫門云何行佛十力四無所畏四無礙智十八不共法大慈大悲云何行菩薩十地云何過聲聞辟支佛地入菩薩位中佛告須菩提菩薩摩訶薩行般若波羅蜜時不以二法行檀波羅蜜尸羅波羅蜜羼提波羅蜜毗梨耶波羅蜜禪波羅蜜般若波羅蜜不以二法乃至行一切種智須菩提言世尊若菩薩摩訶薩不以二法故行檀波羅蜜乃至般若波羅蜜不以二法故乃至行一切種智菩薩從初發意乃至後意云何善根增益佛告須菩提若行二法者善根不得增益何以故一切凡夫皆依二法不得增益善根菩薩摩訶薩行不二法從初發意乃至後意於

其中間增益善根以是故菩薩摩訶薩一切世間天及人阿脩羅無能伏無能壞其善根令墮聲聞辟支佛地及諸衆惡不善法不能制菩薩令不能行檀波羅蜜增益善根乃至般若波羅蜜亦如是須菩提菩薩摩訶薩應如是行般若波羅蜜世尊菩薩摩訶薩爲善根故行般若波羅蜜不佛言不也須菩提菩薩亦不爲善根故行般若波羅蜜亦不爲非善根故行般若波羅蜜何以故須菩提菩薩摩訶薩法未供養諸佛未具足善根未得眞知識不能得一切種智須菩提言世尊云何菩薩摩訶薩供養諸佛具足善根得眞知識能得一切種智佛告須菩提菩薩摩訶薩從初發意供養諸佛諸佛所說十二部經修妬路乃至憂波提舍是菩薩聞持誦利心觀了達了達故得陀羅尼得陀羅尼故能起無礙智起無礙智故所生處乃至薩婆若終不忘失亦於諸佛所種善根爲是善根所護終不墮惡道諸難以是善根因緣故得深心清淨得深心清淨故能淨佛國土成就衆生以善根所護故常不離眞知識所謂諸佛諸菩薩摩訶薩及諸聲聞能讚歎佛法衆者如是須菩提菩薩摩訶薩應供養諸佛種善根親近善知識

【論】釋曰上品中須菩提問佛經常說般若波羅蜜何以故名般若波羅蜜佛種種因緣答因此事故此品中復問世尊經常說菩薩行何等是菩薩行是故須菩提問菩薩行問曰若般若波羅蜜中攝一切法又般若即是菩薩行何以故更問答曰一切菩薩道名菩薩

行悉徧知諸法實相智慧名般若波羅蜜是爲異若般若經菩薩行等共相攝無異復次有人言菩薩行者菩薩身口意業諸有所作皆名菩薩行以是事故須菩提但欲分別菩薩正行故問是故佛答菩薩行者爲阿耨多羅三藐三菩提諸善行是名菩薩正行菩薩不善無記及著心行善法非菩薩行但以悲心故及空智慧爲阿耨多羅三藐三菩提行是名菩薩行何等是清淨行所謂色空行受想行識空行乃至有爲性無爲性空行於是諸法不分別是空是實乃至是有爲是無爲如阿耨多羅三藐三菩提滅戲論不二相是名菩薩行無能壞者亦無過失須菩提聞是菩薩行已歡喜問菩薩行果報得作佛經常言佛何等是佛義佛答知諸法實義故名爲佛問曰若爾者阿羅漢辟支佛及大菩薩是人亦知諸法實義何故不名爲佛答曰上已說然燈喻於凡夫爲實於佛不爲實以煩惱習所覆故不名爲實不能得一切種智斷一切法中疑悔故不名正智實義如上分別問曰知諸法實義得諸法實相通達實義一切法如實知是四有何異答曰有人言義無異名字異有人言有差別義名諸法實相不生不滅法相常住如涅槃知是義故名爲佛是義中常覺悟無錯謬於是義以種種名相法令衆生解第一實義是故四無礙中別說義無礙法無礙有人雖得諸法實義不能通達有二因緣故一者煩惱未盡二者未得一切智故如須陀洹斯陀含阿那含未斷煩惱故不能通達阿羅漢辟支佛大菩薩煩惱雖盡

未得一切種智故不能通達是故說通達實義故名爲佛如實際知一切法者總上三事亦義亦法一切法若有若無種種了知故如一切種智義中說亦知寂滅相亦知有相復次菩提名智佛名智者得是智故名爲智者須菩提問世尊何等是菩提佛答空如法性實際名爲菩提空三昧相應實相智慧緣如法性實際菩提名實智慧三學道未斷煩惱雖有智慧不名爲菩提三無學人無明永盡無餘故智慧名菩提二無學人不得一切智正徧知諸法故不得名阿耨多羅三藐三菩提唯佛一人智慧名阿耨多羅三藐三菩提復次名相語言文字故名菩提菩提實義不可分別破壞復次菩提是如不異常不虛誑何以故一切衆生智慧轉轉有勝至佛更無勝者諸法亦轉轉有勝先者虛妄後者眞實至菩提更無實者是故菩提名爲實復次如得菩提故名爲佛今以佛得故名菩提復次有人言盡智知生永盡是名菩提有人言盡智無生智名菩提有人言無礙解脫名菩提何以故得是解脫於一切法皆通達有人言四無礙智是菩提何以故佛知諸法實相是義無礙知諸法名相分別是名法無礙分別種種語言使衆生得解是名辭無礙有所說法教化無窮無盡是名樂說無礙以四無礙具足利益衆生故名菩提有人言佛十力四無所畏四無礙智十八不共法大慈大悲一切種智如是無量佛法盡名菩提何以故以智慧大故諸法皆名菩提有人言眞菩提名佛無漏十智是十智相應受想行識身口業

及心不相應諸行皆名菩提共緣共生共相佐助故皆名菩提復有人言菩提義無量無邊唯佛能徧知餘人知其少分譬如轉輪聖王寶藏中諸寶無能分別知其價者聖王出寶賜人乃可知其所得者此中須菩提問佛菩提相已更問世尊若菩提畢竟空不壞相菩薩行六波羅蜜諸法增益何等善根佛答若菩薩行是菩提實相於一切法無所增益何況善根何以故般若波羅蜜不為得失乃至垢淨故出畢竟清淨故佛可其意復更問若無增減云何菩薩行般若取檀波羅蜜等諸菩薩行佛答菩薩雖行是法不以二法故行畢竟空和合共行是故不應難復問世尊若是菩薩不行二法云何從初發意乃至後心增長善根佛答若人行二法即是顛倒不能增長善根如人夢中雖大得財竟無所得覺已所得多少真名為得佛語須菩提一切凡人皆著二法故不能增益善根菩薩行諸法實相所謂不二法從初發心來乃至後心增益善根無有錯謬是故菩薩一切天人阿脩羅無能壞其善根令墮二乘及餘衆惡亦不能壞餘惡者慳貪等煩惱破檀波羅蜜諸善法等復問世尊菩薩為善根故行般若耶佛答不為善不為不善故行般若問曰不為不善根故行般若可爾云何不為善根故行答曰此中佛意貴阿耨多羅三藐三菩提故雖行諸善根為辦事故行不以為貴如栰喻經說善法尚應捨何況不善法善根是助佛道法若人不為栰故渡為到彼岸故渡此中佛說因緣菩薩未供養諸佛未得真知識不

能得一切種智是故雖種善根不以爲貴但爲阿耨多羅三藐三菩提故須菩提言云何菩薩雖不爲善根而能供養諸佛乃至得一切種智佛答菩薩從初發心已來供養諸佛如經中說供養佛大故但說佛當知已供養辟支佛乃至住乾慧地凡人爲聞法故從其聞說十二部經以不能常得師故皆當受持以喜忘故誦讀令利心觀者常繫心經卷次第憶念先以語言宣義後得了達即得陀羅尼陀羅尼有二種一者聞持陀羅尼二者得諸法實相陀羅尼讀誦修習常念故得聞持陀羅尼通達義故得實相陀羅尼住是二陀羅尼門中能生無礙智爲衆生說法故具足四無礙智問曰若菩薩有無礙智與佛何異答曰無礙有二種一眞無礙二名字無礙此

中除佛無礙餘者隨菩薩所得無礙是菩薩讀經等因縁故所生之處乃至得一切種智終不忘失何以故深入誦讀諸法故煩惱折薄爲善根所護故終不墮惡道諸難如盲人爲有目者所將護故終不墜落溝壑集善根福德故得深心清淨深心清淨者慈愛一切衆生雖怨賊中人亦不加惡所謂奪命等復次智慧福德大集故煩惱微少不能徧覆菩薩善心後次深心者於衆生中得慈悲心不捨心救度心於諸法中得無常苦空無我畢竟空心乃至佛不生佛想涅槃想是名深心清淨深心清淨故能教化衆生何以故是煩惱薄故不起高心我心瞋心故衆生愛樂信受其語教化衆生教化衆生故得淨佛世界如毗摩羅鞊佛國品中說衆生淨故世界清

淨爲善根所護故終不離善知識善知識者諸佛大菩薩阿羅漢略說善知識相能讚歎三寶者如是菩薩應供養諸佛種善根親近善知識何以故如病人應求良醫藥草佛爲良醫諸善根爲藥草瞻病人爲善知識病者具此三事故病得除愈菩薩亦如是具此三事滅諸煩惱故能利益衆生

釋種善根品第七十三

【經】須菩提白佛言世尊菩薩摩訶薩若不供養諸佛不具足善根不得眞知識當得薩婆若不佛告須菩提菩薩摩訶薩供養諸佛種善根得眞知識一切種智尚難得何況不供養諸佛不種善根不得眞知識須菩提白佛言世尊菩薩摩訶薩供養諸佛種善根得眞知識何以故難得一切種智佛告須菩提菩薩摩訶薩遠離方便力不從諸佛聞方便力所種善根不具足不常隨善知識教世尊何等是方便力菩薩摩訶薩行是方便力得一切種智佛言菩薩摩訶薩從初發意行檀波羅蜜應薩婆若念布施佛若辟支佛若聲聞若人若非人是時不生布施想受者想何以故觀一切法自相空無生無定相無所轉入諸法實相所謂一切法無作無起相菩薩以是方便力故增益善根增益善根故行檀波羅蜜淨佛國土成就衆生布施不受世間果報但欲救度一切衆生故行檀波羅蜜復次須菩提菩薩摩訶薩從初發意行尸羅波羅蜜應薩婆若念持戒時不墮婬怒癡中亦不墮諸煩惱纏縛及諸不善破道法若慳貪破戒瞋恚懈怠亂意愚癡慢大慢慢慢我慢增

上慢不如慢邪慢若聲聞心若辟支佛心何以故是菩薩摩訶薩觀一切法自相空無生無定相無所轉入諸法實相所謂一切法無作無起相菩薩成就是方便力故增益善根增益善根故行尸羅波羅蜜淨佛國土成就衆生持戒不受世間果報但欲救度一切衆生故行尸羅波羅蜜復次須菩提菩薩摩訶薩從初發意行羼提波羅蜜應薩婆若念方便力成就故行見諦道思惟道亦不取須陀洹果斯陀含阿那含阿羅漢果何以故是菩薩摩訶薩知諸法自相空無生無定相無所轉雖行是助道法過聲聞辟支佛地須菩提是名菩薩無生法忍復次須菩提菩薩摩訶薩從初發意行毗梨耶波羅蜜入初禪乃至第四禪入四無量心四無色定雖出入諸禪而不受果報何以故是菩薩成就是方便力故知諸禪定自相空無生無定相無所轉淨佛國土成就衆生精進不受世間果報但欲救度一切衆生故行毗梨耶波羅蜜復次須菩提菩薩摩訶薩從初發意行禪波羅蜜應薩婆若念入八背捨九次第定亦不證須陀洹果乃至不證阿羅漢果何以故是菩薩摩訶薩知諸法自相空無生無定相無所轉復次須菩提菩薩摩訶薩從初發意行般若波羅蜜學佛十力四無所畏四無礙智十八不共法大慈大悲乃至未得一切種智未淨佛國土未成就衆生於其中間應如是行何以故是菩薩摩訶薩知諸法自相空無生無定相無所轉須菩提菩薩摩訶薩應如是行般若波羅蜜不受果報

論問曰須菩提何以故作是麤問不供養諸佛不具足善根不得真知識當得薩婆若不答曰有人言若一切諸法無所有性畢竟空畢竟空中種善根不種善根等無異若爾者可不供養諸佛不種善根不得真知識得薩婆若耶復有人疑言得薩婆若更有種種門可不須種善根等是故問佛佛答若供養諸佛種善根得真知識尚難得何況不也須菩提問以畢竟空中無有福以非福何以但以福德故得佛答以世諦中有福故得須菩提爲衆生著無所有故問佛以不著有法答所謂精進修福尚不可得何況不修福如受乞食道人至一聚落從一家至一家乞食不得見一餓狗饑卧以杖打之言汝畜生無智我種種因緣家家求食尚不得何況汝卧而望得須菩提問世尊有是供養諸佛等因緣何故不得其果報佛答離方便故方便者所謂般若波羅蜜雖見諸佛色身不以智慧眼見法身雖少種善根而不具足雖得善知識不親近諮受又佛自說因緣所謂菩薩從初發意以有無心行檀波羅蜜有心者所謂應薩婆若心布施念諸佛種種無量功德憐愍衆生故布施無心者若施佛乃至凡夫不生三想所謂施者受者財物何以故施物等一切法自相空從本已來常不生無定相若一若異若常若無常等是法自相空故不可轉安住如中故如是觀即入諸法實相所謂無作無起相一切法無所能作不生高心無所悕望如是方便力故能增益善根離不善根教化衆生淨佛世界布施若多若少不受世間

果報但欲救度一切衆生故菩薩布施衆生有量有限作是念我先世不行深福德今不能廣施衆生我今當深實多行檀波羅蜜得是果報已能具足利益廣施無量衆生若今世利若後世利若道德利無如是方便菩薩雖供養諸佛種善根得真知識尚不得何況不供養餘五波羅蜜亦如是

大智度論卷第八十五

音釋

修妬路 梵語也亦云修多羅此云契經妬當故切

毗摩羅鞊 梵語也此云淨名鞊苦吉切

大智度論卷第八十六

龍樹菩薩造

姚秦三藏法師鳩摩羅什譯

釋遍學品第七十四

經爾時須菩提白佛言世尊是菩薩摩訶薩大智慧成就行是深法亦不受果報佛告須菩提如是如是菩薩摩訶薩大智慧成就行是深般若波羅蜜亦不受果報何以故是菩薩摩訶薩諸法性中不動故世尊何等諸法性中不動佛言於無所有性中不動復次菩薩摩訶薩色性中不動受想行識性中不動檀波羅蜜性中不動尸羅波羅蜜羼提波羅蜜毗梨耶波羅蜜禪波羅蜜般若波羅蜜性中不動四禪性中不動四無量性中不動四無色定性中不動四念處性中不動乃至八聖道分性中不動空三昧無相無作三昧乃至大慈大悲性中不動何以故須菩提是諸法性即是無所有須菩提以無所有法不能得所有法須菩提言世尊所有法能得所有法不佛言不也世尊所有法能得無所有法不佛言不也世尊無所有法能得無所有法不佛言不也世尊若無所有不能得所有有不能得所有所有不能得無所有無所有不能得無所有將無世尊不得道耶佛言有得不以此四句世尊云何有得佛言非所有非無所有無諸戲論是名得道須菩提白佛言世尊何等是菩薩摩訶薩戲論佛告須菩提菩薩摩訶薩觀色若常若無常是爲戲論觀受想行識若常若無常是爲戲論觀色若苦若樂受想行識若苦若樂是爲戲論觀色

若我若非我受想行識若我若非我色若寂滅若不寂滅受想行識若寂滅若不寂滅是爲戲論苦聖諦應見集聖諦應斷滅聖諦應證道聖諦應修是爲戲論應修四禪四無量心四無色定是爲戲論應修四念處四正勤四如意足五根五力七覺分八聖道分是爲戲論應修空解脫門無相解脫門無作解脫門是爲戲論應修八背捨九次第定是爲戲論我當過須陁洹果斯陀含果阿那含果阿羅漢果辟支佛道是爲戲論我當具足菩薩十地是爲戲論我當入菩薩位是爲戲論我當淨佛國土是爲戲論我當成就衆生是爲戲論我當生佛十力四無所畏四無礙智十八不共法是爲戲論我當得一切種智是爲戲論我當斷一切煩惱習是爲戲論須菩提

是菩薩摩訶薩行般若波羅蜜時色若常若無常不可戲論故不應戲論受想行識若常若無常不可戲論故不應戲論乃至一切種智不可戲論故不應戲論何以故性不戲論性無性不戲論無性離性無性更無法可得所謂戲論者戲論法戲論處以是故須菩提色無戲論受想行識乃至一切種智無戲論如是須菩提菩薩摩訶薩應行無戲論般若波羅蜜須菩提白佛言世尊云何色不可戲論乃至一切種智不可戲論佛告須菩提色性無乃至一切種智性無須菩提若法性無即是無戲論以是故色不可戲論乃至一切種智不可戲論須菩提若菩薩摩訶薩能如是行無戲論般若波羅蜜是時得入菩薩位須菩提白佛言世尊若諸法無有性菩薩行

何等道入菩薩位爲用聲聞道爲用辟支佛道爲用佛道佛告須菩提不以聲聞道不以辟支佛道不以佛道得入菩薩位菩薩摩訶薩遍學諸道得入菩薩位須菩提譬如八人先學諸道然後入正位未得果而先生果道菩薩亦如是先遍學諸道然後入菩薩位亦未得一切種智而先生金剛三昧爾時以一念相應慧得一切種智須菩提白佛言世尊若菩薩摩訶薩遍學諸道入菩薩位者八人向須陀洹得須陀洹向斯陀含得斯陀含向阿那含得阿那含向阿羅漢得阿羅漢辟支佛道佛道是諸道各各異世尊若菩薩摩訶薩遍學諸道然後入菩薩位者是菩薩若生入道應作八人生見道應作須陀洹生思惟道應作斯陀含作阿那含作阿羅漢若生辟支佛道作辟支佛世尊若菩薩摩訶薩作八人然後入菩薩位無有是處不入菩薩位得一切種智亦無是處作須陀洹乃至作辟支佛然後入菩薩位亦無是處不入菩薩位得一切種智亦無是處世尊我云何當知菩薩摩訶薩遍學諸道得入菩薩位佛告須菩提如是如是若菩薩摩訶薩作八人得須陀洹果乃至得阿羅漢果得辟支佛道然後入菩薩位無有是處不入菩薩位當得一切種智無有是處須菩提若菩薩摩訶薩後初發意行六波羅蜜時以智觀過八地何等八地乾慧地性地八人地見地薄地離欲地已辦地辟支佛地以道種智入菩薩位入菩薩位已以一切種智斷一切煩惱習須菩提八人若智若斷是菩薩無生法忍須陀洹若智若斷

斯陀含若智若斷阿那含若智若斷阿羅漢若智若斷辟支佛若智若斷皆是菩薩忍菩薩學如是聲聞辟支佛道以道種智入菩薩位入菩薩位已以一切種智斷一切煩惱習得佛道如是須菩提菩薩摩訶薩遍學諸道具足應得阿耨多羅三藐三菩提得阿耨多羅三藐三菩提已以果饒益衆生須菩提白佛言世尊世尊所說道聲聞道辟支佛道佛道何等是菩薩道種智佛告須菩提菩薩摩訶薩應生一切道種淨智須菩提何等是道種淨智若諸法相貌所可顯示法菩薩應正知正知已爲他演說開示令諸衆生得解是菩薩摩訶薩應解一切音聲語言以是音聲說法遍滿三千大千世界如響相以是故須菩提菩薩摩訶薩應先具足學一切道道智具足已應分别知衆生深心所謂地獄衆生地獄道地獄因地獄果應知應障畜生餓鬼道畜生餓鬼因畜生餓鬼果應知應障諸龍鬼神揵闥婆緊那羅摩睺羅伽阿脩羅道因果應知應障人道因果應知諸天道因果應知四天王天三十三天夜摩天兜率陀天化樂天他化自在天梵天光音天遍淨天廣果天無想天阿婆羅呵天無熱天易見天喜見天阿迦尼吒天道因果應知無邊虛空處無邊識處無所有處非有想非無想處道因果應知四念處四正勤四如意足五根五力七覺分八聖道分因果應知空解脫門無相解脫門無作解脫門佛十力四無所畏四無礙智十八不共法大慈大悲因果應知菩薩以是道令衆生入須陀洹道乃至阿羅漢辟支

佛道乃至阿耨多羅三藐三菩提道須菩提是名菩薩摩訶薩淨道種智菩薩學是道種智已入衆生深心相入已隨衆生心如應說法所言不虛何以故是菩薩摩訶薩善知衆生根相知一切衆生心心數法生死所趣須菩提菩薩摩訶薩如是應行般若波羅蜜何以故一切諸助道法皆入般若波羅蜜中諸菩薩摩訶薩聲聞辟支佛所應行須菩提白佛言世尊若四念處乃至阿耨多羅三藐三菩提是一切法皆不合不散無色無形無對一相所謂無相世尊云何是助道法能取阿耨多羅三藐三菩提世尊是不合不散無色無形無對一相所謂無相法無所取無所捨譬如虛空無取無捨佛言如是如是須菩提諸法自相空無所取無所捨須菩提有衆生不知諸法自相空爲是衆生故顯示助道法能至阿耨多羅三藐三菩提復次須菩提所有色受想行識所有檀波羅蜜尸羅波羅蜜羼提波羅蜜毗梨耶波羅蜜禪波羅蜜般若波羅蜜所有内空外空乃至無法有法空初禪乃至非有想非無想處四念處乃至八聖道分三解脱門八背捨九次第定佛十力四無所畏四無礙智十八不共法大慈大悲一切種智等諸法於是聖法中皆不合不散無色無形無對一相所謂無相以是世俗法故爲衆生說令解非以第一義須菩提於是一切法中菩薩摩訶薩以智見如法應學學已分别諸法應用不應用須菩提言世尊何等法菩薩分别已應用不應用佛言聲聞辟支佛法分别知不應用一切種智分别知應用

如是須菩提菩薩摩訶薩於是聖法中應學般若波羅蜜須菩提白佛言世尊何以故說名聖法何等是聖法佛告須菩提諸聲聞辟支佛法菩薩摩訶薩及諸佛於欲瞋癡不合不散身見戒取疑不合不散欲染瞋恚不合不散色染無色染掉慢無明不合不散初禪乃至第四禪不合不散慈悲喜捨虛空處乃至非有想非無想處不合不散四念處乃至八聖道分不合不散內空乃至大悲有爲性無爲性不合不散何以故是一切法皆無色無形無對一相所謂無相無色法與無色法不合不散無形法與無形法不合不散無對法與無對法不合不散一相法與一相法不合不散無相法與無相法不合不散須菩提是無色無形無對一相所謂無相般若波羅蜜諸菩薩摩訶薩應學學已不得諸法相須菩提白佛言世尊菩薩摩訶薩不學色相耶不學受想行識相耶不學眼相乃至意相不學色相乃至法相不學地種相乃至識種相不學檀波羅蜜相尸羅波羅蜜羼提波羅蜜毗梨耶波羅蜜禪波羅蜜般若波羅蜜相不學內空乃至無法有法空不學初禪相乃至第四禪相不學慈相乃至捨相不學無邊空相乃至非有想非無想相不學四念處相乃至八聖道分相不學空三昧相無相無作三昧相不學八背捨九次第定相不學佛十力相四無所畏四無礙智相十八不共法相大慈大悲相不學苦聖諦相集滅道聖諦相不學逆順十二因緣相不學有爲性相無爲性相耶世尊若不學諸法相菩薩摩訶薩云何

學諸法相若有爲若無爲學已過聲聞辟支佛地若不過聲聞辟支佛地云何入菩薩位若不入菩薩位云何當得一切種智若不得一切種智云何當轉法輪若不轉法輪云何以三乘度衆生生死佛告須菩提若諸法實有相菩薩應學是相須菩提以一切法實無相無色無形無對一相所謂無相以是故須菩提菩薩摩訶薩不學相不學無相何以故有佛無佛諸法一相性常住須菩提白佛言世尊若一切法非有相非無相菩薩摩訶薩云何修般若波羅蜜若不修般若波羅蜜不能過聲聞辟支佛地若不過聲聞辟支佛地不能入菩薩位若不入菩薩位不得無生法忍若不得無生法忍不能得諸菩薩神通若不得菩薩神通不能淨佛國土成就衆生若

不淨佛國土成就衆生不能得一切種智若不得一切種智不能轉法輪若不轉法輪不能令衆生得須陀洹果斯陀含阿那含阿羅漢果辟支佛道不能令得阿耨多羅三藐三菩提亦不能令衆生得布施福亦不能令得持戒修定福佛告須菩提如是如是諸法無相非一相非異相若修無相是修般若波羅蜜須菩提言世尊云何修無相是修般若波羅蜜佛言修諸法壞是修般若波羅蜜世尊云何修諸法壞是修般若波羅蜜佛言修色壞是修般若波羅蜜修受想行識壞是修般若波羅蜜修眼壞耳鼻舌身意法壞是修般若波羅蜜修色法壞聲香味觸法壞是修般若波羅蜜修不淨觀壞是修般若波羅蜜修初禪壞第二第三第四禪壞是修般若波羅

蜜修慈悲喜捨壞是修般若波羅蜜修無邊空處無邊識處無所有處非有想非無想處壞是修般若波羅蜜修念佛念法念僧念戒念捨念天念滅念安般壞是修般若波羅蜜修無常相苦相無我相空相集相因相生相緣相閉相滅相妙相出相道相正相跡相離相壞是修般若波羅蜜修十二因緣壞我相衆生壽命相乃至知者見者相壞是修般若波羅蜜修常相樂相淨相我相壞是修般若波羅蜜修四念處乃至八聖道分壞是修般若波羅蜜修空三昧無相三昧無作三昧壞是修般若波羅蜜修八背捨九次第定壞是修般若波羅蜜修有覺有觀三昧無覺有觀三昧無覺無觀三昧壞是修般若波羅蜜修苦聖諦集聖諦滅聖諦道聖諦壞是修般若波羅蜜修苦智集智滅智道智壞是修般若波羅蜜修盡智無生智壞是修般若波羅蜜修法智比智世智他心智壞是修般若波羅蜜修檀波羅蜜壞是修般若波羅蜜修尸羅波羅蜜羼提波羅蜜毗棃耶波羅蜜禪波羅蜜般若波羅蜜壞是修般若波羅蜜修內空外空內外空空空大空第一義空有為空無為空畢竟空無始空散空性空諸法空自相空不可得空無法空有法空無法有法空壞是修般若波羅蜜修佛十力四無所畏四無礙智十八不共法壞是修般若波羅蜜修須陀洹果斯陀含果阿那含果阿羅漢果辟支佛道壞是修般若波羅蜜修一切智壞是修般若波羅蜜修斷一切煩惱習壞是修般若波羅蜜須菩提白佛言世尊云何名修色壞

乃至修斷一切煩惱習壞是修般若波羅蜜佛告須菩提菩薩摩訶薩行般若波羅蜜時不念有色法是修般若波羅蜜不念有受想行識乃至不念有斷一切煩惱習法是爲修般若波羅蜜何以故有法念者不修般若波羅蜜須菩提有法念者不修檀波羅蜜尸羅波羅蜜羼提波羅蜜毗梨耶波羅蜜禪波羅蜜般若波羅蜜何以故須菩提是人著法不行檀波羅蜜乃至般若波羅蜜如是著者無有解脱無有道無有涅槃有法念者不修四念處四正勤四如意足五根五力七覺分八聖道分不修空三昧乃至不修一切種智何以故是人著法故須菩提白佛言世尊何等是有法何等是無法佛告須菩提二者是有法不二者是無法世尊何等是二佛言色相是二受想行識相是二眼相乃至意相是二色相乃至法相是二檀波羅蜜乃至佛相阿耨多羅三藐三菩提相有爲無爲性相是二須菩提一切相皆是二一切二皆是有法適有法便有生死適有生死不得離生老病死憂悲苦惱以是因緣故須菩提當知二相者無有檀波羅蜜乃至般若波羅蜜無有道無有果乃至無有順忍何況見色相乃至見一切種智相若無修道云何得須陀洹果乃至阿羅漢果辟支佛道阿耨多羅三藐三菩提及斷一切煩惱習

【論】釋曰佛說菩薩行六波羅蜜不受世間果報須菩提歎未曾有白佛言世尊是菩薩大智慧成就行是深法能作因而不受果是菩薩爲大利故不受小報佛可其意已更自說

因緣所謂菩薩於諸法性中不動諸法性者無所有畢竟空知法性實際菩薩定心安住是中不動須菩提問世尊何等性中不動佛答色性中不動乃至大慈大悲等性中不動何以故是諸法性衆因緣生故不自在無定相無定相故無所有諸法者所謂色等法因是色法故說無爲是故無爲法亦無所有何以故不可以無所有法得所有法須菩提言若無所有不能得所有者豈可以所有法得所有法耶佛答不何以故無所有法一切聖人所稱讚所住處尚不能有所得何况所有法所有法得無所有不佛言不何以故所有無所有二俱有過故言不可以無所有得無所有不佛言不何以故所有法有生相住相以虛誑故尚無所得何况無所有從本已來

畢竟空而有所得此中須菩提更問世尊若以四句皆不得將無道無得果耶佛答實有得道法但不以是四句何以故四句有如上失故若離是四句戲論即是道復問世尊何等是菩薩戲論相佛答色等若常若無常是菩薩戲論何以故若常則不生不滅無罪福好醜無常亦不然何以故因常說無常常既不可得何况無常復次若無常定是色等實相亦不應有業因緣果報何以故色等諸法念念滅失故若業因緣果報滅則不名無常相如是等種種因緣故無常非是色等實相如先破無常中說乃至作是念我當斷一切煩惱習是爲戲論色等諸法不可戲論而凡夫人戲論諸法菩薩於不可戲論隨法不戲論何以故自性不能戲論自性所以者何性

從因緣生故但有假名云何能戲論若性不能戲論何況無性離性無性更無第三法可戲論所謂戲論者戲論法戲論處是法皆不可得須菩提色等法是不可戲論相如是菩薩應行無戲論般若波羅蜜復次佛自說不可戲論因緣色等法無性若法無性即是不可戲論若菩薩能行是不可戲論般若便得入菩薩位須菩提意無戲論是三乘道菩薩以何道入無戲論菩薩位佛答皆言不何以故菩薩大乘人故不應用二乘道六波羅蜜未具足故不能用佛道此中佛自說因緣菩薩應遍學諸道入菩薩位此中說譬喻如見諦道中八人先時遍學諸道入正位而未得須陀洹果菩薩亦如是先遍學諸道入菩薩位而未得一切種智果若菩薩住金剛三昧

以一念相應慧得一切種智果須菩提問世尊若菩薩遍學諸道然後入菩薩位是諸道各各異若菩薩遍學是道若生八道即是八人乃至生辟支佛道即是辟支佛世尊若菩薩作八人乃至作辟支佛然後入菩薩位無有是處若不入菩薩位得一切種智亦無有是處我當云何知菩薩學諸道入菩薩位佛可其意已更自說因緣菩薩初發意行六波羅蜜時以智見觀入八地直過如人親繫獄故入而看之亦不與同著桎梏菩薩欲具足道種智故入菩薩位遍觀諸道入菩薩位入菩薩位已得一切種智斷煩惱習佛示須菩提二乘人於諸佛菩薩智慧得少氣分是故八人若智若斷乃至辟支佛若智若斷皆是菩薩無生法忍智名學人八智無學或九

或十斷名斷十種結使所謂上下分十結須陀洹斯陀含略說斷三結當斷八十八結阿那含略說斷五下分結廣說斷九十二阿羅漢略說三漏盡廣說斷一切煩惱是名智斷智斷皆是菩薩忍聲聞人以四諦得道菩薩以一諦入道佛說是四諦皆是一諦分別故有四是四諦二乘智斷皆在一諦中菩薩先任柔順忍中學無生無滅亦非無生非無滅離有見無見有無見非有非無見等滅諸戲論得無生忍無生忍者佛後品中自說乃至作佛常不生惡心是故名無生忍論者言得是忍觀一切法畢竟空斷緣心心數不生是名無生忍又復言能過聲聞辟支佛智慧名無生忍聲聞辟支佛智慧觀色等五衆生滅心猒離欲得解脫菩薩以大福德智慧觀生滅時心不怖畏如小乘人菩薩以慧眼求生滅實定相不可得如先破生品中說但以肉眼麤心見有無常生滅凡夫人於諸法中著常見是所著法還歸無常衆生得憂悲苦惱是故佛說欲離憂苦莫觀常相是無常破常顛倒故不爲著無常故說是故菩薩捨生滅觀入不生不滅中問曰若入不生不滅不生不滅即復是常云何得離常顛倒答曰如無常有二種一者破常顛倒不著無常二者著無常生戲論無生忍亦如是一者雖破生滅不著無生無滅故不墮常顛倒二者著不生滅故墮常顛倒眞無生者滅諸觀語言道斷觀一切法如涅槃相從本已來常自無生非以智慧觀故令無生得是無生無滅畢竟清淨無常觀尚不取何況生滅如是等相名無

生法忍得是無生忍故即入菩薩位入菩薩位已以一切種智斷煩惱及習種種因緣度一切衆生如好果樹多所饒益須菩提白佛言世尊何等是菩薩道種智佛答菩薩住無生忍法得諸法實相從實相起取諸法名相語言既自善解爲衆生説令得開悟菩薩福德因緣故解一切衆生音聲語言以是音聲遍三千大千世界亦不著是聲知如響相是音聲即是梵音相以是故菩薩應知一切道遍觀衆生心知其本末以善法利益遮不善法如經中廣説菩薩先知諸法實相故於二乘道入出自在觀已直過入菩薩位爲度衆生故起道慧欲爲衆生説法解一切衆生語言音聲以梵音聲説法所謂遮惡道開善道惡道者三惡道善道者三善道人天阿脩羅

種種因緣呵惡道讚善道遮惡道者所謂地獄道地獄因地獄果地獄如先説地獄道者上不善道地獄因者三毒貪欲增長起貪嫉不善道瞋恚增長起恚惱不善道愚癡增長起邪見不善道三毒三不善道因三不善道是七不善道因地獄果者以是因故受地獄身心受種種苦惱是名果菩薩應示衆生地獄果然後爲説法令斷地獄道及因果十不善道有上中下上者地獄中者畜生下者餓鬼十善道亦有上中下上者天中者人下者鬼神住十善道能離欲生色界離色生無色界三惡道中常受苦故言應知應遮天人中有得道因緣爲涅槃故或時應遮以不定故不説餘助道法故不應説遮乃至阿耨多羅三藐三菩提菩薩能如是分別已知衆生應

以小乘法度者以小乘法而度之應以大乘法度者以大乘法而度之是菩薩知衆生深心數事及宿命業因縁又知未來世果報因縁又知衆生可化時節及知處所諸餘可度因縁盡皆知之是故所説不虚如是道種慧及諸助道法皆攝在般若中是故菩薩當行道慧般若須菩提白佛若助道法菩提是法皆不合不散無色無形無對一相所謂無相是助道法皆空云何能取阿耨多羅三藐三菩提空無所有法法應無取無捨譬如虚空無法故無取無捨須菩提所説眞實無著心故佛可言如是如是更説因縁有衆生不知如是諸法自相空故爲分別是助道法能得阿耨多羅三藐三菩提須菩提非但三十七品空不合不散所有色等乃至一切種智於聖法中亦自相空不合不散不合不散者是畢竟空義如此中説一相所謂無相是法雖空以世諦故爲衆生説欲令得入聖法非第一義是中菩薩皆應以知見學是法初知名知後深入名見知名未了見名已了問曰知見有何差別答曰有人言有知非見有見非知有亦知亦見有非知非見有知非見者盡智無生智除世間正見及五見餘慧皆名知是慧非見見非知者五見世間正見見諦道中八忍是見非知餘無漏慧慧亦名知亦名見離是見知餘法非見非知復次有人言定心名爲見定未定通名爲知如轉法輪經中説苦諦知已應見知已分別知是法應見是苦諦是法應斷是集諦是法應證是滅諦是法應修是道諦或知煩惱斷名爲見如九斷

知須菩提聞般若異名字所謂聖法故問何等是聖法佛答聖法中諸賢聖若佛若辟支佛聲聞等以欲等諸法不合不散不合者一切煩惱名顛倒顛倒即無所有若無所有云何可合若不合云何有散不合故不輕凡人不散故不自高於一切衆生不憎不愛又復此中佛自說不合不散因緣所謂是法皆無色無形無對一相所謂無相無色與無色法不合不散乃至無相法與無相法不合不散何以故是法皆一性故自性不與自性合是名一相無相般若波羅蜜菩薩應學學已無法可得相須菩提白佛言世尊菩薩不學色相耶乃至不學有爲無爲相耶世尊若不學是諸法相云何經中說菩薩先學諸法相後過聲聞辟支佛地若不過聲聞辟支佛地云何入菩薩位如此中廣說佛告須菩提若諸法實有相應當學是相須菩提一切法實無相是故菩薩不應學相無相亦不應學以取相故破相事如問相品中說有佛無佛諸法常住一相所謂無相須菩提從佛聞一切法無相今還問佛世尊若一切法非有相非無相云何菩薩修般若若有無相因無相可修般若今相以無相皆無因何事得修般若若不修般若不能得過聲聞辟支佛地乃至不能安立於三福田佛可其言如是如是而更說修般若因緣所謂菩薩不以修相故是修般若修無相故是修般若復問世尊云何修無相是修般若若無相云何可修佛答修諸法壞是修般若以諸法壞故無相相亦壞譬如車分壞故車相亦滅又如輪分壞故輪相

亦滅如是乃至微塵世尊何等是諸法可破壞者佛答修色法壞即是修般若波羅蜜乃至修斷一切煩惱習壞即是修般若波羅蜜須菩提白佛云何修色壞乃至修斷一切煩惱習壞是修般若佛答菩薩一心念薩婆若憐愍衆生欲得正行般若波羅蜜不念色是有法如是修是修般若以色是定實有相過故所以者何佛此中自說因緣有相者不修般若般若中無法尚無何况有法是人不修般若波羅蜜亦不修五波羅蜜是人著有法戲論不修布施等如是著者無有解脫無道無涅槃無三解脫門故言無解脫無聖人空法故言無道無道故無涅槃問曰何以故無道答曰是人戲論諸法不猒老病死著法故生邪見邪見故不能如實觀身不淨等不能觀身故不修身念處不修身念處故不能修受心法念處不修四念處故不能修乃至一切種智何以故著有法故須菩提問佛世尊何等是有法何等是無法凡人或於有法中生無想無法中生有想欲分別是事故問佛答二相是有不二相是無復問何等是二相佛答取色相即是二如先品中說離色無眼離眼無色乃至有爲無爲性何以故離有爲不得說無爲離無爲不得說有爲實相是故是二法不得相離凡夫謂此爲二是故顛倒佛略說二相一切法中取相皆是二一切二皆是有適有便有生死何以故有中生著心著心因緣生諸煩惱煩惱因緣往來生死生死因緣憂悲苦惱是故說適有法便有生死有生死不得免老病憂苦須菩提以是當知

二相人無有檀波羅蜜乃至無有順忍何況見色實相乃至見一切種智實相是人若不見色等諸法實相則無修道云何有須陀洹果乃至斷一切煩惱習六波羅蜜有二種世間出世間此人無有出世間六波羅蜜故是故說是有相人無有六波羅蜜若有者但有世間波羅蜜此中不說世間波羅蜜聲聞道果尚無何況有佛道問曰順忍是何等順忍答曰是小乘順忍小乘順忍尚無何況大乘問曰頂法已不退何以說乃至忍法答曰聲聞法中亦說頂墮摩訶衍亦說頂墮汝何以故言頂法不墮有人言雖頂法不墮不牢固不能一定故不說忍是久住已入正定雖未得無漏而與無漏同以隨順苦法忍故名為忍未曾見是法故見便能忍是故名忍是人於諸佛聖人為小於凡夫為大見色有二種一者見色實相了了二者斷繫諸色煩惱故名為見如色乃至一切種智一切煩惱習事亦如是若人見色修道尚無何況能得修須陀洹果乃至斷煩惱習

釋三次第學品第七十五之上（經作三次第行品）

【經】爾時須菩提白佛言世尊若有法相者尚不得順忍何況得道世尊若無法相者當得順忍不若乾慧地若性地若八人地若見地若薄地若離欲地若已辦地若辟支佛地若菩薩地若佛地若修道因是修道當斷煩惱不以是煩惱故不得過聲聞辟支佛地入菩薩位若不入菩薩位則不得一切種智不得一切種智則不能得斷一切煩惱習世尊若無有法相是諸法則不生若不生是諸法則

不能得一切種智佛告須菩提如是如是若無有法者則有順忍乃至斷一切煩惱習須菩提白佛言世尊菩薩摩訶薩行般若波羅蜜時有法相不所謂色相乃至識相眼相乃至意相色相乃至法相眼界相乃至意識界相四念處相乃至一切種智相若色相若色斷相乃至識相識斷相十二入十八界亦如是若無明相若無明斷相乃至憂悲愁惱相憂悲愁惱斷相若欲相若欲斷相若瞋相若瞋斷相若癡相若癡斷相若苦相若苦斷相若集相若集斷相若盡相若盡斷相若道相若道斷相乃至一切種智相斷一切煩惱習相佛言不也須菩提菩薩摩訶薩行般若波羅蜜時無有法相非法相即是菩薩順忍若無有法相無有非法相即是修道亦是道果

須菩提菩薩摩訶薩有法是菩薩道無法是菩薩果以是因緣故當知一切法無所有性須菩提白佛言世尊若一切法無所有性佛云何知一切法無所有性故得成佛於一切法得自在力佛告須菩提如是如是一切法無所有性我本行菩薩道修六波羅蜜離諸欲離惡不善法有覺有觀離生喜樂入初禪乃至入第四禪於是諸禪及支取相不念有是諸禪不受禪味不得是禪無染清淨行四禪我於是諸禪不受果報依四禪住起五神通身通天耳知他人心宿命通天眼證於諸神通不取相不念有是神通不受神通味不得是神通我於是五神通不分別行須菩提我爾時用一念相應慧得阿耨多羅三藐三菩提所謂是苦聖諦是集是盡是道聖諦成

就十力四無所畏四無礙智十八不共法大慈大悲得作佛分別三聚衆生正定邪定不定須菩提白佛言云何世尊於諸法無所有性中起四禪六神通亦無衆生而分別作三聚佛告須菩提若諸欲惡不善法當有性若自性若他性我本爲菩薩行時不能觀諸欲惡不善法無所有性入初禪以諸欲惡不善法無有性若自性若他性皆是無所有性故我本行菩薩道時離諸欲惡不善法入初禪乃至入第四禪須菩提若諸神通有性若自性若他性我不能知是神通無所有性得阿耨多羅三藐三菩提須菩提以神通無所有性若自性若他性皆無所有性以是故諸佛於神通知無所有性得阿耨多羅三藐三菩提

論問曰諸法空一義何以故須菩提種種因緣重問此中問有法相者不得順忍乃至若不生是諸法不能得薩婆若答曰是諸法畢竟空義甚深難解說者尚難何況受者行者是故須菩提以般若垂訖恐人多疑多惑故種種因緣重問復次所問義雖一所因處異或問世尊若一切法空云何分別有五道或問若一切無所有相云何分別有三乘或問世尊有相者乃至不得順忍云何當觀八地入菩薩位如是等種種問異問故義得差別般若無一定相故佛可須菩提意如是如是須菩提先問順忍者是小乘順忍今須菩提問菩薩順忍法若菩薩行般若時有法相不佛答菩薩行般若時無法生是相若有無何以故見有無二俱有過故則是菩薩順忍於

一切法中不生有相即是修道須菩提有法是菩薩道無法是果有法名有爲法無是無爲法行有爲八聖道斷諸煩惱得無爲果復次有人言五波羅蜜名有法是菩薩道般若波羅蜜畢竟空故無有法是菩薩果有人言般若波羅蜜智慧相有爲法故是爲道如法性實際不從因縁生常有故名爲果如是等有無差別以是因縁故須菩提當知一切法皆是無所有性名爲無法復問世尊若一切法無所有性佛云何於無所有性中正智得阿耨多羅三藐三菩提於諸法中得自在佛可其言菩薩以無所有智合行一切法能斷一切著故得阿耨多羅三藐三菩提此中佛自引爲證我本爲菩薩時行六波羅蜜離欲離惡不善法有覺有觀離生喜樂入初禪離欲者離五欲離惡不善法者離五蓋將人入惡道名爲惡障善法故名不善有覺有觀初禪所攝善覺觀離生喜樂者捨離五欲生喜樂喜樂者色界中有二種樂一者有喜樂二者無喜樂喜樂初禪二禪中無喜樂三禪中初禪二禪俱有喜樂有何差別初禪中喜樂從離欲故生二禪喜樂從定生問曰亦離初禪煩惱得二禪何以不說離生答曰欲界中散亂故無定稱行者能離欲故名爲離生初禪中有定二禪因初禪定生故名爲定生復次欲界煩惱不善相故障初禪行者欲離大障故說離生色界煩惱名無記爲患微弱以覺觀因縁故失禪是故佛說滅諸覺觀内心清淨故得二禪三禪四禪如先說我於是諸禪支取相得已不念有是禪初習禪時取相

乃至得得已恐著味故觀無常不念有是禪不得是禪定相亦不受味無染心行四禪異於外道於是諸禪修不受果報禪依四禪住起五神通亦如禪法不受其味宿命通故知一切衆生本業因緣來生是間天眼通力故見衆生未來世所生之處隨其業行知一切衆生本末已心生大悲云何斷衆生生死相續苦爾時心迴向入漏盡通即時以一念相應慧得阿耨多羅三藐三菩提所謂是苦相苦因是愛愛斷苦盡爲到苦盡是道通達四諦故得十力四無所畏四無礙智十八不共法分別衆生作三聚住三神通度是衆生所謂天耳知他心身通爲衆生說法令度生死須菩提復問若諸法無所有云何佛爲菩薩時起四禪六神通若無衆生云何分別衆生作三聚佛答諸欲諸惡若當有性若自性若他性我本爲菩薩時不能觀諸欲惡不善法無所有性入初禪佛意若諸欲不善法有定性實法若多若少自相者若身中若有淨常等性性有二種若自性若他性自性名自身不淨性他性名衣服等莊嚴身具此皆無常虛誑苦惱因緣內外五欲中無有常樂我淨實若有者我本行菩薩道時不能觀五欲空無所有性入初禪令欲惡不善法無有實性若自性若他性是故我爲菩薩時離五欲惡不善法入初禪乃至入第四禪若諸神通有性若自性若他性我本行菩薩時不能知神通無所有故得阿耨多羅三藐三菩提須菩提問若諸法定無所有性空佛云何於諸法中得自在力佛答我以四禪故於諸煩惱得

解脫六神通故於諸法得自在度衆生須菩提意以四禪六神通是有云何於空得自在力佛示我觀五欲等空虛誑無定相故不著此禪而起諸神通諸禪有相有量故可捨得阿耨多羅三藐三菩提初離欲時以無所有性爲因得阿耨多羅三藐三菩提果亦無所有若禪定空阿耨多羅三藐三菩提不空可有是難今皆空故不應有難

大智度論卷第八十六

音釋

桎（之日切足械也）梏（古沃切手械也）

大智度論卷第八十七

龍樹菩薩造

姚秦三藏法師鳩摩羅什譯

釋三次第學品第七十五之下

【經】須菩提言世尊若菩薩摩訶薩知諸法無所有性因四禪五神通得阿耨多羅三藐三菩提世尊新學菩薩摩訶薩云何於諸法無所有性中次第行次第學次第道以是次第行次第學次第道得阿耨多羅三藐三菩提佛告須菩提菩薩摩訶薩若初從諸佛聞若從多供養諸佛菩薩聞若諸阿羅漢若諸阿那含若諸斯陀含若諸須陀洹所聞得無所有故是佛得無所有故是阿羅漢阿那含斯陀含須陀洹一切賢聖皆得無所有故有名一切有爲作法無所有性乃至無有如毫末許所有是菩薩摩訶薩聞是已作是念若一切法無有性得無所有性故是佛乃至得無所有故是須陀洹我若當得阿耨多羅三藐三菩提若不得一切法常無有性我何以不發心得阿耨多羅三藐三菩提得阿耨多羅三藐三菩提已一切衆生行於有相當令住無所有中須菩提菩薩摩訶薩如是思惟已發阿耨多羅三藐三菩提心爲度一切衆生故菩薩摩訶薩所行次第行次第學次第道者如過去諸菩薩摩訶薩所行道得阿耨多羅三藐三菩提是新發意菩薩應學六波羅蜜所謂檀波羅蜜尸羅波羅蜜羼提波羅蜜毗棃耶波羅蜜禪波羅蜜般若波羅蜜是菩薩摩訶薩若行檀波羅蜜時自行布施亦教人布施讚歎布施功德歡喜讚歎行布施者

以是布施因緣故得大財富是菩薩遠離慳心布施衆生飲食衣服香華瓔珞房舍卧具燈燭種種資生所須盡給與之菩薩摩訶薩行是布施及持戒生天人中得大尊貴以是持戒布施故得禪定衆以是布施持戒禪定故得智慧衆解脱衆解脱知見衆是菩薩因是布施持戒禪定衆智慧衆解脱衆解脱知見衆故過聲聞辟支佛地入菩薩位入菩薩位已得淨佛國土成就衆生得一切種智得一切種智已轉法輪轉法輪已以三乘法度脱衆生生死如是須菩提菩薩以是布施次第行次第學次第道是皆不可得何以故自性無所有故復次須菩提菩薩摩訶薩從初發意自行持戒教人持戒讚歎持戒功德歡喜讚歎行持戒者持戒因緣故生天人中得大尊貴見貧窮者施以財物不持戒者教令持戒亂意者教令禪定愚癡者教令智慧無解脱者教令解脱無解脱知見者教令解脱知見以是持戒禪定智慧解脱解脱知見故過聲聞辟支佛地入菩薩位入菩薩位已得淨佛國土淨佛國土已成就衆生成就衆生已得一切種智得一切種智已轉法輪轉法輪已以三乘法度衆生如是須菩提菩薩以是持戒次第行次第學次第道是事皆不可得何以故一切法自性無所有故復次須菩提菩薩摩訶薩從初已來自行羼提波羅蜜教人行羼提讚歎羼提功德歡喜讚歎行羼提者行羼提波羅蜜時布施衆生各各令滿足教令持戒教令禪定乃至解脱知見以是布施持戒禪定智慧因緣故過阿羅漢辟支

佛地入菩薩位中入菩薩位中已得淨佛世界淨佛世界已成就衆生成就衆生已得一切種智得一切種智已轉法輪轉法輪已以三乘法度脱衆生如是須菩提菩薩以羼提波羅蜜次第行次第學次第道是事皆不可得何以故一切法自性無所有故復次須菩提菩薩摩訶薩從初已來自行毗梨耶教人行毗梨耶讃歎行毗梨耶功德歡喜讃歎行毗梨耶者乃至是事不可得自性無所有故復次須菩提菩薩摩訶薩從初已來自入禪入無量心入無色定亦教人入禪入無量心入無色定讃歎入禪入無量心入無色定功德歡喜讃歎行禪無量心無色定者是菩薩住諸禪定無量心布施衆生各令滿足教令持戒教令禪定智慧以是布施禪定智慧解脱解脱知見因緣故過阿羅漢辟支佛地入菩薩位入菩薩位已淨佛世界淨佛世界已成就衆生成就衆生已得一切種智得一切種智已轉法輪轉法輪已以三乘法度脱一切衆生乃至是事不可得自性無所有故復次須菩提菩薩摩訶薩從初已來行般若波羅蜜布施衆生各令滿足教令持戒禪定智慧解脱解脱知見是菩薩行般若波羅蜜時自行六波羅蜜亦教他人令行六波羅蜜讃歎六波羅蜜功德歡喜讃歎行六波羅蜜者是菩薩以是檀波羅蜜尸羅波羅蜜羼提波羅蜜毗梨耶波羅蜜禪波羅蜜般若波羅蜜因緣及方便力過聲聞辟支佛地入菩薩位乃至是事不可得自性無所有故須菩提是名初發意菩薩摩訶薩次第行次第學次第

道復次須菩提菩薩摩訶薩次第行次第學次第道菩薩摩訶薩從初已來以一切種智相應心信諸法無所有性修六念所謂念佛念法念僧念戒念捨念天須菩提云何菩薩摩訶薩修念佛菩薩摩訶薩念佛不以色念不以受想行識念何以故是色自性無受想行識自性無若法自性無是爲無所有何以故無憶故是爲念佛復次須菩提菩薩摩訶薩念佛不以三十二相念亦不念金色身不念丈光不念八十隨形好何以故是佛身自性無故若法無性是爲無所有何以故無憶故是爲念佛復次須菩提不應以戒衆念佛不應以定衆智慧衆解脫衆解脫知見衆念佛何以故是衆無有自性若法無自性是爲非法無所念是爲念佛復次須菩提不應以十力念佛不應以四無所畏四無礙智十八不共法念佛不應以大慈大悲念佛何以故是諸法自性無若法自性無是爲非法無所念是爲念佛復次須菩提不應以十二因縁法念佛何以故是因縁法自性無若法自性無是爲非法無所念是爲念佛如是須菩提菩薩摩訶薩行般若波羅蜜時應念佛是爲菩薩初發意次第行次第學次第道是菩薩摩訶薩次第行次第學次第道中住能具足四念處四正勤四如意足五根五力七覺分八聖道分修行空三昧無相無作三昧乃至一切種智諸法性無所有故是菩薩知諸法性無所有是中無有性無無性須菩提云何菩薩摩訶薩應修念法須菩提菩薩摩訶薩行般若波羅蜜時不念善法不念不善法不

念記法無記法不念世間法不念出世間法不念淨法不念不淨法不念聖法不念凡夫法不念有漏法不念無漏法不念欲界繫法色界繫法無色界繫法不念有爲法無爲法何以故是諸法自性無若法自性無是爲非法無所念是爲念法念法中學無所有性故乃至當得一切種智是菩薩得阿耨多羅三藐三菩提時得諸法無所有性是無所有性中非有相非無相如是須菩提菩薩摩訶薩應修念法於是法中乃至無少許念何況念法須菩提菩薩摩訶薩云何應修念僧須菩提菩薩摩訶薩念僧無爲法故分別有佛弟子衆是中乃至無有少許念何況念僧如是菩薩摩訶薩應念僧須菩提菩薩摩訶薩云何應修念戒須菩提菩薩摩訶薩從初發意

已來應念聖戒無缺戒無隙戒無瑕戒無濁戒無著戒自在戒智者所讚戒具足戒隨定戒應念是戒無所有性乃至無少許念何況念戒須菩提菩薩摩訶薩從初發意已來應念捨若自念捨若念他捨若捨財若捨法若捨煩惱觀是捨不可得乃至無少許念何況念捨如是須菩提菩薩摩訶薩應念捨須菩提云何菩薩摩訶薩應念天須菩提菩薩作是念四天王諸天所有信戒施聞慧此間命終生彼天處我亦有是信戒施聞慧乃至他化自在天所有信戒施聞慧此間命終生彼天處我亦有是信戒施聞慧如是須菩提菩薩摩訶薩應念是天無所有性中尚無少許念何況念天須菩提菩薩摩訶薩於是六念是名次第行次第學次第道爾時須菩提白

佛言世尊若一切法無所有性所謂念色乃至識眼乃至意色乃至法是無有性眼界乃至意識界是無所有性檀波羅蜜乃至般若波羅蜜內空乃至無法有法空四念處乃至八聖道分佛十力乃至一切種智是無所有性世尊若一切法無所有性者是則無道無智無果佛告須菩提汝見是色性實有不乃至一切種智實有不須菩提言不見也世尊佛告須菩提汝若不見諸法實有云何作是問須菩提言世尊我於是法不敢有疑但爲當來世諸比丘求聲聞辟支佛道菩薩道者是人當如是言若一切法無所有性誰垢誰淨誰縛誰解是不知不解故而破於戒破正見破威儀破淨命是人破此事故當墮三惡道世尊我畏當來世有如是事以是故問佛世尊我於是法中信不疑不悔

論釋曰須菩提信受佛語一切諸法雖空而能起四禪神通是大菩薩近成佛者能行今未知新發意者云何行是故疑問佛世尊新學菩薩摩訶薩云何於諸法無所有性中次第行次第學次第道用是次第行得阿耨多羅三藐三菩提以次第行次第學次第道故當知是新發意菩薩雖無量劫發意未得諸法實相皆名新學問曰若如是人是新學但應教行布施持戒等佛何以教令於無所有畢竟空性中行答曰今明始入無所有畢竟空法故令行無所有而是菩薩以無所有畢竟空和合布施持戒等行譬如小兒服藥須蜜乃下是故雖新發意亦觀深空無咎佛答須菩提菩薩若初從諸佛聞若從多供養諸

佛者聞諸佛者若過去若現在多供養諸佛者遍告觀世音得大勢菩薩文殊師利彌勒菩薩等四種聲聞聖人義如先說辟支佛不樂說法故不說諸佛等聖人皆因無所有故有是分別聖人雖有禪定等諸功德皆爲涅槃故涅槃即是寂滅相無所有法是故說諸聖人皆因涅槃有是差別一切有爲作法從因緣和合起故無有實定性乃至如毫末許所有有爲有二種一者色二者無色色法破壞分別乃至微塵無有定實無色法中乃至無有一念定實破義如上說是菩薩從諸佛聖人聞是法餘人多以著心說諸聖人以無著心說是故但從聖人聞爾時次第學菩薩聞是法以比智籌量決定知諸法究竟必空皆入佛所得實相中所謂寂滅無戲論相我若得作佛若不作佛一等無異何以故諸法實相不增不減更無新法可得故法亦不失若度衆生衆生畢竟空本末不可得我所聞所作功德及成佛時神通力皆如夢如幻故無一定實相畢竟空得不得雖同我何以不發心作佛問曰若知諸法畢竟空無所有者云何復言我何以不發心作佛答曰畢竟空無所有無所障礙何妨發心復次若說畢竟空滅諸戲論云何障發心若障即是有性云何言無所有性問曰若不障發心亦應不障不發心菩薩何不安住而發心受諸勤苦答曰有人言是菩薩有種種因緣應發心或以多諸親屬知識皆不聞不知不得是諸法實相是故今世後世受諸苦惱我幸有力能使是人得離衆苦譬如人得好食良藥親里知

識受諸病苦云何不與是故菩薩雖知諸法性無所有因親里故而發心利益衆生菩薩復作是念我雖聞諸法實相心未深入未有禪定智慧未熟受諸苦惱是故發心求阿耨多羅三藐三菩提集諸功德以無所有法作證自爲亦爲他人是菩薩復聞大乘深義住衆生等法等中無別異心可得佛雖復中人及怨都無異心所以者何是菩薩以畢竟空心煩惱微薄怨親平等作是念怨親無定以因緣故親或爲怨怨或爲親以此大因緣具足忍波羅蜜故得作佛由何而得由忍怨故是以菩薩觀怨如親譬如欲過嶮道應當敬重頂戴導師又如良醫雖賤爲貴者所重如是思惟籌量分別中人怨家雖於我無用而是佛道因緣是故發阿耨多羅三藐三菩提心是名一種次第行次第學次第道是故以過去菩薩所行爲證問曰次第行次第學次第道有何差別答曰有人言無差別若行若學若道義一而語異有人言初名行中名學後名道行名布施學名持戒道名智慧復次行名持戒學名禪定道名智慧復次行名正語正業正命學名正精進正念正定道名正見正思惟此八事雖名爲道然分別有三分正見是道體發起是道名正思惟正語正業正命助益正見故名爲行正精進正念正定能成就正見使令牢固是名學復次有人言檀波羅蜜毗棃耶波羅蜜名爲行初入道故尸羅波羅蜜名爲學人心常隨五欲難禁難制無須臾停息漸以尸羅波羅蜜禪波羅蜜制伏其心是故名學羼提波羅蜜般若波羅

蜜名爲道何以故忍爲善般若爲智慧善習具足故名道譬如人有眼有足隨意所至如是等名爲三事差别問曰何以名次第答曰以須菩提意若一切法無所有初發心菩薩於是空法中云何能漸次第學以是故說次第諸法雖空難解次第行法力故能得成就譬如緣梯從一初梯漸上上處雖高雖難亦能得至次第行者四種行六波羅蜜如經中說自行檀教人行檀讃檀功德歡喜讃行檀者善拔慳貪根深愛檀波羅蜜慈悲於衆生通達諸法實相以此因緣故能四種行檀波羅蜜或有人自行布施不能教人布施或畏他瞋或畏爲已教布施以之爲恩如是等因緣故不能教人或有人教人布施自不能施或有人種種讃歎布施之德勸人令施而不能自行有人自行布施亦教人布施稱讃布施之德而見人布施不能歡喜所以者何或有破戒惡人行施而不喜見有人喜見施主而不讃歎以其邪見不識施果故如是各各不能具足菩薩大悲心深愛善法故能行四事如上說菩薩若但自布施不教他人但能令世少許利益是衆生隨業因緣墮貧窮處是故菩薩敎衆生言我不惜財物我雖多施汝汝亦不得持至後世汝今當自作後當自得以布施實功德種種因緣教衆生行施見行施者雖是破戒惡人但念其好心布施之德不念其惡是故歡喜讃歎復次見三寶無盡福田中施故福不盡必至佛道觀其未來無盡功德故歡喜行是四種布施世世財富是菩薩雖不爲財富布施未具足阿耨多羅

三藐三菩提六波羅蜜等法中間而財富自至譬如人爲穀故種禾而稾草自至菩薩得財物報時離慳貪心隨衆生意布施須食與食等問曰是菩薩布施時先施何等人答曰是菩薩雖因衆生起大悲心而菩薩布施必先供養諸佛大菩薩辟支佛阿羅漢及諸聖人若無聖人次第施持戒精進禪定智慧離欲人若無此人施一切出家佛弟子若無是人次施持五戒行十善道及持一日戒三歸若無此人次施中人非正非邪者若無此人次施五逆惡人及諸畜生不可不與菩薩以施攝一切衆生故有人言應先布施五逆罪人斷善根者貧窮老病下賤乞丐者乃至畜生譬如慈母多有衆子先念羸病給其所須又如菩薩爲餓虎欲食子故以身施之問曰如是種種應先施何者答曰一切衆生皆是菩薩福田能生大悲故菩薩常欲以阿耨多羅三藐三菩提施衆生何況衣食等而有分別又菩薩得無生忍法平等無差未得無生忍者或慈悲心多或分別心多此二心不得俱行悲心多者先施貧窮惡人作是念種種田中果報雖大憐愍衆生故先利貧者如是田雖不良以慈悲心得大果報分別心多者作是念諸佛有無量功德故應先供養以分別諸法著佛身故心小其心雖小福田良故功德亦大若得諸法實相入般若波羅蜜方便力中心得自在二事俱行慈愍衆生又視皆如佛如是等菩薩隨因緣行布施問曰經何以不言與衣食等而言須食與食答曰有人須食與飲須飲與衣以不稱受者意故福

德少故是故言須食與食問曰有人若蓋若怖雖有所須不能發言云何知其所須答曰菩薩觀其相貌隨時所須土地所宜或有知他心者資生之具隨意而與是人因是布施得成戒衆復作是念我憐愍衆生以衣食布施所益甚少不如持戒常以無惱無畏施於衆生菩薩住是持戒中爲守護戒故生禪定心不散清淨故得成慧衆無戲論捨著是慧相以是慧破諸煩惱縛得解脱衆了了知見證解脱故名解脱知見衆是人先行布施及五衆因緣故過聲聞辟支佛地入菩薩位問曰菩薩應行六波羅蜜入菩薩位此中何以説五衆答曰法雖一以種種異名説是故説五衆無咎是人從一波羅蜜中欲起諸波羅蜜布施爲主已先説持戒衆名尸波羅蜜定

衆解脱衆名禪波羅蜜慧衆解脱知見衆是般若波羅蜜行諸波羅蜜時能忍諸惡事是名羼提波羅蜜能起諸波羅蜜不休不息是名毗梨耶波羅蜜問曰若爾者何以不但説諸波羅蜜名而説五衆答曰是人欲入菩薩位此中不但以持戒禪定得和合衆戒清淨戒無盡戒以要言之攝一切戒名爲戒衆能破煩惱過二乘入菩薩位譬如一人二人不名爲軍和合多人乃成爲軍能破怨敵餘衆亦如是菩薩自得禪定等衆亦令衆生得是名菩薩教化衆生教化衆生已持自功德及衆生功德盡迴向淨佛國土具此二法即得一切種智轉法輪以三乘度衆生是名菩薩次第行次第學次第道先麤後細先易後難漸漸習學名爲次第餘五波羅蜜亦應隨義

分別諸法性雖無所有而隨世諦行爲破顛倒故復次念佛等六念是初次第行以易行易得故問曰六念中亦言不以色念佛云何言易答曰有法共行故名爲易譬如服苦藥以蜜下之則易六念義如初品中廣說六波羅蜜六念等柔輭易行不生邪見是菩薩次第學法餘三解脫門等思惟籌量或生邪見故不說此中須菩提難世尊若實無所有云何有次第行等佛反問須菩提汝以聲聞智慧見色等法是一定實法不答言不見色等一切法但從因緣和合假有其名無有定實云何言有佛語須菩提汝若不見實定有云何以次第等難空而次第法不離於空爾時須菩提受解了了是故說我無所疑爲當來世求三乘人聞佛說空無所有性以罪重智鈍故取空相便言誰垢誰淨凡夫惡人何以名垢出家得道人何以名淨是人不解佛語深義以何事而說著是空故言何用持戒等爲以是因緣即生邪見破正見破正見故以少因緣而破戒及威儀無所畏忌出家人資仰白衣便妄語求利衣食等破於正命等種此罪故墮三惡道或重於白衣見有是失故問佛我已得道於諸法無所受又常聞佛說空法云何戲論生疑又我常修無諍三昧憐愍衆生是故問佛

釋一念具萬行品第七十六(經作一念品)

經須菩提白佛言世尊若一切法性無所有菩薩見何等利益故爲衆生求阿耨多羅三藐三菩提佛告須菩提知一切法性無所有故菩薩爲衆生求阿耨多羅三藐三菩提何

以故須菩提諸有得有著者難可解脱須菩提諸得相者無有道無有果無有阿耨多羅三藐三菩提須菩提白佛言世尊無得相者有道有果有阿耨多羅三藐三菩提不須菩提無所得即是道即是果即是阿耨多羅三藐三菩提法性不壞故若無所得法欲得道欲得果欲得阿耨多羅三藐三菩提爲欲壞法性須菩提白佛言世尊若無所得法即是道即是果即是阿耨多羅三藐三菩提云何有菩薩初地乃至十地云何有無生忍法云何有報得神通云何有報得布施持戒忍辱精進禪定智慧住是果報法中能成就衆生能淨佛國土及供養諸佛衣服飲食香華瓔珞房舍卧具燈燭種種資生所須之具乃至得阿耨多羅三藐三菩提不斷是福德乃至般涅槃後舍利及弟子得供養爾乃滅盡佛告須菩提以諸法無所得相故得菩薩初地乃至十地有報得五神通布施持戒忍辱精進禪定智慧成就衆生淨佛國土亦以善根因緣故能利益衆生乃至般涅槃後舍利及弟子得供養須菩提白佛言世尊若諸法無所得相布施持戒忍辱精進禪定智慧諸神通有何差别佛告須菩提無所得法布施持戒忍辱精進禪定智慧神通無有差别以衆生著布施乃至神通故分别説世尊云何無所得法布施乃至神通無有差别須菩提菩薩摩訶薩行般若波羅蜜時不得布施施者受者皆不可得而行布施不得戒而持戒不得忍而行忍不得精進而行精進不得禪而行禪不得智慧而行智慧不得神通而行神

通不得四念處而行四念處乃至不得八聖道分而行八聖道分不得空三昧無相無作三昧而行空無相無作三昧不得衆生而成就衆生不得淨佛國土而淨佛國土不得諸佛法而得阿耨多羅三藐三菩提須菩提菩薩摩訶薩應如是行無所得般若波羅蜜菩薩摩訶薩行是無所得般若波羅蜜時魔若魔天不能破壞須菩提白佛言世尊云何菩薩摩訶薩行般若波羅蜜時一念中具足行六波羅蜜四禪四無量心四無色定四念處四正勤四如意足五根五力七覺分八聖道分三解脱門佛十力四無所畏四無礙智十八不共法大慈大悲三十二相八十隨形好佛告須菩提菩薩摩訶薩所有布施不遠離般若波羅蜜所修持戒忍辱精進禪定不遠

離般若波羅蜜四禪四無量心四無色定修四念處乃至八十隨形好不遠離般若波羅蜜須菩提白佛言世尊云何菩薩摩訶薩不遠離般若波羅蜜故一念中具足行六波羅蜜乃至八十隨形好佛言菩薩行般若波羅蜜時所有布施不遠離般若波羅蜜不二相持戒時亦不二相修忍辱勤精進入禪定亦不二相乃至八十隨形好亦不二相須菩提白佛言世尊云何菩薩摩訶薩布施時不二相乃至修八十隨形好不二相須菩提菩薩摩訶薩行般若波羅蜜時欲具足檀波羅蜜檀波羅蜜中攝諸波羅蜜及四念處乃至八十隨形好世尊云何菩薩布施時攝諸無漏法佛告須菩提若菩薩摩訶薩行般若波羅蜜住無漏心布施於無漏心中不見相所謂

誰施誰受所施何物以是無相心無漏心斷愛斷慳貪心而行布施是時不見布施乃至不見阿耨多羅三藐三菩提法是菩薩以無相心無漏心持戒不見是戒乃至不見一切佛法無相心無漏心忍辱不見是忍乃至不見一切佛法以無相心無漏心精進不見是精進乃至不見一切佛法以無相心無漏心入禪定不見是禪定乃至不見一切佛法以無相心無漏心修習智慧不見是智慧乃至不見一切佛法以無相心無漏心修四念處不見是四念處乃至八十隨形好世尊若諸法無相無作云何具足檀波羅蜜尸波羅蜜羼提波羅蜜毗棃耶波羅蜜禪波羅蜜般若波羅蜜云何具足四念處四正勤四如意足五根五力七覺分八聖道分云何具足空三昧無相無作三昧佛十力四無所畏四無礙智十八不共法大慈大悲云何具足三十二相八十隨形好佛告須菩提菩薩摩訶薩行般若波羅蜜以無相心無漏心布施須食與食乃至種種所須盡給與之若內若外若支解其身若國城妻子布施衆生若有人來語菩薩言何用是布施爲是無所益行般若波羅蜜菩薩作是念是人雖來訶我布施我終不悔我當勤行布施不應不與施已與一切衆生共之迴向阿耨多羅三藐三菩提亦不見是相誰施誰受所施何物迴向者誰何等是迴向法何等是迴向處所謂阿耨多羅三藐三菩提是相皆不可見何以故一切法以內空故空外空故空內外空故空空空有爲空無爲空畢竟空無始空散空性空一切法

空自相空故空如是觀作是念迴向者誰迴向何處用何法迴向是名正迴向爾時菩薩能成就衆生淨佛國土能具足檀波羅蜜尸羅波羅蜜羼提波羅蜜毗棃耶波羅蜜禪波羅蜜般若波羅蜜乃至三十七助道法空無相無作三昧乃至十八不共法是菩薩如是具足檀波羅蜜而不受世間果報譬如他化自在諸天隨意所須即皆得之菩薩亦如是心生所願隨意即得是菩薩摩訶薩以是布施果報故能供養諸佛亦能滿足一切衆生天及人阿脩羅是菩薩以檀波羅蜜攝取衆生用方便力以三乘法度脫衆生如是須菩提菩薩摩訶薩於無相無得無作諸法中具足檀波羅蜜須菩提菩薩摩訶薩云何於無相無得無作法中具足尸羅波羅蜜須菩提是菩薩摩訶薩行尸波羅蜜時持種種戒所謂聖無漏入八聖道戒自然戒報得戒受得戒心生戒如是等不缺不破不雜不濁不著自在戒智所讃戒用是戒無所取若色若受想行識若三十二相八十隨形好若剎利大姓若婆羅門大姓居士大家四天王天三十三天夜摩天兜率陀天化樂天他化自在天梵衆天光音天遍淨天廣果天無想天無煩天無熱天妙見天喜見天阿迦尼吒天空處天識處天無所有處天非有想非無想處天若須陀洹果若斯陀含果若阿那含果若阿羅漢果若辟支佛道若轉輪聖王若天王但爲一切衆生共之迴向阿耨多羅三藐三菩提以無相無得無二迴向爲世俗法故非第一實義是菩薩具足尸羅波羅蜜以方便力

起四禪不味著故得五神通因四禪得天眼是菩薩住二種天眼修得報得得天眼已見東方現在諸佛乃至得阿耨多羅三藐三菩提如所見事不失南西北方四維上下現在諸佛乃至得阿耨多羅三藐三菩提如所見不失是菩薩用天耳淨過於人耳聞十方諸佛說法如所聞不失能自饒益亦益他人是菩薩以知他心智知十方諸佛心及知一切眾生心亦能饒益一切眾生是菩薩用宿命智知過去諸業因緣是諸業因緣不失故是眾生在在處處所生悉知是菩薩用是漏盡智令眾生得須陀洹果乃至阿羅漢果辟支佛道在在處處能令眾生入善法中如是須菩提菩薩摩訶薩於諸法無相無得無作具足尸羅波羅蜜世尊云何諸法無相無作無得菩薩摩訶薩能具足羼提波羅蜜須菩提菩薩摩訶薩從初發意已來乃至坐道場於其中間若一切眾生來以瓦石刀杖加是菩薩菩薩是時不起瞋心乃至不生一念爾時菩薩應修二種忍一者一切眾生惡口罵詈若加刀杖瓦石瞋心不起二者一切法無生無生法忍菩薩若人來惡口罵詈或以瓦石刀杖加之爾時菩薩應如是思惟罵我者誰譏訶者誰打擲者誰誰有受者是時菩薩應思惟諸法實性所謂畢竟空無法無衆生諸法尚不可得何況有衆生如是觀諸法相時不見罵者不見割截者是菩薩如是觀諸法相時即得無生法忍云何名無生法忍知諸法相常不生諸煩惱從本已來亦常不生是菩薩摩訶薩住是二忍能具足四禪四無量

心四無色定四念處乃至八聖道分三解脫門佛十力四無所畏四無礙智十八不共法大慈大悲是菩薩住是聖無漏出世間法不共一切聲聞辟支佛具足聖神通住聖神通已以天眼見東方諸佛是人得念佛三昧乃至阿耨多羅三藐三菩提終不斷絕南西北方四維上下亦如是菩薩用天耳聞十方諸佛所說法如所聞為衆生說是菩薩亦知十方諸佛心及知一切衆生念知已隨其心而說法是菩薩以宿命智知一切衆生宿世善根為衆生說法令其歡喜是菩薩以漏盡神通教化衆生令得三乘是菩薩摩訶薩行般若波羅蜜以方便力成就衆生具足一切種智得阿耨多羅三藐三菩提轉法輪如是須菩提菩薩摩訶薩無相無得無作法中具足羼提波羅蜜須菩提言世尊菩薩摩訶薩云何於諸法無相無作無得能具足毗梨耶波羅蜜佛告須菩提菩薩摩訶薩行般若波羅蜜時成就身精進心精進入初禪乃至入第四禪受種種神通力能分一身為多身乃至手捫摸日月成就身精進故飛到東方過無量百千萬諸佛世界供養諸佛飲食衣服醫藥卧具華香瓔珞種種所須乃至阿耨多羅三藐三菩提福德果報終不滅盡是菩薩得阿耨多羅三藐三菩提時一切世間天及人勤設供養衣服飲食乃至入無餘涅槃後舍利及弟子得供養亦以是神通力故至諸佛所聽受法教乃至阿耨多羅三藐三菩提終不違失是菩薩修一切種智時淨佛世界成就衆生如是須菩提菩薩摩訶薩行般若波

羅蜜成就身精進能具足毗梨耶波羅蜜須菩提云何菩薩成就心精進能具足毗梨耶波羅蜜須菩提菩薩摩訶薩心精進以是心精進聖無漏入八聖道分精進不令身口不善業得入亦不取諸法相若常若無常若苦若樂若我若無我若有爲若無爲若欲界若色界若無色界若有漏性若無漏性若初禪乃至第四禪若慈悲喜捨若無邊虛空處乃至非有想非無想處若四念處若四正勤四如意足五根五力七覺分八聖道分若空無相無作若佛十力乃至十八不共法不取相若常若無常若苦若樂若我若無我若須陀洹果斯陀含果阿那含果阿羅漢果若辟支佛道若菩薩道若阿耨多羅三藐三菩提若是須陀洹斯陀含阿那含阿羅漢若是辟支佛是菩薩是佛不取相是衆生斷三結故得須陀洹是衆生三毒薄故得斯陀含是衆生斷下分結故得阿那含是衆生斷上分結故得阿羅漢是衆生以辟支佛道故作辟支佛是衆生行道種智故名菩薩亦不取是諸相何以故不可以性取相是性無故是菩薩以是心精進故廣利益衆生亦不得衆生是爲菩薩具足毗梨耶波羅蜜具足諸佛法淨佛國土成就衆生不可得故是菩薩身精進心精進成就故攝取一切諸善法是法亦不著故從一佛國至一佛國爲利益衆生所作神通隨意無礙若雨諸華若諸名香若作妓樂若動大地若放光明若示七寶莊嚴國土若現種種身若放大智光明令知聖道令遠離殺生乃至邪見或以布施利益衆生或以持

戒或支解身體或以妻子或以國城或以己身給施隨所方便利益衆生如是須菩提菩薩摩訶薩行般若波羅蜜無相無作無得諸法中用身心精進能具足毗梨耶波羅蜜世尊云何菩薩摩訶薩行般若波羅蜜住無相無作無得法中能具足禪波羅蜜須菩提菩薩摩訶薩除佛諸禪定餘一切諸禪三昧皆能具足是菩薩離諸欲諸惡不善法離生喜樂有覺有觀入初禪乃至入第四禪以是慈悲喜捨心遍滿一方乃至十方一切世間遍滿是菩薩過一切色相滅有對相不念别異相故入無邊空處乃至入非有想非無想處是菩薩於禪波羅蜜中住逆順入八背捨九次第定入空三昧無相無作三昧或時入無相三昧或時入如電光三昧或時入聖正三昧或時入如金剛三昧是菩薩住禪波羅蜜中修三十七助道法助道種智入一切禪定過乾慧地性地八人地見地薄地離欲地已辦地辟支佛地入菩薩位入菩薩位已具足佛地是諸地中行乃至阿耨多羅三藐三菩提不中道取道果是菩薩住是禪波羅蜜中從一佛國至一佛國供養諸佛從諸佛所殖諸善根淨佛國土從一佛國至一佛國利益衆生以布施攝取衆生或以持戒或以三昧或以智慧或以解脱或以解脱知見攝取衆生教衆生令得須陀洹果斯陀含果阿那含果阿羅漢果辟支佛道諸有善法能令衆生得道皆教令得是菩薩住此禪波羅蜜中能生一切陀羅尼門得四無礙智報得神通是菩薩終不入母人胞胎終不受五欲無生不

生雖生不爲生法所汙何以故是菩薩見一切作法如幻而利益衆生亦不得衆生及一切法教衆生令得無所得處是世俗法故非第一實義住是禪波羅蜜一切行禪定解脫三昧乃至阿耨多羅三藐三菩提終不離禪波羅蜜是菩薩行如是道種智時得一切種智斷一切煩惱習斷已自益其身亦益他人自益益他已爲一切世間天及人阿脩羅作福田如是須菩提菩薩摩訶薩行般若波羅蜜時具足無相禪波羅蜜世尊云何菩薩摩訶薩行般若波羅蜜時住無相無作無得法中修具足般若波羅蜜須菩提菩薩摩訶薩行般若波羅蜜時於諸法不見定實相是菩薩見色不定非實相乃至見識不定非實相不見色生乃至不見識生若不見色生乃至不見識生一切法若有漏若無漏不見來處不見去處亦不見集處如是觀時不得色性乃至識性亦不得有漏無漏法性是菩薩行般若波羅蜜時信解一切諸法無所有相如是信解已行內空乃至無法有法空於諸法無所著若色受想行識乃至阿耨多羅三藐三菩提是菩薩行無所有般若波羅蜜能具足菩薩道所謂六波羅蜜乃至三十七助道法佛十力四無所畏四無礙智十八不共法三十二相八十隨形好是菩薩住空淨佛道中所謂六波羅蜜三十七助道法報得神通以是法饒益衆生宜以布施攝教令布施宜以戒攝教令持戒宜以禪定智慧解脫解脫知見教修禪定智慧解脫解脫知見宜以諸道法教者教令得須陀洹果得斯陀含果阿

那舍果阿羅漢果辟支佛道宜以佛道化者令得菩薩道具足佛道如是等隨其所應道地而教化之各令得所是菩薩現種種神通力時過無量恒河沙國土度脫衆生隨其所須皆化給之各令滿足從一國土至一國土見淨妙國土以自莊嚴已佛國土譬如他化自在天中資生所須隨意自至亦如諸淨佛國離於求欲是人以是報得檀波羅蜜尸羅波羅蜜羼提波羅蜜毗梨耶波羅蜜禪波羅蜜般若波羅蜜報得五神通行菩薩道道種智成就一切功德當得阿耨多羅三藐三菩提是菩薩爾時不受色行乃至識不受一切法若善若不善若世間若出世間若有漏若無漏若有爲若無爲如是一切法皆不受是菩薩得阿耨多羅三藐三菩提時國土一切所有資生之物皆無有主何以故菩薩行一切法不受以不可得故如是須菩提菩薩摩訶薩無相法中能具足般若波羅蜜

【論】問曰問者答者俱言無所有云何分別如是問如是答答曰所言法雖一而心異問者以著心問答者以無著心答須菩提意謂無所有中不應發心須菩提爲聽者著心故作是問諸法空中不見菩薩發心者不見衆生可利益者不見阿耨多羅三藐三菩提是故於無所有法中作難若一切法無所有性菩薩見何利故發心須菩提於菩薩衆生阿耨多羅三藐三菩提中不疑但問無所有法佛答正以無所有空故能發心若無所有空菩薩衆生阿耨多羅三藐三菩提亦皆空無所有云何起難若衆生菩薩及阿耨多羅三藐

三菩提離無所有空者可有是難如先說畢竟空於諸法無所障礙何妨發心佛還以無所有空破須菩提所問亦復自說因緣須菩提著心者難得解脱是人從無始生死中來以一切煩惱故染著諸法聞有亦著聞空亦著得失亦著如是衆生難可勉出是故菩薩發無上道心自以相好嚴身得梵音聲有大威德知衆生三世心根本以種種神通力因緣譬喻爲說無所有法空解脱門引導其心衆生見如是希有事即時其心柔輭信佛受法是故經說著有者難得解脱有所得者無道無果無阿耨多羅三藐三菩提須菩提問世尊若有所得者無道無果無阿耨多羅三藐三菩提無所得者有道有果不佛答無所有即是道即是果即是阿耨多羅三藐三菩提若人不分别是有所得是無所得入諸法實相畢竟空中是亦無所得即是道即是果即是阿耨多羅三藐三菩提不破壞諸法實相故法性即是諸法實相須菩提意謂法性正行邪行常不可破壞何以佛言不壞法性是道是果佛答法性雖不可破壞衆生邪行故名爲破壞如虚空雲霧土塵雖不能染亦名不淨如人實欲染汙虚空是人爲欲染汙法性無是事故佛說譬喻若人欲壞法性是人欲於無所有法中得道得果得阿耨多羅三藐三菩提須菩提白佛言若無所有即是道云何有十地等諸菩薩法如經廣說問曰此事佛已先答所謂若法空菩薩見何事故發心今言若法空云何有初地等佛皆以空答今須菩提何以更問答曰以衆生著心難

解故更問是衆生有新發意菩薩聞是諸法實相空即生著心佛破其著亦著所破法須菩提爲是人故更問佛答須菩提以無所得故有初地乃至般涅槃後舍利得供養有所著中不可說初地及諸功德亦以無所得因緣故從布施乃至諸神通無有差別無有差別故不應難須菩提復問云何無所得布施乃至諸神通無有差別佛答菩薩從初發心已來以阿耨多羅三藐三菩提寂滅相布施畢竟空所謂不得施者受者財物而行布施如是布施中無有分別乃至不得菩提而得阿耨多羅三藐三菩提亦如是是名菩薩行無所得般若波羅蜜行是無所得般若波羅蜜魔若魔天不能破壞一念中行六波羅蜜者問曰須菩提何以故問一念中行六波羅蜜等諸功德答曰須菩提從佛聞般若波羅蜜甚深無所有相於諸法中無礙相若爾者則無所不能無事不作云何菩薩一念中能攝六波羅蜜乃至八十隨形好初發心時以著有無心重故漸漸次第行令有無悉捨故無所不能是故問佛答菩薩不離般若波羅蜜行布施等諸功德無障礙故能一念中行若遠離般若波羅蜜則漸漸次第行須菩提問云何名不遠離佛答菩薩不以二相行布施等復問云何不以二相佛答菩薩行般若波羅蜜時欲具足檀波羅蜜於布施一念中攝一切善法如先說何等是一念所謂菩薩得無生法忍斷一切煩惱除諸憶想分別安住無漏心中布施一切無漏心是無相心菩薩住是心中不見誰施誰受誰物離一切相

心布施不見有一法乃至阿耨多羅三藐三菩提尚不見何況餘法是名不二相乃至八十隨形好亦如是須菩提更以異事問此義世尊諸法無相無作無起云何能具足檀波羅蜜等乃至八十隨形好佛答菩薩無相無作法中不取相故無障礙心布施須食與食等經中已委悉又先品中亦廣說是故更不解無漏無相六波羅蜜有二種一者得無生法忍菩薩所行二者未得無生法忍菩薩所行得無生法忍菩薩所行如此中所說何以故住無相無漏心中行布施等諸法故問曰生身菩薩貪惜未除故割截甚痛是則爲難得無生法忍菩薩如化人所作割截無痛有何恩分答曰得無生法忍菩薩行是六波羅蜜爲難所以者何得無生法忍寂滅心應受涅槃樂而捨此寂滅樂入衆生中受種種身或爲賊人或爲畜生等是則爲難生身菩薩貪愛未除著佛身故以身布施是爲悕望非清淨施是故不如復次行無漏無相六波羅蜜是時能具足有漏有相則不能具足是故能具足者有大恩分

大智度論卷第八十七

音釋

隙 乞逆切釁隙也　桄 古黃切梯桄橫木也　丐 古太切乞也　捫摸 捫莫奔切摸慕各切

大智度論卷第八十八

龍樹菩薩造

姚秦三藏法師鳩摩羅什譯

釋六喻品第七十七

經 須菩提白佛言世尊云何無相不可分別自相空諸法中具足修六波羅蜜所謂檀波羅蜜尸羅波羅蜜羼提波羅蜜毗梨耶波羅蜜禪波羅蜜般若波羅蜜世尊云何無異法中而分別說異相云何般若波羅蜜攝檀尸羼精進禪云何行異相法以一相道得果佛告須菩提菩薩摩訶薩住五陰如夢如響如影如焰如幻如化住是中行布施持戒修忍辱勤精進入禪定修智慧知是五陰實如夢如響如影如焰如幻如化五陰如夢無相乃至如化無相何以故夢無自性響影焰幻化皆無自性若法無自性是法無相若法無相是法一相所謂無相以是因緣故須菩提當知菩薩布施無相受者無相能如是知布施是能具足檀波羅蜜乃至能具足般若波羅蜜能具足四念處乃至八聖道分能具足內空乃至無法有法空能具足空三昧無相無作三昧能具足八背捨九次第定五神通五百陀羅尼門能具足佛十力四無所畏四無礙智十八不共法是菩薩住是報得無漏法中飛到東方無量國土供養諸佛衣服飲食乃至隨其所須而供養之亦利益眾生應以布施攝者而布施攝之應以持戒攝者教令持戒應以忍辱精進禪定智慧攝者教令忍辱精進禪定智慧而攝取之乃至應以種種善法攝者以種種善法而攝取之是菩薩成

就是一切善法受世間身不爲世間生死所汙爲衆生故於天人中受尊貴富樂以是尊貴富樂攝取衆生是菩薩知一切法無相故知須陀洹果亦不於中住知斯陀含果阿那含果阿羅漢果亦不於中住知辟支佛道亦不於中住何以故是菩薩用一切種智知一切法已應當得一切種智不與聲聞辟支佛共如是須菩提菩薩摩訶薩知一切法無相已知六波羅蜜無相乃至知一切佛法無相

復次須菩提菩薩摩訶薩住五陰如夢如響如影如焰如幻如化能具足無相尸羅波羅蜜是戒不缺不破不雜不著聖人所讚無漏戒入八聖道分住是戒中持一切戒所謂名字戒自然戒律儀戒作戒無作戒威儀戒非威儀戒是菩薩成就諸戒不作是願我以此戒因緣故生刹利大姓婆羅門大姓居士大家若小王家若轉輪聖王家若四天王天處生若三十三天夜摩天兜率陀天化樂天他化自在天不作是願我持戒因緣故當得須陀洹果斯陀含果阿那含果阿羅漢果辟支佛道何以故一切法無相所謂一相無相法不能得無相法有相法不能得有相法無相法不能得有相法有相法不能得無相法如是須菩提菩薩摩訶薩行般若波羅蜜時能具足無相尸羅波羅蜜而入菩薩位入菩薩位已得無生法忍行道種智得報得五神通住五百陀羅尼門得四無礙智從一佛國至一佛國供養諸佛成就衆生淨佛國土雖入五道中生死業報不能染汙須菩提譬如化轉輪聖王雖坐卧行住不見來處不見去處

不見住處坐處卧處而能利益衆生亦不得衆生菩薩亦如是須菩提譬如須扇多佛得阿耨多羅三藐三菩提爲三乘轉法輪無有得菩薩記者化作佛已捨壽命入無餘涅槃須菩提菩薩亦如是行般若波羅蜜時能具足尸羅波羅蜜具足尸羅波羅蜜已攝一切善法復次須菩提菩薩摩訶薩行般若波羅蜜時住五陰如夢如響如影如焰如幻如化具足無相羼提波羅蜜世尊云何菩薩摩訶薩具足無相羼提波羅蜜須菩提菩薩摩訶薩住二忍中能具足羼提波羅蜜何等二忍生忍法忍從初發意乃至坐道場於其中間若一切衆生來罵詈麤惡語或以瓦石刀杖加是菩薩是菩薩欲具足羼提波羅蜜故乃至不生一念惡是菩薩如是思惟罵我者誰割我者誰以惡言加我以瓦石刀杖害我者誰何以故是菩薩於一切法得無相忍故云何作是念是人罵我害我若菩薩摩訶薩如是行能具足羼提波羅蜜以是羼提波羅蜜具是故得無生法忍須菩提白佛言世尊云何爲無生法忍是忍何所斷何所知佛告須菩提得法忍乃至不生少許不善法是故名無生忍一切菩薩所斷煩惱盡是名斷用智慧知一切法不生是名知須菩提白佛言世尊諸聲聞辟支佛無生法忍菩薩無生法忍有何等異佛告須菩提諸須陀洹若智若斷是名菩薩忍斯陀含若智若斷是名菩薩忍阿那含若智若斷是名菩薩忍阿羅漢若智若斷是名菩薩忍辟支佛若智若斷是名菩薩忍是爲異須菩提菩薩摩訶薩成就是忍

勝一切聲聞辟支佛住是報得無生忍中行菩薩道能具足道種智具足道種智故常不離三十七助道法及空無相無作三昧常不離五神通不離五神通故能成就衆生淨佛國土成就衆生淨佛國土已當得一切種智如是須菩提菩薩摩訶薩具足無相羼提波羅蜜復次須菩提菩薩摩訶薩住無相五陰如夢如響如影如焰如幻如化行身精進心精進以身精進故起神通起神通故到十方國土供養諸佛饒益衆生以身精進力教化衆生令住三乘如是須菩提菩薩摩訶薩行般若波羅蜜能具足無相精進波羅蜜是菩薩以心精進聖無漏精進入八聖道分中能具足毗棃耶波羅蜜是毗棃耶波羅蜜皆攝一切善法所謂四念處四正勤四如意足五根五力七覺分八聖道分四禪四無量心四無色定八解脱九次第定佛十力四無所畏四無礙智十八不共法是中菩薩行是法應具足一切種智具足一切種智已斷一切煩惱習具足滿三十二相身放無等無量光明放光明已三轉十二行法輪法輪轉故三千大千世界六種震動光明遍照三千大千世界三千大千世界中衆生聞説法聲皆以三乘法而得度脱如是須菩提菩薩摩訶薩住精進波羅蜜中能大饒益及能具足一切種智復次須菩提菩薩住無相五陰如夢如響如影如焰如幻如化能具足禪波羅蜜世尊云何菩薩住五陰如夢如響如影如焰如幻如化能具足禪波羅蜜須菩提菩薩摩訶薩入初禪乃至第四禪入慈悲喜捨無量心入

無邊虛空處乃至非有想非無想處入空三昧無相無作三昧入如電光三昧入如金剛三昧入聖正三昧除諸佛三昧諸餘三昧若共聲聞辟支佛三昧皆證皆入亦不受三昧味亦不受三昧果何以故是菩薩知是三昧無相無所有性當云何於無相法受無相法味無所有法受無所有法味若不受味則不隨禪定力生若色界若無色界何以故是菩薩不見是二界亦不見是禪亦不見入禪者亦不見用法入禪者若不得是法即能具足無相禪波羅蜜菩薩用是禪波羅蜜能過聲聞辟支佛地須菩提白佛言世尊云何菩薩具足無相禪波羅蜜故能過聲聞辟支佛地佛告須菩提菩薩善學內空善學外空乃至善學無法有法空於是諸空無法可住處若

須陀洹果若斯陀含果阿那含果阿羅漢果乃至一切種智是諸空亦空菩薩摩訶薩行如是諸空能入菩薩位中須菩提白佛言世尊云何菩薩摩訶薩位云何非位須菩提一切有所得是非菩薩位一切無所得是菩薩位世尊何等是有所得何等是無所得須菩提色是有所得受想行識是有所得眼耳鼻舌身意乃至一切種智有所得是非菩薩位須菩提菩薩位者是諸法不可示不可說何等法不可示不可說若色乃至一切種智何以故須菩提色性是不可示不可說乃至一切種智性是不可示不可說須菩提如是名菩薩位是菩薩入位中一切禪定三昧具足尚不隨禪定三昧力生何況隨婬怒癡於中起罪業生菩薩但住如幻法中饒益衆生亦

不得衆生及如幻法若無所得是時能成就衆生淨佛國土如是須菩提是名菩薩具足無相禪波羅蜜乃至能轉法輪所謂不可得法輪復次須菩提菩薩摩訶薩行般若波羅蜜知一切法如夢如響如焰如影如幻如化須菩提白佛言世尊菩薩摩訶薩云何知一切法如夢如響如影如焰如幻如化須菩提菩薩摩訶薩行般若波羅蜜時不見夢不見見夢者不見響不見聞響者不見影不見見影者不見焰不見見焰者不見幻不見見幻者不見化不見見化者何以故是夢響影焰幻化皆是凡夫愚人顛倒法故阿羅漢不見夢不見見夢者乃至不見化不見見化者辟支佛菩薩摩訶薩諸佛亦不見夢不見見夢者乃至不見化亦不見見化者何以故一切法無所有性不生不定若法無所有性不生不定菩薩摩訶薩當云何行般若波羅蜜是中取生相定相是處不然何以故若諸法少多有性有生有定不名修般若波羅蜜如是須菩提菩薩摩訶薩行般若波羅蜜不著色乃至不著識不著欲色無色界不著諸禪解脱三昧不著四念處乃至八聖道分不著空三昧無相無作三昧不著檀波羅蜜尸羅波羅蜜羼提波羅蜜毗棃耶波羅蜜禪波羅蜜般若波羅蜜不著故能具足菩薩初地於初地中亦不生著何以故是菩薩不得是地云何生貪著乃至十地亦如是是菩薩行般若波羅蜜亦不得般若波羅蜜若行般若波羅蜜時不得般若波羅蜜是時不見一切法皆入般若波羅蜜中亦不得是法何以故是諸

法與般若波羅蜜無二無別何以故諸法入如法性實際故無分別須菩提白佛言世尊若諸法無相無分別云何說是善是不善是有漏是無漏是世間是出世間是有爲是無爲須菩提於汝意云何諸法實相中有法可說是善是不善乃至是有爲是無爲是須陀洹果乃至是阿羅漢是辟支佛是菩薩是阿耨多羅三藐三菩提不世尊不可說也須菩提以是因緣故當知一切法無相無分別無生無定不可示須菩提我本行菩薩道時亦無有法可得性若色若受想行識乃至若有爲若無爲須陀洹果乃至阿耨多羅三藐三菩提如是須菩提菩薩摩訶薩行般若波羅蜜從初發意乃至阿耨多羅三藐三菩提應善學諸法性善學諸法性故是名阿耨多羅三藐三菩提道行是道能具足六波羅蜜成就衆生淨佛國土住是法中得阿耨多羅三藐三菩提以三乘法度脱衆生亦不著三乘如是須菩提菩薩摩訶薩以無相法應學般若波羅蜜

【論】問曰須菩提問佛若諸法無相無分別云何差別說六波羅蜜佛還答菩薩住是如夢五衆中能具足六波羅蜜須菩提以空問佛還以空答此問答云何得別異答曰須菩提問若諸法空令眼見菩薩行六波羅蜜作佛佛答凡人遠實智慧取相見菩薩行六波羅蜜作佛著是空法故難菩薩雖在五衆住五衆如幻如夢空法中亦以空心行布施是故雖行諸法具足波羅蜜不妨於空譬如雲霧遠視則見近之則無所見凡人亦如是遠實

相故見諸佛菩薩近實相故見皆空是故不妨不妨故能於檀波羅蜜一念中具足行諸善法是人常修無漏清淨波羅蜜故轉身還報得無漏波羅蜜報得名更不修行自然而得譬如報得眼根自然能見色得是報得無漏波羅蜜已能變一身作無量阿僧祇身於十方佛所具足聞諸佛甚深法度脱十方衆生漸漸淨佛世界隨願作佛問曰若諸法空無相云何分別云何得知行檀波羅蜜等各各具足餘波羅蜜答曰行者雖不自分别而諸佛菩薩說其行檀行尸具足諸行如聲聞人入見諦無漏無相無分别法中餘聖人亦數其所入法知諸法實相所謂無相相是名正見正見得力已名爲正行是時不惱衆生不作諸惡是名正語正業正命是時雖無所說亦無所造而名爲正語正業所以者何是名深妙正語正業所謂畢竟不惱衆生故是中發心有所造作是名精進繫念緣中是名正念攝心一處是名正定見身受心法實相是名四念處乃至七覺意亦如是於四念處中亦如八直聖道中諸聖人爲數菩薩亦如是行是無相檀波羅蜜能具足尸羅波羅蜜等諸善法如檀波羅蜜尸羅波羅蜜等攝諸善法亦如是問曰上品中以一波羅蜜具諸波羅蜜此無相攝一切法有何差别答曰上以一念中能具諸波羅蜜此以諸法雖空無相而能具諸波羅蜜爲異

釋四攝品第七十八之上

經須菩提白佛言世尊若諸法如夢如響如影如焰如幻如化無有實事無所有性自相

空者云何分別是善法是不善法是世間法是出世間法是有漏法是無漏法是有爲法是無爲法是法能得須陀洹果能得斯陀含果阿那含果阿羅漢果能得辟支佛道能得阿耨多羅三藐三菩提佛告須菩提凡夫愚人得夢得見夢者乃至得化得見化者起身口意善業不善業無記業起福業若起罪業作不動業是菩薩摩訶薩行般若波羅蜜住二空中畢竟空無始空爲衆生說法作是言諸衆生是色空無所有受想行識空無所有十二入十八界空無所有色是夢受想行識是夢十二入十八界是夢色是響是影是焰是幻是化受想行識亦如是十二入十八界是夢是響是影是焰是幻是化是中無陰入界無夢亦無見夢者無響亦無聞響者無影亦無見影者無焰亦無見焰者無幻亦無見幻者無化亦無見化者一切法無根本實性無所有汝等於無陰中見陰無入見有入無界見有界是一切法皆從因緣和合生以顛倒心起屬業果報汝等何以故於諸法空無根本中而取根本相是時菩薩摩訶薩行般若波羅蜜以方便力故於慳法中拔出衆生教行檀波羅蜜持是布施功德得大福報從大福報拔出教令持戒持戒功德生天上尊貴處復拔出令住初禪初禪功德生梵天處二禪三禪四禪無邊空處識處無所有處非有想非無想處亦如是衆生行是布施及布施果報持戒及持戒果報禪定及禪定果報因緣種種拔出安置無餘涅槃及涅槃道中所謂四念處四正勤四如意足五根五力七

覺分八聖道分空解脱門無相無作解脱門八背捨九次第定佛十力四無所畏四無礙智十八不共法安隱衆生令住聖無漏法無色無形無對法中有可得須陀洹果者安隱教化令住須陀洹果可得斯陀含果阿那含果阿羅漢果辟支佛道者令住斯陀含果阿那含果阿羅漢果辟支佛道可得阿耨多羅三藐三菩提者安隱教化令住阿耨多羅三藐三菩提中須菩提白佛言世尊諸菩薩摩訶薩甚希有難及能行是深般若波羅蜜諸法無所有性畢竟空無始空而分別諸法是善是不善是有漏是無漏乃至是有爲是無爲佛告須菩提如是如是諸菩薩摩訶薩甚希有難及能行是深般若波羅蜜諸法無所有性畢竟空無始空而分別諸法須菩提汝等若知是菩薩摩訶薩希有難及法則知一切聲聞辟支佛不能報何況餘人須菩提白佛言世尊何等是菩薩摩訶薩希有難及法佛告須菩提一心諦聽有菩薩摩訶薩行般若波羅蜜住報得六波羅蜜中及住報得五神通三十七助道法住諸陀羅尼諸無礙智到十方世界可以布施度者以布施攝之可以持戒度者以持戒攝之可以忍辱精進禪定智慧度者隨其所應而攝取之可以初禪度者以初禪攝取之可以二禪三禪四禪無邊空處無邊識處無所有處非有想非無想處度者隨其所應而攝取之可以慈悲喜捨心度者以慈悲喜捨心攝取之可以四念處四正勤四如意足五根五力七覺分八聖道分空三昧無相無作

三昧度者隨而攝之世尊菩薩摩訶薩云何以布施饒益衆生須菩提菩薩行般若波羅蜜時布施隨其所須飲食衣服車馬香華瓔珞種種所須盡給與之若供養佛辟支佛阿羅漢阿那含斯陀含須陀洹等無異若施入正道中人及凡人下至禽獸皆無分別等一布施何以故一切法不異不分別故是菩薩無異無分別布施已當得無分別報所謂一切種智須菩提若菩薩摩訶薩見乞丐者若生是心佛是福田我應供養禽獸非福田不應供養是非菩薩法何以故菩薩摩訶薩發阿耨多羅三藐三菩提心不作是念是衆生應以布施饒益是不應布施是衆生布施因緣故生刹利大姓婆羅門大姓居士大家乃至以是布施因緣以三乘法度之令入無餘

涅槃若衆生來從菩薩乞亦不生異心分別應與是不應與是何以故是菩薩爲是衆生故發阿耨多羅三藐三菩提心若分別簡擇便墮諸佛菩薩辟支佛學無學人一切世間天及人訶責處誰請汝救一切衆生汝爲一切衆生舍一切衆生護一切衆生依而分別簡擇應與不應與復次若菩薩摩訶薩行般若波羅蜜時若人若非人來欲求乞菩薩身體肢節是時不應生二心若與若不與何以故是菩薩摩訶薩爲衆生故受身衆生來取何可不與我以饒益衆生故受是身衆生不乞自應與之何況乞而不與菩薩摩訶薩行般若波羅蜜應如是學復次須菩提菩薩摩訶薩見有乞者應生是念是中誰與誰受所施何物是一切法自性皆不可得以畢竟空

故空相法無與無奪何以故畢竟空故內空故外空內外空大空第一義空自相空故住是諸空布施是時具足檀波羅蜜具足檀波羅蜜故若斷內外法時作是念截我者誰割我者誰復次須菩提我以佛眼見東方如恒河沙等諸菩薩摩訶薩入大地獄令火滅湯冷以三事教化一者神通二者知他心三者說法是菩薩以神通力令大地獄火滅湯冷知他心以慈悲喜捨隨意說法是衆生於菩薩生清淨心從地獄得脫漸以三乘法得盡苦際南西北方四維上下亦如是復次須菩提我以佛眼觀十方世界見如恒河沙等國土中諸菩薩爲諸佛給使供給諸佛隨意愛樂恭敬若諸佛所說盡能受持乃至阿耨多羅三藐三菩提終不忘失復次須菩提我以

佛眼觀十方如恒河沙等國土中諸菩薩摩訶薩爲畜生故捨其壽命割截身體分散諸方諸有衆生食是諸菩薩摩訶薩肉皆愛敬菩薩以愛敬故即得離畜生道值遇諸佛聞佛說法如說修行漸以三乘聲聞辟支佛佛法於無餘涅槃而般涅槃如是須菩提諸菩薩摩訶薩所益甚多教化衆生令發阿耨多羅三藐三菩提心如說修行乃至於無餘涅槃而般涅槃復次須菩提我以佛眼見十方如恒河沙等國土中諸菩薩摩訶薩除諸餓鬼饑渴苦是諸餓鬼皆愛敬菩薩以愛敬故得離餓鬼道值遇諸佛聞諸佛說法如說修行漸以三乘聲聞辟支佛佛法而般涅槃乃至無餘涅槃如是須菩提菩薩摩訶薩爲度衆生故行大悲心復次須菩提我以佛眼見

諸菩薩摩訶薩在四天王天上說法在三十三天夜摩天兜率陀天化樂天他化自在天上說法諸天聞菩薩說法漸以三乘而得滅度須菩提是諸天衆中有貪著五欲者是菩薩示現火起燒其宮殿而爲說法作是言諸天一切有爲法悉皆無常誰得安者復次須菩提我以佛眼觀十方世界見如恒河沙等國土中諸梵天著於邪見諸菩薩摩訶薩教令遠離邪見作是言汝等云何於空相虛妄諸法中而生邪見如是須菩提菩薩摩訶薩住大慈心爲衆生說法須菩提是爲諸菩薩希有難及法復次須菩提我以佛眼觀十方世界如恒河沙等國土中諸菩薩摩訶薩以四事攝取衆生何等四布施愛語利益同事云何菩薩以布施攝衆生須菩提菩薩以二種施攝取衆生財施法施何等財施攝取衆生須菩提菩薩摩訶薩以金銀瑠璃玻瓈眞珠珂貝珊瑚等諸寶物或以飲食衣服卧具房舍燈燭華香瓔珞若男若女若牛羊象馬車乘若以已身給施衆生語衆生言汝等若有所須各來取之如取已物莫得疑難是菩薩施已教三歸依歸依佛歸依法歸依僧或教受五戒或教一日戒或教初禪乃至教非有想非無想定或教慈悲喜捨或教念佛念法念僧念戒念捨念天或教不淨觀或教安那般那觀或相或觸或教四念處四正勤四如意足五根五力七覺分八聖道分空三昧無相無作三昧八背捨九次第定佛十力四無所畏四無礙智十八不共法大慈大悲三十二相八十隨形好或教須陀洹果斯陀含

果阿那含果阿羅漢果或教辟支佛道或教阿耨多羅三藐三菩提如是須菩提菩薩摩訶薩行般若波羅蜜以方便力教衆生財施已復教令得無上安隱涅槃須菩提是名菩薩摩訶薩希有難及法須菩提菩薩云何以法施攝取衆生須菩提法施有二種一者世間二者出世間何等爲世間法施數演顯示世間法所謂不淨觀安那般那念四禪四無量心四無色定如是等世間法諸餘共凡夫所行法是名世間法施是菩薩如是世間法施已種種因緣教化令遠離世間法遠離世間法已以方便力令得聖無漏法及聖無漏法果何等是聖無漏法何等是聖無漏法果聖無漏法者三十七助道法三解脱門聖無漏法果者須陀洹果乃至阿羅漢果辟支佛

道阿耨多羅三藐三菩提復次須菩提菩薩摩訶薩聖無漏法須陀洹果中智慧乃至阿羅漢果中智慧辟支佛道中智慧三十七助道法中智慧六波羅蜜中智慧乃至大慈大悲中智慧如是等一切法若世間若出世間智慧若有漏若無漏若有爲若無爲是法中一切種智是名菩薩摩訶薩聖無漏法何等爲聖無漏法果斷一切煩惱習是名聖無漏法果須菩提白佛言世尊菩薩摩訶薩得一切種智不佛言如是如是須菩提菩薩摩訶薩得一切種智須菩提言菩薩與佛有何等異佛言有異菩薩摩訶薩得一切種智是名爲佛所以者何菩薩心與佛心無有異菩薩住是一切種智中於一切法無不照明是名菩薩摩訶薩世間法施須菩提菩薩摩訶薩

因世間法施得出世間法施如是須菩提菩薩摩訶薩教衆生令得世間法以方便力教令得出世間法須菩提何等是菩薩出世間法不共凡夫法同所謂四念處四正勤四如意足五根五力七覺分八聖道分三解脫門八背捨九次第定佛十力四無所畏四無礙智十八不共法三十二相八十隨形好五百陀羅尼門是名出世間法須菩提云何爲四念處菩薩摩訶薩觀内身循身觀外身循身觀内外身循身觀勤精進以一心智慧觀身集因緣觀身滅觀身集生滅行是道無所依於世間無所受受心法念處亦如是須菩提云何爲四正勤未生惡不善法爲不生故勤生欲精進已生惡不善法爲斷故勤生欲精進未生善法爲生故勤生欲精進已生諸善法爲增長修具足故勤生欲精進是名四正勤須菩提云何爲四如意足欲三昧斷行成就初如意足精進三昧心三昧思惟三昧斷行成就如意足云何爲五根信根精進根念根定根慧根云何爲五力信力精進力念力定力慧力云何爲七覺分念覺分擇法覺分精進覺分喜覺分除息覺分定覺分捨覺分云何爲八聖道分正見正思惟正語正業正命正精進正念正定云何爲三三昧空三昧門無相無作三昧門云何爲空三昧以空行無我行攝心是名空三昧云何爲無相三昧以寂滅行離行攝心是爲無相三昧云何爲無作三昧無常行苦行攝心是爲無作三昧云何爲八背捨内有色相外觀色是初背捨内無色相外觀色是二背捨淨背捨是三背

捨過一切色相滅有對相不念一切異相故觀無邊虛空入無邊空處乃至過一切非有想非無想處入滅受想背捨是名八背捨云何九次第定行者離欲惡不善法有覺有觀離生喜樂入初禪第二第三第四乃至過非有想非無想處入滅受想定是名九次第定云何爲佛十力是處不是處如實知衆生過去未來現在諸業諸受法知造業處知因緣知報諸禪定解脫三昧定垢淨分別相如實知他衆生諸根上下相知他衆生種種欲解知世間種種無數性知一切到道相知種種宿命一世乃至無量劫如實知天眼見衆生乃至生善惡道漏盡故無漏心解脫如實知是爲佛十力云何爲四無所畏佛作誠言我是一切正智人若有沙門婆羅門若天若魔若梵若復餘衆如實言是法不知乃至不見是微畏相以是故我得安隱得無所畏安住聖主處在大衆中師子吼能轉梵輪諸沙門婆羅門若天若魔若梵若復餘衆實不能轉一無畏也佛作誠言我一切漏盡若沙門婆羅門若天若魔若梵若復餘衆如實言是漏不盡乃至不見是微畏相以是故我得安隱得無所畏安住聖主處在大衆中作師子吼能轉梵輪諸沙門婆羅門若天若魔若梵若復餘衆實不能轉二無畏也佛作誠言我說障法若有沙門婆羅門若天若魔若梵若復餘衆如實言受是法不障道乃至不見是微畏相以是故我得安隱得無所畏安住聖主處在大衆中師子吼能轉梵輪諸沙門婆羅門若天若魔若梵若復餘衆實不能轉三無

畏也佛作誠言我所說聖道能出世間隨是行能盡苦若有沙門婆羅門若天若魔若梵若復餘衆如實言行是道不能出世間不能盡苦乃至不見是微畏相以是故我得安隱得無所畏安住聖主處在大衆中師子吼能轉梵輪諸沙門婆羅門若天若魔若梵若復餘衆實不能轉四無畏也云何爲四無礙智一者義無礙智二者法無礙智三者辭無礙智四者樂說無礙智云何義無礙智緣義智慧是爲義無礙智云何法無礙智緣法智慧是爲法無礙智云何爲辭無礙智緣辭智慧是爲辭無礙智云何爲樂說無礙智緣樂說智慧是爲樂說無礙智云何爲十八不共法一者諸佛身無失二者口無失三念無失四無異想五無不定心六無不知捨心七欲無減八精進無減九念無減十慧無減十一解脫無減十二解脫知見無減十三一切身業隨智慧行十四一切口業隨智慧行十五一切意業隨智慧行十六智慧知過去世無礙十七智慧知未來世無礙十八智慧知現在世無礙云何三十二相一者足下安平立平如奩底二者足下千輻輞輪輪相具足三者手足指長勝於餘人四者手足柔軟勝餘身分五者足跟廣具足滿好六者手足指合縵網勝於餘人七者足趺高平好與跟相稱八者伊泥延鹿腨腨纖好如伊泥延鹿王九者平住兩手摩膝十者陰藏相如馬王象王十一者身縱廣等如尼俱盧樹十二者一一孔一毛生色青柔軟右旋十三者毛上向青色柔軟而右旋十四者金色相其色微妙勝閻

浮檀金十五者身光面一丈十六者皮薄細滑不受塵垢不停蚊蚋十七者七處滿兩足下兩手中兩肩上項中皆滿字相分明十八者兩腋下滿十九者上身如師子二十者身廣端直二十一者肩圓好二十二者四十齒二十三者齒白齊密而根深二十四者四牙最白而大二十五者方頰車如師子二十六者味中得上味咽中二處津液流出二十七者舌大輭薄能覆面至耳髮際二十八者梵音深遠如迦蘭頻伽聲二十九者眼色如金精三十者眼睫如牛王三十一者眉間白毫相輭白如兜羅綿三十二者頂髻肉骨成是三十二相佛身成就光明遍照三千大千世界若欲廣照遍滿十方無量阿僧祇世界爲衆生故受丈光若放無量光則無日月時節歲數佛音聲遍滿三千大千世界若欲大聲則遍滿十方無量阿僧祇世界隨衆生多少音聲遍至

【論】問曰從上已來處處說諸法性空云何分別有善不善須菩提何以從後已來品中義無異而作種種名問答曰是事上已答復次衆生從無始生死已來著心深難解故須菩提復作是重問復次是般若波羅蜜欲說是空義要故數問復次佛在世時衆生利根易悟佛滅度五百年後像法中衆生愛著佛法墮著法中言若諸法皆空如夢如幻何以故有善不善以是故須菩提憐愍未來衆生鈍根不解故重問世尊若諸法皆空云何分别有善不善等此中佛自說因緣凡夫顛倒心故於法皆作顛倒異見乃至不見一法是實

凡夫於夢法著夢得夢見夢者亦著夢中所見事是人若不信罪福起三種不善業若信罪福起三種善業善不善不動善名欲界中善法喜樂果報不善名憂愁苦惱果報不動名生色無色界因緣業菩薩知是三種業皆是虛誑不實住二空中爲衆生說法畢竟空破諸法無始空破衆生相住中道爲衆生說法所謂五衆十二入十八界皆是空如夢如幻乃至如化是法中無夢亦無見夢者菩薩語衆生汝等於空法顛倒心故生諸著如經中廣說是菩薩方便力故於顛倒中拔出衆生著破顛倒法中譬如慳貪是顛倒以布施破慳法而衆生著是布施故爲說布施果報無常實空從布施拔出衆生令持戒持戒及持戒果報中拔出衆生語衆生言天福盡時

無常苦惱拔出衆生令離欲行禪定而爲說禪定及果報虛誑不實能令人墮顛倒中種種因緣爲說布施持戒禪定無常過失令住涅槃得涅槃方便所謂四念處乃至十八不共法令衆生住是法中若布施持戒禪定是定實法則不應令遠離如布施持戒等破凡夫法此則因顛倒而生雖少時益衆生久則變異能生苦惱故亦教令捨離菩薩方便力故先教衆生捨罪稱讚持戒布施福德復次爲說持戒布施亦未免無常苦惱然後爲說諸法空但稱讚實法所謂無餘涅槃是時須菩提歡喜甚希有菩薩能如是知是諸法實相所謂畢竟空而爲衆生說法令至無餘涅槃佛言是一種希有問欲更知菩薩希有法一切聲聞辟支佛不能報是菩薩何況餘人

須菩提問何等是更有希有法佛答如經中說問曰經中教令布施持戒禪定今復更說有何等異答曰先說生身菩薩今說變化身先說一國土今說無量世界如是等差別問曰若菩薩知佛是福田衆生非福田是非菩薩法菩薩以何力故能令佛與畜生等答曰菩薩以般若波羅蜜力故一切法中修畢竟空心是故於一切法無分別如畜生五衆十二入十八界和合生名爲畜生佛亦如是從諸善法和合假名爲佛若人憐愍衆生得無量福德於佛著心起諸惡因緣得無量罪是故知一切法畢竟空故不輕畜生不著心貴佛復次諸法實相是一切法無相是無相中不分別是佛是畜生若分別即是取相是故等觀復次菩薩有二法門一者畢竟空法門二者分別好惡法門入空法則得等觀入分別法門諸阿羅漢辟支佛尚不及佛何況畜生爲其輕衆生不憐愍布施故教不分別問曰菩薩身非木石云何衆生來割截而不生異心答曰有人言菩薩久修羼提波羅蜜故能不愁惱如羼提仙人被截手足血皆爲乳有人言菩薩無量世來深修大慈悲心故雖有割截亦不愁憂譬如草木無有瞋心有人言菩薩深修般若波羅蜜轉身得般若波羅蜜果報空心故了了知空割截身時心亦不動如外物不動內亦如是得般若果報故於諸法中無所分別有人言是菩薩非生死身是出三界法性生身住無漏聖心果報中故身如木石而能慈念割截者是菩薩能生如是心故割截劫奪內外法時其心不動是爲

菩薩希有法復次希有法者如經中說我以佛眼見十方如恒河沙等世界中菩薩入地獄中令火滅湯冷以三事教化衆生如經中說問曰若爾者不應有三惡道答曰三惡道衆生無邊無量菩薩雖無邊無量衆生倍多無量菩薩隨衆生可度因緣若於三惡道中有餘功德者菩薩則度重罪者則不見菩薩菩薩一相無分別心故不一一求覓衆生譬如大赦及者得脫不及者則不蒙問曰若衆生割截菩薩或食其肉應當有罪云何得度答曰此菩薩本願若有衆生噉我肉者當令得度如經中說衆生食菩薩肉者則生慈心譬如有色聲香觸人聞見則喜復有聞見則瞋味亦如是有瞋者有起慈心者如毗摩羅鞊經服食香飯七日得道者有不得者非以噉肉故得度以起發慈心故得免畜生生善處值佛得度有菩薩於無量阿僧祇劫深行慈心外物給施衆生意猶不滿并自以身布施爾乃足滿如法華經中藥王菩薩外物珍寶供養佛意猶不滿以身爲燈供養於佛爾乃足滿復次人得外物雖多不以爲恩所以者何非所愛重故得其身時乃能驚感是故以身布施菩薩又爲天上諸天說法如經中廣說人以四事攝之布施愛語利益同事布施有二事如經中廣說問曰何以略說餘四道而廣說人道中法答曰三惡道中苦多故衆生少疑若見菩薩大神通希有事則直信愛著得度諸天有天眼故自見罪福因緣果報菩薩少現神足則解人以肉眼不見罪福因緣果報又多著外道邪師及邪見經書諸

煩惱有二分一者屬見二者屬愛若但有一事則不能成大罪三毒人得邪見力能盡作重惡邪見人得貪欲瞋恚能大作罪事如須陀洹雖有三毒無邪見故不作墮三惡道重罪是故人中多有三毒邪見又眼不見罪福因緣故難度難度故多說問曰若爾者於四事中何以多說布施餘三略說答曰布施中攝三事故以財施法施教化衆生則無所不攝復次四事中初廣開布施則知餘三亦如是問曰若爾者何以略說財施而廣說法施答曰財施少法施廣故所以者何財施有量果報法施無量果報財施欲界繫欲界報法施亦三界繫果報亦是出三界果報財施能與三界富樂法施能與涅槃常樂又財施從法施生聞法則施故復次財施果報但富樂無種種法施亦有富樂亦有餘事乃至佛道涅槃果報以是等因緣故廣說法施二施義如經中佛自廣說問曰經中須菩提何以故言菩薩得一切種智不答曰須菩提意若菩薩時得一切種智則不名菩薩云何未得佛而能得一切種智得一切種智故名爲佛若先作佛何用一切種智爲佛答今得一切種智名爲菩薩已得一切種智名爲佛菩薩時具足佛因緣生心欲得一切種智得已名爲佛眞實之言菩薩不得佛亦不得所以者何菩薩未得佛得已竟更不復得世俗法故說菩薩今得佛得已竟第一義中則無一切法何況佛及菩薩又經中言佛心不異菩薩菩薩不異佛心次第相續不斷故又二心如無異無分別故問曰九次第定三十二相八十

隨形好此是世間共有法何以故名爲出世間不共法答曰四禪四無色定滅受想名九次第滅受定但聖人能得四禪四無色定從初禪起更不雜餘心而入二禪從二禪乃至滅受定念念中受不雜餘心名爲次第凡夫是罪人鈍根云何能得三十二相如轉輪聖王提婆達難陀所得相名字雖同而威德具足淨潔得處則不同於佛如先分別轉輪聖王佛相不同中說又是相聖無漏法果報果自在隨意無量無邊轉輪聖王等相是福德業因緣不能自在有量有限復次提婆達難陀有三十相無三十二轉輪聖王雖有三十二無威德不具足不得處與愛等煩惱俱八十隨形好具足唯佛菩薩有之餘人正可有少許或指纖長或失腹有如是等無威德之好不足言是故說言出世間不共凡夫法無咎問曰從初來處處說諸法五衆乃至一切種智不說是三十二相八十隨形好今經欲竟何以品品中說答曰佛有二種身法身生身於二身中法身爲大法身大所益多故上來廣說今經欲訖故生身義應當說是故今說復次是生身相好莊嚴是聖無漏法果報今次第說上雜諸波羅蜜說四念處等諸法義如先說十力等是佛法甚深義今當更略說問曰佛十力者若總相說則一力所謂一切種智力若別相說千萬億種力隨法爲名今何以但說十力答曰佛實有無量智力但以衆生不能得不能行故不說是十力可度衆生事辦所以者何佛用是處非處力定知一切法中因果所謂行惡業墮惡道有是處

行惡業生天上無是處善亦如是不離五蓋不修七覺得道者無有是處離五蓋修七覺得道有是處餘九盡入此力中佛以此力籌量十方六道中衆生可度者不可度者可度者以種種因緣神通變化而度脱之不可度者於此人中修捨心譬如良醫觀其病相審定知其可活則治之不可活者則捨之度衆生方便者所謂二力業力定力求其業因緣生處人以業因緣故受身縛著世間禪定因緣故得解脱行者必應求苦從何生由何而滅是故用二力業力有二分一者淨業能斷惡業二者垢業淨業名禪定解脱諸三昧不淨業者能於三界中受身人有二種鈍根爲受身故作業利根爲滅身故作業問曰若爾者何以不皆令作淨業答曰以衆生根有利鈍故問曰衆生何因緣故有利鈍答曰以有種種欲力故惡欲衆生常入惡故鈍欲名嗜好嗜好罪事生惡業故鈍善欲者樂道修助道法故利問曰衆生何以不皆作善故答曰是故佛説世間種種性惡性善性惡性者惡欲惡欲故根鈍如火熱性水濕性不應責其所以問曰惡欲即是惡性有何差別而作二力答曰性先有欲得因緣而生譬如先有瘡得觸因緣則血出性在内欲在外性重欲輕性難除欲易捨性深欲淺用性作業必當受報用欲作業不必受報有如是等差别復有人言欲常習增長遂成爲性性亦能生欲是人若今世若後世常習是欲則成爲性住是性中作惡作善若住善性則可度若住惡性則不可度佛既知衆生二種性已知其果報

善道惡道種種差別惡性者墮三惡道善性者有四種道人天阿修羅涅槃道問曰一切到處道力與天眼力有何差別答曰天眼但見生死時此中未死時知見因知果天眼見現前罪福果是名一切到處道力問曰聲聞辟支佛亦得涅槃亦能化衆生何以無是力答曰是故說後三力三世中衆生事盡能通達遍知以宿命力一切衆生過去事本末悉知以天眼生死智力故一切衆生未來世中無量事盡能遍知作是知已知現世中衆生可度者爲說漏盡法以是故但佛有此力二乘所無如有一人即日應得阿羅漢舍利弗日中時證言無得道因緣捨而不度晡時佛以宿命神通見過八萬劫前得道因緣今應成就晡時說法即得阿羅漢道復次佛以初力知衆生可度不可度相以第二力知衆生爲三障所覆無覆者以第三力知衆生禪定解脫淨不淨者以第四力知衆生根有利有鈍能通法性不通者以第五力知衆生根利鈍因緣善惡欲以第六力知二欲因緣種種性以第七力知衆生利鈍根善惡果報處七種道以第八力知衆生宿世善惡業障不障以第九力知衆生今世未可度未來世生處可度以第十力知是人以空解脫門入涅槃無相無作門入涅槃知是人於見諦道思惟道中念念中斷若干結使以是十力籌量衆生所應度緣而爲說法是故說法初無空言問曰佛智慧無量身相亦應無量又佛身勝諸天王何以正與轉輪聖王同有三十二相答曰三十二相不多不少義如先說復次有

人言佛菩薩相不定如此中說隨衆生所好可以引導其心者爲現相入衆生不貴金而貴餘色瑠璃玻瓈金剛等如是世界人佛則不現金色觀其所好則爲現色又衆生不貴纖長指及網縵以長指利爪爲羅刹相以網縵爲水鳥相造事不便如著手衣何用是爲如罽賓國彌帝隸力利菩薩手網縵其父惡以爲怪以刀割之言我子何緣如鳥有人不好肩圓大以爲似腫有以腹不現無腹如餓相亦有人以青眼爲不好但好白黒分明是故佛隨衆生所好而爲現相如是等無有常定有人言此三十二相實定以神通力變化身隨衆生所好而爲現相有人言佛有時神通變化有時隨世界處生當生處不得言神通變化又於三千大千世界中隨可度衆生處生則爲現相如蜜迹經中說或現金色或現銀色或日月星宿色或長或短隨可引導衆生則爲現相隨此間閻浮提中天竺國人所好則爲現三十二相天竺國人于今故治肩髆令厚大頭上皆有結爲好如人相中說五處長爲好眼鼻舌臂指髀手足相若輪若蓮華若貝若日月是故佛手足有千輻輪纖長指鼻高好舌廣長而薄如是等皆勝於先所貴者故起恭敬心有國土佛爲現千萬相或無量阿僧祇相或五六三四隨天竺所好故現三十二相八十種隨形好

大智度論卷第八十八

音釋

奩（力鹽切匣也）跟（古痕切足踵也）腨（市兗切腓腸也）纖（息廉切細也）

蚊（無分切）蚋（而銳切）睫（即葉切目旁毛也）晡（奔謨切日加申時也）

罽（居例切）髆（補各切臂髆也）髀（傍禮切股也）

大智度論卷第八十九

龍　樹　菩　薩　造
姚秦三藏法師鳩摩羅什譯

釋四攝品第七十八之下

經 云何八十隨形好一者無見頂二者鼻直高好孔不現三者眉如初生月紺瑠璃色四者耳輪埵成五者身堅實如那羅延六者骨際如鉤鎖七者身一時迴如象王八者行時足去地四寸而印文現九者爪如赤銅色薄而潤澤十者膝骨堅著圓好十一者身淨潔十二者身柔軟十三者身不曲十四者指長纖圓十五者指文莊嚴十六者脉深十七者踝不現十八者身潤澤十九者身自持不逶迤二十者身滿足二十一者識滿足二十二者容儀備足二十三者住處安無能動者二十四者威震一切二十五者一切樂觀二十六者面不大長二十七者正容貌不撓色二十八者面具足滿二十九者脣赤如頻婆果色三十者音響深三十一者臍深圓好三十二者毛右旋三十三者手足滿三十四者手足如意三十五者手文明直三十六者手文長三十七者手文不斷三十八者一切惡心衆生見者和悅三十九者面廣姝好四十者面滿淨如月四十一者隨衆生意和悅與語四十二者毛孔出香氣四十三者口出無上香四十四者儀容如師子四十五者進止如象王四十六者行法如鵝王四十七者頭如摩陀那果四十八者一切聲分具足四十九者牙利五十者舌色赤五十一者舌薄五十二者毛紅色五十三者毛潔淨五十四者廣

長眼五十五者孔門相具足五十六者手足赤白如蓮華色五十七者齊不出五十八者腹不現五十九者細腹六十者身不傾動六十一者身持重六十二者其身分大六十三者身長六十四者手足淨潔輭澤六十五者邊光各一丈六十六者光照身而行六十七者等視衆生六十八者不輕衆生六十九者隨衆生音聲不過不減七十者說法不著七十一者隨衆生語言而爲說法七十二者一發音報衆聲七十三者次第有因緣說法七十四者一切衆生不能盡觀相七十五者觀者無猒足七十六者髮長好七十七者髮不亂七十八者髮旋好七十九者髮色如青珠八十者手足有德相須菩提是爲八十隨形好佛身成就如是須菩提菩薩摩訶薩以二

施攝取衆生所謂財施法施是爲菩薩希有難及事云何爲菩薩摩訶薩愛語攝取衆生菩薩摩訶薩以六波羅蜜爲衆生說法作是言汝行六波羅蜜攝一切善法云何爲菩薩摩訶薩利行攝取衆生菩薩摩訶薩長夜教衆生令行六波羅蜜云何爲菩薩摩訶薩同事攝取衆生菩薩摩訶薩以五神通力故種種變化入五道中與衆生同事以此四事而攝取之復次須菩提菩薩摩訶薩行般若波羅蜜時教化衆生善男子當善學分別諸字亦當善知一字乃至四十二字一切語言皆入初字門一切語言亦入第二字門乃至第四十二字門一切語言皆入其中一字皆入四十二字四十二字亦入一字是衆生應知是善學四十二字善學四十二字已能善說

字法善說字法已善說無字法須菩提如佛善知法善知字善知無字爲無字法故說字法何以故須菩提過一切名字故名爲佛法須菩提白佛言世尊若衆生畢竟不可得法亦不可得法性亦不可得畢竟空無始空故世尊菩薩摩訶薩行般若波羅蜜行禪波羅蜜毗梨耶波羅蜜羼提波羅蜜尸羅波羅蜜檀波羅蜜時行四禪四無量心四無色定三十七助道法十八空行空無相無作三昧八背捨九次第定佛十力四無所畏四無礙智十八不共法三十二相八十隨形好云何住報得五神通爲衆生說法衆生實不可得衆生不可得故色不可得乃至識亦不可得五衆不可得故六波羅蜜乃至八十隨形好皆不可得是不可得中無衆生無色乃至無八

十隨形好世尊云何菩薩摩訶薩行般若波羅蜜爲衆生說法世尊菩薩行般若波羅蜜時菩薩尚不可得何況當有菩薩法佛告須菩提如是如是如汝所言衆生不可得故當知是内空外空内外空空空大空第一義空有爲空無爲空畢竟空無始空散空諸法空自相空性空不可得空無法空有法空無法有法空衆生不可得故當知五陰空十二入空十八界空十二因緣空四諦空我空壽者命者生者養者育者衆數者人者作者使作者起者使起者受者使受者知者見者皆空衆生不可得故當知四禪空四無量心空四無色定空當知四念處空乃至八聖道分空空空無相空無作空八背捨空九次第定空衆生不可得故當知佛十力四無所畏空四

無礙智十八不共法空當知須陀洹果空斯陀含果空阿那含果空阿羅漢果空辟支佛道空當知菩薩地空阿耨多羅三藐三菩提空須菩提菩薩摩訶薩如是見一切法空爲衆生說法不失諸空相是菩薩如是觀時知一切法無礙知一切法無礙已不壞諸法相不二不分别但爲衆生如實說法譬如佛所化人化人復化作無量千萬億人有教令布施者有教持戒有教忍辱有教精進有教禪定有教智慧有教四禪四無量心四無色定者於汝意云何分别佛所化人有分别破壞諸法不須菩提言不也世尊是化人無心無心數法云何分别破壞諸法以是故須菩提當知菩薩摩訶薩行般若波羅蜜爲衆生如應說法拔出衆生於顛倒地令衆生各得如

所應住地以不縛不脱法故何以故須菩提色不縛不脱受想行識不縛不脱色無縛無脱不是色受想行識無縛無脱不是識何以故色畢竟清淨故受想行識乃至一切法若有爲若無爲亦畢竟清淨故如是須菩提菩薩摩訶薩爲衆生說法亦不得衆生及一切法一切法不可得故菩薩以不住法故住諸法相中所謂色空乃至有爲無爲法空何以故色乃至有爲無爲法自性不可得故無有住處無所有法不住無所有法自性法不住自性法他性法不住他性法何以故是一切法皆不可得故不可得法當住何處如是須菩提菩薩摩訶薩行般若波羅蜜以是諸空能如是說法如是行般若波羅蜜於諸佛及聲聞辟支佛無有過何以故諸佛菩薩辟支

佛阿羅漢得是法已爲衆生説法亦不轉諸法相何以故如法性實際不可轉故所以者何諸法性無故須菩提白佛言世尊若法性如實際不轉色與法性異不色與如實際異不受想行識乃至有爲無爲法世間出世間有漏無漏異不佛言不也色不異法性不異如不異實際不異受想行識乃至有漏無漏亦不異須菩提白佛言世尊若色不異法性不異如不異實際不異受想行識乃至有漏無漏不異者云何分别黑法有黑報所謂地獄餓鬼畜生白法有白報所謂諸天及人黑白法有黑白報不黑不白法有不黑不白報所謂須陀洹果斯陀含果阿那含果阿羅漢果辟支佛道阿耨多羅三藐三菩提佛告須菩提世諦故分别説有果報非第一義第一義中不可説因縁果報何以故是第一義實無有相無有分别亦無言説所謂色乃至有漏無漏法不生不滅相不垢不淨畢竟空無始空故須菩提白佛言世尊若以世諦故分别説有果報非第一義者一切凡夫人應有須陀洹果斯陀含果阿那含果阿羅漢果辟支佛道阿耨多羅三藐三菩提佛告須菩提於汝意云何凡夫人爲知是世諦是第一義諦不若知是凡夫人應是須陀洹果乃至阿耨多羅三藐三菩提須菩提以凡夫人實不知世諦不知第一義諦不知道不知分别道果云何當有諸果須菩提聖人知世諦知第一義諦有道有修道以是故聖人差别有諸果須菩提白佛言世尊修道得果不佛言不也須菩提修道不得果不修道亦不得果亦

不離道得果亦不住道中得果如是須菩提菩薩摩訶薩行般若波羅蜜時爲衆生故分別果亦不分別是有爲性無爲性世尊若不分別有爲性無爲性得諸果者云何世尊自說三結盡名須陀洹婬怒癡薄故名斯陀含果五此間結盡名阿那含五彼間結盡名阿羅漢所有集法皆滅散相名辟支佛道一切煩惱習斷故名阿耨多羅三藐三菩提世尊我當云何知不分別有爲性無爲性得諸果佛告須菩提汝以須陀洹果斯陀含果阿那含果阿羅漢果辟支佛道阿耨多羅三藐三菩提是諸果是有爲是無爲須菩提言世尊皆是無爲須菩提無爲法中有分別不不也世尊須菩提若善男子善女人通達一切法若有爲若無爲一相所謂無相是時有分別若有爲若無爲不不也世尊如是須菩提菩薩摩訶薩爲衆生說法不分別諸法所謂內空故乃至無法有法空故是菩薩自得無所著法亦教人令得無所著法若檀波羅蜜尸羅波羅蜜羼提波羅蜜毗梨耶波羅蜜禪波羅蜜般若波羅蜜初禪乃至第四禪慈悲喜捨無邊虚空處乃至非有想非無想處若四念處乃至一切種智是菩薩自不著故亦教他令得無所著無所著故無所礙譬如佛所化人布施亦不受布施報但爲度衆生故乃至行一切種智不受一切種智報菩薩摩訶薩亦如是行六波羅蜜乃至一切法有漏無漏有爲無爲不住亦不受報但爲度衆生故何以故是菩薩摩訶薩善達一切諸法相故

論問曰八十隨形好是莊嚴身法識滿足何

以在隨形好中答曰此識是果報生識世間好醜自然而知凡人識不具足故學人法乃知佛一歲具足滿乃生故身識皆具足餘人若八月若九月處胎總言十月菩薩處胎十月總得一歲身根具足故果報得識亦具足問曰足安立住處與安住處何異答曰住處安者如白衣勇士牢持器仗安據住處則不可動又出家時魔民惡鬼無能動轉令退敗者四十二字義如摩訶衍中說一字盡入諸字者譬如兩一合故爲二三一故爲三四一爲四如是乃至千萬又如阿字爲定阿變爲羅亦變爲波如是盡入四十二字四十二字入一字者四十二字盡有阿分阿分還入阿中善知字故善知諸法名善知諸法名故善知諸法義無字即是諸法實相義所以者何諸法義中諸法無名字須菩提問若諸法畢竟空無名字云何菩薩住果報六神通爲衆生說諸法若畢竟無衆生則無有法佛可須菩提言如是以十八空故一切法不可得我衆生乃至知者見者乃至當知佛菩薩皆空如是知已而爲衆生說是空法若衆生是有而爲說空是則不可以衆生空但從顛倒有是故菩薩不失於空而爲說法不失者不作諸法皆空所說不空若以所說不空則爲失空相若口說空而心是有是亦爲失此中佛自說不二不壞法相故欲明了是事說譬喻如佛所化作化人而爲說法持戒布施諸功德若以如是方便說法是則無咎則能拔出衆生於顛倒無縛無解故第一義中無縛無解世諦故有縛解此中佛自說因緣色不縛

不解何以故是不縛不解中無色相故乃至識亦如是菩薩如是用不住法故住空法中爲衆生說法衆生不可得衆生及一切法不可得故此中佛自說因緣所謂無所有法不住無所有譬如虚空不住虚空自性法不住自性法譬如火不住火中他性法不住他性法譬如水性中無火性又他性不定故若能如是清淨說法是菩薩於諸佛賢聖則無有過何以故諸佛賢聖不著一切法施法者亦不著一切法諸佛賢聖以畢竟空皆寂滅相爲心所行說法者亦如是諸佛賢聖人三解脫門得一切法實性所謂無餘涅槃說法者隨是法故無咎此中佛自說因緣諸佛賢聖得是法已爲衆生說法不轉法性法性空無相故須菩提問若不轉法性色等諸法與法性異不佛答不也何以故色等諸法實相即是法性故佛意以菩薩說法時亦不壞法性須菩提問色等諸法亦與法性不異何以故但貴法性以佛答色不異法性故須菩提難若不異者云何分別有善惡白黑須陀洹等諸果佛答色等法雖不離法性以世諦故有分別於第一義中無分別何以故得第一義聖人無所分別聞有所得不喜聞無所有不憂得空無相證故乃至微細法尚不取相何況分別有善惡未得實相者欲得第一義故有所分別佛此中自說因緣是法無言說亦無生滅垢淨法者所謂畢竟空無始空問曰此中何以但說二空名爲法答曰一切有若法若衆生若言畢竟空則破諸法若言無始空則破衆生破此二法已則一切法盡破此

中菩薩爲衆生說法是故以二空破二事雖有餘空不如畢竟空甚深畢盡餘空如火燒木猶有灰燼畢竟空無灰無燼有人言若說十八空無咎略說故說二空須菩提言若以世諦故分別有善惡白黑及諸聖果者第一義中凡夫人應有須陀洹等聖果何以故若以世諦虛妄中分別有諸賢聖者第一義中凡夫應作賢聖須菩提分別實相凡夫爲異佛言第一義一相是故須菩提言凡夫應是聖人爾時佛答若凡夫知分別是第一義是世諦者凡夫人應有須陀洹等諸聖果以凡夫實不知道不知分別道不知行道修道何況得道果佛言聖人能作是分別故說是聖果爾時須菩提自知有失故言無量無相無動性中我云何取相欲量無量法云何强以凡夫法爲聖果爾時受佛語知行道者得果不行道者不得果是故白佛修道得果不佛言不問曰佛上說分別修道得道果今云何言不答曰佛先說非著心今須菩提以著心問欲從道中出果如麻中出油若爾者道之與果同爲虛誑是故言不聽者生念若修不得不修應當得是故佛言修尚不得何況不修譬如二人欲有所到一者住不行二者失道二俱不到若不修道尚無少許攝心樂何況道果若心取相修道雖有攝心禪定樂無有道果若不取相著心修道則有道果是故佛說菩薩行般若波羅蜜不分別有爲無爲性故有道果差別爾時須菩提問若爾者佛何以說斷三結得須陀洹有如是等分別佛以反問答於汝意云何汝以須陀洹果等是

有爲是無爲須菩提言是無爲佛言若爾者無爲中有差別不須菩提言不也世尊若無分別汝云何作難又復問須菩提若善男子善女人通達一切法一相所謂無相住三解脫門中證涅槃時是時有法分別若有爲若無爲不答言不佛意唯是心爲眞實餘時皆虛誑汝云何作難菩薩行般若波羅蜜不分別一切法住內空等諸空中是大清淨自不著亦教衆生令無所著所謂檀波羅蜜乃至一切種智菩薩道中皆教令不著譬如佛所化人行布施等亦不分別布施等亦不受布施等法果報但爲利益度衆生故菩薩心亦如是何以故善通達諸法性故善通達者不取法性相亦不住法性中於法性不疑不問而說法無量無礙無遮是則通達法性

釋善達品第七十九

經 須菩提白佛言世尊云何菩薩善達諸法相佛告須菩提譬如化人不行婬怒癡不行色乃至識不行內外法不行諸煩惱結使不行有漏法無漏法世間法出世間法有爲法無爲法亦無聖果菩薩亦如是無有是事亦不分別是法是名善達諸法相須菩提言世尊化人云何有修道佛言化人修道不垢不淨亦不在五道生死須菩提於汝意云何佛所化人有根本實事有垢有淨不須菩提言不也佛所化人無有根本實事亦無垢亦無淨亦不在五道生死如是須菩提菩薩摩訶薩善達諸法相亦如是須菩提言世尊一切色如化不一切受想行識如化不佛言一切色如化一切受想行識如化世尊若一切色

如化一切受想行識如化一切法如化化人無色無受想行識無垢無淨無五道生死亦無解脱處菩薩有何等功用佛告須菩提於汝意云何菩薩摩訶薩本行菩薩道時頗見有衆生從地獄餓鬼畜生人天中得解脱不須菩提言不也世尊佛言如是如是須菩提菩薩摩訶薩不見衆生從三界得解脱何以故菩薩摩訶薩見知一切法如幻如化世尊若菩薩摩訶薩見知一切法如幻如化爲何事故行六波羅蜜四禪四無量心四無色定三十七助道法乃至行大慈大悲淨佛國土成就衆生佛告須菩提若衆生自知諸法如幻如化菩薩摩訶薩終不於阿僧祇劫爲衆生行菩薩道須菩提以衆生自不知諸法如幻如化以是故菩薩摩訶薩於無量阿僧祇劫行六波羅蜜成就衆生淨佛國土得阿耨多羅三藐三菩提須菩提白佛言世尊若一切法如夢如響如影如焰如幻如化衆生在何處住菩薩行六波羅蜜而拔出之須菩提衆生但住名相虚妄憶想分别中是故菩薩行般若波羅蜜於名相虚妄中拔出衆生須菩提白佛言世尊何等是名何等是相佛言以此名强作假施設所謂此色此受想行識此男此女此大此小此地獄此畜生此餓鬼此人此天此有爲此無爲此須陀洹果斯陀含果阿那含果阿羅漢果辟支佛道此佛道須菩提一切和合法皆是假名以名取諸法是故爲名一切有爲法但有名相凡夫愚人於中生著菩薩摩訶薩行般若波羅蜜以方便力故於名字中教令遠離作是言諸衆生

是名但有空名虛妄憶想分別中生汝等莫著虛妄憶想此事本末皆無自性空故智者所不著如是須菩提菩薩摩訶薩行般若波羅蜜以方便力故爲衆生說法須菩提是爲名何等爲相須菩提有二種相凡夫人所著處何等爲二一者色相二者無色相須菩提何等名色相諸所有色若麤若細若好若醜皆是空是空法中憶想分別著心是名爲色相何等是無色相諸無色法憶想分別著心取相故生煩惱是名無色相是菩薩摩訶薩行般若波羅蜜以方便力故教衆生遠離是相著無相法中令不墮二法所謂是相是無相如是須菩提菩薩摩訶薩行般若波羅蜜教衆生遠離相令住無相性中須菩提白佛言世尊若一切法但有名相云何菩薩行般若波羅蜜能自饒益亦教他人令得善利云何菩薩具足諸地從一地至一地教化衆生令得三乘佛告須菩提若諸法根本定有非但名相者菩薩行般若波羅蜜時不能自益亦不能利益他人須菩提諸法無有根本實事但有名相是故菩薩行般若波羅蜜時能具足禪波羅蜜無相故毗棃耶波羅蜜羼提波羅蜜尸羅波羅蜜檀波羅蜜無相故具足四禪波羅蜜四無量心波羅蜜四無色定波羅蜜無相故具足四念處波羅蜜無相故乃至具足八聖道分波羅蜜無相故具足内空波羅蜜無相故乃至具足無法有法空波羅蜜無相故具足八背捨波羅蜜無相故具足九次第定波羅蜜無相故具足佛十力波羅蜜乃至具足十八不共法波羅蜜無相故是

菩薩無相故自具足是諸善法亦教他人令具足善法無相故須菩提若諸法相當實有如毫氂許者菩薩摩訶薩行般若波羅蜜時不能知諸法無相無憶念得阿耨多羅三藐三菩提亦教衆生令得無漏法何以故一切無漏法無相無憶念故如是須菩提菩薩摩訶薩行般若波羅蜜以無漏法利益衆生須菩提白佛言世尊若一切法無相無憶念云何數是聲聞法是辟支佛法是菩薩法是佛法佛告須菩提於汝意云何無相法與聲聞法異不不也世尊無相法與辟支佛法菩薩法佛法異不不也世尊佛告須菩提無相法即是須陀洹果斯陀含果阿那含果阿羅漢果辟支佛法菩薩法佛法須菩提言如是世尊須菩提以是因緣故當知一切法皆是無相須菩提菩薩摩訶薩學是一切法無相得增益善法所謂六波羅蜜四禪四無量心四無色定四念處乃至十八不共法何以故菩薩不以餘法爲要如三解脫門所謂空無相無作所以者何一切善法皆入三解脫門何以故一切法自相空是名空解脫門一切法無相是名無相解脫門一切法無作無起相是名無作解脫門若菩薩摩訶薩學三解脫門是時能學五陰相能學十二入相能學十八界相能學四聖諦十二分因緣法能學內空外空乃至無法有法空能學六波羅蜜四念處乃至八聖道分能學佛十力四無所畏四無礙智十八不共法須菩提白佛言世尊云何菩薩摩訶薩行般若波羅蜜能學五受陰相佛告須菩提菩薩行般若波羅蜜知色

相知色生滅知色如云何知色相知色畢竟空内分分異虚無實譬如水沫無堅固是爲知色相云何知色生滅色生時無所從來去無所至若不來不去是爲知色生滅相云何知色如是色如不生不滅不來不去不增不減不垢不淨是爲知色如須菩提如名如實不虛如前後中亦爾常不異是爲知色如云何知受相云何知受生滅云何知受如菩薩知諸受如水中泡一起一滅是爲知受相知受生滅者是受無所從來去無所至是爲知受生滅知受如者是如不生不滅不來不去不增不減不垢不淨是爲知受如云何知想相云何知想生滅云何知想如知想相者是想如熖水不可得而妄生水相是爲知想相知想生滅者是想無所從來去無所至是爲知想生滅知想如者諸想如不生不滅不來不去不增不減不垢不淨不轉於實相是爲知想如云何知行相云何知行生滅云何知行如知行相者行如芭蕉葉葉除却不得堅實是爲知行相知行生滅者諸行生無所從來去無所至是爲知行生滅知行如者諸行不生不滅不來不去不增不減不垢不淨是爲知行如云何知識相云何知識生滅云何知識如知識相者如幻師幻作四種兵無有實識亦如是知識生滅者是識生時無所從來滅時無所去是爲知識生滅知識如者知識不生不滅不來不去不垢不淨不增不減是爲知識如云何知諸入眼眼性空乃至意意性空色色性空乃至法法性空云何知眼界眼界空色色界空眼識眼識界空乃至意

識界亦如是云何知四聖諦知苦聖諦時遠離二法知苦諦不二不别是名苦聖諦集盡道亦如是云何知苦如苦聖諦即是如如即是苦聖諦集盡道亦如是云何知十二因緣知十二因緣不生相是名知十二因緣須菩提白佛言世尊若菩薩摩訶薩行般若波羅蜜時各各分别知諸法將無以色性壞法性乃至一切種智性壞法性耶佛告須菩提若法性外更有法者應壞法性法性外法不可得是故不壞何以故須菩提佛及佛弟子知法性外法不可得故不説法性外有法如是須菩提菩薩摩訶薩行般若波羅蜜應學法性須菩提白佛言世尊菩薩摩訶薩若學法性爲無所學佛告須菩提菩薩摩訶薩學法性則學一切法何以故一切法即是法性須菩提白佛言何因緣故一切法即是法性佛言一切法皆入無相無爲性中以是因緣故學法性則學一切法須菩提白佛言世尊若一切法即是法性菩薩摩訶薩何以學般若波羅蜜禪波羅蜜毗梨耶波羅蜜羼提波羅蜜尸羅波羅蜜檀波羅蜜菩薩摩訶薩何以學初禪第二第三第四禪菩薩摩訶薩何以學慈悲喜捨何以學無邊虛空處無邊識處無所有處非有想非無想處何以學四念處四正勤四如意足五根五力七覺分八聖道分何以學空無相無作解脱門何以學八背捨九次第定佛十力四無所畏四無礙智十八不共法何以學六神通何以學三十二相八十隨形好何以學生剎利大姓婆羅門大姓居士大家何以學生四天王天處三十三

天夜摩天兜率陀天化樂天他化自在天何以學生梵天王住處光音天遍淨天廣果天無想定淨居天何以學生無邊空處生無邊識處生無所有處生非有想非無想處何以學初發意地第二第三第四第五第六第七第八第九第十地何以故學聲聞地辟支佛地菩薩法位何以學成就衆生淨佛國土何以學諸陀羅尼何以學樂說法何以學阿耨多羅三藐三菩提學已得一切種智知一切法世尊諸法法性中無是分別世尊將無菩薩墮非道中何以故世尊法性中無如是分別法性中無色無受想行識諸法性亦不遠離色受想行識色即是法性法性即是色受想行識亦爾一切法亦如是佛告須菩提如是如是如汝所言色即是法性受想行識即是法性須菩提菩薩摩訶薩行般若波羅蜜時若法性外見有法者爲不求阿耨多羅三藐三菩提菩薩摩訶薩行般若波羅蜜時知一切法性即是阿耨多羅三藐三菩提以是故菩薩摩訶薩行般若波羅蜜時知一切法即是法性已以無名相之法以名相說所謂是色是受想行識乃至是阿耨多羅三藐三菩提須菩提譬如工幻師若幻弟子多人處立幻作種種形色男女象馬端嚴園林及諸廬舘流泉浴池衣服卧具香華瓔珞餚膳飲食作衆妓樂以樂衆人又復幻作人令布施持戒忍辱精進禪定修智慧是幻師復幻作刹利大姓婆羅門大姓居士大家四天王天處須彌山三十三天夜摩天兜率陀天化樂天他化自在天以示衆人復幻作梵衆天乃

至非有想非無想天復幻作須陀洹斯陀含阿那含阿羅漢辟支佛菩薩摩訶薩從初發意行檀波羅蜜尸羅波羅蜜羼提波羅蜜毗梨耶波羅蜜禪波羅蜜般若波羅蜜行初地乃至行十地入菩薩位遊戲神通成就衆生淨佛國土遊戲諸禪解脱三昧行佛十力四無所畏四無礙智十八不共法大慈大悲具足佛身三十二相八十隨形好以示衆人是中無智之人歎未曾有是人多能巧爲衆事娱樂衆人種種形色乃至三十二相八十隨形好莊嚴佛身其中有智之士思惟言未曾有也是中無有實事而以無所有法娱樂衆人令有形相無事事相無有有相如是須菩提菩薩摩訶薩不見離法性有法行般若波羅蜜以方便力故雖不得衆生而自布施亦

教人施讚歎布施法歡喜讚歎行布施者自持戒亦教人持戒自忍辱亦教人忍辱自精進亦教人精進自行禪亦教人行禪自修智慧亦教人修智慧讚歎修智慧法歡喜讚歎修智慧者自行十善亦教人行十善讚歎行十善法歡喜讚歎行十善者自受行五戒亦教他人受行五戒讚歎五戒法歡喜讚歎受行五戒者自受八戒齋亦教他人受八戒齋讚歎八戒齋法歡喜讚歎行八戒齋者自行初禪乃至自行第四禪自行慈悲喜捨自行無邊空處乃至非有想非無想處亦教他人行自行四念處乃至八聖道分自行三解脱門佛十力乃至自行十八不共法亦教他人行十八不共法讚歎十八不共法歡喜讚歎行十八不共法者須菩提若法性前後中有

異者是菩薩摩訶薩不能以方便力示法性成就衆生須菩提以法性前後中無異是故菩薩行般若波羅蜜爲利益衆生行菩薩道

論問曰佛品品中說通達諸法相令須菩提何以更問答曰是般若波羅蜜無一定相無言說故雖數問猶未足是故更問譬如犢子雖大善母美乳飲猶不止佛大慈悲猶如善母般若波羅蜜如美乳須菩提如犢子雖數聞諸法相猶未猒足復次唯佛一切智能通達諸法實相餘人雖達不能究盡是故問餘菩薩未作佛云何能通達佛以譬喻答如幻化人無三毒諸煩惱結使無心心數法內外有漏無漏法中所不攝不墮凡夫法亦不墮聖果中不得言是須陀洹等亦能發他心善惡所爲變化事必能令我成就此變化其實不垢不淨六道所不攝菩薩身亦如是無三毒等煩惱知是心心數法皆是先世虛誑顛倒法因緣生故不信不隨逐能如是行是爲善通達諸法相是時須菩提雖善知空以貴敬尊重佛法不能限量佛法故問佛世尊一切色等法皆空如化耶佛答一切色等法皆如化汝貴重佛故不敢言空我以一切智故能說諸法空如餘人貴師子力師子自不貴其力爾時須菩提言若一切法畢竟空皆如化佛何以種種讚菩薩功德因菩薩故斷三惡道能拔出衆生令得涅槃佛反問須菩提於汝意云何菩薩本行菩薩道時見定有衆生從五道中拔出不須菩提言無也佛可其意如是如是何以故菩薩得無生法忍時知見一切法如幻如化須菩提言若爾者菩薩

以何事故行六波羅蜜等佛答若衆生自知諸法空如夢如幻菩薩則無功夫復次若諸法決定空相則菩薩無功夫令諸法非實非空過諸語言道畢竟寂滅相衆生不知是事故生吾我心起惡罪業受無量苦是故菩薩知諸法實相生大悲心如長者有子盲而飲毒長者知其必死起種種方便遮令不飲菩薩亦如是見衆生顛倒無明盲故飲三毒則生大悲心於無量阿僧祇劫修六波羅蜜淨佛國土教化衆生須菩提聞已更白佛言世尊若一切法空無根本如夢如幻等衆生在何處住而菩薩拔出須菩提意謂如人没深泥而得拔出佛答衆生但住名相虚誑憶想分別中佛意一切法中無決定實者但凡夫虚誑故著如人闇中見似人物謂是實人而生畏怖又如惡狗臨井自吠其影水中無狗但有其相而生惡心投井而死衆生亦如是四大和合故名爲身因緣生識和合故動作言語凡夫人於中起人相生愛生恚起罪業墮三惡道菩薩行般若波羅蜜時憐愍衆生種種因緣教化令知空法而拔出之作是言是法皆畢竟空無所有衆生顛倒虚妄故見似如有如化如幻如乾闥婆城無有實事但誑惑人眼復次一切法但從名字和合更有餘名如頭足腹脊和合故假名爲身如髮眼耳鼻口皮骨和合故假名爲頭諸毛和合故名爲髮分分和合故假名爲毛諸微塵和合故名爲毛分亦和合諸分故名微塵問曰微塵第一微細故不得作分故無和合此則定法是故不得言一切空無有定法答曰若微

塵是色則應有分何以故一切色皆在虛空中皆有十分若微塵是色則有十分若有十分云何是極微若如汝說微塵無分者則非色何以故出色相故又復色名五情可得若微塵非五情所得者云何得知是色是故微塵但有虛名眼見麤色尚可破令空何況不可見不可觸問曰微塵細故五情所不能得聖人得天眼則見答曰天眼見雖細是色相故應當有分若無分則非色非色則天眼不見以是故天眼亦虛誑妄見是故聖人以慧眼觀世間則得道微塵如先說但有名無實微塵無故一切法名字和合故更有假名無有實定而衆生妄生貪著貪欲瞋恚因緣故起惡業無量阿僧祇劫在三惡道受苦若諸法實定尚不應作貪欲瞋恚罪因緣何況虛誑無實若能捨虛誑名相不著空法者則受涅槃常樂問曰名相有何差別答曰名者是衆物字如熱物字爲火相者如見烟知是火相熱是火體復次如五衆和合中男女是名爲身貌可別男女是爲相見是相故作名字名爲男女問曰若爾者名相無異所以者何見相故得名知名故得相答曰汝不解我所說耶先見男女貌然後名爲男女相爲本名爲末又復如人眼見色徧取所好相而生著於餘人則不然以其能生染著心是名爲相復次此中佛自說名相分別名者假名以名取諸法如經中廣說須菩提問若一切法但有名相菩薩云何自利利人佛答若諸法根本定有菩薩行般若時不能自利利人何以故若諸法性定實有即是無生何以故以性

先定有故若是法從因緣和合生即是無定性若性定有則不須因緣和合若爾者則無生無生故無滅無滅故無罪福以知無常故則捨罪修福若常則無縛無解無世間無涅槃等是故佛告須菩提若法定有非但名相者菩薩不行般若自利利人不行禪波羅蜜等自利利人無相故是菩薩自具足是善法亦以善法利益衆生以無相故佛告須菩提若諸法當實有如毫釐許菩薩坐道場時不能觀一切法空無相無所有得成阿耨多羅三藐三菩提亦不能以此法利益衆生何以故是菩薩坐道場時觀一切法第一眞實若小錯不應得阿耨多羅三藐三菩提亦不能爲衆生說是空無相法所以者何法若定有佛云何誑衆生一切法無漏無相無憶念問

曰四諦中三諦皆有相苦諦則有苦相集諦則有集相道諦則有道相唯滅諦無相亦有憶念是無相涅槃汝何以言一切無漏法無相無憶念答曰摩訶衍法與聲聞法異摩訶衍法中說一切無漏法無相無憶念復次有相有憶念皆是虛誑不實若虛誑不實即是諸煩惱漏云何是無漏復次是三諦皆隨滅諦見苦即捨見集即斷不言實定見道爲趣滅故亦不住是道中滅盡是住是滅盡法無相無緣云何有憶念憶念皆是緣相著法是故無漏法皆無相無憶念須菩提意若無漏法是第一實無相無憶念一切法性亦應無相無憶念但凡夫顛倒故有相有憶念是故問佛若一切法無相無憶念云何數是聲聞法是辟支佛法是菩薩法是佛法佛反問須

菩提三乘法與無相法異不須菩提答諸煩惱滅即是斷斷即是無爲法亦知滅諦道即是無漏無相是故言三乘不異無相法佛復問須陀洹乃至佛法即是無相法耶答言是以是因緣故當知一切法皆是無相若無相汝云何難言有諸道正以無相故有三乘諸道佛言若菩薩能如是學無相法則能增益諸善法所謂六波羅蜜乃至十八不共法此中佛自說因緣菩薩唯住三解脱門不以餘法爲要所以者何三解脱門是實法餘四念處等法雖實皆方便說三解脱門近涅槃亦能攝一切實善法是故說菩薩應學問曰若菩薩學是三解脱門即學五衆十二入十八界等是三解脱門皆空無相無分別是五衆諸法皆是有相有分別法云何學三解脱門故學是餘法答曰菩薩學是三解脱門則出三界盡三漏故於諸法中得實智慧無所不通先來五衆中皆虛妄邪行今得此三解脱門故得正通達此中佛自說因緣菩薩行是三解脱門無相法時知色生知色滅知色如乃至識亦爾如經中廣說須菩提復問如佛所言菩薩知色等相知色等生知色等滅知色等如若如是分別將無色性壞法性耶佛答若有法出法性者色性應壞法性一切法實相名爲法性是故一切法皆入法性中色性實相即是法性同一性云何色性能壞法性佛更說因緣諸佛賢聖不見出法性更有法者不得故不說諸佛賢聖最可信者菩薩應如是學法性須菩提白佛若菩薩學法性是爲無所學所以者何法性無性故佛答法

性無性者若菩薩學法性爲學一切法若法性當别有性若無性是性應但學法性不學一切法今法性實無别性亦無無性故遍學一切法但諸法實相是法性是故得實相則正遍學一切法爾時須菩提白佛言世尊若一切法即是法性菩薩摩訶薩以何等故學六波羅蜜乃至陀羅尼門何以故諸法實相即是法性若一切法即是法性菩薩更何所求復次法性中無分别是六波羅蜜乃至陀羅尼今菩薩分别行是法將無墮顛倒中耶佛可須菩提意而答若菩薩出法性見有法者不求阿耨多羅三藐三菩提何以故出法性有法者是常顛倒無明不可轉令實云何斷一切法中無明得作佛菩薩知一切法即是畢竟空常寂滅相無戲論無名字憐愍衆生以方便力故名相説所謂是色是受想行識乃至阿耨多羅三藐三菩提如經中所説幻喻幻師即是菩薩幻法即是六波羅蜜等諸法雖行是諸法無著心如幻師雖幻作種種物知其無實而不著智者是佛及大菩薩無智者凡夫人及新發意而大歡喜歎未曾有菩薩行菩薩道雖出法性更不見有法亦不見有一定衆生而大利益自身及衆生如經中説是菩薩自行布施等亦教他人讚歎布施法歡喜讚歎行布施者乃至十八不共法亦如是此中佛自説因緣若法性先無後有菩薩不能得阿耨多羅三藐三菩提亦不能以方便力説所以者何若法性先無後有從因緣生者則與凡夫法無異若法性先有後無衆生及諸法則墮斷滅以法性先空中

後亦爾非智慧力故令空衆生及諸法非以入無餘涅槃時乃空從本已來常空菩薩教衆生何以不觀其實性而著顛倒若觀諸法畢竟空性者則知從本已來常空令無所失如是行般若波羅蜜菩薩則能祐利衆生

大智度論卷第八十九

音釋

踝（胡瓦切腿兩旁曰内外踝）逶迤（逶於爲切迤余支切逶迤邪去貌）撓（女巧切擾亂也）齌（徂奚切與擠同）氂（鄰知切十毫曰氂）

大智度論卷第九十

龍　樹　菩　薩　造

姚秦三藏法師鳩摩羅什譯

釋實際品第八十

【經】須菩提白佛言世尊若衆生畢竟不可得菩薩爲誰故行般若波羅蜜佛告須菩提菩薩爲實際故行般若波羅蜜須菩提實際衆生際異者菩薩不行般若波羅蜜須菩提實際衆生際不異以是故菩薩摩訶薩爲利益衆生故行般若波羅蜜復次須菩提菩薩摩訶薩行般若波羅蜜時以不壞實際法立衆生於實際中須菩提白佛言世尊若實際即是衆生際菩薩則爲建立實際於實際世尊若建立實際於實際則爲建立自性於自性世尊不得建立自性於自性世尊云何菩薩摩訶薩行般若波羅蜜時建立衆生於實際佛告須菩提實際不可建立於實際自性不可建立於自性須菩提今菩薩摩訶薩行般若波羅蜜時以方便力故建立衆生於實際實際亦不異衆生際實際衆生際無二無別須菩提白佛言世尊何等是諸菩薩摩訶薩方便力用是方便力菩薩摩訶薩行般若波羅蜜時建立衆生於實際亦不壞實際相佛告須菩提若菩薩摩訶薩行般若波羅蜜時以方便力故建立衆生於布施建立已說布施先後際空作是言如是布施前際空後際空中際亦空施者亦空施報亦空受者亦空諸善男子是一切法實際中不可得汝等莫念布施異施者異施報異受者異若汝等不念布施異施者異施報異受者異是時布施

能取甘露味得甘露味果汝善男子以是布施故莫著色莫著受想行識何以故是布施布施相空施者施者空施報施報空受者受者空空中布施不可得施者不可得施報不可得受者不可得何以故是諸法畢竟自性空故復次須菩提菩薩摩訶薩行般若波羅蜜時以方便力故教衆生持戒語衆生言汝善男子除捨殺生法乃至除捨邪見法何以故善男子如汝所分別法是諸法無如是性汝善男子當諦思惟何等是衆生而欲奪命用何等物奪命乃至邪見亦如是須菩提菩薩摩訶薩如是方便力成就衆生是菩薩摩訶薩即爲衆生說布施持戒果報是布施持戒果報自性空知布施持戒果報自性空已是中不著不著故心不散能生智慧以是智慧斷一切結使煩惱習入無餘涅槃是世俗法非第一實義何以故空中無有滅亦無使滅者諸法畢竟空即是涅槃復次須菩提菩薩摩訶薩見衆生瞋恚惱心教言汝善男子來修行忍辱作忍辱人當樂忍辱汝所瞋者自性空汝來善男子如是思惟我於何所法中瞋誰爲瞋者所瞋者誰是法皆空是性空法無不空時是空非諸佛作非辟支佛作非聲聞作非菩薩摩訶薩作非諸天鬼神龍王阿脩羅緊那羅摩睺羅伽非四天王天乃至非他化自在天非梵衆天乃至非淨居天非無邊空處乃至非有想非無想處諸天所作汝當如是思惟瞋誰誰是瞋者何等是瞋事是一切法性空性空法無有所瞋如是須菩提菩薩摩訶薩行般若波羅蜜時以是因緣

建立衆生於性空次第漸漸示教利喜令得阿耨多羅三藐三菩提是世俗法非第一實義何以故是性空中無有得者無有得法無有得處須菩提是名實際性空法菩薩摩訶薩爲衆生故行是法衆生亦不可得何以故一切法離衆生相復次須菩提菩薩摩訶薩行般若波羅蜜時方便力故見衆生懈怠教令身精進心精進作是言諸善男子諸法性空中無懈怠法無懈怠者無懈怠事是一切法性皆空無過性空者汝等生身精進心精進爲生善法故莫懈怠善法者若布施若持戒若忍辱若精進若禪定若智慧若諸禪定解脱三昧若四念處乃至八聖道分若空解脱門無相無作解脱門乃至十八不共法莫懈怠諸善男子是一切法性空中當知無礙相無礙法中無懈怠者無懈怠法如是須菩提菩薩摩訶薩行般若波羅蜜時教衆生令住性空不墮二法何以故是性空無二無别故是無二法則無可著處復次須菩提菩薩摩訶薩行性空般若波羅蜜時教衆生令精進作是言諸善男子勤精進若布施若持戒若忍辱若精進若禪定若智慧若禪定解脱三昧若四念處乃至八聖道分若空解脱門無相無作解脱門若佛十力若四無所畏若四無礙智若十八不共法若大慈大悲是諸法汝等莫念二相莫念不二相何以故是法性皆空是性空不應用二相念不應用不二相念如是須菩提菩薩摩訶薩行般若波羅蜜以方便力故成就衆生成就衆生已次第教令得須陀洹果斯陀含果阿那含果阿羅

漢果辟支佛道入菩薩位令得阿耨多羅三藐三菩提復次須菩提菩薩摩訶薩行般若波羅蜜時見衆生亂心以方便力爲利益衆生故作是言諸善男子當修禪定汝莫生亂想當生一心何以故是法性皆空性空中無有法可得若亂若一心汝等住是三昧所有作業若身若口若意若布施若持戒若行忍辱若勤精進若行禪定若修智慧若行四念處乃至若行八聖道分若諸解脫次第定若行佛十力四無所畏四無礙智十八不共法大慈大悲三十二相八十隨形好若聲聞道若辟支佛道若菩薩道若佛道若須陀洹果斯陀含果阿那含果阿羅漢果辟支佛道若一切種智若成就衆生若淨佛國土汝等皆當應隨所願得住性空故如是須菩提若菩薩摩訶薩行般若波羅蜜方便力爲利益衆生故從初發意終不懈廢常求善法利益衆生從一佛國至一佛國供養諸佛從諸佛聞法捨身受身乃至阿耨多羅三藐三菩提終不忘失是菩薩常得諸陀羅尼諸根具足所謂身根語根意根何以故是菩薩摩訶薩常修一切種智修一切種智故一切諸道皆修若聲聞道若辟支佛道若菩薩神通道行神通道菩薩常利益衆生終不忘失是菩薩住報得神通利益衆生入生死五道終不耗減如是須菩提菩薩摩訶薩行般若波羅蜜住性空以禪定利益衆生復次須菩提菩薩摩訶薩行般若波羅蜜住性空以方便力故利益衆生作是言汝等諸善男子觀一切法性空善男子汝等當作諸業若身業若口業若

意業取甘露味得甘露果性空中無有法退何以故性空不退亦無退者以性空非法亦非非法於無所有法中云何當有退須菩提菩薩摩訶薩行般若波羅蜜時如是教衆生常不懈廢是菩薩自行十善亦教他人行十善五戒八戒亦如是自行初禪亦教他人令行初禪乃至第四禪亦如是常自行慈心亦教他人令行慈心乃至捨心亦如是自行無邊空處亦教他人令行無邊空處乃至非有想非無想處亦如是自行四念處亦教他人令行四念處乃至八聖道分佛十力乃至八十隨形好亦如是自於須陀洹果中生智慧亦不住是中亦教他人令得須陀洹果乃至阿羅漢亦如是自於辟支佛道中生智慧亦不住是中亦教他人令得辟支佛道自生阿耨多羅三藐三菩提道亦教他人令得阿耨多羅三藐三菩提道如是須菩提菩薩摩訶薩行般若波羅蜜方便力故終不懈怠須菩提白佛言世尊若諸法性常空常空中衆生不可得法非法亦不可得菩薩摩訶薩云何求一切種智佛告須菩提如是如是如汝所言諸法性皆空空中衆生不可得法非法亦不可得須菩提若一切法性不空菩薩摩訶薩不依性空成阿耨多羅三藐三菩提爲衆生說性空法須菩提色性空受想行識性空菩薩摩訶薩行般若波羅蜜時說五陰性空法說十二入十八界性空法說四禪四無量心四無色定四念處乃至八聖道分性空法說三解脱門八背捨九次第定佛十力四無所畏四無礙智十八不共法大慈大悲三十

二相八十隨形好性空法說須陀洹果斯陀含果阿那含果阿羅漢果辟支佛道一切種智斷煩惱習性空法須菩提若內空性不空外空乃至無法有法空性不空者則壞空性是性空不常不斷何以故是性空無住處亦無所從來亦無所從去須菩提是名法住相是中無法無聚無散無增無減無生無滅無垢無淨是爲諸法相菩薩摩訶薩住是中發阿耨多羅三藐三菩提心不見法有所發無發無住是名法住相是菩薩摩訶薩行般若波羅蜜時見一切法性空不轉阿耨多羅三藐三菩提何以故是菩薩不見有法能障礙當何處生疑是名阿耨多羅三藐三菩提性空不得衆生不得我不得人不得壽不得命乃至不得知者見者性空中色不可得受想行識不可得乃至八十隨形好不可得須菩提譬如佛化作四衆比丘比丘尼優婆塞優婆夷常爲是諸衆說法千萬億劫不斷佛告須菩提是諸化衆當得須陀洹果斯陀含果阿那含果阿羅漢果得阿耨多羅三藐三菩提記不須菩提言不也世尊何以故是諸化衆無有根本實事故一切諸法性空亦無根本實事何等是衆生得須陀洹果乃至阿羅漢果得阿耨多羅三藐三菩提記須菩提菩薩摩訶薩亦如是爲衆生說性空法是衆生實不可得以衆生墮顛倒故拔衆生令住不顛倒顛倒即是無顛倒顛倒不顛倒雖一相而多顛倒少不顛倒無顛倒處中則無我無衆生乃至無知者見者無顛倒處中亦無色無受想行識無十二入乃至無阿耨多羅三

藐三菩提是爲諸法性空菩薩摩訶薩住是中行般若波羅蜜時於衆生相顛倒中拔出衆生所謂無衆生有衆生相中拔出乃至知者見者相中拔出於無色色相中無受想行識受想行識相中拔出衆生十二入十八界乃至一切有漏法亦如是須菩提亦有諸無漏法所謂四念處四正勤四如意足五根五力七覺分八聖道分如是等法雖無漏亦不如第一義相第一義相者無作無爲無生無相無說是名第一義亦名性空亦名諸佛道是中不得衆生乃至不得知者見者不得色受想行識乃至不得八十隨形好何以故菩薩摩訶薩非爲道法故求阿耨多羅三藐三菩提心爲諸法實相性空故求阿耨多羅三藐三菩提是性空前際亦是性空後際亦是性空中際亦是性空常性空無不性空時菩薩摩訶薩行是性空般若波羅蜜爲衆生著衆生相欲拔出故求道種智求道種智時遍行一切道若聲聞道若辟支佛道若菩薩道是菩薩具足一切道拔出衆生於邪想著淨佛國土已隨其壽命得阿耨多羅三藐三菩提須菩提過去十方諸佛道性空未來現在十方諸佛道亦性空離性空世間無道無果要從親近諸佛聞是諸法性空行是法不失薩婆若須菩提白佛言世尊甚深希有諸菩薩摩訶薩有行是性空法亦不壞性空相所謂色與性空異受想行識與性空異乃至阿耨多羅三藐三菩提與性空異須菩提色即是性空性空即是色乃至阿耨多羅三藐三菩提阿耨多羅三藐三菩提即是性空性

空即是阿耨多羅三藐三菩提佛告須菩提如是如是若色與性空異若受想行識與性空異乃至阿耨多羅三藐三菩提與性空異菩薩摩訶薩不能得一切種智須菩提今色不異性空乃至阿耨多羅三藐三菩提不異性空以是故菩薩摩訶薩知一切法性空發意求阿耨多羅三藐三菩提何以故是中無有法若實若常但凡夫著色受想行識凡夫取色相取受想行識相有我心著內外物故受後身色受想行識是故不得脫生老病死愁憂苦惱往來五道以是事故菩薩摩訶薩行性空波羅蜜不壞色等諸法相若空若不空何以故是色性空相不壞色所謂是色是空譬如虛空不壞虛空內虛空不壞外虛空外虛空不壞內虛空如是須菩提色不壞色空相色空相不壞色何以故是二法無有性能有所壞所謂是空是非空乃至阿耨多羅三藐三菩提亦如是須菩提白佛言世尊若一切法空無分別云何菩薩摩訶薩從初發意已來作是願我當得阿耨多羅三藐三菩提世尊若一切法無分別云何菩薩發心言我當得阿耨多羅三藐三菩提世尊若分別諸法不能得阿耨多羅三藐三菩提佛告須菩提如是如是若菩薩摩訶薩行二相者無阿耨多羅三藐三菩提若分別作二分者無阿耨多羅三藐三菩提若不二不分別諸法則是阿耨多羅三藐三菩提菩提是不二相不壞相須菩提是菩提不色中行不受想行識中行乃至菩提亦不菩提中行何以故色即是菩提菩提即是色不二不分別乃至十

八不共法亦如是是菩提非取故行非捨故行須菩提白佛言世尊若菩薩摩訶薩菩提非取故行非捨故行菩薩摩訶薩菩提何處行佛告須菩提於汝意云何如佛所化人在何處行若取中行若捨中行須菩提言世尊非取中行非捨中行佛言菩薩摩訶薩菩提亦如是非取中行非捨中行須菩提於汝意云何阿羅漢夢中菩提何處行若取中行若捨中行不也世尊非取中行非捨中行世尊阿羅漢畢竟不眠云何夢中菩提若取中行若捨中行須菩提菩薩摩訶薩阿耨多羅三藐三菩提亦如是非取中行非捨中行所謂色中行乃至一切種智中行世尊將無菩薩摩訶薩不行十地不行六波羅蜜不行三十七助道法不行十四空不行諸禪定解脫三昧不行佛十力乃至八十隨形好住五神通淨佛國土成就衆生得阿耨多羅三藐三菩提佛告須菩提如是如是如汝所言今菩薩雖菩提無處行若不具足十地六波羅蜜四禪四無量心四無色定四念處乃至八聖道分空無相無作解脫佛十力乃至八十隨形好常捨法不錯謬法不具足是諸法終不得阿耨多羅三藐三菩提是菩薩摩訶薩住色相中住受想行識相中乃至住阿耨多羅三藐三菩提相中能具足十地乃至得阿耨多羅三藐三菩提是相常寂滅無有法能增能減能生能滅能垢能淨能得道能得果世諦法故菩薩摩訶薩得阿耨多羅三藐三菩提非第一實義何以故第一實義中無有色乃至無阿耨多羅三藐三菩提亦無行阿耨多

羅三藐三菩提者是一切法皆以世諦故説非第一義須菩提菩薩摩訶薩從初發意已來行阿耨多羅三藐三菩提菩提亦不增衆生亦不減菩薩亦無增減須菩提於汝意云何若人初得道時住無間三昧得無漏根成就須陀洹果若斯陀含果阿那含果阿羅漢果汝爾時有所得若夢若心若道若道果不須菩提言世尊不得也佛告須菩提云何當知得阿羅漢道者世尊世諦法故分別名阿羅漢道佛語須菩提如是如是世諦法故説名菩薩説名色受想行識乃至一切種智是菩提中無法可得若增若減以諸法性空故諸法性空尚不可得何況得初地心乃至十地心六波羅蜜三十七助道法空三昧無相無作三昧乃至一切佛法當有所得無有是處如是須菩提菩薩摩訶薩行阿耨多羅三藐三菩提得阿耨多羅三藐三菩提利益衆生

【論】釋曰上品中須菩提種種因緣難若諸法空云何有五道生死善不善法今難衆生作是言世尊若衆生畢竟不可得菩薩爲誰故行般若先難法爲衆生今難衆生爲法故佛答爲實際故菩薩行般若波羅蜜須菩提意謂菩薩爲度衆生故行般若波羅蜜佛意衆生假名虛誑畢竟不可得菩薩爲一切實法故行般若波羅蜜實法即是實際問曰一切菩薩見衆生苦惱爲度衆生故發大悲心今何以言爲實際答曰初發意菩薩但爲滅衆生苦故發大悲心苦者所謂老病死等及身心衰惱云何滅是苦尋苦因緣由生故如佛

十二因緣中說何因緣故有老病死以有生故問曰一切衆生皆知生因緣是苦菩薩有何奇特答曰衆生不知由生有苦若遭苦時但怨恨人自不將適初不怨生以是故增長結使重增生法不知眞實苦因有人無鞭杖刀兵諸愁惱苦而有死苦此死從何所來從生而有復次鞭杖刀兵愁惱皆由生故有餘法或有苦或無苦是生法必定有苦正使大智及諸天有生必有死有死必有苦是故知生定是苦本如草木有生故必可焚燒若當不生雖有猛火大風無所燒害菩薩既得苦因緣復推生因緣生因緣者有有有三種欲有色有無色有著是三有起善惡業是生因有因者四種取取因緣者愛等諸煩惱小者未能起業故名爲愛增長能起業故名爲取欲取見取戒取我語取取著是四事故能起種種業愛因緣三種受受因緣者眼等六種觸觸名受等諸心數法情塵識三事和合故心中生受等心數法根本雖三事和合故生觸爲六情依止住處故但說六入六入因緣名色六入雖即是名色分成就名六入未成就名名色色成就名五入名成就名一入是胎中時因緣次第名名色名色因緣是識若識不入胎初胎初則爛壞識名中陰中五衆是五衆細故但名爲識若識不入而胎成者如一切和合時皆應成胎問曰識何因緣故入胎答曰行因緣行即是過去三種業業將識入胎如風吹絕炎空中而去炎則依止於風先世作人身時然六識故命終時業將識入胎問曰上業何以名有今業何以名行答

曰上是今世業爲未來有故名爲有今業過去世已滅盡但有名名爲行天竺語删迦羅秦言行是行因緣名無明一切煩惱雖是過去業因緣無明是根本故但名無明今世現在著愛取多故愛取受名過去世中是疑邪見處故但名無明今得一切苦惱根本是無明問曰無始生死展轉甚多何以正齊無明答曰是事先已答菩薩思惟爲人從苦得脫故求苦因緣衆生過去現在老死等苦不可得除爲除未來世老死苦斷相續不令復生如良醫過去病不可治見在病亦不可治服藥但能治應起病破其冷熱不復令起又如失火燒舍不爲已過火故勤滅亦不爲現在火故勤滅但爲未來火不令更燒故勤滅良醫滅火人勤方便亦不虛菩薩滅衆生苦惱亦如是過去苦已滅無所復能現在苦惱先世因緣成就故不可却但破未來世老死等苦因緣故破是生法老死等苦自然永滅是故菩薩欲滅未來世老死等苦因緣生得現在有等八因緣一名有漏業二名現在世諸煩惱所謂四取一愛是二種煩惱從二心數法生所謂受及觸觸能生一切心數法受前生故故得名觸是受因緣受雖能生三毒一切衆生愛是舊煩惱觸因緣是內六入如先說雖有外六入內六入無故觸等心數法不生是故內六入得名名色是六入因緣如此中說初入胎識是名色因緣識名色在胎中此中雖有六入未成就未可用故未得名字既生嬰孩未能有所作但有六入轉大有六觸如小兒蹈火履冰但有觸未知苦樂轉大

受苦樂未深愛著如小兒雖瞋未能起殺等惡業雖喜未能起施等善業年及成人得苦生恚得樂生愛求樂具故取欲等四取取時能起善惡業若知先一世無明業因緣則億萬世可知譬如現在火熱過去未來火亦如是若無明因緣更求其本則無窮即墮邊見失涅槃道是故不應求若更求則墮戲論非是佛法菩薩欲斷無明故求無明體相求時即入畢竟空何以故佛經說無明相內法不知外法不知內外法不知菩薩以內空觀內法內法即空以外空觀外法外法即空以內外空觀內外法內外法即空如是等一切是無明相如先品德女經中破無明廣說復次菩薩求無明體即時是明所謂諸法實相名爲實際觀諸法如幻如化衆生顛倒因緣故起諸煩惱作惡罪業輪轉五道受生死苦譬如蠶出絲自裹縛入沸湯火炙凡夫衆生亦如是初生時未有諸煩惱後自生貪欲瞋恚等諸煩惱是煩惱因緣故覆眞智慧轉身受地獄火燒湯煮菩薩知是法本末皆空但衆生顛倒錯故受如是苦菩薩於此衆生起大悲心欲破是顛倒故求於實法行般若波羅蜜通達實際種種因緣教化衆生令住實際是故住實際無咎復次經中說若衆生與實際異菩薩不應行般若波羅蜜異者實際是畢竟空衆生際是決定有若爾者應難若諸法實際相空菩薩云何爲衆生故修是實際若衆生畢竟空實際定有無衆生則無所利益爲誰故行實際今衆生際實不異實際故行般若欲覺悟狂惑顛倒凡夫故行般若波

羅蜜令衆生住實際中而不壞實際是時須菩提更問若衆生際實際不異云何以實際著實際自性不應自性中住如指端不能自觸指端佛可其意菩薩以方便故建立衆生於實際而衆生實際一異亦不可得若是一則壞實際相所以者何得是一性故菩薩知是二法不一不異不二畢竟寂滅無戲論相菩薩生大悲心但欲拔出衆生離於顛倒故教化衆生又問云何名方便佛言菩薩行般若時以方便力故建立衆生於檀中說是檀先際後際空中際亦爾如經中廣說菩薩知實際者到衆生邊如先檀品中說衆生聞已發心折薄煩惱深著布施菩薩憐愍衆生我從慳中拔出今復著布施衆生若受布施福盡受諸苦惱又受福德富貴

因緣得作大罪則墮地獄是故愍此衆生得少許時樂而受苦長久是故菩薩爲說布施實相所謂畢竟空作是言是布施過去已滅不可見不可得不可用但可憶念如夢所見無異未來未生故亦無所有畢竟空是布施先後際無故中際亦無如破六塵中破色法中說現在布施雖眼見分分破析乃至微塵不可得布施三世空施者受者果報亦如是菩薩語施者言布施等法是初入佛法門實際中實際相亦無何況布施汝莫念莫著布施等法若不念不著如布施體相如是布施者則得甘露味甘露果甘露味者是八聖道分甘露果者是涅槃菩薩雖住實際中以方便力布施門度衆生餘波羅蜜亦如是如經中廣說須菩提白佛言世尊若一切法性空

性空中無法及非法亦無衆生菩薩云何住是空中求一切種智佛答菩薩安立性空中故能行是布施等諸法又問性空破一切法悉盡無餘云何菩薩住性空中能行布施等諸善法佛可須菩提意而説因縁菩薩知諸法實相住是中能得阿耨多羅三藐三菩提諸法實相者即是性空若一切法性不空菩薩不應住是諸法性空中得阿耨多羅三藐三菩提已爲衆生説性空法所謂色性空受想行識性空乃至爲衆生説一切種智斷煩惱習性空法復次須菩提十八空若性不空是爲壞空體何以故十八空能令一切法空若自不空則爲虚誑又若不空者則墮常邊著處能生煩惱性空無實住處無所從來去無所至是名常住法相常住法相是性空之異名亦名諸法實相是相中無生無滅無增無減無垢無淨菩薩住是中見一切法性空於阿耨多羅三藐三菩提不退不疑不悔何以故不見諸法能障礙者以方便力故度衆生方便力者畢竟無法亦無衆生而度衆生問曰若衆生及法從本以來無爲誰作方便爲度脱誰答曰性空名空性亦無汝何以取是空性相作難若有性空相應當作難復次得諸法實相者知是性空是人則知諸法性空無法無衆生凡人未得實相故種種憶想分別譬如狂人妄有所見以爲實有爲度凡夫狂人故言爲衆生説狂法中有是諸法分別實法中則無菩薩欲滿本願故又不著性空故有度衆生此中則不應難復次此經中佛自説因縁性空中衆生不可得知者見者

亦不可得乃至八十隨形好亦如是而菩薩立是法爲衆生說是世諦故非是實此中佛說譬喻如佛作化人又化作四部衆而爲說法可有得道者不須菩提言不也所以者何無定根本實事何有得須陀洹乃至得佛者菩薩說法度衆生亦如是衆生無有定實但欲於顛倒中拔出衆生著無顛倒中無顛倒法亦無處所是中無衆生乃至無知者見者雖空性一相而顛倒多不顛倒少是故貴是性空不顛倒法菩薩住此中但破衆生妄想不破衆生又無漏法乃至八聖道分雖是無漏以生滅故不如第一義須菩提是性空一切諸佛唯有是道更無異道何以故諸佛皆求實智不壞不異法雖有十力四無所畏諸異法不名爲一道所以者何此皆是有爲法

轉變無常故是性空中無衆生亦無色等諸法菩薩不爲菩薩道故求阿耨多羅三藐三菩提但爲性空故問曰何等是性空何等是菩薩道答曰第一義中無分別世諦中有分別諸法實相名性空餘布施等乃至八十隨形好是菩薩道雖行是法不爲此法爲求性空故是故說不爲菩薩道故行是性空先亦性空中亦性空後亦性空從本已來常空無有作者非是福德力故使空亦非智慧力故使空但性自爾故諸佛賢聖以大福德智慧方便力故破衆生心中顛倒令知性空譬如虛空性常清淨不著垢闇或時風雲闇翳世人便言虛空不淨更有猛風吹除風雲便言虛空清淨而虛空實無垢無淨諸佛亦如是以說法猛風吹却顛倒雲翳令得清淨而諸

法性常自無垢無淨是菩薩知一切法性空故能行一切種種道度衆生具足一切道淨佛國土教化衆生得阿耨多羅三藐三菩提時隨意壽命隨意壽命者菩薩得無生忍法入如幻菩薩道能一時變化作千億萬身周遍十方具足行一切菩薩道處處國土中隨衆生壽命長短而受其形如釋迦文尼佛於此國土壽命百年於莊嚴佛國壽七百阿僧祇劫佛法於五不可思議中是第一不可思議佛告須菩提一切法性空是諸佛眞法若得是法則名爲佛若說此法名爲度衆生三世佛皆亦如是離是性空則無道無果道者八聖道分果者七種果所以者何若離性空別有定法則取相生著著故亦無離欲無離欲故則無道果若離性空雖行布施持戒行慈悲等善法力故雖不墮惡道生天福盡還墮惡道如本不異行性空法亦不著性空即是涅槃行餘法生著心有退失若行此法則無退失須菩提歡喜白佛言甚希有菩薩行是性空法亦不壞性空相佛答若色等法與性空異菩薩則不得阿耨多羅三藐三菩提何以故有定法則不可得離須菩提今色等諸法性實空菩薩知是法已得阿耨多羅三藐三菩提所以者何此中無有一法定是常但凡夫生我心故著內外法不得脫生老病死是故菩薩行是性空和合六波羅蜜不壞色等諸法相所謂若空若不空若空不空若非空非不空不作如是示諸法相是名不壞所以者何色實相即是性空性空云何自壞性空乃至菩提亦如是此中佛說譬喻如內

虚空不壞外虚空以同體故須菩提問世尊若諸法性空無別異菩薩於何處得阿耨多羅三藐三菩提佛可其意言如是若分別有二相則不得阿耨多羅三藐三菩提阿耨多羅三藐三菩提名實智慧於色法中不行所謂不著不染所以者何是智慧不爲取色故行是故不行色中須菩提復問若菩提不取中行不捨中行當於何處行取名實法捨名空法取名著行捨名不著行取名二行捨名不二行如是等分別佛反問須菩提於汝意云何佛所化人爲何處行須菩提言是化人無處行化人無心無心數法故菩提亦如是復問於汝意云何阿羅漢夢中菩提爲在何處行須菩提言阿羅漢尚不眠何況夢中菩提有行處問曰菩提有三種阿羅漢菩提辟支佛菩提佛菩提阿羅漢菩提不在有漏心中無記心中行但在無漏心中行佛何以故問阿羅漢夢中菩提何處行答曰阿羅漢是一切漏盡聖人則無夢佛以必無處故問欲明必無行法問曰乃至佛猶尚有眠何以知之佛常命阿難汝四褺優多羅僧敷我欲小眠汝爲諸比丘說法又薩遮尼乾問佛佛自念晝日有眠不佛言春末夏初以時熱故小眠息除食患故薩遮尼乾白佛餘人有言晝日眠是癡相佛言汝置汝不別癡相諸漏能生後身相續不斷者是名癡相雖常不眠亦是癡若是諸漏永滅無餘雖眠不名癡如是等經中處處說須菩提何以言阿羅漢尚不眠答曰眠有二種一者眠而夢二者眠而不夢阿羅漢非爲安隱著樂故眠但受四大身

法應有食息眠覺是故少許時息名爲眠不爲夢眠故須菩提言阿羅漢尚不眠有人言離欲者得禪定色界繫四大入身中身心歡樂則無有眠慧解脱阿羅漢色界四大不入身中故有眠是故須菩提言阿羅漢尚不眠是故阿羅漢有眠有不眠佛以方便力爲度衆生受人法故現眠須菩提復問若不行者云何菩薩從一地至十地乃至得阿耨多羅三藐三菩提佛可其意菩提雖無處行未具足六波羅蜜諸法終不得阿耨多羅三藐三菩提是菩薩住色相乃至菩提相中住得阿耨多羅三藐三菩提不捨色等法亦不著菩提相知色等法即是菩提常寂滅無法若增若滅若垢若淨若得道若得果但世諦故說菩薩得阿耨多羅三藐三菩提第一義中無有色乃至菩提佛欲明是事故反問須菩提於汝意云何汝斷煩惱得道時有所得不所謂如夢等五衆若道若道果決定一法不須菩提言不得也所以者何須菩提意住無相門中入道云何取相佛言汝若乃至不得微細少法云何說汝爲阿羅漢須菩提言世諦法故說言阿羅漢凡夫顛倒法中有得有失有衆生有法佛言菩提亦如是世諦法故說有菩薩說有色等乃至菩提菩提中無有定法亦無衆生亦無菩提菩薩觀是菩提法無有增無有減所以者何諸法性如是菩薩亦不得是諸法性何況有初發心乃至十地及六波羅蜜三十七品乃至十八不共法當有所得無有是處所以者何諸法性是一切法根本尚不可得何況六波羅蜜等是作法若

法尚有定實如是菩薩行是諸法性得佛時

能大利益衆生

大智度論卷第九十

音釋

耗呼到切虛耗也　闇烏紺切不明也　翳於計切鄣也　褺徒協切重衣也

大智度論卷第九十一

龍樹菩薩造

姚秦三藏法師鳩摩羅什譯

釋具足品第八十一

【經】須菩提白佛言世尊若菩薩摩訶薩行六波羅蜜十八空三十七助道法佛十力四無所畏四無礙智十八不共法不具足菩薩道不能得阿耨多羅三藐三菩提世尊菩薩摩訶薩當云何具足菩薩道能得阿耨多羅三藐三菩提佛告須菩提若菩薩摩訶薩行般若波羅蜜時以方便力故行檀波羅蜜不得施不得施者不得受者亦不遠離是法行檀波羅蜜是則照明菩薩道如是須菩提菩薩以方便力故具足菩薩道具足已能得阿耨多羅三藐三菩提持戒忍辱精進禪定智慧乃至十八不共法亦如是舍利弗白佛言世尊云何菩薩摩訶薩習般若波羅蜜佛告舍利弗若菩薩摩訶薩行般若波羅蜜以方便力故不壞色不隨色何以故是色性無故不壞不隨乃至識亦如是舍利弗菩薩摩訶薩行般若波羅蜜以方便力故檀波羅蜜不壞不隨何以故檀波羅蜜性無故乃至十八不共法亦如是舍利弗白佛言世尊若諸法無自性可壞可隨者云何菩薩摩訶薩能習般若波羅蜜諸菩薩摩訶薩所學處何以故菩薩摩訶薩不學般若波羅蜜不能得阿耨多羅三藐三菩提佛告舍利弗如汝所言菩薩不學般若波羅蜜不能得阿耨多羅三藐三菩提不離方便力故可得舍利弗若菩薩摩訶薩行般若波羅蜜若有一法可得應當取

若不可得何所取所謂此是般若波羅蜜是禪波羅蜜是毗棃耶波羅蜜是羼提波羅蜜是尸羅波羅蜜是檀波羅蜜是色受想行識乃至是阿耨多羅三藐三菩提舍利弗是般若波羅蜜不可取相乃至一切諸佛法不可取相舍利弗是名不取般若波羅蜜乃至佛法是菩薩摩訶薩所應學菩薩摩訶薩於是中學時學相亦不可得何況般若波羅蜜佛法菩薩法辟支佛法聲聞法凡夫人法何以故舍利弗諸法無一法有性如是無性諸法何等是凡夫人須陀洹斯陀含阿那含阿羅漢辟支佛菩薩佛若無是諸賢聖云何有法知是法故分別說是凡夫人須陀洹斯陀含阿那含阿羅漢辟支佛菩薩佛舍利弗白佛言世尊若諸法無性無實無根本云何知是凡夫人乃至是佛佛告舍利弗凡夫人所著處色有性有實不不也世尊但以顛倒心故受想行識乃至十八不共法亦如是舍利弗菩薩摩訶薩行般若波羅蜜時以方便力故見諸法無性無根本故能發阿耨多羅三藐三菩提心舍利弗白佛言云何菩薩摩訶薩行般若波羅蜜時以方便力故見諸法無性無根本故發阿耨多羅三藐三菩提心佛告舍利弗菩薩摩訶薩行般若波羅蜜時不見諸法根本住中退沒生懈怠心舍利弗諸法根本實無我無所有性常空但顛倒愚癡故衆生著陰入界是菩薩摩訶薩見諸法無所有性常空自性空時行般若波羅蜜自立如幻師爲衆生說法慳者爲說布施法破戒者爲說持戒法瞋者爲說忍辱法懈怠者爲說

精進法亂想者爲說禪定法愚癡者爲說智慧法令衆生住布施乃至智慧然後爲說聖法能出苦用是法故得須陀洹果乃至得阿羅漢果辟支佛道乃至阿耨多羅三藐三菩提舍利弗白佛言世尊菩薩摩訶薩得是衆生無所有教令布施持戒乃至智慧然後爲說聖法能出苦以是法故得須陀洹果乃至阿耨多羅三藐三菩提佛告舍利弗菩薩摩訶薩行般若波羅蜜時無有有所得過罪何以故舍利弗是菩薩摩訶薩行般若波羅蜜時不得衆生但空法相續故名爲衆生舍利弗菩薩摩訶薩住二諦中爲衆生說法世諦第一義諦舍利弗二諦中衆生雖不可得菩薩摩訶薩行般若波羅蜜以方便力故爲衆生說法衆生聞是法今世吾我尚不可得何況當得阿耨多羅三藐三菩提及所用法如是舍利弗菩薩摩訶薩行般若波羅蜜時以方便力故爲衆生說法舍利弗白佛言世尊是菩薩摩訶薩心曠大無有法可得若一相若異相若別相而能如是大莊嚴用是莊嚴故不生欲界不生色界不生無色界不見有爲法不見無爲法而於三界中度脱衆生亦不得衆生何以故衆生不縛不解衆生不縛不解故無垢無淨無垢無淨故無分別六道無分別六道故無業無煩惱無業無煩惱故亦不應有果報以是果報故生三界中佛告舍利弗如是如是如汝所言若衆生先有後無諸佛菩薩則有過罪諸法六道生死亦如是若先有後無諸佛菩薩則有過罪舍利弗今有佛無佛諸法相常住不異是法相中尚

無我無衆生無壽命乃至無知者無見者何況當有色受想行識若無是法云何當有六道往來拔出衆生處舍利弗是諸法性常空以是故諸菩薩摩訶薩從過去佛聞是法相發阿耨多羅三藐三菩提意是中無有法我當得亦無有衆生定著處法不可出但以衆生顛倒故著以是故菩薩摩訶薩發大莊嚴常不退阿耨多羅三藐三菩提是菩薩不疑我當不得阿耨多羅三藐三菩提我必當得阿耨多羅三藐三菩提得阿耨多羅三藐三菩提已用實法利益衆生令出顛倒舍利弗譬如幻師幻作百千萬億人與種種飲食令飽滿歡喜唱言我得大福我得大福於汝意云何是中有人食飲飽滿不不也世尊佛言如是舍利弗菩薩摩訶薩從初發意已來行六波羅蜜四禪四無量心四無色定四念處乃至八聖道分十四空三解脫門八解脫九次第定佛十力乃至十八不共法具足菩薩道成就衆生淨佛國土無衆生法可度須菩提白佛言世尊何等是菩薩摩訶薩道菩薩行是道能成就衆生淨佛國土佛告須菩提菩薩摩訶薩從初發意已來行檀波羅蜜行尸羅羼提毗棃耶禪般若波羅蜜乃至行十八不共法成就衆生淨佛國土須菩提白佛言世尊云何菩薩摩訶薩行檀波羅蜜成就衆生佛告須菩提有菩薩摩訶薩行檀波羅蜜時自布施亦教衆生布施作是言諸善男子汝等莫著布施汝著布施故當更受身更受身故多受衆苦諸善男子諸法相中無所施無施者無受者是三法性皆空是性空法

不可取不可取相是性空如是須菩提菩薩摩訶薩行檀波羅蜜時布施衆生是中不得布施不得施者不得受者何以故無所得檀波羅蜜是名爲檀波羅蜜是菩薩不得是三法故能教衆生令得須陀洹果乃至令得阿羅漢果辟支佛道阿耨多羅三藐三菩提如是須菩提菩薩摩訶薩行檀波羅蜜時成就衆生是菩薩自行布施亦教他人行布施讚歎布施法歡喜讚歎行布施者是菩薩如是布施已生刹利大姓婆羅門大姓居士大家若作小王若轉輪聖王是時以四事攝取衆生何等四布施愛語利行同事是四事攝衆生已衆生漸漸住於戒四禪四無量心四無色定四念處乃至八聖道分空無相無作三昧得入正位中得須陀洹果乃至得阿羅漢果若得辟支佛道若教令得阿耨多羅三藐三菩提作是言諸善男子汝等當發阿耨多羅三藐三菩提心阿耨多羅三藐三菩提易得耳何以故無有定法衆生所著處但顛倒故衆生著是故汝等自離生死亦當教他離生死汝等當發心能自利益亦當得利益他人須菩提菩薩摩訶薩應如是行檀波羅蜜是行檀波羅蜜因緣故從初發意已來終不墮惡道常作轉輪聖王何以故隨其所種得大果報是菩薩作轉輪聖王時見有乞者不作是念我不爲餘事故受轉輪聖王果但爲利益一切衆生故是時作是言此是汝物汝自取之莫有所難我無所惜我爲衆生故受生死憐愍汝等故具足大悲行是大悲饒益衆生亦不得實定衆生相空但有假名故可

說是衆生是名字亦空如響聲實不可說相須菩提菩薩摩訶薩應如是行檀波羅蜜於衆生中無所惜乃至不惜自身肌肉何況外物以是法故能出衆生生死何等是法所謂檀波羅蜜尸羅波羅蜜羼提波羅蜜毗棃耶波羅蜜禪波羅蜜般若波羅蜜乃至十八不共法令衆生從生死中得脱復次須菩提菩薩摩訶薩住檀波羅蜜中布施已作是言諸善男子汝等來持戒我當供給汝等令無乏短衣食卧具乃至資生所須盡當給汝汝等乏少故破戒我當給汝所須令無所乏若飲食乃至七寶汝等住是戒律儀中漸漸當得盡苦乘於三乘而得度脱若聲聞乘辟支佛乘佛乘復次須菩提菩薩摩訶薩住檀波羅蜜中若見衆生瞋惱作是言諸善男子汝等以何因緣故瞋惱我當與汝所須汝等所欲從我取之悉當給汝令無所乏若飲食衣服乃至資生所須是菩薩住檀波羅蜜中教衆生忍辱作是言一切法中無有堅實汝等所瞋是因緣空無堅實皆從虛妄憶想生汝等以無有根本瞋恚壞心惡口罵詈刀杖相加以至害命汝等莫以是虛妄法起瞋故墮地獄畜生餓鬼中及餘惡道受無量苦汝等莫以是虛妄無實諸法故而作罪業以是罪業故尚不得人身何況得生佛世諸人佛世難值人身難得汝等莫失好時若失好時則不可救是菩薩摩訶薩加是教化衆生自行忍辱亦教他人令行忍辱讚歎忍辱法歡喜讚歎行忍辱者是菩薩令衆生住忍辱中漸以三乘得盡衆苦如是須菩提菩薩摩訶薩住

檀波羅蜜令衆生住忍辱須菩提云何菩薩摩訶薩住檀波羅蜜令衆生精進須菩提菩薩見衆生懈怠作是言汝等何以懈怠衆生言因緣少故是菩薩行檀波羅蜜時語諸人言我當令汝因緣具足若布施若持戒若忍辱如是等因緣令汝具足是衆生得菩薩利益因緣故身精進口精進心精進身精進口精進心精進故一切善法具足修聖無漏法修聖無漏法故當得須陀洹果乃至阿羅漢果辟支佛道若得阿耨多羅三藐三菩提如是須菩提菩薩摩訶薩行檀波羅蜜時住精進波羅蜜攝取衆生須菩提云何菩薩摩訶薩行檀波羅蜜時教化衆生令修禪波羅蜜佛告須菩提菩薩見衆生亂心作是言汝等可修禪定衆生言我等因緣不具足故菩薩

言我當與汝等作因緣以是因緣故令汝心不隨覺觀心不馳散衆生以是因緣故斷覺觀入初禪二禪三禪四禪行慈悲喜捨心衆生以是禪無量心因緣故能修四念處乃至八聖道分修三十七助道法時漸入三乘而得涅槃終不失道如是須菩提菩薩摩訶薩行檀波羅蜜時以禪波羅蜜攝取衆生令行禪波羅蜜須菩提云何菩薩摩訶薩行檀波羅蜜以般若波羅蜜攝取衆生須菩提菩薩見衆生愚癡無有智慧作是言汝等何以故不修智慧衆生言因緣未具足故菩薩住檀波羅蜜中作是言汝等所須得智慧具足從我取之所謂布施持戒忍辱精進入禪定是因緣具足已汝等如是思惟思惟般若波羅蜜時有法可得不若我若衆生若壽命乃至

知者見者可得不若色受想行識若欲界色界無色界若六波羅蜜若三十七助道法若須陀洹果若斯陀含阿那含阿羅漢果辟支佛道若阿耨多羅三藐三菩提可得不是衆生如是思惟時於般若波羅蜜中無有法可得可著處若不著諸法是時不見法有生有滅有垢有淨不分別是地獄是畜生是餓鬼是阿脩羅衆是天是人是持戒是破戒是須陀洹是斯陀含是阿那含是阿羅漢是辟支佛是佛如是須菩提菩薩摩訶薩行檀波羅蜜時以般若波羅蜜攝取衆生須菩提云何菩薩摩訶薩住檀波羅蜜中以尸羅波羅蜜羼提波羅蜜毗梨耶波羅蜜禪波羅蜜般若波羅蜜乃至以三十七助道法攝取衆生須菩提菩薩摩訶薩行檀波羅蜜中以供養具

利益衆生以是利益因緣故衆生能修四念處四正勤四如意足五根五力七覺分八聖道分衆生行是三十七助道法於生死中得解脫如是須菩提菩薩摩訶薩以無漏聖法攝取衆生復次須菩提菩薩摩訶薩教化衆生時如是言諸善男子汝等從我取所須物若飲食衣服臥具香華乃至七寶等種種資生所須汝當以是攝取衆生汝等長夜利益安樂莫作是念是物非我所有我長夜爲衆生故集此諸物汝等當取是物如己物無異教化衆生令行布施持戒忍辱精進禪定智慧乃至令得三十七助道法佛十力乃至十八不共法亦令得無漏法所謂須陀洹乃至阿羅漢果辟支佛道阿耨多羅三藐三菩提如是須菩提菩薩摩訶薩行檀波羅蜜時應

如是教化衆生令得離三惡道乃至一切生死往來苦復次須菩提菩薩摩訶薩住尸羅波羅蜜教化衆生作是言衆生汝等少何因緣故破戒當與汝作具足因緣若布施乃至智慧及種種資生所須是菩薩住尸羅波羅蜜利益衆生令行十善道遠離十不善道是諸衆生持諸戒不破戒不缺戒不濁戒不雜戒不取戒漸以三乘而得盡苦尸羅波羅蜜爲首如檀波羅蜜說餘四波羅蜜亦如是

【論】問曰先說菩薩行六波羅蜜等諸助道法不具足菩薩道則不能得阿耨多羅三藐三菩提今須菩提應自知行六波羅蜜等具足菩薩道應得阿耨多羅三藐三菩提何以更問答曰須菩提不疑云何得阿耨多羅三藐三菩提今但問云何具足菩薩道得阿耨多羅三藐三菩提佛答若菩薩六波羅蜜等諸法以方便力和合故能行是時具足菩薩道方便力者不決定得是布施等三事亦不離是三事行檀波羅蜜是時照明菩薩道照明具足是一義若菩薩決定得布施等三事直墮常顛倒取相著法等過罪若不得是三事則墮斷滅邊著空還起邪見等諸煩惱便離菩薩道若菩薩離是二邊因空捨是施等假名字虛誑法因諸法實相離是著空無施者無受者如阿耨多羅三藐三菩提相觀是布施亦爾無異如是布施名爲具足乃至十八不共法亦如是舍利弗在會中聞佛與須菩提說般若甚深果報大有利益雖有利益無決定性云何可習佛答菩薩行般若波羅蜜時不壞色不隨色如是名習般若波羅蜜菩

薩初發心爲知實法故常行般若波羅蜜次第隨其所宜行布施等諸法是常說菩薩行般若波羅蜜時行布施等諸法色不壞者不言是色無常不言是色空無所有是名不壞色不隨色者不如眼見色取相生著復次不說是色若常若無常若苦若樂等是名不隨色見常無常等皆非色實相復次不說是色根本從世性中來若從微塵中來從大自在天中來亦不說從時來亦不說自然生亦不說無因無緣而强生如是等名爲不隨不壞此中佛自說因緣是色性無故不隨不壞性無者是色從一切四大和合假名名爲色是中無定一法名爲色如先破色中說是色從因緣和合生故即是無性若無性即是性空若得是色相性空即是習般若波羅蜜乃至十八不共法亦如是復問世尊若諸法無自性可壞可隨者云何菩薩習般若波羅蜜不學般若波羅蜜不得阿耨多羅三藐三菩提佛可舍利弗意自說因緣若菩薩用方便力行六波羅蜜是人雖知諸法空而能起般若波羅蜜舍利弗若菩薩求一切法若得少許定性則可取可著今菩薩實求見一切法不得定實所謂是般若波羅蜜是禪波羅蜜乃至是十八不共法是諸法皆不可得不可得故何所取舍利弗是名菩薩無取般若波羅蜜菩薩應學無取般若無取尚不可得何況般若等諸法一切法無性故舍利弗復問若一切法無性云何知是凡人乃至佛佛答一切法雖無根本定相但凡人顛倒故著菩薩行般若波羅蜜時以方便力故見一切法無

根本而發阿耨多羅三藐三菩提心是菩薩深行諸法性空故不見一切法有根本不見故不懈不退了了知一切法無我無所有性性常空但衆生愚癡顛倒故著是陰界入是時菩薩思惟籌量諸法甚深寂滅相而衆生深著虛誑顛倒菩薩自立如幻師種種神通變化說法度人如幻所作無憎無愛等心說法所謂慳者教施等六法復爲說轉勝法令出生死得須陀洹果乃至阿耨多羅三藐三菩提問曰六波羅蜜外更有何法爲勝何以言更爲說勝法答曰此中不說波羅蜜但爲慳者說施乃至癡者爲說智慧諸佛菩薩法有初有後初法所謂布施持戒受戒施果報得天上福樂爲說五欲味利少失多受世間身但有衰苦讚歎遠離世間斷愛法然後爲說四諦令得須陀洹果此中菩薩但說欲令衆生得佛道故先教令行六法此中善智慧不名爲三解脫門所攝是善智慧能生布施等善法能滅慳貪瞋恚等惡法能令衆生得生天上何以知之更有勝法故勝法者所謂四諦聖法出法一切聖人所行法名爲聖法出三界生死名爲出法以是四諦說法故隨衆生根因緣令得須陀洹果乃至得一切種智此中雖不說初六法說布施等當知已攝復次菩薩爲佛道故說是六法但衆生意劣故自取小乘是故不說布施持戒生天受報等初六法舍利弗白佛言世尊先說菩薩是畢竟不可得法今爲無所有衆生說法令得無所有法所謂須陀洹果乃至一切種智世尊菩薩今得無所有法故能令衆生得無所

有法無所得是有所得佛答菩薩行般若波羅蜜時無有有所得過何以故菩薩行般若波羅蜜時不見衆生及法但諸因緣和合假名衆生菩薩住二諦中爲衆生說法不但說空不但說有爲愛著衆生故說空爲取相著空衆生故說有有無中二處不染如是方便力爲衆生說法衆生現在我身及我尚不可得何況當得阿耨多羅三藐三菩提舍利弗歡喜白佛言世尊曠大心是菩薩曠大心者此中自說因緣所謂無有法可得若一相若異相如人市買必須交易大心人則不然無所依止而能發大莊嚴大莊嚴故不生三界亦拔衆生令出三界而衆生不可得不縛不解故一切法空從久遠已來煩惱顛倒皆是虛誑不實是故名無縛無縛故亦無解縛即是垢解即是淨無淨無垢故無六道分別不分別六道故無罪福業罪福業無故無煩惱能起罪福業者不起罪福業亦不應有果報如是諸法畢竟空中而作大莊嚴是爲希有譬如人虛空中種樹樹葉華果多所利益佛可舍利弗意舍利弗難是空故佛亦答亦可以其說空故可以其難空故答所謂舍利弗若衆生及諸法先有今無諸佛賢聖有過罪過罪者所謂令衆生入無餘涅槃永滅色等一切法入空中皆無所有以斷滅衆生及一切法故有罪過舍利弗衆生及一切法先來無若有佛無佛常住不異是諸法實相是故無六道生死亦無衆生可拔出舍利弗一切法先空是故菩薩於諸佛所聞諸法如是相故發阿耨多羅三藐三菩提心作是念菩提

中亦無有法可得亦無實定法令衆生著而不可度但衆生癡狂顛倒故著是虚誑法是故菩薩發大莊嚴不轉於阿耨多羅三藐三菩提作是念我必當得阿耨多羅三藐三菩提非不得得已用實法利益衆生利益衆生故衆生從顛倒得出欲明了是事故經中説幻師譬喻幻師即是菩薩幻師所作園林廬觀即是六波羅蜜等度衆生法幻師所作象馬男女即是菩薩所度衆生如幻師一身以幻力故幻作衆生園林廬觀等娛樂衆人若幻師以所幻作事爲實於所幻人求其恩惠即是狂人菩薩亦如是從諸佛聞一切法性空如幻而以布施等利益衆生欲來恩惠福報即是顛倒問曰幻法呪術實有幻所作物可虚如衆生空菩薩亦空菩薩不化作衆生何得爲喻答曰諸法實相中法尚無何况衆生衆生異名名爲幻師幻師實無何以言幻師有而所幻者無如汝以幻師實有所幻者無聖人觀幻師及所幻物不異以明了事故説譬喻取其少許相似處爲喻何以盡取爲難如師子喻王師子於獸中無畏王於羣下自在無難故以爲喻復何可責四脚負毛爲異耶佛説性空法諸法皆空猶有衆生是故説幻爲喻我今説喻以破衆生汝云何復以衆生爲難爾時須菩提白佛言世尊何等是成就衆生淨佛國土道須菩提雖知菩薩道以中説甚深性空故聽者生疑是故發問佛答菩薩從初發心行六波羅蜜乃至十八不共法是菩薩道行是道成就衆生淨佛國土須菩提復問云何行是法成就衆生須菩提

意若是法性空衆生亦性空云何可得成就佛答菩薩以方便力故以布施法教化衆生不教令著布施以爲眞實方便者菩薩語衆生汝曹善男子來布施莫著是布施如經中説衆生以布施生貴樂處貴樂因緣故生我憍慢我憍慢增長故破善法破善法故墮三惡道是故菩薩先教言莫著布施但因是布施修持戒等善法皆迴是法向涅槃所以者何是性空諸法實相不可取相如是菩薩方便力教化衆生令得須陀洹果乃至佛道是菩薩自行布施亦教衆生布施若不自施或有人言若施是好法何不自行是故菩薩先自布施復次菩薩深愛善法布施是初門是故行是布施又菩薩深慈悲衆生以慈悲心雖大而不能充滿衆生是故先行布施令其心輭可以引導布施因緣生於四姓及作轉輪王以四攝法攝取衆生漸漸以三乘法令得涅槃教他布施讃歎布施法歡喜讃歎行布施者是深愛布施見同行故歡喜讃歎復次憐愍心於衆生若見修福則爲之歡喜如慈父見子行善心則歡喜是人四種行布施生刹利等貴姓中以布施攝已漸漸教令持戒禪定等乃至令得辟支佛道或見衆生有大心者有少許慈悲心是人怖畏生死長遠故其心懈退菩薩方便力故語是衆生咄衆生阿耨多羅三藐三菩提易得汝等何以爲難衆生所著處此中無有定實法能遮者難解者汝等當發阿耨多羅三藐三菩提心既自得度復能度脱衆生度脱衆生者菩薩自乘大乘得度以三乘隨衆生所應度而度之

既自利益復利益他人利益他人者既自得佛而以三乘度脱衆生若菩薩能如是行般若波羅蜜者從初發心終不墮三惡道常作轉輪聖王者菩薩多生欲界何以故以無色界中無形故不可教化色界中多味著禪定樂無猒惡心故難化亦不生欲天所以者何著妙五欲多故難化在人中世世以四事攝衆生故作轉輪聖王此中佛自說因緣隨其所種得大果報等如經中說布施相復有菩薩行檀波羅蜜時見衆生破戒作是言汝曹以因緣不具足故破戒我當給汝所須令無乏少破戒人有二種一者持戒因緣不具足故如貧窮人飢寒急故作賊二者持戒因緣雖具足以習惡心故好行惡事貧窮破戒者菩薩語之言汝但持戒我當給汝所須汝等住持戒中漸漸以三乘而得度脱是名因緣布施生戒衆生以不如意事故瞋若以求物不如意故瞋人不稱意故瞋菩薩住檀中隨其意而給足之問曰若貧乏者給施令不瞋可爾人不得稱意惱之令瞋復云何答曰以如意珠施之則使人皆稱意珠之威德故人無瞋者如行者入慈三昧故人無瞋者是故說少何因緣故瞋我當令汝所少具足復次一切法性皆空無所有汝所瞋因緣亦皆虚誑無定汝云何以虚誑事故瞋罵加害乃至奪命起此重罪業故墮三惡道受無量苦汝莫以虚誑無實事故而受大罪如山中有一佛圖彼中有一别房中有鬼來恐惱道人故諸道人皆捨房而去有一客僧來維那處分令住此房而語之言此房中有鬼神喜惱人

能住中者住客僧自以持戒力多聞故言小鬼何所能我當伏之即入房住暮更有一僧來求住處維那亦令在此房住亦語有鬼惱人其人亦言小鬼何所能我當伏之先入者閉戶端坐待鬼後來者夜闇打門求入先入者謂爲是鬼不爲開戶後來者極力打門在内道人以力拒之外者得勝排戶得入内者打之外者亦極力熟打至明旦相見乃是故舊同學各相愧謝衆人雲集笑而怪之衆生亦如是五衆無我無人空取相致鬬諍若支解在地但有骨肉無人無我是故菩薩語衆生言汝莫於根本空中鬬諍作罪諍鬬故人身尚不可得何況值佛當知人身難得佛世難值好時易過一墮諸難永不可治若墮地獄燒炙屠割何可教化若墮畜生共相殘害亦不可化若墮餓鬼饑渴熱惱亦不可化若生長壽天千萬佛過著禪定味故皆不覺知如安息國諸邊地生者皆是人身愚不可教化雖生中國或六情不具或四肢不完或盲聾瘖瘂或不識義理或時六情具足諸根通利而深著邪見言無罪福不可教化是故爲說好時易過墮諸難中不可得度餘波羅蜜如經中廣說故不復解之問曰住檀波羅蜜行五波羅蜜訖何以復更說六波羅蜜答曰上一度中次第具足五今則一時總說復次先但說六波羅蜜今通說三十七品及諸道果問曰三十七品自從心出云何是因緣可與答曰菩薩供給坐禪者衣服飲食醫藥法杖禪鞠禪鎮令得好師教詔令得好弟子受化與骨人令觀與禪經令人爲說禪法如是

等三十七助道法因緣又令人爲說摩訶衍法汝等所須衣服飲食盡來取之便如自物莫自疑難汝等得是物已自行六波羅蜜亦教化他人令行六波羅蜜是布施性皆空汝等莫著是施及以果報衆生得是性空漸漸得阿耨多羅三藐三菩提入無餘涅槃如布施爲首生五波羅蜜餘波羅蜜亦如是

大智度論卷第九十一

大智度論卷第九十二

龍樹菩薩造

姚秦三藏法師鳩摩羅什譯

釋淨佛國土品第八十二之上經作淨佛國品

【經】爾時須菩提作是念何等是菩薩摩訶薩道菩薩住是道能作如是大誓莊嚴佛知須菩提心所念告須菩提六波羅蜜是菩薩摩訶薩道三十七助道法是菩薩摩訶薩道十八空是菩薩摩訶薩道八背捨九次第定是菩薩摩訶薩道佛十力乃至十八不共法是菩薩摩訶薩道一切法亦是菩薩摩訶薩道須菩提於汝意云何頗有法菩薩所不學能得阿耨多羅三藐三菩提不須菩提無有法菩薩所不應學者何以故菩薩不學一切法不能得一切種智須菩提白佛言世尊若一切法空云何言菩薩學一切法將無世尊無戲論中作戲論耶所謂是此是彼是世間法是出世間法是有漏法是無漏法是有爲法是無爲法是凡夫人法是阿羅漢法是辟支佛法是佛法佛告須菩提如是如是一切法實空須菩提若一切法不空者菩薩摩訶薩不得阿耨多羅三藐三菩提須菩提令一切法實空故菩薩摩訶薩能得阿耨多羅三藐三菩提須菩提如汝所言若一切法空將無佛於無戲論中作戲論分別此彼是世間法是出世間法乃至是佛法須菩提若世間衆生知一切法空菩薩摩訶薩不學一切法得一切種智須菩提今衆生實不知一切法空以是故菩薩摩訶薩得阿耨多羅三藐三菩提已分別諸法爲衆生說須菩提於是菩薩

道從初已來應如是思惟一切諸法中定性不可得但從和合因緣起法故有名字諸法我當思惟諸法實性無所著若六波羅蜜性若三十七助道法若須陀洹果乃至阿羅漢果若辟支佛道若阿耨多羅三藐三菩提何以故一切法空一切法性空空不著空空亦不可得何況空中有著須菩提菩薩摩訶薩如是思惟不著一切法而學一切法住是學中觀衆生心行是衆生心在何處行知衆生虚妄不實中行是時菩薩作是念是衆生著不實虚妄法易度耳是時菩薩摩訶薩住般若波羅蜜中以方便力故如是教化言汝諸衆生當行布施可得饒財亦莫恃布施果報而自高何以故是中無堅實法持戒禪定智慧亦如是諸衆生行是法可得須陀洹果乃至阿羅漢果辟支佛道佛道莫念有是法如是教化行菩薩道而無所著是中無有堅實故若如是教化是名行菩薩道於諸法無所著故何以故一切法無著相以性無故性空故須菩提是菩薩摩訶薩如是行菩薩道時無所住是菩薩用不住法故行檀波羅蜜亦不住是中行尸羅波羅蜜亦不住是中行羼提波羅蜜亦不住是中行毗棃耶波羅蜜亦不住是中行禪波羅蜜亦不住是中行般若波羅蜜亦不住是中行初禪亦不住是中何以故是初禪初禪相空行禪者亦空所用法亦空第二第三第四禪亦如是慈悲喜捨四無色定八背捨九次第定亦如是得須陀洹果亦不住是中得斯陀含果阿那含果阿羅漢果亦不住是中得辟支佛道亦不住是中

須菩提白佛言世尊何因緣故不住是中佛言二因緣故不住是中何等二一者諸道果性空無住處亦無所用法亦無住者二者不以少事爲足作是念我不應不得須陀洹果我必應當得須陀洹果我但不應是中住乃至辟支佛道我不應不得我必應當得我但不應是中住乃至得阿耨多羅三藐三菩提不應住何以故我從初發意已來更無餘心一心向阿耨多羅三藐三菩提須菩提菩薩一心向阿耨多羅三藐三菩提中遠離餘心所作身口意業皆應阿耨多羅三藐三菩提須菩提是菩薩摩訶薩住是一心能生菩提道須菩提白佛言世尊若一切諸法不生云何菩薩摩訶薩能生菩提道佛告須菩提如是如是一切法無生云何無生無所作無所起者一切法不生故須菩提白佛言世尊有佛無佛諸法法相不常住耶佛言如是如是有佛無佛是諸法法相常住以衆生不知是法住法相爲是故菩薩摩訶薩爲衆生故生菩提道用是道拔出衆生生死須菩提白佛言世尊用生道得菩提佛言不也世尊用不生道得菩提佛言不也世尊用不生非不生道得菩提佛言不也須菩提言世尊云何當得菩提佛言非用道得菩提亦不用非道得菩提須菩提菩提即是道道即是菩提須菩提白佛言世尊若菩提即是道道即是菩提者今菩薩未作佛時應當得阿耨多羅三藐三菩提云何說諸佛多陀阿伽度阿羅呵三藐三佛陀有三十二相八十隨形好十力四無所畏四無礙智十八不共法大慈大悲佛

告須菩提於汝意云何佛得菩提不不也世尊佛不得菩提何以故佛即是菩提菩提即是佛如須菩提所問菩薩時亦應得菩提須菩提是菩薩摩訶薩具足六波羅蜜三十七助道法具足佛十力四無所畏四無礙智十八不共法具足住如金剛三昧用一念相應慧得阿耨多羅三藐三菩提是時名為佛一切法中得自在須菩提白佛言世尊云何菩薩摩訶薩淨佛國土佛言有菩薩從初發意已來自除身麤業除口麤業除意麤業亦淨他人身口意麤業世尊何等是菩薩摩訶薩身麤業口麤業意麤業佛告須菩提不善業若殺生乃至邪見是名菩薩摩訶薩身口意麤業復次須菩提慳貪心破戒心瞋心懈怠心亂心愚癡心是名菩薩意麤業復次戒不淨是名菩薩身口麤業復次須菩提若菩薩遠離四念處行是名菩薩麤業遠離四正勤四如意足五根五力七覺分八聖道分空三昧無相無作三昧亦名菩薩麤業復次須菩提菩薩摩訶薩貪須陀洹果證乃至貪阿羅漢果證辟支佛道是名菩薩摩訶薩麤業

論釋曰上來須菩提常種種問空法以時會疑其已體寂滅無戲論法猶復多問是以不問而心念復次有菩薩及諸天深入禪定不好語言而欲得法利是故須菩提不發言而心念問曰須菩提雖無言而世尊以言答答曰佛身色視無猒足如色無猒聲亦如是雖語而不妨細禪定行是故佛以言答復次佛安立寂滅相於阿耨多羅三藐三菩提中住不分別一切法若善若不善等衆生有疑而

問佛隨所問所念而答是故不與須菩提同須菩提聞是六波羅蜜等諸法甚深義不能得其邊是故問何等是菩薩道行是道如清淨無無所著六波羅蜜等諸善法莊嚴佛知其意於須菩提所益雖少爲增益諸菩薩故答六波羅蜜等是菩薩道六波羅蜜是菩薩初發心道次行四禪八背捨九次第定及三十七品道但求涅槃十八空佛十力等微細但爲求佛道六波羅蜜道多爲衆生故三十七品等但求涅槃十八空等於涅槃中出過聲聞辟支佛地入菩薩位道是三種皆是生身菩薩所行所以者何分別諸法故今又一切法皆是菩薩道是法性生身菩薩所行不見諸法有好惡安立諸法平等相故此中佛自說因緣菩薩應學一切法若一法不學則不能得一切種智學一切法者用一切種門思惟籌量修觀通達須菩提白佛若一切法一相所謂空云何菩薩學一切法將無於無戲論相法中作戲論耶所謂此彼諸法略說是戲論相此東彼西是上是下是常是無常是實是空是世間是出世間乃至是二乘法是佛法佛可其說一切法空相若法實定有不空者即是無生無滅無生無滅故無四諦無四諦故無佛法僧寶如是三寶等諸法皆壞今諸法實空乃至空相亦空衆生愚癡顛倒故著是故於衆生中起悲心欲拔出故求佛身力欲令衆生信受其語捨顛倒入諸法實相是故菩薩雖知諸法空而爲利益衆生分別説若衆生自知諸法空菩薩但自住空相中不須學分別一切法菩薩行菩薩道時

從初發意已來如是思惟一切法無定實性但從因緣和合起是衆因緣亦各各從和合起乃至到畢竟空畢竟空唯是一法實餘者無性故皆虚誑我從無始世來著是虚誑法於六道中䟦受苦惱我今是三世十方佛子般若是我母今不應復隨逐虚誑法是故菩薩乃至畢竟空中亦不著何况餘法所謂檀波羅蜜等爾時菩薩照明菩薩道其心安隱自念我但斷著心道自然至知是事已念衆生染著世間而畢竟空亦空無性無有住處衆生難可信受爲令衆生信受是法故學一切法修行生起是度衆生方便法觀衆生心行所趣知好何法念何事所志願觀時悉知衆生所著處皆是虚誑顛倒憶想分别故著無有根本實事爾時菩薩大歡喜作是念衆生易度耳所以者何衆生所著皆是虚誑無實譬如人有一子喜在不淨中戲聚土爲穀以草木爲鳥獸而生愛著人有奪者瞋恚啼哭其父知已此子今雖愛著此事易離耳小大自休何以故此物非真故菩薩亦如是觀衆生愛著不淨臭身及五欲是無常種種苦因知是衆生得信等五善根成就時即能捨離若小兒所著實是真物雖復年至百歲著之轉深不可得捨若衆生所著物定實有者雖得信等五根著之轉深亦不能離以諸法皆空虚誑不實故得無漏清淨智慧眼時即能遠離所著大自慚愧譬如狂病所作非法醒悟之後羞慚無顔菩薩知衆生易度已安住般若中以方便力教化衆生汝等當行布施可得饒財莫恃是布施果報而自憍高此

中無有堅實皆當破壞與未布施時無異持戒等乃至十八不共法亦如是是諸法雖清淨大有所益皆是有爲法從因緣生無有自性汝等若著是法能生苦惱譬如熱金丸雖是寶物捉則燒手如是菩薩教化衆生行菩薩道自無所著亦爲衆生說無所著以無著心行檀波羅蜜故於檀中不住不住者所謂布施時不取三種相亦不著果報而自高生罪業布施果報滅壞時亦不生惱尸羅波羅蜜乃至阿耨多羅三藐三菩提亦如是此中佛自說不住因緣有二種一者菩薩深入空不見諸法性故不住二者不以小事爲足故不住是菩薩無有異心但一向能生菩提道須菩提白佛若一切法無生云何菩薩能生菩提道佛可須菩提意一切法無生我實處

處說諸法無生非爲凡夫說但爲得無作解脫不起三種業者說復問世尊佛自說有佛無佛諸法法相常住如聖人法相空凡人亦如是佛可其所說諸法實相常住以衆生不知不解故起菩提道但爲除凡夫顛倒法故名爲道若決定有道可著者即復是顛倒道非道平等即是道是故不應難須菩提復問云何可得菩提用生道故得耶佛言不也何以故生道者菩薩觀是有爲法生滅相謂是實是故不如先說熱金丸喻不生法即是無爲無作法故亦不可以得菩提生不生二俱有過故非生非不生得菩提耶答言不也問曰若生不生二俱有過非生非不生復不應有過何以言不得答曰若分別非生非不生是好是醜取相生著故故言有過若能不著

則是菩提道須菩提問若不以四句得者云何得道佛答不以道不以非道則得菩提何以故菩提即是道道即是菩提菩提名諸法實相是諸佛所得究竟實相無有變異一切法入菩提中皆寂滅相如一切水入大海同爲一味是故佛說菩提性即是道性若菩提性道性異者不名菩提爲無戲論寂滅相是故說菩提即是道道即是菩提復次是二法異者行道不應到菩提諸法因果不一不異故須菩提復問若爾者菩薩行道應便是佛所以者何道即是菩提故又佛應是菩薩何以故菩提即是道故今何以說有差別佛有十力等三十二相八十隨形好須菩提爲新學菩薩故分別難佛菩薩應即是佛佛以反問答佛得菩提不答言不也何以故菩提不離佛佛不離菩提二法和合故是佛是菩提是故不應難言菩薩即是佛此總相答問曰佛是衆生菩提是法云何言佛即是菩提答曰先有三十二相莊嚴身六波羅蜜等功德莊嚴心而不名爲佛得菩提故名之爲佛是故言佛與菩提不異微妙清淨五衆和合假名爲佛法即是五衆五衆不離假名菩提即是五衆實相一切法皆入菩提故是故佛即是菩提菩提即是佛但凡夫心中分别有異問曰汝先論議中說言菩提與道不一不異經中何以說道即是菩提菩提即是道佛即是菩提菩提即是佛答曰一異雖俱不實而多用一故此中說菩提即是道道即是菩提無咎如常無常是二邊常多生煩惱故不用無常能破顛倒故多用事既成辦亦捨無常

此中亦如是若以觀種種別異法故多生著心若觀諸法一相若無常苦空等是時煩惱不生著心少故是故多用是一於實義中一亦不用若著一即復是患復次別異無故一亦不可得相待法故但以不著心不取一相故說無咎一不實故菩薩不得即是佛復次今佛更答須菩提自說因緣菩提雖寂滅相而菩薩能具足六波羅蜜等諸功德住金剛三昧以一念相應慧得阿耨多羅三藐三菩提爾時於一切法中自在得名爲佛菩薩雖知道及菩提不異未具足諸功德故不名爲佛又佛諸事畢竟願行滿足故不名爲菩薩得者是佛法是菩提求菩提者是菩薩須菩提從佛聞菩提相道相成就衆生已今問淨佛國土事諸阿羅漢辟支佛無有力知淨佛國事是故問問曰何等是淨佛土答曰佛土者百億日月百億須彌山百億四天王等諸天是名三千大千世界如是等無量無邊三千大千世界名爲一佛土佛於此中施作佛事佛常晝三時夜三時以佛眼遍觀衆生誰可種善根誰善根成熟增長誰善根成就應得度見是已以神通力隨所見教化衆生心隨逐外緣得隨意事則不生瞋惱得不淨無常等因緣則不生貪欲等煩惱若得無所有空因緣則不生癡等諸煩惱是故諸菩薩莊嚴佛土爲令衆生易度故國土中無所乏少無我心故則不生慳貪瞋恚等煩惱有佛國土一切樹木常出諸法實相音聲所謂無生無滅無起無作等衆生但聞是妙音不聞異聲衆生利根故便得諸法實相如是等佛土

莊嚴名爲淨佛土如阿彌陀等諸經中說佛答菩薩從初發意來自淨麤身口意業亦教他人淨麤身口意業問曰若菩薩淨佛土是菩薩得無生法忍住神通波羅蜜然後能淨佛土今何以言從初發意來淨麤身口意業答曰三業清淨非但爲淨佛土一切菩薩道皆淨此三業初淨身口意業後爲淨佛土自身淨亦淨他人何以故非但一人生國土中者皆共作因緣內法與外法作因緣若善若不善多惡口業故地生荆棘諂誑曲心故地則高下不平慳貪多故則水旱不調地生沙礫不作上諸惡故地則平正多出珍寶如彌勒佛出時人皆行十善故故地多珍寶問曰若布施等諸善法得淨佛土果報何以但說淨三業答曰雖知善惡諸法是苦樂因緣如一切心心數法中得道時智慧爲大攝心中定爲大作業時思爲大得是思業已起身口業布施禪定等以思爲首譬如縫衣以針爲導受後世果報時業力爲大是故說三業則攝一切業法意業中盡攝一切心數法身口則攝一切色法入身行三種福德具足則國土清淨內法淨故外法亦淨譬如面淨故鏡中像亦淨如毗摩羅詰經中說不殺生故人皆長壽如是等問曰身口意麤業是事易知須菩提何以故問答曰麤細不定故如求道人中布施是麤善於白衣爲細如小乘中不善業爲麤善業爲細摩訶衍中取善法相乃至涅槃皆名爲麤以麤細不定故問佛次第爲說麤業相所謂奪命乃至邪見是三種身業四種口業三種意業皆名爲麤復次破善

薩六波羅蜜法慳貪等皆名爲麤問曰先說十不善道已攝慳貪等何以復別說答曰是六法不入十不善道十不善道皆是惱衆生法是六法不但爲惱衆生如慳心但自惜財不惱衆生貪心有二種一但貪他財未惱衆生二者貪心轉盛求而不得財欲毀害是名業道以能起業故瞋亦如是小者不名業道以其能趣惡處故爲道是故別說六法無咎問曰六波羅蜜中已說今何以復說戒不淨答曰破戒法是殺生等麤罪戒不淨是微細罪不惱衆生如飲酒等不入十不善道復次破五衆戒名爲破戒不破所受戒常爲三毒覆心不憶念戒迴向天福邪見持戒如是等名爲戒不淨復次若菩薩心遠離四念處等三十七品三解脫門是名麤業所以者何此中心皆觀實法隨涅槃不隨世間若出四念處等法心則散亂譬如蛇行本性好曲若入竹筩則直出筩還曲復次若菩薩貪須陀洹果證是爲麤業如人聞佛說須陀洹果不墮三惡道盡無量苦如五十由旬池水餘在者如一滴二滴則生貪心以其心不牢固本求作佛爲衆生今爲自身而欲取證是爲欺佛亦負衆生是故名麤譬如人請客欲設飲食而竟不與是則是妄語負客菩薩亦如是初發心時作願我當作佛度一切衆生而貪須陀洹是則負一切衆生如貪須陀洹果乃至貪辟支佛道亦如是

大智度論卷第九十二

音釋

金丸九戶官切圜也摩訶衍梵語也此云大乘衍音演箭徒紅切截竹爲箭也

大智度論卷第九十三

龍樹菩薩造

姚秦三藏法師鳩摩羅什譯

釋淨佛國土品第八十二之下

【經】復次須菩提菩薩色相受想行識相眼相耳鼻舌身意相色聲香味觸法相男相女相欲界相色界相無色界相善法相不善法相有爲法相無爲法相是名菩薩麤業菩薩摩訶薩皆遠離如是麤業相自布施亦教他人布施須食與食須衣與衣乃至種種資生所須盡給與之亦教他人種種布施持是福德與一切衆生共之迴向淨佛國土故持戒忍辱精進禪定智慧亦如是是菩薩摩訶薩或以三千大千界土滿中珍寶施與三尊作是願言我以善根因緣故令我國土皆以七寶成復次須菩提菩薩摩訶薩以天妓樂樂佛及塔作是願言以是善根因緣令我國土中常聞天樂復次須菩提菩薩摩訶薩以三千大千國土滿中天香供養諸佛及佛塔作是言以是善根因緣令我國土中常有天香復次須菩提菩薩摩訶薩以百味食施佛及僧作是願言以是善根因緣故令我國土中衆生皆得百味食復次須菩提菩薩摩訶薩以天香細滑施佛及僧作是願言以是善根因緣故令我國土中一切衆生受天香細滑復次須菩提菩薩摩訶薩以隨意五欲施佛及僧幷一切衆生作是願言以是善根因緣故令我國土中弟子及一切衆生皆得隨意五欲是菩薩以隨意五欲共一切衆生迴向淨佛國土作是願言我得佛時是國土中如天

五欲應心而至復次須菩提菩薩摩訶薩行般若波羅蜜時作是願言我當自入初禪亦教一切衆生入初禪第二第三第四禪慈悲喜捨心乃至三十七助道法亦如是我得阿耨多羅三藐三菩提時令一切衆生不遠離四禪乃至不遠離三十七品助道法如是須菩提菩薩摩訶薩能淨佛國土是菩薩隨爾所時行菩薩道滿足是諸願是菩薩自成就一切善法亦成就一切衆生善法是菩薩受身端正所化衆生亦得端正所以者何福德因緣厚故須菩提菩薩摩訶薩應如是淨佛國土是國土中乃至無三惡道之名亦無邪見三毒二乘聲聞辟支佛之名耳不聞有無常苦空之聲亦無我所有乃至無諸結使煩惱之名亦無分别諸果之名風吹七寶之樹隨所應度而出音聲所謂空無相無作如諸法實相之音有佛無佛一切法一切法相空空中無有相無相中則無作出如是法音若晝若夜若坐若卧若立若行常聞此法是菩薩得阿耨多羅三藐三菩提時十方國土中諸佛讃歎衆生聞是佛名必至阿耨多羅三藐三菩提是菩薩得阿耨多羅三藐三菩提時説法衆生聞者無有不信而生疑言是法是非法何以故諸法實相中皆是法無有非法諸有薄福之人於諸佛及弟子中不種善根不隨善知識没在我見中乃至没在一切種種見中墮在邊見若斷若常如是人以邪見故非佛言佛佛言非佛非法言法法言非法如是人破法故身壞命終墮惡道地獄中諸佛得阿耨多羅三藐三菩提時見此衆生

往來五道令離邪聚立正定聚中更不墮惡道如是須菩提菩薩摩訶薩淨佛國土中衆生無雜穢心若世間法若出世間法若有漏若無漏若有爲若無爲乃至是國土中衆生畢竟阿耨多羅三藐三菩提須菩提是爲菩薩摩訶薩淨佛國土

論釋曰復有麤業於諸法畢竟空中取相生著心所謂取色相受想行識相眼相乃至意相色相乃至法相男相女相三界善不善有爲無爲相等問曰男女相可是虛妄不實餘色等善不善法若不取相云何能猒色等成就善法答曰佛法中有二種空一者衆生空二者法空以衆生空破衆生相所謂男女等相以法空破色等法中虛妄相如破一切法空中說能觀色等善法如幻如化不取定實相得猒心則捨戲論常無常等是不名爲取相又色等及善法皆和合性空行故不生諸煩惱問曰一切有爲法假名和合故不應取無爲法是眞實法所謂如法相實際何以不取答曰以不取相是無爲法無相名爲無爲法門若取相便是有爲如是等一切虛誑取相不實遠離麤身口意業菩薩欲行淨佛土遠離如是等麤身口意業自行六波羅蜜亦教他人令行共清淨因緣故則佛土清淨上總相說下別相說是菩薩滿三千大千世界七寶施佛及僧作是願我以是布施因緣令我國土皆七寶莊嚴問曰若滿三千大千世界珍寶從何處得又諸佛賢聖少欲知足誰受是者若凡人無猒足何能受三千世界物答曰是菩薩是法性生身住具足神通波羅

蜜中爲供養十方佛故以如三千世界珍寶供養又此寶物神通力所作輕細無妨如第三禪遍淨天六十人坐一針頭而聽法不相妨礙何況大菩薩深入神通所作寶物或有菩薩變身如須彌山遍十方佛前以爲燈炷供養於佛若佛塔廟而作願言令我國土常有光明不須日月燈燭或有菩薩雨諸華香旛蓋瓔珞以爲供養復作是願令我國土衆生端正如華身相嚴淨無有醜陋如是等種種好色因緣復有菩薩以天妓樂娛樂於佛若佛塔廟是菩薩或時以神通力故作天妓樂或作天王轉輪聖王妓樂或作阿修羅神龍王等天妓樂供養願我國中常聞好音問曰諸佛賢聖是離欲人則不須音樂歌舞何以妓樂供養答曰諸佛雖於一切法中心無所著於世間法盡無所須諸佛憐愍衆生故出世應隨供養者令隨願得福故受如以華香供養亦非佛所須佛身常有妙香諸天所不及爲利益衆生故受是菩薩欲淨佛土故求好音聲欲使國土中衆生聞好音聲其心柔軟心柔軟故易可受化是故以音聲因緣而供養佛或有菩薩滿三千大千世界香供養諸佛若塔根香莖香葉香末香若天香若變化香若菩薩果報生香作是願令我國土中常有好香無有作者或有菩薩以百味供養諸佛及僧有人言能以百種羹供養是名百味有人言餅種數五百其味有百是名百味有人言百種藥草藥果作歡喜丸是名百味有人言飯食羹餅總有百味有人言飲食種種備足故稱爲百味人飲食故百味天食

則百千種味菩薩福德生果報食及神通力變化食則有無量味能轉人心令離欲清淨是四種食菩薩隨因緣供養佛及僧是故國土中自然有百味飲食或有菩薩以天塗香天竺國熱又以身臭故以香塗身供養諸佛及僧以此因緣故令我國土衆生受天香細滑問曰沙彌戒乃至受一日戒尚不以香塗身云何以香供養佛及僧答曰是菩薩以身所貴物隨所須時用以供養或以塗地塗壁及行坐處又以隨意五欲供養諸佛及僧及餘衆生是菩薩以好車馬妻妾妓樂旛蓋金銀衣服珍寶出家人所不受則施諸衆生作願言令我國土衆生常得隨意五欲問曰此五欲佛說如火如坑如瘡如獄如怨如賊能奪人善根菩薩何以願使衆生得五欲又佛說弟子應衲衣乞食坐林樹下菩薩何以爲衆生求得五欲答曰天人中五欲是福德果報若今世若後世貧窮薄福者不能自活則行劫盜或爲物主所害或爲財殺他或被詰問妄言不作如是次第作十不善皆由貧窮故作若人五欲具足則所欲隨意則不行十不善菩薩國土衆生豐樂自恣無所乏少則無衆惡但有愛慢等輭結使若聞佛所說或聞弟子所說以心柔輭故聞法易可得道雖著心多利根故聞無常苦空等即便得道譬如垢膩之衣則以灰泥淹之經宿以水浣之一時都去菩薩不欲令衆生著故以五欲施但欲令一時捨故與之如汝先說佛教弟子衲衣乞食宿罪因緣生在惡世染著心多若得好衣美食著心則深又爲求好衣食故妨

廢行道是菩薩淨佛國土衆生無量福德成就五欲一等故不復貪著亦不更求故無所妨又復若行者離五欲修苦行則增長瞋恚又復憶念五欲則生煩惱爾時則無所向是故佛言捨苦樂用智慧處中道是故淨佛國土五欲施無妨問曰若爾者毗尼中何以一比丘言我知佛法義受五欲不妨道是比丘應呵乃至三不止擯出答曰佛法有二種小乘大乘小乘中薄福之人三毒偏多如婆蹉經中佛說我白衣弟子非一非二乃至出五百人受赤栴檀塗身及受好香華妻子共卧使令奴婢而斷三結得須陀洹盡三世苦薄三毒得斯陀含是阿梨咤比丘聞是事即言雖受五欲而不妨道不知是事佛爲誰說佛爲白衣故說此比丘持著出家法中說是須陀洹斯陀含等不作是言我盡形壽不犯欲以有餘三毒故時時忘道而發婬心出家人於僧中口自誓言我盡形壽不犯婬欲佛言若出家人犯欲則棄是比丘自誓而犯是一罪知佛所制而故違犯是二罪是比丘見白衣得道故而以自身同彼是故墮罪淨佛國土有二種衆生若出家若在家在家者雖受五欲無罪亦無所妨如兜率陀諸天及鬱單越人雖受五欲不起重罪出家衆生隨佛所不聽在家受五欲亦無過咎小乘法中爲阿梨咤比丘說薄福重罪之人心多悔故淨佛國土者世世習行六波羅蜜三解脱門雖得五欲亦不染著如經中說所謂菩薩摩訶薩行般若波羅蜜作是念我當自入初禪亦當教化衆生入初禪四禪四無量心乃至三十

七品亦如是是菩薩作是願我作佛時盡行四禪乃至三十七品如是福德故衆生雖受五欲不能爲妨是菩薩作無量阿僧祇願隨爾所時行道盡具足是願是菩薩一切善法皆成就及所成就衆生一切善法成就故得身端正見者無猒亦成就衆生令得端正須菩提菩薩應如是淨佛國土復次淨佛土者乃至無三惡之名何況有三惡道問曰諸佛以大慈悲心爲苦惱衆生故出世若無三惡道何所憐愍答曰佛出爲度衆生故而三惡道衆生不可度但可令種善根而已是故佛名天人師若無天人但有三惡道可應有難應作是問問曰佛憐愍衆生淨佛國土中何以無三惡道衆生答曰憐愍一切衆生平等無異此中說清淨業因緣是國土中無三惡道又佛非但一國土乃有十方恒河沙國土佛有清淨國土有雜國土雜國土中則具有五道淨佛國土或有人天別異或無有人天別異如過去天王佛國土中唯佛世尊以爲法王是故名爲天王佛復有國土無三毒邪見問曰諸佛但爲除衆生煩惱故出世邪見三毒即是煩惱若無煩惱出何所爲答曰有人言是中大福德因緣故邪見三毒不發故言無復次有人言是中諸菩薩皆得無生法忍常修六波羅蜜等諸功德常遊十方度脫衆生於諸佛所修習諸佛三昧勝教化無數聲聞辟支佛亦勝教化阿鞞跋致菩薩成就衆生菩薩淨佛土菩薩爲近佛道故利益轉大是國土無二乘之名者問曰餘佛有三乘教化豈獨劣耶答曰佛出五濁惡世於一道

分爲三乘問曰若爾阿彌陀佛阿閦佛等不於五濁世生何以復有三乘答曰諸佛初發心時見諸佛以三乘度衆生自發願言我亦當以三乘度衆生亦無無常苦空無我之名者以衆生深著常樂等顛倒故爲説無常苦法是中無常樂等倒故不須無常苦若無病則不須藥亦無我所有乃至無諸煩惱結使亦如是無二乘故亦無須陀洹等諸果但一向著諸法實相先得無生法忍者得諸三昧陀羅尼門轉復增益諸地等功德風吹七寶之樹隨所應度而出聲者是菩薩欲使衆生易聞法故七寶之樹出法音聲寶樹徧滿國土故衆生生便聞法餘心不生但生法心問曰諸佛有無量不可思議神通力何以不變化作無量說法度衆生何須樹木音聲答曰衆生甚多若佛處處現身衆生不信謂爲幻化心不敬重有衆生從人聞法心不開悟若從畜生聞法則便信受如本生經説菩薩受畜生身爲人説法人以希有故無不信受又謂畜生心直不誑故有人謂畜生是有情之物皆有欺誑以樹木無心而有音聲則皆信受所謂空無相無作有佛無佛一切法常空空故無相無相故無作無起如是等法晝夜常出餘國土以神通力口力種種變化此中常自然音聲淨佛國土佛常爲諸佛所讚大作功德故能得如是淨國若聞淨國佛名則畢定作佛問曰餘佛種種勤苦説法衆生尚不得道何以但聞佛名便得道答曰餘處佛種種説法衆生或得善根終不空説若聞是佛名畢至阿鞞跋致不言今得問曰一切佛

若人好心聞名皆當至佛如法華經中說福德若大若小皆當作佛何以獨說淨國佛答曰人聞餘佛名字謂受生與人無異但有一切智得道爲異心不敬重故雖種善根亦不能深是中是法性身佛身無量無邊光明說法音聲徧滿十方國土國中衆生皆是近佛道者無量阿僧祇由旬衆中說法勝無量億阿僧祇日月光明常從身出佛令衆生見則得見若不聽則不見是佛一一毛孔邊常出無量無邊阿僧祇佛一一諸佛等無異於化佛邊展轉復出隨應度衆生見佛優劣根本眞佛無有分別大小之異如是等若見若聞名若聞如是功德深信敬重故所種善根云何不畢定作佛復次是佛說法時無有疑者乃至無一人言是法爲非佛口所說悉皆是法問曰人從釋迦文尼佛聞法生疑者多答曰佛此中自說因緣有人薄福不種善根不得善知識故生疑著我見邊見邪見等諸煩惱覆故非佛言是佛是佛言非佛不深種善根不順善師三毒邪見一時發起無所依隨任意自恣若見邪見順其意故言是一切智見諸佛說畢竟空不順其意便言非佛非法言法法言非法如是人於諸佛所多生疑多生疑故心悔是淨佛國中無如是罪人故不生疑佛言如是罪人破諸法實相故死墮地獄惡道中諸菩薩得阿耨多羅三藐三菩提見諸罪人往來生死中以佛神通力拔出衆生令住正定聚中不墮三惡趣是名淨佛土是佛土中無如是諸過無不具足於世間出世間有漏無漏有爲無爲等中無有障礙所

謂國土七寶衆生身端正相好莊嚴無量光明常聞法音常不遠離六波羅蜜乃至十八不共法是中衆生皆畢定至阿耨多羅三藐三菩提問曰上聞佛名畢定至佛此於諸法無障礙必得作佛有何差別答曰此中衆生常見佛常聞法深種善根多集佛法故疾得作佛聞名者雖俱畢定而小不如如是等名爲淨佛國土相如十地中莊嚴菩提樹說

釋必定品第八十三之上

經須菩提白佛言世尊是菩薩摩訶薩爲必定爲不必定佛告須菩提菩薩摩訶薩必定非不必定世尊何處必定爲聲聞道中爲辟支佛道中爲佛道中佛言菩薩摩訶薩非聲聞辟支佛道中必定是佛道中必定須菩提白佛言世尊爲初發意菩薩必定耶爲最後身菩薩必定耶佛言初發意菩薩亦必定阿鞞跋致菩薩亦必定後身菩薩亦必定世尊必定菩薩墮惡道中生不不也須菩提於汝意云何若八人若須陀洹斯陀含阿那含阿羅漢辟支佛生惡道中不不也世尊如是須菩提菩薩摩訶薩從初發意已來布施持戒忍辱精進行禪定修智慧斷一切不善業若墮惡道若生長壽天若不得修善法處若生邊國若生惡邪見家無作見家是中無佛名無法名無僧名無有是處須菩提初發意菩薩於阿耨多羅三藐三菩提以深心行十不善道無有是處世尊若菩薩摩訶薩有如是善根功德成就如佛自說本生受不善果報是時善根爲何所在佛告須菩提菩薩摩訶薩爲利益衆生故隨而受身以是身利益衆

生須菩提菩薩摩訶薩作畜生時有大方便力若怨賊欲來殺害以無上忍辱無上慈悲心捨身不惱怨賊汝諸聲聞辟支佛無有是力以是故須菩提當知菩薩摩訶薩欲具足大慈悲心爲憐愍利益衆生故受畜生身須菩提白佛言世尊菩薩摩訶薩住何等善根中受如是諸身佛告須菩提菩薩摩訶薩從初發意乃至道場於其中間無有善根不具足者具足已當得阿耨多羅三藐三菩提以是故菩薩摩訶薩從初發意應當學具足一切善根學善根已當得一切種智當斷一切煩惱習須菩提白佛言世尊云何菩薩摩訶薩成就如是白淨無漏法而生惡道畜生中佛告須菩提於汝意云何佛成就白淨法無漏法不須菩提言佛一切白淨無漏法成就須菩提若佛自化作畜生身作佛事度衆生實是畜生不須菩提言不也佛言菩薩摩訶薩亦如是成就白淨無漏法爲度衆生故受畜生身用是身教化衆生佛告須菩提如阿羅漢作變化身能使衆生歡喜不須菩提言能佛言如是如是須菩提菩薩摩訶薩用是白淨無漏法隨應度衆生而受身以是身利益衆生亦不受苦痛須菩提於汝意云何幻師幻作種種形若象馬牛羊男女等以示衆人須菩提是象馬牛羊男女等有實不須菩提言不實也世尊佛言如是須菩提菩薩摩訶薩白淨無漏法成就現作種種身以示衆生故以是身饒益一切亦不受衆苦須菩提白佛言世尊菩薩摩訶薩大方便力得聖無漏智慧而隨所應度衆生身而作種種形以

度衆生

【論】問曰：上阿鞞跋致品中說如是相是阿鞞跋致，如是相非阿鞞跋致，阿鞞跋致即是必定，須菩提今何以更問？答曰：是般若波羅蜜有種種門，有種種道，阿鞞跋致是一門中說，今問必定更問異門。復次，佛心中一切衆生一切法皆必定，人以智不及故名爲不必定。佛智雖無量阿僧祇劫積大功德必退作小乘者亦知，微細蜫蟲雖未有善心，過爾所劫發心後當作佛定知，一切法皆如是從是因得是果，是故名佛一切法中無礙以必定知故。復次，須菩提聞法華經中說：於佛所作少功德乃至戲笑一稱南無佛，漸漸必當作佛。又聞阿鞞跋致品中有退不退，又復聞聲聞人皆當作佛，若爾者不應有退。如法華經中說必定，餘經說有退有不退，是故今問爲必定爲不必定。如是等種種因緣故問定不定。佛答菩薩是必定。須菩提心以入涅槃爲必定，是故問爲何道中必定。佛答不必定二乘，但於大乘中必定。求佛道者有上中下，是故問爲初發意，爲阿鞞跋致，爲最後身必定。須菩提意謂爲阿鞞跋致已上必定，安立佛道中故。佛答三種菩薩皆必定，必定者必當作佛。問曰：如上品中說，佛以佛眼見十方菩薩求佛如恒河沙，得阿鞞跋致者若一若二，今何以言三種菩薩盡皆必定？答曰：我先已說，般若甚深有無量門，有說諸菩薩退而不必定，有處說菩薩必定不退。如阿鞞跋致品中，須菩提問佛：菩薩退者，於何處退？爲從色，爲從受想行識，乃至十八不共法？畢竟空故諸

法皆不退此中佛何以更說不退問曰是二義何者是實答曰二事皆實佛口所說無不實者如佛或說諸法空無所有或說布施持戒等是有爲初發心者說諸法有爲久學人著善法者說諸法空無所有懈怠於阿耨多羅三藐三菩提不牢固者如是人應從聲聞道得度而不求聲聞久於生死中受苦是故說發心如恒河沙得阿鞞跋致者若一若二衆生聞是已能堪受衆苦者必定阿耨多羅三藐三菩提若不能者取聲聞辟支佛道有人堪任得佛而大悲心薄自愛身重此人聞佛難得多有退者作是念我或以不能得佛不如早取涅槃何用世世受勤苦爲爲是人故說一切菩薩乃至初發心皆必定如法華經中說問曰若菩薩皆定佛何以故種種訶二乘人不聽菩薩取二乘證答曰求佛道者應徧知法性是人畏老病死故於法性少分取證便自止息捨佛道不度衆生諸佛菩薩之所呵責汝欲捨去會不得離得阿羅漢證時不求諸菩薩深三昧又不廣化衆生是則迂迴於佛道稽留問曰阿羅漢先世因緣所受身必應當滅住在何處而具足佛道答曰得阿羅漢時三界諸漏因緣盡更不復生三界有淨佛土出於三界乃無煩惱之名於是國土佛所聞法華經具足佛道如法華經說有阿羅漢若不聞法華經自謂得滅度我於餘國爲說是事汝皆當作佛問曰若阿羅漢往淨佛國土受法性身如是應疾得作佛何以言迂迴稽留答曰是人著小乘因緣捨衆生捨佛道又復虛言得道以是因緣故雖不

受生死苦惱於菩薩根鈍不能疾成佛道不如直往菩薩復次佛法於五不可思議中最第一今言漏盡阿羅漢還作佛唯佛能知論議者正可論其事不能測知是故不應戲論若求得佛時乃能了知餘人可信而未可知必定菩薩墮三惡道中不者須菩提聞佛說無量本生因緣或象鹿龜鴿孔雀鸚鵡等受種種苦是故問佛世尊若菩薩受如是等畜生身云何言一切菩薩必定必定者即是阿鞞跋致阿鞞跋致者不墮三惡趣佛反問答於汝意云何八人等聖人爲墮三惡道不須菩提思惟是諸聖人入聖道故無墮三惡道因緣思惟已答言不也佛言菩薩亦如是墮三惡道因緣盡故云何墮三惡道墮三惡道因緣者所謂諸不善法是菩薩從初發心已來修習布施持戒等諸善法斷諸殺生等十不善道若是人墮三惡道無有是處何以故滅諸惡法增益善法故不善道有上中下上者墮地獄中者墮畜生下者墮餓鬼是菩薩三種已盡深心悲念衆生是故不墮問曰若爾者三惡道可不於中生是菩薩福德多何以不於長壽天中生答曰是菩薩憐愍衆生行六波羅蜜雖能入禪波羅蜜和合慈悲行不著禪味命欲終盡念欲界法故退禪道以彼中無苦惱深著禪味難可得度故不生長壽天以邊國遮礙不得修善法故不生所以者何是菩薩拔出憍法根本憍法因緣故生邊國不知法處復次是菩薩常好中道捨離二邊故不生邊國邊國無三寶之名不識七衆但貴今世現事不貴福德道法故名邊地

不但生邊國故名爲邊地若識三寶知罪福相續因緣解諸法實相是人雖生閻浮提外不名爲邊何況生閻浮提中是菩薩常樂爲他說法亦深愛善法故得隨意善衆生共生所謂爲中國又於中國不生邪見家何以故是菩薩世世常自行正見亦教他正見讚正見法歡喜讚歎行正見者是故不生惡邪見家問曰是菩薩大福德智慧力應生邊地邪見家而教化之何以畏而不生答曰菩薩有二種一者成就大力菩薩二者屬因緣新發心菩薩大菩薩爲衆生隨所應度受身不避邊地邪見新發意菩薩若生是處既不能度人又自敗壞是故不生譬如眞金在泥終不敗壞銅鐵則壞邪見者所謂無作見雖六十二種皆是邪見無作最重所以者何無作言

不應作功德求涅槃若言天作若言世界始來雖是邪見而不遮作福德以無作大惡故不生又初發心菩薩染惡心行十不善道無有是處何以故是菩薩一心迴向貴重阿耨多羅三藐三菩提不貴世間法是人未離欲因緣故雖起諸煩惱終不染心作惡雖加杖楚終不奪命不取他財令其失命是菩薩斷一切不善法修集一切善法故不生八難處常得八好處須菩提問若菩薩有如是善根成就云何本生因緣作鹿馬等佛答菩薩實有福德善根成就爲利衆生故受畜生形亦無畜生罪此中佛自說因緣所謂菩薩在畜生中慈愍怨賊阿羅漢辟支佛所無有羅漢辟支佛怨賊來害雖不加報不能愛念供養供給如菩薩本身作六牙白象獵師以毒箭

射胃爾時菩薩象以鼻擁抱獵者不令餘象得害語雌象言汝爲菩薩婦何緣生惡心獵師是煩惱罪非人過也我得阿耨多羅三藐三菩提當滅除其煩惱罪譬如鬼著人祝師來但治鬼而不瞋人是故莫求其罪徐問獵者汝何以射我答言我須汝牙象即就石鎛拔牙與之血肉俱出不以爲痛供給粮食示語道徑如是等慈悲阿羅漢辟支佛所無有如是好心云何受畜生身當知是變化度於衆生問曰何以不作人身而爲說法而作此獸身答曰有時衆生見人身則不信受見畜生身說法則生信樂受其教化又菩薩欲具足大慈悲心欲行其實事衆生見之驚喜皆得入道

大智度論卷第九十三

音釋

滑户刮切美也滑利也　娛語俱切樂也　膩女利切肥膩也　婆蹉梵語也此云犢蹉倉何切　阿梨吒梵語也比丘名吒陟嫁切　蜫古渾切蟲之總名也　祝師祝職救切願也祝師謂持呪之師也　鎛呼訏切孔隙也

大智度論卷第九十四

龍樹菩薩造

姚秦三藏法師鳩摩羅什譯

釋必定品第八十三之下

經世尊菩薩摩訶薩住何等白淨法能作如是方便而不受染汙佛言菩薩用般若波羅蜜作如是方便力於十方如恒河沙等國土中饒益衆生亦不貪著是身何以故著者著法著處是三法皆不可得自性空故空不著空空中無著者亦無著處何以故空中空相不可得須菩提是名不可得空菩薩住是中能得阿耨多羅三藐三菩提世尊菩薩但住般若波羅蜜中得阿耨多羅三藐三菩提不住餘法中耶須菩提頗有法不入般若波羅蜜者不世尊若般若波羅蜜自性空云何一切法皆入般若波羅蜜中世尊空中無有法若入若不入須菩提一切法一切法相空不世尊空須菩提若一切法一切法相空云何言一切法不入空中須菩提白佛言世尊云何菩薩摩訶薩行般若波羅蜜時住一切法空中能起神通波羅蜜住是神通波羅蜜中到十方如恒河沙等國土供養現在諸佛聞諸佛說法於諸佛所種善根佛告須菩提菩薩摩訶薩行般若波羅蜜時觀是十方如恒河沙等國土皆空是國土中諸佛亦性空但假名字故諸佛現身所假名字亦空若十方國土及諸佛性不空者空爲有偏以空不偏故一切法一切法相空以是故一切法一切法相空是故菩薩摩訶薩行般若波羅蜜用方便力生神通波羅蜜住是神通波羅蜜中

起天眼天耳如意足知他心宿命智知衆生生死若菩薩遠離神通波羅蜜不能得饒益衆生亦不能得阿耨多羅三藐三菩提是菩薩摩訶薩神通波羅蜜是阿耨多羅三藐三菩提利益道何以故用是天眼自見諸善法亦教他人令得諸善法於善法亦不著諸善法自性空故空無所著若著則受味是空中無有味是菩薩摩訶薩行般若波羅蜜時能生如是天眼用是天眼觀一切法空見是法空不取相不作業亦爲人說是法亦不得衆生相不得衆生名如是菩薩摩訶薩用無所得法故起神通波羅蜜用是神通波羅蜜神通所應作者能作是菩薩用天眼通過於人眼見十方國土見已飛到十方饒益衆生或以布施或以持戒或以忍辱或以精進或以禪定或以智慧饒益衆生或以三十七助道法或以諸禪解脫三昧或以聲聞法或以辟支佛法或以菩薩法或以佛法饒益衆生爲慳者說如是法諸衆生當行布施貧窮是苦惱法貧窮之人自不能益何能益他以是故汝等當勤布施自身得樂亦能令他得樂莫以貧窮故共相食噉不得離三惡道爲破戒者說法諸衆生破戒法大苦惱破戒之人自不能益何能益他破戒法受苦果報若在地獄若在餓鬼若在畜生汝等墮三惡道中自不能救何能救人以是故汝不應隨破戒心死時有悔若有共相瞋諍者說如是法諸衆生莫共相瞋瞋亂心人不順善法汝等今共相瞋亂心或墮地獄若餓鬼畜生中以是故汝等不應生一念瞋恚心何況多爲懈怠衆

生說法令得精進散亂衆生令得禪定愚癡衆生令得智慧亦如是行婬欲者令觀不淨瞋恚者令觀慈心愚癡衆生令觀十二因緣行非道衆生令入正道所謂聲聞道辟支佛道佛道爲是衆生如是說法汝等所著是法性空性空法中不可得著不著相是空相如是須菩提菩薩摩訶薩行般若波羅蜜時住神通波羅蜜中爲衆生作利益須菩提菩薩若遠離神通不能隨衆生意說善法以是故須菩提菩薩摩訶薩行般若波羅蜜時應起神通須菩提譬如鳥無翅不能高翔菩薩無神通不能隨意教化衆生以是故須菩提菩薩摩訶薩行般若波羅蜜應起諸神通起諸神通已若欲饒益衆生隨意能益是菩薩用天眼見如恒河沙等諸國土及見是國土中衆生見已用神通力往到其所知衆生心隨其所應而爲說法或說布施或說持戒或說禪定乃至說涅槃法是菩薩用天耳聞二種音聲若人若非人用天耳聞十方諸佛所說法皆能受持如所聞法爲衆生說或說布施乃至或說涅槃是菩薩淨他心智用他心智知衆生心隨其所應而爲說法或說布施乃至或說涅槃是菩薩宿命智憶念種種本生處亦自憶亦憶他人用是宿命智念過去在在處處諸佛名字及弟子衆有衆生信樂宿命者爲現宿命事而爲說法或說布施乃至或說涅槃用如意神通力到種種無量諸佛國土供養諸佛從諸佛種善根還來本國是菩薩漏盡神通智證用是漏盡神通智證故爲衆生隨應說法或說布施乃至或說涅槃

如是須菩提菩薩摩訶薩行般若波羅蜜時應如是起神通菩薩用修是神通故隨意受身苦樂不染譬如佛所化人作一切事苦樂不染菩薩摩訶薩行般若波羅蜜時應如是遊戲神通能淨佛國土成就衆生復次須菩提菩薩摩訶薩不淨佛國土不成就衆生不能得阿耨多羅三藐三菩提何以故因緣不具足故不能得阿耨多羅三藐三菩提須菩提白佛言世尊何等是菩薩摩訶薩因緣具足已得阿耨多羅三藐三菩提佛告須菩提一切善法是菩薩阿耨多羅三藐三菩提因緣須菩提白佛言世尊何等是善法以是善法故得阿耨多羅三藐三菩提佛告須菩提菩薩從初發意已來檀波羅蜜是善法因緣是中無分別是施者是受者性空故用是檀波羅蜜能自利益亦能利益衆生從生死拔出令得涅槃是諸善法皆是菩薩摩訶薩阿耨多羅三藐三菩提因緣行是道過去未來現在諸菩薩摩訶薩得度生死已度今度當度尸羅波羅蜜羼提波羅蜜毗梨耶波羅蜜禪波羅蜜般若波羅蜜四禪四無量心四無色定四念處乃至八聖道分十八空八背捨九次第定陀羅尼門佛十力四無所畏四無礙智十八不共法如是等功德皆是阿耨多羅三藐三菩提道須菩提是名善法菩薩摩訶薩具足是善法已當得一切種智得一切種智已當轉法輪轉法輪已當度衆生

【論】釋曰爾時須菩提問住何等善根故能受比身佛答菩薩摩訶薩一切善法具足乃至須菩提大歡喜白佛言菩薩摩訶薩大方便

成就力住何等聖無漏法能受此身而不爲畜身所染譬如幻師亦如變化住何等白淨法能作如是方便佛答菩薩以般若波羅蜜力故能成就如是方便作種種身能利益十方國土中衆生亦不貪是身佛此中說因緣是菩薩三法不可得一者是菩薩身二者所作鹿馬三者所用法何以故是法皆性空空亦不著空空中亦無貪者法無故衆生無衆生無故法亦無此中佛說因緣空中空不可得不可得故菩薩云何貪是智慧是名無所得空般若波羅蜜菩薩住是中能得阿耨多羅三藐三菩提以無障礙故易得須菩提問菩薩住六波羅蜜乃至十八不共法今何以但說住無所得般若波羅蜜中得佛答須菩提何法不入般若中一切法皆入般若波羅蜜中若住般若波羅蜜則住一切法復問若般若波羅蜜性空云何一切法皆入中此中須菩提自說因緣一切法性空中無有法出無有法入佛告須菩提一切法一切法相空耶世尊空須菩提若一切法一切法相空一切法應入空中汝云何言空中無有法出入爾時須菩提心伏受解聞是菩薩化身度衆生今問世尊菩薩云何住一切法空中能起神通波羅蜜到十方如恒河沙國土供養佛聽法種甚深善根善根者諸陀羅尼三昧門無礙解脫之根本須菩提意般若波羅蜜性空云何菩薩安住性空波羅蜜中能行是神通有法佛言空故能行所以者何須菩提菩薩行般若時觀十方如恒河沙國土皆空是國土諸佛亦空問曰若國土空佛亦應空何

以別說答曰佛以無量阿僧祇劫實功德得是身能以一足指動十方如恒河沙國土又菩薩世世來深愛重佛不能疾觀使空是故不共國土合說此中佛自說因緣若十方國土及諸佛不空者空爲有偏有偏名有空不空處今實不偏故一切法一切法相空菩薩行般若波羅蜜一切法無礙以肉眼觀色不通見上不見下見前不見後通見障不見晝見夜不見知肉眼力少故以方便更求天眼方便力者令他界四大來在身中用天眼義如先說生天耳如意足他心智宿命智知衆生生死所趣等菩薩若無神通不能得饒益衆生何以故若無神通云何能令多衆生發心菩薩有神通猶尚不能盡令衆生發心何況無是故神通波羅蜜是菩薩所行道菩薩自見善法亦令他人得見善法亦不著是善法何以故是法性皆空故問曰天眼可見色云何見善法又言見一切法性空答曰因中說果以天眼見自見己身及見十方衆生然後用他心智宿命智求其今世後世善根是善根及果報久皆磨滅磨滅故見空是善根皆是有爲法無自性無自性故空空故不可著亦不可受味不可受味故不著譬如蠅無處不著唯不著火焰衆生愛著亦如是善不善法中皆著乃至非有想非無想著故不能入涅槃唯不能著般若波羅蜜性空火所以者何般若波羅蜜般若波羅蜜相空若般若波羅蜜不空即是味是可著處菩薩住是智慧中不起有漏業爲衆生說法亦知衆生假名不可得安住是無所得般若波羅蜜中而

能具足神通事若菩薩不得是無障礙般若則不能得無礙神通菩薩得是無障礙空神通飛到十方國土利益衆生如經中廣說或以布施或以持戒等慳者爲說布施等六波羅蜜義如此中佛自廣說如此中說譬喻如鳥無翅不能飛翔菩薩亦如是無神通波羅蜜不能教化衆生菩薩以天眼見十方國土諸佛及一切衆生以天耳力從諸佛聞法以如意神通力放大光明或現水火作種種變化現奇特事令衆生發希有尊重心以他心智力故知他心心數法所著所猒可度不可度是利是鈍是善根成就是未成就如是等知他衆生心攝取善根成就者有可度者以宿命智生死智觀其本末何所從來種何善根所好何行從此終當生何所何時當得解脫如是籌量思惟知可度者過去業因緣未來世果報復以神通力是人應以恐怖度者以地獄示之汝當生此中應以歡喜度者示以天堂眼見是事心懷驚怖歡喜猒患世間爾時以漏盡神通說漏盡法衆生聞是法破其著心以三乘而得涅槃譬如白鶴欲取魚時籌量進止不失期會知其可得即便取之終不空也菩薩亦如是以神通力故觀衆生本末應度因緣國土時節知其信等諸根猛利諸因緣具足而爲說法則不空也是故說菩薩離神通不能饒益衆生如鳥無翅餘神力如佛自說以天眼見十方衆生生死亦知衆生心隨意說法乃至善修神通力而爲衆生受身不爲苦樂所汙是菩薩於衆生中或爲父或爲母或爲師或爲弟子或爲主或爲

奴或爲象馬或爲乗象馬者或時富貴力勢或時貧賤於此諸事亦不爲染汙譬如佛所化人作一切事不染苦樂一切事者如先作種種阿僧祇身度衆生苦樂不染者樂中不生愛心苦中不生瞋心不如生死衆生隨處起煩惱菩薩應如是遊戲神通成就衆生淨佛國土問曰菩薩神通力有所作何以名遊戲答曰戲名如幻師種種現變菩薩神通種種現化名之爲戲復次佛法中三三昧空名爲上行何以故似如涅槃無所著無所得故諸餘行法皆名爲下下如小兒是故說神通力名爲遊戲於成就衆生淨佛土中最爲要用成就衆生如是中說淨佛土共修善根問曰何必要用成就衆生淨佛國土答曰佛自說因緣不成就衆生淨佛國土不能得無上道何以故因緣不具足則不能得阿耨多羅三藐三菩提因緣者所謂一切善法從初發意行檀波羅蜜乃至十八不共法於是行法中無憶想分別是施者是財物是受者乃至十八不共法亦如是若菩薩不著心無所分別行六波羅蜜乃至十八不共法是爲阿耨多羅三藐三菩提因緣以是道得阿耨多羅三藐三菩提亦能自度又能度衆生問曰菩薩若著心布施有何等過而不名具足著心布施受者恩重答曰雖有小利而有大過如美食雜毒雖有美利而自喪命問曰何者是過答曰若著心布施有不稱意事則生恚怒若受者不感其恩即成怨嫌若著心供養善人有少凶衰則嫌布施不應悔惜所施若布施心悔所受果報則不清淨復次著心布施

者深心貪著財物若有侵奪即便加害自念我爲福德好事集財汝何故侵奪先貪財物爲今世事而能布施爲後世事愛惜轉深以深著故若有侵奪能爲重罪重罪因緣故受三惡道苦復次貪著因緣故生瞋恚瞋恚因緣故加刀杖刀杖殺害受諸苦惱復次人起愚癡業大不安隱行此虛誑不實事故後必致大患十方諸佛皆說無相解脫門諸法無相相是爲實若人取是財物虛誑不實相然後心著心著故期大果報而能施與譬如人欲求多收故大用穀子如是著心布施果報少而不淨終歸於盡受諸憂惱不可稱說皆由取相故有如是過若以如實相行布施無有如是過無量阿僧祇生死中受諸福樂而亦不盡乃至得阿耨多羅三藐三菩提復次若人以著心行善法是人若聞諸法畢竟空即時捨所行法著是空法取相以此爲實先者爲虛誑是人則失二種法失先善法而墮邪見著心者有如是過譬如重病之人雖有衆藥療之無損藥復作病著心行諸功德有如是等過罪菩薩捨於著心不取空相如如法性實際於布施等法亦如是見爲一切衆生迴向阿耨多羅三藐三菩提復次菩薩布施時作是念如十方三世諸佛畢竟清淨智慧知諸法實相亦知是布施相我亦以是性迴向復次是菩薩一切五情心心數法中不用不行不能知諸法相故是法皆是因緣邊生虛誑無有自性故我今欲知諸法實相迴向是諸虛誑入實相中皆無有異我今未能得清淨實智慧故有所分別是虛是實以清

淨智慧知之則皆作第一義諦入第一義諦中皆爲清淨無有別異如是布施等迴向直至佛道是故説無所分別心能行布施等是名眞菩薩道

釋四諦品第八十四有本作差別品

經須菩提白佛言世尊若是諸法是菩薩法何等是佛法佛告須菩提如汝所問是諸法是菩薩法何等是佛法者須菩提菩薩法亦是佛法若知一切種是得一切種智斷一切煩惱習菩薩當得是法佛以一念相應慧知一切法已得阿耨多羅三藐三菩提須菩提是爲菩薩佛之差別譬如向道得果異是二人俱爲聖人而有得向之異如是須菩提菩薩摩訶薩無礙道中行是名菩薩摩訶薩解脱道中無一切闇蔽是爲佛須菩提白佛言世尊若一切法自相空自相空法中云何有差別之異是地獄是餓鬼是畜生是天是人是性地人是八人地是須陀洹人是斯陀含阿那含阿羅漢人是辟支佛是菩薩是多陀阿伽度阿羅訶三藐三佛陀世尊如諸人不可得業因緣亦不可得果報亦不可得佛言如是如是如汝所言自相空法中無衆生無業因緣無果報須菩提衆生不知是諸法自相空是衆生作業因緣若善若惡若無動罪業因緣故墮三惡道中福業因緣故在人天中生無動業因緣故色無色界中生是菩薩摩訶薩行檀波羅蜜乃至十八不共法時盡受行是助道法如金剛三昧得阿耨多羅三藐三菩提得已饒益衆生是利常不失故不墮六道生死中須菩提白佛言世尊佛得阿

耨多羅三藐三菩提已得六道生死不佛言不得也須菩提世尊得業若黑若白若不黑不白不佛言不也世尊若不得云何說地獄餓鬼畜生人天須陀洹乃至阿羅漢辟支佛菩薩諸佛須菩提若衆生知諸法自相空菩薩摩訶薩不求阿耨多羅三藐三菩提亦不拔衆生於三惡趣乃至往來六道生死中須菩提以衆生實不知諸法自性空故不得脫六道生死是菩薩從諸佛所聞諸法自相空發意求阿耨多羅三藐三菩提須菩提諸法不爾如凡人所著是衆生於無所有法中顛倒妄想分別得法無衆生有衆生想無色有色想無受想行識有受想行識想乃至一切有爲法無所有用顛倒妄想心作身口意業因緣往來六道生死中不得脫是菩薩摩訶薩行般若波羅蜜時一切善法內般若波羅蜜中行菩薩道得阿耨多羅三藐三菩提得阿耨多羅三藐三菩提已爲衆生說四聖諦苦苦集苦滅苦滅道開示分別一切助道善法皆入四聖諦中用是助道善法分別有三寶何等三佛寶法寶僧寶不信拒逆是三寶故不得離六道生死須菩提白佛言世尊用苦聖諦得度用苦智得度用集聖諦得度用集智得度用滅聖諦得度用滅智得度用道聖諦得度用道智得度佛告須菩提非苦聖諦得度亦非苦智得度乃至非道聖諦得度亦非道智得度須菩提是四聖諦平等故我說即是涅槃不以苦聖諦不以集滅道聖諦亦不以苦智不以集滅道智得涅槃須菩提白佛言世尊何等是四聖諦平等相須菩提

若無苦無苦智無集無集智無滅無滅智無道無道智是名四聖諦平等復次須菩提是四聖諦如不異法相法性法住法位實際有佛無佛法相常住爲不誑不失故是菩薩摩訶薩行般若波羅蜜時爲通達實諦故行般若波羅蜜須菩提白佛言世尊云何菩薩摩訶薩爲通達實諦故行般若波羅蜜時如通達實諦不墮聲聞辟支佛地直入菩薩位中佛告須菩提若菩薩摩訶薩如實見諸法見已得無所有法得無所有法已見一切法空四聖諦所攝四聖諦所不攝法皆空若如是觀是時便入菩薩位中是爲菩薩住性地中不從頂墮用是頂墮故墮聲聞辟支佛地是菩薩住性地中能生四禪四無量心四無色定是菩薩住是初定地中分別一切諸法通達四聖諦知苦不生緣苦心乃至知道不生緣道心但順阿耨多羅三藐三菩提心觀諸法如實相世尊云何觀諸法如實相佛言觀諸法空世尊何等空佛言自相空是菩薩用如是智慧觀一切法空無法性可見住是性中得阿耨多羅三藐三菩提何以故無性相是阿耨多羅三藐三菩提非諸佛所作非辟支佛所作亦非阿羅漢所作亦非向道人所作亦非得果人所作亦非菩薩所作但衆生不知不見諸法如實相以是事故菩薩摩訶薩行般若波羅蜜以方便力故爲是衆生說法

【論】問曰佛法菩薩法大有差別佛是一切智菩薩未是一切智須菩提何故生疑而問佛何等是諸菩薩法何等是佛法答曰此中佛

教菩薩如佛所行應如是行六波羅蜜等乃至一切種智是故須菩提問若如佛行與佛何異佛可其意應如是問色等諸法行處是同但智慧利鈍有異此中佛自說因緣菩薩雖如實行六波羅蜜而未能周遍未能入一切門是故不名爲佛若菩薩已入一切種智門入諸法實相中以一念相應智慧得阿耨多羅三藐三菩提斷一切煩惱習得諸法中自在力爾時名爲佛如月十四日十五日雖同爲月十四日不能令大海水潮菩薩亦如是雖有實智慧清淨未能具足諸佛法故不能動一切十方衆生月十五日光明盛滿時能令大海水潮菩薩成佛亦如是放大光明能動十方國土衆生此中佛自說譬喻如向道得果同爲聖人而有差别菩薩亦如是行者名爲菩薩從初發心乃至金剛三昧佛已得果斷一切法中疑無所不了故名爲佛須菩提復問自相空法中差别不可得所謂是地獄乃至天是性人八人是須陀洹乃至佛世尊如地獄等衆生不可得業因緣亦應不可得何以故作業者不可得業不可得故果報亦不可得佛云何說佛與菩薩有差别佛可須菩提意還以所問答須菩提衆生不知自性空法故能起善惡業如經中廣說衆生者凡夫未入正位人是人我心顛倒煩惱因緣故起諸業業者有三種身口意是三種業有二種若善若惡若有漏若無漏惡業故墮三惡趣善業故生天人中善業復有二種一者欲界繫二者色無色界繫色無色界繫生業名不動不動業故生色無色界若衆生自

知諸法性空即時不生著心著心不生故不起業乃至不生色無色界以實不知故生以是事故菩薩摩訶薩盡受行布施等法乃至十八不共法無所失無所少乃至用如金剛三昧得阿耨多羅三藐三菩提大饒益衆生衆生得是利益故不復往來五道生死須菩提復問佛得阿耨多羅三藐三菩提時實得是六道不佛言不得問曰佛先說大利益故不墮六道今云何言不得答曰決定取相邪見墮邪見六道生死不得但凡夫人以顛倒因緣起業假名有生死六道其實如幻如夢復問得黑白等四種業不佛言不得黑業者是不善業果報地獄等受苦惱處是中衆生以大苦惱悶極故名爲黑受善業果報處所謂諸天以其受樂隨意自在明了故名爲白業是業是三界天善不善業受果報處所謂人阿脩羅等八部此處亦受樂亦受苦故名白黑業無漏業能破不善有漏業能拔衆生令離善惡果報中問曰無漏業應是白何以言非白非黑答曰無漏法雖清淨無垢以空無相無作故無所分別不得言白黑白是相待法此中無相待故不得言白復次無漏業能滅一切諸觀觀中分別故有黑白此中無觀故無黑白須菩提復問若不得是四種業云何分別是地獄乃至阿羅漢若無黑業云何說是地獄畜生餓鬼若無白業云何說是天人若無黑白業云何說是阿脩羅道若無不白不黑業云何說是須陀洹乃至阿羅漢佛答若一切衆生自知諸法自性空者菩薩不發阿耨多羅三藐三菩提意亦不於六道

中拔出衆生何以故衆生自知諸法性空則無所度譬如無病則不須藥無闇則不須燈明須菩提令衆生實不知自相空法故隨心取相生著以著故染染故隨於五欲隨五欲故爲貪所覆貪因緣故慳盜誑嫉妬瞋恚鬭諍以瞋恚故起諸罪業無所識知是故壽終隨業因緣生於彼處續作生死業常往來六道中無復窮已是故菩薩於諸佛及弟子所聞說諸法空而慈愍衆生衆生以狂愚顛倒故生著我當作佛破衆生顛倒令解諸法空相所以者何諸法不爾如凡人所著衆生法無有定實但自於無所有中憶想分別妄有所得無衆生中起衆生想無色中起色想無受想行識中起識想以狂顛倒故是能起身口意業於六道生死不能得脫若但生衆生想結縛猶輕易可得度生貪欲瞋恚於是中起諸重業是爲重縛受此業果報則難可得度譬如積微塵成山難可得移動菩薩爲是衆生故欲破其生死因緣果報故於般若中攝一切善法行菩薩道得阿耨多羅三藐三菩提爲衆生說四聖諦所謂苦苦集苦滅苦滅道種種因緣開示敷演問曰佛無量阿僧祇劫來習微妙法所謂十八不共法乃至無礙解脫諸甚深業何以但說苦集滅道答曰衆生所畏急者無過於苦爲除苦已然後示以佛道如人重病先以除病爲急然後以寶物衣服莊嚴其身苦者受五受衆身是一切苦本性即是苦是苦略而言之是生老病等如經中處處廣說苦集者愛等諸煩惱愛是心中舊法以是故佛說愛能生後身故是苦

因苦因即是集若人欲捨苦先當斷愛愛斷苦則滅斷愛即是苦滅苦滅即是道觀是五衆種種因緣苦及苦集過罪所謂無常苦空無我如病如瘡如怨如賊等於八聖道分中爲正見餘七事助成發起能斷一切法中愛如以酒發藥此人於一切世間無所復貪得離苦火然後示以妙法復次此中佛自說因緣所謂於四聖諦中攝一切善法有人言佛何以但說苦等四法以是故佛說一切助道善法皆攝在四諦中助道善法因緣故分別有三寶衆生不信三寶故不得離六道生死問曰須菩提何以作是麤問言爲以苦滅以苦智滅以集滅集智滅答曰此非麤問今問見苦等四諦體故滅爲用智故滅愛等諸煩惱滅故名有餘涅槃若以苦諦得道一切衆生牛羊等亦應得道若用苦智得道離苦則無智離苦智不名爲苦諦但名爲苦苦諦苦智和合故生不得言但以苦滅但以智滅乃至道諦亦如是佛答不以苦諦滅亦不以苦智滅乃至道諦道智亦如是我說是四諦平等即是滅不用苦諦滅乃至道諦滅何以故是苦等四法皆從因緣生虛誑不實無有自性故不名爲實不實故云何能滅問曰二諦有漏凡夫所行法故可是虛誑不實道諦是無漏法無所著雖從因緣和合生而不虛誑又滅諦無爲法不從因緣有云何言四法皆是虛誑答曰初得道知二離是虛誑將入無餘涅槃亦知道諦虛誑以空空三昧等捨離道諦如說栰喻滅諦亦無無爲滅如經中說離有爲無無爲因有爲故說無爲苦滅如燈

滅不應戲論求其處所是故佛說不以用苦乃至用道得滅須菩提問佛何者是四諦平等佛答若無八法處所謂四諦四諦智是則平等復次須菩提四諦如實不誑不異如法性法相法位實際若有佛無佛法相常住不用心心數法及諸觀但爲不誑衆生故住一切餘法皆顛倒妄著顛倒果報生故雖能與人大喜樂久久皆虛誑變異但有一法所謂諸法實相以不誑故常住不滅如是菩薩行般若波羅蜜通達諸法實諦須菩提復問云何菩薩通達得實諦過聲聞辟支佛入菩薩位佛答若菩薩思惟籌量求諸法無有一法可得定相見一切法皆空若在四諦若不在四諦非四諦者虛空非數緣盡餘在四諦若觀如是法空爾時入菩薩位問曰何以不說空亦空觀入菩薩位答曰不須是說何以故若說諸法空即是空空亦空若是空不空不名爲一切空是故行是空得入菩薩位菩薩住是性地中不墮頂性地者所謂菩薩法位如聲聞法中煖法頂法忍法世間第一法名爲性地是法隨順無漏道故名爲性是中住必望得道菩薩亦如是安住是性地中必望作佛能生四禪四無量心四無色定是菩薩住在禪定中攝心分別思惟籌量諸法通達四諦所謂知見苦亦非緣若生心知苦是凡夫受身著苦因緣故受諸憂惱是人身皆如賊如怨無常空等得是已即時捨不取苦相亦不緣苦諦菩薩法位力故乃至道諦亦如是但一心迴向阿耨多羅三藐三菩提知是四諦藥病相對亦不著是四諦但觀諸法如

實相不作四種分別觀須菩提問云何如實觀諸法佛言觀空須菩提若菩薩能觀一切法若大若小皆空是名如實觀復問用何等空佛答用自相空問曰十八空中佛何以但說自相空答曰是中道空内外空等是小空畢竟空無所得空等是甚深空自相空是中空自相有理破故而心不没而能入甚深空中是菩薩得如是法觀一切法皆空乃至不見一法有性可住得阿耨多羅三藐三菩提觀諸法如阿耨多羅三藐三菩提阿耨多羅三藐三菩提亦自性空非佛所作非大菩薩所作非阿羅漢辟支佛所作常寂滅相無戲論語言衆生不能知見如實相是故菩薩行般若以方便力爲衆生說法方便力者菩薩得無生法忍入菩薩位通達菩薩第一義諦觀是道相甚深微妙無得無捨用妙智慧不可得何況可得口說大悲心深念衆生以空事故墮三惡道受大劇苦若我直說是法則不信不受則破壞法墮於地獄我今當成就一切善法莊嚴身三十二相引導衆生起無量無邊諸佛神通力得成佛道一切衆生中於諸法得自在若讃惡法衆生猶尚當受何況實法是菩薩如所願思惟行爲衆生說使皆度脫

大智度論卷第九十四

大智度論卷第九十五

龍樹菩薩造

姚秦三藏法師鳩摩羅什譯

釋七譬品第八十五 經作七喻品

經 須菩提白佛言世尊若諸法性無所有非佛所作非辟支佛所作非阿羅漢所作非阿那含斯陀含須陀洹所作非向道人非得果人非諸菩薩所作云何分別有諸法異是地獄是畜生是餓鬼是人是天乃至是非有想非無想天用是業因緣故知有生地獄者是業因緣故知有生畜生餓鬼者是業因緣故知有生人中生四天王天乃至非有想非無想天者是業因緣故知有得須陀洹斯陀含阿那含阿羅漢辟支佛者是業因緣故知是諸菩薩摩訶薩是業因緣故知是多陀阿伽度阿羅訶三藐三佛陀世尊無性法中無有業用作業因緣故若墮地獄餓鬼畜生若生人天乃至生非有想非無想天以是業因緣故得須陀洹斯陀含阿那含阿羅漢辟支佛菩薩摩訶薩行菩薩道當得一切種智得一切種智故能拔出衆生於生死中佛告須菩提如是如是無性法無業無果報須菩提凡夫人不入聖法不知諸法無性相顛倒愚癡故起種種業因緣是諸衆生隨業得身若地獄身若畜生身若餓鬼身若人身若天身四天王天身乃至非有想非無想天身是無性法無業無果報無性常是無性如須菩提所言若一切法無性云何是須陀洹乃至諸佛得一切種智須菩提於汝意云何道是無性不須陀洹果乃至諸佛一切種智是無性不

須菩提言世尊道無性須陀洹果亦無性乃至諸佛一切種智亦無性須菩提無性法能得無性法不不也世尊佛告須菩提有性法能得有性法不不也世尊須菩提無性法及道是一切法皆不合不散無色無形無對一相所謂無相須菩提是菩薩摩訶薩行般若波羅蜜時以方便力見衆生以顛倒故著五衆無常中常相苦中樂相不淨中淨相無我中我相著無所有處是菩薩以方便力故於無所有中拔出衆生須菩提白佛言世尊凡夫人所著頗有實不異不著故起業業因緣故五道生死中不得脫佛告須菩提凡夫人所著起業處無如毛髮許實事但顛倒故須菩提今爲汝說譬喻智者以譬喻得解須菩提於汝意云何如夢中所見人受五欲樂有實住處不須菩提白佛言世尊夢尚虛妄不可得何況住夢中受五欲樂於汝意云何諸法若有漏無漏若有爲無爲頗有不如夢者不世尊諸法若有漏若無漏若有爲若無爲無不如夢者佛告須菩提於汝意云何夢中有五道生死往來不世尊無也於汝意云何夢中有修道用是修道若著垢若得淨不不也世尊何以故是夢法無有實事不可說垢淨於汝意云何鏡中像有實事能起業因緣用是業因緣墮地獄餓鬼畜生中若人若天四天王天處乃至非有想非無想天處不須菩提言不也世尊是像無有實事但誑小兒是事云何當有業因緣用是業因緣當墮地獄乃至非有想非無想處於汝意云何是鏡中像有修道用是修道若著垢若得淨不須

菩提言不也世尊何以故是像空無實事不可說垢淨於汝意云何如深澗中有響是響有業因緣用是業因緣若墮地獄乃至若生非有想非無想處不須菩提言不也世尊是事空無有實音聲云何當有業因緣用是業因緣墮地獄乃至生非有想非無想處於汝意云何是響頗有修道用是修道若著垢若得淨不不也世尊是事無實不可說是垢是淨於汝意云何如焰非水水相非河河相是焰頗有業因緣用是業因緣墮地獄乃至生非有想非無想處不不也世尊焰中水畢竟不可得但誑無智人眼云何當有業因緣用是業墮地獄乃至生非有想非無想處於汝意云何是焰有修道用是修道若著垢若得淨不不也世尊是焰無有實事不可說垢淨於汝意云何揵闥婆城如日出時見揵闥婆城無智人無城有城想無廬觀有廬觀想無園有園想是揵闥婆城頗有業因緣用是業因緣墮地獄乃至生非有想非無想處不不也世尊是揵闥婆城畢竟不可得但誑愚夫眼云何當有業因緣用是業因緣墮地獄乃至生非有想非無想處於汝意云何是揵闥婆城有修道用是修道若著垢若得淨不不也世尊是揵闥婆城無有實事不可說垢淨須菩提於汝意云何幻師幻作種種物若象若馬若牛若羊若男若女於汝意云何是幻有業因緣用是業因緣墮地獄乃至生非有想非無想處不不也世尊是幻法空無實事云何當有業因緣用是業因緣墮地獄乃至生非有想非無想處於汝意云何用是幻有

修道用是修道若著垢若得淨不不也世尊是法無有實事不可説垢淨須菩提於汝意云何如佛所化人是化人有業因緣用是業因緣墮地獄乃至生非有想非無想處不不也世尊是化人無有實事云何當有業因緣用是業因緣墮地獄乃至生非有想非無想處於汝意云何是化人有修道用是修道若著垢若得淨不不也世尊是事無有實不可説垢淨佛告須菩提於汝意云何於是空相中有垢者有淨者不不也世尊是中無所有無有著垢者無有得淨者須菩提如無有著垢者無有得淨者以是因緣故亦無垢淨何以故住我我所衆生有垢有淨實見者不垢不淨如實見者不垢不淨如是亦無有垢淨

【論】問曰佛已處處答是事今須菩提何以復問答曰義雖一所因事異所謂一切法若有佛若無佛諸法性常住空無所有非賢聖所作般若波羅蜜甚深微妙難解難量不可以有量能知諸佛賢聖憐愍衆生故以種種語言名字譬喻爲説利根者解聖人意鈍根者處處生著著於語言名字若聞説空則著空聞説空亦空亦復生著若聞一切法寂滅相語言道斷而亦復著自心不清淨故聞聖人法爲不清淨如人目翳視清淨珠見其目影便謂珠不淨佛種種因緣説見有過罪而生於疑作是言若一切法空空亦空云何有分別有六道常生如是等疑難故須菩提以經將訖爲衆生處處問是事是故重問佛可須菩提意問曰須菩提以有難空佛云何可其意答曰佛可其説諸法空常住有佛無佛不

異不可其難云何分別有六道等何以故以其難欲破空故是中佛解其所難所謂凡夫人不入聖法未得聖道不知無所有性不善修習空三昧故顛倒者四顛倒愚癡者三界繫無明雖不說餘煩惱而此二法虛誑不實顛倒即是妄語虛誑若從顛倒所生業及果報以根本不實故衆生雖染著亦無定實以是故五道皆空但有假名又汝難諸賢聖是諸賢聖以斷顛倒差別故有異名以顛倒不實故無所斷又復滅失無所有故名爲斷若實有法可斷尚無斷法何況顛倒是故一切賢聖果皆是無所有斷顛倒即是聖人果果即是斷爲果所修道亦同無所有是故修道時必當用空無相無作道果分別故賢聖有差別今實無所有法不能得無所有云何有差別是故不應難須菩提意若但顛倒故有世間若有顛倒亦應有實虛實相待故是故問世尊凡夫所著頗有實生若起業業因緣故六道生死不得解脫佛答言不何以故此中佛自說因緣但顛倒故生著若無顛倒云何有相待實法乃至無毫釐許實事畢竟無故問曰此是諸佛所行實義所謂畢竟空此非實耶答曰是第一義空亦因分別凡夫顛倒故說若無顛倒亦無第一義若凡夫顛倒少多許有實第一義亦應有實問曰若二俱不實云何得解脫如人手垢還以垢洗云何得淨答曰諸法實相畢竟空第一實清淨以有凡夫顛倒不清淨法故有此清淨法不可破壞不變異故以人於諸法實相起著欲生煩惱是故說是法性空無所有無所有故無

實雖二法皆不實而不實中有差別如十善十不善二事皆有爲法故虛誑不實而善不善有差別殺生法故墮惡道不殺故生天上如布施偷盜二事雖取相著心是虛誑不實而亦有差別如衆生乃至知者見者無所有而惱衆生有大罪慈悲衆生有大福如慈能破瞋施能破慳雖二事俱是不實而能相破是故佛說諸法無有根本定實如毫氂許所有欲證明是事故說夢中受五欲譬喻須菩提意若一切法畢竟空無所有性今何以故現有眼見耳聞法以是故佛說夢譬喻如人夢力故雖無實事而有種種聞見瞋處喜處覺人在傍則無所見如是凡夫人無明顛倒力故妄有所見聖人覺悟則無所見一切法若有漏若無漏若有爲若無爲皆不實虛妄

故有見聞又如夢中見六道生死往來見須陀洹乃至阿羅漢夢中無是法而夢見夢中實無淨無垢業果報六道亦如是顛倒因緣故起業業果報亦應空除却顛倒故名爲道顛倒無實故道亦不應實鏡中像響焰乃至如化亦如是佛反問須菩提於是法中有垢者有淨者不須菩提意一切法中無我云何當說有垢有淨者是故言無佛言若無受垢受淨者垢淨亦無問曰若分別諸法阿毗曇等經中有垢有淨但受垢淨者無三毒等諸煩惱是垢三解脫門諸助道法等是淨答曰雖有是說是事不然若無衆生法無所屬亦無作者若無作者亦無作法無縛無解如人爲火所燒畏而捨離非火離火衆生亦如是畏五衆苦故捨離非苦離苦若無垢淨者無

有解脱復次佛此中自説因縁所謂我我所法中住衆生受垢受淨我畢竟無故垢淨無住處住處無故無垢無淨問曰我雖無我見實有凡人住此中起諸煩惱答曰若無我我見無所縁無所縁云何得生問曰雖無我於五衆中邪行謂有我生我見五衆是我我所答曰若以五衆中定生我見因縁於他五衆中何以故不生若於他五衆生者則爲大錯亂是故我見無有定處但顛倒故生問曰若顛倒生何以故但自於己身生見答曰是顛倒狂錯不應求其實事又復於無始生死中來自於相續五衆中生著是故佛説住我心衆生受垢受淨又實見者無垢無淨若我定有實見者應有垢淨如實見者不垢不淨以是因縁故無垢無淨無垢無淨者見諸法實相又於諸法實相亦不著是故無垢諸法實相無相可取是故無淨復次八聖道中不著是名無淨除諸煩惱不著顛倒是名無垢

釋平等品第八十六（有本作見實品）

經 須菩提白佛言世尊見實者不垢不淨見不實者亦不垢不淨何以故一切法性無所有故世尊無所有中無垢無淨所有中亦無垢無淨世尊無所有中有所有中亦無垢無淨世尊云何如實語者不垢不淨不實語者亦不垢不淨佛告須菩提是諸法平等相我説是淨須菩提何等是諸法平等所謂如不異不誑法相法性法住法位實際有佛無佛法性常住是名淨世諦故説非最第一義最第一義過一切語言論議音聲須菩提白佛言世尊若一切法空不可説如夢如響如焰

如影如幻如化云何菩薩摩訶薩用是如夢如響如焰如影如幻如化法無有根本定實云何能發阿耨多羅三藐三菩提心作是願我當具足檀波羅蜜乃至具足般若波羅蜜我當具足神通波羅蜜具足智波羅蜜具足四禪四無量心四無色定四念處乃至具足八聖道分我當具足三解脫門八背捨九次第定我當具足佛十力乃至具足十八不共法我當具足三十二相八十隨形好具足諸陀隣尼門諸三昧門我當放大光明徧照十方知諸衆生心如應說法佛告須菩提於汝意云何汝所說諸法如夢如響如焰如影如幻如化不須菩提言爾世尊世尊若一切法如夢乃至如化菩薩摩訶薩云何行般若波羅蜜世尊是夢乃至如化虛妄不實世尊不應用不實虛妄法能具足檀波羅蜜乃至十八不共法佛告須菩提如是如是不實虛妄法不能具足檀波羅蜜乃至十八不共法行是不實虛妄法不能得阿耨多羅三藐三菩提須菩提是一切法皆是憶想思惟作法用是思惟憶想作法不能得一切種智須菩提是一切法能助道法不能益其果所謂是諸法無生無出無相菩薩從初發意已來所作善業若檀波羅蜜乃至一切種智何以故知諸法皆如夢乃至如化如是等法不具足檀波羅蜜乃至一切種智不能得成就衆生淨佛國土得阿耨多羅三藐三菩提是菩薩摩訶薩所作善業檀波羅蜜乃至一切種智知如夢乃至如化亦知一切衆生如夢中行乃至知如化中行是菩薩摩訶薩不取般若波

羅蜜是有法用是不取故得一切種智知是諸法如夢無所取乃至諸法如化無所取何以故般若波羅蜜是不可取相禪波羅蜜乃至十八不共法是不可取相是菩薩摩訶薩知一切法是不可取相已發心求阿耨多羅三藐三菩提何以故一切法不可取相無根本定實如夢乃至如化用不可取相法不能得不可取相法但以衆生不知不見如是諸法相是菩薩摩訶薩爲是衆生故求阿耨多羅三藐三菩提是菩薩從初發意已來所有布施爲一切衆生故乃至有所修習智慧皆爲一切衆生不爲已身菩薩摩訶薩不爲餘事故求阿耨多羅三藐三菩提但爲一切衆生故是菩薩行般若波羅蜜時見衆生無衆生但衆生相中住乃至無知者無見者知見相中住令衆生遠離顛倒遠離已置甘露性中住住是中者無有妄相所謂衆生相乃至知者見者相是時菩薩動心念心戲論心皆捨常行不動心不念心不戲論心須菩提以是方便力故菩薩摩訶薩行般若波羅蜜時自無所著亦教一切衆生令得無所著世諦故非第一義須菩提白佛言世尊世尊得阿耨多羅三藐三菩提時得諸佛法以世諦故得以第一義中得佛言以世諦故說佛得是法是法中無有法可得是人得是法何以故是人得是法是爲大有所得用二法無道無果須菩提白佛言世尊若行二法無道無果行不二法有道有果不佛言行二法無道無果行不二法亦無道無果若無二法無不二法即是道即是果何以故用如是法得道得

果用是法不得道不得果是爲戲論諸平等法中無有戲論無戲論相是諸法平等須菩提白佛言世尊諸法無所有性是中何等是平等佛言若無有法無有無法亦不說諸法平等相除平等更無餘法離一切法平等相平等者若凡夫若聖人不能行不能到須菩提白佛言世尊乃至佛亦不能行亦不能到佛言是諸法平等一切聖人皆不能行亦不能到所謂諸須陀洹斯陀含阿那含阿羅漢辟支佛諸菩薩摩訶薩及諸佛須菩提白佛言世尊佛者一切諸法中行力自在云何說佛亦不能行不能到佛告須菩提若諸法平等與佛有異應當如是問須菩提今諸凡夫人平等諸須陀洹斯陀含阿那含阿羅漢辟支佛諸菩薩摩訶薩諸佛及聖法皆平等是一切法無二所謂是凡夫人是須陀洹乃至佛是一切法平等中皆不可得須菩提白佛言世尊若諸法平等中皆不可得是凡夫人乃至是佛世尊凡夫人須陀洹乃至佛爲無有分別佛告須菩提如是如是諸法平等中有分別是凡夫人是須陀洹乃至是佛世尊若無分別諸凡夫人須陀洹乃至佛云何分別有三寶現於世佛寶法寶僧寶佛言於意云何佛寶法寶僧寶與諸法等異不須菩提白佛言如我從佛所聞義佛寶法寶僧寶與諸法等無有異世尊是佛寶法寶僧寶即是平等是法皆不合不散無色無形無對一相所謂無相佛有是力能分別無相諸法處所是凡夫人是須陀洹是斯陀含是阿那含是阿羅漢是辟支佛是菩薩摩訶薩是諸佛佛

告須菩提如是如是諸佛得阿耨多羅三藐三菩提不分別諸法當知是地獄是餓鬼是畜生是人是天是四天王天乃至是他化自在天是梵天乃至是非有想非無想處天是四念處乃至八聖道分是内空乃至是無法有法空是佛十力乃至是十八不共法不須菩提言不知也世尊以是故須菩提當知佛有大恩力於諸法平等中不動而分別諸法須菩提白佛言世尊如佛於諸法平等中不動凡夫人亦於諸法平等中不動須陀洹乃至辟支佛亦於諸法平等中不動世尊若諸法等相即是凡夫人相即是須陀洹相乃至諸佛即是平等相世尊今諸法各各相所謂色相異受想行識相異眼相異耳鼻舌身意相異地相異水火風空識相異欲相異瞋癡相異邪見相異禪相異無量心相異無色定相異四念處相異乃至八聖道分相異檀波羅蜜相異乃至般若波羅蜜相異三解脱門相異十八空相異佛十力相異四無所畏相異四無礙智相異十八不共法相異有爲法性異無爲法性異是凡夫人相異乃至佛相異諸法各各相云何菩薩摩訶薩行般若波羅蜜時諸法異相中不作分別若不作分別不能行般若波羅蜜若不行般若波羅蜜不能從一地至一地若不從一地至一地不能入菩薩位不能入菩薩位故不能過聲聞辟支佛地不能過聲聞辟支佛地故不能具足神通波羅蜜不具足神通波羅蜜不能具足檀波羅蜜乃至不能具足般若波羅蜜從一佛國至一佛國供養諸佛於諸佛所種善根

用是善根能成就衆生淨佛國土佛告須菩提如汝所問是諸法相亦是凡夫人亦是須陀洹乃至佛世尊是諸法各各相所謂色相異乃至有爲無爲法相異云何菩薩摩訶薩觀一相不作分別須菩提於汝意云何是色相空不乃至諸佛相空不世尊實空須菩提空中各各相法可得不所謂色相乃至諸佛相須菩提言不可得佛言以是因緣故當知諸法平等中非凡夫人亦不離凡夫人乃至非佛亦不離佛須菩提白佛言世尊是平等爲是有爲法爲是無爲法佛言非有爲法非無爲法何以故離有爲法無爲法不可得離無爲法有爲法不可得須菩提是有爲性無爲性是二法不合不散無色無形無對一相所謂無相佛亦以世諦故說非以第一義何以故第一義中無身行無口行無意行亦不離身口意行得第一義是諸有爲法無爲法平等相即是第一義菩薩摩訶薩行般若波羅蜜時第一義中不動而行菩薩事饒益衆生

論釋曰須菩提思惟佛答實見者妄見者無異垢淨見無故思惟已問佛見實者無垢無淨見不實者亦不垢不淨一切法性無所有故無所有中無垢無淨所有中亦無垢無淨無所有斷滅見故不應有垢淨所有中常見故不應有垢淨所有若決定是有則不從因緣生不從因緣生故常常故無垢無淨須菩提白佛實見者不實見者是義云何佛答垢淨雖無別相可說諸法平等故是名爲淨若分別說垢淨相是事不然一切法平等故我

說名淨佛告須菩提諸法實相如法性法住法位實際是平等菩薩入是等中心無憎愛是法有佛無佛常住作法皆是虛誑是故說無作法有佛無佛常住聽者心即取相著是諸法平等如人以指指月不知者但視其指而不視月是故佛說諸法平等相亦如是皆是世諦世諦非實但爲成辦事故說譬如以金貿草不知者言何以以貴易賤答曰我事須用故是平等義不可說一切名字語言音聲悉斷何以故諸法平等是無戲論寂滅相但覺觀散心中有語言故有所說須菩提從佛聞諸法平等相解其旨趣爲諸新發意菩薩故問世尊若一切法空不可說如夢乃至如化云何菩薩於無根本法中而生心作是願我當具足檀波羅蜜乃至爲衆生如應說法佛以反問答須菩提布施等乃至陀羅尼門說法等此諸法非如幻如夢等耶須菩提言實爾是諸法雖有利益不出於如夢法須菩提復問世尊夢等法皆虛妄不實菩薩爲求實法故行般若波羅蜜得佛道云何行不實法不實法不能行檀波羅蜜等佛可須菩提言如是如是布施等法皆是思惟憶想分別作起生法不得住如是法中成一切種智即時衆中聽者心生懈怠是故佛說是一切法皆是助道因緣若於是法中邪行謬錯是名不實若直行不謬即是助道法是法爲助道故不爲果是布施等是有爲法道亦有爲同相故相益道果者所謂諸法實無出無生一相無相寂滅涅槃是故於涅槃不能有益如時雨能益草木不益虛空是故菩薩知是

助道法及道果從初發心來所作善法布施等知皆是畢竟空如夢乃至如化問曰若菩薩知諸法實相何用行布施等爲答曰佛此中說布施等不具足不能成就衆生菩薩莊嚴身及音聲語言得佛神通力以種種方便力能引導衆生是故菩薩爲成就衆生故行檀波羅蜜亦不取檀波羅蜜若有若無相亦不戲論如夢等諸法直行乃至得阿耨多羅三藐三菩提何以故般若波羅蜜不可取相乃至十八不共法亦不可取相知一切不可取相已發心求阿耨多羅三藐三菩提作是念一切無根本不可取相如夢乃至如化以不可取法不能得不可取相法但以衆生不知是法故我爲是衆生求阿耨多羅三藐三菩提是菩薩從初發心來所有布施爲一切衆生所謂布施等諸善法爲一切衆生故修不自爲身此中佛自說因緣不爲餘事故求阿耨多羅三藐三菩提但爲一切衆生故所以者何是菩薩遠離憐愍衆生心但行般若波羅蜜求諸法實相或墮邪見中是人未得一切智所求一切智事心未調柔故墮諸邊諸法實相難得故是故佛說菩薩從初發心憐愍衆生故著心漸薄不戲論畢竟空若空有此過若不空有彼過等問曰如餘處菩薩自利益亦利益衆生此中何以但說利益衆生不說自利自利利人有何咎答曰菩薩行善道爲一切衆生此是實義餘處說自利亦利益衆生是爲凡夫人作是說然後能行菩薩道入道人有下中上下者但爲自度故行喜法中者自爲亦爲他上者但爲他人故行

善法問曰是事不然下者但自爲身中者但爲衆生上者自利亦利他人若但利他不能自利云何言上答曰不然世間法爾自供養者不得其福自害其身而不得罪以是故爲自身行道名爲下人一切世人但自利身不能爲他若自爲身行道是則折滅自爲愛著故若能自捨已樂但爲一切衆生故行善法是名上人與一切衆生異故若但爲衆生故行善法衆生未成就自利則爲具足若自利益又爲衆生是爲雜行求佛道者有三種一者但愛念佛故自爲已身成佛二者爲已身亦爲衆生三者但爲衆生是人清淨行道破我顛倒故是菩薩行般若波羅蜜時無衆生乃至無知者見者安住是中拔出衆生於甘露性中甘露性者所謂一切助道法何以故行是法得至涅槃涅槃名甘露住是甘露性中我等妄想不復生是菩薩自得無所著亦令衆生得無所著是名第一利益衆生問曰上說但利益衆生故行道今何以故自得無所著令衆生得無所著答曰不得已故若自無智慧何能利人以是故先自得無所著然後教人若是功德可得與他如財物者諸佛大菩薩所有功德皆應與他乃至調達怨賊皆可與之然後更自修集功德但是事不然不可我作而他得是亦世俗說非第一義何以故第一義中無衆生無一無異等分别諸法相此中說亦無所著處復次如先說不可說相是第一義此中可說故是世俗爾時須菩提問佛於道場所得法爲用世諦故得爲用第一義諦須菩提意若以世諦故得即是

虛妄不實若以第一義故得第一義中無得無得者不可說不可受佛答以世俗語言故說佛得阿耨多羅三藐三菩提是中無得者無有得法何以故若是人得是法即是二法二法中無道無果二法者是菩薩是得阿耨多羅三藐三菩提如是二法皆是世諦故有若二者佛法何得不虛妄若有人不得第一義但以二法分別諸法是則虛妄諸佛大菩薩得第一義故爲度衆生令得第一義雖分別諸法非是虛妄須菩提復問世尊若用二法無道無果今以不二法故有道有果耶佛答二法無道無果不二法亦無道無果問曰餘處說二法是凡夫法不二法是賢聖法如毗摩羅詰經不二入法門中說答曰不二是眞實聖法或有新發意菩薩未得諸法實相聞是不二法取相生著是故或稱讚不二法或時毀呰又佛遮二邊說中道所謂非二非不二二法名各各別相不二名一空相以是一空相破各各別異相破已事訖還捨不二相是即是道是果何以故諸賢聖雖讚歎無一法爲不著故用是法得道得果用是法無道無果即是戲論無戲論是平等法須菩提白佛言若諸法無所有性何等是平等佛答若離有性無性假名爲平等若菩薩不說一切法有不說一切法性不說一切法相等顯示亦不說無法無法性無法相等顯示亦不說離是二邊更有平等相一切處不取平等相亦不憂言無是平等不妨行諸善法是名諸法平等復次諸法平等者所謂出過一切法問曰先處處諸法即是平等相平等即是

諸法實名異而義同色如非色非離色今何以説平等出過一切法答曰一切法有二種一者色等諸法體二者色等法中行凡夫邪行賢聖正行此中説平等於凡夫行中出不言色等中出復次平等無能行無能到於是須菩提驚問佛亦不能行不能到須菩提謂是法雖甚深微妙難行是事佛應當得佛答從須陀洹乃至佛皆無能行無能到佛意三世十方佛不能行不能到何況一佛平等性自爾故須菩提復問佛於一切法中行力自在佛無礙智慧無處不到云何言不能行不能到佛答若佛與平等異應有是難何以不能行不能到今凡夫平等須陀洹平等佛平等皆一平等無二無分別是凡夫乃至佛自性不能自性中行不能自性中到自性應他性中行是故佛説若佛與平等異佛應行平等但佛即是平等故不行不到非以智慧少故須菩提白佛言若平等凡夫乃至佛不可得異今凡夫聖人不應有差別佛可須菩提問平等中無差別世諦故凡夫法中有差別復問若凡夫乃至佛無有差別云何三寶現於世間大利益衆生佛答平等即是法寶法寶即是佛寶僧寶何以故未得法時不名爲佛得平等法故名爲佛得是平等法故分别有須陀洹等差別須菩提受佛教是法皆無合無散無色無形無對一相所謂無相雖佛有是力於空無相中分別是凡夫是聖人佛告須菩提如是如是若諸佛不分別是法云何當知有地獄乃至十八不共法問曰諸佛如日出不能令高者下下者高但能照明萬

物令有眼者別識諸佛亦如是亦不轉諸法相但以一切智照爲人演說令知汝何以故言若不分別諸法云何知有地獄乃至十八不共法如今畜生等現目所見人皆識知何須佛說答曰佛雖不作好醜諸事而演說示人知有二種一者凡夫虛妄知二者如實知畜生等相是凡夫虛妄知佛爲知實相故言佛不分別諸法云何知有地獄等復次諸佛法寂滅相無戲論此中若分別有地獄等相不名爲寂滅不二無戲論法佛雖知寂滅不二相亦能於寂滅相中分別諸法而不墮戲論離諸法實相者雖眼見畜生等亦不能如實知其相如牛角足尾等諸分邊和合更有牛法生是爲一諸分多牛法一一不作多多不作一有人言此說非也除此諸分應更有牛法力用可見牛法衆分和合生而牛法不異衆分何以故見此衆分合故名爲見牛更不見餘物爲牛異者破一一者破異不一不異破一異若無一異云何有不一不異若入是諸法平等中爾時始如實得牛相是故言若佛不分別諸法相不說二諦云何善說畜生等所謂於平等不動而分別諸法不動者分別諸法時不著一異相須菩提白佛如佛於諸法等中不動辟支佛乃至凡夫於諸法等中亦不動何以故諸佛平等相乃至凡夫亦平等相世尊若爾者佛云何分別諸法是色異色性異受性異乃至有爲無爲性異若不分別諸法菩薩行般若波羅蜜時不得從一地至一地乃至淨佛國土佛荅於汝意云何推尋色等相爲是空不世尊實爾空空中

有異法不答言不何以故是畢竟空以無相智慧可解是中云何有異相佛語須菩提若空中無異相空便是實是故汝云何於空中分別諸法作是難畢竟空中空亦不可得各各相亦不可得汝云何以空各各相爲難以是因緣故當知諸法平等中無分別故無凡夫人但凡夫人非實相不離實相凡夫實相即是聖人相是故言不但凡夫不離凡夫乃至佛亦如是須菩提以平等相大利益欲知平等定相是故問爲是有爲爲是無爲佛答非有爲非無爲何以故若有爲皆是虛誑作法若無爲無爲法無生住滅故無法無法故不得名無爲因有爲故有無爲如經中說離有爲無爲不可得如離長無短是相待義問曰有爲法是無常無爲法是常云何言離有爲無爲不可得答曰無爲法無分別故無相若說常相不得言無相破有爲法故名無爲更無異法如人閉在牢獄穿牆得出破壁是空更無異空空亦不從因緣生無爲法亦如是有爲法中先有無爲性破有爲即是無爲是故說離有爲無爲不可得是有爲無爲性皆不合不散一相所謂無相佛以世諦故說是事非第一義何以故佛自說因緣第一義中無身口意行有爲無爲法平等即是第一義觀是有爲無爲法平等亦不著一相菩薩於第一義中不動而利益衆生方便力故種種因緣爲衆生說法也

大智度論卷第九十五

音釋

翳於計切蔽也障也

毫氂毫胡刀切十絲曰毫氂呂支切十毫曰氂

貿音茂易也財也

懈怠懈音戒懶也怠音代倦也

謬錯謬靡幼切誤謬也錯七各切差錯也

毗摩羅詰梵語也此云無垢稱亦云淨名毘頻脂切詰契吉切

大智度論卷第九十六

龍樹菩薩造

姚秦三藏法師鳩摩羅什譯

釋如化品第八十七

【經】須菩提白佛言：世尊若諸法平等無所爲作云何菩薩摩訶薩行般若波羅蜜於平等中不動而行菩薩事以布施愛語利益同事佛告須菩提如是如是如汝所說是諸法平等無所作若是衆生自知諸法平等佛不用神力於諸法平等中不動而拔出衆生吾我相以空度五道生死乃至知者見者相度色相乃至識相眼相乃至意相地種相乃至識種相遠離有爲性相令得無爲性相無爲性相即是空須菩提言世尊用何等空故一切法空佛言菩薩遠離一切法相用是空故一切法空須菩提於汝意云何若有化人作化人是化頗有實事不空者不須菩提言不也世尊是化人無有實事而不空是空及化人二事不合不散以空空故空不應分別是空是化何以故是二事等空中不可得所謂是空是化所以者何須菩提色即是化受想行識即是化乃至一切種智即是化須菩提白佛言世尊若世間法是化出世間法所謂四念處四正勤四如意足五根五力七覺分八聖道分三解脫門佛十力四無所畏四無礙智十八不共法并諸法果及賢聖人所謂須陀洹斯陀含阿那含阿羅漢辟支佛菩薩摩訶薩諸佛世尊是法亦是化不佛告須菩提一切法皆是化於是法中有聲聞法變化有辟支佛法變化有菩薩摩訶薩法變化有諸

佛法變化有煩惱法變化有業因緣法變化以是因緣故須菩提一切法皆是化須菩提白佛言世尊是諸煩惱斷所謂須陀洹果斯陀含果阿那含果阿羅漢果辟支佛佛道斷諸煩惱習皆是變化不佛告須菩提若有法生滅相者皆是變化須菩提言世尊何等法非變化佛言若法無生無滅是非變化須菩提言何等是不生不滅非變化佛言無誑相涅槃是法非變化世尊如佛自說諸法平等非聲聞作非辟支佛作非諸菩薩摩訶薩作非諸佛作有佛無佛諸法性常空性空即是涅槃云何言涅槃一法非如化佛告須菩提如是如是諸法平等非聲聞所作乃至性空即是涅槃若新發意菩薩聞是一切法皆畢竟性空乃至涅槃亦皆如化心則驚怖爲是新發意菩薩故分別生滅者如化不生滅者不如化須菩提白佛言世尊云何教新發意菩薩令知是性空佛告須菩提諸法本有今無耶

論問曰是事佛先已答須菩提今何以更問所謂世尊若諸法平等無所作爲云何菩薩於諸法平等中不動而大利益衆生答曰以是事難解故雖先說而更問又經將訖佛說深空凡夫聖人所不能行所不能到是故須菩提知一切法平等相定空云何菩薩住是法中而能利益衆生平等法無作相利益是有作相佛可須菩提意以須菩提問而答可其平等答其利益衆生所謂若衆生自知諸法平等畢竟空佛無恩力若病人自知將適則藥師無功須菩提復問若諸法實相畢竟

空無所能作菩薩何以住是中而利益衆生若菩薩用是平等利益衆生則壞實相佛答菩薩不以諸法實相利益衆生但衆生不知畢竟空故菩薩教詔令知菩薩教化衆生是爲對治悉檀須菩提以第一義悉檀無檀無利益爲難佛答衆生顛倒不知佛但破其顛倒不言是實是故菩薩住是平等相中遠離我相乃至知者見者相是名衆生空以是一切無吾我法教化衆生衆生有二種一者愛多二者見多愛多者得是無我法則生猒心離欲作是念若無我何用餘物見多者雖知無我法於色等法中戲論若常若無常等是故次說色相五衆十二入十八界乃至遠離有爲性相令得無爲性相無爲性相即是空是名法空問曰須菩提何以作是問用何等空故一切法空答曰空有種種如火中無水水中無火亦是空五衆中無我亦如是或有衆生空或有法空法空中或有人言諸法雖空亦不盡空如色空中有微塵根本在是故須菩提問以何等空故一切法空佛答以無所得畢竟空故遠離一切相是故此中說衆生空法空是二空故一切法無不空問曰若爾者此中何以說離一切法相答曰一切法不可盡壞但離其邪憶想一切法自離如神通人壞色相故則石壁無礙如佛說汝等當於五衆中修正憶念斷貪欲得正解脱故說離相須菩提聞是已心驚云何一切法若大若小都無本實凡夫人虚妄可無實事聖人應有少許實須菩提雖是阿羅漢深貴佛法亦爲新發意菩薩故問佛知須菩提意欲明

了是事故說譬喻反問須菩提於汝意云何如化人復作化是化有本實不空不答言不也是化無有實事而不空者空及化人二事不合不散皆空故用空空故空問曰何以名爲空空故空答曰爲破十八事實故有十八空破衆生心中變化空法故用空空世間人皆知幻化法不久住無所能作故名空是故言空空故空不應分别是空是化凡夫人知變化是空不實謂餘法爲實是故以化爲喻當知餘法與化無異如聖人所解不得以化爲喻以無所分别故一切法名爲五衆佛言色受想行識無不是化以空故須菩提白佛言世尊凡夫法虚妄應如化出世間法亦如變化耶所謂四念處乃至十八不共法若四念處法等從因緣邊生故如化是法果所謂涅槃亦復如化耶若能起是行者所謂須陀洹乃至佛亦復如化耶佛答若有爲若無爲及諸賢聖皆是化畢竟空故是義從初品已來處處廣説是故言一切法空皆如化問曰若一切法皆空如化何以故有種種諸法别異答曰如佛所化及餘人所化雖不實而有種種形像别異夢中所見種種亦如是人見夢中好惡事有生喜者有生怖者如鏡中像雖無實事而隨本形像有好醜諸法亦如是雖空而各各有因緣如佛此中説是化法中有聲聞變化有辟支佛變化有菩薩變化有佛變化有煩惱變化有業變化是故一切法皆是變化聲聞變化者三十七品四聖諦乃至三解脱門何以故聲聞人住持戒中禪定攝心求涅槃觀内外身不淨是名身念處如

是等法爲涅槃故勤精進生起是法本無而今有已有還無是爲聲聞變化辟支佛變化者所謂觀十二因縁等諸法所以者何辟支佛智慧深於聲聞人故菩薩變化者所謂六波羅蜜及二種神通報得及修得佛法變化者三十二相八十隨形好十力一切種智等無量佛法煩惱變化者煩惱起種種業善不善無記業畢定業不畢定業善不善無動業等無量諸業問曰諸煩惱是惡法云何能生善業無動業答曰有二種因一者近因二者遠因人有我心爲後身富樂故修布施是近因爲離欲界衰惱不淨身故修禪定是爲遠因復有人言一切凡夫皆以我心和合故起業有人言無有離我心起第六識住我心故起第六識我心即是諸煩惱根本問曰煩惱是垢心善心是淨心垢淨不得和合何以言住我心中能起善業答曰不爾一切心皆與慧俱生無明心中亦應有慧慧與無明相違法而一心中起淨垢亦如是凡夫未得聖道云何能得離我心而行善瞋等煩惱中則不得行善我心無記柔輭故是故煩惱心中生善業無動業無咎業變化者生一切果報法所謂六道惡業果報是三惡道善業果報是三善道惡業有上中下上者地獄中者畜生下者餓鬼善業亦有上中下上者天中者人下者阿脩羅等上善業有種種輕重等分別上惡業亦有輕重差別次第輕重如地獄中說餘道亦如分別業品中說問曰若從業有何以言變化答曰凡夫人見諸法不如化聖人知畢竟空相故以天眼觀衆生皆無有始

終中間如化生遠處化變化業亦如是在過去世中作今身變化如變化事能種種令人生憂喜怖畏智者觀之皆無有實而人橫生憂喜是人可笑業亦如是是故說業變化問曰是諸變化皆業所作何以不但說業變化答曰業有二種淨業垢業淨業者聲聞變化乃至佛變化垢業是煩惱變化復次有二種業凡夫業聖人業凡夫業是煩惱變化聖人業須陀洹乃至佛是故雖皆是業變化而廣分別無咎是故須菩提當知一切法空皆如化須菩提復問世尊是諸聖人煩惱斷所謂須陀洹果乃至阿羅漢果辟支佛道斷一切煩惱習是諸斷皆如化不須菩提意有爲法虛誑故如變化無爲法眞實無作故不應是化是故問佛答一切法若生若滅皆如化何以故本無今有今有後無誑惑人心故佛意一切從因緣生法皆無自性無自性故畢竟空畢竟空故皆如化須菩提求諸法實相意猶未息故問佛何等法不如化須菩提意謂有一決定實法不如化可依是法而精進佛答有若法無生無滅即是非化何者是所謂無誑相涅槃是法無生故無滅無滅故不能令人生憂佛分別一切有爲法畢竟空皆如化唯有涅槃一法非如化爾時須菩提白佛如佛說平等法非佛所作非聲聞辟支佛所作有佛無佛諸法常住性空相性空相即是涅槃須菩提意謂深入般若波羅蜜中涅槃亦空上品中處處說今佛何以說唯一涅槃不如化是故引佛語爲難諸法實相性空法常住諸佛但爲人演說性空者即是涅槃今

何以於生滅法中別說無誑相涅槃不如化佛答諸法平等常住非賢聖所作若新學菩薩聞則恐怖是故分別說生滅者如化不生滅者不如化問曰唯佛一人是無誑人一切人皆於佛所欲求實事今佛何以說一切法都空或說不都空答曰佛此中自說因緣爲新發意菩薩故說涅槃不如化問曰可爲人故轉諸法相耶答曰此中佛說諸法相者性空性空云何可轉佛初得是諸法實相時心但趣向涅槃寂滅是時十方諸佛諸天請佛莫入涅槃一切衆生苦惱當度脫之佛即受請佛但爲度衆生故住以是故知有可利益衆生隨事爲說觀諸有爲法虛誑故涅槃爲實不變不異有新發意菩薩著是涅槃因是著起諸煩惱爲斷是著故說涅槃如化若無著心是時則說涅槃非如化復次有二道小乘道大乘道小乘論議以涅槃爲實大乘論議以利智慧深入故觀色等諸法皆如涅槃是故二說無咎須菩提復問云何教化新發意菩薩令知平等性空須菩提意謂性空法是凡夫人大怖畏處聞性空無所有如臨深坑何以故一切未得道者我心深著故怖畏空法作是念佛教人勤修善行終歸入無所有中以是故須菩提問以何方便教誨是新發意者佛答諸法先有今無耶佛意以新發意者怖畏後當無故說諸法先有今無耶須菩提自了了知諸法先自無今亦無但以新學者我見心覆故生驚怖爲除顛倒令得實見竟無所失知諸煩惱顛倒實相所謂性空是時則無恐怖如是等法應教新發意者若

謂法先有以行道故無應當恐怖初自無故不應恐怖但爲除顛倒耳

釋薩陀波崙品第八十八之上

【經】佛告須菩提菩薩摩訶薩求般若波羅蜜當如薩陀波崙菩薩摩訶薩是菩薩今在大雷音佛所行菩薩道須菩提白佛言世尊薩陀波崙菩薩云何求般若波羅蜜佛言薩陀波崙菩薩摩訶薩求般若波羅蜜多時不惜身命不求名利於空閑林中聞空中聲言汝善男子從是東行莫念疲極莫念睡眠莫念飲食莫念晝夜莫念寒熱莫念内外善男子行時莫觀左右汝行時莫壞身相莫壞色相莫壞受相行識相何以故若壞是諸相則於佛法有礙若於佛法有礙便往來五道生死中亦不能得般若波羅蜜爾時薩陀波崙菩薩報空中聲言我當從教何以故我欲爲一切衆生作大明欲集一切諸佛法欲得阿耨多羅三藐三菩提故薩陀波崙菩薩復聞空中聲言善哉善哉善男子汝於空無相無作之法汝應生信心以離相心求般若波羅蜜離我相乃至離知者見者相當遠離惡知識當親近供養善知識何等是善知識能説空無相無作無生無滅法及一切種智令人心入歡喜信樂是爲善知識善男子汝若如是行不久當聞般若波羅蜜若從經卷中聞若從菩薩所説聞善男子汝所從聞是般若波羅蜜處應生心如佛想善男子汝當知恩應作是念所從聞是般若波羅蜜者即是我善知識我用聞是法故疾得不退轉於阿耨多羅三藐三菩提親近諸佛常生有佛國中遠

離衆難得具足無難處善男子當思惟籌量是功德於所從聞法處生心如佛想汝善男子莫以世利心故隨逐法師但為愛法恭敬法故隨逐說法菩薩爾時當覺知魔事若惡魔與說法菩薩作五欲因緣假為法故令受若說法菩薩入實法門以德力故受而無所染又以三事故受是五欲以方便力故欲令衆生種善根故欲與衆生同其事故汝於是中莫生汙心當起淨想自念我未知漚和拘舍羅大師以方便法為度衆生令得福德故受是諸欲於智慧無著無礙不為欲染善男子即當觀諸法實相諸法實相者所謂一切法不垢不淨何以故一切法自性空無衆生無人無我一切法如幻如夢如響如影如焰如化善男子觀是諸法實相已當隨法師汝不久當成就般若波羅蜜復次善男子汝當復覺知魔事若說法菩薩見欲受般若波羅蜜人意不存念汝不應起生怨恨汝但當以法故恭敬莫起猒懈意常應隨逐法師

論釋曰上品中說新發意菩薩云何教性空法性空法畢竟無所有空難解難得故佛答法先有今無耶佛意性空法非難得難知何以故本來常無更無新異汝何以心驚謂為難得是性空法雖甚深菩薩但能一心勤精進不惜身命作如是一心求便可得此中說薩陀波崙本生為證佛法有十二部經或因修妬路偈經本生經得度今佛以本生經為證若有聞者作是念彼人能得我亦應得是故說薩陀波崙菩薩本生因緣佛告須菩提菩薩求般若波羅蜜應如薩陀波崙問曰若

般若波羅蜜無相畢竟空行禪定猶尚難得何況憂愁啼哭散心求覓而當可得答曰爲新發意菩薩說薩陀波崙問曰若薩陀波崙是新發意十方諸佛云何現在其前得諸三昧不惜身及見曇無竭復得無量阿僧祇三昧云何名新發意答曰新學菩薩有二種一者深心著世間樂輭心發意二者深心發意不著世間輭心發意者佛不以爲發心深心發意者乃名爲發心如聲聞法中佛語二比丘於我法中乃至無如毛釐煗法佛觀是煗法最爲微小凡人觀之以爲大譬如國王見一張氎不以爲多貧者見之以爲多以一心不惜身故說薩陀波崙爲證問曰若薩陀波崙菩薩能作如是苦行從曇無竭得諸三昧應當作佛今何以故在大雷音佛所修菩薩行答曰佛法無量無邊若千萬阿僧祇劫修勤苦行尚不可得況薩陀波崙一世苦行復有菩薩具足菩薩道十力四無所畏等爲衆生故住世間未取實際如文殊師利等薩陀波崙或能如此故未作佛菩薩三昧如十方國土中塵數薩陀波崙所得六萬三昧何足爲多大雷音佛者應如大龍王將欲降雨震大雷音鳥雀小蟲悉皆怖畏是佛初轉法輪時十方衆生皆發心外道邪見皆恐怖懾伏是故天人衆生稱佛爲大雷音是佛今現在須菩提問薩陀波崙菩薩摩訶薩云何求般若波羅蜜問薩陀波崙未得阿鞞跋致何以故名菩薩摩訶薩答曰以有大菩薩故小者亦名大以其雖未得實智慧而能深念般若波羅蜜故不惜身命有大功德故亦爲菩薩

摩訶薩問曰何以名薩陀波崙薩陀秦言常波崙名啼爲是父母與作名字是因緣名字答曰有人言以其小時喜啼故名常啼有人言此菩薩行大悲柔輭故見衆生生在惡世貧窮老病憂苦爲之悲泣是故衆人號爲薩陀波崙有人言是菩薩求佛道故遠離人衆在空閑處求心遠離一心思惟籌量勤求佛道時世無佛是菩薩世世行慈悲心以小因緣故生無佛世是人悲心於衆生欲精進不失是故在空閑林中是人以先世福德因緣及今世一心大欲大精進以是二因緣故聞空中教聲不久便滅即復心念我云何不問以是因緣故憂愁啼哭七日七夜因是故天龍鬼神號曰常啼佛答須菩提過去世有薩陀波崙菩薩不惜身命不貪財利求般若波羅蜜時在空閑林中聞空中聲到空林中如上說問曰空中聲爲是何聲答曰若諸佛菩薩諸天龍王憐愍衆生故見是人不著世間法一心求佛道以時無佛法欲示其得般若因緣故空中發聲有人言是薩陀波崙先世善根因緣在此林中作鬼神見其愁苦以其是先世因緣故又是神亦求佛道以是二因緣故發聲如蜜膞婆羅門爲須達多至王舍城諸大長者家求兒婦時蜜膞於王舍城大婆羅門衆中飲食過度腹脹而死作鬼神於王舍城安門上住須達多聞是婆羅門已死自往長者家宿長者於後夜起辦具飲食須達多問言汝有何事爲欲娶婦嫁女爲欲請大國王爲是邑會何其忽忽營事乃爾長者答言我欲請佛及僧須達多聞佛名驚喜毛

竪長者先得道跡爲其廣説佛德須達多聞已愛樂情至甚欲見佛秉念佛心而小睡以念佛情至故須臾便覺夜見月光謂爲日出即起趣門見安門已開王舍城門初夜未閉爲客來故後夜早開爲客去故旣見開門即直向佛佛時在寒林中住於其中路月没還闇須達心悔躊躇欲還入城時蜜膊神放身光明照諸林野告言居士居士莫怖莫畏但去莫還去得大利如彼經中偈廣説須達多見佛得須陀洹道請佛及僧於舍衛盡形供養佛令舍利弗爲須達師於舍衛作精舍如須達知識神示導薩陀波崙知識示導亦如是是故見其愁苦而示導之作是言善男子汝從此東行行時莫念疲極等問曰疲極飢渴火來切身云何不念答曰是欲精進力故

一心愛樂佛道不惜身命休息飲食等皆是助身法是事雖來不爲亂心皆虚誑無常無實如賊如怨但爲身樂故何足存念莫爲飢渴疲極等故而捨佛道莫念晝夜者莫念晝是行法夜應止息實無晝夜所以者何日依須彌影翳故名夜莫念内外者衆生多著内法内法名身外法名五欲内外法不定性空故不應著莫觀左右者人散心行道故左右顧看行者無緣觀後當前則不視不視故但言莫左右顧看復次魔常惑亂行者或作種種形或作好色或作畏獸在道左右故言莫觀是皆止其麤念莫壞身相色等相者五衆和合故假名爲身若説別更決定有身法是則壞身相若著無身法是亦壞身相離是一異有無等邊行於中道則疾得阿耨多羅三

藐三菩提是故說莫壞身相等此中佛自說因緣若壞是諸相則於佛法有礙佛法有礙者則徃來五道生死中不能得般若波羅蜜薩陀波崙報空中聲言而自說因緣所謂薩陀波崙一切衆生墮在無明黑闇中我欲爲然智慧光明一切衆生有一切煩惱我欲設一切佛法樂一切衆生皆墮邪道我爲衆生故求無上道是三種願得般若波羅蜜則能具足是故言受教問曰薩陀波崙不見其形但聞其聲何以便言受教答曰人所求事急故聞聲則應薩陀波崙亦如是復次聞其所說理好則知其人亦好故不須眼見如黑闇中有種種衆生眼雖不見聞其聲則知其種類爾時空中聲復讚言善哉以其雖不見形而能信受善語故又復其欲度一切衆生故求阿耨多羅三藐三菩提心不懈不息如是等因緣故讚言善哉於三解脫門中應生信心者是門諸法實相所入門離是三門皆是虛誑無有實者汝雖未得應生大信根力信根力故漸具諸根以離相心求般若波羅蜜者所謂觀諸法畢竟空離衆生相離法相問曰三解脫門攝在般若中不若攝何以別說若不攝云何經中說一切助道法皆攝在般若中答曰一切法皆入般若中人皆畏苦故求解脫是故於般若分中前說三解脫門以何因緣得此解脫離諸二邊所謂衆生相法相行般若波羅蜜問曰初教精進後教三解脫門般若今復欲爲何事故教親近善知識答曰雖有好法若無教者行時多錯譬如雖有好藥亦須良醫又薩陀波崙是新發意菩

薩般若波羅蜜甚深云何但聞空中略教而能自具足故教語親近善知識善知識義如先說今略說二相是善知識一者教一心向薩婆若二者教空無相無作無生無滅等般若波羅蜜法若能如是不久得般若波羅蜜如藥師爲病者說服藥法汝能如法服病則得瘥若從經卷聞從菩薩說聞者遣薩陀波崙至曇無竭菩薩所彼中二處有般若一寶臺上金牒書二曇無竭所說若人福德多者從曇無竭所說聞福德少者從經卷聞於師生佛想以能教佛道因緣故世間小人因緣事訖則忘其恩義作是念如人乘船度水既到彼岸何用船爲是故說汝當知恩應作是念所從聞般若者即是我善知識一切諸利中般若利最勝行是般若疾得阿耨多羅三藐三菩提不退轉又復行般若因緣故親近諸佛常生有佛國中離於八難值佛在世菩薩應作是念我得如是等諸功德皆從般若得般若波羅蜜從師而得是故視師如佛想有人能說般若波羅蜜者有大福德多知識多得供養弟子初爲般若故隨逐後漸漸爲供養利是故說莫以世利故逐法師問曰何以不但說親近善知識而說是種種因緣答曰有人既得善知識不得其意反成讎郄而墮地獄更相謗毀故唯佛一人無有過失餘人誰能無者弟子見師之過若實若虛其心自壞不復能得法利是故空中聲教若見師過莫起嫌恨汝應作是念我先世福德不具足故不得值佛今值是雜行師我不應念其過失而自妨失般若師之過失不著於我我

但從師受般若波羅蜜法譬如狗皮囊盛好寶物不應以囊故而棄其寶如罪人執燭照道不可以人罪故不受其明自墜溝壑又如行遣小人導道不可以人小故不隨其語如是等因緣不應遠離於師師若實有罪尚不應離何況此中魔作因緣令說法者有深妙五欲令弟子不染著法說法者以方便故現受方便者所謂欲令衆生種福德因緣亦爲同事攝衆生故復有諸菩薩通達諸法實相故無所障礙無有過罪雖有過罪亦無所妨如人壯年力盛腹中火熱雖食不適飲食不能生病又如有好藥雖被惡毒不能爲害如是等因緣故汝於師所莫起嫌恨而自失般若如經中說復有說法者持戒清淨離於五欲多知多識有好名聞威德尊重弟子受法而不顧録汝於是中莫生怨恨當作是念我宿世罪故今爲小人師不輕我我自無福不能得近又我於師所應破憍慢以求法利有如是等種種諸師菩薩爲求般若波羅蜜故但一心恭敬不念其長短若能如是忍辱於師一心不起增減者汝於師所盡得妙法如完牢之器所受不漏薩陀波崙聞空聲已從是東行如經中廣說

大智度論卷第九十六

音釋

輭（乳兖切柔輭也）煗（乃管切温也）懾（之涉切失氣也又服也）蜜膊（梵語也婆羅門名膊補各切）脹（知亮切脹滿也）讎郄（讎除留切仇讎也郄綺戟切郄隙也）

大智度論卷第九十七

龍樹菩薩造

姚秦三藏法師鳩摩羅什譯

釋薩陀波崙品第八十八之中

【經】爾時薩陀波崙菩薩受是空中教已從是東行不久復作是念我云何不問空中聲我當何處去去當遠近當從誰聞般若波羅蜜是時即住啼哭憂愁作是念我住是中過一日一夜若二三四五六七日七夜於此中住不念疲極乃至不念飢渴寒熱不聞聽受般若波羅蜜因緣終不起也須菩提譬如人有一子卒死憂愁苦毒唯懷懊惱不生餘念如是須菩提薩陀波崙菩薩爾時無有異心但念我何時當得聞般若波羅蜜我云何不問空中聲我應何處去去當遠近當從誰聞般若波羅蜜須菩提薩陀波崙菩薩如是愁念時空中有佛語薩陀波崙菩薩言善哉善哉善男子過去諸佛行菩薩道時求般若波羅蜜亦如汝今日善男子汝以是勤精進愛樂法故從是東行去此五百由旬有城名衆香其城七重七寶莊嚴臺觀欄楯皆以七寶校飾七寶之壍七寶行樹周帀七重其城縱廣十二由旬豐樂安靜人民熾盛五百市里街巷相當端嚴如畫橋津如地寬博清淨七重城上皆有七寶樓櫓寶樹行列以黃金白銀硨磲碼碯珊瑚瑠璃玻瓈紅色真珠以為枝葉寶繩連綿金為鈴網以覆城上風吹鈴聲其音和雅娛樂衆生譬如巧作五樂甚可悅喜金網寶鈴其音如是其城四邊流池清淨冷暖調適中有諸船七寶嚴飾是諸衆生宿

業所致乘此寶船娱樂遊戲諸池水中種種蓮華青黄赤白衆雜好華遍覆水上是三千大千世界所有衆華皆在其中其城四邊有五百園觀七寶莊嚴甚可愛樂一一園中各有五百池池各縱廣十里皆以七寶校成雜色莊嚴諸池水中亦有青黄赤白蓮華彌覆水上其諸蓮華大如車輪青色青光黄色黄光赤色赤光白色白光諸池水中鳧鴈鴛鴦異類衆鳥音聲相和是諸園觀適無所屬是諸衆生宿業所致長夜信樂深法行般若波羅蜜因緣故受是果報善男子是衆香城中有大高臺曇無竭菩薩摩訶薩宫舍在上其宫縱廣一由旬皆以七寶校成雜色莊嚴甚可喜樂垣墻七重皆亦七寶七寶欄楯七寶樓閣寶塹七重皆亦七寶周圍深塹七寶壘成七重行樹七寶枝葉七重圍遶其宫舍中有四種娱樂園一名常喜二名離憂三名華飾四名香飾一一園中各有八池一名賢二名賢上三名歡喜四名喜上五名安隱六名多安隱七名遠離八名阿鞞跋致諸池四邊面各一寶黄金白銀瑠璃玻瓈玟瑰爲池底其上布金沙一一池側有八梯陛種種妙寶以爲嚴飾諸梯陛間有閻浮檀金芭蕉行樹一切池中種種蓮華青黄赤白彌覆水上諸池四邊生好華樹風吹諸華墮池水中其池成就八種功德香若旃檀色味具足輕且柔輭曇無竭菩薩與六萬八千婇女五欲具足共相娱樂及城中男女俱入常喜等園賢等池中五欲具足共相娱樂善男子曇無竭菩薩與諸婇女遊戲娱樂已日三時説般若波

羅蜜衆香城内男女大小於其城中多聚人處敷大法座其座四足或以黄金或以白銀或以瑠璃或以玻瓈敷以綩綖雜色茵褥垂諸幃帶以妙白氎而覆其上散以種種雜妙華香座高五里張白珠帳其地四邊散五色華燒衆名香澤香塗地供養恭敬般若波羅蜜故曇無竭菩薩於此座上説般若波羅蜜彼諸人衆如是恭敬供養曇無竭爲聞般若波羅蜜故於是大會百千萬衆諸天世人一處和集中有聽者中有受者中有持者中有誦者中有書者中有正觀者中有如説行者是時衆生以是因緣故皆不墮惡道不退轉於阿耨多羅三藐三菩提汝善男子往趣曇無竭菩薩當聞般若波羅蜜善男子曇無竭菩薩世世是汝善知識能教汝阿耨多羅三藐三菩提示教利喜是曇無竭菩薩本求般若波羅蜜時亦如汝今汝去莫計晝夜莫生障礙心汝不久當得聞般若波羅蜜爾時薩陀波崙菩薩摩訶薩歡喜心悦作是念我當何時得見是善男子得聞般若波羅蜜須菩提譬如有人爲毒箭所中更無餘念唯念何時當得良醫拔出毒箭除我此苦如是須菩提薩陀波崙菩薩摩訶薩更無餘念但作是願我何時當得見曇無竭菩薩令我得聞般若波羅蜜我聞是般若波羅蜜斷諸有心是時薩陀波崙菩薩於是處住念曇無竭菩薩一切法中得無礙知見即得無量三昧門現在前所謂諸法性觀三昧諸法性不可得三昧破諸法無明三昧諸法不異三昧諸法不壞自在三昧諸法能照明三昧諸法離闇三

昧諸法無異相續三昧諸法不可得三昧散華三昧諸法無我三昧如幻威勢三昧得如鏡像三昧得一切衆生語言三昧一切衆生歡喜三昧入分別音聲三昧得種種語言字句莊嚴三昧無畏三昧性常嘿然三昧得無礙解脫三昧離塵垢三昧名字語句莊嚴三昧見諸法三昧諸法無礙頂三昧如虛空三昧如金剛三昧不畏著色三昧得勝三昧轉眼三昧畢法性三昧能與安隱三昧師子吼三昧勝一切衆生三昧華莊嚴三昧斷疑三昧隨一切堅固三昧出諸法得神通力無畏三昧能達諸法三昧諸法財印三昧諸法無分別見三昧離諸見三昧離一切闇三昧離一切相三昧解脫一切著三昧除一切懈怠三昧得深法明三昧不可奪三昧破魔三昧不著三界三昧起光明三昧見諸佛三昧如是薩陀波崙菩薩住是諸三昧中即見十方無量阿僧祇諸佛爲諸菩薩摩訶薩說般若波羅蜜

論問曰薩陀波崙何以忘不問空中聲答曰薩陀波崙大歡喜覆心故忘如人大憂愁大歡喜以此二事故忘問曰空中聲已滅何以住此七日不更求問處答曰如本於空閑處一心求般若故空中有聲今亦欲一心如本冀更聞聲斷其所疑復次薩陀波崙於世樂已捨深入佛道愛樂情至空中聲告少爲開示竟未斷疑其聲便滅如小兒得少美味著味故復啼泣而欲得之薩陀波崙亦如是得般若波羅蜜因緣味不能通達不知那去是故住而啼泣問曰何以乃至七日佛身乃現

答曰譬如人大渴故乃知水美若二日三日精進欲未深若過七日恐其憂愁妨心不任求道是故七日憂愁如譬喻經中説問曰薩陀波崙何以愁憂乃爾如喪愛子答曰般若波羅蜜於諸法中第一實是十方諸佛眞實法寶薩陀波崙得少氣味未具足故憂愁如喪愛子念其長大多所成辦冀得其力菩薩亦如是念增益般若波羅蜜力得阿鞞跋致已成佛事如子於父孝行終身無有異心般若波羅蜜於菩薩亦如是若能得入乃至成佛終不遠離如父見子心即歡悦菩薩雖得種種諸法不如見般若波羅蜜之歡喜如子假爲其名般若波羅蜜亦如是空無定實但有假名如是等是總相因縁父雖愛子不能以頭目與之菩薩爲般若波羅蜜故無量世中以頭目髓腦施與衆生子之於父或不能報恩若能報恩正可現世小利衣食歡樂等菩薩於般若波羅蜜中無所不得乃至一切智慧何況菩薩力勢世間富樂子之報父恩極一世般若之益至無量世乃至成佛子之於父或好或惡般若波羅蜜無諸不可子但是假名虚誑不實之法般若波羅蜜眞實聖法無有虚誑子之報恩雖得現世小樂而有憂愁苦惱無量之苦般若波羅蜜但得歡喜實樂乃至佛樂子但能以供養利益於父不能免其生老病死般若波羅蜜令菩薩畢竟清淨無復老病死患子但能令父得世樂自在般若波羅蜜能令菩薩於一切世間爲天下主如是等種種因縁譬喻差別相世人知喪子憂愁故以此爲喻問曰空中佛現是何

等佛先何以但有音聲而今現身佛既現身何以不即度方遣至曇無竭所答曰有人言非真佛但是像現耳或諸佛遣化或大菩薩現作以先善根福德未成就故但聞聲今七日七夜一心念佛功德成就故得見佛身佛所以不即度者以其與曇無竭世世因緣應當從彼度故有人應從舍利弗度假使諸佛現身不能令悟佛讚言善哉者以薩陀波崙至意求知去處聞般若因緣故佛現身而讚善哉過去諸佛行菩薩道時求此般若亦如是種種勤苦以初發心先罪厚重福德未集故佛安慰其心汝求般若波羅蜜雖勤苦莫懈怠莫生退沒心一切衆生行果因時皆苦受果時樂當思惟諸佛無量功德果報以自勸勉如是安慰已作是言汝從是東行去此五百由旬有城名衆香乃至不久當聞般若波羅蜜問曰衆香城在何處答曰過去佛滅度後但有遺法是法不周遍閻浮提衆生有聞法因緣處則到爾時衆香國土豐樂多出七寶故以七寶作城時薩陀波崙雖同在閻浮提而在無佛法無七寶處生但傳聞佛名般若波羅蜜是佛道是人先世廣集福德煩惱輕微故聞即信樂猒惡世樂捨其親屬到空林中住欲至有佛法國土音聲示語者恐其異去不得到曇無竭菩薩所是故語之次後佛為現身示其去處問曰薩陀波崙因緣已具聞於上今曇無竭因緣為云何答曰曇伽陀秦言盛達磨秦言法此菩薩在衆香城中為衆生隨意說法令衆生廣種善根故號法盛其國無王此中人民皆無吾我如鬱單

越人唯以曇無竭菩薩爲主其國難到薩陀波崙不惜身命又得諸佛菩薩接助能到大菩薩爲度衆生故生如是國中衆生無所乏短其心調柔易可得度故問曰曇無竭菩薩爲是生身爲是爲度衆生故以神通力化作此身若化身者何用六萬婇女園觀浴池種種莊嚴而自娛樂若是生身云何能令薩陀波崙供養具皆在空中化成大臺入諸三昧乃經七歲答曰有人言是生身菩薩得諸法實相及禪定神通力故欲度是城中衆生如餘菩薩利根故能入禪定亦能入欲界法爲攝衆生故受五欲而不失禪定如人避熱故在泥中卧起還洗則如故凡人鈍根故不能如是是故以神通力化作華臺七歲入定又以方便力故能受五欲如先義説菩薩不但行一道爲衆生故行種種道引導之如龍起雲能降大雨雷電霹靂菩薩亦如是雖是生身未離煩惱而能修行善法爲衆生故不盡結使有人言是菩薩是法性生身爲度衆香城人故變化而度若是生身云何能令十方佛稱讚而遣薩陀波崙令從受法得六萬三昧是故知是大菩薩變化身譬如大海中龍死相出時如果熟應墮金翅鳥則來食之衆生亦如是行業因緣熟故大菩薩來度之爾時薩陀波崙聞空中佛教大歡喜大欲心生我何時當得見曇無竭菩薩説般若波羅蜜者能令心中愛見等諸煩惱箭出欲明是事故此中佛説毒箭譬喻如人毒箭在身更無餘念一者苦痛急二者毒不疾出則遍滿身中而失命薩陀波崙亦如是諸邪疑等箭入

心貪欲等毒塗箭聞曇無竭菩薩能拔出此箭見人以邪見箭毒傷心又畏貪欲等毒遍入身中奪智慧命與凡人同死是故急欲見曇無竭菩薩無復餘念此中說斷諸所有心所有心者取相著乃至善法中亦有是病薩陀波崙目覩佛身先所未見從佛聞教得法喜故離五欲喜即得一切法中無礙知見無礙知見者如薩陀波崙力所得無礙非佛無礙是時得入三昧門諸法性觀三昧者能觀一切諸法實性實性者如先種種因緣說諸法性不可得三昧者初得三昧所謂空無生無滅今得是三昧得不著是性不謂得其決定相破諸法無明三昧者諸法於凡夫人心中以無明因緣故邪曲不正所謂常樂我淨得是三昧故常等顛倒相應無明破但觀一切法無常空無我問曰若是菩薩破一切法中無明此人尚不須見佛何用至曇無竭菩薩所答曰破無明不唯一種有遮令不起亦名爲破有得諸法實相故破無明又無明重數甚多有菩薩所破分有佛所破分有小菩薩所破分大菩薩所破分如先說燈譬喻又須陀洹亦名破無明乃至阿羅漢方便實破大乘法中亦如是新發意菩薩得諸法實相故亦名破無明乃至佛無明盡破無餘是故薩陀波崙於佛法中邪見無明及我見皆盡故得名破無明三昧無咎諸法不異三昧者得是三昧觀一切法一相所謂無諸法不壞自在三昧者得是三昧觀一切法如法性實際無爲相故名不壞得是法已得自在了了知諸法爲佛道故不證是諸法能照明三昧

者以總相別相知一切法諸法離闇三昧者無明有二種一者厚二者薄薄者名無明厚者名黑闇破厚無明故名離闇先破薄無明故名破諸法無明諸法無異相續三昧者五衆念念滅相似相續生死時相續生而不相似得是三昧知諸法念念相續法不異諸法不可得三昧者即是一切法空相應三昧散華三昧者得是三昧者於十方佛前能以七寶華散佛諸法無我三昧者觀一切法無我如幻威勢三昧者得是三昧者能種種變化身如大幻師能引導衆生發希有心如大幻師以幻力故能轉一國人心得如鏡像三昧者得是三昧者觀三界所有如鏡中像虚誑無實得一切衆生語言三昧者得如是三昧故能解一切衆生語言一切衆生歡喜三昧者入是三昧能轉衆生瞋心令歡喜入分別音聲三昧者入是三昧中皆能分別一切天人音聲大小麤細等得種種語言字句莊嚴三昧者得是三昧者義理雖淺能莊嚴字句語言令人歡喜何況深義無畏三昧者得是三昧者不畏一切魔民外道論師及諸煩惱性常嘿然三昧者入是三昧者常嘿然攝心爲度衆生故隨所應聞而出音聲如天妓樂應音而出得無礙解脱三昧者得是三昧者於一切法中得無礙智慧離塵垢三昧者得是三昧者諸煩惱結使塵垢習滅即是無生法忍三昧名字語句莊嚴三昧者得是三昧者能種種莊嚴偈句語言説法見諸法三昧者入是三昧者以見世諦及第一義知諸法諸法無礙頂三昧者如人在山頂遍觀四方

菩薩住是三昧中普見一切諸法無礙如虛空三昧者入是三昧者身及外法皆如虛空皆得自在如金剛三昧者如金剛能破諸山是三昧亦如是能破障礙六波羅蜜法直至佛道不畏著色三昧者得是三昧乃至天色尚不著何況餘色得勝三昧者欲有所作皆能得勝不負轉眼三昧者得是三昧者魔及魔民欲見菩薩短者轉之令作好見畢法性三昧者得是三昧者見一切法畢入法性中能與安隱三昧者得是三昧雖往來六道迴轉自知必當作佛安樂無憂師子吼三昧者入是三昧者皆能降伏一切魔民外道無敵當者勝一切衆生三昧者得是三昧於一切衆生最勝一切有二種一者名字一切二者實一切於三界著心凡夫及聲聞辟支佛及初發意未得是三昧者中勝故言一切華莊嚴三昧者得是三昧者見十方佛坐七寶蓮華上於虛空中雨寶蓮華於諸佛上斷疑三昧者雖未得佛能斷一切衆生所疑隨一切堅固三昧者諸法實相名堅固得是三昧者隨諸法實相不隨餘法出諸法得神通力無畏三昧者得是三昧者過出一切凡夫法得菩薩六神通十力四無所畏能達諸法三昧者得是三昧者乃至諸法如法性實際中通達不住乃至諸法平等諸法財印三昧者財名善法印名相如人得印綬無敢凌易菩薩得法財印亦無能爲作留難者諸法無分別見三昧者若分別諸法即生憎愛心得是三昧者見一切法不作分別離諸見三昧者六十二邪見及色等法中取相乃至佛見法見

僧見涅槃見皆名爲見所以者何取相能生著心故離一切相三昧者即是無相解脫門相應三昧離一切著三昧離一切相故於一切法亦不著除一切懈怠三昧者得是三昧者如此中說乃至七歲不坐不卧菩薩得是三昧常無懈怠心乃至得佛初不止息得深法明三昧者法名謂佛法一切智慧等菩薩得是三昧故能遥見佛法思惟籌量知深妙無比不可奪三昧者得是三昧者行菩薩法無能奪其志者破魔三昧者得是三昧力魔雖是欲界主菩薩以人身能破魔事不著三界三昧者得是三昧身雖在三界中心常在涅槃故不著起光明三昧者得是三昧者能放無量光明照於十方見諸佛三昧者得是三昧雖未得天眼天耳而能見十方諸佛聞十方諸佛所說法諮問所疑薩陀波崙住如是等三昧中即見十方無量阿僧祇諸佛在大衆中爲諸菩薩說般若波羅蜜

大智度論卷第九十七

音釋

塹 七艷切遶城水也 鳧 音扶野鶩也 壘 力軌切猶疊也 阿鞞跋致 梵語也此云不退轉鞞蒲糜切跋蒲末切 玫瑰 玫莫杯切瑰音回玫瑰火齊珠也 梯陛 梯土奚切木階也陛部禮切升堂之階也 綩 於阮切 翅 音試鳥翼也 綬 承咒切佩印之組也

大智度論卷第九十八

龍樹菩薩造

姚秦三藏法師鳩摩羅什譯

釋薩陀波崙品第八十八之下

【經】是時十方諸佛安慰薩陀波崙菩薩言善哉善哉善男子我等本行菩薩道時求般若波羅蜜得是諸三昧亦如汝今所得我等得是諸三昧善入般若波羅蜜成就方便力住阿鞞跋致地我等觀是諸三昧性不見有法出三昧入三昧者亦不見行佛道者亦不見得阿耨多羅三藐三菩提者善男子是名般若波羅蜜所謂不念有是諸法善男子我等於無所念法中住得是金色身大光明三十二相八十隨形好不可思議智慧無上戒無上三昧無上智慧一切功德皆悉具足一切功德具足故佛尚不能取相說盡何況聲聞辟支佛及諸餘人以是故善男子於是佛法中倍應恭敬愛念生清淨心於善知識中應生如佛想何以故爲善知識守護故菩薩疾得阿耨多羅三藐三菩提是時薩陀波崙菩薩白十方諸佛言何等是我善知識所應親近供養者十方諸佛告薩陀波崙菩薩言汝善男子曇無竭菩薩世世教化成就汝阿耨多羅三藐三菩提曇無竭菩薩守護汝教汝般若波羅蜜方便力是汝善知識汝供養曇無竭菩薩若一劫若二若三乃至過百劫頂戴恭敬以一切樂具三千世界中所有妙色聲香味觸盡以供養未能報須臾之恩何以故曇無竭菩薩摩訶薩因緣故令汝得如是等諸三昧得般若波羅蜜方便力諸佛如是

教化安慰薩陀波崙菩薩令歡喜已忽然不現是時薩陀波崙菩薩從三昧起不復見佛作是念是諸佛從何所來去至何所不見諸佛故復惆悵不樂誰斷我疑復作是念曇無竭菩薩久遠已來常行般若波羅蜜得方便力及得諸陀羅尼於菩薩法中得自在多供養過去諸佛世世爲我師常利益我我當問曇無竭菩薩諸佛從何所來去至何處爾時薩陀波崙菩薩於曇無竭菩薩生恭敬愛樂尊重心作是念我當以何供養曇無竭菩薩今我貧窮華香瓔珞燒香塗香衣服旛蓋金銀眞珠瑠璃玻瓈珊瑚琥珀無有如是等物可以供養般若波羅蜜及說法師曇無竭菩薩我法不應空往曇無竭菩薩所我若空往喜悅心不生我當賣身得財爲般若波羅蜜故供養法師曇無竭菩薩何以故我世世喪身無數無始生死中或死或賣或爲欲因緣故世世在地獄中受無量苦惱未曾爲清淨法故爲供養說法師故喪身是時薩陀波崙菩薩中道入一大城至市肆上高聲唱言誰欲須人誰欲須人誰欲買人爾時惡魔作是念是薩陀波崙愛法故欲自賣身爲般若波羅蜜故供養曇無竭菩薩當得正問般若波羅蜜及方便力云何菩薩摩訶薩行般若波羅蜜疾得阿耨多羅三藐三菩提當得多聞具足如大海水是時不可沮壞得具足一切功德饒益諸菩薩摩訶薩爲阿耨多羅三藐三菩提故過我境界亦教餘人出我境界得阿耨多羅三藐三菩提我今當壞其事爾時惡魔蔽諸婆羅門居士令不聞其自責聲除

一長者女魔不能蔽以其宿因緣故爾時薩陀波崙賣身不售憂愁啼哭在一面立啼泣而言我爲大罪賣身不售我自賣身爲般若波羅蜜故供養曇無竭菩薩爾時釋提桓因作是念是薩陀波崙菩薩愛法自賣其身爲般若波羅蜜故欲供養曇無竭菩薩我當試之知是善男子實以深心愛法故捨是身不是時釋提桓因化作婆羅門身在薩陀波崙菩薩邊行問言汝善男子何以憂愁啼哭顏色憔悴在一面立答言婆羅門我愛敬法自賣身爲般若波羅蜜故欲供養曇無竭菩薩今我賣身無有買者自念薄福無財寶物欲自賣身供養般若波羅蜜及曇無竭菩薩而無買者爾時婆羅門語薩陀波崙菩薩言善男子我不須人我今欲祠天當須人心人血人髓汝能賣與我不爾時薩陀波崙菩薩作是念我得大利得第一利我今便爲具足般若波羅蜜方便力得是買心血髓者是時心大歡喜悅樂無憂以柔和心語婆羅門言汝所須者我盡與汝婆羅門言善男子汝須何價答言隨汝意與我即時薩陀波崙右手執利刀刺左臂出血割右髀肉復欲破骨出髓時有一長者女在閣上遥見薩陀波崙菩薩自割身體不惜壽命作是念是善男子何因緣故困苦其身我當往問長者女即下閣到薩陀波崙所問言善男子何因緣困苦其身用是心血髓作何等薩陀波崙答言賣與婆羅門爲般若波羅蜜故供養曇無竭菩薩長者女言善男子作是賣身欲自出心血髓欲供養曇無竭菩薩得何等功德利薩陀波崙

答言善女人是人善學般若波羅蜜及方便力是人當爲我說菩薩所應作菩薩所行道我學是法學是道得阿耨多羅三藐三菩提時爲衆生作依止當得金色身三十二相八十隨形好大光無量明大慈大悲大喜大捨四無所畏佛十力四無礙智十八不共法六神通不可思議清淨戒禪定智慧得阿耨多羅三藐三菩提於諸法中得無礙一切智見無上法寶分布與一切衆生如是等諸功德利我當從彼得之是時長者女聞是上妙佛法大歡喜心驚毛竪讃薩陀波崙菩薩言善男子甚希有汝所說者微妙難值爲是一一法故應捨如恒河沙等身何以故汝所說者甚大微妙汝善男子汝今所須盡當相與金銀眞珠瑠璃玻瓈琥珀珊瑚等諸珍寶物及華香瓔珞塗香燒香旛蓋衣服妓樂等供養之具供養般若波羅蜜及曇無竭菩薩汝善男子莫自困苦其身我亦欲往曇無竭菩薩所共汝植諸善根爲得如是微妙法如汝所說故爾時釋提桓因即復本身讃薩陀波崙菩薩言善哉善哉善男子汝堅受是事其心不動諸過去佛行菩薩道時亦如是求般若波羅蜜及方便力得阿耨多羅三藐三菩提善男子我實不用人心血髓但來相試汝願何等我當相與薩陀波崙言與我阿耨多羅三藐三菩提釋提桓因言此非我力所辦是諸佛境界必相供養更索餘願薩陀波崙言汝若於此無力汝必見供養令我是身平復如故是時薩陀波崙身即平復無有瘡瘢如本不異釋提桓因與其願已忽然不現爾時

長者女語薩陀波崙菩薩言善男子來到我舍有所須者從我父母索之盡當相與我亦當辭我父母與諸侍從共汝往供養曇無竭菩薩爲求法故即時薩陀波崙菩薩與長者女俱到其舍在門外住長者女入白父母與我衆妙華香及諸瓔珞塗香燒香幡蓋衣服金銀瑠璃玻瓈眞珠珊瑚琥珀及諸妓樂供養之具亦聽我身及五百侍女先所給使共薩陀波崙菩薩到曇無竭菩薩所爲供養般若波羅蜜故曇無竭菩薩當爲我等說法我當如說行當得諸佛法女父母語女言薩陀波崙菩薩是何等人女言是人今在門外是善男子以深心求阿耨多羅三藐三菩提欲度一切衆生無量生死苦是善男子爲法故自賣其身供養般若波羅蜜般若波羅蜜名菩薩所學道爲供養般若波羅蜜及供養曇無竭菩薩故在市肆上高聲唱言誰須人誰須人誰欲買人賣身不售在一面立憂愁啼哭是時釋提桓因化作婆羅門來欲試之問言善男子何以憂愁啼哭一面立答言婆羅門我欲賣身爲供養般若波羅蜜及曇無竭菩薩摩訶薩故而我薄福賣身不售婆羅門語是善男子我不須人我欲祠天當用人心人血人髓汝能賣不是時是善男子不復憂愁其心和悅語是婆羅門汝之所須我即相與婆羅門言汝須何價答言隨汝意與我即時是善男子右手執利刀刺左臂出血割右髀肉復欲破骨出髓我在閣上遥見是事我爾時作是念是人何故困苦其身我當往問我即下閣往問善男子汝何因緣故自困苦

其身是善男子答我言姊我爲法故欲供養般若波羅蜜及曇無竭菩薩說法者我貧窮無所有無金銀瑠璃硨磲碼碯珊瑚琥珀玻瓈真珠華香妓樂姊我爲供養法自賣其身今得買者須人心人血人髓我用是價供養般若波羅蜜及曇無竭菩薩說法者我問是男子汝今自出身心血髓欲供養曇無竭菩薩得何功德是善男子言曇無竭菩薩當爲我說般若波羅蜜及方便力此是菩薩所應學菩薩所應作菩薩所行道我當學是道得阿耨多羅三藐三菩提爲一切衆生作依止我當得金色身三十二相八十隨形好大光無量明大慈大悲大喜大捨四無所畏四無礙智佛十力十八不共法六神通不可思議清淨戒禪定智慧得阿耨多羅三藐三菩提於諸法中得無礙一切智見以無上法寶分布與一切衆生如是等微妙大法我當從彼得之我聞是微妙不可思議諸佛功德聞其大願我心歡喜作是念是清淨微妙大願甚希有乃如是爲是一一法故應捨如恒河沙等身命善男子爲法能受苦行難事所謂不惜身命我多有妙寶云何不生願勤求如是法供養般若波羅蜜及曇無竭菩薩我如是思惟已語薩陀波崙菩薩汝善男子莫困苦其身我當白我父母多與汝金銀瑠璃硨磲碼碯珊瑚琥珀玻瓈真珠華香瓔珞塗香抹香衣服旛蓋及諸妓樂供養般若波羅蜜及曇無竭菩薩說法者我亦求父母與諸侍女共汝俱去供養曇無竭菩薩說法者共汝植諸善根爲得如是等微妙清淨法如汝所說

父母今聽我幷五百侍女先所給者亦聽我持衆妙華香瓔珞塗香粖香衣服旛蓋妓樂金銀瑠璃供養之具與薩陀波崙菩薩共去供養般若波羅蜜及曇無竭菩薩說法者爲得如是等清淨微妙諸佛法故爾時父母報女言汝所讚者希有難及說是善男子爲法精進大樂法相及是諸佛法不可思議一切世間最爲第一一切衆生歡樂因緣是善男子爲是法故大莊嚴我等聽汝往見曇無竭菩薩親近供養汝發大心爲諸佛法故如是精進我等云何當不隨喜是女爲供養曇無竭菩薩故得蒙聽許報父母言我等亦隨是心歡喜我終不斷人善法因緣是時長者女莊嚴七寶車五百乘身及侍女種種寶物供養之具持種種水陸生華及金銀寶華衆色寶衣好香擣香澤香瓔珞及衆味飲食共薩陀波崙菩薩五百侍女各載一車恭敬圍繞漸漸東去見衆香城七寶莊嚴七重圍繞七寶之壍七寶行樹皆亦七重其城縱廣十二由旬豐樂安靜甚可喜樂人民熾盛五百市里街巷相當端嚴如畫橋津如地寬博清淨遥見衆香城既入城中見曇無竭菩薩坐高臺法座上無量百千萬億衆恭敬圍繞說法薩陀波崙菩薩見曇無竭菩薩時心即歡喜譬如比丘入第三禪攝心安隱見已作是念我等義不應載車趣曇無竭菩薩作是念已下車步進長者女幷五百侍女皆亦下車薩陀波崙菩薩與長者女及五百侍女衆寶莊嚴圍繞恭敬俱到曇無竭菩薩所爾時曇無竭菩薩摩訶薩有七寶臺赤牛頭栴檀以爲

莊嚴眞珠羅網以覆臺上四角皆懸摩尼珠寶以爲燈明及四寶香鑪常燒名香爲供養般若波羅蜜故其臺中有七寶大牀四寶小牀重敷其上以黄金牒書般若波羅蜜置小牀上種種旛蓋莊嚴垂覆其上薩陀波崙菩薩及諸女人見是妙臺衆寶嚴飾及見釋提桓因與無量百千萬諸天以天曼陀羅華碎末栴檀磨衆寶屑以散臺上鼓天妙樂於虛空中娛樂此臺爾時薩陀波崙菩薩問釋提桓因憍尸迦何因緣故與無量百千萬諸天以天曼陀羅華碎末栴檀磨衆寶屑以散臺上鼓天妓樂於虛空中娛樂此臺釋提桓因答言汝善男子不知耶此是摩訶般若波羅蜜是諸菩薩摩訶薩毋能生諸佛攝持菩薩菩薩學是般若波羅蜜成就一切功德得諸佛法一切種智是時薩陀波崙即歡喜悅樂問釋提桓因憍尸迦般若波羅蜜諸菩薩摩訶薩毋能生諸佛攝持菩薩菩薩學是般若波羅蜜成就一切功德得諸佛法一切種智今在何處釋提桓因言善男子是臺中有七寶大牀四寶小牀重敷其上以黄金牒書般若波羅蜜置小牀上曇無竭菩薩以七寶印印之我等不能得開以示汝是時薩陀波崙與長者女及五百侍女取供養具華香瓔珞旛蓋分作二分一分供養般若波羅蜜一分供養法座上曇無竭菩薩爾時薩陀波崙菩薩與五百女人持華香瓔珞旛蓋妓樂及諸珍寶供養般若波羅蜜已然後到曇無竭菩薩所到已見曇無竭菩薩在法座上坐以諸華香瓔珞擣香澤香金銀寶華旛蓋寶衣服

以散其上為法故供養是時華香寶衣於曇無竭菩薩上虛空中化成華臺碎末栴檀寶屑金銀寶華化成寶帳寶帳之上所散種種寶衣化為寶蓋寶蓋四邊垂諸寶旛薩陀波崙及諸女人見曇無竭菩薩所作變化大歡喜作是念未曾有也曇無竭大師神德乃爾行菩薩道時神通力尚能如是何況得阿耨多羅三藐三菩提時是時長者女及五百女人清淨信心敬重曇無竭菩薩皆發阿耨多羅三藐三菩提心作是願言如曇無竭菩薩得菩薩諸深法如曇無竭菩薩供養般若波羅蜜如曇無竭菩薩於大衆中演說顯示般若波羅蜜義如曇無竭菩薩得般若波羅蜜方便力成就神通於菩薩事中得自在我等亦當如是是時薩陀波崙菩薩及五百女人

華香寶物供養般若波羅蜜及曇無竭菩薩已頭面禮曇無竭菩薩合手恭敬一面立一面立已白曇無竭菩薩言我本求般若波羅蜜時於空閑林中聞空中聲言善男子汝從是東行當得聞般若波羅蜜我受是語東行東行不久作是念我何不問空中聲我當何處去去是遠近當從誰聞我是時大憂愁啼哭於是處住七日七夜憂愁故乃至不念飲食但念我何時當得聞般若波羅蜜我如是憂愁一心念般若波羅蜜見佛身在虛空中語我言善男子汝大欲大精進心莫放捨以是大欲大精進心從是東行去是五百由旬有城名衆香是中有菩薩摩訶薩名曇無竭從是人所當得聞般若波羅蜜是菩薩世世是汝善知識常守護汝我從佛受教誨已便

東行更無餘念但念我何時當見曇無竭菩薩爲我説般若波羅蜜我爾時中道住於一切法中得無礙智見得觀諸法性等諸三昧現在前住是三昧已見十方無量阿僧祇諸佛説是般若波羅蜜諸佛讃我言善哉善哉善男子我本求般若波羅蜜時得諸三昧亦如汝今日得是諸三昧已徧得諸佛法諸佛爲我廣説法安慰我已忽然不現我從三昧起作是念諸佛從何處來去至何所我不見諸佛故大愁憂復作是念曇無竭菩薩供養先佛植衆善根久行般若波羅蜜善知方便力於菩薩道中得自在是我善知識守護我我當問曇無竭菩薩是事諸佛從何所來去至何所我今問大師是諸佛何處來去至何處大師願爲我説諸佛所從來所至處令我得知知已亦常不離見諸佛

論釋曰薩陀波崙渴仰欲聞般若故見十方諸佛爲大衆説法其心歡喜其意得滿諸佛以其信力堅固精進難動故安慰其心讃言善哉我本初行菩薩道求般若時亦如汝今日汝莫憂愁自謂福薄爾時薩陀波崙大得諸三昧力其心深著是故諸佛爲説求諸三昧性不見實體亦不見入三昧出三昧者衆生空法空故諸佛爲略説般若波羅蜜相不念有是法所謂一切法無相故不可念著我等住是無所念法中能具足六波羅蜜具足六波羅蜜故得金色身如經中説諸佛教化利喜安慰其心問曰上化佛已爲説曇無竭是汝世世善知識今何以復問何等是我善知識答曰以佛勑於善知識中倍應恭敬愛

念故又以欲於十方佛所聞曇無竭功德欲自今信心堅固不疑故問十方佛答如經中說薩陀波崙是曇無竭所度因緣人故諸佛佐助示導或有諸菩薩佐助佛所應度者令至佛所問曰上聞虛空聲不問故七日啼哭今不見十方佛何以不大憂愁更求見佛但欲於曇無竭所問諸佛去來事答曰薩陀波崙先時但有肉眼未得三昧以深心信著善法故大啼哭今得諸三昧力又見十方佛諸煩惱微薄著心已離故但一心念我當何時見曇無竭問曰若薩陀波崙得是三昧力何以不還入三昧問十方諸佛從何所來去至何所而欲見問曇無竭答曰十方佛尚以種種因緣讚曇無竭世世是汝師是故欲問是時薩陀波崙念曇無竭菩薩是我先世因緣是故生恭敬尊重心以有大功德故尊重是先世因緣故恭敬愛樂問曰先說薩陀波崙不大著世間事深愛般若波羅蜜故愁憂啼哭今何以自鄙貧窮先以供養但以心隨師意則是法供養何用華香爲答曰法供養雖上而世間衆生見遠來求法而空無所有則不發喜心以世法故求供養具復次五波羅蜜爲助般若波羅蜜法助法中檀波羅蜜爲首薩陀波崙思惟我得尊重福田曇無竭菩薩當以助道法根本供養亦欲爲起發衆人薩陀波崙是智人善人貧窮而能供養何況我等復次諸善法行時思惟時其味各異薩陀波崙欲行布施味是故求供養具問曰薩陀波崙是大菩薩能見十方佛又得諸深三昧何以貧窮答曰有人言此人捨家求佛道

雖生富家道里懸遠一身獨去不賫財物有人言雖是大人宿世小罪因緣故生貧窮家有人言雖是小人先世少行布施因緣故不生大富家如蘇陀夷尼他等是諸天所供養人而生小家貧有二種一者財貧二者功德法貧功德法貧最大可恥財貧好人亦有法貧好人所無無有華香者無有上妙寶華又以少故言無我若空往師雖不須我心不得大喜是故欲賣身問曰若賣身與他誰賣此物往供養師答曰捨身即是大供養去住無在有人言是人賣身取財因人供養我爲供養故賣身爲奴又人言爾時世好人皆如法雖自賣身主必能聽供養而還復次是人發深心欲行檀波羅蜜爲供養法及法師而無外物唯有己身是故賣身是内物於外内物中内物爲重惜之深故是故欲不破布施願故賣身供養此中自說不悔因緣我世世喪身無數未曾爲清淨法故今爲供養說法者故喪是身大得法利薩陀波崙定心斷貪惜身意於道中入一大城欲得賣買如意故入此大城一心欲賣身除羞愧破憍慢故唱言誰須人問曰魔何以欲破其意答曰魔常爲諸佛菩薩怨家故欲來破復次諸小菩薩未得諸法實相魔及惡人能壞若得無生法忍住諸菩薩神通力無能破者如小樹栽小兒能破大不可破復次此中自說魔破因緣所謂是薩陀波崙愛法故自賣身供養般若波羅蜜及法盛菩薩當得正問般若波羅蜜如經中廣說問曰若魔欲壞薩陀波崙先來聞空中聲及見十方佛時何以不壞今方隱蔽

諸婆羅門居士令不聞其聲答曰薩陀波崙先心未定惜身未盡見十方佛已得諸三昧其心乃定今定心相現是故魔驚若菩薩心未定未能動魔若大菩薩其心已定魔亦不來薩陀波崙今欲定心出魔境界是故魔來譬如負債人未欲遠去債主不遮欲出他界則不聽去問曰魔有大力何以不殺此菩薩而但破壞答曰魔本不嫉其壽命但憎其作佛心是故欲壞又復諸天神法人無重罪不得妄殺但得壞亂恐怖若神無此法則人無活者是故不殺婆羅門性中生受戒故名婆羅門除此通名居士居士眞是居舍之主非四姓中居士除一長者女者以其爲佛道世世集功德故魔不能蔽復有人言是薩陀波崙不應死故令一女人聞有人言是曇無竭菩薩神通力故令長者女得聞如是三唱無人買者便大愁憂問曰薩陀波崙既不惜身雖無人買亦不應愁答曰既發大心不滿其願是故大愁釋提桓因作是念薩陀波崙欲賣其身無有買者如經中廣說問曰釋提桓因得報得知他心應知薩陀波崙心已決定今何以來試答曰諸天但知世間人心作佛不作佛心非其所知除佛無有能知其爲佛道故與受記復次釋提桓因欲多所引導故來試之人聞見者皆發心求佛又如金銀等諸寶不以輕賤故燒鍛磨打菩薩亦如是若能割肉出血破骨出髓其心不動是正定菩薩是故天帝來試問曰帝釋是大天王何以妄語詐言我欲祠天須人心血髓答曰若以慳貪瞋恚煩惱欲求自利故妄語是故爲罪

帝釋若作實身實語菩薩則不信是故如其國法天祠所須爲其信受故是時薩陀波崙信其語而大歡喜我得大利大利者阿鞞跋致地第一利者是佛道大利者五波羅蜜第一利者般若波羅蜜大利者般若波羅蜜第一利者般若波羅蜜方便力大利者菩薩初地第一利者十地大利者從初地乃至十地第一利者第十地大利者菩薩地第一利者佛地如是次第分別雖未具足已住具足因緣故言便爲具足問曰若釋提桓因化身來何以言汝須何等價答曰知其欲供養曇無竭菩薩滿其願故又復釋提桓因苦困薩陀波崙畏其所索者大是故言須何等價隨汝意與我者言於汝不大貪惜不致悔恨者與我薩陀波崙無力勢故不能得使㸦陀羅故

自捉刀婆羅門亦畏罪故不能破是以自執刀破身問曰若長者女聞聲何以不來問汝何以自賣身耶答曰但空言賣身事輕破身出心髓事重故長者女發心長者女住在閣上遥見是人自割刺作是念一切衆生皆求樂畏苦貪愛其身薩陀波崙而自割刺是爲希有又以先世福德因緣所牽故即往到其所而問薩陀波崙答欲供養曇無竭菩薩復問得何等利答言般若波羅蜜名菩薩所學當從彼聞我學是道當得作佛與一切衆生作依止譬如厚葉樹多所蔭覆又如熱時曠野險道清涼大池爲説佛功德現事可以發心者所謂金色身三十二相大光無量光大光爲閻浮提惡世衆生諸佛眞實光明無有限量大慈乃至六神通義如前説不可思議

清淨戒禪定智慧如佛戒等五衆中說於說法中得一切無礙智見者諸佛有無礙解脫是解脫相應智見一切法中無所現智見分別如先說薩陀波崙言我得如是無量佛功德以無上法寶分布與一切衆生無上寶者有人言三寶中法寶有人言一切八萬四千法衆是爲法寶得是故除諸煩惱滅諸戲論得脫一切苦有人言無上法寶即是阿耨多羅三藐三菩提更無過上者故有人言涅槃是無上法寶何以故一切有爲法皆有上如阿毗曇言一切有爲法及虛空非數緣盡名爲有上法數緣盡是無上法數緣盡即是涅槃之別名有人言涅槃道雖有爲以其爲涅槃故於有爲法中爲無上如是等法寶分布爲三乘與衆生如是等無量佛法當從師得

是故我捨是老病死所住處不淨臭穢之身爲供養般若波羅蜜故當得佛身金色等如先說長者女世世供養諸佛種善根智慧明利聞是法其心深入大得法喜乃至心驚毛竪語薩陀波崙言甚爲希有汝所讚法大微妙爲是一一法故應捨如恒河沙等身何況一身長者女不知何因緣故困苦其身而憐愍之心謂不可令聞是無量無邊無比清淨佛法以是因緣可得故大喜是故說爲是法故應捨如恒河沙身女言汝以貧故自苦困其身於今可止恣汝所須當以相與我亦隨汝而求是道問曰是菩薩既自割截身體云何能與長者女多說佛法答曰是菩薩心力大雖有身苦不能覆心是菩薩始以刀割肉流血方欲破骨而長者女來未大悶故能得

說法釋提桓因知其心定試之而已故無所言即復本身讚言善哉汝心堅受是事者帝釋意如汝今生死肉身未得佛道能如是不惜身汝不久當於一切法中得無所著住無生法忍中疾得阿耨多羅三藐三菩提以過去佛爲證如是等種種因緣安慰其心我是天王愛樂佛道故來相試欲知汝心堅輭云何欲令汝信故言須人心髓祠天實不須也汝願何等當以相與汝是好人爲是佛種當相擁護薩陀波崙直信心善輭深著佛道故不分别衆生聞帝釋語便言與我阿耨多羅三藐三菩提願帝釋言此非我力所能辦是佛境界復次有人言帝釋大苦困薩陀波崙今以此語謝之帝釋意謂求金銀寶物不知乃索阿耨多羅三藐三菩提既不能與愧負而已復更語言必相供養更索餘願帝釋語意我既大相苦困不得直爾而去要相供養薩陀波崙雖不惜身欲以此身供養曇無竭聞般若波羅蜜是故語言若汝無此力令我身體平復如故帝釋言如所言瘡即平滿與本無異問曰先已割肉云何令得平滿答曰佛說有五不可思議龍事所作尚不可思議何況天又虛空中微塵充滿帝釋福德生心便能和合平滿如諸天及地獄中身非是胎生身罪福因緣故和合便有是時帝釋知其心堅與願已即時滅去爾時薩陀波崙宿世微罪已畢福德明盛是故長者女將歸有所須者從我父母索之如經中廣說問曰是女先言汝所須物盡從我索之今何以言從我父母索答曰今既將歸到舍以薩陀波崙目

見入舍從父母得之愧不稱前言是故先自說從我父母索之又女雖力能得寶以子女法故從父母索之女既入舍如先所許從父母索與其國無有佛法是故問女阿誰是薩陀波崙菩薩女如所見如所聞盡向父母說薩陀波崙事令父母當聽我與薩陀波崙菩薩俱及五百侍女并供養具供養曇無竭菩薩父母聞其言即聽如女意問曰長者貴而有力云何先不識薩陀波崙聞其功德故便能令女及其眷屬寶物與之俱去答曰長者亦植德本以少因緣故生無佛國暫聞佛德發其宿識心即開悟故能發遣譬如蓮華生長具足見日開敷父母知女心淳熟無不淨行持操不忘不樂世樂但求法利知其心至不可制止若違其意恐便自害思惟籌量已既全其意自得功德歡喜令去世間因緣深著難解愛之至故尚不能違何況爲佛道故其心清淨無所染著而不聽之女以父母爲法見聽不惜寶物亦以隨喜心爲之歡喜爾時衆心既定莊嚴七寶之車與大衆圍繞稍稍東行是時五百女親屬及城中衆人見是希有難及之事皆亦隨去人衆既集歡悅共行渴仰衆香城如渴者思飲漸漸進路遥見衆香城乃至與長者女及五百人恭敬圍繞欲往曇無竭所問曰曇無竭是大菩薩得聞持等諸陀羅尼般若波羅蜜義已自誦利憶持何用七寶臺書般若經卷著中供養答曰雖有種種因緣略說有二義一者衆生心行不同或樂見經卷或樂聞演說二者曇無竭身爲白衣現有家屬鈍根衆生或作是念此

有居家必有染著何能以畢竟清淨無著般若波羅蜜利益衆生自未無著何能以無著法教化是故書其經文著七寶牒上衆寶供養諸天龍鬼神皆亦共來恭敬供養華香旛蓋雨於七寶衆生見者增益信根則以此法示傳佛語案文演教勸發一切寶臺莊嚴之具及薩陀波崙問釋提桓因如經中說七印印者是曇無竭眞實印常自手執以印於經有人言七印者有求佛道七大神是執金剛種常給曇無竭菩薩使守護經文不令魔及魔民改更錯亂爲貴敬般若故有人但聞演說所發心者有人見其莊嚴文字而歡喜發心者是故莊嚴寶臺用金牒書七印印問曰臺上書寫般若曇無竭菩薩口所演說般若雖二處俱有而書寫處不能益人何以先至臺所答曰所書般若入法寶中佛寶次第有法寶故一一應先供養曇無竭一人故僧寶所不攝是故先供養法寶又曇無竭菩薩所說者雖是法而衆生取人相故多生著心若見所書般若不生人相雖取餘相著心少於著人生患是故先供養經經法諸佛尚供養何況曇無竭及薩陀波崙曇無竭因般若波羅蜜故得供養所因之本何得不先供養是故分所供養具爲二分問曰曇無竭有六萬婇女五欲宫殿云何能以所散華物化爲華臺答曰有人言諸佛神力因薩陀波崙所供養物作變化有人言曇無竭是大菩薩法性生身爲度衆生故受五欲如曇無竭菩薩名字義中說問曰菩薩法先於衆生中起悲心欲度衆生苦故求阿耨多羅三藐三菩提今但

見曇無竭神力威德云何發心答曰發心有種種有聞說法而發心者有於衆生起慈悲而發心者有見神通力大威德而發心者然後漸漸而生悲心如智印經中說依愛而斷愛依慢而斷慢如人聞道法愛著是法故捨五欲出家又聞某甲得阿羅漢果而生高心此人無勝我事彼尚能爾我何不能而生大精進得阿羅漢道佛道中亦如是長者女等及五百女人常深貪勢力自在樂聞往古有人神力變化寶物具足人中受天樂後見曇無竭臺觀宮殿在大法座上坐大人供養又見所供養物於虛空中化成大臺心即大喜發難遭想知皆從福德因緣可辦是事是故皆發作佛心所聞發心者行皆次第行如毗摩羅鞊經中說愛慢等諸煩惱皆是佛道根本是故女人見是事已生愛樂心知以福德因緣可得是事故皆發心因是愛慢後得清淨好心故言佛道根本譬如蓮華生淤泥發心已作願如曇無竭所爲我等亦當得是爾時薩陀波崙等頭面禮曇無竭菩薩華香供養不貴故先以供養身貴重故後禮拜禮拜已說本求般若因緣如經中說我本求般若時聞空中聲乃至我今問大師諸佛從何所來去至何處問曰薩陀波崙得諸大三昧所謂破無明觀諸法性等云何不知空而取佛相深生著答曰新發意菩薩雖能總相知諸法空無相於諸佛所深愛著故不能解佛相畢竟空雖知空而不能與空合何以故諸佛有無量無邊實功德是菩薩利根故深入深著若佛不爲是菩薩說空者是菩薩爲愛佛

故能自滅親族何況餘人但以解空故無是事薩陀波崙深著諸佛故不能知而問大師今為我說諸佛來去相我見佛身無猒足故常不離見諸佛

大智度論卷第九十八

音釋

售承呪切責物出手也又償也　憔悴憔昨焦切悴秦醉切憔悴謂容貌枯瘠也　臂卑義切手臂也腕也　髀部禮切股骨也　瘡瘢瘡初莊切痍也瘢音盤瘡痕也　粖莫割切碎末也　擣都晧切舂也　屑先結切謂碎屑也　鍛丁貫切鍛鍊也　毗摩羅詰梵語也亦云維摩詰此云淨名鞊去吉切

大智度論卷第九十九

龍　樹　菩　薩　造
姚秦三藏法師鳩摩羅什譯

釋曇無竭品第八十九之上

【經】爾時曇無竭菩薩摩訶薩語薩陀波崙菩薩言：善男子，諸佛無所從來，去亦無所至。何以故？諸法如不動相，諸法如即是佛。善男子，無生法無來無去，無生法即是佛；無滅法無來無去，無滅法即是佛；實際法無來無去，實際法即是佛；空無來無去，空即是佛。善男子，無染無來無去，無染即是佛；寂滅無來無去，寂滅即是佛；虛空性無來無去，虛空性即是佛。善男子，離是諸法更無佛。諸佛如、諸法如，一如無分別。善男子，是如常一，無二無三，出諸數法，無所有故。譬如春末月，日中熱時，有人見焰動，逐之求水，望得。於汝意云何？是水從何池、何山、何泉來？今何所去？若入東海、西海、南海、北海？薩陀波崙言：大師，焰中尚無水，云何當有來處去處？曇無竭菩薩語薩陀波崙菩薩言：善男子，愚夫無智，爲熱渴所逼，見焰動無水生水想。善男子，有人分別諸佛有來有去，當知是人皆是愚夫。何以故？善男子，諸佛不可以色身見，諸佛法身無來無去，諸佛來處去處亦如是。善男子，譬如幻師幻作種種若象、若馬、若牛、若羊、若男、若女，如是等種種諸物。於汝意云何？是幻事從何處來？去至何所？薩陀波崙菩薩言：大師，幻事無實，云何當有來去處？善男子，是人分別佛有來有去亦如是。善男子，譬如夢中見若象、若馬、若牛、若羊、若男、若女。於汝意云何？夢中所見有

來處有去處不薩陀波崙言大師是夢中所見虛妄云何當有來去善男子是人分别佛有來有去亦如是善男子佛說諸法如夢若有衆生不知是法義以名字色身著佛是人分别諸佛有來有去不知諸法實際相故皆是愚夫無智之數是人數數往來五道遠離般若波羅蜜遠離諸佛法善男子佛說諸法如幻如夢若有衆生如實知是人不分别諸法若來若去若生若滅若不分别諸法若來若去若生若滅則能知佛所說諸法實相是人行般若波羅蜜近阿耨多羅三藐三菩提名爲眞佛弟子不虛妄食人信施是人應受供養爲世間福田善男子譬如大海水中諸寶不從東方來不從南方西方北方四維上下來衆生善根因緣故海生此寶此寶亦不

無因緣而生是寶皆是從因緣和合生是寶若滅亦不去至十方諸緣合故有諸緣離故滅善男子諸佛身亦如是從本業因緣果報生生不從十方來滅時亦不去至十方但諸緣合故有諸緣離故滅善男子譬如箜篌聲出時無來處滅時無去處衆緣和合故生有槽有頸有皮有絃有柱有棍有人以手鼓之衆緣和合而有聲是聲亦不從槽出不從頸出不從皮出不從絃出不從棍出亦不從人手出衆緣和合爾乃有聲是因緣離時亦無去處善男子諸佛身亦如是從無量功德因緣生不從一因一緣一功德生亦不無因緣有衆緣和合故有諸佛身不獨從一事成來無所來去無所至善男子應當如是知諸佛來相去相善男子亦當知一切法無來去相

汝若知諸佛及諸法無來無去無生無滅相必得阿耨多羅三藐三菩提亦能行般若波羅蜜及方便力爾時釋提桓因以天曼陀羅華與薩陀波崙菩薩摩訶薩作是言善男子以是華供養曇無竭菩薩摩訶薩我應當守護供養汝所以者何汝因緣力故今日饒益百千萬億衆生使得阿耨多羅三藐三菩提善男子如是善人甚爲難遇爲饒益一切衆生故無量阿僧祇劫受諸勤苦薩陀波崙菩薩摩訶薩受釋提桓因曼陀羅華散曇無竭菩薩上白言大師我從今日以身屬師供給供養如是白已合掌師前立是時長者女及五百侍女白薩陀波崙菩薩言我等從今日亦以身屬師我等以是善根因緣故當得如是法亦如師所得共師世世供養諸佛世世常供養師是時薩陀波崙菩薩語長者女及五百女人若汝等以誠心屬我者我當受汝諸女言我等以誠心屬師當隨師教是時薩陀波崙菩薩及五百女人幷諸莊嚴寶物上妙供具及五百乘七寶車奉上曇無竭菩薩白言大師我持是五百女人奉給大師是五百乘車隨師所用爾時釋提桓因讚薩陀波崙菩薩言善哉善哉善男子菩薩摩訶薩捨一切所有應如是如是布施疾得阿耨多羅三藐三菩提作如是供養說法人必得聞般若波羅蜜及方便力過去諸佛本行菩薩道時亦如是住布施中得聞般若波羅蜜及方便力得阿耨多羅三藐三菩提爾時曇無竭菩薩欲令薩陀波崙菩薩善根具足故受五百乘車長者女及五百侍女受已還與薩陀

波崙菩薩是時曇無竭菩薩說法日沒起入宫中薩陀波崙菩薩摩訶薩作是念我爲法故來不應坐卧當以二事若行若立以待法師從宫中出說法爾時曇無竭菩薩七歲一心入無量阿僧祇菩薩三昧及行般若波羅蜜方便力薩陀波崙菩薩七歲經行住立不坐不卧無有睡眠無欲恚惱心不著味但念曇無竭菩薩摩訶薩何時當從三昧起出而說法薩陀波崙菩薩過七歲已作是念我當爲曇無竭菩薩摩訶薩敷設法座曇無竭菩薩摩訶薩當坐上說法我當灑地清淨散種種華莊嚴是處爲曇無竭菩薩摩訶薩當說般若波羅蜜及方便力故是時薩陀波崙與長者女及五百侍女爲曇無竭菩薩摩訶薩敷七寶牀五百女人各脫上衣以敷座上作是念曇無竭菩薩摩訶薩當坐此座上說般若波羅蜜及方便力薩陀波崙菩薩敷座已求水灑地而不能得所以者何惡魔隱蔽令水不現魔作是念薩陀波崙菩薩求水不得於阿耨多羅三藐三菩提生一念劣心異心則善根不增智慧不照於一切智而有稽留爾時薩陀波崙菩薩作是念我當自刺其身以血灑地令無塵土來坌大師我何用此身此身必當破壞我從無始生死已來數數喪身未曾爲法即以利刀自刺出血灑地薩陀波崙菩薩及長者女并五百侍女皆無異心惡魔亦不能得便是時釋提桓因作是念未曾有也薩陀波崙菩薩愛法乃爾以刀自刺出血灑地薩陀波崙及衆女人心不動轉惡魔波旬不能壞其善根其心堅固發大莊嚴

不惜身命以深心欲求阿耨多羅三藐三菩提當度一切衆生無量生死苦釋提桓因讚薩陀波崙菩薩言善哉善哉善男子汝精進力大堅固難動不可思議汝愛法求法最爲無上善男子過去諸佛亦如是以深心愛法惜法重法集諸功德得阿耨多羅三藐三菩提薩陀波崙菩薩作是念我爲曇無竭菩薩摩訶薩敷法座掃灑清淨已訖當於何處得好名華莊嚴此地若曇無竭菩薩摩訶薩法座上坐說法時亦當散華供養釋提桓因知薩陀波崙菩薩心所念即以三千石天曼陀羅華與薩陀波崙薩陀波崙受華已以半散地留半待曇無竭菩薩摩訶薩坐法座上說法時當供養爾時曇無竭菩薩摩訶薩過七歲已從諸三昧起爲說般若波羅蜜故與無量百千萬衆恭敬圍繞往法座上坐薩陀波崙菩薩摩訶薩見曇無竭菩薩摩訶薩時心得悅樂譬如比丘入第三禪

論釋曰薩陀波崙菩薩雖知諸法空無來去相未能深入亦不能解種種門於諸佛身恭敬深重故不能觀空如大海水波其力雖大到須彌山邊則退而無用薩陀波崙亦如是雖有大空智力到佛所則亦無用是故曇無竭菩薩今爲說諸佛無所從來去亦無所至此中曇無竭自說因緣所謂諸法如不動相諸法如即是佛問曰何等是諸法如答曰諸法實相所謂性空無所得空等諸法門問曰摩訶波羅蜜於佛法大乘六波羅蜜中第一法若無佛則無說般若者三十二相八十隨形好十力四無所畏等色無色法等淨妙五

衆和合是故名爲佛如五指和合名爲拳不得言無拳名字旣異形亦異力用亦異不得言無拳是故知有佛答曰不然佛法中有二諦世諦第一義諦世諦故言佛說般若波羅蜜第一義故說諸佛空無來無去如汝說清淨五衆和合故名爲佛和合故有是卽爲無如經中佛自說因緣五衆非佛離五衆亦無佛五衆不在佛中佛不在五衆中佛非五衆有何以故五衆是五佛是一一不作五五不作一又五衆無自性故虛誑不實佛自說一切無誑法中我最第一是故五衆不卽是佛復次若五衆卽是佛諸有五衆者皆應是佛問曰以是難故我先說第一清淨五衆三十二相等名爲佛答曰三十二相等菩薩時亦有何以不名爲佛問曰爾時雖有相好莊嚴身而無一切種智若一切種智在第一妙色身中是卽名爲佛答曰一切種智般若中說是寂滅相無戲論若得是法則名無所得無所得故名爲佛佛卽時空如是等因緣故五衆不得卽是佛離是五衆亦無佛所以者何離是五衆更無餘法可說如離五指更無拳法可說問曰何以故無拳法形亦異力用亦異若但是指者不應異因五指合故拳法生離是拳法拳雖無常生滅不得言無問曰是拳法若定有除五指應更有拳可見亦不須因五指如是等因緣離五指更無有拳佛亦如是離五衆則無有佛佛不在五衆中五衆不在佛中何以故異不可得故若五衆異佛者佛應在五衆中但是事不然佛亦不在五衆所以者何離五衆無佛離佛亦無五衆譬

如比丘有三衣鉢故可得言有但佛與五衆不得別異是故不得言佛有五衆如是五衆求佛不可得故當知無佛無故無來無去問曰若無佛即是邪見云何菩薩發心求作佛答曰此中言無佛破著佛想不言取無佛相若有佛尚不令取何況取無佛邪見又佛常寂滅無戲論相若人分別戲論常寂滅事是人亦墮邪見離是有無二邊處中道即是諸法實相諸法實相即是佛何以故得是諸法實相名爲得佛復次色等法如相即是佛色等法性空是如相諸佛如亦性空以是故不來不去不生不滅法性實際空無染寂滅虚空性亦如是無來無去如乃至虚空性如佛如是如一無二無三等別異此中自說因緣何以故出諸數法無所有故如等法是實是中無有憶想分別取相故名字中名字中有數此中自說因緣空非實無所有故問曰若是法無有云何可見可聞有苦有樂有縛有脱等分別諸異答曰此中曇無竭自種種分別譬喻說所謂如春末月見焰乃至是人不分別諸法若來若去焰等中雖無實事亦能誑人目生苦樂事諸法亦如是雖空無所有亦能令人得苦樂憂喜事夢等法亦如是復次佛有二種身一者法身二者色身法身是眞佛色身爲世諦故有佛法身相上種種因緣說諸法實相是諸法實相亦無來無去是故說諸佛無所從來去亦無所至若人得諸佛法身相是名近阿耨多羅三藐三菩提未得一切智故名爲近以相似故般若波羅蜜名諸法實相若能如是行是爲行般若波羅

實眞佛弟子眞佛弟子者得諸法實相名爲佛得諸法實相差别故有須陀洹乃至辟支佛大菩薩須陀洹等乃至大菩薩是名眞佛弟子不虛妄食人信施者布施畜生雖得百倍果報而此福有盡有量不能度衆生生死故名爲虛食須陀洹等乃至佛諸賢聖受人施此福果報乃至涅槃無盡無量是故說不虛妄食人信施是人應受一切衆生供養若須陀洹應受一切凡夫人供養斯陀含應受凡夫人乃至須陀洹供養阿那含應受凡夫人及須陀洹斯陀含供養阿羅漢應受凡夫人須陀洹斯陀含阿那含供養辟支佛應受凡夫人及須陀洹乃至阿羅漢供養近成佛大菩薩應受凡夫人及聲聞辟支佛供養爲世間福田者如植種良田成收必多持戒禪

定智慧福田衆生植福獲果無量上說諸佛無來無去薩陀波崙及諸聽者意謂諸佛尚無諸法亦應皆滅則墮斷滅是故今說因緣法譬喻曇無竭示薩陀波崙如汝所著意謂實有者無爲度衆生故從因緣和合則有像現欲證明此事故說譬喻如大海中生寶不從十方來滅亦無所去亦不無因緣而生以四天下衆生福德因緣故海生此寶若劫盡滅時亦無去處譬如燈滅焰無所至佛身亦爾從初發心所種善根功德皆是佛身相好因緣佛身亦不自在皆屬本因緣業果報故生是因緣雖久住性是有爲法故必歸無常散壞則無身譬如善射之人仰射虛空箭去雖遠必當墮地諸佛身亦如是雖相好光明福德成就名稱無量度人無限亦歸磨滅問

曰若衆生福德因緣故海生珍寶何以不近衆生處生而乃在大海難得之處答曰海中亦有衆生龍阿脩羅等用是寶復次若寶生人中濁世貪者覆藏不令人得若好世時珍寶自生人間無有惜者如彌勒佛時珍寶如瓦礫以懈怠懶惰人惜身强作願求樂是故寶在大海不能得若大心不惜身命勤求者乃得大海水普十方六道國土諸珍寶即是諸佛如珍寶爲一切衆生故生而懈怠懶惰者所不得諸佛亦如是雖爲衆生故出世懈怠小心貪身著我者不得度所以者何諸法皆從衆緣和合生衆生有二因緣故得度一者内有正見二者外有善說法者諸佛雖善說法衆生内正見不具故不能盡度如寶物雖爲衆生出而有貧窮衆生諸佛亦如是雖爲衆生出而衆生内正見少故亦不得度復有箜篌譬喻有槽有頸有皮有絃有棍有人以手鼓之衆緣和合而有聲如聲亦不在衆緣中離衆緣亦無聲以因緣和合故有聲可聞諸佛身亦如是六波羅蜜及方便力衆因緣和合邊生佛身不在六波羅蜜等法中亦不離六波羅蜜等法如聲不以一因緣亦非無因緣佛身亦如是不從無因緣亦不從少因緣諸善法因緣具足故生諸佛身如鏡中像衆因緣和合故有衆緣離故無諸佛亦如是有諸因緣故出現諸因緣散故滅善男子應如是觀諸佛來去相一切諸法相亦應如是如曇無竭語薩陀波崙善男子汝能知諸法相不來不去必得阿耨多羅三藐三菩提不退轉亦必能行般若波羅蜜及方便力何

以故一切法無障礙故問曰釋提桓因何以化作曼陀羅華與薩陀波崙答曰釋提桓因愛樂佛道故常恭敬諸菩薩復次釋提桓因欲攝衆生令入佛道故現天王身以華與薩陀波崙薩陀波崙一心求佛道故諸天來供養衆生見者皆亦發心釋提桓因爲引導衆生故供養薩陀波崙有人言釋提桓因深愛敬薩陀波崙上品來試試已令身體平復令復以華與之釋提桓因力能與一切人華以衆生無福力故設當與者華即變壞薩陀波崙福德成就故得必不變是故與若一切菩薩供養師時不盡與應守護供養者先已說因緣所謂割肉出血試以成親舊故守護復次釋提桓因此中自說因緣所謂汝因緣力故饒益百千等衆生薩陀波崙取華如其意供養曇無竭薩陀波崙初聞師名後眼見聞法斷疑故以身供養長者女等亦効薩陀波崙以身施薩陀波崙問曰薩陀波崙以身供養曇無竭曇無竭福田大何以不以身供養而與薩陀波崙答曰女人智短著多故不用捨本師而供養他人以女身罪穢心雖清白爲外有識謗故問曰長者女初捨父母已屬薩陀波崙今何以復以身施答曰初捨父母共薩陀波崙詣曇無竭爲法故供養亦不自以身施父母亦不以施薩陀波崙今見薩陀波崙問甚深義曇無竭爲解說釋提桓因歡喜供養是故發歡喜心以身供養以自在心故又一切女身無所繫屬則受惡名女人之體幼則從父母少則從夫老則從子是長者女等雖道路共來不得久無所屬是故自以

身施而作是願如師所得我等亦當得之爾時薩陀波崙欲以此女供養曇無竭慮其嫌恨故問汝等實以誠心供養我當受汝誠心者不自用心隨所處分如無心物諸女人等言實以誠心即時薩陀波崙以長者女并諸侍女及五百乘車奉上曇無竭薩陀波崙欲除世人常疑謂其欺誑長者將諸女來是故盡以布施明已無著復次薩陀波崙如空中聲所聞得解歡喜如世人所貴内外物盡以供養欲深入檀波羅蜜門故釋提桓因知薩陀波崙愛貪等煩惱未盡而能盡捨内外布施無復遺餘故讚言善哉以過去佛爲喻行難事故得難得果報所謂阿耨多羅三藐三菩提問曰若曇無竭欲令薩陀波崙善根具足故受善根者所謂具足檀波羅蜜何以故還與薩陀波崙答曰曇無竭大智方便令薩陀波崙大得福德而無所失是謂上受薩陀波崙至誠心施斷諸貪著不望還得福德具足曇無竭思惟薩陀波崙遠來而於五欲心不染著舊人供養爲善是故還與又聞諸女先以身上薩陀波崙人非財物欲遂其本意故又是諸女世世爲薩陀波崙弟子如是等因緣故還與薩陀波崙問曰諸大菩薩說法不應疲極何以入宫答曰隨世人法故又衆香城中衆生不常求道或時猒息受五欲樂諸天常受五欲故妨廢求道有菩薩所住國常勤精進不受五欲是衆香城衆生本願雜受曇無竭隨其志願欲引導之故生其國是故以衆生聽法疲倦起入宫中又未得道者法雖微妙常聞故生疲猒心是衆中有是人

故又曇無竭有是中受富樂人法故日没應息是時薩陀波崙作是念我爲法來不應坐卧問曰爲法故何以不應坐卧答曰無是空法此人大欲大精進恭敬法故自作是念我若坐卧則是懶惰我初求法時身尚不惜何況疲倦是故不坐卧大欲精進與坐卧相違故又坐卧則不勤力行立則勤力精進是故常住二威儀以待師出問曰薩陀波崙先知師七歲不出不答曰初來不知故又復曇無竭亦常七歲不出以因緣故自誓七歲入定薩陀波崙自誓師未出終不坐又大人世間法尚不自違何況爲道法又以初求法時尚不惜身今立七歲何足爲難問曰人身軟弱何能七歲不坐不卧答曰是時人壽命長雖復七歲如今七日又好世人身福德力大雖立七歲不以爲難如今比丘年六十始出家而自結誓我脅不著席要盡得聲聞所應得事乃至得六神通阿羅漢作四阿含優婆提舍於今大行於世此人於惡世尚爾何況薩陀波崙生於好世又身力雖弱以心强故能辦其事復次一心求佛道者十方諸佛所念諸大菩薩及求佛道諸天益其氣力圍繞守護是故雖住立七歲而不疲極問曰曇無竭入三昧何以乃至七歲答曰先已答好世人壽長雖七歲不以爲久又曇無竭宫殿婇女微妙五欲與天相似薩陀波崙等新發意者心未柔軟疑曇無竭雖説空法讚歎離欲謂其心未能捨是七歲三昧欲以除衆疑故生貴敬心聞曇無竭七歲三昧心口相應能説能行則信受其語易可得度譬如癰瘡未熟

醫則不破但以藥塗令熟則易破復次欲受心生實樂故入無量三昧復次說法有二種一者口說法二者身現法今欲以身現法故入無量三昧令衆生知攝心入慧得如實智菩薩三昧者如菩薩義中說行般若方便力者說行如方便品中說薩陀波崙於七歲中三惡覺觀不生不味於味是人雖未破煩惱而集諸善法故制諸煩惱不令得至但生一念曇無竭何時當出我當從聞般若過七歲已作是念我當爲曇無竭敷坐處掃灑莊嚴問曰薩陀波崙云何得知過七歲已曇無竭當出答波崙云曰有人言先曾七歲展轉聞知有人言曇無竭初入三昧自說七歲爲限如釋迦文尼佛告阿難我欲一月二月入禪定阿難以告四衆薩陀波崙深愛佛法敬重曇無竭故供養莊嚴說法處出家菩薩但莊嚴其心諳師受法在家菩薩則莊嚴說法處華香供養復次薩陀波崙作是莊嚴欲令曇無竭知其愛法欲法相深心信樂故現是事是故生心共五百女等展力掃灑自以其金銀珍寶敷座薩陀波崙等雖自有妙好茵褥爲愛法情至故以身所著上衣敷座求水灑地魔隱蔽故求不能得此中自說因緣魔作是念若薩陀波崙求水不得其心則劣志願不滿故又令自鄙其身我薄福德故爲供養法求水不得以自輕憂愁覆心故福德不增智慧不照不明者諸憂愁煩惱覆心故諸福德智慧不能照明譬如日障蔽故其照不明魔知其心大不可沮壞但小沮壞令其稽留爾時薩陀波崙自刺其身出血灑地欲以淹

塵人血肉雖臭以其至心求水不得意不分別香臭好惡爲欲淹塵不惜身命又薩陀波崙深心愛著般若波羅蜜故無所愛惜有人言多有諸天龍鬼神等常隨逐薩陀波崙佐助守護是故所出之血變爲香水如羼提仙人被割截時血化爲乳又以無量福德成就故隨願即成問曰若福德成就隨願即得魔不應隱蔽其水答曰是菩薩新發意能成小願未能却魔此中薩陀波崙自說出血因緣我從無始生死已來數數喪身未曾爲法問曰若薩陀波崙愛法刺身出血若其身死誰復聽法答曰是事如破骨出髓中答又此中諸天大菩薩守護故令其不死又復惡魔知其心不可沮壞水則還出薩陀波崙等皆無異心者如人初習慈心欲爲衆生及爲般若波羅蜜故不惜身命既得利刀割身以痛自逼故心生悔恨是名異是菩薩信力大故欲得阿耨多羅三藐三菩提果報故不計是苦又以深悲心愛念衆生雖受種種苦惱不以爲難譬如慈母愛子雖爲子受勤苦不淨不以爲惡又復見諸法實相畢竟空故知是身但是虛誑和合破是虛誑故割截身時不妨阿耨多羅三藐三菩提魔不得其便者如人有瘡則受毒菩薩若有貪欲憂愁瘡者魔得其便以出血灑地心不憂愁故魔不得便薩陀波崙心五百女人心如是敬重薩陀波崙故見其刺身應有憂惱以其願得滿故不以爲愁爾時釋提桓因見是事已歎未曾有者是人未得無生忍諸煩惱未斷爲供養法故不惜身命如諸離欲人無異割截其身如斷

草木初心既爾後心轉增復次未曾有者此中釋提桓因自說因緣薩陀波崙愛法乃爾以刀自刺等釋提桓因作是心歡喜已讚言善哉讚其愛法樂法勤心精進以過去佛爲喻非但汝今辛苦過去諸佛求般若亦爾薩陀波崙聞釋提桓因安慰其心已如火得酥轉更熾盛作是念我既敷座灑地當於何處得好名華莊嚴法處問曰不見水時何以不作是念當於何處得水灑地答曰薩陀波崙以先有水處即時皆無知魔所作是故自於四大分中刺水分灑地身中水種雖多血是命之所在故刺以灑地華不自有曇無竭出時欲至不容遠求又所須復多當以遍覆其地是故生念欲得帝釋知其念即以天華宁妙者名曼陀羅三千石與之足以周事帝釋所以不以人華與者欲令發希有心故薩陀波崙受華已分作二分好者留以說法時散餘者覆地其國俗法以華覆地令行其上以爲供養爾時曇無竭如其先要滿七歲已從三昧起與無量百千衆恭敬圍繞直趣法座爲說般若故問曰若諸菩薩入微妙三昧中誰能令起答曰行者初入時自作限齊然後入定時至其心自在從三昧起悲心故而生覺觀有一比丘入滅受定時自期聞揵椎時當起既入已時僧坊失火諸比丘惶懅不打揵椎而去爾時過十二歲已檀越更和合衆僧欲起僧坊方打揵椎聞揵椎聲起即身散而死後諸得道者說其如此復次有人言法性生身大菩薩如諸佛常入三昧無散亂麤心以神通力故能說法飛行度脫衆生世俗

法故有出入三昧相是故雖入微妙三昧而能還出以大悲心牽故譬如呪術出龍大衆圍繞者是內眷屬恭敬散華燒香隨從而出爲說般若波羅蜜故說般若波羅蜜者因世諦名字語言欲示衆生第一義不動相故薩陀波崙見曇無竭即得清淨歡喜樂遍其身如比丘入於三禪所以者何多欲衆生雖非淨妙得猶喜樂何況得見眞功德莊嚴身者薩陀波崙從空中佛聞曇無竭即生大欲得諸三昧見十方諸佛復聞十方諸佛說先世因緣唯有曇無竭能度汝耳聞是已增益其心渴仰欲見是故中道欲賣身供養今於衆香城七歲不坐不卧欲見曇無竭如是渴仰欲樂來久如人熱渴所逼得濁煖潦水猶尚歡喜何況得清冷美水既以渴仰情久又曇無竭功德大是故悅樂樂有四種何以但說第三樂而不說上地定樂及解脫樂以欲界衆生於三受中多貪樂受聞涅槃樂無所有則心不樂喜以上四禪中斷苦樂故心亦不樂第三禪中樂樂之極復有人言薩陀波崙新發意未入細深妙定故見曇無竭發歡喜似如三禪薩陀波崙自覺我大歡喜故即時捨喜得清淨法性徧身安樂是故以三禪樂爲喻

大智度論卷第九十九

音釋

箜篌（箜苦紅切篌戶鉤切箜篌樂器也）槽（昨勞切）頸（居郢切）棍（胡本切開絃線之棍子也）坌（蒲悶切塵坌也）礫（音歷小石也）癰（於容切疽也）惶懅（惶胡光切恐也懅其據切懼也）揵椎（梵語也此云鍾亦云磬律云隨有瓦木銅鐵鳴者皆名揵椎揵巨言切椎音槌）

大智度論卷第一百

龍樹菩薩造
姚秦三藏法師鳩摩羅什譯

釋曇無竭品第八十九之下

【經】爾時薩陀波崙菩薩摩訶薩及長者女并五百侍女到曇無竭菩薩摩訶薩所散天曼陀羅華頭面禮畢退坐一面曇無竭菩薩見其坐已告薩陀波崙菩薩言善男子諦聽諦受今當爲汝説般若波羅蜜相善男子諸法等故當知般若波羅蜜亦等諸法離故當知般若波羅蜜亦離諸法不動故當知般若波羅蜜亦不動諸法無念故當知般若波羅蜜亦無念諸法無畏故當知般若波羅蜜亦無畏諸法一味故當知般若波羅蜜亦一味諸法無邊故當知般若波羅蜜亦無邊諸法無生故當知般若波羅蜜亦無生諸法無滅故當知般若波羅蜜亦無滅虛空無邊故當知般若波羅蜜亦無邊大海水無邊故當知般若波羅蜜亦無邊須彌山莊嚴故當知般若波羅蜜亦莊嚴虛空無分別故當知般若波羅蜜亦無分別色無邊故當知般若波羅蜜亦無邊受想行識無邊故當知般若波羅蜜亦無邊地種無邊故當知般若波羅蜜亦無邊水種火種風種無邊故當知般若波羅蜜亦無邊空種無邊故當知般若波羅蜜亦無邊如金剛等故當知般若波羅蜜亦等諸法無分別故當知般若波羅蜜亦無分別諸法性不可得故當知般若波羅蜜性亦不可得諸法無所有等故當知般若波羅蜜亦無所有等諸法無作故當知般若波羅蜜亦無作

諸法不可思議故當知般若波羅蜜亦不可思議是時薩陀波崙菩薩摩訶薩即於坐處得諸三昧所謂諸法等三昧諸法離三昧諸法無畏三昧諸法一味三昧諸法無邊三昧諸法無生三昧諸法無滅三昧虚空無邊三昧大海水無邊三昧須彌山莊嚴三昧虚空無分別三昧色無邊三昧受想行識無邊三昧地種無邊三昧水種火種風種空種無邊三昧如金剛等三昧諸法無分別三昧諸法不可思議三昧如是等得六百萬諸三昧門爾時佛告須菩提如我今於三千大千世界中與諸比丘僧圍繞以是相以是像貌以是名字說般若波羅蜜薩陀波崙得六百萬三昧門見東南西北方四維上下如恒河沙等三千大千世界中諸佛與諸比丘恭敬圍繞以如是相以是像貌以是名字說是摩訶般若波羅蜜亦如是薩陀波崙菩薩從是已後多聞智慧不可思議如大海水常不離諸佛生於有佛土中乃至夢中未曾不見佛時一切衆難皆悉已斷在所佛土隨願往生須菩提當知是般若波羅蜜因緣能成就菩薩摩訶薩一切功德得一切種智以是故須菩提諸菩薩摩訶薩若欲學六波羅蜜深入諸佛智慧欲得一切種智應受持般若波羅蜜讀誦正憶念廣爲人說亦書寫經卷供養尊重讚歎香華乃至妓樂何以故般若波羅蜜是過去未來現在十方諸佛母十方諸佛所尊重故

論釋曰曇無竭既出至法座所遍觀無勝已者於是而坐爾時薩陀波崙菩薩知坐已定

到曇無竭所頭面禮足一面坐禮有三種一者口禮二者屈膝頭不至地三者頭至地是爲上禮人之一身頭爲最上足爲最下以頭禮足恭敬之至曇無竭見其坐已知從遠來不惜身命種種勤苦爲欲聞法初相見時日垂欲没少時聞法曇無竭以日没故起入宫中今爲法故七歲渴仰不生異心垂欲出時以血灑地知其爲法不惜身命其心不退決定無疑堪受教化是故告言善男子一心諦聽上疑諸佛來去已斷今但欲聞甚深般若波羅蜜是故爲說般若波羅蜜相般若波羅蜜相者如先諸法平等義中說或有人言般若波羅蜜力故觀諸法皆平等非諸法性平等是故曇無竭言諸法平等故般若波羅蜜平等所以者何因果相似故有初觀諸法平等是因決定心得般若波羅蜜是爲果問曰觀諸法平等即是般若般若即是平等何以分别爲因果答曰般若及諸法雖一相無二無别行者初觀時是因觀竟名爲果如須陁洹道得向又如有漏五衆因時名集果時名苦色等一切法平等即是般若波羅蜜平等問曰應說般若波羅蜜相今何以說平等因不平故有平因平故有不平於般若中亦不一相亦不異相汝何以故欲取一相答曰般若波羅蜜甚深微妙不以方便說則無解者是故若分别不等則生諸煩惱三毒增長所謂憎怨愛親愛善憎不善菩薩住是二等中觀一切法皆平等住衆生等中怨親憎愛皆悉平等開福德門閉諸惡趣住法等中於一切法中憶想分别著心取相皆除滅但見諸

法空空即是平等有人得是諸法平等空直趣菩薩道於空不戲論有人雖得平等而生戲論若觀都空有如是失如是人於平等即是不等是故此中爲眞平等故說般若波羅蜜等非是戲論離平等不平等二邊是般若波羅蜜相問曰平等者於般若波羅蜜相已具足何以故更說離等是般若波羅蜜相答曰經中但說諸法等故般若等行者取是平等相而生著是故說般若波羅蜜平等相自性離色等諸法自相離故離義如相無相品中說得此諸法平等又於平等離安住空中空空中則不動戲論不能動諸煩惱山亦不動無常時亦不動所以者何於一切法得實相故菩薩住是二空得不動般若波羅蜜是則究竟若有念即是有相著處是故說諸法無念故當知般若波羅蜜亦無念無動相是般若波羅蜜般若波羅蜜諸相滅故若不念是般若或迷悶無所趣向有戲論者在大衆中則生怖畏或於涅槃中不了故亦生怖畏是故說無怖畏相是般若波羅蜜是人雖不決定取諸法相而深入法性故於大衆中有難論諸相者心無所畏於諸法得無相故又入無生忍法時知一切法不可得於是中亦無所畏所以者何是菩薩善通達一切法故復次一切法一相所謂性空是故般若波羅蜜隨一切法故亦性空一味問曰上已說諸法平等今何以更說一味答曰空或時有味或時無味若行者爲諸見取相分別好醜籌量爾時得是諸法平等空心大歡喜故名爲味如人爲熱渴所逼得清冷水以爲其味無

比隨時用故名味眞實畢竟空則無味不味復次一味者菩薩行般若波羅蜜時所緣所觀皆爲一味空智力大故餘法皆隨而爲空譬如蕒石蜜欲熟時雖異物和合皆爲石蜜又如大海百川歸之皆爲一味所謂畢竟空味色等諸法亦如是凡夫心中各各別異入般若波羅蜜中皆爲一味邊名爲相若有若無實觀色等諸法非有非無故無相無相即是無邊觀是已即是無邊般若波羅蜜復次有人言邊有二種常邊斷邊世間邊涅槃邊惡邊善邊等此中無如是等諸邊故名爲無邊般若波羅蜜復次有人言邊名前際後際世間無始故無前際入無餘涅槃故有前際不復更出故無後際如是等分別諸邊著世間故畏涅槃是故般若波羅蜜中無是一切邊但開諸法實相無入無出問曰諸法平等諸法離皆是無邊何以復別說答曰有人知諸法平等知諸法離則不須說若有人取相著是一味故說無邊曇無竭非但爲薩陀波崙故說薩陀波崙亦不但自爲故問但爲衆生有種種心種種行故於般若波羅蜜相中略說無生無滅如先種種因緣破生滅中說虛空無邊如摩訶衍虛空譬喻中說大海水無邊須彌莊嚴先未說故今當略說問曰虛空無爲常法故無得其邊者可言無邊大海水在四天中繞須彌山百由旬數量有人能渡何以言無邊答曰無邊有二種一者實無邊二者人不能到故無邊海亦有二種一者可度二者繞須彌山在九寶山裏廣八萬二千由旬世間人不能得邊故言無邊如小海

船力可渡大海水船力不可渡唯有神通者能渡如外道凡夫能生禪定船度欲界色界海無色界如大海深廣則不能渡以不能破我心故諸賢聖人智慧禪定翅力破諸法邪相得實相故能渡是故說大海譬喻問曰須彌山一色何以言莊嚴答曰外書說須彌山一色純是黄金六足阿毗曇中說須彌山四邊各以一寶成金銀玻瓈瑠璃莊嚴若諸鳥隨所至方各同其色難陀婆難陀龍王兄弟以身圍繞七帀山頂有三十三天宫其城七重名爲喜見九百九十九門一一門邊皆有十六青衣大力鬼神守護城中高處作殿名曰最勝四邊有四大園四天王在四邊有山名遊乾陀各高四萬二千由旬四天王治其上四大海水諸阿脩羅宫及諸龍王宫殿遊乾陀等九寶山日月五星二十八宿及諸餘星圍繞莊嚴如是等種種雜飾以爲莊嚴視之無猒般若波羅蜜亦如是六波羅蜜果報故作轉輪王梵釋天王淨居天王大自在天如是等果報行般若波羅蜜未具足時受此果報莊嚴般若波羅蜜具足時則有須陀洹果斯陀含果阿那含果阿羅漢果辟支佛道阿毗跋致菩薩諸佛道果莊嚴如須彌山上下皆有莊嚴般若波羅蜜莊嚴亦爾未具足時諸天王第一莊嚴具足已諸道果莊嚴如須彌山者劫初立時四邊大風吹聚地之精味積爲須彌更有風吹令堅而成寶般若波羅蜜亦如是一切善法中第一堅實牢固和合以爲般若如須彌山四邊大風吹大海水波所不能動般若波羅蜜亦如是邪見外道

戲論及諸魔民所不能動如須彌山頂四園諸天到者受種種樂般若亦如是行者能登般若頂到四禪等諸定園中受種種樂復次有人言須彌山衆鳥到者皆同一色般若波羅蜜亦如是諸法入中皆同一相所謂無相如虛空無分別者虛空無分別是內是外是遠是近是長是短是淨是不淨等般若波羅蜜亦如是諸法入般若中亦無內外善不善等分別如五衆無邊者五衆常徧滿世間般若波羅蜜亦如是不遠離於五衆五衆實相即是般若波羅蜜復次如色等法分析破裂乃至微塵則無方無方故無邊無色法無形故無此彼無此彼故無邊般若波羅蜜亦如是於一切法分別色乃至微塵分別無色法乃至一念中不見決定有常樂我淨是故說色無邊故般若無邊乃至虛空六種亦如是如金剛等者如天王所執金剛無憎無愛隨所用處無不摧碎諸佛一切智前心此心中三昧能斷一切結使煩惱顛倒及習皆滅故名爲如金剛如金剛三昧相應智慧觀一切法皆平等般若波羅蜜觀諸法平等亦如是何以故般若先觀諸法平等然後得是三昧諸法無分別者世間凡夫煩惱力故種種分別諸法得諸法實相則皆破壞變異是故聖人得般若波羅蜜不隨憶想分別諸法入空無相無作三昧中若得諸法變異時則不憂愁以先來不分別取諸法相故諸法性不可得者一切法皆從因緣和合生無有因無有緣若少因緣而起者若從因緣生則無自性自性者名本有決定實事若性從因緣和合

邊生當知未和合時則無若先無今從因緣和合有者則知無性若從因緣而生性者性即是作法性名不相待不相因常應獨有如是有爲法則無是故言一切諸法性不可得般若波羅蜜性亦爾諸法無所有等故者諸法性不可得故衆緣亦不可得衆緣亦不可得故皆是無所有入無所有中則皆平等所以者何有故有分別無故無分別如草香栴檀香燒時有分別滅時無分別諸法無作者衆生空法空故則皆無作衆生所作者所謂十善十不善等法作者所謂火然水流風動識能識知能知如是法各各自有力無衆生乃至無知者見者無色等乃至一切種智先已破破衆生故無作者破法故無所作但凡夫人顛倒覆故言有所作諸法不可思議者

色等一切法不得決定若常若無常若苦若樂若實若空若我若無我若生滅若不生滅若寂滅若不寂滅若離若不離若有若無等種種分別門亦如是不可得思議所以者何是法皆從心中憶想分別生亦不可決定一切法實性皆過心心數法出名字語言道如前品說一切諸法平等一切賢聖不能行不能到是故不可思議般若波羅蜜亦爾觀是法故生是時薩陀波崙即於座上得諸三昧問曰薩陀波崙先已知諸法空相今種種勸若住立七歲見曇無竭得何等利益答曰薩陀波崙先見諸佛得諸三昧貴重般若波羅蜜生著相今曇無竭七歲從定起爲說般若破其著心一切法性自空非般若波羅蜜令其空是故說諸法等故般若波羅蜜等諸法

離相乃至諸法不可思議故般若不可思議不令輕賤餘法貴重般若何以故不令因般若故更生垢著般若波羅蜜雖畢竟清淨多所饒益復不可取相而生著心如熱金雖好不可手捉薩陀波崙得是教化斷般若中著心即得諸法等諸三昧句句解說散亂心中但有智慧不名三昧今從師聞已一心思惟名爲三昧攝心不散智慧變成三昧如風中燈不能照明在靜室閉門明乃徧照先已欲界心散亂故智慧力未成就令入攝心中所聞諸法皆名三昧能破諸煩惱等及魔人民如水寒風未至未成爲冰則無堅用若成凍冰能有所蹈得如是等六百萬三昧門薩陀波崙得聞曇無竭所說法得諸法中大智慧明所謂種種諸法實相門諸法平等平等是智慧入薩陀波崙禪定心中變爲三昧今欲說三昧智慧今世後世果報故爾時佛告須菩提如我今在大衆中說般若以是相以是像貌以是名字說般若波羅蜜薩陀波崙從曇無竭得是三昧於三昧中見十方佛在大衆中說般若亦如是須菩提薩陀波崙從是以後深愛樂法故多集諸經廣誦多聞如阿難佛所說皆能持薩陀波崙亦如是多聞智慧不可思議如大海水即於是世常不離佛如是等名爲今世果報捨身常生有佛國中好修行念佛三昧故乃至夢中初不離見佛地獄等諸難皆已永絕隨意往生諸佛國土以其深入般若波羅蜜集無量功德故不隨業生薩陀波崙從一佛土至一佛土供養諸佛度脫衆生集無量功德譬如豪貴長者從

一會至一會乃至今在大雷音佛所淨修梵行若有欲求般若波羅蜜者當如薩陀波崙菩薩堅正一心不可傾動是故當知般若波羅蜜因緣故能成就一切功德者諸菩薩得般若者貪欲瞋恚等在家罪垢邪疑戲論等出家罪垢皆悉除滅得心清淨心清淨故得一切功德成就得一切種智者所謂得阿耨多羅三藐三菩提六波羅蜜者從初地乃至七地得無生忍法八地九地十地是深入佛智慧得一切種智成就作佛於一切法得自在者皆應受持乃至華香妓樂須菩提雖常樂空行佛共說般若又得無諍三昧故不應囑累阿難得聞持陀羅尼又常親近世尊故廣囑累

釋囑累品第九十

【經】爾時佛告阿難於汝意云何佛是汝大師不汝是佛弟子不阿難言世尊佛是我大師修伽陀是我大師我是佛弟子佛言如是如是我是汝大師汝是我弟子若如弟子所應作者汝已作竟阿難汝用身口意慈業供養供給我亦常如我意無有違失阿難我身現在汝愛敬供養供給心常清淨我滅度後是一切愛敬供養供給事當愛敬供養般若波羅蜜乃至第二第三以般若波羅蜜囑累汝阿難汝莫忘莫失莫作最後斷種人阿難隨爾所時般若波羅蜜在世當知爾所時有佛在世說法阿難若有書般若波羅蜜受持誦讀正憶念爲人廣說恭敬尊重讚歎華香旛蓋寶衣燈燭種種供養當知是人不離見佛不離聞法常親近佛佛說般若波羅蜜已彌

勒等諸菩薩摩訶薩慧命須菩提舍利弗大目揵連摩訶迦葉富樓那彌多隸耶尼子摩訶俱絺羅摩訶迦旃延阿難等幷一切大衆及一切世間諸天人揵闥婆阿修羅等聞佛所說皆大歡喜

論問曰佛已斷法愛乃至一切種智涅槃不著不取相今何以種種因緣囑累是法似如愛著答曰諸佛大慈悲心從初發意已來乃至到涅槃門常不捨離於娑羅雙樹間以金剛三昧爲衆生碎身如麻米何況經法多所饒益而不囑累又阿難是未離欲人未盡知般若波羅蜜力勢果報多所利益是以慇懃囑累汝當好受持無令忘失是故佛雖於一切法無憎愛常寂滅相而囑累是般若問曰阿難是聲聞人何以以般若波羅蜜囑累而不囑累彌勒等大菩薩答曰有人言阿難常侍佛左右供養所須得聞持陀羅尼一聞常不失既是佛之從弟又多知多識名聞廣普四衆所依是能隨佛轉法輪第三師佛知舍利弗壽短早滅度故不囑累又阿難是六神通三明共解脫五百阿羅漢師能如是多所利益是故囑累彌勒等諸大菩薩佛滅度後各各分散隨至所應度衆生國土彌勒還兜率天上毗摩羅鞊文殊師利亦至所應度衆生處佛又以是諸菩薩深知般若波羅蜜力不須苦囑累阿難是聲聞人隨小乘法是故佛慇懃囑累問曰若爾者法華經諸餘方等經何以囑累喜王諸菩薩等答曰有人言是時佛說甚深難信之法聲聞人不在又如佛說不可思議解脫經五百阿羅漢雖在佛邊

而不聞或時得聞而不能用是故囑累諸菩薩問曰更有何法甚深勝般若者而以般若囑累阿難而餘經囑累菩薩答曰般若波羅蜜非祕密法而法華等諸經說阿羅漢受決作佛大菩薩能受持用譬如大藥師能以毒爲藥復次如先說般若有二種一者共聲聞說二者但爲十方住十地大菩薩說非九住所聞何況新發意者復有九地所聞乃至初地所聞各各不同般若波羅蜜總相是一而深淺有異是故囑累阿難無咎問曰先見阿閦佛品中囑累今復囑累有何等異答曰菩薩道有二種一者般若波羅蜜道二者方便道先囑累者爲說般若波羅蜜體竟今以說令衆生得是般若方便竟囑累以是故見阿閦佛後說漚和品般若波羅蜜中雖有方便

方便雖有般若而隨多受名般若與方便本體是一以所用小乘異故別說譬如金師以巧方便故以金作種種異物雖皆是金而各異名菩薩得是般若波羅蜜實相所謂一切法性空無所有寂滅相即欲滅度以方便力故不取涅槃證是時作是念一切法性空涅槃亦空我今於菩薩功德未具足不應取證功德具足乃可取證是時菩薩以方便力過二地入菩薩位住菩薩位中知甚深微妙無文字法引導衆生是名方便復次有方便菩薩知一切法畢竟空性無所有而能還起善法行六波羅蜜不隨空若能生四種事若疑若邪見若入涅槃若作佛以般若有如是分別若能除邪疑不入涅槃是爲方便有人言般若波羅蜜多所饒益於大珍寶聚中最勝

佛知滅度後多有怨賊欲毀壞者品品囑累猶當無咎何況二處問曰若囑累何以乃爾慇懃鄭重答曰佛隨世俗法引導衆生譬如賈客主欲遠出他國雖以財寶囑累於子大價妙寶偏獨慇懃以其子未識妙寶價重故餘人以估客主是識寶價人而慇懃囑累必知其貴若聞其子讃說寶價則不信之佛亦如是復次若於餘人異衆中讃歎般若囑累人則譏佛自稱讃法疑而不信自於弟子中囑累則無嫌復有人言佛上品中說寂滅相無戲論是一切智是中無有決定法可取則人以爲無所可貴今慇懃囑累則知佛不著空法一切衆生中受愛念般若無過佛者佛知般若恩深故貴重是般若而慇懃囑累有人言佛欲現中道故囑累先說諸法空以遮有邊今慇懃囑累則破無邊是則中道若人謂佛貪心愛著此法佛已種種因緣說般若波羅蜜空相若人謂佛墮斷滅中是故慇懃囑累如是則離二邊問曰佛知阿難是弟子何以故問阿難汝是我弟子不我是汝師不答曰佛有惡弟子須那刹多羅等有少因緣故作弟子欲於佛所取射法佛不爲說於是反戒言我非佛弟子又如須尸摩爲盜法故作弟子如是等是名字弟子又復外道等謂阿難不得已而在佛邊阿難曾作外道弟子著草衣求神仙今以佛是其親族尊重故給侍以如是等事故於大衆中問阿難汝是我弟子不若言是具弟子當隨我勑是故阿難爲欲令人信故重答佛告阿難弟子所應作法汝盡具足弟子法者所謂以善身口意業

供給師有弟子心好身口業不稱有弟子身口業好而心不稱若弟子以善心深愛樂師身口相稱不惜身命不難勤勞自捨其心隨師教勑阿難盡具足此事佛告阿難汝今現在恭敬於我我滅度後恭敬般若亦當如是問曰般若是諸佛師而阿難何以不恭敬其師而恭敬佛答曰阿難雖得初道漏未盡故不深知法寶如佛所知是故佛告阿難汝恭敬般若如恭敬我復次衆生見佛三十二相八十隨形好大光明金色身多愛敬般若波羅蜜微妙甚深無形無色智者能知佛身相好愚智視之皆無猒足是故佛以身喻般若佛在世時能自遮魔是故佛告阿難我滅度後好守護般若問曰一囑累則足何以至三答曰佛深愛般若波羅蜜故三囑問曰若深愛者何限於三答曰諸佛常法語不過三若過三不從執金剛神則以杵擬之又執金剛神意若過三不從則是逆人便當殺之是故佛問不過三復次若一說猶緩過三大急似如凡夫貪著者復次受者心有三種鈍根者至三乃生善心阿難雖復利根心向聲聞但一身求度是故三告所以囑累者爲不令法滅故汝當教化弟子弟子復教餘人展轉相教譬如一燈復然餘燈其明轉多莫作最後斷種人者世人有子若不紹繼則名斷種最爲可恥佛以此喻告阿難汝莫於汝身上令般若斷絶問曰如先品中明般若波羅蜜說亦不增不說亦不減畢竟寂滅相今何以言莫令斷滅譬如虛空誰能滅者答曰般若波羅蜜雖寂滅無生無滅相如虛空不可戲論

而文字語言書般若波羅蜜經卷爲他人說是此中般若於此因中而說其果凡人聞般若波羅蜜微妙即生著心取般若相分別諸法所謂是善是不善是世間是涅槃等以分別故於是法中生著心著心故鬬諍諍故起諸罪業如是人名爲滅般若波羅蜜佛告阿難汝當如般若波羅蜜相莫著文字語言教化衆生是名不滅阿難隨般若在世幾時則知爾許時佛在世如經中廣說佛慇懃囑累在會衆生有疑是故佛說囑累因緣所謂有般若在世則爲佛在所以者何般若波羅蜜是諸佛母諸佛以法爲師法者即是般若波羅蜜若師在毋在不名爲失利所以者何利本在故是故說若般若在世佛亦在又法寶不離佛寶菩薩有三十二相八十隨形好不名爲佛得法寶故名爲佛法寶即是般若波羅蜜如人從佛得利乃至得解脫涅槃若人於般若中能信行亦以三乘法而入涅槃是故說般若在世如佛在世說法無異阿難若有人聽受般若及書持等當知是人不離見佛聞法親近諸佛問曰有人重罪三不善業成就聽受書持般若是人云何當得不離諸佛聞法親近佛不答曰是事先品中已答所謂聽法者有二種人一者但聽而不信受行二者聽而信受奉行如弟子不聽不信受行師語是名不聽若以一心聽聞信受奉行猒世愛涅槃離小乘樂大乘作如是聽受是名真聽誦讀亦如是正憶念隨如佛意離有無二邊行於中道如所聞受持及其義解爲他人解說恭敬尊重供養讃歎華香等初始微

薄乃至正憶念爲他人說其心轉厚功德轉多牢固不動若聞師說若見經卷華香等供養若智者知般若功德供養者福德重不知者供養福德微薄福德純厚者轉身不離見佛聞法親近諸佛福德微薄者不言轉身得三福報償衆罪已久後亦必當得佛此中佛總說福德純厚微薄漸漸皆當見十方佛聞佛所說漸漸具足六波羅蜜皆得作佛佛以佛眼見般若有如是大利益衆生故慇懃囑累問曰是諸大阿羅漢已證實際無復憂喜小喜尚無何況大歡喜答曰諸大阿羅漢雖離三界欲未得一切智慧故於諸甚深法中猶疑不了是摩訶般若波羅蜜中了了解說斷除其疑是故大歡喜復次此諸大弟子已證實際實際者即是空無相無量無所分別佛以此寂滅法種種分別名字語言譬喻廣說亦不壞法性又不與世間相違諸阿羅漢是法中證故大歡喜佛善說是空無相無量寂滅法諸餘大衆未悉漏盡信力深故亦大歡喜言此法能盡我等生死苦令得佛道如是等無量因緣故大衆皆歡喜問曰若佛囑累阿難是般若波羅蜜佛般涅槃後阿難共大迦葉結集三藏此中何以不說答曰摩訶衍甚深難信難解難行佛在世時有諸比丘聞摩訶衍不信不解故從座而去何況佛般涅槃後以是故不說復次三藏正有三十萬偈幷爲九百六十萬言摩訶衍甚多無量無限如此中般若波羅蜜品有二萬二千偈大般若品有十萬偈諸龍王阿脩羅王諸天宫中有千億萬偈等所以者何此諸天龍神壽

命長久識念力强故今此世人壽命短促識念力薄小般若波羅蜜品尚不能讀何况多者諸餘大菩薩所知般若波羅蜜無量無限何以故佛非但一身所說無量世中或變化無數身是故所說無量又有不可思議解脱經十萬偈諸佛本起經雲經大雲經各各十萬偈法華經華手經大悲經方便經龍王問經阿脩羅王問經等諸大經無量無邊如大海中寶云何可入三藏中小物應在大中大物不得入小若欲問應言小乘何以不在摩訶衍中摩訶衍能兼小乘法故是故不應如汝所問復次有人言如摩訶迦葉將諸比丘在耆闍崛山中集三藏佛滅度後文殊尸利彌勒諸大菩薩亦將阿難集是摩訶衍又阿難知籌量衆生志業大小是故不於聲聞人中說摩訶衍說則錯亂無所成辦佛法皆是一種一味所謂苦盡解脱門此解脱味有二種一者但自爲身二者兼爲一切衆生雖倶求一解脱門而有自利利人之異是故有大小乘差別爲是二種人故佛口所說以文字語言分爲二種三藏是聲聞法摩訶衍是大乘法復次佛在世時無有三藏名但有持修多羅比丘持毗尼比丘持摩多羅迦比丘修多羅者是四阿含中經名摩訶衍中經名修多羅有二分一者四阿含中修多羅二者摩訶衍經名爲大修多羅入二分亦大乘亦小乘二百五十戒如是語等名爲修多羅毗尼名比丘作罪佛結戒應行是不應行作是事得是罪略說有八十部亦有二分一者摩偷羅國毗尼含阿波陀那本生有八十部二者

罽賓國毗尼除却本生阿波陀那但取要用作十部有八十部毗婆沙解釋是故知摩訶般若波羅蜜經等在修多羅經中以經大事異故別說是故不在集三藏中鳩摩羅耆婆法師以秦弘始三年歲在辛丑十二月二十日至長安四年夏於逍遥園中西門閣上爲姚天王出此釋論七年十二月二十七日乃訖其中兼出經本禪經戒律百論禪法要解向五十萬言并此釋論一百五十萬言論初品三十四卷解釋一品是全論其本二品已下法師略之取其足以開釋文意而已不復備其廣釋得此百卷若盡出之將十倍於此

大智度論卷第一百

音釋

分析（先的切亦分也）摩訶俱絺羅（梵語也此云大膝絺音癡）漚和（梵語具云漚和俱舍羅此云方便漚音甌）殛（紀力切誅也又斥死也）緩（胡管切遲緩也）

瑜伽師地論
唐三藏沙門玄奘奉詔譯

清刻龍藏佛說法變相圖

瑜伽師地論新譯序

銀青光祿大夫行東宮左庶子高陽縣開國男許敬宗撰

原夫三才成位爰彰開闢之端六羽爲居猶昧尊卑之序訊餘軌於襄陸淪胥靡徵考陳跡於懷英寂寥無紀曁乎黃軒振武玄頊疏功帝道盛於唐虞王業著於殷夏葳蕤玉冊照耀金圖茂範曾芬詳諸歷選然則其神襲聖衍慶擒和軼三代而孤標掩百王而迥秀我大唐皇帝無得而稱矣斷鼇初載萬有於是宅心飛龍在辰六幽於是仰德偃洪流而恢地絡練清氣而輯天維散服韜戈扇無爲之道移澆反樸弘不言之化悠悠庶類叶夢於華胥蠢蠢壞生遂性於仁壽大禮大樂包曲臺而掩宣榭宏謨宏典溶璧水而藻環林瑞露禎雲翊紫空而褰睨祥鱗慶翼擾丹禁

而呈符蔵精所記之洲咸爲疆埸暄谷所談之縣並入隄封廣闢轅宫被文軌於殊俗還開娖弈均正朔於王會大業成矣大化清矣於是遊心羽陵寓情延閣總萬篋於天縱表一貫於生知洞照神襟深窮性道俯同小技則絢發三辰降習微毫則妙逾八體居域中之大寶畢天下之能事雖則甲夜觀書見稱優洽華旦成曲獨擅風猷仰校鴻徽豈可同年同語矣有玄奘法師者昭彰辯慧蹦身子之高蹤生禀神奇嗣摩騰之芳軌爰初束髮即事抽簪逈出蓋纏深悟空假研求四諦嗟謬旨於眞宗鑽仰一乘鑒訛文於實相遂乃發弘誓願起大悲心思拯迷途親尋正教幸屬時康道泰遠安邇肅裂裳裹足直趣迦維闡皇澤於遐方徵釋教於前域越葱嶺之外猶跬步而忘遠遵竹園之左譬親受而何殊訪道周遊十有七載經途所亘百有餘國異方之語資一音而並貫未譯之經罄五財而畢寫若誦若閱喻青蓮之受持半句半頌隨白馬而俱反以貞觀十九年持如來肉舍利一百五十粒佛像七軀三藏聖教要文凡六百五十七部還至長安奉勑於弘福寺安置令所司供給召諸名僧二十一人學通内外者共譯持來三藏梵本至二十一年五月十五日肇譯瑜伽師地論論梵本四萬頌頌三十二言凡有五分宗明十七地義三藏法師玄奘敬執梵文譯爲唐語弘福寺沙門靈會靈雋智開和仁會昌寺沙門玄度瑶臺寺沙門道卓大總持寺沙門道觀清禪寺沙門明覺承義筆受弘福寺沙門玄謩證梵語大總

持寺沙門玄應正字大總持寺沙門道洪實際寺沙門明琰寶昌寺沙門法祥羅漢寺沙門慧貴弘福寺沙門文備蒲州栖巖寺沙門神泰廓州法講寺沙門道深詳證大義本地分中五識身相應地意地有尋有伺地無尋唯伺地無尋無伺地凡十卷普光寺沙門道智受旨綴文三摩呬多地非三摩呬多地有心地無心地聞所成地思所成地修所成地凡十卷蒲州普救寺沙門行友受旨綴文聲聞地初瑜伽種性地盡第二瑜伽處凡九卷玄法寺沙門玄賾受旨綴文聲聞地第三瑜伽處盡獨覺地凡五卷汴州眞諦寺沙門玄忠受旨綴文菩薩地有餘依地無餘依地凡十六卷簡州福衆寺沙門靖邁受旨綴文攝決擇分凡三十卷大總持寺沙門辯機受旨綴文攝異門分攝釋分凡四卷普光寺沙門處衡受旨證文攝事分十六卷弘福寺沙門明濬受旨綴文銀青光禄大夫行太子左庶子高陽縣開國男臣許敬宗奉詔監閱二十二年五月十五日絶筆總成一百卷佛滅度後彌勒菩薩自覩史多天宮降于中印度阿瑜陀國爲無著菩薩之所説也斯固法門極地該三藏之遺文如來後心暢五乘之奥旨玄宗微妙不可思議僧徒並戒行圓深道業貞固欣承嘉召得奉高人各罄幽心共禀新義功畢奏上有感宸衷曲降殊恩親裁鴻序情超繫象理絶名言皇太子分燿黄離纘基青陸北揺傳樂仰金聲而竊媿東明御辯瞻王裕而多慙九載勤經漢儲斯陋一朝成賦魏兩韜英旣睹天文頂戴無已爰抽祕藻讚

歎功德行二聖之仙詞闡三藏之幽鍵載揚
佛日永導玄津開夏景於蓮華法流逾潔泛
春光於貝葉道樹增榮俾夫聖藻長懸與天
地而無極眞如廣被隨塵沙而不窮凡厥含
靈知所歸矣

瑜伽師地論卷第一

彌勒菩薩說

唐三藏沙門玄奘奉詔譯

本地分

云何瑜伽師地謂十七地何等十七

嗢柁南曰

五識相應意　有尋伺等三　三摩地俱非
有心無心地　聞思修所立　如是具三乘
有依及無依　是名十七地

一者五識身相應地二者意地三者有尋有伺地四者無尋唯伺地五者無尋無伺地六者三摩呬多地七者非三摩呬多地八者有心地九者無心地十者聞所成地十一者思所成地十二者修所成地十三者聲聞地十四者獨覺地十五者菩薩地十六者有餘依地十七者無餘依地如是略說十七名爲瑜伽師地

本地分中五識身相應地第一

云何五識身相應地謂五識身自性彼所依彼所緣彼助伴彼作業如是總名五識身相應地何等名爲五識身耶所謂眼識耳識鼻識舌識身識

云何眼識自性謂依眼了別色彼所依者俱有依謂眼等無間依謂意種子依謂即此一切種子執受所依異熟所攝阿賴耶識如是略說二種所依謂色非色眼是色餘非色眼謂四大種所造眼識所依淨色無見有對意謂眼識無間過去識一切種子識謂無始時來樂著戲論熏習爲因所生一切種子異熟識彼所緣者謂色有見有對此復多種略說

有三謂顯色形色表色顯色者謂青黄赤白影光明闇雲煙塵霧及空一顯色形色者謂長短方圓麤細正不正高下色表色者謂取捨屈伸行住坐卧如是等色又顯色者謂若色顯了眼識所行形色者謂若色積集長短等分別相表色者謂即此積集色生滅相續由變異因於先生處不復重生轉於異處或無間或有間或近或遠差別生或即於此處變異生是名表色又顯色者謂光明等差別形色者謂長短等積集差別表色者謂業用爲作轉動差別如是一切顯形表色是眼所行眼境界眼識所行眼識境界眼識所緣意識所行意識境界意識所緣名之差別又即此色復有三種謂若好顯色若惡顯色若俱異顯色似色顯現彼助伴者謂彼俱有相應諸心所有法所謂作意觸受想思及餘眼識俱有相應諸心所有法又彼諸法同一所緣非一行相俱有相應一一而轉又彼一切各各從自種子而生彼作業者當知有六種謂唯了別自境所緣是名初業唯了別自相唯了別現在唯一剎那了別復有二業謂隨意識轉隨善染轉隨發業轉又復能取愛非愛果是第六業

云何耳識自性謂依耳了別聲彼所依者俱有依謂耳等無間依謂意種子依謂一切種子阿賴耶識耳謂四大種所造耳識所依淨色無見有對意及種子如前分別彼所緣者謂聲無見有對此復多種如螺貝聲大小鼓聲舞聲歌聲諸音樂聲俳戲叫聲女聲男聲風林等聲明了聲不明了聲有義聲無義聲

下中上聲江河等聲鬪諍諠雜聲受持演説聲論義決擇聲如是等類有衆多聲此略三種謂因執受大種聲因不執受大種聲因執受不執受大種聲初唯内緣聲次唯外緣聲後内外緣聲此復三種謂可意聲不可意聲俱相違聲又復聲者謂鳴音詞吼表彰語等差別之名是耳所行耳境界耳識所行耳識境界耳識所緣意識所行意識境界意識所緣助伴及業如眼識應知

云何鼻識自性謂依鼻了別香彼所依者俱有依謂鼻等無間依謂意種子依謂一切種子阿賴耶識鼻謂四大種所造鼻識所依淨色無見有對意及種子如前分別彼所緣者謂香無見有對此復多種謂好香惡香平等香鼻所齅知根莖華葉果香如是等類有衆多香又香者謂鼻所聞鼻所取鼻所齅等差別之名是鼻所行鼻境界鼻識所行鼻識境界鼻識所緣意識所行意識境界意識所緣助伴及業如前應知

云何舌識自性謂依舌了別味彼所依者俱有依謂舌等無間依謂意種子依謂一切種子阿賴耶識舌謂四大種所造舌識所依淨色無見有對意及種子如前分別彼所緣者謂味無見有對此復多種謂苦酢辛甘鹹淡可意不可意若捨處所舌所嘗又味者謂應嘗應呑應噉應飲應舐應吮應受用如是等差別之名是舌所行舌境界舌識所行舌識境界舌識所緣意識所行意識境界意識所緣助伴及業如前應知

云何身識自性謂依身了別觸彼所依者俱

有依謂身等無間依謂意種子依謂一切種子阿賴耶識身謂四大種所造身識所依淨色無見有對意及種子如前分別彼所緣者謂觸無見有對此復多種謂地水火風輕性重性滑性澀性冷飢渴飽力劣緩急病老死癢悶黏疲息輭性勇如是等類有衆多觸此復三種謂好觸惡觸捨處所觸身所觸又觸者謂所摩所觸若鞕若輭若動若煖如是等差別之名是身所行身境界身識所行身識境界身識所緣意識所行意識境界意識所緣助伴及業如前應知

復次雖眼不壞色現在前能生作意若不正起所生眼識必不得生要眼不壞色現在前能生作意正復現起所生眼識方乃得生如眼識乃至身識應知亦爾

復次由眼識生三心可得如其次第謂率爾心尋求心決定心初是眼識二在意識決定心後方有染淨此後乃有等流眼識善不善轉而彼不由自分別力乃至此意不趣餘境經爾所時眼意二識或善或染相續而轉如眼識生乃至身識應知亦爾

復次應觀五識所依如往餘方者所乘所緣如所爲事助伴如同侶業如自功能復有差別應觀五識所依如居家者家所緣如所受用助伴如僕使等業如作用

本地分中意地第二之一

已說五識身相應地云何意地此亦五相應知謂自性故所依故彼所緣故彼助伴故彼作業故云何意自性謂心意識心謂一切種子所隨依止性所隨依附依止性體能執受

異熟所攝阿賴耶識意謂恒行依止性意及六識身無間滅意識謂現前了別所緣境界彼所依者等無間依謂意種子依謂如前說一切種子阿賴耶識彼所緣者謂一切法如其所應若不共者所緣即受想行蘊無爲無見無對色六内處及一切種子彼助伴者謂作意觸受想思欲勝解念三摩地慧信慚愧無貪無瞋無癡精進輕安不放逸捨不害貪恚無明慢見疑忿恨覆惱嫉慳誑諂憍害無慚無愧惛沉掉舉不信懈怠放逸邪欲邪勝解忘念散亂不正知惡作睡眠尋伺如是等輩俱有相應心所有法是名助伴同一所緣不同一行相一時俱有一一而轉各自種子所生更互相應有行相有所緣有所依彼作業者謂能了別自境所緣是名初業復能了別自相共相復能了別去來今世復刹那了別或相續了別復爲轉隨轉發淨不淨一切法業復能取愛非愛果復能引餘識身又能爲因發起等流識身

又諸意識望餘識身有勝作業謂分別所緣審慮所緣若醉若狂若夢若覺若悶若醒若能發起身業語業若能離欲若離欲退若斷善根若續善根若死若生等

云何分別所緣由七種分別謂有相分別無相分別任運分別尋求分別伺察分別染汙分別不染汙分別有相分別者謂於先所受義諸根成熟善名言者所起分別無相分別者謂隨先所引及嬰兒等不善名言者所有分別任運分別者謂於現前境界隨境勢力任運而轉所有分別尋求分別者謂於諸法

觀察尋求所起分別伺察分別者謂於已所尋求已所觀察伺察安立所起分別染汙分別者謂於過去顧戀俱行於未來希樂俱行於現在執著俱行所有分別若欲分別若恚分別若害分別或隨與一煩惱隨煩惱相應所起分別不染汙分別者若善若無記謂出離分別無恚分別無害分別或隨與一信等善法相應或威儀路工巧處及諸變化所有分別如是等類名分別所緣

云何審慮所緣謂如理所引不如理所引非如理非不如理所引如理所引者謂不增益非真實有如四顛倒謂於無常常倒於苦樂倒於不淨淨倒於無我我倒亦不損減諸真實有如諸邪見謂無施與等諸邪見行或法住智如實了知諸所知事或善清淨出世間智如實覺知所知諸法如是名爲如理所引與此相違當知不如理所引非如理非不如理所引者謂依無記慧審察諸法如是名爲審慮所緣

云何醉謂由依止性羸劣故或不習飲故或極數飲故過量飲故便致醉亂

云何狂謂由先業所引或由諸界錯亂或由驚怖失志或由打觸末摩或由鬼魅所著而發癲狂

云何夢謂由依止性羸劣或由疲倦過失或由食所沉重或由於闇相作意思惟或由休意一切事業或由串習睡眠或由他所引發如由摇扇或由明呪或由於藥或由威神而發昏夢

云何覺謂睡增者不勝疲極故有所作者要

期睡故或他所引從夢而覺
云何悶謂由風熱亂故或由捶打故或由瀉
故如過量轉痢及出血或由極勤勞而致悶
絕云何醒謂於悶已而復出離
云何發起身業語業謂由發身語業智前行
故次欲生故次功用起故次隨順功用爲先
身語業風轉故從此發起身業語業
云何離欲謂隨順離欲根成熟故從他獲得
隨順教誨故遠離彼障故方便正修無倒思
惟故方能離欲
云何離欲退謂性輭根故新修善品者數數
思惟彼形狀相故受行順退法故煩惱所障
故惡友所攝故從離欲退
云何斷善根謂利根者成就上品諸惡意樂
現行法故得隨順彼惡友故彼邪見纏極重
圓滿到究竟故彼於一切惡現行中得無畏
故無哀愍故能斷善根此中種子亦名善根
無貪瞋等亦名善根但由安立現行善根相
違相續名斷善根非由永拔彼種子故
云何續善根謂由性利根故見親朋友修福
業故詣善丈夫聞正法故因生猶豫證決定
故還續善根
云何死謂由壽量極故而便致死此復三種
謂壽盡故福盡故不避不平等故當知亦是
時非時死或由善心或不善心或無記心云
何壽盡故死猶如有一隨感壽量滿盡故死
此名時死云何福盡故死猶如有一資具闕
故死云何不避不平等故死如世尊說九因
九緣未盡壽量而死何等爲九謂食無度量
食所不宜不消復食生而不吐熟而持之不

近醫藥不知於已若損若益非時非量行非梵行此名非時死云何善心死猶如有一將命終時自憶先時所習善法或復由他令彼憶念由此因緣爾時信等善法現行於心乃至麤想現行若細想行時善心即捨唯住無記心所以者何彼於爾時於曾習善亦不能憶他亦不能令彼憶念云何不善心死猶如有一命將欲終自憶先時串習惡法或復由他令彼憶念彼於爾時貪瞋等俱諸不善法現行於心乃至麤細等想現行如前善說又善心死時安樂而死將欲終時無極苦受逼迫於身惡心死時苦惱而死將命終時極重苦受逼迫於身又善心死者見不亂色相不善心死者見亂色相云何無記心死謂行善不善者或不行者將命終時自不能憶無他令憶爾時非善心非不善心死既非安樂死亦非苦惱死又行善不善補特伽羅將命終時或自然憶先所習善及與不善或他令憶彼於爾時於多曾習力最強者其心偏記餘悉皆忘若俱平等串曾習者彼於爾時隨初自憶或他令憶唯此不捨不起餘心彼於爾時由一種因增上力故而便命終謂樂著戲論因增上力及淨不淨業因增上力受盡先業所引果已若行不善業者當於爾時受先所作諸不善業所得不愛果之前相猶如夢中見無量種變怪色相依此相故薄伽梵說若有先作惡不善業及增長已彼於爾時如日後分或山山峯影等懸覆遍覆極覆當知如是補特伽羅從明趣闇若先受盡不善業果而修善者與上相違當知如是補特伽羅

從闇趣明此中差別者將命終時猶如夢中見無量種非變恠色可意相生若作上品不善業者彼由見斯變恠相故流汗毛竪手足紛亂遂失便穢捫摸虛空飜精咀沫彼於爾時有如是等變恠相生若造中品不善業者彼於爾時變恠之相或有或無設有不具又諸衆生將命終時乃至未到惛昧想位長時所習我愛現行由此力故謂我當無便愛自身由此建立中有生報若預流果及一來果爾時我愛亦復現行然此預流及一來果於此我愛由智慧力數數推求制而不著猶壯丈夫與贏劣者共相角力能制伏之當知此中道理亦爾若不還果爾時我愛不復現行又解支節除天那落迦所餘生處一切皆有此復二種一重二輕重謂作惡業者輕謂作善業者北拘盧洲一切皆輕又色界沒時皆具諸根欲界沒時隨所有根或具不具又清淨解脫死者名調善死不清淨不解脫死者名不調善死又將終時作惡業者識於所依從上分捨即從上分冷觸隨起如此漸捨乃至心處造善業者識於所依從下分捨即從下分冷觸隨起如此漸捨乃至心處當知後識唯心處捨從此冷觸遍滿所依

云何生由我愛無間已生故無始樂著戲論因已熏習故淨不淨業因已熏習故彼所依體由二種因增上力故從自種子即於是處中有異熟無間得生死生同時如稱兩頭低昂時等而此中有必具諸根造惡業者所得中有如黑羺光或陰闇夜作善業者所得中有如白衣光或晴明夜又此中有是極清淨

天眼所行彼於爾時先我愛類不復現行識已住故然於境界起戲論愛隨所當生即彼形類中有而生又中有眼猶如天眼無有障礙唯至生處所趣無礙如得神通亦唯至生處又由此眼見已同類中有有情及見自身當所生處又造惡業者眼視下淨伏面而行往天趣者上往人趣者傍又此中有若未得生緣極七日住有得生緣即不決定若極七日未得生緣死而復生極七日住如是展轉未得生緣乃至七七日住自此已後決得生緣又此中有七日死已或即於此類生若由餘業可轉中有種子轉者便於餘類中生又此中有有種種名或名中有在死生二有中間生故或名健達縛尋香行故香所資故或名意行以意爲依往生處故此說身往非心

緣往或名趣生對生有起故當知中有除無色界一切生處又造惡業者謂屠羊雞豬等隨其一類由住不律儀衆同分故作感那落迦惡不善業及增長已彼於爾時猶如夢中自於彼業所得生處還見如是種類有情及屠羊等事由先所習喜樂馳趣即於生處境色所礙中有遂滅生有續起彼將没時如先死有見紛亂色如是乃至生滅道理如前應知又彼生時唯是化生六處具足復起是心而往趣之謂我與彼嬉戲受樂習諸技藝彼於爾時顛倒謂造種種事業及觸冷熱若離妄見如是相貌尚無趣欲何況往彼若不往彼便不應生如於那落迦如是於餘似那落迦鬼趣中生當知亦爾如癭鬼等又於餘鬼傍生人等及欲色界天衆同分中將受生時

於當生處見巳同類可意有情由此於彼起其欣欲即徃生處便被拘礙死生道理如前應知又由三處現前得入母胎一母調適而復值時二父母和合俱起愛染三健達縛而現在前

復無三種障礙謂産處過患所作種子過患所作宿業過患所作

云何産處過患謂若産處爲風熱癊之所逼迫或於其中有麻麥果或復其門如車螺形有形有曲有穢有濁如是等類産處過患應知云何種子過患謂父出不淨非母或母非父或俱不出或母精朽爛或父或母俱如是等類種子過患應知云何宿業過患謂或父或母不作不增長感子之業或復俱無或彼有情不作不增長感父母業或彼父母作及增長感餘子業或彼有情作及增長感餘父母業或感大宗葉業或感非大宗葉業如是等類宿業過患應知若無如是三種過患三處現前得入母胎彼即於中有處自見與巳同類有情爲嬉戲等於所生處起希趣欲彼於爾時見其父母共行邪行所出精血而起顚倒起顚倒者謂見父母爲邪行時不謂父母行此邪行乃起倒覺見巳自行見自行巳便起貪愛若當欲爲女彼即於父便起會貪若當欲爲男彼即於母起貪亦爾乃徃逼趣若女於母欲其遠去若男於父心亦復爾生此欲巳或唯見男或唯見女如如漸近彼之處所如是如是漸漸不見父母餘分唯見男女根門即於此處便被拘礙死生道理如是應知若薄福者當生下賤家彼於死時及入

胎時便聞種種紛亂之聲及自妄見入於叢林竹葦蘆荻等中若福多者當生尊貴家彼於爾時便自聞有寂靜美妙可意音聲及自妄見昇宮殿等可意相現爾時父母貪愛俱極最後決定各出一滴濃厚精血二滴和合住母胎中合為一段猶如熟乳凝結之時當於此處一切種子異熟所攝執受所依阿賴耶識和合依託云何和合依託謂此所出濃厚精血合成一段與顛倒緣中有俱滅與滅同時即由一切種子識功能力故有餘微細根及大種和合而生及餘有根同分精血和合摶生於此時中說識已住結生相續即此名為羯羅藍位此羯羅藍中有諸根大種唯與身根及根所依處大種俱生即由此身根俱生諸根大種力故眼等諸根次第當生又由此身根俱生根所依處大種力故諸根依處次第當生由彼諸根及所依處具足生故名得圓滿依止成就又此羯羅藍色與心心法安危共同故名依託由心心法依託力故色不爛壞色損益故彼亦損益是故說彼安危共同又此羯羅藍識最初託處即名肉心如是識於此處最初託即從此處最後捨

瑜伽師地論卷第一

音釋

序

頊（吁玉切顓頊帝高陽之號也）葳蕤（葳於非切蕤儒佳切）軼（弋質切突也過也）鼇（五勞切）輯（秦入切）韜（他刀切藏也）樸（匹角切質朴也）蠢（尺尹切蟲動也）榭（辭夜切臺上有屋曰榭）轅（干元切）篋（詰叶切）

絇許縣切文貌徽吁韋切美也簪側吟切首笄也跬丘癸切半步也
罄詰定切空也綴株衛切靖邁靖疾郢切邁莫敗切濬須閏切
宸衷宸音辰衷音中纘祖管切繼也鍵巨偃切戶鑰牡曰鍵

論

嗢柁南梵語也此云自說嗢烏沒切柁徒可切酢倉故切舐甚爾
切舌餂也吮徂兗切欶也黏尼占切著也鞕魚孟切堅強也摸慕各
切羺奴侯切胡羊也癭幺郢切瘤也

瑜伽師地論卷第二

彌勒菩薩說

唐三藏沙門玄奘奉詔譯

本地分中意地第二之二

復次此一切種子識若般涅槃法者一切種子皆悉具足不般涅槃法者便闕三種菩提種子隨所生處自體之中餘體種子皆悉隨逐是故欲界自體中亦有色無色界一切種子如是色界自體中亦有欲界無色界一切種子無色界自體中亦有欲色界一切種子又羯羅藍漸增長時名之與色平等增長俱漸廣大如是增長乃至依止圓滿應知此中由地界故依止造色漸漸增廣由水界攝持故由火界成熟故令其堅鞕由無潤故由風界故分別支節各安其所又一切種子識於生自體雖有淨不淨業因然唯樂著戲論爲最勝因於生族姓色力壽量資具等果即淨不淨業爲最勝因又諸凡夫於自體上計我我所及起我慢一切聖者觀唯是苦又處胎分中有自性受不苦不樂依識增長唯此性受異熟所攝餘一切受或異熟所生或境界緣生又苦受樂受或於一時從緣現起或時不起又種子體無始時來相續不絕性雖無始有之然由淨不淨業差別熏發望數數取異熟果說彼爲新若果已生說此種子爲已受果由此道理生死流轉相續不絕乃至未般涅槃又諸種子未與果者或順生受或順後受雖經百千劫從自種子一切自體復圓滿生雖餘果生要由自種若至壽量盡邊爾時此種名已受果所餘自體種子未與果故

不名已受果又諸種子即於此身中應受異熟緣差不受順不定受攝故然此種子亦唯住此位是故一一自體中皆有一切自體種子若於一處有染欲即說一切處有染欲若於一處得離欲即說於一切處得離欲又於諸自體中所有種子若煩惱品所攝名爲麤重亦名隨眠若異熟品所攝及餘無記品所攝唯名麤重不名隨眠若信等善法品所攝種子不名麤重亦非隨眠何以故由此法生時所依自體唯有堪能非不堪能是故一切所依自體麤重所隨故麤重所生故麤重自性故諸佛如來安立爲苦所謂由行苦故又諸種子乃有多種差別之名所謂名界名種姓名自性名因名薩迦耶名戲論名阿賴耶名取名苦名薩迦耶見所依止處名我慢所依止處如是等類差別應知又般涅槃時已得轉依諸淨行者轉捨一切染汙法種子所依於一切善無記法種子轉令緣闕轉得內緣自在又於胎中經三十八七日此之胎藏一切支分皆悉具足從此以後復經四日方乃出生如薄伽梵於入胎經廣說此說極滿足者或經九月或復過此若唯經八月此名圓滿非極圓滿若經七月六月不名圓滿或復缺減又此胎藏六處位中由母所食生麤津味而得資長於羯羅藍等微細位中由微細津味資長應知復次此胎藏八位差別何等爲八謂羯羅藍位遏部曇位閉尸位鍵南位鉢羅賒佉位髮毛爪位根位形位若已結凝箭內稀名羯羅藍若表裏如酪未至肉位名遏部曇若已成肉仍極柔輭名閉尸若已

堅厚稍堪摩觸名爲鍵南即此肉摶增長支分相現名鉢羅賒佉從此以後髮毛爪現即名此位從此以後眼等根生名爲根位從此以後彼所依處分明顯現名爲形位又於胎藏中或由先業力或由母不避不平等力所生隨順風故令此胎藏或髮或色或皮及餘支分變異而生髮變異生者謂由先世所作能感此惡不善業及由其母多習灰鹽等味若飲若食令此胎藏髮毛希尠色變異生者謂由先業因如前說及由其母習近煖熱現在緣故令彼胎藏黑黵色生又母習近極寒室等令彼胎藏極白色生又由其母多噉熱食令彼胎藏極赤色生皮變異生者謂由宿業因如前說及由其母多習婬欲現在緣故令彼胎藏或癬疥癩等惡皮而生支分變異生者謂由先業因如前說及由其母多習馳走跳躑威儀及不避不平等現在緣故令彼胎藏諸根支分缺減而生又彼胎藏若當爲女於母左脇倚脊向腹而住若當爲男於母右脇倚腹向脊而住又此胎藏極成滿時其母不堪持此重胎內風便發生大苦惱又此胎藏業報所發生分風起令頭向下足便向上胎衣纏裹而趣産門其正出時胎衣遂裂分之兩腋出産門時名正生位生後漸次觸生分觸所謂眼觸乃至意觸次復隨墮施設事中所謂隨學世事言說次復耽著家室謂長大種類故諸根成熟故次造諸業謂起世間工巧業處次復受用境界所謂色等若可愛不可愛受此苦樂謂由先業因或由現在緣隨緣所牽或往五趣或向涅槃

又諸有情隨於如是有情類中自體生時彼有情類於此有情作四種緣謂種子所引故食所資養故隨逐守護故隨學造作身語業故初謂父母精血所引次彼生巳知其所欲方求飲食而用資長次常隨逐專志守護不令起作非時之行及不平等行次令習學世俗言說等事由長大種類故諸根成熟故比復於餘如是展轉諸有情類無始時來受苦受樂未曾獲得出苦樂法乃至諸佛未證菩提若從他聞音及內正思惟由如是故方得漏盡如是句義甚爲難悟謂我無有若分若誰若事我亦都非若分若誰若事如是略說內分死生巳云何外分若壞若成謂由諸有情所作能感成壞業故若有能感壞業現前爾時便有外壞緣起由彼外分皆悉散壞非如內分由壽量盡何以故由一切外分所有麤色四大所成恒相續住非如內分又感成器世間業此業決定能引劫住不增不減若有情數時無決定所以者何由彼造作種種業故或過一劫或復減少乃至一歲

又彼壞劫由三種災一者火災能壞世間從無間獄乃至梵世二者水災能壞一切乃至第二靜慮三者風災能壞一切乃至第三靜慮第四靜慮無災能壞由彼諸天身與宮殿俱生俱沒故更無能壞因緣法故復有三災之頂謂第二靜慮第三靜慮第四靜慮又此世間二十中劫壞二十中劫壞巳空二十中劫成二十中劫成巳住如是八十中劫假立爲一大劫數又梵世間壽量一劫此最後壞亦最初成當知此劫異相建立謂梵衆天二

十中劫合爲一劫即依此劫施設壽量梵前益天四十中劫合爲一劫即依此劫施設壽量若大梵天六十中劫合爲一劫即依此劫施設壽量云何火災能壞世間謂有如是時世間有情壽量無限從此漸減乃至壽量經八萬歲彼復受行不善法故壽量轉減乃至十歲彼復獲得猒離之心受行善法由此因縁壽量漸增乃至八萬如是壽量一減一增合成一中劫又此中劫復有三種小災出現謂儉病刀儉災者所謂人壽三十歲時方始建立當爾之時精妙飲食不可復得唯煎煑朽骨共爲讌會若遇得一粒稻麥粟稗等子重若末尼藏置箱篋而守護之彼諸有情多無氣勢顛僵在地不復能起由此飢儉有情之類亡没殆盡此之儉災經七年七月七日七夜方乃得過彼諸有情復共聚集起下猒離由此因縁壽不退減儉災遂息又若人壽二十歲時本起猒患今乃退捨爾時多有疫氣障癘災横熱惱相續而生彼諸有情遇此諸病多悉殞没如是病災經七月七日七夜方乃得過彼諸有情復共聚集起中猒離由此因縁壽量無減病災乃息又人壽十歲時本起猒患今還退捨爾時有情展轉相見各起猛利殺害之心由此因縁隨執草木及以瓦石皆成最極銑利刀劒更相殘害死喪略盡如是刀災極經七日方乃得過爾時有情復有三種最極衰損謂壽量衰損依止衰損資具衰損壽量衰損者所謂壽量極至十歲依止衰損者謂其身量極至一磔或復一搱資具衰損者爾時有情唯以粟稗爲食中第

一以髮褐爲衣中第一以鐵爲莊嚴中第一五種上味悉皆隱没所謂酥蜜油鹽等味及甘蔗變味爾時有情展轉聚集起上猒離不復退減又能棄捨損減壽量惡不善法受行增長壽量善法由此因緣壽量色力富樂自在皆漸增長乃至壽量經八萬歲如是二十減二十增合四十增減便出住劫於最後增已爾時那落迦有情唯没不生如是漸漸乃至没盡當知説名那落迦世間壞如那落迦壞旁生餓鬼壞亦如是爾時人中隨一有情自然法爾所得第二靜慮其餘有情展轉隨學亦復如是皆此没已生極淨光天衆同分中當知爾時説名人世間壞如人趣旣爾天趣亦然當於此時五趣世間居住之處無一有情可得所有資具亦不可得非唯資具不可復得爾時天雨亦不可得由無雨故大地所有藥草叢林皆悉枯槁復由無雨之所攝故令此日輪熱勢增大又諸有情能感壞劫業增上力故及依六種所燒事故復有六日輪漸次而現彼諸日輪望舊日輪所有熱勢踰前四倍旣成七已熱遂增七云何名爲六所燒事一小大溝坑由第二日輪之所枯竭二小河大河由第三日輪之所枯竭三無熱大池由第四日輪之所枯竭四者大海由第五日輪及第六一分之所枯竭五蘇迷盧山及以大地體堅實故由第六一分及第七日輪之所燒然即此火焰爲風所鼓展轉熾盛極至梵世又如是等略爲三事一水所生事謂藥草等由初所槁二即水事由五所涸三恒相續住體堅實事由二所燒如是世界皆

悉燒已乃至灰墨及與餘影皆不可得廣說如經從此名為器世間已壞滿足二十中劫如是壞已復二十中劫住云何水災謂過七火災已於第二靜慮中有俱生水界起壞器世間如水消鹽此之水界與器世間一時俱沒如是沒已復二十中劫住云何風災謂七水災過已復七火災從此無間於第三靜慮中有俱生風界起壞器世間如風乾支節復能消盡此之風界與器世間一時俱沒所以者何現見有一由風界發乃令其骨皆悉消盡從此壞已復二十中劫住如是略說世間已壞

云何世間成謂過如是二十中劫已一切有情業增上力故世間後成爾時最初於虛空中第三靜慮器世間成如第三靜慮第二及初亦復如是爾時第三災頂有諸有情由壽盡故業盡故福盡故從彼沒已生第三靜慮餘一切處漸次亦爾復從第二災頂生第二靜慮餘一切處應知亦爾復從第一災頂有一有情由壽等盡故從彼沒已生初靜慮梵世界中為最大梵由獨一故而懷不悅便有希望今當云何令餘有情亦來生此當發心時諸餘有情由壽等盡故從第二靜慮沒已生初靜慮彼同分中如是下三靜慮器及有情世間成已於虛空中欲界四天宮殿漸成當知彼諸虛空宮殿皆如化出又諸有情從極淨光天衆同分沒而來生此諸宮殿中餘如前說自此以後有大風輪量等三千大千世界從下而起與彼世界作所依持為欲安立無有宮殿諸有情類此大風輪有二種相

謂仰周布及傍側布由此持水令不散墜次田彼業增上力故於虛空界金藏雲興從此降雨注風輪上次復起風鼓水令堅此即名爲金性地輪上堪水雨之所激注下爲風飈之所衝薄此地成已即由彼業增上力故空中復起諸界藏雲又從彼雲降種種雨然其雨水乃依金性地輪而住次復風起鼓水令堅即由此風力所引故諸有清淨第一最勝精妙性者成蘇迷盧山此山成已四寶爲體所謂金銀頗胝瑠璃若中品性者成七金山謂持雙山毗那矺迦山馬耳山善見山朅達洛迦山持軸山尼民達羅山如是諸山其峯布列各由形狀差別爲名繞蘇迷盧次第而住蘇迷盧量高八萬踰繕那廣亦如之下入水際量亦復爾又持雙山等彼之半從此次第餘六金山其量漸減各等其半若下品性者於蘇迷盧四邊七金山外成四大洲及八中洲并輪圍山此山輪圍四洲而住量等尼民達羅之半復成非天宮殿此宮在蘇迷盧下依水而居復成大雪山及無熱池周圍崖岸次成最下八大那落迦處諸大那落迦及獨一那落迦寒那落迦近邊那落迦復成一分鬼旁生處四大洲者謂南贍部洲東毗提訶洲西瞿陀尼洲北拘盧洲其贍部洲形如車箱毗提訶洲形如半月瞿陀尼洲其形圓滿北拘盧洲其形四方贍部洲量六千五百踰繕那毗提訶洲量七千踰繕那瞿陀尼洲量七千五百踰繕那拘盧洲量八千踰繕那又七金山其間有水具八支德名爲內海復成諸龍宮有八大龍並經劫住謂持地龍王

歡喜近喜龍王馬騾龍王目支隣陀龍王意猛龍王持國龍王大黑龍王黳羅葉龍王是諸龍王由帝釋力數與非天共相戰爭其諸龍衆類有四種謂卵生胎生濕生化生妙翅鳥中四類亦爾復有餘水在内海外故名外海

又依蘇迷盧根有四重級從蘇迷盧初級傍出一萬六千踰繕那量即從此量半半漸減如其次第餘級應知有堅手神住最初級血手神住第二級常醉神住第三級持鬘神住第四級蘇迷盧頂四隅之上有四大峯各高五百踰繕那量有諸藥叉謂金剛手止住其中又持雙山於其四面有四王都東南西北隨其次第謂持國增長醜目多聞四大天王之所居止諸餘金山是彼四王村邑部落又

近雪山有大金崖名非天脇其量縱廣五十踰繕那善住龍王常所居鎮又天帝釋時來遊幸此中有樹名曰善住多羅樹行七重圍遶復有大池名漫陀吉尼五百小池以爲眷屬善住大龍與五百牝象前後圍遶遊戲其池隨欲變現便入此池採蓮華根以供所食即於此側有無熱大池其量深廣各五十踰繕那微細金沙遍布其底八支德水彌滿其中形色殊妙端嚴喜見從此派流爲四大河一名殑伽二名信度三名私多四名縛芻復次於蘇迷盧頂處中建立帝釋天宮縱廣十千踰繕那量所餘之處是彼諸天村邑聚落其山四面對四大洲四寶所成謂對贍部洲瑠璃爲面對毗提訶白銀爲面對瞿陀尼黄金爲面對拘盧洲頗胝爲面又贍部洲循其

邊際有輪王路眞金所成如四大王天有情膝量沒住大海若輪王出世如彼膝量海水減焉又無熱池南有一大樹名爲贍部是故此洲從彼得名次於此北有設拉末梨大樹叢林四生種類妙翅諸鳥洒集其中此四大洲各二中洲以爲眷屬復有一洲羅刹所住如是器世間成已有諸有情從極淨光天衆同分沒來生此中餘如前說此皆由彼感劫初業此業第一最勝微妙欲界所攝唯於此時此業感果非於餘時爾時有情名劫初者又彼有色從意所生如是一切如經廣說彼於爾時未有家宅及諸聚落一切大地面皆平正自此以後由諸有情福業力故有地味生如是漸次地餅林條不種秔稻自然出現無糠無秠次有秔米有秠有糠次復處處秔稻叢生於是有情方現攝受次由受用味等資緣有情之類惡色便起光明遂滅其多食者惡色逾增身極沉重此諸有情互相輕毀惡法現行由此因緣所有味等漸沒於地如經廣說

復從此緣諸有情類更相顧眄便起愛染次由能感男女業故一分有情男根生起一分有情女根生起遞相陵犯起諸邪行遂爲他人之所訶呰方造屋宅以自隱蔽復由攝受秔稻因故遂於其地復起攝受由此緣已更相爭奪不與取法從此而生即由此緣立司契者彼最初王名大等意如是便有刹帝利衆婆羅門衆吠舍衆戍陀羅衆出現世間漸次因緣如經廣說

又彼依止光明既滅世間便有大黑闇生日

月星宿漸漸而起其日輪量五十一踰繕那當知月輪其量减一日輪以火頗胝所成月輪以水頗胝所成此二輪中月輪行速及與不定又彼日輪恒於二洲俱時作明復於二洲俱時作闇謂於一日中於一日出於一夜半於一日没又一切所有日月星宿歷蘇迷盧處半而行與持雙山高下量等又復日行時有遠近若遠蘇迷盧立爲寒分若近蘇迷盧立爲熱分即由此故没有遲速又此月輪於上稍欹便見半月由彼餘分障其近分遂令不見如如漸側如是如是漸現圓滿若於黑分如如漸低如是如是漸現虧减由大海中有魚鼈等影現月輪故於其内有黑相現諸星宿中其量大者十八拘盧舍量中者十拘盧舍量最小者四拘盧舍量

復次於世間四姓生巳方乃發起順愛不愛五趣受業從此以後隨一有情由感雜染增上業故生那落迦中作靜息王從此無間有那落迦卒猶如化生及種種苦具謂銅鐵等那落迦火起然後隨業有情於此受生及生餘趣

如是百拘胝四大洲百拘胝蘇迷盧百拘胝六欲天百拘胝梵世間三千大千世界俱成俱壞即此世界有其三種一小千界謂千日月乃至梵世總攝爲一二中千界謂千小千三大千界謂千中千合此名爲三千大千世界如是四方上下無邊無際三千世界正壞正成猶如天雨注如車軸無間無斷其水連注墮諸方分如是世界遍諸方分無邊無際正壞正成即此三千大千世界名一佛土如

來於中現成正覺於無邊世界施作佛事
如是安立世界成已於中五趣可得謂那落
迦旁生餓鬼人天及四生可得謂卵生胎生
濕生化生復有六種依持復有十種時分謂
時年月半月日夜刹那怛刹那臘縛自呼剌
多復有七攝受事復有十種身資具復有十
種受欲者此中如阿笈摩說復有八數隨行
復有八世法謂得不得苦譽苦毀稱譏苦樂
復有三品謂怨親中復有三種世事復有三
種語言復有二十二種發憤復有六十二種
有情之類又有八位復有四種入胎復有四
種威儀復有六種活命復有六種守護復有
七種苦復有七種慢復有七種憍復有四種
言說復有衆多言說句
云何那落迦趣謂種果所攝那落迦諸蘊及
順那落迦受業如那落迦趣如是旁生餓鬼
人天如其所應盡當知
云何卵生謂諸有情破㲉而出彼復云何如
鵝鴈孔雀鸚鵡舍利鳥等云何胎生謂諸有
情胎所纏裹剖胎而出彼復云何如象馬牛
驢等云何濕生謂諸有情隨因一種濕氣而
生彼復云何如蟲蝎飛蛾等云何化生謂諸
有情業增上故具足六處而生或復不具彼
復云何如天那落迦全及人鬼旁生一分
云何六種依持一建立依持謂最下風輪及
水輪地輪令諸有情不墜下故起是名依持
二藏覆依持謂屋宇等爲諸有情離流漏等
所損故起是名依持彼屋宇等略有三種或
由造作或不由造作或宮殿化起三豐稔依
持爲諸有情段食故起是名依持四安隱依

持爲諸有情離刀仗等所害故起是名依持
五日月依持爲諸有情見色故起是名依持
六食依持謂四食一段食二觸食三意思食
四識食爲諸有情任持身故起是名依持
云何七種攝受事一自父母事二妻子事三
奴婢僕使事四朋友官僚兄弟眷屬事五田
宅邸肆事六福業事及方便作業事七庫藏
事
云何十種身資具一食二飲三乘四衣五莊
嚴具六歌笑舞樂七香鬘塗末八什物之具
九照明十男女受行
云何八數隨行謂諸世間數數隨所行事一
蔽覆事二瑩飾身事三威儀易奪事四飲食
事五睡眠事六交會事七屬彼勤劬事八屬
彼言說事

云何三種世事一語言談論更相慶慰事二
嫁娶賔主更相飲噉事三於起作種種事中
更相營助事
云何三種語言謂有法語言無法語言及餘
語言有法語言者謂宣說猒捨離諸纏蓋趣
可愛樂等廣說如經無法語言者謂染汙心
說飲食等餘語言者謂無記心所起言說
云何二十二種發憤一僞斗二僞稱三僞函
四邪業方便五拒鬬六輕調七違反八諍訟
九駡詈十忿怒十一訶責十二迫脅十三捶
打十四殺害十五繫縛十六禁閉十七割截
十八驅擯十九諂曲二十矯誑二十一陷逗
二十二妄語
云何六十二種有情之類一那落迦二旁生
三鬼四天五人六刹帝利七婆羅門八吠舍

九戍陀羅十女十一男十二非男非女十三劣十四中十五妙十六在家十七出家十八苦行十九非苦行二十律儀二十一不律儀二十二非律儀非不律儀二十三離欲二十四未離欲二十五邪性聚定二十六正性聚定二十七不定聚定二十八苾芻二十九苾芻尼三十正學三十一勤策男三十二勤策女三十三近事男三十四近事女三十五習斷者三十六習誦者三十七淨施人三十八宿長三十九中年四十少年四十一軌範師四十二親教師四十三共住弟子及近住弟子四十四賓客四十五營僧事者四十六貪利養恭敬者四十七猒捨者四十八多聞者四十九大福智者五十法隨法行者五十一持經者五十二持律者五十三持論者五十四異生五十五見諦五十六有學五十七無學五十八聲聞五十九獨覺六十菩薩六十一如來六十二轉輪王此轉輪王復有四種或王一洲或二三四王一洲者有鐵輪應王二洲者有銅輪應王三洲者有銀輪應王四洲者有金輪應

云何八位謂處胎位出生位嬰孩位童子位少年位中年位老年位耄熟位處胎位者謂羯羅藍等出生位者謂從此後乃至耄熟嬰孩位者謂乃至未能遊行嬉戲童子位者謂能爲彼事少年位者謂能受用欲塵乃至三十中年位者謂從此位乃至五十老年位者謂從此位乃至七十從此巳上名耄熟位

云何四種入胎一正知而入不正知住出二正知入住不正知而出三俱能正知四俱不

正知初謂輪王二謂獨覺三謂菩薩四謂所餘有情

云何六種活命一營農二商賈三牧牛四事王五習學書算計數及印六習學所餘工巧業處

云何六種守護謂象軍馬軍車軍步軍藏力友力

云何七種苦謂生苦老苦病苦死苦怨憎會苦愛別離苦求不得苦

云何七種慢謂慢過慢慢過慢我慢增上慢卑慢邪慢

云何七種憍謂無病憍少年憍長壽憍族姓憍色力憍富貴憍多聞憍

云何四種言說謂依見聞覺知所有言說依見言說者謂依眼故現見外色由此因緣爲他宣說是名依見言說依聞言說者謂從他聞由此因緣爲他宣說是名依聞言說依覺言說者謂不見不聞但自思惟稱量觀察由此因緣爲他宣說是名依覺言說依知言說者謂各別於内所受所證所觸所得由此因緣爲他宣說是名依知言說

云何衆多言說句謂即此亦名釋詞句亦名戲論句亦名攝義句如是等類衆多差別又諸字母能攝諸義當知亦名衆多言說句彼復云何所謂地根境法補特伽羅自性差別作用自他有無問答取與正性邪性句又有聽制功德過失得不得譽毀苦樂稱譏堅妙智退沉量助伴示現教導讚勵慶慰句又有七言論句此即七例句謂補盧沙補盧衫補盧崽拏補盧沙邪補盧沙頞補盧殺娑補盧

鏉如是等又有施設教勑標相靜息表了軌則安立積集決定配屬驚駭初中後句族姓想立宗言說成辦受用尋求守護羞恥憐愍堪忍怖畏揀擇句又有父母妻子等一切所攝資具應當廣說及生老等乃至所求不得愁嘆少年無病長壽愛會怨離所欲隨應若不隨應往來顧視若屈若伸行住坐卧警悟語默解睡解勞句又有飲噉咀味串習不串習放逸不放逸廣略增減尋伺煩惱隨煩惱戲論離戲論力劣所成能成流轉定異相應勢速次第時方數和合不和合相似不相似句又有雜糅共有現見不現見隱顯句又有能作所作法律世事資產眞妄利益非利益骨髓疑慮驚怪句又有怯弱無畏顯了不顯了殺害繫縛禁閉割截驅擯句又有罵詈忿怒捶打迫愶訶責燒爛煠煑摧伏渾濁聖教隨逐比度句

瑜伽師地論卷第二

音釋

鍵巨展切　尠息淺切少也　黯烏感切深慘色也　跳躑跳他弔切跳躍也躑直炙切躑躅也　腋夷益切左右肘脅之間也　讌伊甸切合飲也　稗蒲拜切稊稗也　厲郎計切疾疫也　磔側革切　握於角切　槁苦浩切枯也　涸下各切水竭也　飈卑遙切旋風也　薄伯各切迫也　黳煙奚切　牝婢忍切牝象母象也　拉落合切　籺下沒切麤糯也　眄彌殄切邪視也　㲉克角切　邸典禮切舍也　愶虛業切以威力相恐也　矯舉夭切詐也　陷逗陷乎韽切逗大透也　崽山皆切　䫂丁可切　鎩所戒切　糅如又切雜也

瑜伽師地論卷第三

彌勒菩薩說

唐三藏沙門玄奘奉　詔譯

本地分中意地第二之三

復次即前所說自性乃至業等五事當知皆由三處所攝謂由色聚故心心所品故及無爲故除餘假有法今當先說色聚諸法問一切法生皆從自種而起云何說諸大種能生所造色耶云何造色依彼彼所建立彼所任持彼所長養耶答由一切內外大種及所造色種子皆悉依附內相續心乃至諸大種子未生諸大以來造色種子終不能生造色要由彼生造色方從自種子生是故說彼能生造色由彼生爲前導故由此道理說諸大種爲彼生因云何造色依於彼耶由造色生已不離大種處而轉故云何彼所建立由大種損益彼同安危故云何彼所任持由隨大種等量不壞故云何彼所長養由因飲食睡眠修習梵行三摩地等依彼造色倍復增廣故說大種爲彼養因如是諸大種望所造色有五種作用應知

復次於色聚中曾無極微生若從自種生時唯聚集生或細或中或大又非極微集成色聚但由覺慧分析諸色極量邊際分別假立以爲極微又色聚亦有方分極微亦有方分然色聚有分非極微何以故由極微即是分此是聚色所有非極微復有餘極微是故極微非有分又不相離有二種一同處不相離謂大種極微與色香味觸等於無根處有離根者於有根處有有根者是名同處不相離

二和雜不相離謂即此大種極微與餘聚集能造所造色處俱故是名和雜不相離又此遍滿聚色應知如種種物石磨爲末以水和合互不相離非如胡麻綠豆粟稗等聚又一切所造色皆即依止大種處不過大種處量乃至大種所據處所諸所造色還即據此由此因緣說所造色依於大種即以此義說諸大種名爲大種由此大種其性大故爲種生故復次於諸色聚中略有十四種事謂地水火風色聲香味觸及眼等五根除唯意所行色一切色聚有色諸根所攝者有一切如所說事界如有色諸根所攝聚如是有色諸根所依大種所攝聚亦爾所餘色聚除有色諸根唯有餘界又約相攝有十四事即由相攝施設事極微若約界攝隨於此聚有爾所界即說此聚爾所事攝若約不相離攝或內或外所有諸聚隨於此聚中乃至有爾所法相可得即說此聚爾所事攝應知所以者何或有聚中唯一大種可得如石末尼眞珠瑠璃珂貝璧玉珊瑚等中或池沼溝渠江河等中或火焰燈燭等中或四方風輪有塵無塵風等中或有聚中二大種可得如雪濕樹葉華果等中或熱末尼等中或有聚中三大種可得如即熱樹等中或動搖中或有聚中四大種可得謂於內色聚中如薄伽梵說於各別內身若髮毛等乃至糞穢是內地界若小便等是內水界若於身中所有煖等是內火界若上行等風是內風界如是若於此聚彼相可得說彼相爲有若不可得說彼相爲無復次聲於一切色聚中界故說有相即不定

由現在方便生故風有二種謂恒相續及不恒相續恒相續者謂於彼彼聚有恒旋轉風不恒相續者謂旋風及空行風又闇色明色說名空界及孔隙又諸闇色恒相續者謂世界中間不恒相續者謂於餘處如是明色恒相續者謂於自然光明天中不恒相續者謂於餘處又明闇色謂於顯色增聚應知又由依心色聚種子功能故若遇相似緣時或小聚無間大聚生或大聚無間小聚生由此因緣施設諸聚有增有減如經言若堅堅攝近攝執受乃至廣說堅云何謂地堅攝云何謂彼種子又堅者即彼界堅攝者謂髮毛等或土塊等近攝云何謂有執受執受云何謂內所攝非近攝云何謂無執受無執受云何謂外所攝又心心所所執種子名近攝名執受與此相違名非近攝名非執受又隨逐自身故名近攝執受如前說如是水等界如理應知又於一切色聚中一切時具有一切大種界如世間現見乾薪等物鑽即火生擊石等亦爾又銅鐵金銀等極火所燒即銷爲水從月愛珠水便流出又得神通者由心勝解力變大地等成金銀等又色聚有三種流轉一者長養二者等流三者異熟生長養有二種一處遍滿長養二相增盛長養等流有四種一長養等流二異熟等流三變異等流四自性等流異熟生有二種一異熟體生名異熟生二從異熟生名異熟生又諸色聚略說依六處轉謂建立處覆藏處資具處根所依處根處三摩地所行處

復次於心心所品中有心可得及五十三心

所可得謂作意等乃至尋伺爲後邊如前説問如是諸心法幾依一切處心生一切地一切時一切耶答五謂作意等思爲後邊幾依一切處心生一切地非一切時非一切耶答亦五謂欲等慧爲後邊幾唯依善非一切處心生然一切地非一切時非一切耶答謂信等不害爲後邊幾唯依染汙非一切處心生非一切地非一切時非一切耶答謂貪等不正知爲後邊幾依一切處心生非一切地非一切時非一切耶答謂惡作等伺爲後邊復次根不壞境界現前能生作意正起爾時從彼識乃得生云何根不壞謂有二種因一不滅壞故二不羸劣故云何境界現前謂或由所依處故或由自性故或由方故或由時故或由顯了不顯了故或由全分及一分故若四種障所不障礙亦非極遠謂覆蔽障隱没障映奪障幻惑障極遠有二種謂處所極遠損減極遠云何能生作意正起由四因故一由欲力二由念力三由境界力四由數習力云何由欲力謂若於是處心有愛著心則於彼多作意生云何由念力謂若於彼已善取其相已極作想心則於彼多作意生云何由境界力謂若彼境界或極廣大或極可意正現在前心則於彼多作意生云何由數習力若於彼境界已極串習已極諳悉心即於彼多作意生若異此者應於一所緣境唯一作意一切時生又非五識身有二刹那相隨俱生亦無展轉無間更互而生又一刹那五識身生已從此無間必意識生從此無間或時散亂或耳識生或五識身中隨一識生若不

散亂必定意識中第二決定心生由此尋求決定二意識故分別境界又由二種因故或染汙或善法生謂分別故及先所引故意識中所有由二種因在五識者唯由先所引故所以者何由染汙及善意識力所引故從此無間於眼等識中染汙及善法生不由分別彼無分別故由此道理說眼等識隨意識轉如經言起一心若衆多心云何安立此一心耶謂世俗言說一心刹那非生起刹那云何世俗言說一心刹那謂一處爲依止於一境界事有爾所了別生總爾所時名一心刹那又相似相續亦說名一與第二念極相似故又意識任運散亂緣不串習境時無欲等生爾時意識名率爾墮心唯緣過去境五識無間所生意識或尋求或決定唯應說緣現在境若此即緣彼境生又識能了別事之總相即此所未了別所了境相能了別者說名作意即此可意不可意俱相違相由觸了別即此攝受損害俱相違相由受了別即此言說因相由想了別即此邪正俱相違行因相由思了別是故說彼作意等思爲後邊名心所有法遍一切處一切地一切時一切生作意云何謂心迴轉觸云何謂三和合受云何謂領納想云何謂了像思云何謂心造作欲云何謂於可樂事隨彼彼行欲有所作性勝解云何謂於決定事隨彼彼行即可隨順性念云何謂於串習事隨彼彼行明了記憶性三摩地云何謂於所觀察事隨彼彼行審慮所依心一境性慧云何謂即於所觀察事隨彼彼行簡擇諸法性或由如理所引或由不如

理所引或由非如理非不如理所引

又作意作何業謂引心爲業觸作何業謂受想思所依爲業受作何業謂愛生所持爲業想作何業謂於所緣令心發起種種言説爲業思作何業謂發起尋伺身語業等爲業欲作何業謂發勤爲業勝解作何業謂於所緣任持功德過失爲業念作何業謂於久所思所作所説憶念爲業三摩地作何業謂智所依爲業慧作何業謂於戲論所行染汙清淨隨順推求爲業

云何建立三世謂諸種子不離法故如法建立又由與果未與果故若諸果法若已滅相是過去有因未生相是未來已生未滅相是現在

云何建立生老住無常謂於一切處識相續中一切種子相續俱行建立由有緣力故先未相續生法令最初生是名生有爲相即此變異性名老有爲相此復二種一異性變異性二變性變異性由有相似生故立異性變異性由有不相似生故立變性變異性即已生時唯生刹那隨轉故名住有爲相生刹那後刹那不住故名無常有爲相如是即約諸法分位差别建立四相

又有四緣一因緣二等無間緣三所緣緣四增上緣因緣者謂種子等無間緣者謂若此識無間諸識決定生此是彼等無間緣所緣緣者謂諸心心所所緣境界增上緣者謂除種子餘所依如眼及助伴法望眼識所餘識亦爾又善不善性能取愛非愛果如是等類名增上緣又由種子故建立因緣由自性故

立等無間緣由所緣境故立所緣緣由所依及助伴等故立增上緣如經言諸因諸緣能生識者彼即此四因緣一者亦因亦緣餘唯是緣

又如經言善不善無記者彼差別云何謂諸善法或立一種由無罪義故或立二種謂生得善及方便善或立三種謂自性善相應善等起善或立四種謂順福分善順解脫分善順決擇分善及無漏善或立五種謂施性善戒性善修性善愛果善離繫果善或立六種謂善色受思行識及擇滅或立七種謂念住所攝善正勝所攝善神足所攝善根所攝善力所攝善覺支所攝善道支所攝善或立八種謂起迎合掌問訊禮敬業所攝善讚彼妙說稱揚實德所攝善供承病者所攝善敬事師長所攝善隨喜所攝善勸請所攝善迴向所攝善修無量所攝善或立九種謂方便無礙解脫勝進道所攝善及軟中上世出世道所攝善或立十種謂有依善無依善聞所生善思所生善律儀所攝善非律儀非不律儀所攝善根本眷屬所攝善聲聞乘所攝善獨覺乘所攝善大乘所攝善又立十種謂欲界繫善初二三四靜慮繫善空無邊處識無邊處無所有處非想非非想處繫善無漏所攝善又有十種謂十善業道又有十種謂無學正見乃至正解脫正智又有十種謂能感入福生及轉輪王善及趣不動善如是等類諸善差別略說善有二種義謂取愛果義善了知事及彼果義不善法者謂與善法相違及能為障礙由能取不愛果故及不正了知事

故無記法者略有四種謂異熟生及一分威儀路工巧處及變化若諸工巧但爲戲樂不爲活命非習業想非爲簡擇此工巧處業是染汙餘是無記如工巧處威儀路亦爾變化有二種謂善及無記

復次眼有一種謂能見色或立二種謂長養眼異熟生眼或立三種謂肉眼天眼慧眼或立四種謂有瞚眼無瞚眼恒相續眼不恒相續眼恒相續者謂色界眼或立五種謂五趣所攝眼或立六種謂自相續眼他相續眼端嚴眼醜陋眼有垢眼無垢眼或立七種謂有識眼無識眼強眼弱眼善識所依眼不善識所依眼無記識所依眼或立八種謂依處眼變化眼善業異熟生眼不善業異熟生眼食所長養眼睡眠長養眼梵行長養眼定所長養眼或立九種謂已得眼未得眼曾得眼未曾得眼得已失眼應斷眼不應斷眼已斷眼非已斷眼或立十種者無或立十一種謂過去眼未來眼現在眼內眼外眼麤眼細眼劣眼妙眼遠眼近眼如眼如是耳等亦爾是中差別者謂增三增四三種耳者謂肉所纏耳天耳審諦耳四種耳者謂恒相續耳不恒相續耳高聽耳非高聽耳三種鼻舌者謂光淨不光淨及被損四種鼻舌者謂恒相續不恒相續有識無識三種身者謂滓穢處非滓穢處及一切遍諸根所隨逐故四種身者謂恒相續不恒相續有自然光無自然光

或立一種意謂由識法義故或立二種謂墮施設意不墮施設意初謂了別名言者意後謂嬰兒意又初謂世間意後謂出世間意或

立三種謂心意識或立四種謂善不善有覆無記無覆無記或立五種謂五位差別一因位二果位三樂位四苦位五不苦不樂位或立六種謂六識身或立七種謂依七識住或立八種謂增語觸相應有對觸相應依躭嗜依出離有愛味無愛味世間出世間或立九種謂依九有情居或立十種者無或立十一種如前說或立十二種即十二心謂欲界善心不善心有覆無記心無覆無記心色界有三心除不善無色界亦爾出世間心有二種謂學及無學

或立一種色謂由眼所行義故或立二種謂内色外色或立三種謂顯色形色表色或立四種謂有依光明色無依光明色正不正光明色積集住色或立五種謂由五趣差別故或立六種謂建立所攝色覆藏所攝色境界所攝色有情數色非有情數色有見有對色或立七種謂由七種攝受事差別故或立八種謂依八世雜說一地分雜色二山雜色三園林池沼等雜色四宫室雜色五業處雜色六彩畫雜色七鍛業雜色八資具雜色或立九種謂若過去若未來若現在若麤若細若劣若妙若遠若近或立十種謂十種資具

或立一種聲謂由耳所行義故或立二種謂了義聲不了義聲或立三種謂因受大種聲因不受大種聲因俱大種聲或立四種謂善不善有覆無記無覆無記或立五種謂由五趣差別故或立六種一受持讀誦聲二請問聲三說法聲四論議決擇聲五展轉言教若犯若出聲六喧雜聲或立七種謂男聲女聲

下聲中聲上聲鳥獸等聲風林叢聲或立八種謂四聖言聲四非聖言聲四非聖言者一不見言見見言不見非聖言二不聞言聞聞言不聞非聖言三不覺言覺覺言不覺非聖言四不知言知知言不知非聖言四聖言者一見言見不見言不見聖言二聞言聞不聞言不聞聖言三覺言覺不覺言不覺聖言四知言知不知言不知聖言又有八種謂四善語業道四不善語業道或立九種謂過去未來現在乃至若遠若近或立十種謂五樂所攝聲此復云何一舞俱行聲二歌俱行聲三絃管俱行聲四女俱行聲五男俱行聲六螺俱行聲七腰等鼓俱行聲八岡等鼓俱行聲九都曇等鼓俱行聲十俳叫聲

或立一種香謂由鼻所行義故或立二種謂內及外或立三種謂可意不可意及處中香或立四種謂四大香一沉香二窣堵魯迦香三龍腦香四麝香或立五種謂根香莖香葉香華香果香或立六種謂食香飲香衣香莊嚴具香乘香宮室香或立七種謂皮香葉香素泣謎羅香栴檀香三辛香熏香末香或立八種謂俱生香非俱生香恒續香非恒續香雜香純香猛香非猛香或立九種謂過去未來現在等如前說或立十種謂女香男香一指香二指香唾香洟香脂髓膿血香肉香雜糅香淤泥香

或立一種味謂由舌所行義故或立二種謂內及外或立三種謂可意等如前說或立四種謂大麥味秔稻味小麥味餘下穀味或立五種謂酒飲味非酒飲味蔬菜味林果味所

食味或立六種謂甘苦等或立七種謂酥味油味蜜味甘蔗變味乳酪味鹽味肉味或立八種如香說或立九種亦如香說或立十種謂可嚼味可噉味可嘗味可飲味可吮味可暴乾味充足味休愈味盪滌味常習味後五謂諸藥味

或立一種觸謂由身所行義故或立二種如香說或立三種謂可意等或立四種謂摩觸搦觸打觸揉觸或立五種謂五趣差別又有五種謂蚊䖟蚤蝨蛇蠍等觸或立六種謂苦樂不苦不樂俱生所治攝能治攝或立七種謂堅鞕觸流濕觸煖觸動觸跳墮觸摩按觸身變異觸謂濕滑等或立八種謂手觸觸塊觸觸杖觸觸刀觸觸冷觸觸煗觸觸飢觸觸渴觸觸或立九種如香說或立十種謂食觸飲觸乘觸衣觸莊嚴具觸牀座觸机隥臺炕及方坐觸女觸男觸彼二相事受用觸

略說法界若假若實有八十七法彼復云何謂心所有法有五十三始從作意乃至尋伺爲後邊法處所攝色有二種謂律儀不律儀所攝色三摩地所行色不相應行有二十四種謂得無想定滅盡定無想異熟命根衆同分異生性生老住無常名身句身文身流轉定異相應勢速次第時方數和合不和合無爲有八事謂虛空非擇滅擇滅善不善無記法眞如不動想受滅如是無爲廣八略六若六若八平等平等

復次法界或立一種謂由意所行義或立二種謂假所攝法非假所攝法或立三種謂有色無色及有爲無爲或立四種謂有色假所

攝法無色心所有所攝法無色不相應假所攝法無色無爲假非假所攝法或立五種謂色心所有法心不相應行善無記無爲或立六種謂受想相應行不相應行色無爲或立七種謂受想思染汙不染汙色無爲或立八種謂善不善無記受想行色無爲或立九種謂由過去未來等差別或立十種謂由十種義一隨逐生義二領所緣義三取所緣相義四於所緣造作義五即彼諸法分位差別義六無障礙義七常離繫義八常非離繫義九常無顛倒義十苦樂離繫義非受離繫義及受離繫義如是若內若外六處所攝法差別分別有六百六十

復次屢覩衆色覩而復捨故名爲眼數數於此聲至能聞故名爲耳數由此故能齅諸香故名爲鼻能除飢羸數發言論表彰呼召故名爲舌諸根所隨周遍積聚故名爲身愚夫長夜瑩飾藏護執爲已有計爲我所我及我所又諸世間依此假立種種名想謂之有情人與命者生者意生及儒童等故名爲意數可示現在其方所質量可增故名爲色數宣數謝隨增異論故名爲聲離質潛形屢隨風轉故名爲香可以舌嘗屢招疾苦故名爲味數可爲身所證得故名爲觸遍能任持唯意境性故名爲法如是等類諸法差別應知此中重說嗢柁南曰

自性及所依　所緣助伴業　由此五種門

諸心差別轉

此中顯由五法六識身差別轉謂自性故所依故所緣故助伴故業故又復應知蘊善巧

攝界善巧攝處善巧攝緣起善巧攝處非處善巧攝根善巧攝又復應知諸佛語言九事所攝云何九事一有情事二受用事三生起事四安住事五染淨事六差別事七說者事八所說事九衆會事有情事者謂五取蘊受用事者謂十二處生起事者謂十二分緣起及緣生安住事者謂四食染淨事者謂四聖諦差別事者謂無量界說者事者謂佛及彼弟子所說事者謂四念住等菩提分法衆會事者所謂八衆一刹帝利衆二婆羅門衆三長者衆四沙門衆五四大天王衆六三十三天衆七夜摩天衆八梵天衆又嗢柁南曰

色聚相應品　世相及與緣　善等差別門

巧便事爲後

瑜伽師地論卷第三

音釋

諳（烏含切練也）瞚（輸閏切目動也）躭（都含切樂也）嗜（時利切欲也）盪滌（盪待朗切滌亭歷切）虵（時遮切）蠍（許竭切毒蟲也）机隥（机舉履切隥丁鄧切）

瑜伽師地論卷第四

彌勒菩薩說

唐三藏沙門玄奘奉詔譯

本地分中有尋有伺等三地之一 第三第四第五

已說意地云何有尋有伺地云何無尋唯伺地云何無尋無伺地總嗢枕南曰

界相如理不如理　雜染等起最爲後

如是三地略以五門施設建立一界施設建立二相施設建立三如理作意施設建立四不如理作意施設建立五雜染等起施設建立云何界施設建立別嗢枕南曰

數處量壽受用生　自體因緣果分別

當知界建立由八相一數建立二處建立三有情量建立四有情壽建立五有情受用建立六生建立七自體建立八因緣果建立

云何數建立略有三界謂欲界色界無色界如是三種名墮攝界非墮攝界者謂方便并薩迦耶滅及無戲論無漏界此中欲界及色界初靜慮除靜慮中間若定若生名有尋有伺地即靜慮中間若定若生名無尋唯伺地隨一有情由修此故得爲大梵從第二靜慮餘有色界及無色界全名無尋無伺地此中由離尋伺欲道理故說名無尋無伺地不由不現行故所以者何未離欲界欲者由教導作意差別故於一時間亦有無尋無伺意現行已離尋伺欲者亦有尋伺現行如出彼定及生彼者若無漏界有爲定所攝初靜慮亦名有尋有伺地依尋伺處法緣眞如爲境入此定故不由分別現行故餘如前說

處所建立者於欲界中有三十六處謂八大

那落迦何等爲八一等活二黒繩三衆合四號叫五大號叫六燒熱七極燒熱八無間此諸大那落迦處廣十千踰繕那此外復有八寒那落迦處何等爲八一炮那落迦二炮裂那落迦三嚯哳詀那落迦四郝郝凡那落迦五虎虎凡那落迦六青蓮那落迦七紅蓮那落迦八大紅蓮那落迦從此下三萬二千踰繕那至等活那落迦從此復隔四千踰繕那有餘那落迦如是等活大那落迦處初寒那落迦處亦爾從此復隔二千踰繕那有餘那落迦應知又有餓鬼處所又有非天處所旁生即與人天同處故不別建立復有四大洲如前說復有八中洲又欲界天有六處一四大王衆天二三十三天三時分天四知足天五樂化天六他化自在天復有摩羅天宮即他化自在天攝然處所高勝復有獨一那落迦近邊那落迦即大那落迦及寒那落迦以近邊故不別立處又於人中亦有一分獨一那落迦可得如尊者取緑豆子說我見諸有情燒然極燒然遍極燒然總一燒然聚如是等三十六處總名欲界復次色界有十八處謂梵衆天梵前益天大梵天此三由輭中上品熏修初靜慮故少光天無量光天極淨光天此三由輭中上品熏修第二靜慮故少淨天無量淨天遍淨天此三由輭中上品熏修第三靜慮故無雲天福生天廣果天此三由輭中上品熏修第四靜慮故無想天即廣果攝無別處所復有諸聖住止不共五淨宮地謂無煩無熱善現善見及色究竟由輭中上上勝上極品雜熏修第四靜慮故復有超過

淨宮大自在住處有十地菩薩由極熏修第十地故得生其中復次無色界有四處所或無處所

有情量建立者謂贍部洲人身量不定或時高大或時卑小然隨自肘三肘半量東毗提訶身量決定亦隨自肘三肘半量身又高大如東毗提訶如是西瞿陀尼北拘盧洲身量亦爾轉復高大四大王衆天身量如拘盧舍四分之一三十三天身量復增一足帝釋身量半拘盧舍時分天身量亦半拘盧舍此上一切如欲界天身量當知漸漸各增一足梵衆天身量半踰繕那梵前益天身量一踰繕那大梵天身量一踰繕那半少光天身量二踰繕那此上一切餘天身量各漸倍增除無雲天應知彼天減三踰繕那又大那落迦身量不定若作及增長極重惡不善業者彼感身形其量廣大餘則不爾如大那落迦如是寒那落迦獨一那落迦近邊那落迦旁生餓鬼亦爾諸非天身量大小如三十三天當知無色界無有色故無有身量

壽建立者謂贍部洲人壽量不定彼人以三十日夜爲一月十二月爲一歲或於一時壽無量歲或於一時壽八萬歲或於一時壽量漸減乃至十歲東毗提訶人壽量決定二百五十歲西瞿陀尼人壽量決定五百歲北拘盧洲人壽量決定千歲又人間五十歲是四大王衆天一日一夜以此日夜三十日夜爲一月十二月爲一歲彼諸天衆壽量五百歲人間百歲是三十三天一日一夜以此日夜如前說彼諸天衆壽量千歲如是所餘乃至

他化自在天日夜及壽量各增前一倍又四大王衆天滿足壽量是等活大那落迦一日一夜即以此三十日夜爲一月十二月爲一歲彼大那落迦壽五百歲以四大王衆天壽量成等活大那落迦壽量如是以三十三天壽量成黑繩大那落迦壽量以時分天壽量成衆合大那落迦壽量以知足天壽量成號叫大那落迦壽量以樂化天壽量成大號叫大那落迦壽量以他化自在天壽量成燒熱大那落迦壽量應知亦爾極燒然大那落迦有情壽半中劫無間大那落迦有情壽一中劫非天壽量如三十三天旁生餓鬼壽量不定又寒那落迦於大那落迦次第相望壽量近半應知又近邊那落迦獨一那落迦受生有情壽量不定梵衆天壽二十中劫一劫梵前益天壽四十中劫一劫大梵天壽六十中劫一劫少光天壽八十中劫二劫自此以上餘色界天壽量相望各漸倍增唯除無雲當知彼天壽減三劫空無邊處壽二萬劫識無邊處壽四萬劫無所有處壽六萬劫非想非非想處壽八萬劫除北拘盧洲餘一切處悉有中天又人鬼旁生趣有餘滓身天及那落迦與識俱没無餘滓身

受用建立者略有三種謂受用苦樂受用飲食受用婬欲

受用苦樂者謂那落迦有情多分受用極治罰苦旁生有情多分受用相食噉苦餓鬼有情多分受用極飢渴苦人趣有情多分受用匱乏追求種種之苦天趣有情多分受用衰惱墜没之苦

又於等活大那落迦中多受如是極治罰苦謂彼有情多共聚集業增上生種種苦具次第而起更相殘害悶絶躃地次虚空中有大聲發唱如是言此諸有情可還等活可還等活次彼有情欻然復起復由如前所説苦具更相殘害由此因緣長時受苦乃至先世所造一切惡不善業未盡未出故此那落迦名爲等活又於黑繩大那落迦中多受如是治罰重苦謂彼有情多分爲彼所攝獄卒以黑繩拼之或爲四方或爲八方或爲種種圖畫文像彼既拼已隨其處所若鑿若斵若斫若剜由如是等種種因緣長時受苦乃至先世所造一切惡不善業未盡未出故此那落迦名爲黑繩又於衆合大那落迦中多受如是治罰重苦謂彼有情或時展轉聚集和合爾時便有彼攝獄卒驅逼令入兩鐵羺頭大山之間彼既入已兩山迫之既被迫已一切門中血便流注如兩鐵羺頭如是兩鐵羝頭兩鐵馬頭兩鐵象頭兩鐵師子頭兩鐵虎頭亦爾復令和合置大鐵槽中便即壓之如壓甘蔗既被壓已血便流注復和合已有大鐵山從上而墮令彼有情躃在鐵地若斫若刺或擣或裂既被斫刺及擣裂已血便流注由此因緣長時受苦乃至先世所作一切惡不善業未盡未出故此那落迦名爲衆合又於號叫大那落迦中多受如是治罰重苦謂彼有情尋求舍宅便入大鐵室中彼纔入已即便火起由此燒然若極燒然遍極燒然既被燒已苦痛逼切發聲號叫由此因緣長時受苦乃至先世所造一切惡不善業未盡未出故

此那落迦名爲號叫又於大號叫大那落迦中所受苦惱與此差別謂彼室宅其如胎藏故此那落迦名大號叫又於燒熱大那落迦中多受如是治罰重苦謂彼所攝獄卒以諸有情置無量踰繕那熱極熱遍極燒然大鐵熬上左右轉之表裏燒煿又如炙魚以大鐵串從下貫之徹頂而出反覆炙之令彼有情諸根毛孔及以口中悉皆焰起復以有情置熱極熱遍極燒然大鐵地上或仰或覆以熱極熱遍極燒然大鐵椎棒或打或築遍打遍築令如肉摶由此因緣長時受苦乃至先世所造一切惡不善業未盡未出故此那落迦名爲燒熱又於極燒熱大那落迦中所受苦惱與此差別謂以三支大熱鐵串從下貫之徹其兩髆及頂而出由此因緣眼耳鼻口及諸毛孔猛焰流出又以熱極熱遍極燒然大銅鐵鍱遍裏其身又復倒擲置熱極熱遍極燒然彌滿灰水大鐵鑊中而煎煑之其湯涌沸令此有情隨湯飄轉或出或没令其血肉及以皮脉悉皆銷爛唯骨鎖在尋復漉之置鐵地上令其皮肉及以血脉復生如故還置鑊中餘如燒熱大那落迦說由此因緣長時受苦乃至先世所造一切惡不善業未盡未出故此那落迦名極燒熱又於無間大那落迦中彼諸有情恒受如是極治罰苦謂從東方多百踰繕那燒熱極燒熱遍極燒然大鐵地上有猛熾火騰焰而來刺彼有情穿皮入肉斷筋破骨復徹其髓燒如脂燭如是舉身皆成猛焰如從東方南西北方亦復如是由此因緣彼諸有情與猛焰和雜唯見火聚從

四方來火焰和雜無有間隙所受苦痛亦無間隙唯聞苦逼號叫之聲知有衆生又以鐵箕盛滿燒然極燒然遍極燒然猛焰鐵炭而皺揃之復置熱鐵地上令登大熱鐵山上而復下下而復上從其口中拔出其舌以百鐵釘釘而張之令無皺襵如張牛皮復更仰卧熱鐵地上以熱燒鐵鉗鉗口令開以燒然極燒然遍極燒然大熱鐵丸置其口中即燒其口及以咽喉徹於腑臟從下而出又以洋銅而灌其口燒喉及口徹於腑臟從下流出所餘苦惱如極熱說由此因緣長時受苦乃至先世所造一切惡不善業未盡未出故此那落迦名爲無間多是造作無間之業來生是中此但略說麤顯苦具非於如是大那落迦中所餘種種衆多苦具而不可得又於近邊諸那落迦中有情之類受用如是治罰重苦謂彼一切諸大那落迦皆有四方四岸四門鐵墻圍遶從其四方四門出已其一一門外有四出園謂煻煨齊膝彼諸有情出求舍宅遊行至此下足之時皮肉及血並即消爛舉足還生次此煻煨無間即有死屍糞泥此諸有情爲求舍宅從彼出已漸漸遊行陷入其中首足俱沒又屍糞泥内多有諸蟲名孃矩吒穿皮入肉斷筋破骨取髓而食次屍糞泥無間有利刀劒仰刃爲路彼諸有情爲求舍宅從彼出已遊行至此下足之時皮肉筋血悉皆消爛舉足之時還復如故次刀劒刃路無間有刃葉林彼諸有情爲求舍宅從彼出已往趣彼陰纔坐其下微風遂起刃葉墮落斫截其身一切支節便即躃地有黑鷔狗摣

摯脊胆而噉食之從此刃葉林無間有鐵設拉末梨林彼諸有情爲求舍宅便來趣之遂登其上當登之時一切刺鋒悉迴向下欲下之時一切刺鋒復迴向上由此因縁貫刺其身遍諸支節爾時便有鐵觜大烏上彼頭上或上其髆啗啄眼睛而噉食之從鐵設拉末梨林無間有廣大河沸熱灰水彌滿其中彼諸有情尋求舍宅從彼出已來墮此中猶如以豆置之大鑊然猛熾火而煎煑之隨湯騰湧周旋迴復於河兩岸有諸獄卒手執杖索及以大網行列而住遮彼有情不令得出或以索羂或以網漉復置廣大熱鐵地上仰彼有情而問之言汝等今者欲何所須如是答言我等今者竟無覺知然爲種種飢苦所逼時彼獄卒即以鐵鉗鉗口令開便以極熱燒

然鐵丸置其口中餘如前説若彼答言我今唯爲渴苦所逼爾時獄卒便即洋銅以灌其口由是因縁長時受苦乃至先世所造一切能感那落迦惡不善業未盡未出此中若刀劒刃路若刃葉林若鐵設拉末梨林總之爲一故有四園又於寒那落迦受生有情多受如是極重寒苦謂皰那落迦中受生有情即爲彼地極重廣大寒觸所觸一切身分悉皆卷縮猶如瘡皰故此那落迦名皰那落迦皰裂那落迦與此差别猶如皰潰膿血流出其瘡卷皺故此那落迦名爲皰裂又嚇哳詀郝郝凡虎虎凡此三那落迦由彼有情苦音差别以立其名青蓮那落迦中由彼地極重廣大寒觸所觸一切身分悉皆青瘀皮膚破裂或五或六故此那落迦名曰青蓮紅蓮那落

迦與此差别過此青已色變紅赤皮膚分裂或十或多故此那落迦名曰紅蓮大紅蓮那落迦與此差别謂彼身分極大紅赤皮膚分裂或百或多故此那落迦名大紅蓮又獨一那落迦中受生有情各於自身自業所感多受如是種種大苦如吉祥問採緑豆子經中廣說故此那落迦名爲獨一

又旁生趣更相殘害如羸弱者爲諸強力之所殺害由此因緣受種種苦以不自在他所驅馳多被鞭撻與彼人天爲資生具由此因緣具受種種極重苦惱

又餓鬼趣略有三種一者由外障礙飲食二者由內障礙飲食三者飲食無有障礙云何由外障礙飲食謂彼有情由習上品慳故生鬼趣中常與飢渴相應皮肉血脉皆悉枯槁猶如火炭頭髮髼亂其面黯黑脣口乾焦常以其舌舐略口面飢渴惶惶處處馳走所到泉池爲餘有情手執刀杖及以羂索行列守護令不得趣或強趣之便見其泉變成膿血自不欲飲如是等鬼是名由外障礙飲食云何由內障礙飲食謂彼有情口或如針口或如炬或復頸癭其腹寬大由此因緣縱得飲食無他障礙自然不能若噉若飲如是等鬼是名由內障礙飲食云何飲食無有障礙謂有餓鬼名猛焰鬘隨所飲噉皆被燒然由此因緣飢渴大苦未甞暫息復有餓鬼名食糞穢或有一分食糞飲溺或有一分唯能飲噉極可厭惡生熟臭穢縱得香美而不能食或有一分自割身肉而噉食之縱得餘食竟不能噉如是等鬼是名飲食無有障礙

又人趣中受生有情多受如是匱乏之苦所謂俱生飢渴匱乏苦所欲不果匱乏苦麤踈飲食匱乏苦逼切追求攝受等匱乏苦時節變異若寒若熱匱乏苦無有舍宅覆障所作淋漏匱乏苦黑闇等障所作事業皆悉休廢匱乏苦又受變壞老病死苦由那落迦中謂死爲樂故於彼趣不立爲苦

又天趣中無解支節苦而有死墮苦如經中說有諸天子將欲没時五相先現一衣無垢染有垢染現二鬘舊不萎今乃萎顇三兩腋汗流四身便臭穢五天及天子不樂本座時彼天子偃卧林間所有婇女與餘天子共爲遊戲彼既見已由此因緣生大憂苦復受陵懱悚慄之苦所以者何由有廣大福聚成就及廣大五欲天子生時所餘薄福諸舊天子見已惶怖由此因緣受大憂苦及受斫截破壞驅擯殘害之苦所以者何由天與非天共戰諍時天與非天互相違拒即執四仗所謂金銀頗胝瑠璃共相戰鬪爾時諸天及與非天或斷支節或破其身或復致死若傷身斷節續還如故若斷其首即便殞歿天與非天互有他勝然天多勝力勢強故然其彼二若爲他勝即退入自宫已之同類竟不慰問由此因緣便懷憂慼若天得勝便入非天宫中爲悅其女起此違諍若非天得勝即入天宫爲求四種酥陀味故共相戰諍

又諸非天當知天趣所攝然由意志多懷詐幻諂誑多故不如諸天爲淨法器由此因緣有時經中說爲别趣實是天類由不受行諸天法故說爲非天復有強力天子纔一發憤

諸劣天子便被驅擯出其自宮是故諸天受三種苦謂死隋苦陵懱苦斫截破壞殘害驅擯苦又色無色界有情無有如是等苦由彼有情非苦受器故然由麤重苦故說彼有苦有煩惱故有障故於死及住不自在故又無漏界中一切麤重諸苦永斷是故唯此是勝義樂當知所餘一切是苦又於四種那落迦中無有樂受如那落迦中三種餓鬼中亦爾諸大力鬼旁生人中有外門所生資具樂可得然為衆苦之所相雜

又人趣中轉輪王樂最勝微妙由彼輪王出現世時有成就七寶自然出現故說彼王具足七寶何等為七所謂輪寶象寶馬寶末尼珠寶女寶主藏臣寶主兵臣寶爾時輪寶等現其相云何七寶現相如經廣說若彼輪王王四洲者一切小王望風順化各自白言其城邑聚落天之所有唯願大王垂恩教勑我等皆當為天僕隸爾時輪王便即勑令汝等諸王各於自境以理獎化當以如法勿以非法又復汝等於國於家勿行非法行勿行不平等行若彼輪王王三洲者先遣使往然後從化若彼輪王王二洲者與師現威後乃從化若彼輪王王一洲者便自往彼奮戈揮刃然後從化

復次諸天次其廣大天之富樂形色殊妙多諸適悅於自宮中而得久住其身內外皆悉清潔無有臭穢又人身內多有不淨所謂塵垢筋骨脾腎心肝彼皆無有

又彼諸天有四種宮殿所謂金銀頗胝瑠璃所成種種文綵綺飾莊嚴種種臺閣種種樓

觀種種層級種種窻牖種種羅網皆可愛樂種種末尼以爲綺鈿周帀放光共相照曜復有食樹從其樹裏出四食味名曰酥陀所謂青黄赤白復有飲樹從此流出甘美之飲復有乘樹從此出生種種妙乘所謂車輅輦輿等復有衣樹從此出生種種妙衣其衣細輭妙色鮮潔雜綵間飾復有莊嚴具樹從此出生種種微妙莊嚴之具所謂末尼臂印耳璫環釧及以手足綺飾之具如是等類諸莊嚴具皆以種種妙末尼寳而間飾之復有熏香鬘樹從此出生種種塗香種種熏香種種華鬘復有大集會樹最勝微妙其根深固五十踰繕那其身高挺百踰繕那枝條及葉遍覆八十踰繕那雜華開發其香順風熏百踰繕那逆風熏五十踰繕那於此樹下三十三天雨四月中以天妙五欲共相娛樂復有歌笑舞樂樹從此出生歌笑舞等種種樂器又有資具之樹從此出生種種資具所謂食飲之具坐卧之具如是等類種種資具又彼諸天欲受用時隨欲隨業應其所須來現手中

又諸非天隨其所應受用種種宫殿富樂應知又北拘盧洲有如是相樹名曰如意彼諸人衆所欲資具從樹而取不由思惟隨其所須自然在手復有秔稻不種而穫無有我所

又彼有情竟無繫屬決定勝進

又天帝釋有普勝殿於諸殿中最爲殊勝仍於其處有百樓觀一一樓觀有百臺閣一一臺閣有七房室一一房室有七天女一一天女有七侍女

又彼諸天所有地界平正如掌竟無高下履

觸之時便生安樂下足之時陷便至膝舉足之時隨足還起於一切時自然而有曼陀羅華遍布其上時有微風吹去萎華復引新者又彼天宮四面各有大街其形殊妙軌式可觀清淨端嚴度量齊整復於四面有四大門規模宏壯色相希奇觀之無猒實爲殊絕多有異類妙色藥叉常所守護復於四面有四園苑一名繢車二名麤澀三名和雜四名喜林其四園外有四勝地色相殊妙形狀可觀端嚴無比其宮東北隅有天會處名曰善法諸天入中思惟稱量觀察妙義近此園側有如意石其色黄白形質殊妙其相可觀嚴麗無比

又彼天身自然光曜闇相若現乃知晝去夜分方來便於天妙五欲遊戲之中懶惰睡眠異類之鳥不復和鳴由此等相以表晝夜又彼諸天衆妙五欲甚可愛樂唯發喜樂彼諸天衆恒爲放逸之所持行常聞種種歌舞音樂鼓噪之聲調戲言笑談謔等聲常見種種可意之色常齅種種微妙之香恒甞種種美好之味恒觸種種天諸婇女最勝之觸恒爲是樂牽引其意以度其時又彼諸天多受如是衆妙欲樂常無疾病亦無衰老無飲食等匱乏所作俱生之苦無如前說於人趣中有餘匱乏之苦

瑜伽師地論卷第四

音釋

號 胡刀切呼也
噭嘶 噭胡葛切嘶陟轄切
詀 吒涉切
輭 而兗切
躃 必益切仆也
拼 伯耕切繩拼也
斲 竹角切斫也
壓 乙甲切笮也
擣 都皓切築也
煿 伯各切火乾也
築 張六切擣也
丳 初限切燔肉器也
髆 伯各切肩胛也
脉 莫白切幕絡也
簸揃 簸補火切鼓播也揃子淺切摵
皺襵 皺側救切皮細起也襵陟葉切與摺同
煻煨 煻徒郎切煨烏回切煻煨灰火也
攎掣 攎責加切手取物也掣尺制切曳也
啗啄 啗徒濫切啄竹角切
瘡皰 瘡初良切皰皮教切
鞭撻 鞭卑連切撻他達切並擊也
髼 薄紅切髮亂也
萎顇 萎於為切枯也顇秦醉切憔顇也
悚慄 悚息拱切慄力質切並懼也
頻胝 梵語具云塞頻胝亦云頻梨此云水精頗普禾切胝張尼切

瑜伽師地論卷第五

彌勒菩薩說

唐三藏沙門玄奘奉詔譯

本地分中有尋有伺等三地之二

復次於色界中初靜慮地受生諸天即受彼地離生喜樂第二靜慮地諸天受定生喜樂第三靜慮地諸天受離喜妙樂第四靜慮地諸天受捨念清淨寂靜無動之樂無色界諸天受極寂靜解脫之樂又由六種殊勝故苦樂殊勝應知一形量殊勝二柔輭殊勝三緣殊勝四時殊勝五心殊勝六所依殊勝何以故如如身量漸增廣大如是如是苦轉殊勝如如依止漸更柔輭如是如是苦轉殊勝如如苦緣漸更猛盛衆多差別如是如是苦轉殊勝如如時分漸遠無間如是如是苦轉殊勝如如內心無簡擇力漸漸增廣如是如是苦轉殊勝如如所依苦器漸增如是如是苦轉殊勝如苦殊勝如是樂殊勝義隨其所應廣說應知又樂有二種一非聖財所生樂二聖財所生樂非聖財所生樂者謂四種資具爲緣得生一適悅資具二滋長資具三清淨資具四住持資具適悅資具者謂車乘衣服諸莊嚴具歌笑舞樂塗香華鬘種種上妙珍翫樂具光明照曜男女侍衛種種庫藏滋長資具者謂無尋思輪石搥打築蹋按摩等事清淨資具者謂吉祥草頻螺果螺貝滿瓮等事住持資具者謂飲及食聖財所生樂者謂七聖財爲緣得生何等爲七一信二戒三慙四愧五聞六捨七慧

復次由十五種相聖非聖財所生樂差別何

等十五謂非聖財所生樂能起惡行聖財所生樂能起妙行又非聖財所生樂有罪喜樂相應聖財所生樂無罪喜樂相應又非聖財所生樂微小不遍所依聖財所生樂廣大遍滿所依又非聖財所生樂非一切時有以依外緣故聖財所生樂一切時有以依內緣故又非聖財所生樂非一切地有唯欲界故聖財所生樂一切地有遍通三界繫及不繫故又非聖財所生樂不能引發後世聖非聖財聖財所生樂能引發後世聖非聖財又非聖財所生樂若受用時有盡有邊聖財所生樂若受用時轉更充盛增長廣大又非聖財所生樂爲他劫奪若王若賊怨及水火聖財所生樂無能侵奪又非聖財所生樂不可從今世持往後世聖財所生樂可從今世持往後世又非聖財所生樂受用之時不可充足聖財所生樂受用之時究竟充滿又非聖財所生樂有怖畏有怨對有災橫有燒惱不能斷後世大苦有怖畏者謂懼當生苦所依處故有怨對者謂鬬訟違諍所依處故有災橫者謂老病死所依處故有燒惱者謂由此樂性不眞實如疥癩病虛妄顛倒所依處故愁歎憂苦種種熱惱所依處故不能斷後世大苦者謂貪瞋等本隨二惑所依處故聖財所生樂無怖畏無怨對無災橫無燒惱能斷後世大苦隨其所應與上相違廣說應知又外有欲者受用欲塵聖慧命者受用正法由五種相故有差別由此因緣說聖慧命者以無上慧命清淨自活何等爲五一受用正法者不染汙故二受用正法者極畢竟故三受用正

法者一向定故四受用正法者與餘慧命者不共故五受用正法者有眞實樂故摧伏魔怨故此中諸受欲者所有欲樂是隨順喜處貪愛所隨故是隨順憂處瞋恚所隨故是隨順捨處無揀擇捨之所隨故聖慧命者受用正法則不如是又諸有欲者受用欲塵從不可知本際以來以無常故捨餘欲塵得餘欲塵或於一時都無所得聖慧命者受用正法則不如是又受欲者受用欲時即於此事一起喜愛一起憂恚復即於彼或時生喜或時生憂聖慧命者受用正法則不如是又諸離欲外慧命者於種種見趣自分別所起邪勝解處其心猛利種種取著恒爲欲染之所隨逐雖已離欲復還退起聖慧命者受用正法則不如是又受欲者及諸世間已離欲者所有欲樂及離欲樂皆非眞實皆爲魔怨之所隨逐如幻如響如影如焰如夢所見猶如幻作諸莊嚴具又著樂愚夫諸受欲者及諸世間已離欲者凡所受用猶如顚狂如醉亂等未制魔軍而有受用是故彼樂爲非眞實亦不能制所有魔事聖慧命者受用正法則不如是

復次三界有情所依之身當云何觀謂如毒熱癰麤重所隨故即於此身樂受生時當云何觀謂如毒熱癰暫遇冷觸即於此身苦受生時當云何觀謂如毒熱癰爲熱灰所觸即於此身不苦不樂受生時當云何觀謂如毒熱癰離冷熱等觸自性毒熱而本住故薄伽梵說當知樂受壞苦故苦苦受苦苦故苦不苦不樂受行苦故苦復說有有愛味喜有離

愛味喜有勝離愛味喜如是等類如經廣說應知墮三界攝又薄伽梵建立想受滅樂爲樂中第一此依住樂非謂受樂又說有三種樂謂離貪離瞋離癡等欲此三種樂唯無漏界中可得是故此樂名爲常樂無漏界攝

復次飲食受用者謂三界將生已生有情壽命安住此中當知觸意思識三種食故一切三界有情壽命安住段食一種唯令欲界有情壽命安住復於那落迦受生有情有微細段食謂腑臟中有微動風由此因緣彼得久住餓鬼傍生人中有麤段食謂作分段而噉食之復有微細食謂住羯羅藍等位有情及欲界諸天由彼食已所有段食流入一切身分支節尋即消化無有便穢

復次婬欲受用者諸那洛迦中所有有情皆無婬事所以者何由彼有情長時無間多受種種極猛利苦由此因緣彼諸有情若男於女不起女欲若女於男不起男欲何況展轉二二交會若鬼傍生人中所有依身苦樂相雜故有婬欲男女展轉二二交會不淨流出欲界諸天雖行婬欲無此不淨然於根門有風氣出煩惱便息四大王衆天二二交會熱惱方息如四大王衆天三十三天亦爾時分天唯互相抱熱惱便息知足天唯相執手熱惱便息樂化天相顧而笑熱惱便息他化自在天眼相顧視熱惱便息又三洲人攝受妻妾施設嫁娶北拘盧洲無我所故無攝受故一切有情無攝受妻妾亦無嫁娶如三洲人如是大力鬼及欲界諸天亦爾唯除樂化天及他化自在天又一切欲界天衆無有處女

胎藏然四大王衆天於父母肩上或於懷中如五歲小兒欻然化出三十三天如六歲時分天如七歲知足天如八歲樂化天如九歲他化自在天如十歲

復次生建立者謂三種三種欲生或有衆生現住欲塵由此現住欲塵故富貴自在彼復云何謂一切人及四大王衆天乃至知足天是名第一欲生或有衆生變化欲塵由此變化欲塵故富貴自在彼復云何謂樂化天由彼諸天爲自已故化爲欲塵非爲他故唯自變化諸欲塵故富貴自在是名第二欲生或有衆生他化欲塵由他所化諸欲塵故富貴自在彼復云何謂他化自在天由彼諸天爲自因縁亦能變化爲他因縁亦能變化故於自化非爲希奇用他所化欲塵爲富貴自在故説此天爲他化自在非彼諸天唯受用他所化欲塵亦有受用自所化欲塵者是名第三欲生復有三種樂生或有衆生用離生喜樂灌灑其身謂初靜慮地諸天是名第一樂生或有衆生由定生喜樂灌灑其身謂第二靜慮地諸天是名第二樂生或有衆生以離喜樂灌灑其身謂第三靜慮地諸天是名第三樂生問何故建立三種欲生三種樂生耶答由三種求故一欲求二有求三梵行求謂若諸沙門或婆羅門墮欲求者一切皆爲三種欲生更無增過若諸沙門或婆羅門墮有求者多分求樂由貪樂故一切皆爲三種樂生由諸世間爲不苦不樂寂靜生處起追求者極爲尠少故此以上不立爲生若諸沙門或婆羅門墮梵行求者一切皆爲求無漏界

或復有一墮邪梵行求者爲求不動空無邊處識無邊處無所有處非想非非想處起邪分別謂爲解脱當知此是有上梵行求無上梵行求者謂求無漏界

復次自體建立者謂於三界中所有衆生有四種得自體差别或有所得自體由自所害不由他害謂有欲界天名遊戲忘念彼諸天衆或時耽著種種戲樂久相續住由久住故忘失憶念由失念故從彼處没或復有天名曰意憤彼諸天衆有時展轉揃眼相視由相視故意憤轉增意憤增故從彼處没或有所得自體由他所害不由自害謂處羯羅藍遏部曇閉尸鍵南位及在母腹中所有衆生或有所得自體亦由自害亦由他害謂即彼衆生處已生位諸根圓滿諸根成熟或有所得自體亦非自害亦非他害謂色無色界諸天一切那洛迦似那洛迦鬼如來使者住最後身慈定滅定若無諍定若處中有如是等類

復次云何因緣果建立謂略說有四種一由相故二由依處故三由差别故四由建立故因等相者謂若由此爲先此爲建立此和合故彼法生或得或成或辦或用說此爲彼因問以誰爲先誰爲建立誰和合故何法生耶答自種子爲先除種子依所餘若有色若無色依及業爲建立助伴所緣爲和合故隨其所應欲繫色繫無色繫及不繫諸法生問以誰爲先誰爲建立誰和合故得何法耶答聲聞獨覺如來種性爲先内分力爲建立外分力爲和合故煩惱離繫證得涅槃内分力者謂如理作意少欲知足等内分善法及得人

身生在聖處諸根無缺無事業障於其善處深生淨信如是等法名內分力外分力者謂諸佛興世宣說妙法教法猶存住正法者隨順而轉具悲信者以爲施主如是等法名外分力問以誰爲先誰爲建立誰和合故何法成耶答所知勝解愛樂爲先宗因譬喻爲建立不相違衆善抗論者爲和合故所立義成問以誰爲先誰爲建立誰和合故何法辦耶答工巧智爲先隨彼勤劬爲建立工巧業處衆具爲和合故工巧業處辦復愛爲先由食住者依止爲建立四食爲和合故受生有情安住充辦問以誰爲先誰爲建立誰和合故何法用耶答即自種子爲先如此生爲建立即此生緣爲和合故自業諸法作用可知何等名爲自業作用謂眼以見爲業如是餘根各自業用應知又地能持水能爛火能燒風能燥如是等類當知外分自業差別

因等依處者謂十五種一語二領受三習氣四有潤種子五無間滅六境界七根八作用九士用十真實見十一隨順十二差別功能十三和合十四障礙十五無障礙

因等差別者謂十因四緣五果十因者一隨說因二觀待因三牽引因四生起因五攝受因六引發因七定異因八同事因九相違因十不相違因四緣者一因緣二等無間緣三所緣緣四增上緣五果者一異熟果二等流果三離繫果四士用果五增上果

因等建立者謂依語因依處施設隨說因所以者何由於欲界繫法色無色界繫法及不繫法施設名爲先故想轉想爲先故語轉由

語故隨見聞覺知起諸言說是故依語依處施設隨說因依領受因依處施設觀待因所以者何由諸有情諸有欲求欲繫樂者彼觀待此於諸欲具或爲求得或爲積集或爲受用諸有欲求色無色繫樂者彼觀待此於彼諸緣或爲求得或爲受用諸有欲求不繫樂者彼觀待此於彼諸緣或爲求得或爲受用諸有不欲苦者彼觀待此於彼生緣於彼斷緣或爲遠離或爲求得或爲受用是故依領受依處施設觀待因依習氣因依處施設牽引因所以者何由淨不淨業熏習三界諸行於愛不愛趣中牽引愛不愛自體復即由此增上力故外物盛衰是故依諸行淨不淨業習氣依處施設牽引因依有潤種子因依處施設生起因所以者何由欲色無色界繫法各從自種子生愛名能潤種是所潤由此所潤諸種子故先所牽引各别自體當得生起如經言業爲感生因愛爲生起因是故依有潤種子依處施設生起因依無間滅因依處及依境界根作用士用眞實見因依處施設攝受因所以者何由欲繫諸法無間滅攝受故境界攝受故根攝受故作用攝受故士用攝受故諸行轉如欲繫法如是色無色繫法亦爾或由眞實見攝受故餘不繫法轉是故依無間滅境界根作用士用眞實見依處施設攝受因依隨順因依處施設引發因所以者何由欲繫善法能引欲繫諸勝善法如是欲繫善法能引色無色繫及不繫善法由隨順彼故如欲繫善法如是色繫善法能引色繫諸勝善法及無色繫善法不繫善法如色

繫善法如是無色繫善法能引無色繫諸勝善法及不繫善法如無色繫善法如是不繫善法能引不繫諸勝善法及能引發無爲作證又不善法能引諸勝不善法謂欲貪能引瞋癡慢見疑身惡行語惡行意惡行如欲貪如是瞋癡慢見疑隨其所應盡當知如是無記法能引善不善無記法如善不善無記種子阿賴耶識又無記法能引無記勝法如段食能引受生有情令住令安勢力增長由隨順彼故是故依隨順依處施設引發因依差別功能因依處施設定異因所以者何由欲繫諸法自性功能有差別故能生種種自性功能如欲繫法如是色無色繫及不繫法亦爾是故依差別功能依處施設定異因依和合因依處施設同事因所以者何要由獲得

自生和合故欲繫法生如欲繫法如是色無色繫及不繫法亦爾如生和合如是得成辦用和合亦爾是故依和合依處施設同事因依障礙因依處施設相違因所以者何由欲繫法將得生若障礙現前便不得生如欲繫法如是色無色繫及不繫法亦爾如生如是得成辦用亦爾是故依障礙依處施設相違因依無障礙因依處施設不相違因所以者何由欲繫法將得生若無障礙現前爾時便生如欲繫法如是色無色繫及不繫法亦爾如生如是得成辦用亦爾是故依無障礙依處施設不相違因

復次依種子緣依處施設因緣依無間滅緣依處施設等無間緣依境界緣依處施設所緣緣依所餘緣依處施設增上緣

復次依習氣隨順因緣依依處施設異熟果及等流果依眞實見因緣依處施設離繫果依士用因緣依處施設士用果依所餘因緣依處施設增上果

復次順益義是因義建立義是緣義成辦義是果義又建立因有五種相一能生因二方便因三俱有因四無間滅因五久遠滅因能生因者謂生起因方便因者謂所餘因俱有因者謂攝受因一分如眼於眼識如是耳等於所餘識無間滅因者謂生起因久遠滅因者謂牽引因又建立因有五種相一可愛因二不可愛因三增長因四流轉因五還滅因又建立因有七種相謂無常法是因無有常法能爲法因謂或爲生因或爲得因或爲成立因或爲成辦因或爲作用因又雖無常法爲無常法因然與他性爲因亦與後自性爲因非即此刹那又雖與他性爲因及與後自性爲因然已生未滅方能爲因非未生已滅又雖已生未滅然得餘緣方能爲因非不得餘緣又雖得餘緣然成變異方能爲因非未成變異又雖成變異必與功能相應方能爲因非失功能又雖與功能相應然必相稱相順方能爲因非不相稱相順由如是七種相隨其所應諸因建立應知

復次云何相施設建立嗢柁南曰

體所緣行相　等起與差別　決擇及流轉
略辯相應知

應知此相略有七種一體性二所緣三行相四等起五差別六決擇七流轉尋伺體性者謂不深推度所緣思爲體性若深推度所緣

慧爲體性應知尋伺所緣者謂依名身句身文身義爲所緣尋伺行相者謂即於此所緣尋求行相是尋即於此所緣伺察行相是伺尋伺等起者謂發起語言尋伺差別者有七種差別謂有相無相乃至不染汙如前說尋伺決擇者若尋伺即分別耶設分別即尋伺耶謂諸尋伺必是分別或有分別非尋伺謂望出世智所餘一切三界心心法皆是分別而非尋伺尋伺流轉者若那洛迦尋伺何等行何所觸何所引何相應何所求何業轉耶如那洛迦如是旁生餓鬼人欲界天初靜慮地天所有尋伺何等行何所觸何所引何相應何所求何業轉耶謂那洛迦尋伺唯是慼行觸非愛境引發於苦與憂相應常求脫苦嬈心業轉如那洛迦尋伺一向受苦餓鬼尋伺亦爾旁生人趣大力餓鬼所有尋伺多分慼行少分欣行多分觸非愛境少分觸可愛境多分引苦少分引樂多分憂相應少分喜相應多分求脫苦少分求遇樂嬈心業轉欲界諸天所有尋伺多分欣行少分慼行多分觸可愛境少分觸非愛境多分引樂少分引苦多分喜相應少分憂相應多分求遇樂少分求脫苦嬈心業轉初靜慮地天所有尋伺一向欣行一向觸內可愛境界一向引樂一向喜相應唯求不離樂不嬈心業轉

復次云何如理作意施設建立嗢柁南曰

依處及與事　求受用正行　二菩提資糧
到彼岸方便

應知建立略有八相謂由依處故事故求故受用故正行故聲聞乘資糧方便故獨覺乘

資糧方便故波羅蜜多引發方便故如理作意相應尋伺依處者謂有六種依處一決定時二止息時三作業時四世間離欲時五出世離欲時六攝益有情時如理作意相應尋伺事者謂八種事一施所成福作用事二戒所成福作用事三修所成福作用事四聞所成事五思所成事六餘修所成事七揀擇所成事八攝益有情所成事如理作意相應尋伺求者謂如有一以法及不兇險追求財物不以非法及兇險如理作意相應尋伺受用者謂如即彼追求財已不染不住不耽不縛不悶不著亦不堅執深見過患了知出離而受用之如理作意相應尋伺正行者謂如有一了知父母沙門婆羅門及家長等恭敬供養利益承事於今世後世所作罪中見大怖畏行施作福受齋持戒聲聞乘資糧方便者聲聞地中我當廣說獨覺乘資糧方便者獨覺地中我當廣說波羅蜜多引發方便者菩薩地中我當廣說

復次施主有四種相一有欲樂二無偏黨三除匱乏四具正智具尸羅者亦有四相一有欲樂二結橋梁三不現行四具正智成就修者亦有四相一欲解清淨二引攝清淨三勝解定清淨四智清淨復受施者有六種一受學受施二活命受施三貧匱受施四棄捨受施五羇遊受施六耽著受施復有八種損惱一飢損惱二渴損惱三麤食損惱四疲倦損惱五寒損惱六熱損惱七無覆障損惱八有覆障損惱復有六種損惱一俱生二所欲匱乏三逼切四時節異五流漏六事業休廢復

有六種攝益一任持攝益二勇健無損攝益三覆護攝益四塗香攝益五衣服攝益六共住攝益復有四種非善友相一不捨怨心二引彼不愛三遮彼所愛四引非所宜與此相違當知即是四善友相復有三種引攝一引攝資生具二引攝有喜樂三引攝離喜樂復有四種隨轉供事一隨轉供事非知舊者二隨轉供事諸親友者三隨轉供事所尊重者四隨轉供事具福慧者由此四種隨轉供事依止四處獲得五果應知何等四處一無攝受處二無侵惱處三應供養處四同分隨轉處依此四處能感五果一感大財富二名稱普聞三離諸煩惱四證得涅槃五或往善趣又聰慧者有三種聰慧相一於善受行二於善決定三於善堅固復有三相一受學增上戒二受學增上心三受學增上慧

瑜伽師地論卷第五

音釋

踰（達合切踐也）瓮（烏貢切甖也）灌灑（灌古玩切灑所蟹切）憤（房粉切）爛燥（爛郎旰切腐爛也燥先到切乾也）伺（伺相吏切伺察也）羈（居宜切）

瑜伽師地論卷第六

彌勒菩薩說

唐三藏沙門玄奘奉詔譯

本地分中有尋有伺等三地之三

復次云何不如理作意施設建立嗢柁南曰

執因中有果　顯了有去來　我常宿作因
自在等害法　邊無邊矯亂　計無因斷空
最勝淨吉祥　由十六異論

由十六種異論差別顯不如理作意應知何
等十六一因中有果論二從緣顯了論三去
來實有論四計我論五計常論六宿作因論
七計自在等爲作者論八害爲正法論九有
邊無邊論十不死矯亂論十一無因見論十
二斷見論十三空見論十四妄計最勝論十
五妄計清淨論十六妄計吉祥論

因中有果論者謂如有一若沙門若婆羅門
起如是見立如是論常常時恒恒時於諸因
中具有果性謂雨衆外道作如是計問何因
緣故彼諸外道起如是見立如是論顯示因
中具有果性答由教及理故教者謂彼先師
所造教藏隨聞轉授傳至于今顯示因中先
有果性理者謂即如彼沙門若婆羅門爲性
尋思爲性觀察住尋思地住自辦地住異生
地住隨思惟觀察行地彼作是思若從彼性
此性得生一切世間共知共立彼爲此因非
餘又求果者唯取此因非餘又即於彼加功
營構諸所求事非餘又若彼果即從彼生不
從餘生是故彼果因中已有若不爾者應立
一切是一切因爲求一果應取一切應於一
切加功營構應從一切一切果生如是由施

設故求取故所作決定故生故彼見因中常有果性應審問彼汝何所欲何者因相何者果相因果兩相爲異不異若無異相便無因果二種決定因果二種無差别故因中有果不應道理若有異相汝意云何因中果性爲未生相爲已生相若未生相便於因中果猶未生而説是有不應道理若已生相即果體已生復從因生不應道理是故因中非先有果然要有因待緣果生又有相法於有相法中由五種相方可了知一於處所可得如甕中水二於所依可得如眼中眼識三即由自相可得如因自體不由比度四即由自作業可得五由因變異故果成變異或由緣變異故果成變異是故彼説常常時恒恒時因中有果不應道理由此因緣彼所立論非如理説如是不異相故異相故未生相故已生相故不應道理

從緣顯了論者謂如有一若沙門若婆羅門起如是見立如是論一切諸法性本是有從衆緣顯不從緣生謂即因中有果論者及聲相論者作如是計問何因緣故因中有果論者見諸因中先有果性從緣顯耶答由教及理故教如前説理者謂如有一爲性尋思爲性觀察廣説如前彼如是思果先是有復從因生不應道理然非不用功爲成於果彼復何緣而作功用豈非唯爲顯了果耶彼作如是妄分别已立顯了論應當問彼汝何所欲爲無障緣而有障礙爲有障緣耶若無障緣者無障礙緣而有障礙不應道理若有障緣者屬果之因何故不障同是有故不應道理

譬如黑闇障甕中水亦能障甕若言障緣亦障因者亦應顯因俱被障故而言但顯因中先有果性不顯因者不應道理復應問彼爲有性是障緣爲果性耶若有性是障緣者是即有性常不顯了不應道理因亦是有何不爲障若言果性是障緣者是則一法亦因亦果如芽是種子果是莖等因是即一法亦顯不顯不應道理又今問汝隨汝意答本法與顯爲異不異若不異者法應常顯顯已復顯不應道理若言異者彼顯爲無因耶爲有因耶若言無因無因而顯不應道理若有因者果性可顯非是因性以不顯因能顯於果不應道理如是無障緣故有障緣故有相故果相故顯不異故顯異故不應道理是故汝言若法性無是即無相若法性有是即有相性若是無不可顯了性若是有方可顯了者不應道理我今當說雖復是有不可取相謂或有遠故雖有而不可取又由四種障因障故而不可取復由極微細故而不可取或由心散亂故而不可取或由根損壞故而不可取或由未得彼相應智故而不可取如因果顯了論不應道理當知聲相論者亦不應理此中差別者外聲論師起如是見立如是論聲相常住無生無滅然由宣吐方得顯了是故此論如顯了論非應理說

去來實有論者謂如有一若沙門若婆羅門若在此法者由不正思惟故起如是見立如是論有過去有未來其相成就猶如現在實有非假問何因緣故彼起如是見立如是論答由教及理故教如前說又在此法者於如

來經不如理分别故謂如經言一切有者即十二處此十二處實相是有又薄伽梵說有過去業又說有過去色有未來色廣說乃至識亦如是理者謂如有一爲性尋思爲性觀察廣說如前彼如是思若法自相安住此法眞實是有此若未來無者爾時應未受相此若過去無者爾時應失自相若如是者諸法自相應不成就由此道理亦非眞實故不應理由是思惟起如是見立如是論過去未來性相實有應審問彼汝何所欲去來二相與現在相爲一爲異若言相一立三世相不應道理若相異者性相實有不應道理又汝應說自意所欲墮三世法爲是常相爲無常相若常相者墮在三世不應道理若無常相於三世中恒是實有不應道理又今問汝隨汝意答爲計未來法來至現在世耶爲彼死已於此生耶爲即住未來爲緣生現在耶爲本無業今有業耶爲本相不圓滿今相圓滿耶爲本異相今異相耶爲於未來有現在分耶若即未來法來至現在者此便有方所復與現在應無差别復應是常不應道理若言未來死已現在生者是即未來不生於今現在世法本無今生又未來未生而言死没不應道理若言法住未來以彼爲緣生現在者彼應是常又應本無今生非未來法生不應道理若本無業用今有業用是則本有今有便有如前所說過失不應道理又汝何所欲此業用與彼本法爲有異相爲無異相若有異相此業用相未來無故不應道理若無異相本無業用今有業用不應道理如無業用有

此過失如是相圓滿異相未來分相應知亦爾此中差別者復有自性雜亂過失故不應道理如未來向現在如是現在往過去如其所應過失應知謂即如前所計諸因緣及所說破道理如是自相故共相故來故死故爲緣生故業故相圓滿故相異故未來有分故說過去未來體實有論不應道理如是說已復有難言若過去未來是無云何緣無而有覺轉若言緣無而有覺轉者云何不有違教過失如說一切有者謂十二處我今問汝隨汝意答世間取無之覺爲起耶爲不起耶若不起者能取無我兔角石女兒等覺皆應是無此不應理又薄伽梵說我諸無諂聲聞如我所說正修行時若有知有若無知無此不應理若言起者汝意云何此取無覺爲作有行爲作無行若作有行取無之覺而作有行不應道理若作無行者汝何所欲此無行覺爲緣有事轉爲緣無事轉若緣有事轉者無行之覺緣有事轉不應道理若緣無事轉者無緣無覺不應道理又雖說一切有者謂十二處然於有法密意說有有相於無法密意說有無相所以者何若有相法能持有相若無相法能持無相是故俱名爲法俱名爲有若異者諸修行者唯知於有不知於無應非無間觀所知法不應道理又雖說言有過去業由此業故諸有情受有損害受受無損害受此亦依彼習氣密意假說爲有謂於諸行中曾有淨不淨業若生若滅由此因緣彼行勝異相續而轉是名習氣由此相續所攝習氣故愛不愛果生是故於我無過而汝不應

道理復雖說言有過去色有未來色有現在色如是乃至識亦爾者此亦依三種行相密意故說謂因相自相果相依彼因相密意說有未來依彼自相密意說有現在依彼果相密意說有過去是故無過又不應說過去未來是實有相何以故應知未來有十二種相故一因所顯相二體未生相三待衆緣相四已生種類相五可生法相六不可生法相七未生雜染相八未生清淨相九應可求相十不應求相十一應觀察相十二不應觀察相當知現在亦有十二種相一果所顯相二體已生相三衆緣會相四已生種類相五一刹那相六不復生法相七現雜染相八現清淨相九可憙樂相十不可憙樂相十一應觀察相十二不應觀察相當知過去亦有十二種相一已度因相二已度緣相三已度果相四體已壞相五已滅種類相六不復生法相七靜息雜染相八靜息清淨相九應顧戀處相十不應顧戀處相十一應觀察相十二不應觀察相

計我論者謂如有一若沙門若婆羅門起如是見立如是論有我薩埵命者生者有養育者數取趣者如是等諦實常住謂外道等作如是計問何故彼外道等起如是見立如是論答由教及理故教如前說理者謂如有一爲性尋思爲性觀察廣說如前由二種因故一先不思覺率爾而得有薩埵覺故二先已思覺得有作故彼如是思若無我者見於五事不應起於五有我覺一見色形已唯應起於色形之覺不應起於薩埵之覺二見順苦

樂行已唯應起於受覺不應起於勝劣薩埵之覺三見已立名者名相應行已唯應起於想覺不應起於刹帝利婆羅門吠舍戍陀羅佛授德友等薩埵之覺四見作淨不淨相應行已唯應起於行覺不應起於愚者智者薩埵之覺五見於境界識隨轉已唯應起於心覺不應起於我能見等薩埵之覺由如是先不思覺於此五事唯起五種薩埵之覺非諸行覺是故先不思覺見已率爾而起有薩埵覺故如是決定知有實我又彼如是思若無我者不應於諸行中先起思覺得有所作謂我以眼當見諸色正見諸色已見諸色或復起心我不當見如是等用皆由我覺行爲先導如於眼見如是於耳鼻舌身意應知亦爾又於善業造作善業止息不善業造作不善業止息如是等事皆由思覺爲先方得作用應不可得如是等用唯於諸行不應道理由如是思故說有我我今問汝隨汝意答爲即於所見事起薩埵覺爲異於所見事起薩埵覺耶若即於所見事起薩埵覺者汝不應言即於色等計有薩埵計有我者是顛倒覺若異於所見事起薩埵覺者我有形量不應道理或有勝劣或刹帝利等或愚或智或能取彼色等境界不應道理又汝何所欲爲唯由此法自體起此覺耶爲亦由餘體起此覺耶若唯由此法自體起此覺者即於所見起彼我覺不應說名爲顛倒覺若亦由餘體起此覺者即一切境界各是一切境界覺因故不應理又汝何所欲於無情數有情覺於有情數無情覺於餘有情數餘有情覺爲起爲不

起耶若起者是即無情應是有情有情應是無情是餘有情應是餘有情此不應理若不起者則非撥現量不應道理又汝何所欲此薩埵覺爲取現量義爲取比量義耶若取現量義者唯色等蘊是現量義我非現量義故不應理若取比量義者如愚稚等未能思度不應率爾起於我覺又我今問汝隨汝意答如世間所作爲以覺爲因爲以我爲因若以覺爲因者執我所作不應道理若以我爲因者要先思覺得有所作不應道理又汝何所欲所作事因常無常耶若無常者此所作因體是變異執我有作不應道理若是常者即無變異無變有作不應道理又汝何所欲爲有動作之我能有所作爲無動作之我有所作耶若有動作之我能有所作者是即常作不應復作若無動作之我有所作者無動作性而有所作不應道理又汝何所欲爲有因故我有所作爲無因耶若有因者此我應由餘因策發方有所作不應道理若無因者應一切時作一切事不應道理又汝何所欲此我爲依自故能有所作爲依他故能有所作若依自者此我自作老病死苦雜染等事不應道理若依他者計我所依不應道理又我今問汝隨汝意答爲即於蘊施設有我爲於諸蘊中爲蘊外餘處爲不屬蘊耶若即於蘊施設我者是我與蘊無有差別而計有我諦實常住不應道理若於諸蘊中者此我爲常爲無常耶若是常者常住之我爲諸苦樂之所損益不應道理若無損益起法非法不應道理若不生起法及非法應諸蘊身畢竟不

起又應不由功用我常解脱若無常者離藴體外有生有滅相續流轉法不可得故不應理又於此滅壞後於餘處不作而得有大過失故不應理若藴外餘處者汝所計我應是無爲不應道理若不屬藴者我一切時應無染汙又我與身不應相屬此不應理又汝何所欲所計之我爲即見者等相爲離見者等相若即見者等相者爲即於見等假立見者等相爲離於見等别立見者等相若即於見等假立見者等相者則應見等是見者等而汝立我爲見者等不應道理以見者等與見等相無差别故若離於見等别立見者等相者彼見等法爲是我所成業爲是我所執具若是我所成業者若如種子應是無常不應道理若言如陶師等假立丈夫此我應是無常應是假立而汝言是常是實不應道理若言如具神通假立丈夫此我亦應無常假立於諸所作隨意自在此亦如前不應道理若言如地應是無常又所計我無如地大顯了作業故不應理何以故世間地大所作業用顯了可得謂持萬物令不墜下我無是業顯了可得若如虚空應非實有唯於色無假立空故不應道理虚空雖是假有而有業用分明可得非所計我故不應理世間虚空所作業用分明可得者謂由虚空故得起往來屈伸等業是故見等是我所成業不應道理若是我所執具者若言如鎌如離鎌外餘物亦有能斷作用如是離見等外於餘物上見等業用不可得故不應道理若言如火則徒計於我不應道理何以故如世間火離能燒者

亦自能燒故若言離見者等相別有我者則所計我相乖一切量不應道理又我今問汝隨汝意答汝所計我爲與染淨相應而有染淨爲不與染淨相應而有染淨耶若與染淨相應而有染淨者於諸行中有疾疫災横及彼止息順益可得即彼諸行雖無有我而說有染淨相應如於外物内身亦爾雖無有我染淨義成故汝計我不應道理若不與染淨相應而有染淨者離染淨相我有染淨不應道理又我今問汝隨汝意答汝所計我爲與流轉相相應而有流轉爲不與流轉相相應而有流轉及止息耶若與流轉相相應而有流轉及止息者於諸行中有五種流轉相可得一有因二可生三可滅四展轉相續生起五有變異若諸行中此流轉相可得如於身牙河燈乘等流轉作用中雖無有我即彼諸行得有流轉及與止息何須計我若不與彼相相應而有流轉及止息者則所計我無流轉相而有流轉止息不應道理又我今問汝隨汝意答汝所計我爲由境界所生若苦若樂及由思業并由煩惱隨煩惱等之所變異說爲受者作者及解脫者爲不由彼變異說爲受者等耶若由彼變異者是即諸行是受者作者及解脫者何須計我設是我者我應無常不應道理若不由彼變異者我無變異而是受者作者及解脫者不應道理又汝今應說自所欲爲唯於我說爲作者爲亦於餘法說爲作者若唯於我世間不應說火爲燒者光爲照者若亦於餘法即於見等諸根說爲作者徒分別我不應道理又汝應說自意

所欲爲唯於我建立於我爲亦於餘法建立於我若唯於我者世間不應於假説士夫身呼爲德友佛授等若亦於餘法者是則唯於諸行假説名我何須更執别有我耶何以故諸世間人唯於假設士夫之身起有情想立有情名及説自他有差别故又汝何所欲計我之見爲善爲不善耶若是善者何爲極愚癡人深起我見不由方便率爾而起能令衆生怖畏解脱又能增長諸惡過失不應道理若不善者不應説正及非顛倒若是邪倒所計之我體是實有不應道理又汝何所欲無我之見爲善爲不善耶若言是善於彼常住實有我上見無有我而是善性非顛倒計不應道理若言不善而一切智者之所宣説精勤方便之所生起令諸衆生不怖解脱能速

證得白淨之果諸惡過失如實對治不應道理又汝意云何爲即我性自計有我爲由我見耶若即我性自計有我者應一切時無無我覺若由我見者雖無實我由我見力故於諸行中妄謂有我是故汝計定實有我不應道理如是不覺爲先而起彼覺故思覺爲先見有所作故於諸蘊中假施設故由於彼相安立爲有故建立雜染及清淨故建立流轉及止息故假立受者作者解脱者故施設有作者故施設言説故施設見故計有實我皆不應理又我今當説第一義我相所言我者唯於諸法假立爲有非實有我然此假我不可説言與彼諸法異不異性勿謂此我是實有體或彼諸法即我性相又此假我是無常相是非恒相非安保相是變壞相生起法相

老病死相唯諸法相唯苦惱相故薄伽梵説苾芻當知於諸法中假立有我此我無常無恒不可安保是變壞法如是廣説由四因故於諸行中假設有我一爲令世間言説易故二爲欲隨順諸世間故三爲欲斷除謂定無我諸怖畏故四爲宣説自他成就功德成就過失令起決定信解心故是故執有我論非如理説

計常論者謂如有一若沙門若婆羅門起如是見立如是論我及世間皆實常住非作所作非化所化不可損害積聚而住如伊師迦謂計前際説一切常者説一分常者及計後際説有想者説無想者説非想非非想者復有計諸極微是常住者作如是計問何故彼諸外道起如是見立如是論我及世間是常住耶答彼計因緣如經廣説隨其所應盡當知此中計前際者謂或依下中上静慮起宿住隨念不善緣起故於過去諸行但唯憶念不如實知計過去世以爲前際發起常見或依天眼計現在世以爲前際於諸行刹那生滅流轉不如實知又見諸識流轉相續從此世間至彼世間無斷絶故發起常見或見梵王隨意成立或見四大種變異或見諸識變異計後際者於想及受雖見差別然不見自相差别是故發起常見謂我及世間皆悉常住又計極微是常住者以依世間静慮起如是見由不如實知緣起故而計有爲先有果集起離散爲先有果壞滅由此因緣彼謂從衆微性麤物果生漸析麤物乃至微住是故麤物無常極微是常此中計前際後際常住

論者是我執論差別相所攝故我論已破當知我差別相論亦已破訖又我今問汝隨汝意答宿住之念爲取諸蘊爲取我耶若取蘊者執我及世間是常不應道理若取我者憶念過去如是名等諸有情類我曾於彼如是名如是性乃至廣説不應道理又汝意云何緣彼現前和合色境眼識起時於餘不現不和合境所餘諸識爲滅爲轉若言滅者滅壞之識而計爲常不應道理若言轉者由一境界依一切時一切識起不應道理又汝何所欲所執之我由想所作及受所作爲有變異爲無變異若言有者計彼世間及我常住不應道理若言無者有一想已復種種想復有小想及無量想不應道理又純有樂已復純有苦復有苦有樂有不苦不樂不應道理又若計命即是身者彼計我是色若計命異於身者彼計我非色若計我俱遍無二無缺者彼計我亦是色亦非色若爲對治此故即於此義中由異句異文而起執者彼計我非色非非色又若見少色少非色者彼計有邊若見彼無量者彼計有無邊若復遍見而色分少非色分無量或色分無量非色分少者彼計亦有邊亦無邊若爲對治此故但由文異不由義異而起執者彼計非有邊非無邊或計解脱之我遠離二種又計極微常住論者我今問汝隨汝意答汝爲觀察計極微常爲不觀察計彼常耶若不觀察者離慧觀察而定計常不應道理若言已觀察者違諸量故不應道理又汝何所欲諸微塵性爲由細故計彼是常爲由與麤果物其相異故計彼常

耶若由細者離散損減轉復羸劣而言是常不應道理若言由相異故者是則極微超過地水火風之相不同種類相故而言能生彼類果不應道理又彼極微更無異相可得故不中理又汝何所欲從諸極微所起麤物為不異相為異相耶若言不異相者由與彼因無差別故亦應是常是則應無因果決定不應道理若異相者汝意云何為從離散極微麤物得生為從聚集耶若言從離散者應一切時一切果生是則應無因果決定不應道理若從聚集者汝意云何彼麤果物從極微生時為不過彼形質之量為過彼形質量耶若言不過彼形質量者從形質分物生形質有分物不應道理若言過者諸極微體無細分故不可分析所生麤物亦應是常亦不中理若復說言有諸極微本無今起者是則計極微常不應道理又汝何所欲彼諸極微起造麤物為如種子等為如陶師等耶若言如種子等者應如種子體是無常若言如陶師等者彼諸極微應有思慮如陶師等不應道理若不如種等及陶師等者是則同喻不可得故不應道理又汝意云何諸外物起為由有情為不爾耶若言由有情者彼外麤物由有情生所依細物不由有情不應道理誰復於彼制其功能若言不由有情者是則無用而外物生不應道理如是隨念諸蘊有情故由一境界一切識流不斷絕故由想及受變不變故計彼前際及計後際常住論者不應道理又由觀察不觀察故由共相故由自相故由起造故根本所用故極微常論不應道

理是故計常論者非如理說我今當說常住之相若一切時無變異相若一切種無變異相若自然無變異相若由他無變異相又無生相當知是常住相

瑜伽師地論卷第六

音釋

營構 營維傾切度也構居候切集也 憙 許已切悅也 鐮 力鹽切鈇也

疫 夷益切瘟氣也

瑜伽師地論卷第七

彌勒菩薩說

唐三藏沙門玄奘奉詔譯

本地分中有尋有伺等三地之四

宿作因論者猶如有一若沙門若婆羅門起如是見立如是論廣說如經凡諸世間所有士夫補特伽羅所受者謂現所受苦皆由宿作爲因者謂由宿惡爲因由勤精進吐舊業故者謂由現法極自苦行現在新業由不作因之所害故者謂諸不善業如是於後不復有漏者謂一向是善性故說後無漏由無漏故業盡者謂諸惡業由業盡故苦盡者謂宿因所作及現法方便所招苦惱由苦盡故得證苦邊者謂證餘生相續苦盡謂無繫外道作如是計問何因緣故彼諸外道起如是見立如是論答由教及理故教如前說理者猶如有一爲性尋思爲性觀察廣說如前由見現法士夫作用不決定故所以者何彼見世間雖具正方便而招於苦雖具邪方便而致於樂彼如是思若由現法士夫作用爲彼因者彼應顛倒由彼所見非顛倒故是故彼皆以宿作爲因由此理故彼起如是見立如是論今應問彼汝何所欲現法方便所招之苦爲用宿作爲因爲用現法方便爲因若用宿作爲因者汝先所說由勤精進吐舊業故現在新業由不作因之所害故如是於彼不復有漏乃至廣說不應道理若用現法方便爲因者汝先所說凡諸世間所有士夫補特伽羅所受皆由宿作爲因不應道理如是現法方便苦宿作爲因故現法士夫用爲因故皆

不應道理是故此論非如理說我今當說如實因相或有諸苦唯用宿作爲因猶如有一自業增上力故生諸惡趣或貧窮家或復有苦雜因所生謂如有一因邪事王不獲樂果而反致苦如事於王如是由諸言說商賈等業由事農業由劫盜業或於他有情作損害事若有福者獲得富樂若無福者雖設功用而無果遂或復有法純由現在功用因得如新所造引餘有業或聽聞正法於法覺察或復發起威儀業路或復修學工巧業處如是等類唯因現在士夫功用

自在等作者論者由如有一或沙門或婆羅門起如是見立如是論凡諸世間所有士夫補特伽羅所受彼一切或以自在變化爲因或餘丈夫變化爲因諸如是等謂說自在等不平等因論者作如是計問何因緣故起如是見立如是論答由教及理教如前說理者猶如有一爲性尋思爲性觀察廣說如前彼由現見於因果中世間有情不隨欲轉故作此計所以者何現見世間有情於彼因時欲修淨業不遂本欲及更爲惡於彼果時願生善趣樂世界中不遂本欲墮惡趣等意謂受樂不遂所欲故反受諸苦由見此故彼作是思世間諸物必應別有作者生者及變化者爲彼物父謂自在天或復其餘今當問彼汝何所欲嗢柁南曰

功能無體性　攝不攝相違　有用及無用
爲因成過失

自在天等變化功能爲用業方便爲因爲無因耶若用業方便爲因者唯此功能用業方

便爲因非餘世間不應道理若無因者唯此功能無因而有非世間物不應道理又汝何所欲此大自在爲墮世間攝爲不攝耶若言攝者此大自在則同世法而能遍生世間不應道理若不攝者則是解脫而言能生世間不應道理又汝何所欲爲有用故變生世間爲無用耶若有用者則於彼用無有自在而於世間有自在者不應道理若無用者無有所須而生世間不應道理又汝何所欲此所出生爲唯大自在爲因爲亦取餘爲因耶若唯大自在爲因者是則若時有大自在是時則有出生若時有出生是時則有大自在而言出生用大自在爲因者不應道理若言亦取餘爲因者此唯取樂欲爲因爲除樂欲更取餘爲因若唯取樂欲爲因者此樂欲爲唯取大自有爲因爲亦取餘爲因耶若唯取大自在爲因者若時有大自在是時則有樂欲若時有樂欲是時則有大自在便應無始常有出生此亦不應道理若言亦取餘爲因者有此因不可得故不應道理又於彼欲無有自在而言於世間物有自在者不應道理如是由功用故攝不攝故有用無用故爲因性故皆不應理是故此論非如理說

害爲正法論者謂如有一若沙門若婆羅門起如是見立如是論若於彼祠中呪術爲先害諸生命若能祀者若所害者若諸助伴彼一切皆得生天問何因緣故彼諸外道起如是見立如是論答此違理論諂誑所起不由觀察道理建立然於諍競惡劫起時諸婆羅門違越古昔婆羅門法爲欲食肉妄起此計

又應問彼汝何所欲此呪術方爲是法自體爲是非法自體若是法自體者離彼殺生不能感得自所愛果而能轉彼非法以爲正法不應道理若是非法自體者自是不愛果法而能轉捨餘不愛果法者不應道理如是記已復有救言如世間毒呪術所攝不能爲害當知此呪術方亦復如是今應問彼汝何所欲如呪術方能息外毒亦能息内貪瞋癡毒爲不爾耶若能息者無處無時無有一人貪瞋癡等靜息可得故不中理若不能息者汝先所說如呪術方能息外毒亦能息除非法業者不應道理又汝何所欲此呪術方爲遍行耶不遍行耶若遍行者自所愛親不先用祠不應道理若不遍者此呪功能便非決定不應道理又汝何所欲此呪功能爲唯能轉因亦轉果耶若唯轉因者於果無能不應道理若亦轉果者應如轉變即令羊等成可愛妙色然捨羊等身已方取天身不應道理又汝何所欲造呪術者爲有力能及悲愍不若言有者離殺彼命不能將彼往生天上不應道理若言無者彼所造呪能有所辦不應道理如是由因故譬喻故不決定故於果無能故呪術者故不應道理是故此論非如理說

我今當說非法之相若業損他而不治現過是名非法又若業諸修道者共知此業感不愛果又若業一切智者決定說爲不善又若業自所不欲又若業染心所起又若業待邪呪術方備功驗又若業自性無記諸如是等皆是非法

邊無邊論者謂如有一若沙門若婆羅門依

止世間諸靜慮故於彼世間住有邊想無邊想俱想不俱想廣說如經由此起如是見立如是論世間有邊世間無邊世間亦有邊亦無邊世間非有邊非無邊當知此中已說因緣及能計者是中若依斷邊際求世邊時若憶念壞劫於世間起有邊想若憶念成劫則於世間起無邊想若依方域周廣求世邊時若下過無間更無所得上過第四靜慮亦無所得傍一切處不得邊際爾時則於上下起有邊想於傍處所起無邊想若爲治此執但依異文義無差別則於世間起非有邊非無邊想今應問彼汝何所欲從前壞劫以來爲更有世間生起爲無起耶若言有者世間有邊不應道理若言無者非世間住念世間邊不應道理如是彼來有故彼來無故皆不應理是故此論非如理說

不死矯亂論者謂四種不死矯亂外道如經廣說應知彼諸外道若有人來依最勝生道問善不善依決定勝道問苦集滅道便自稱言不死亂者隨於處所依不死淨天不亂詰問即於彼所問以言矯亂或託餘事方便避之或但隨問者言辭而轉是中第一不死亂者覺未開悟第二於所證法起增上慢第三覺已開悟而未決定第四羸劣愚鈍又復第一怖畏妄語及怖畏他人知其無智故不分明答言我無所知第二於自所證未得無畏懼他詰問怖畏妄語怖畏邪見故不分明說我有所證第三怖畏邪見怖畏妄語懼他詰問故不分明說我不決定如是三種假託餘事以言矯亂第四唯懼他詰於最勝生道及

決定勝道皆不了達於世文字亦不善知而不分明說言我是愚鈍都無所了但反問彼隨彼言辭而轉以矯亂彼此四論發起因緣及能計者并破彼執皆如經說由彼外道多怖畏故依此見住若有人來有所詰問即以諂曲而行矯亂當知此見是惡見攝是故此論非如理說

無因見論者謂依止靜慮及依止尋思應知二種如經廣說問何因緣故彼諸外道依止尋思起如是見立如是論我及世間皆無因生答略而言之見不相續以爲先故諸內外事無量差別種種生起或復有時見諸因緣空無果報謂見世間無有因緣或時欻爾大風卒起於一時間寂然止息或時忽爾暴河彌漫於一時間頓則空竭或時鬱爾果木敷

榮於一時間颯然衰顇由如是故起無因見立無因論今應問彼汝宿住念爲念無體爲念自我若念無體無體之法未曾串習未曾經識而能隨念不應道理若念自我計我先無後欻然生不應道理又汝何所欲一切世間內外諸物種種生起或欻然生起爲無因耶爲有因耶若無因者種種生起欻然而起有時不生不應道理若有因者我及世間無因而生不應道理如是念無體故念自我故內外諸物不由因緣種種異故由彼因緣種種異故不應道理是故此論非如理說

斷見論者謂如有一若沙門若婆羅門起如是見立如是論乃至我有麤色四大所造之身任持未壞爾時有病有癰有箭若我死後斷壞無有爾時我善斷滅如是欲界諸天色

界諸天若無色界空無邊處所攝乃至非想非非想處所攝廣說如經謂說七種斷見論者作如是計問何因緣故彼諸外道起如是見立如是論答由教及理故教如前說理者謂如有一爲性尋思乃至廣說彼如是思若我死後復有身者應不作業而得果異熟若我體性一切永無是則應無受業果異熟觀此二種理俱不可是故起如是見立如是論我身死已斷壞無有猶如瓦石若一破已不可還合彼亦如是道理應知今應問彼汝何所欲爲蘊斷滅爲我斷滅耶若言蘊斷滅者蘊體無常因果展轉生起不絕而言斷滅不應道理若言我斷汝先所說麤色四大所造之身有病有癰有箭欲界諸天色界諸天若無色界空無邊處所攝乃至非想非非想處所攝不應道理如是若蘊斷滅故若我斷滅故皆不應理是故此論非如理說

空見論者謂如有一若沙門若婆羅門起如是見立如是論無有施與無有愛養無有祠祀廣說乃至世間無有眞阿羅漢復起如是見立如是論無有一切者法體相問何因緣故彼諸外道起如是見立如是論答由教及理故教如前說理者謂如有一爲性尋思乃至廣說又依世間諸靜慮故見世施主一期壽命恒行布施無有斷絕從此命終生下賤家貧窮匱乏彼作是思定無施與愛養祠祀復見有人一期壽中恒行妙行或行惡行見彼命終墮於惡趣生諸那落迦或往善趣生於天上樂世界中彼作是思定無妙行及與惡行亦無妙行惡行二業果異熟復見有一

刹帝利種命終之後生婆羅門吠舍戍陀羅諸種姓中或婆羅門命終之後生刹帝利吠舍戍陀羅諸種姓中吠舍戍陀羅等亦復如是彼作是思定無此世刹帝利等從彼世間刹帝利等種姓中來亦無彼世刹帝利等從此世間刹帝利等種姓中去又復觀見諸離欲者生於下地又見母命終已生而爲女女命終已還作其母父終爲子子還作父彼見父母不決定已作如是思世間畢定無父無母或復見人身壞命終或生無想或生無色或入涅槃求彼生處不能得見彼作是思決定無有化生衆生以彼處所不可知故或於自身起阿羅漢增上慢已臨命終時遂見生相彼作是念世間必無眞阿羅漢如是廣説問復何因縁或有起如是見立如是論無有一切諸法體相答以於如來所説甚深經中相似甚深離言説法不能如實正覺了故又於安立法相不如正理而思惟故起於空見彼作是念決定無有諸法體相今應問彼汝何所欲爲有生所受業及後所受業爲一切皆是生所受耶若俱有者汝先所説無有施與無有愛養無有祠祀無有妙行無有惡行無有妙行惡行業果異熟無此世間無彼世間不應道理若言無有彼所受者諸有造作淨與不淨種種行業彼命終已於彼生時頓受一切淨與不淨業果異熟不應道理又汝何所欲凡從彼胎藏及從彼種子而生者彼等於此爲是父母爲非父母耶若言是父母者汝言無父無母不應道理若言彼非父母者從彼胎藏及彼種子所生而言非父非母

不應道理若時爲父母是時非男女若時爲男女是時非父母無不定過又汝何所欲爲有彼處受生衆生天眼不見爲無有耶若言有者汝言無有化生衆生不應道理若言無者是則撥無離想欲者離色欲者離三界欲者不應道理又汝何所欲爲有阿羅漢性而於彼起增上慢爲無有耶若言有者汝言世間必定無有眞阿羅漢不應道理若言無者若有發起不正思惟顚倒自謂是阿羅漢此乃應是眞阿羅漢亦不中理又應問彼汝何所欲圓成實相法依他起相法遍計所執相法爲有爲無若言有者汝言無有一切諸法體相不應道理若言無者應無顚倒亦無染淨不應道理如是若生後所受故非不決定故有生處故有增上慢故有三種相故不應道理是故此論非如理說

妄計最勝論者謂如有一若沙門若婆羅門起如是見立如是論婆羅門是最勝種類刹帝利等是下劣種類婆羅門是白淨色類餘種是黒穢色類婆羅門種可得清淨非餘種類諸婆羅門是梵王子口腹所生從梵所出梵所變化梵王體胤謂鬬諍劫諸婆羅門作如是計問何因緣故諸婆羅門起如是見立如是論答由教及理教如前說理者謂如有一爲性尋思乃至廣說以見世間眞婆羅門性具戒故有貪名利及恭敬故作如是論今應問彼汝何所欲爲唯餘種類從父母産生爲婆羅門亦爾耶若唯餘種類者世間現見諸婆羅門從母産生汝說現事不應道理若婆羅門亦爾者汝先所說諸婆羅門是最勝

種類刹帝利等是下種類不應道理如從母產生如是造不善業造作善業造身語意惡行造身語意妙行於現法中受愛不愛果便於後世生諸惡趣或生善趣若三處現前是彼是此由彼由此入於母胎從之而生若世間工巧處若作業處若善不善若王若臣若機捷若增進滿足若爲王顧録以爲給侍若不顧録若是老病死法若非老病死法若修梵住已生於梵世若復不爾若修菩提分法若不修習若悟聲聞菩提獨覺菩提無上菩提若復不爾又汝何所欲爲從勝種類生此名爲勝爲由戒聞等耶若由從勝種類生者汝論中說於祠祀中若戒聞等勝取之爲量如此之言應不中理若由戒聞等者汝先所說諸婆羅門是最勝類餘是下類不應道理

如是產生故作業故受生故工巧業處故增上故彼所顧録故梵住故修覺分故證菩提故戒聞勝故不應道理是故此論非如理說妄計清淨論者謂如有一若沙門若婆羅門起如是見立如是論若我解脫心得自在觀得自在謂於諸天微妙五欲堅著攝受嬉戲娛樂隨意受用是則名得現法涅槃第一清淨又有外道起如是見立如是論若有離欲惡不善法於初靜慮得具足住乃至得具足住第四靜慮是亦名謂現法涅槃第一清淨又有外道起如是見立如是論若有衆生於孫陀利迦河沐浴支體所有諸惡皆悉除滅如於孫陀利迦河如是於婆湖陀河伽耶河薩伐底河殑伽河等中沐浴支體應知亦爾第一清淨復有外道計持狗戒以爲清淨或

持牛戒或持油墨戒或持露形戒或持灰戒或持自苦戒或持糞穢戒等計爲清淨謂説現法涅槃外道及説水等清淨外道作如是計問彼何因緣起如是見立如是論答由教及理故教如前説理者謂如有一爲性尋思乃至廣説彼謂得諸縱任自在欲自在觀行自在名勝清淨然不如實知縱任自在等相又如有一計由自苦身故自惡解脱或造過惡過惡解脱今應問彼汝何所欲若有於妙五欲嬉戲受樂者爲離欲貪爲未離耶若已離者於世五欲嬉戲受樂不應道理若未離者計爲解脱清淨不應道理又汝何所欲諸得初靜慮乃至具足住第四靜慮者彼爲已離一切貪欲爲未離耶若言一切離者但具足住乃至第四靜慮不應道理若言未離一切欲者計爲究竟解脱清淨不應道理又汝何所欲爲由內清淨故究竟清淨爲由外清淨故究竟清淨若由內者計於河中沐浴而得清淨不應道理若由外者內具貪瞋癡等一切垢穢但除外垢便計爲淨不應道理又汝何所欲爲執受淨物故而得清淨爲執受不淨物故得清淨耶若由執受淨物得清淨者世間共見狗等不淨而汝立計執受狗等得清淨者不應道理若由執受不淨物者自體不淨而令他淨不應道理又汝何所欲諸受狗等戒者爲行身等邪惡行故而得清淨爲行身等正妙行故得清淨耶若由行邪惡行者行邪惡行而計清淨不應道理若由正妙行者持狗等戒則爲唐捐而計於彼能得清淨不應道理如是離欲不離欲故內外故

受淨不淨故邪行正行故不應道理是故此論非如理說

妄計吉祥論者謂如有一若沙門若婆羅門起如是見立如是論若世間日月薄蝕星宿失度所欲爲事皆不成就若彼隨順所欲皆成爲此義故精勤供養日月星等祠火誦呪安置茅草滿瓮頻螺果及餉佉等謂曆筭者作如是計問彼何因緣起如是見立如是論答由教及理故教如前說理者謂如有一爲性尋思乃至廣說彼由獲得世間靜慮世間皆謂是阿羅漢若有欲得自身富樂所祈果遂者便往請問然彼不如實知業果相應緣生道理但見世間日月薄蝕星度行時爾時衆生淨不淨業果報成熟彼則計爲日月等作復爲信樂此事者建立顯說今應問彼汝何所欲世間興衰等爲是日月薄蝕星度等作爲淨不淨業所作耶若言日等作者現見盡壽隨造福非福業感此興衰苦樂等果不應道理若淨不淨業所作者計日等作不應道理如是日等作故淨不淨業作故不應道理是故此論非如理說如是十六種異論由二種門發起觀察由正道理推逐觀察於一切種皆不應理

瑜伽師地論卷第七

音釋

欻許勿切暴起也　胤羊晉切嗣也　機捷機居依切樞機也捷疾葉切敏捷也　薄蝕薄伯各切蝕乘力切　餉佉餉式亮切佉丘伽切

瑜伽師地論卷第八

彌勒菩薩說

唐三藏沙門玄奘奉詔譯

本地分中有尋有伺等三地之五

復次云何雜染施設建立謂由三種雜染應知何等爲三一煩惱雜染二業雜染三生雜染煩惱雜染云何嗢柁南曰

自性若分別　因位及與門　上品顛倒攝差別諸過患

當知煩惱雜染由自性故分別故因故位故門故上品故顛倒攝故差別故過患故解釋應知

煩惱自性者謂若法生時其相自然不寂靜起由彼起故不寂靜行相續而轉是名略說煩惱自性

煩惱分別者或立一種謂由煩惱雜染義故或分二種謂見道所斷修道所斷或分三種謂欲繫色繫無色繫或分四種謂欲繫記無記色繫無記無色繫無記或分五種謂見苦所斷見集所斷見滅所斷見道所斷修道所斷或分六種謂貪恚慢無明見疑或分七種謂七種隨眠一欲貪隨眠二瞋恚隨眠三有貪隨眠四慢隨眠五無明隨眠六見隨眠七疑隨眠或分八種謂貪恚慢無明疑見及二種取或分九種謂九結一愛結二恚結三慢結四無明結五見結六取結七疑結八嫉結九慳結或分十種一薩迦耶見二邊執見三邪見四見取五戒禁取六貪七恚八慢九無明十疑或分一百二十八煩惱謂即上十煩惱由迷執十二種諦建立應知

何等名爲十二種諦謂欲界苦諦集諦色界苦諦集諦無色界苦諦集諦欲界增上彼遍智果彼遍智所顯滅諦道諦色界增上彼遍智果彼遍智所顯滅諦道諦無色界增上彼遍智果彼遍智所顯滅諦道諦此中於欲界苦集諦及於欲界增上滅道諦具有十煩惱迷執於色界苦集諦及於彼增上滅道諦除瞋有餘煩惱迷執如於色界於無色界亦爾於欲界對治修中有六煩惱迷執謂除邪見見取戒禁取疑於色界對治修中有五煩惱迷執謂於上六中除瞋如於色界對治修中於無色對治修中亦爾如迷執障礙亦爾薩迦耶見者謂由親近不善丈夫聞非正法不如理作意故及由任運失念故等隨觀執五種取蘊若分別不分別染汙慧爲體邊執見者謂由親近不善丈夫聞非正法不如理作意故及由任運失念故執五取蘊爲我性已等隨觀執爲斷爲常若分別不分別染汙慧爲體邪見者謂由親近不善丈夫聞非正法不如理作意故撥因撥果或撥作用壞眞實事唯用分別染汙慧爲體見取者謂由親近不善丈夫聞非正法不如理作意故以薩迦耶見邊執見邪見及所依所緣所因俱有相應等法比方他見等隨觀執爲最爲上勝妙第一唯用分別染汙慧爲體戒禁取者謂由親近不善丈夫聞非正法不如理作意故即於彼見彼見隨行若戒若禁及所依所緣所因俱有相應等法等隨觀執爲清淨爲解脫爲出離唯用分別染汙慧爲體貪者謂由親近不善丈夫聞非正法不如理作意故及由

任運失念故於外及内可愛境界若分別不分別染著爲體恚者謂由親近不善丈夫聞非正法不如理作意故及由任運失念故於外及内非愛境界若分別不分別憎恚爲體慢者謂由親近不善丈夫聞非正法不如理作意故及由任運失念故於外及内高下勝劣若分別不分別高舉爲體無明者謂由親近不善丈夫聞非正法不如理作意故及由任運失念故於所知事若分別不分別染汙無知爲體疑者謂由親近不善丈夫聞非正法不如理作意故即於所知事唯用分別異覺爲體

煩惱因者謂六種因一由所依故二由所緣故三由親近故四由邪教故五由數習故六由作意故由此六因起諸煩惱所依故者謂由隨眠起諸煩惱所緣故者謂順煩惱境界現前親近故者謂由隨學不善丈夫邪教故者謂由聞非正法數習故者謂由先植數習力勢作意故者謂由發起不如理作意故諸煩惱生

煩惱位者略有七種一隨眠位二纏位三分別起位四俱生位五輭位六中位七上位由二緣故煩惱隨眠之所隨眠一由種子隨逐故二由彼增上事故

煩惱門者略由二門煩惱所惱謂由纏門及隨眠門纏門有五種一由不寂靜住故二由障礙善故三由發起惡趣惡行故四由攝受現法鄙賤故五由能感生等苦故云何隨眠門所惱謂與諸纏作所依故及能引發生等苦故又由七門一切煩惱於見及修能爲障

礙應知謂邪解了故不解了故解了不解了故邪解了迷執故彼因依處故彼怖所生故任運現行故

云何煩惱上品相謂猛利相及尤重相此相略有六種一由犯故二由生故三由相續故四由事故五由起惡業故六由究竟故由犯故者謂由此煩惱纏故毀犯一切所有學處由生故者謂由此故生於欲界若惡趣中由相續故者謂貪等行諸根成熟少年盛壯無涅槃法者由事故者謂緣尊重田若緣功德田若緣不應行田而起由起惡業故者謂由此煩惱纏故以增上適悅心起身語業由究竟故者謂此自性上品所攝最初輭對治道之所斷故煩惱顛倒攝者謂七顛倒一想倒二見倒三心倒四於無常常倒五於苦樂倒六於不淨淨倒七於無我我倒想倒者謂於無常苦不淨無我中起常樂淨我妄想分別見倒者謂即於彼妄想所分別中忍可欲樂建立執著心倒者謂即於彼所執著中貪等煩惱當知煩惱略有三種或有煩惱是倒根本或有煩惱是顛倒體或有煩惱是倒等流倒根本者謂無明顛倒體者謂薩迦耶見邊執見一分見取戒禁取及貪倒等流者謂邪見邊執見一分恚慢及疑此中薩迦耶見是無我我倒邊執見一分是無常常倒見取是不淨淨倒戒禁取是於苦樂倒貪通二種謂不淨淨倒及於苦樂倒

煩惱差別者多種差別應知謂結縛隨眠隨煩惱纏暴流軛取繫蓋株杌垢常害箭所有根惡行漏匱燒惱有諍火熾然稠林拘礙如

是等類煩惱差別當知此中能和合苦故名爲結令於善行不隨所欲故名爲縛一切世間增上種子之所隨逐故名隨眠倒染心故名隨煩惱數起現行故名爲纏深難渡故順流漂故名暴流邪行方便故名爲軛能取自身相續不絶故名爲取難可解脱故名爲繫覆眞實義故名爲蓋壞善稼田故名株杌自性染汙故名爲垢常能爲害故名爲常害不靜相故遠所隨故名爲箭能攝依事故名所有不善所依故名爲根邪行自性故名惡行流動其心故名爲漏能令受用無有猒足故名爲匱能令所欲常有匱乏故名爲燒能引衰損故名爲惱能爲鬭訟諍競之因故名有諍燒所積集諸善根薪故名爲火如大熱病故名熾然種種自身大樹聚集故名稠林能令衆生樂著種種妙欲塵故能障證得出世法故名爲拘礙諸如是等煩惱差別佛薄伽梵隨所增強於彼種種煩惱門中建立差別結者九結謂愛結等廣說如前縛者三縛謂貪瞋癡隨眠者七種隨眠謂欲貪隨眠等廣說如前隨煩惱者三隨煩惱謂貪瞋癡纏者八纏謂無慚無愧惛沉睡眠掉舉惡作嫉妬慳恪暴流者四暴流謂欲暴流有暴流見暴流無明暴流如暴流軛亦爾取者四取謂欲取見取戒禁取我語取繫者四繫謂貪身繫瞋身繫戒禁取身繫此實執取身繫蓋者五蓋謂貪欲蓋瞋恚蓋惛沉睡眠蓋掉舉惡作蓋疑蓋株杌者三株杌謂貪瞋癡如株杌如是垢常害箭所有惡行亦爾根者三不善根謂貪不善根瞋不善根癡不善根漏者三漏

謂欲漏有漏無明漏匱者三匱謂貪瞋癡如匱如是燒惱有諍火熾然稠林亦爾拘礙者有五拘礙一顧戀其身二顧戀諸欲三樂相雜住四闕隨順教五得微少善便生喜足煩惱過患者當知諸煩惱有無量過患謂煩惱起時先惱亂其心次於所緣發起顛倒令諸隨眠皆得堅固令等流行相續而轉能引自害能引他害能引俱害生現法罪生後法罪生俱法罪令受彼生身心憂苦能引生等種種大苦能令相續遠涅槃樂能令退失諸勝善法能令資財衰損散失能令入衆不得無畏悚懼無威能令鄙惡名稱流布十方常爲智者之所訶毀令臨終時生大憂悔令身壞已墮諸惡趣生那落迦中令不證得自勝義利如是等過無量無邊

云何業雜染嗢柁南曰

自性若分別　因位及與門　增上品顛倒
差別諸過患

當知業雜染由自性故分別故因故位故門故上品故顛倒故差別故過患故解釋應知

業自性云何謂若法生時造作相起及由彼生故身行語行於彼後時造作而轉是名業自性

業分別云何謂由二種相應知一由補特伽羅相差別故二由法相差別故此復二種即善不善十種業道所謂殺生離殺生不與取離不與取欲邪行離欲邪行妄語離妄語離間語離離間語麤惡語離麤惡語綺語離綺語貪欲離貪欲瞋恚離瞋恚邪見離邪見補特伽羅相差別建立者謂如經言諸殺生者

乃至廣說殺生者此是總句最極暴惡者謂殺害心正現前故血塗其手者謂爲成殺身相變故害極害執者謂斷彼命故解支節故計活命故無有羞恥者謂自罪生故無有哀愍者謂引彼非愛故有出家外道名曰無繫彼作是說百踰繕那内所有衆生於彼律儀若不律儀爲治彼故說如是言一切有情所即彼外道復作是說樹等外物亦有生命爲治彼故說如是言眞實衆生所此即顯示眞實福德遠離對治及顯示不實福德遠離對治如是所說諸句顯示加行殺害乃至極下捃多蟻等諸衆生所者此句顯示無擇殺害於殺生事若未遠離者此顯遇緣容可出離謂乃至未遠離來名殺生者又此諸句略義者謂爲顯示殺生相貌殺生作用殺生因緣及與殺生事用差別又略義者謂爲顯示殺生如實殺生差別殺所殺生名殺生者又此諸句顯能殺生補特伽羅相非顯殺生法相

復次不與取者者此是總句於他所有者謂他所攝財穀等事若在聚落者謂即彼事於聚落中若積集若移轉若閑靜處者謂即彼事於閑靜處若生若集或復移轉即此名爲可盜物數者謂所不與不捨不棄物若自執受者謂執爲已有不與而取者謂彼或時資具闕少執爲已有不與而樂者謂樂受行偷盜事業於所不與不捨不棄而生希望者謂劫盜他欲爲已有若彼物主非先所與如酬債法是名不與若彼物主於彼取者而不捨與是名不捨若彼物主於諸衆生不隨所欲受用而棄是名不棄自爲而取者謂不與而

取故及不與而樂故饕餮而取者謂所不與不捨不棄而希望故不清而取者謂於所競物爲他所勝不清雪故不淨而取者謂雖勝他而爲過失垢所染故有罪而取者謂能攝受現法後法非愛果故於不與取若未遠離者如前殺生相說應知所餘業道亦爾此中略義者謂由盜此故成不與取若於是處如其差別如實劫盜由劫盜故得此過失是名總義又此中亦顯不與取者相非不與取相當知餘亦爾

復次欲邪行者者此是總句於諸父母等所守護者猶如父母於已處女爲適事他故勤加守護時時觀察不令與餘共爲鄙穢若彼没已復爲至親兄弟姊妹之所守護此若無者復爲餘親之所守護此若無者恐損家族便自守護或彼舅姑爲自兒故勤加守護有治罰者謂諸國王若執理者以治罰法而守護故有障礙者謂守門者所守護故此中略顯未適他三種守護一尊重至親眷屬自已之所守護二王執理家之所守護三諸守門者之所守護他妻妾者謂已適他他所攝者謂即未適他爲三守護之所守護若由凶詐者謂矯亂已而行邪行若由強力者謂對父母等公然強逼若由隱伏者謂不對彼竊相欣欲而行欲行者謂兩兩交會即於此事非理欲心而行邪行者謂於非道非處非時自妻妾所而爲罪失此中略義者謂略顯示若彼所行若行差別若欲邪行應知

復次諸妄語者者此是總句若王者謂王家若彼使者謂執理家若別者謂長者居士若

衆者謂彼聚集若大集中者謂四方人衆聚集處若已知者謂隨前三所經語言若已見者謂隨曾見所經語言若由自因者謂或因怖畏或因味著如由自因他因亦爾因怖畏者謂由怖畏殺縛治罰黜責等故因味著者謂為財穀珍寶等故知而說妄語者謂覆想欲見而說語言此中略義者謂依處故異說故因緣故壞想而說妄語應知

復次離間語者者此是總句若為破壞者謂由破壞意樂故聞彼語已向此宣說聞此語已向彼宣說者謂隨所聞順乖離語破壞和合者謂能生起喜別離故隨印別離者謂能乖違喜更生故喜壞和合者謂於已生喜別離中心染汙故樂印別離者謂於乖違喜更生中心染汙故說能離間語者謂或不聞或他方便故此中略義者謂略顯示離間意樂離間未壞方便離間已壞方便離間染汙心及他方便應知

復次麤惡語者者此是總句此中尸羅支所攝故名語無擾動文句美滑故名悅耳增上欲解所發起故非假偽故非諂媚故名為稱心不增益故應順時機引義利故名為可愛趣涅槃宮故名先首文句可味故名美妙善釋文句故名分明顯然有趣故名易可解了攝受正法故名可施功勞離愛味心之所發起故名無所依止不過度量故名非可猒逆相續廣大故名無邊無盡又從無擾動語乃至無邊無盡語應知略攝為三種語一尸羅律儀所攝語謂一種二等歡喜語謂三種三說法語謂其所餘即此最後又有三種應知

一所趣圓滿語謂初一二文詞圓滿語謂次二三方便圓滿語謂其所餘又於未來世可愛樂故名可愛語於過去世可愛樂故名可樂語於現在世事及領受可愛樂故名可欣語及可意語應知即等歡喜語名無量衆生可愛可樂可欣可意語即說法語名三摩呬多語即尸羅支所攝語名由無悔等漸次能引三摩地語此中毒螫語者謂毀辱他言縱瞋毒故麤獷語者謂惱亂他言發苦觸故所餘麤惡語翻前白品應知

復次諸綺語者者此是總句於邪舉罪時有五種邪舉罪者言不應時故名非時語者言不實故名非實語者言引無義故名非義語者言麤獷故名非法語者言挾瞋恚故名非靜語者又於邪說法時不正思審而宣說故名不思量語爲勝聽者而宣說故名不靜語非時而說前後義趣不相屬故名雜亂語不中理因而宣說故名非有教語引不相應爲譬況故名非有喻語顯穢染故名非有法語又於歌笑嬉戲等時及觀舞樂戲笑俳說等時有引無義語此中略義者謂顯如前說三時綺語

復次諸貪欲者者此是總句由猛利貪者謂於他所有由貪增上欲爲已有起決定執故於財者謂世俗財類具者謂所受用資具即此二種總名爲物凡彼所有定當屬我者此顯貪欲生起行相此中略義者當知顯示貪欲自性貪欲所緣貪欲行相

復次瞋恚心者者此是總句惡意分別者謂於他有情所由瞋恚增上力欲爲損害起決

定執故當殺者謂欲傷害其身當害者謂欲損惱其身當爲衰損者謂欲令彼財物損耗彼當自獲種種憂惱者謂欲令彼自失財物此中略義如前應知

復次諸邪見者者此是總句起如是見者此顯自心忍可欲樂當所說義立如是論者此顯授他當所說義無有施與無有愛養無有祠祀者謂由三種意樂非撥施故一財物意樂二清淨意樂三祀天意樂供養火天名爲祠祀又顯非撥戒修所生善能治所治故及顯非撥施所生善能治所治故說如是言無有妙行無有惡行又顯非撥此三種善能治所治所得果故說如是言無有妙行惡行二業果及異熟又顯非撥流轉依處緣故說如是言無有此世無有他世又顯非撥彼所託緣故及非撥彼種子緣故說如是言無母無父又顯非撥流轉士夫故說如是言無有化生有情又顯非撥流轉對治還滅故說如是言世間無有眞阿羅漢乃至廣說已趣各別煩惱寂靜故名正至於諸有情遠離邪行行無倒行故名正行因時名此世間果時名彼世間自士夫力之所作故名爲自然通慧者謂第六已證者謂由見道具足者謂由修道顯示者自所知故爲他說故我生已盡等當知如餘處分別此中略義者謂顯示謗因謗果誹謗功用謗眞實事功用者謂植種功用任持功用來往功用感生業功用又有略義差別謂顯示誹謗若因若果若流轉緣若流轉士夫及顯誹謗彼對治還滅又誹謗流轉者應知謗因不謗自相謗還滅者應知謗彼

功德不謗補特伽羅
復次白品一切翻前應知所有差別我今當說謂翻欲邪行中諸梵行者者此是總句當知此由三種清淨而得清淨一時分清淨二他信清淨三正行清淨盡壽行故久遠行故者此顯時分清淨諍處雪故名清無違越故名淨此二總顯他信清淨此中或有清而非淨應作四句初句者謂實毀犯於諍得勝第二句者謂實不犯於諍墮負第三句者謂實不犯於諍得勝第四句者謂實毀犯於諍墮負不以愛染身觸母邑故名遠離生臭不行兩兩交會鄙事故名遠離婬欲不以餘手觸等方便而出不淨故名非鄙愛願受持梵行故名遠離猥法如是名爲正行清淨具足當知略義即在此中又翻妄語中可信者謂可委故可委者謂可寄託故應可建立者謂於彼彼違諍事中應可建立爲正證故無有虛誑者於委寄中不虛誑故不欺罔故此中略義者謂顯三種攝受一欲解攝受二保任攝受三作用攝受
復次法相差別建立者謂即殺生離殺生等云何殺生謂於他衆生起殺欲樂起染汙心若即於彼起殺方便及即於彼殺究竟中所有身業云何不與取謂於他攝物起盜欲樂起染汙心若即於彼起盜方便及即於彼盜究竟中所有身業云何欲邪行謂於所不應行非道非處非時起習近欲樂起染汙心若即於彼起欲邪方便及於欲邪行究竟中所有身業云何妄語謂於他有情起覆想說欲樂起染汙心若即於彼起僞證方便及於僞

證究竟中所有語業云何離間語謂於他有情起破壞欲樂起染汙心若即於彼起破壞方便及於破壞究竟中所有語業云何麤惡語謂於他有情起麤語欲樂起染汙心若即於彼起麤語方便及於麤語究竟中所有語業云何綺語謂起綺語欲樂起染汙心若即於彼起不相應語方便及於不相應語究竟中所有語業云何貪欲謂於他所有起已有欲樂起染汙心若於他所有起已有欲樂決定方便及於彼究竟中所有意業云何瞋恚謂於他起害欲樂起染汙心若於他起害欲樂決定方便及於彼究竟中所有意業云何邪見謂起誹謗欲樂起染汙心若於起誹謗欲樂決定方便及於彼究竟中所有意業云何離殺生謂於殺生起過患欲解起勝善心若於彼起靜息方便及於彼靜息究竟中所有身業如離殺生如是離不與取乃至離邪見應知亦爾此中差別者謂於不與取起過患欲解乃至於邪見起過患欲解起勝善心若於彼起靜息方便及於彼靜息究竟中所有意業如是十種略爲三種所謂身業語業意業即此三種廣開十種應知

業因云何應知有十二種相一貪二瞋三癡四自五他六隨他轉七所愛味八怖畏九爲損害十戲樂十一法想十二邪見

業位云何應知略說有五種相謂輭位中位上位生位習氣位由輭不善業故生旁生中由中不善業故生餓鬼中由上不善業故生那落迦中由輭善業故生人中由中善業故生欲界天中由上善業故生色無色界何等

名爲輭位不善業耶謂以輭品貪瞋癡爲因緣故何等名爲中位不善業耶謂以中品貪瞋癡爲因緣故何等名爲上位不善業耶謂以上品貪瞋癡爲因緣故若諸善業隨其所應以無貪無瞋無癡爲因緣應知何等生位業謂已生未滅現在前業何等習氣位業謂已生已滅不現前業

瑜伽師地論卷第八

音釋

纏直連切　株杌株追輸切木根也杌五忽切樹無枝也　枙於革切　捃舉藴切　饕餮饕他刀切餮他結切並貪也　黜敕律切貶也　媚明祕切姍媚也　螫施隻切　俳蒲街切俳優也

瑜伽師地論卷第九

彌勒菩薩說

唐三藏沙門玄奘奉詔譯

本地分中有尋有伺等三地之六

復次業門云何此略有二種一與果門二損益門與果門者有五種應知一與異熟果二與等流果三與增上果四與現法果五與他增上果

與異熟果者謂於殺生親近修習多修習故於那落迦中受異熟果如於殺生如是於餘不善業道亦爾是名與異熟果與等流果者謂若從彼出來生此間人同分中壽量短促資財匱乏妻不貞良多遭誹謗親友乖離聞違意聲言不威肅增猛利貪增猛利瞋增猛利癡是名與等流果與增上果者謂由親近修習多修習諸不善業增上力故所感外分光澤尠少果不充實果多朽敗果多變改果多零落果不甘美果不恒常果不充足果不便宜空無果實當知善業與此相違與現法果者有二因緣善不善業與現法果一由欲解故二由事故應知欲解復有八種一有顧欲解二無顧欲解三損惱欲解四慈悲欲解五憎害欲解六淨信欲解七棄恩欲解八知恩欲解有顧欲解造不善業受現法果者謂如有一由增上欲解顧戀其身顧戀財物顧戀諸有造不善業無顧欲解所造善業受現法果者謂如有一以增上欲解不顧其身不顧財物不顧諸有造作善業損惱欲解造不善業受現法果者謂如有一於他有情補特伽羅以增上品損惱欲解造不善業慈悲欲

解所造善業受現法果者謂如有一於他有情補特伽羅以增上品慈悲欲解造作善業憎害欲解造不善業受現法果者謂如有一於佛法僧及隨一種尊重處事以增上品憎害欲解造不善業淨信欲解所造善業受現法果者謂如有一於佛法僧等以增上品淨信欲解造作善業棄恩欲解造不善業受現法果者謂如有一於父母所造隨一種恩造之處以增上品背恩欲解欺誑欲解酷暴欲解造不善業知恩欲解所造善業受現法果者謂如有一於父母等以增上品知恩欲解報恩欲解所作善業由事故者若不善業於五無間及彼同分中亦有受現法果者五無間業者一害母二害父三害阿羅漢四破僧五於如來所惡心出血無間業同分者謂如有一於阿羅漢尼及於母所行穢染行打最後有菩薩或於天廟衢路市肆立殺羊法流行不絶或於寄託得極委重親友同心者舊等所損害欺誑或於有苦貧窮困乏無依無怙爲作歸依施無畏已後返加害或復逼惱或劫奪沙門或破壞靈廟如是等業名無間同分若諸善業由事重故受現法果者謂如有一毋無正信勸進開化安置建立於具信中如無正信於具信中如是犯戒於具戒中慳悋於具捨中惡慧於具慧中亦爾如毋父亦爾或於起慈定者供養承事如於起慈定者如是於起無諍定滅盡定預流果阿羅漢果供養承事亦爾又親於佛所供養承事如於佛所如是於學無學僧所亦爾若即於此尊重事中與上相違由損害因緣起不善業

受現法果與他增上果者謂亦由受現法果業猶如如來所住國邑必無疾疫災横等起佛神力故無量衆生無疫無疾無有災横得安樂住如佛世尊如是轉輪聖王及住慈定菩薩亦爾若諸菩薩以大悲心觀察一切貧窮困苦業天所惱衆生施以飲食財穀庫藏皆令充足由此因縁彼諸衆生得安樂住如是等類是他增上所生現法受業應知

損益門者謂於諸有情依十不善業道建立八損害門何等爲八一損害衆生二損害財物三損害妻妾四虚偽支證損害五損害助伴六顯說過失損害七引發放逸損害八引發怖畏損害與此相違依十善業道建立八利益門應知

業增上云何謂猛利極重業當知此業由六種相一加行故二串習故三自性故四事故五所治一類故六所治損害故

加行故者謂如有一由極猛利貪瞋癡纒及極猛利無貪無瞋無癡加行發起諸業串習故者謂如有一於長夜中親近修習若多修習不善善業自性故者謂於綺語麤惡語爲大重罪於麤惡語離間語爲大重罪於離間語妄語爲大重罪於欲邪行不與取爲大重罪於不與取殺生爲大重罪於貪欲瞋恚爲大重罪於瞋恚邪見爲大重罪又於施性戒性無罪爲勝於戒性修性無罪爲勝於聞性思性無罪爲勝如是等事故者謂如有一於佛法僧及隨一種尊重處事爲損爲益名重事業所治一類故者謂如有一一向受行諸不善業乃至壽盡無一時善所治損害故者

謂如有一斷所對治諸不善業令諸善業離欲清淨

業顛倒云何此有三種應知一作用顛倒二執受顛倒三喜樂顛倒作用顛倒者謂如有一於餘衆生思欲殺害誤害餘者當知此中雖有殺生無殺生罪然有殺生種類殺生相似同分罪生若不誤殺其餘衆生然於非情加刀杖已謂我殺生當知此中無有殺生無殺生罪然有殺生種類殺生相似同分罪生如殺生業道如是不與取等一切業道隨其所應作用顛倒應知執受顛倒者謂如有一起如是見立如是論無施無受乃至廣說一切邪見彼作是執畢竟無有能殺所殺若不與取乃至綺語亦無施與受齋修福受學尸羅由此因緣無罪無福又如有一起如是見立如是論若有衆生憎梵憎天憎婆羅門若彼憎惡唯應殺害殺彼因緣唯福無罪又於彼所起不與取乃至綺語唯獲福德無有非福喜樂顛倒者謂如有一不善業道現前行時如遊戲法極爲喜樂

業差別云何謂有作業有不作業有增長業有不增長業有故思業有故不思業如是定異熟業不定異熟業異熟已熟業異熟未熟業善業不善業無記業律儀所攝業不律儀所攝業非律儀非不律儀所攝業施性業戒性業修性業福業非福業不動業順樂受業順苦受業順不苦不樂受業現順法受業順生受業順後受業過去業未來業現在業欲繫業色繫業無色繫業學業無學業非學非無學業見所斷業修所斷業無斷業黑黑異

熟業白白異熟業黑白黑白異熟業非黑非白無異熟業能盡諸業曲業穢業濁業清淨業寂靜業

作業者謂若思業若思已所起身業語業不作業者謂若不思業若不思已不起身業語業增長業者謂除十種業何等爲十一夢所作業二無知所作業三無故思所作業四不利不數所作業五狂亂所作業六失念所作業七非樂欲所作業八自性無記業九悔所損業十對治所損業除此十種所餘諸業名爲增長不增長業者謂即所說十種業故思業者謂故思已若作業若增長業不故思業者謂非故思所作業順定受業者謂故思已若作若增長業順不定受業者謂故思已作而不增長業異熟已熟業者謂已與果業異熟未熟業者謂未與果業善業者謂無貪無瞋無癡爲因緣業不善業者謂貪瞋癡爲因緣業無記業者謂非無貪無瞋無癡爲因緣亦非貪瞋癡爲因緣業律儀所攝業者謂或別解脫律儀所攝業或靜慮等至果斷律儀所攝業或無漏律儀所攝業不律儀所攝業者謂十二種不律儀類所攝諸業何等十二不律儀類一屠羊二販雞三販猪四捕鳥五罝兔六盜賊七魁膾八守獄九讒刺十斷獄十一縛象十二呪龍非律儀非不律儀所攝業者謂除三種律儀業及不律儀類業所餘一切善不善無記業施性業者謂若因緣若等起若依處若自性彼因緣者謂以無貪無瞋無癡爲因緣彼等起者謂無貪無瞋無癡俱行能捨所施物能起身語業思彼依處者

謂以所施物及受者為依處彼自性者謂思所起能捨所施物身業語業如施性業如是戒性業修性業隨其所應應知此中戒性業因緣等起如前自性者謂律儀所攝身語業等依處者謂有情非有情數物修性因緣者謂三摩地因緣即無貪無瞋無癡等起者謂彼俱行引發定思自性者謂三摩地依處者謂十方無苦無樂等有情界又具施戒修者所有相貌應知一切如餘處說福業者謂感善趣異熟及順五趣受善業非福業者謂感惡趣異熟及順五趣受不善業不動業者謂感色無色界異熟及順色無色界受善業順樂受業者謂福業及順三靜慮受不動業順苦受業者謂非福業順不苦不樂受業者謂能感一切處阿賴耶識異熟業及第四靜慮以上不動業順現法受業者謂能感現法果業順生受業者謂能感無間生果業順後受業者謂能感彼後生果業過去業者謂住習氣位或已與果或未與果業未來業者謂未生未滅業現在業者謂已造已思未謝滅業欲繫業者謂能感欲界異熟墮欲界業色繫業者謂能感色界異熟墮色界業無色繫業者謂能感無色界異熟墮無色界業學業者謂若異生若非異生學相續中所有善業無學業者謂無學相續中所有善業非學非無學業者謂除前二餘相續中所有善不善無記業見所斷業者謂受惡趣不善等業修所斷業者謂受善趣善不善無記業無斷業者謂世出世諸無漏業黑黑異熟業者謂非福業白白異熟業者謂不動業黑白黑白異熟

業者謂福業有不善業爲怨對故由約未斷非福業時所有福業而建立故非黑非白無異熟業能盡諸業者謂出世間諸無漏業是前三業斷對治故曲業者謂諸外道善不善業穢業者謂即曲業亦名穢業又有穢業謂此法異生於聖教中顚倒見者住自見取者邪決定者猶預覺者所有善不善業濁業者謂即曲業穢業亦名濁業又有濁業謂此法異生於聖教中不決定者猶預覺者所有善不善業又有差別唯於外道法中有此三業由邪解行義故名曲由此爲依能障所起諸功德義故名穢能障通達眞如義故名濁應知清淨業者謂此法異生於聖教中正決定者不猶預覺者所有善業寂靜業者謂住此法非異生者一切聖者所有學無學業

業過患云何當知略說有七過患謂殺生者殺生爲因能爲自害能爲他害能爲俱害生現法罪生後法罪生現法後法罪受彼所生身心憂苦

云何能爲自害謂爲害生發起方便由此因緣便自被害若被繫縛若遭退失若被訶毀然彼不能損害於他云何能爲他害謂即由此所起方便能損害他由此因緣不自被害乃至訶毀云何能爲俱害謂即由此所起方便能損害他由此因緣復被他害若被繫縛乃至訶毀云何生現法罪謂如能爲自害云何生後法罪謂如能爲他害云何生現法後法罪謂如能爲俱害云何受彼所生身心憂苦謂爲害生發起方便而不能成六種過失又不能辦隨欲殺事彼由所欲不會因緣便

受所生身心憂苦又有十種過患依犯尸羅如經廣説應知又有四種不善業道及飲諸酒以爲第五依犯事善男子學處佛薄伽梵説多過患應知廣説如闍地迦經

云何生雜染謂由四種相應知一由差别故二由艱辛故三由不定故四由流轉故

生差别者當知復有五種一界差别二趣差别三處所差别四勝生差别五自身世間差别界差别者謂欲界及色無色界生差别趣差别者謂於五趣四生差别處所差别者謂欲界中有三十六處生差别色界中有十八處生差别無色界中有四處生差别如是總有五十八生勝生差别者謂欲界人中有三勝生一黑勝生生謂如有一生旃荼羅家若卜羯娑家若造車家若竹作家若生所餘下賤貧窮乏少財物飲食等家如是名爲人中薄福德者二白勝生生謂如有一生刹帝利大富貴家若婆羅門大富貴家若諸長者大富貴家若生所餘豪貴大富多諸財穀庫藏等家如是名爲人中勝福德者三非黑非白勝生生謂如有一非前二種生處中家者又欲界天中亦有三種勝生一非天生二依地分生三依虚空宫殿生又色界中有三種勝生一者異生無想天生二者有想天生三者淨居天生又無色界中有三勝生一無量想天生二無所有想天生三非想非非想天生自身世間差别者謂於十方無量世界中有無量有情無量生差别應知

生艱辛者如薄伽梵説汝等長時馳騁生死身血流注過四大海所以者何汝等長夜或

生象馬駝驢牛羊雞鹿等衆同分中汝等於彼多被斫截身諸支分令汝身血極多流注如於象等衆同分中人中亦爾又復汝等於長夜中喪失無量父母兄弟姊妹親屬又復喪失種種財寶諸資生具令汝洟淚極多流注如前血量如血洟淚如是當知所飲母乳其量亦爾如是等類生艱辛苦無量差別應知

生不定者如薄伽梵說假使取於大地所有一切草木根莖枝葉等截爲細籌如四指量計筭汝等長夜展轉所經父母如是衆生曾爲我母我亦長夜曾爲彼母如是衆生曾爲我父我亦長夜曾爲彼父如是筭計四指量籌速可窮盡而我不說汝等長夜所經父母其量邊際又復說言汝等有情自所觀察長夜展轉成就第一極重憂苦今得究竟汝等當知我亦曾受如是大苦如苦樂亦爾又復說言我觀大地無少處所可得汝等長夜於此處所未曾經受無量生死又復說言我觀世間有情不易可得長夜流轉不爲汝等若母若父兄弟姊妹若軌範師若親教師若餘尊重若等尊重又如說言若一補特伽羅於一劫中所受身骨假使有人爲其積集不爛壞者其聚量高王舍城側廣博脇山

云何生流轉謂自身所有緣起當知此即說爲流轉云何緣起嗢柁南曰

體門義差別　次第難釋詞　緣性分別緣攝諸經爲後

云何緣起體若略說由三種相建立緣起謂從前際中際生從中際後際生中際生已若

趣流轉若趣清淨究竟云何從前際中際生中際生已復趣流轉謂如有一不了前際無明所攝無明爲緣於福非福及與不動身語意業若作若增長由此隨業識乃至命終流轉不絕能爲後有相續識因此識將生果時由内外貪愛正現在前以爲助伴從彼前際既捨命已於現在世自體得生在母腹中以因識爲緣相續果識前後次第而生乃至羯羅藍等位差別而轉於母胎中相續果識與名色俱乃至衰老漸漸增長爾時感生受業名色與異熟果乆此異熟識即依名色而轉由必依託六依轉故是故經言名色緣識俱有依根曰色等無間滅依根曰名隨其所應爲六識所依依止彼故乃至命終諸識流轉又五色根若根所依大種若根處所若彼能生大種曰色所餘曰名由識執受諸根墮相續法方得流轉故此二種依止於識相續不斷由此道理於現在世識緣名色名色緣識猶如束蘆乃至命終相依而轉如是名爲從前際中際諸行緣起生中際生已流轉不絕當知此中依胎生者說流轉次第若卵生濕生者除處母胎餘如前說若於有色有情聚中謂欲色界受化生者諸根決定圓滿而生與前差別若於無色界以名爲依及色種子爲依識得生起以識爲依名及色種子轉從此種子色雖斷絕後更得生與前差別又由福業生欲界人天由非福業生諸惡趣由不動業生色無色界云何不生由不生故趣清淨究竟云何從中際後際諸行緣起生謂中際已生補特伽羅受二種先業果謂受内異

熟果及境界所生受增上果此補特伽羅或聞非正法故或先串習故於二果愚由愚內異熟果故於後有生苦不如實知由迷後有後際無明增上力故如前於諸行若作若增長由此新所作業故說此識名隨業識即於現法中說無明爲緣故行生行爲緣故識生此識於現法中名爲因識能攝受後生果識故又總依一切識說名六識身又即此識是後有名色種子之所隨逐乃至觸種子是後有受種子之所隨逐如是總名於中際中後有引因應知由此能引識乃至受一期身故由先異熟果愚引後有已又由第二境界所生受果愚故起緣境界受愛由此愛故或發欲求或發有求或執欲取或執見戒及我語取由此愛取和合資潤令前引因轉名爲有即是後有生因所攝從此無間命即終已隨先引因所引識等受最爲後此諸行生或漸或頓如是於現法中無明觸所生受爲緣故愛愛爲緣故取取爲緣故有有爲緣故生生爲緣故老病死等諸苦差別或於生處次第現前或復種子隨逐應知如是於中際中無明緣行等受緣愛等爲因緣故後際諸行生復有先集資糧於現法中從他聞音及於二果諸行若於彼因彼滅彼趣滅行如理作意由此如理作意爲緣正見得生從此次第得學無學清淨智見由此智見無明及愛永斷無餘由此斷故於彼所緣不如實知無明觸所生受亦復永斷由此斷故永離無明於現法中證慧解脫若於無明觸所生受相應心中所有貪愛即於此心得離繫故貪愛永滅

於現法中證心解脱設彼無明不永斷者依於識等受最爲後所有諸行後際應生由無明滅故更不復起得無生法是故說言無明滅故行滅次第乃至異熟生觸滅故異熟生受滅於現法中無明滅故無明觸滅無明觸滅故無明觸所生受滅無明觸所生受滅故愛滅愛滅故如前得無生法由此故說取等惱最爲後諸行永滅如是於現法中諸行不轉由不轉故於現法中於有餘依界證得現法涅槃彼於爾時唯餘清淨識緣名色名色緣識乃至有識身在恒受離繫受非有繫受此有識身乃至先業所引壽量恒相續住若壽量盡便捨識所持身此命根後所有命根無餘永滅更不重熟又復此識與一切受任運滅故所餘因緣先已滅故不復相續永滅無餘是名無餘依涅槃界究竟寂靜處亦名趣求涅槃者於世尊所梵行已立究竟涅槃如是已說由三種相建立緣起謂從前際中際生從中際後際生又於中際若流轉若清淨是名緣起體性

緣起門云何謂依八門緣起流轉一内識生門二外稼成熟門三有情世間死生門四器世間成壞門五食任持門六自所作業增上勢力受用隨業所得愛非愛果門七威勢門八清淨門

緣起義云何謂離有情義是緣起義於離有情復無常義是緣起義於無常復暫住義是緣起義於暫住復依他義是緣起義於依他離作用義是緣起義於離作用復因果相續不斷義是緣起義於因果相續不斷復因果

相似轉義是緣起義於因果相似轉復自業所作義是緣起義問爲顯何義建立緣起耶答爲顯因緣所攝染汙清淨義故

緣起差別云何謂於前際無知等如經廣說於前際無知云何謂於過去諸行起不如理分別謂我於過去爲曾有耶爲曾無耶曾何體性曾何種類所有無知於後際無知云何謂於未來諸行起不如理分別謂我於未來爲當有耶爲當無耶當何體性當何種類所有無知於前後際無知云何謂於內起不如理猶預謂何等是我我爲何等今此有情從何所來於此沒已當往何所所有無知於內無知云何謂於各別諸行起不如理作意謂之爲我所有無知於外無知云何謂於外非有情數諸行起不如理作意謂爲我所所有無知於內外無知云何謂於他相續諸行起不如理分別謂怨親中所有無知於業無知云何謂於諸業起不如理分別謂有作者所有無知於異熟無知云何謂於異熟果所攝諸行起不如理分別謂有受者所有無知於業異熟無知云何謂於業及果起不如理分別所有無知於佛無知云何謂於佛菩提或不思惟或邪思惟或由放逸或由疑惑或由毀謗所有無知於法無知云何謂於正法善說性或不思惟或邪思惟或由放逸或由疑惑或由毀謗所有無知於僧無知云何謂於僧正行或不思惟或邪思惟或由放逸或由疑惑或由毀謗所有無知於苦無知云何謂於苦是苦性或不思惟或邪思惟或由放逸或由疑惑或由毀謗所有無知如於苦當知

於集滅道無知亦爾於因無知云何謂起不如理分別或計無因或計自在世性士夫中間等不平等因所有無知如於因無知於從因所生諸行亦爾又彼無罪故名善有罪故名不善有利益故名應修習無利益故名不應修習黑故名有罪白故名無罪雜故名有分於六觸處如實通達無知云何謂增上慢者於所證中顛倒思惟所有無知如是略說十九種無知

復有七種無知一世愚二事愚三移轉愚四最勝愚五眞實愚六染淨愚七增上慢愚前十九無知今七無知相攝云何謂初三無知攝初一次三無知攝第二次三無知攝第三次三無知攝第四次四無知攝第五次六無知攝第六後一無知攝第七

復有五種愚一義愚二見愚三放逸愚四眞實義愚五增上慢愚前十九愚今五種愚相攝云何謂見愚攝前六及於因所生法無知放逸愚攝於業異熟俱無知眞實義愚攝於佛等乃至道諦無知增上慢愚攝最後無知當知義愚通攝一切

復次無知無見無有現觀黑闇愚癡及無明闇如是六種無明差別隨前所說七無知事次第應知於後二無知事總合爲一起此最後無明黑闇

復有差別謂聞思修所成三慧所治差別如其次第說前三種即此所治輭中上品差別說後三種如是所治差別故自性差別故建立六種差別應知

身行云何謂身業若欲界若色界在下名福

非福在上名不動語行云何謂語業餘如前應知意行云何謂意業若在欲界名福非福在上二界唯名不動

眼識云何謂於當來依止眼根了別色境識所有福非福不動行所熏發種子識及彼種子所生果識如眼識如是乃至意識應知亦爾由所依及境界所起了別差別應知此於欲界具足六種色界唯四無色界唯一

受蘊云何謂一切領納種類想蘊云何謂一切了像種類行蘊云何謂一切心所造作意業種類識蘊云何謂一切了別種類如是諸蘊皆通三界

四大種云何謂地水火風界此皆通二界四大種所造色云何謂十色處及法處所攝色欲界具十及法處所攝假色色界有八及法處所攝色然非一切此亦二種謂識種子所攝受種子名色及彼所生果名色

眼處云何謂眼識所依淨色由此於色已見現見當見如眼處如是乃至意處隨其所應盡當知於一切處應說三時業用差別此亦二種謂名色種子所攝受種子六處及彼所生果六處五在欲色界第六通三界

眼觸云何謂三和所生能取境界淨妙等義如是餘觸各隨別境說相應知此復二種謂六處種子所攝受種子觸及彼所生果觸欲界具六色界四無色界一

樂受云何謂順樂諸根境界爲緣所生適悅受受所攝苦受云何謂順苦二爲緣所生非適悅受受所攝不苦不樂受云何謂順不苦不樂二爲緣所生非適悅非不適悅受受所

攝欲界三色界二第四靜慮以上乃至非想非非想處唯有第三不苦不樂此亦二種謂觸種子所攝受種子受及彼所生果受

瑜伽師地論卷第九

音釋

零盧經切落也　酷暴酷枯沃切慘也暴薄報切猛也　衢權俱切四達之道也　販方願切鬻也　罝咨邪切兔罟也　騁丑郢切馳走也　駝唐何切駱駝也　斫截斫之若切刀斫也截昨結切斷也　洟延知切鼻液也　蘆祿孤切葦也

瑜伽師地論卷第十

彌勒菩薩說

唐三藏沙門玄奘奉詔譯

本地分中有尋有伺等三地之七

欲愛云何謂欲界諸行爲緣所生於欲界行染汙希求由此能生欲界苦果色愛云何謂色界諸行爲緣所生於色界行染汙希求由此能生色界苦果無色愛云何謂無色界行爲緣所生於無色界行染汙希求由此能生無色界苦果

欲取云何謂於諸欲所有欲貪見取云何謂除薩迦耶見於所餘見所有欲貪戒禁取云何謂於邪願所起戒禁所有欲貪我語取云何謂於薩迦耶見所有欲貪初唯能生欲界苦果餘三通生三界苦果

欲有云何謂欲界本有業有死有中有生有及那落迦傍生餓鬼人天有總說名欲有此復由先所作諸行煩惱攝受之所熏發色有云何謂除那落迦傍生餓鬼人有所餘是色有應知無色有云何謂復除中有所餘是無色有應知問依何義故建立七有所謂那落迦傍生餓鬼人天有業有中有答依三種所作故一能引有謂一二趣有有謂一三受用果有謂五

生云何謂於胎卵二生初託生時等生云何謂即於彼身分圓滿仍未出時趣云何謂從彼出起云何謂出已增長出現云何謂於濕化二生身分頓起蘊得云何謂即於彼諸生位中五取蘊轉界得云何謂即彼諸蘊因緣所攝性處得云何謂即彼諸蘊餘緣所攝性

諸蘊生起云何謂即彼諸蘊日日飲食之所資長命根出現云何謂即彼諸蘊餘壽力故得相續住此生支略義者謂若生自性若生處位若所生若因緣所攝若任持所引若俱生依持是名略義

衰云何謂依止劣故令彼掉動老云何謂髮色衰變攝云何謂皮膚緩皺熟云何謂火力衰減無復勢力受用欲塵氣力損壞云何謂性多疾病故無有勢力能作事業黑黶間身云何謂黶黑出現損其容色身脊傴曲喘息奔急云何謂行步威儀身形所顯由此發起極重喘嗽形貌僂前云何謂坐威儀位身首低曲憑據杖策云何謂住威儀位依杖力而住昏昧云何謂卧威儀位數重睡眠羸劣云何謂即於此位無力速覺損減云何謂念慧衰退衰退云何謂念慧劣故至於善法不能現行諸根耄熟云何謂身體尫羸功用破壞云何謂彼於境不復明利諸行朽故云何謂彼於後將欲終時其形腐敗云何謂壽量將盡身形臨壞於諸事業無復功能此老略義者謂依止變壞鬢髮變壞充悅變壞火力變壞無病變壞色相變壞威儀變壞無色諸根變壞有色諸根變壞時分已過壽量將盡略義應知彼彼有情云何謂那落迦等有情種類云何謂即彼一切終云何謂諸有情離解支節而死盡云何謂諸有情由解支節而死壞云何謂識離身沒云何謂諸色根滅捨壽云何謂氣將盡位捨煖云何謂不動位棄捨諸蘊命根謝滅云何謂時死死云何謂遇横緣非時而死時運盡云何謂初死未久位又

死魔業名時運盡此死略義者謂若死若死法若死差別若死後位是名略義如是名爲緣起差別應知

問何因緣故無明等諸有支作如是次第說答諸愚癡者要先愚於所應知事次即於彼發起邪行由邪行故令心顛倒心顛倒故結生相續生相續故諸根圓滿根圓滿故二受用境受用境故若耽著若希求由希求故於方覓時煩惱滋長煩惱滋長故發起後有愛非愛業由所起業滋長力故於五趣生死中苦果生苦果生已有老死等苦謂内身變異所引老死苦及境界變異所引憂歎苦熱惱之苦是故世尊如是次第說十二支復有次第差別謂依二種緣建立緣起次第一内身緣二受用境界緣内身緣前六支所攝受用境界緣後六支所攝先於内身起我執等愚由此不了諸業所引苦果異熟故發起諸業既發起已即隨彼業多起尋思由業與識爲助伴故能感當來三種苦果謂根初起所攝苦果根圓滿所攝苦果受用境界所攝苦果即名色爲先觸爲最後又於現法中依觸緣受發起於愛由受用境界緣廣起追求或由事業門或由利養門或由戒禁門或由解脫門發起欲求内身求邪解脫求如是求時令先所起煩惱及業所引五趣生死果生既得生已老死隨逐復有次第差別謂由三種有情聚一樂出世清淨二樂世間清淨三樂著境界由初聚故滅諸緣起增白淨品由第二有情聚故不如實知諸諦道理若住正念或作福業或作有漏修所引不動業若不住正

念便發非福業或起追悔所引或不追悔歡喜所引心相續住彼又如前於下中上生處次第能感當來三種苦果謂名色爲先觸爲最後由第三有情聚故依現受用境所生受於現法中如前次第起後六支謂愛爲先老死爲後

問何因緣故逆次第中老死爲先說諸緣起

答依止宣說諦道理故以生及老死能顯苦諦如世尊言新名色滅爲上首法

問何故不言諸無明滅爲上首耶答依心解脱者而施設故由彼於現法中種子苦及當來苦果不生而滅故說名色爲先受爲最後得究竟滅又於現法中受諸受時愛及隨眠永拔不起說名爲滅由彼滅故以彼爲先餘支亦滅如是等類宣說緣起次第應知

問何故緣起說爲緣起答由煩惱繫縛往諸趣中數數生起故名爲緣起此依字釋名復次依託衆緣速謝滅已續和合生故名緣起此依刹那義釋

復次衆緣過去而不捨離依自相續而得生起故名緣起如說此有故彼有此生故彼生非餘依此義故釋名應知

復次數數謝滅復相續起故名緣起此依數壞數滅義釋

復次於過去世覺緣性已等相續起故名緣起如世尊言我已覺悟正起宣說即由此名展轉傳說故名緣起

問無明望行爲幾種緣答望諸色行爲增上緣望無色行爲三緣謂等無間緣所緣緣增上緣如是餘支爲緣多少應如此知謂有色

支望有色支爲一增上緣望無色支爲二緣謂所緣緣及增上緣若無色支望有色支唯爲一緣望無色支爲三緣謂等無間緣所緣緣增上緣問何故諸支相望無因緣耶答因緣者自體種子緣所顯故問若諸支相望無因緣者何故說言依因果體性建立緣起耶答依增上緣所攝引發因牽引因生起因故說名爲因問幾支是引因所攝答從無明乃至受問幾支是生因所攝答從愛乃至有問幾支是生引二因果所攝耶答於現法後法中識等乃至受於生老死位所攝諸支問若說無明以不如理作意爲因何因緣故於緣起教中不先說耶答彼唯是不斷因故非雜染因故所以者何非不愚者起此作意依雜染因說緣起教無明自性是染汙不如理作意自性非染汙故彼不能染汙無明然由無明力所染汙又生雜染業煩惱力之所熏發業之初因謂初緣起是故不說不如理作意問何故不說自體爲自體緣耶答由彼自體若不得餘緣於自體雜染不能增長亦不損減是故不說問何因緣故福行不動行由正揀擇功力而起仍說用無明爲緣耶答由不了達世俗苦因爲緣起非福行由不了達勝義苦因爲緣生福及不動行是故亦說彼以無明爲緣問如經中說諸業以貪瞋癡爲緣何故此中唯說癡爲緣耶答此中通說福非福不動業緣貪瞋癡緣唯生非福業故問身業語業思所發起是則行亦緣行何故但說無明緣行答依發起一切行緣而說故及依生善染汙思緣而說故問識亦以名色爲

緣何故此中但説行爲緣耶答行爲識雜染緣能引能生後有果故非如名色但爲所依所緣生起緣故問名色亦由大種所造及由觸生何故但説識爲緣耶答識能爲彼新生因故彼既生已或正生時大種及觸唯能與彼爲建立因

問如經中説六界爲緣得入母胎何故此中唯説識界答若有識界決定於母胎中精血大種腹穴無闕故又識界勝故又依一切生一切有生時而説故問六處亦以飲食爲緣何故此中但説名色爲緣耶答此中説名色是彼生因故彼即生已亦以飲食爲任持因

問觸以三和爲緣何故此中但説六處爲緣答若有六處定有餘二無闕故又六處勝故由六處攝二種故

問若自所逼迫若他所逼迫若時候變異若先業所引皆得生受何故此中但顯觸爲彼緣答觸是彼近因故由觸所引故餘緣所生受亦從觸生故必不離觸是故偏説問經中亦説無明爲緣生愛順愛境界亦得爲緣何故此中但説受爲緣耶答以受力故於相似境或求和合或求乖離由愚癡力但於諸受起盡等相不如實知由此不能制御其心問由隨眠未斷順彼諸法取皆得生何故此中但説愛爲取緣答由希望生故於追求時能發隨眠及能引彼隨順法故問前已説無明爲緣發起業有何故今者説取緣有答由取力故即令彼業於彼彼生處能引識名色等果問生亦以精血等爲緣何故此中唯説有緣生耶答由有有故定有餘緣無闕又有勝

故唯說彼爲緣問亦由遠行不避不平等他所逼迫爲緣老死可得何故此中但說生緣老死耶答雖由彼諸緣必以生爲根本故縱闕彼緣但生爲緣定有老死故

問此十二支幾是煩惱道幾是業道幾是苦道答三是煩惱道二是業道餘是苦道問幾唯是因幾唯是果幾通因果答初一唯因後一唯果餘通因果又即於此問更作餘答三唯是因二唯是果當知所餘亦因亦果問幾是獨相幾是雜相答三是獨相行等是雜相問何故行有是雜相答由二種說故謂能引愛非愛果故及能生趣差別故問何故識與名色六處一分有雜相答由三種說故謂依雜染時故依聞時故依轉時故問何故識乃至受與老死有雜相答由二種說故謂別顯苦相故及顯引生差別故

復次於緣起中云何數往義謂生已不住義云何和合義謂諸緣聚集義云何起義謂諸緣和合之所引攝新新生義云何緣起云何緣生謂諸行生起法性是名緣起即彼生已說名緣生問幾支苦諦攝及現法爲苦答二謂生及老死問幾支苦諦攝當來爲苦答識乃至受種子性問幾支集諦攝答所餘支問無明與行爲作俱有緣爲作無間滅緣爲作久遠滅緣答當知具作三緣謂由無知於隨順諸行法中爲俱有覆障緣爲彼彼事發起諸行又由惡見放逸俱行無知爲無間滅生起緣發起諸行又由無知爲久遠滅引發緣故建立順彼當生相續

問云何應知諸行望識爲三種緣答由能熏

發彼種子故爲俱有緣次後由彼勢力轉故爲無間滅生起緣由彼當來果得生故爲久遠滅引發緣如行望識如是識望名色名色望六處六處望觸觸望受亦爾

問云何應知受望愛爲三種緣答當知由彼起樂著故爲俱有緣從此無間由彼勢力起追求等作用轉故爲無間滅生起緣建立當來難可解脫彼相續故爲久遠滅引發緣問云何愛望取爲三種緣答由欲貪俱行於隨順取法中欲樂安立故爲俱有緣由無間滅勢力轉故爲生起緣建立當來難可解脫彼相續故爲久遠滅引發緣問云何取望有爲三種緣答由與彼俱令業能招諸趣果故爲俱有緣又由彼力於此生處能引識等故爲無間滅生起緣又能引發彼界功能故爲久遠滅引發緣問云何有望生爲三種緣答熏發彼種子故爲俱有緣由彼勢力無間隨轉故爲生起緣雖久遠滅而果轉故爲引發緣如有望生當知生望老死爲緣亦爾

復次建立有支有二種一就勝分建立謂取所攝受業如前已說二全分建立謂業及識乃至受所有種子取所攝受建立爲有應知

問是諸有支唯有次第與行爲緣乃至老死更有餘業用耶答此業用及於各別所行境中如其所應所有業用當知是名第二業用

問無明唯與行爲緣亦與餘支爲緣耶答無明乃至亦與老死爲緣前言唯與行爲緣者但說近緣義如是所餘盡應當知復次後支非前支緣何以故如爲斷後支故勤作功用斷於前支由前斷故後亦隨斷非爲斷前故

勤作功用斷於後支是故當知唯此爲彼緣
問云何説言此有故彼有答由未斷緣餘得
生義故問云何此生故彼生答由無常緣餘
得生義故問何故説言有生故有老死要由
生緣而有老死如是乃至無明望行答由此
言教道理顯從無實作用緣餘得生義故問
何故説言有生故有老死非離生緣而有老
死如是乃至無明望行答由此言教道理顯
從自相續緣即自相續餘得生義故
問若法無明爲緣彼法是行耶設是行者彼
無明爲緣耶答應作四句或有行非無明爲
緣謂無漏及無覆無記身語意行或無明爲
緣而非是行謂除行所攝有支所餘有支或
有亦無明爲緣亦是行謂福非福不動身語
意行除如是相是第四句

問若行爲緣彼亦識耶設是識者行爲緣耶
答應作四句或行爲緣非識謂除識所餘有
支或識非行爲緣謂無漏識及無覆無記識
除異熟生或亦識亦行爲緣謂後有種子識
及果識除如是相是第四句由此道理乃至
觸緣受隨其所應四句應知問若受爲緣皆
是愛耶設是愛者皆受爲緣耶答應作四句
或有是愛非受爲緣謂希求勝解脱及依善
愛而捨餘愛或受爲緣而非是愛謂無明觸
所生愛爲緣所餘有支法生或有受爲緣亦
是愛謂無明觸所生受爲緣染汙愛生除如
是相是第四句問若愛爲緣皆是取耶設是
取者皆愛爲緣耶答當知此中是順後句謂
所有取皆愛爲緣或愛爲緣而非是取謂除
取所餘有支及緣善愛勤精進等諸善法生

問若取爲緣皆是有耶設是有者皆取爲緣耶答亦應作順後句謂所有有皆取爲緣或取爲緣而非是有謂除有所餘有支問若有爲緣皆是生耶設是生者皆有爲緣耶答諸所有生皆有爲緣或有爲緣而非是生謂除生所餘老死最後有支問若生爲緣皆老死耶設是老死皆生爲緣耶答所有老死皆生爲緣或生爲緣而非老死所謂疾病怨憎合會親愛別離所求不遂及彼所起愁歎憂苦種種熱惱

問是諸有支幾與道支所攝正見爲勝障礙答無明及彼所起意行若有一分能爲勝障如於正見如是於正思惟及正精進亦爾若正語正業正命以身行語行及有一分爲勝障礙若正念正定以餘有支爲勝障礙應知

問是諸有支幾唯雜染品幾通雜染清淨品答四唯雜染品餘通雜染清淨品問云何生支通二品耶答若生惡趣及有難處唯是雜染品若生人天諸無難處此通染淨品當知餘支隨其所應皆通二品問何等無明不有故行不有何等無明滅故行滅耶答有三種發起纏隨眠無明由此無明滅故彼無明滅由彼滅故行亦隨滅

問何等行不有故識不有何等行滅故識滅耶答諸行於自相續中已作已滅及未起對治又由意行有故起身語行由此有故彼有彼無故彼緣識亦無此若全滅當知識亦隨滅問何等識不有故名色不有何等識滅故名色滅耶答種子識不有故果識不有此俱滅故俱名色滅如識望名色道理如是餘支

乃至受隨其所應當知亦爾如無明緣行道理如是愛緣取取緣有道理當知亦爾如行緣識道理如是有緣生當知亦爾如識緣名色道理生緣老死當知亦爾問何等受不有故愛不有何等受滅故愛滅耶答如行緣識道理當知亦爾

問如前所說八緣起門幾門是十二支緣起所顯幾門非耶答三門是彼所顯謂二一分所顯一全分所顯餘門非何等爲二一分所顯謂內識生門自業所作門何等爲一全分所顯謂有情世間轉門問不如實知緣起道理者有幾種過患耶答有五謂起我見及能發起前際俱行見如前際俱行見如是後際俱行見前後際俱行見亦爾又於彼見猛利堅執有取有悕於現法中不般涅槃是名第五過患問如實知者有幾種勝利耶答翻前五過應知勝利亦有五種

復次是十二支緣起幾支是實有謂九幾支非實有謂餘幾一事爲自性謂五幾非一事爲自性謂餘幾是所知障因謂一幾能生苦謂五幾苦胎藏謂五幾唯是苦謂二幾說爲因分謂前六無明乃至觸及愛取有三說爲因分幾說爲果分謂後二說爲果分幾說爲雜因果分謂所餘支說爲雜分所以者何有二種受名爲雜分一謂後法以觸爲緣因受二謂現法與愛爲緣果受此二雜說爲觸緣受復次幾支能生愛非愛境界果幾支能生自體果謂前六支能生前果後三支能生後果一支俱生二果復次幾支樂受俱行謂除二所餘支幾支苦受俱行謂即彼及所除中

一幾支不苦不樂受俱行謂如樂受道理應知幾支不與受俱行謂所除中一

復次幾支壞苦攝謂樂受俱行支及非受俱行支一分幾支苦苦攝謂苦受俱行支及非受俱行支一分幾支行苦攝謂所有壞苦苦苦支亦是行苦支或有行苦所攝非餘二苦謂不苦不樂受俱行支及非受俱行支一分問於一切生處及三摩鉢底中皆有一切支現行可得耶答不可得謂無想天中及滅盡定無想定中有色支可得非無色支若生無色界無色支可得非有色支問頗有依支得離支耶答有謂依上地支離下地支此但一分非全唯暫時非究竟問幾支染汙幾支不染汙答三染餘通二種若不染汙善及無覆無記別故分爲二種應知問幾支欲界繫答一切支和合等起故問幾支色界繫答一切一分問云何應知彼有老耶答彼諸行有朽壞腐敗性故如色界繫當知無色界繫亦爾問幾支是學答無問幾支是無學答亦無問幾支是非學非無學答一切問所有善有漏支彼何故非學耶答隨流轉故若學所有善有漏法彼與流轉相違故及用明爲緣故非支問預流果當言幾支已斷耶答一切一分無全斷者如預流果如是一來果亦爾問不還果當言幾支已斷耶答欲界一切色無色界不定問阿羅漢當言幾支已斷耶答三界一切

復次於彼彼經中由幾種言說道理說緣起耶謂略說由六種言說道理一由順次第說二由逆次第說三由一分支說四由具分支

說五由黑品說六由白品說問如世尊說緣起甚深此甚深義云何應知答由十種相應知緣起甚深義謂依無常義苦義空義無我義說依無常義者謂從自種子生亦待他緣又從他緣生亦待自種子又從自種子及從他緣生而種及緣於此生事無作無用亦無運轉又復此二因性功能非不是有又諸有支雖無始來其相成就然剎那剎那新新相轉又緣起支雖剎那速滅然似停住運動相現依苦義者謂緣起支一味苦相而似三種相現依空義者謂緣起支雖離有情作者苦者然似不離顯現而說依無我義者謂緣起支雖不自在實無有我相然似我相顯現依勝義諦諸法自性雖不可說而言諸法自性可說問應以幾智知緣起耶答二謂以法住智及眞實智云何以法住智謂如佛施設開示無倒而知云何以眞實智謂如學見跡觀甚深義問如世尊言是諸緣起非我所作亦非餘作所以者何若佛出世若不出世安住法性法住法界云何法性云何法住云何法界答是諸緣起無始時來理成就性是名法性如成就性以無顛倒文句安立是名法住由此法住以彼法性爲因是故說彼名爲法界問如經言生若無者無處無位生可是有若一切種生非有者生緣老死應不可得何故此中說彼自性緣自性耶答依自種子果生說故謂識乃至受支是生種子故義說爲生由此有故後時即此果支名有緣生如是餘支如經所說隨其所應盡當知

問已說一切支非更互爲緣何故建立名色

與識互爲縁耶答識於現法中用名色爲縁故名色復於後法中用識爲縁故所以者何以於母腹中有相續時說互爲縁故由識爲縁於母腹中諸精血色名所攝受和合共成羯羅藍性即此名色爲縁復令彼識於此得住問何故菩薩觀黒品時唯至識支其意轉還非至餘支耶答由此二支更互爲縁故如識縁名色如是名色亦縁識是故觀心至識轉還於餘支中無有如是轉還道理於此一處顯示更互爲縁道理故名轉還於還滅品中名色非是後有識還滅因由此因縁復還觀察問何因縁故說縁起支非自作非他作非俱作亦非無因生耶答生者非有故縁無作用故縁力所生故問於縁起中何等是苦牙誰守養苦牙何等爲苦樹答無明行縁所引識乃至受是苦牙受縁所引愛乃至有是守養苦牙生與老死當知是苦樹問幾縁起支當知如炷答識乃至受問幾支如膏答無明行愛取有問幾支如焰答生老死應知問何因縁故於縁起黒品教中說名增益答一切有支純大苦聚爲後果故又諸有支前前爲縁後後所隨故問何因縁故於白品教中說名損減答由一切支前前永斷後後滅故又是純大苦聚損減因故問幾縁起支名有因法答謂前七問幾縁起支名有因苦答餘五問幾支滅是漏盡所顯答三問幾支滅是縁盡所顯答即此三是餘支縁故問幾支滅是受盡所顯答一謂由煩惱已斷故所依滅時此一切受皆永息滅故

問何因縁故依止縁起建立七十七智耶答

爲顯有因雜染智故又復爲顯於自相續自已所作雜染智故又復爲顯前際諸支無始時故又復爲顯後際諸支容有雜染還滅義故又復爲顯支所不攝諸有漏慧遍知義故於一一支皆作七智當知總有七十七智

問何因緣故於緣起中建立四十四智耶答爲顯於一一支依四聖諦觀察道理是故總有四十四智

復次若生欲界依欲界身引發上地若眼若耳由此見聞下地自地所有色聲又依此身起三界意及不繫意而現在前若生色無色界除其下地一切現前如在欲界

復次此三種雜染謂煩惱雜染業雜染生雜染爲欲斷故修六種現觀應知何等爲六謂思現觀信現觀戒現觀現觀智諦現觀現觀邊智諦現觀究竟現觀

瑜伽師地論卷第十

音釋

皺側救切皮細起也　黶於琰切黑子也　脊傴脊資昔切背吕也傴委羽切曲也　喘嗽喘昌兗切嗽先奏切也　僂隴主切俯也　尫烏光切羸也　憎咨登切惡也

瑜伽師地論卷第十一
彌勒菩薩說
唐三藏沙門玄奘奉詔譯
本地分中三摩呬多地第六之一
已說有尋有伺等三云何三摩呬多地嗢柁南曰
總標與安立　作意相差別　攝諸經宗要最後衆雜義
若略說三摩呬多地當知由總標故安立故作意差別故相差別故略攝諸經宗要等故
云何總標謂此地中略有四種一者靜慮二者解脫三者等持四者等至
靜慮者謂四靜慮一從離生有尋有伺靜慮二從定生無尋無伺靜慮三離喜靜慮四捨念清淨靜慮
解脫者謂八解脫一有色觀諸色解脫二內無色想觀外諸色解脫三淨解脫身作證具足住解脫四空無邊處解脫五識無邊處解脫六無所有處解脫七非想非非想處解脫八想受滅身作證具足住解脫
等持者謂三三摩地一空二無願三無相復有三種謂有尋有伺無尋唯伺無尋無伺復有三種謂小大無量復有二種謂一分修具分修復有三種謂喜俱行樂俱行捨俱行復有四種謂四修定復有五種謂五聖智三摩地復有五種謂聖五支三摩地復有有因有具聖正三摩地復有金剛喻三摩地復有有學無學非學非無學等三摩地
等至者謂五現見三摩鉢底八勝處三摩鉢底十遍處三摩鉢底四無色三摩鉢底無想

三摩鉢底滅盡定等三摩鉢底云何安立謂唯此等名等引地非於欲界心一境性由此定等無悔歡喜安樂所引欲界不爾非欲界中於法全無審正觀察

復次初靜慮中說離生喜由證住此斷除五法謂欲所引喜欲所引憂不善所引喜不善所引憂不善所引捨又於五法修習圓滿謂歡喜安樂及三摩地

欲所引喜者於妙五欲若初得時若已證得正受用時或見或聞或曾領受由此諸緣憶念歡喜欲所引憂者於妙五欲若求不遂若已受用更不復得或得已便失由此諸緣多生憂惱不善所引喜者謂如有一與喜樂俱而行殺業乃至邪見不善所引憂者謂如有一與憂苦俱而行殺業乃至邪見不善所引捨者謂如有一或王王等或餘宰官或尊尊等自不樂爲殺等惡業然其僕使作惡業時忍而不制亦不安處毗柰耶中由縱捨故遂造惡業彼於此業現前領解非不現前又住於捨尋求伺察爲惡方便又於諸惡耽著不斷引發於捨又於不善現前轉時發起中庸非苦樂受

歡者謂從本來清淨行者觀資粮地所修淨行無悔爲先慰意適悅心欣踊性喜者謂正修習方便爲先深慶適悅心欣踊性安者謂離麤重身心調適性樂者謂由如是心調適故便得身心無損害樂及解脫樂以離彼品麤重性故於諸煩惱而得解脫三摩地者謂於所緣審正觀察心一境性世尊於無漏方便中先說三摩地後說解脫由三摩地善成

滿力於諸煩惱心永解脱故於有漏方便中先説解脱後説三摩地由證方便究竟作意果煩惱斷已方便根本三摩地故或有俱時説三摩地及與解脱謂即於此方便究竟作意及餘無間道三摩地中由三摩地與彼解脱俱時有故

復次於諸靜慮等至障中略有五蓋將證彼時能爲障礙何等爲五一貪欲蓋二瞋恚蓋三惛沉睡眠蓋四掉舉惡作蓋五疑蓋貪欲者謂於妙五欲隨逐淨相欲見欲聞乃至欲觸或隨憶念先所領受尋伺追戀瞋恚者謂或因同梵行等舉其所犯或因憶念昔所曾經不饒益事瞋恚之相心生恚怒或欲當作不饒益事於當所爲瞋恚之相多隨尋伺心生恚怒惛沉者謂或因毁壞淨尸羅等隨一善行不守根門食不知量不勤精進減省睡眠不正知住而有所作於所修斷不勤加行隨順生起一切煩惱身心惛昧無堪任性睡眠者謂心極昧略又順生煩惱壞斷加行是惛沉性心極昧略是睡眠性是故此二合説一蓋又惛昧無堪任性名惛沉惛昧心極略性名睡眠由此惛沉生諸煩惱隨煩惱時無餘近縁如睡眠者諸餘煩惱及隨煩惱或應可生或應不生若生惛昧睡眠必定皆起掉舉者謂因親屬尋思國土尋思不死尋思或隨憶念昔所經歷戲笑歡娱所行之事心生諠動騰躍之性惡作者謂因尋思親屬等故心生追悔謂我何縁離别親屬何縁不往如是國土何縁棄捨如是國土來到於此食如是食飲如是飲唯得如是衣服卧具病縁醫

藥資身衆具我本何緣少小出家何不且待至年衰老或因追念昔所曾經戲笑等事便生悔恨謂我何緣於應受用戲樂嚴具朋遊等時違背宗親朋友等意令其悲戀涕淚盈目而强出家由如是等種種因緣生憂變心惡作追悔由前掉舉與此惡作處所等故合說一蓋又於應作不應作事隨其所應或已曾作或未曾作心生追悔云何我昔應作不作非作反作除先追悔所生惡作此惡作纒猶未能捨次後復生相續不斷憂變之心惡作追悔此又一種惡作差别次前所生非處惡作及後惡作雖與掉舉處所不等然如彼相騰躍諠動令此亦是憂變之相是故與彼雜說一蓋疑者謂於師於法於學於誨及於證中生惑生疑由心如是懷疑惑故不能趣入勇猛方便正斷寂靜又於去來今及苦等諦生惑生疑心懷二分迷之不了猶豫猜度問此貪欲蓋以何爲食答有淨妙相及於彼相不正思惟多所修習以之爲食淨妙相者謂第一勝妙諸欲之相若能於此遠離染心於餘下劣亦得離染如制强力餘劣自伏此復云何謂女人身上八處所攝可愛淨相由此八處女縛於男所謂歌舞笑睇美容進止妙觸就禮由此因緣所有貪欲未生令生生已增長故名爲食問此貪欲蓋誰爲非食答有不淨相及於彼相如理作意多所修習以爲非食此復云何謂青瘀等若觀此身種種不淨雜穢充滿名觀内身不淨之相復觀於外青瘀等相種種不淨名觀外身不淨之相由觀此二不淨相故未生貪欲令其不生生

已能斷故名非食由於彼相如理作意故遮令不生多所修習故生已能斷前黑品中由於彼相不正思惟故未生令生多所修習故倍更增廣

問瞋恚蓋以何爲食答有瞋恚性有瞋恚相及於彼相不正思惟多所修習以之爲食依於種種不饒益事心生惱害名瞋恚性不饒益事多瞋恚相於九惱事不正作意名不正思惟如是等事皆名爲食問此瞋恚蓋誰爲非食答有仁慈賢善及於彼相如理作意多所修習以爲非食又此慈善恒欲與他安樂爲相修力所攝由思擇力所攝作意調伏九惱以能斷除瞋恚蓋故經中唯說此爲非食

問惛沉睡眠蓋以何爲食答有黑暗相及於彼相不正思惟多所修習以之爲食問此蓋誰爲非食答有光明相及於彼相如理作意多所修習以爲非食光明有三種一治暗光明二法光明三依身光明治暗光明復有三種一在夜分謂星月等二在晝分謂日光明三在俱分謂火珠等法光明者謂如有一隨其所受所思所觸觀察諸法或復修習隨念佛等依身光明者謂諸有情自然身光當知初明治三種暗一者夜暗二者雲暗三者障暗謂窟宅等法明能治三種黑暗由不如實知諸法故於去來今多生疑惑於佛法等亦復如是此中無明及疑俱名黑暗又證觀察能治惛沉睡眠黑暗以能顯了諸法性故

問掉舉惡作蓋以何爲食答於親屬等所有尋思於曾所經戲笑等念及於彼相不正思惟多所修習以之爲食親屬尋思者謂因親

屬或盛或衰或離或合發欣慼行心生籌慮等國土尋思者謂因國土盛衰等相廣如前說不死尋思者謂因少年及衰老位諸有所作或利他事發欣慼行心生籌慮等笑者謂隨有一或因閑論或因合論現齒而笑歡翫者謂雙陸摴蒱弄珠等戲或有所餘種類歡樂謂互相受用受用境界受諸快樂或由同處或因戲論歡娛而住所行事者謂相執持手臂髮等或相摩觸隨一身分或抱或嗚或相顧眄或作餘事問此蓋誰爲非食答有奢摩他及於彼相如理作意多所修習以爲非食奢摩他者謂九種住心及奢摩他品所攝諸法謂於自他若衰若盛可厭患法心生厭離驚恐惡賤安住寂靜

問疑蓋以何爲食答有去來今及於彼相不正思惟多所修習以之爲食謂我於過去爲有爲無廣說如上不正思惟者謂不可思處所攝思惟不可思處者謂我思惟有情思惟世間思惟若於自處依世差別思惟我相名我思惟若於他處名有情思惟若於有情世間及器世間處名世間思惟謂世間常或謂無常亦常亦無常非常非無常等問此蓋誰爲非食答有緣緣起及於彼相如理作意多所修習以爲非食由彼觀見唯有於法及唯法因唯有於苦及唯苦因故所有一切不正思惟爲緣無明於三世境未生者不生已生者能斷若不如理而強作意其如理者而不作意總說此二名不正思惟若於是中應合道理應知是處名爲如理謂於暗中作光明想由此方便如理作意非不如理於餘處所

亦有所餘如理作意

復次於初靜慮具足五支一尋二伺三喜四樂五心一境性第二靜慮有四支一內等淨二喜三樂四心一境性第三靜慮有五支一捨二念三正知四樂五心一境性第四靜慮有四支一捨清淨二念清淨三不苦不樂受四心一境性初靜慮中尋伺爲取所緣三摩地爲彼所依喜爲受境界樂爲除麤重第二靜慮中內等淨爲取所緣三摩地爲彼所依餘如前說第三靜慮中捨念正知爲取所緣三摩地爲彼所依餘如前說第四靜慮中捨淨念淨爲取所緣三摩地爲彼所依餘如前說諸靜慮中雖有餘法然此勝故於修定者爲恩重故偏立爲支

問何因緣故初靜慮中有尋有伺耶答由彼能厭患欲界入初靜慮初靜慮中而未能觀尋伺過故第二靜慮能觀彼過是故說爲尋伺寂靜如第二靜慮見彼過故名尋伺寂靜如是第三靜慮見喜過故名喜寂靜第四靜慮見樂過故名樂寂靜捨念清淨差別應知

復次是諸靜慮名差別者或名增上心謂由心清淨增上力正審慮故或名樂住謂於此中受極樂故所以者何依諸靜慮領受喜樂安樂捨樂身心樂故又得定者於諸靜慮數數入出領受現法安樂住故由此定中現前領受現法樂住從是起已作如是言我已領受如是樂住於無色定無如是受是故不說彼爲樂住然彼起已應正宣說何以故若有阿練若苾芻來就彼問彼若不答便生譏論比阿練若苾芻云何名爲阿練若者我今問

彼超色無色寂靜解脫而不能記是故爲說應入彼定非爲樂住或復名爲彼分涅槃亦得說名差別涅槃由諸煩惱一分斷故非決定故名彼分涅槃非究竟涅槃故名差別涅槃復次此四靜慮亦得名爲出諸受事謂初靜慮出離憂根第二靜慮出離苦根第三靜慮出離喜根第四靜慮出離樂根於無相中出離捨根如薄伽梵無倒經中說如是言苾芻憂根生已應當如實了知生者此於何位謂即於此斷方便位若爲憂根間心相續爾時應知又應并此因緣及序若相若行皆如實知者云何知因謂了知此種子相續云何知緣謂了知此種所不攝所依助伴云何知序謂知憂根託此事生即是能發憂根之相及無知種子云何知相謂了知此是慼行相云何知行謂了知此能發之行即不如理作意相應思也如是知已於出離中極制持心者云何制持謂於染汙行制攝其心於思惟修住持堅住又於是中無餘盡滅乃至究竟者謂滅隨眠故滅諸纏故世間靜慮但能漸捨彼品麤重不拔種子若異此者種永拔故後不應生無漏靜慮二種俱捨如是於餘隨應當知

問以何等相了知憂根答或染汙相或出離欲俱行善相苦根者或由自等增上力故或由身勞增上力故或火燒等增上力故或他逼等增上力故諸離欲者猶尚生起喜根者謂第二靜慮中即第二靜慮地攝樂根者謂第三靜慮中即第三靜慮地攝

問何故苦根初靜慮中說未斷耶答彼品麤

重猶未斷故
問何緣生在初靜慮者苦根未斷而不現行
答由其助伴相對憂根所攝諸苦彼已斷故
若初靜慮已斷苦根是則行者入初靜慮及
第二時受所作住差別應無由二俱有喜及
樂故而經中說由出諸受靜慮差別又此應
無尋伺寂靜麤重斷滅所作差別如是餘根
彼品麤重漸次斷故上諸靜慮斷有差別又
無相者經中說爲無相心定於此定中捨根
永滅但害隨眠彼品麤重無餘斷故非滅現
纏住無相定必有受故於此定中容有三受
謂喜樂捨非彼諸受得有隨眠煩惱斷故說
以爲斷彼品麤重說名隨眠又此捨根乃至
何處當知始從第四靜慮乃至有頂復次此
五根出離無相爲復後與彼五種順出離界
展轉相攝此中由欲恚害出離即說乃至樂
根出離由色出離即說第四靜慮捨根出離
由薩迦耶滅即說無色界一切捨根出離順
出離言有何等義由住此者能出離故名順
出離不說由此出離於彼爲離欲者說此界
故問諸欲恚害定同時斷何緣建立別出離
耶答彼諸出離雖復同時約修對治有差別
故宣說三種出離差別對治差別者謂不淨
慈悲如其次第或有唯修不淨出離一切或
慈或悲是故別說三種出離此上唯有一類
對治故後出離無有差別云何猛利見者等
隨念欲謂由觀察作意於勝事作意故猛利
功用作意故云何於諸欲中心不趣入謂於
彼處不見勝功德故云何不羡謂於彼處喜
悦不生故云何不住謂於彼處不樂受用爲

欣悅故云何無有勝解謂於彼處不樂取著不如理相故云何萎頓謂雖縱任而不舒泰故云何壞散謂取境已尋復棄捨故云何而不舒泰謂於所緣雖強令住而不受樂故云何等住棄捨謂行平等位於平等位中心遊觀故何等爲厭謂由於彼深見過患棄背爲性此復三種謂無常故苦故變壞法故何等爲惡謂由於彼初見過患棄背爲性何等爲違謂由於彼中見過患棄背爲性何等爲背謂由於彼後見過患棄背爲性與此相違即於離欲作意趣入者謂於是處見勝功德故美者謂於是處生清淨信而證順故住者謂於所緣不流散故勝解者由於是處不染汙轉於諸煩惱得離繫故以於厭等棄背行中正流轉時心無罣礙又復於捨無有功用云

何其心善逝謂住方便究竟作意故云何善修謂善修習餘作意故當知此說斷位及斷方便道位解者謂解脫諸纏故脫者謂解脫所緣相故離繫者謂解脫隨眠故從諸欲緣所生諸漏者謂除欲貪於欲界中所餘煩惱損匱者謂因此生執器仗等惡行差別於此若作若增長故生諸惡趣燒者謂由此因欲愛噉食燒身心故惱者謂由此因若事變壞便生愁歎憂苦惱故於彼解脫超出離繫者謂如前次第解脫諸纏所緣隨眠故云何終不領納緣彼諸受謂依將得正得隨念諸欲境界染汙諸受不復現行其所依身不爲衆惑染汙而住如紅蓮華水滴不著

復有六種順出離界如經廣說謂我已修慈乃至我已離諸我慢然我猶爲疑惑毒箭悶

亂其心是故慈等於恚害等非正對治當知爲捨如是邪執建立此界是中恚等離欲對治有差别故建立前四對治相故觀察聖住得道理故建立無相觀察究竟正道理故建立第六慈對治恚無損行轉故悲對治害爲除他苦勝樂行轉故喜治不樂於他樂事隨喜行轉故捨治貪恚俱捨行轉故無相對治一切衆相相相違故若離我慢於自解脫或所證中定無疑惑故離我慢是彼對治此諸出離定能出離一切恚等不善修故恚等過失容可現行又前五種順出離界初之四種天住所攝第五一種聖住所攝今此六種順出離界前之四種梵住所攝第五第六聖住所攝

復次能超恚等諸過失故名爲出離於出離時正可憑仗故名爲依世尊説依略有四種一法是依非數取趣二義是依非文三了義經是依非不了義經四智是依非識此四種依因何建立補特伽羅四種别故謂因諂詐補特伽羅差别故建立初依因順世間補特伽羅差别故建立第二因住自見取補特伽羅差别故建立第三因聞爲極補特伽羅差别故建立第四因其諂詐説法是依非數取趣要與彼論分别決擇方證正智非唯由彼現威儀故即於此中復有差别謂佛宣説補特伽羅及與諸法唯法是依非數取趣世俗言辭不應執故法又二種謂文及義唯義是依非文何以故不應但聞即爲究竟要須於義思惟籌量審觀察故佛所説經或有了義或不了義觀察義時了義是依非不了義世

尊或時宣說依趣福不動識爲往善趣故或時宣說四聖諦智爲向涅槃故於修法隨法行時唯智是依非識略於四時失不失故建立四種補特伽羅謂得法時任持時觀察義時修法隨法行時依四時故建立四依

復次已說安立當知於此靜慮等中作意所緣二種差別作意差別者謂七種根本作意及餘四十作意

云何七種作意謂了相作意勝解作意遠離作意攝樂作意觀察作意加行究竟作意加行究竟果作意

云何四十作意謂緣法作意緣義作意緣身作意緣受作意緣心作意緣法作意勝解作意眞實作意有學作意無學作意非學非無學作意遍知作意正斷作意已斷作意有分別影像所緣作意無分別影像所緣作意事邊際所緣作意所作成辦所緣作意勝解思擇作意寂靜作意一分修作意具分修作意無間作意殷重作意隨順作意對治作意順清淨作意順觀察作意力勵運轉作意有間運轉作意有功用運轉作意自然運轉作意思擇作意內攝作意淨障作意依止成辦所行清淨作意他所建立作意內增上取作意廣大作意遍行作意

緣法作意者謂聞所成慧相應作意緣義作意者謂思修所成慧相應作意緣身受心法作意者謂修念住者如理思惟身等作意勝解作意者謂修靜慮者隨其所欲於諸事相增益作意眞實作意者謂以自相共相及眞如相如理思惟諸法作意有學作意略有二

種一者自性二在相續自性者謂有學無漏作意在相續者謂有學一切善作意如有學作意當知無學作意二種亦爾非學非無學作意者謂一切世間作意遍知作意者謂由此故遍知所緣而不斷惑正斷作意者謂由此故俱作二事已斷作意者謂斷煩惱後所有作意有分別影像所緣作意者謂由此故修緣分別體境毗鉢舍那無分別影像所緣作意者謂由此故修緣分別體境奢摩他事邊際所緣作意者謂由此故了知一切身受心法所緣邊際過此更無身受心法所作成辦所緣作意者謂我思惟如此如此若我思惟如是如是當有如此如此當辦如是如是及緣清淨所緣作意勝解思擇作意者謂由此故或有最初思擇諸法或奢摩他而為上首寂靜作意者謂由此故或有最初安心於內或毗鉢舍那而為上首一分修作意者謂由此故於奢摩他毗鉢舍那隨修一分具分修作意者謂由此故二分雙修無間作意者謂一切時無間無斷相續而轉殷重作意者謂不慢緩加行方便此中由勝解思擇作意故淨修智見由寂靜作意故生長輕安由一分具分修作意故於諸蓋中心得解脫由無間殷重作意故於諸結中心得解脫又由無間作意故終不徒然而捨身命由殷重作意故速證通慧隨順作意者謂由此故厭壞所緣順斷煩惱對治作意者謂由此故正捨諸惑住持於斷令諸煩惱遠離相續順清淨作意者謂由此故修六隨念或復思惟隨一妙事順觀察作意者謂由此故觀諸煩惱斷與

未斷或復觀察自已所證及先所觀諸法道理力勵運轉作意者謂修始業未得作意所有作意有間運轉作意者謂已得作意於上慢緩修加行者所有作意有功用運轉作意者謂即於此勇猛精進無有慢緩修加行者所有作意自然運轉作意者謂於四時決定作意一得作意時二正入已入根本定時三修現觀時四正得已得阿羅漢時思擇作意者謂毗鉢舍那品作意內攝作意者謂奢摩他品作意淨障作意者謂由此故棄捨諸漏永害麤重依止成辦所行清淨作意者謂由此故依離一切麤重之身雖行一切所緣境界而諸煩惱不復現行他所建立作意者謂諸聲聞所有作意要從他音乃能於內如理作意故內增上取作意者謂諸獨覺及諸菩薩所有作意以不從師而覺悟故廣大作意者謂諸菩薩爲善了知生死過失出離方便發弘誓願趣大菩提所有作意遍行作意者諸佛世尊現見一切無障礙智相應作意若諸菩薩遍於三乘及五明處方便善巧所有作意

此中了相作意攝緣法緣義餘六作意唯攝緣義緣身等境四種作意遍在七攝了相勝解加行究竟果作意通攝勝解眞實作意觀察作意唯攝勝解餘三作意唯攝眞實此就前門就餘門者當知隨應七種作意皆攝有學及非學非無學二種作意亦攝無學作意謂清淨地了相作意及加行究竟果作意了相勝解觀察作意攝遍知作意餘三作意攝正斷作意加行究竟果作意攝已斷作意觀

察作意唯攝有分別影像所緣作意餘六作意通攝二種事邊際所緣作意遍一切攝所作成辦所緣作意若就初門遍一切攝就第二門唯加行究竟果作意所攝最初勝解思擇作意皆所不攝若奢摩他而爲上首遍一切攝若最初寂靜若毗鉢舍那而爲上首當知亦爾前六作意通攝一分及具分修加行究竟果作意唯攝具分修無間作意殷重作意遍一切攝隨順作意初二所攝對治作意遠離加行究竟二作意攝及攝樂作意一分所攝順清淨作意唯攝樂一分所攝順觀察斷未斷作意唯觀察作意所攝此就斷對治說若就所餘隨應當知力勵運轉作意皆所不攝有間有功用運轉作意乃至攝樂作意所攝自然運轉作意加行究竟及此果二作意攝思擇作意了相所攝內攝作意勝解所攝淨障作意遠離攝樂觀察加行究竟作意所攝依止成辦所行清淨作意唯加行究竟果作意所攝他所建立內增上取作意一切作意所攝廣大作意皆所不攝初遍行作意加行究竟果攝第二一切意攝

又了相作意若他所建立作意攝者以聞他音及內如理作意定爲其緣若內增上取作意攝者唯先資粮以爲其緣所餘作意前前後後轉爲其緣

復次云何所緣差別謂相差別何等爲相略有四種一所緣相二因緣相三應遠離相四應修習相所緣相者謂所知事分別體相因緣相者謂定資粮應遠離相復有四種謂沉相掉相亂相著相應修習相當知對治此四

種相何等沉相謂不守根門食不知量初夜後夜不常悎悟勤修觀行不正知住是癡行性耽著睡眠無巧便慧惡作俱行欲勤心觀不曾修習正奢摩他於奢摩他未爲純善一向思惟奢摩他相其心惛暗於勝境界不樂攀緣何等掉相謂不守根門等四如前廣說是貪行性樂不寂靜無厭離心無巧便慧太舉俱行如前欲等不曾修舉於舉未善唯一向修由於種種順隨掉法親里尋等動亂其心何等亂相謂不守根門等四如前應知是鈍根性多求多務多諸事業尋思行性無巧便慧無厭離心不修遠離於勝境界不樂攀緣親近憒丙方便間鈌不審了知亂不亂相何等著相謂不守根門等四如前應知是鈍根性是愛行性多煩惱性不如理思不見過患又於增上無出離見對治如是應遠離相隨其所應當知即是應修習相

復有三十二相謂自心相外相所依相所行相作意相心起相安住相自相共相相麤相靜相領納相分別相俱行相染汙相不染汙相正方便相邪方便相光明相觀察相賢善定相止相舉相觀相捨相入定相住定相出定相增相減相方便相引發相

云何自心相謂有苾芻先爲煩惱染汙心故便於自心極善取相如是如是心有染汙或無染汙由此方便心處沉等由此方便不處沉等言沉等者謂沉等四乃至念心礙著之相或復於彼被染汙心云何外相謂即於彼被染汙心了知自心被染汙已便取外相謂光明相或淨妙相或復餘相爲欲除遣諸煩

惱故或令彼惑不現行故云何所依相謂分別體相即是一切自身所攝五蘊并種子相云何所行相謂所思惟彼彼境界色乃至法分別體相云何作意相謂有能生作意故於彼彼境界所生識生作是思惟令我此心由作意故於境界轉非無作意此所思惟名作意相云何心起相謂即次前所說是一相第二相者謂心緣行緣名色相此所思惟名心起相云何安住相謂四識住即識隨色住等如經廣說此所思惟名安住相云何自相相謂自類自相或各別自相此所思惟名自相相云何共相相謂諸行共相或有漏共相或一切法共相此所思惟名共相相云何麤相謂所觀下地一切麤相云何靜相謂所行上地一切靜相云何領納相謂隨憶念過去曾經諸行之相云何分別相謂思未來諸行之相云何俱行相謂分別現在諸行之相云何染汙相謂於有貪心思惟有貪心相乃至於不善解脫心思惟不善解脫心相云何不染汙相謂與此相違當知即是不染汙相此中已出離於斷不修方便者觀有貪等修方便者觀略下等有貪心者謂貪相應心或復隨逐彼品麤重如是由纏及隨眠故一切染汙心如應當知以能對治纏及隨眠故成不染汙云何正方便相謂所思惟白淨品因緣相相云何邪方便相謂所思惟染汙品因緣相相即是思惟如是如是不守根門住故乃至不正知住故如是如是心被染相云何光明相謂如有一於暗對治或法光明慇懃懇到善取其相極善思惟如於下方於上亦爾如

是一切治暗相故建立此相云何觀察相謂有苾芻慇懃懇到善取其相而觀察之住觀於坐者謂以現在能取觀未來所取法坐觀於卧者謂以現在能取觀過去所取或法在後行觀察前行者謂以後後能取觀前前能取法此則略顯二種所取能取法觀云何賢善定相謂所思惟青瘀等相爲欲對治欲貪等故何故此相說名賢善諸煩惱中貪最爲勝於諸貪中欲貪爲勝生諸苦故此相是彼對治所緣故名賢善云何止相謂所思惟無分別影像之相云何舉相謂策心所取隨一淨妙或光明相相云何觀相謂聞思修慧所思惟諸法相云何捨相謂已得平等心於諸善品增上捨相云何入定相謂由因緣所緣應修習相故入三摩地或復已得而現在前云何住定相謂即於彼諸相善巧而取由善取故隨其所欲於定安住又於此定得不退法云何出定相謂分別體所不攝不定地相云何增相謂輕安定倍增廣大所思惟相云何減相謂輕安定退減狹小所思惟相云何方便相謂二道相或趣倍增廣大或趣退減狹小故云何引發相謂能引發略諸廣博文句義道若無諍無礙妙願智等若依三摩地諸餘力無畏等最勝功德及能通達甚深句義微妙智慧如是等相

復次如是諸相即前根本四相所攝謂所緣相具攝一切因緣相亦爾前與後爲因緣故爲令後後得明淨故正方便相一切種別皆因緣相如正方便邪方便亦爾一是白品相第二黒品相諸染汙相唯應遠離所餘諸相

唯應修習於彼彼時應修習故

瑜伽師地論卷第十一

音釋

三摩呬多梵語也此云等引謂勝定地中平等能引諸功德也呬虛利切　嗢柁南梵語正云鄔柁南此云自說嗢烏没切柁徒我切　三摩鉢底梵語也此云等持鉢補末切　毗柰耶梵語也此云律　戀力眷切　掉徒弔切搖動也　諠許元切譁也　猜度猜倉才切疑也度達各切量度也　睇大計切視也　瘀依倨切氣血壅也　窟苦骨切穴也　籌慮籌直由切筭也慮良倨切計也　啞戲啞烏下切戲香義切　摴蒱摴丑居切摴蒱局戲也　顧眄顧古暮切回視也眄眠見切邪視也　奢摩他梵語也此云止奢詩車切　阿練若梵語也此云閑靜處練郎甸切　補特伽羅梵語也此云數取趣伽求加切　毗鉢舍那梵語也此云觀毗頻眉切

勵力制切勉也　悎悟悎古孝切寐覺也悟五故切與寤同　憒丙憒古對切心亂也丙奴教切與鬧同

瑜伽師地論卷第十二

彌勒菩薩說

唐三藏沙門玄奘奉詔譯

本地分中三摩呬多地第六之二

復次云何修習所緣諸相作意謂即於彼彼諸相作意思惟以思惟故能作四事謂即修習如是作意又能遠彼所治煩惱又能練此作意及餘令後所生轉更明盛又即修習此作意時厭壞所緣捨諸煩惱任持斷滅令諸煩惱遠離相續是故修習如是所緣諸相作意

復次由四因緣入初靜慮乃至有頂謂因力方便力說力教授力云何因力謂曾鄰近入靜慮等云何方便力謂雖不鄰近入靜慮等然由數習無間修力能入諸定云何說力謂於靜慮等增上緣法多聞任持乃至廣說即依此法獨處空閑離諸放逸勇猛精進自策而勵住法隨法行由此能入靜慮等定云何教授力謂於親教軌範師所或於隨一餘尊長所獲得隨順初靜慮等無倒教授從此審諦作意思惟能入靜慮及諸餘定如是顯示四觀行者謂具因力者方便力者若利根者及鈍根者

復次有四得靜慮者一愛上靜慮者二見上靜慮者三慢上靜慮者四疑上靜慮者云何愛上靜慮者謂如有一先聞靜慮諸定功德而不聞彼出離方便於彼一向見勝功德勇猛精勤由此因緣入初靜慮或所餘定如是入已後生愛味云何見上靜慮者謂如有一從自師所或餘師所聞諸世間皆是常等如

是方便入初靜慮乃至有頂能得清淨解脫出離彼依此見勇猛精勤由是因緣入初靜慮或所餘定如是入已能自憶念過去多劫遂生是見我及世間皆是常等從定起已即於此見堅執不捨復於後時審思審慮審諦觀察謂由此故當得清淨解脫出離云何慢上靜慮者謂如有一聞如是名諸長老等入初靜慮乃至有頂聞是事已遂生憍慢彼旣能入靜慮等定我復何緣而不當入依止此慢勇猛精勤由是因緣入初靜慮及所餘定如是入已後生憍慢或入定已作是思惟唯我能得如是靜慮餘不能得彼依此慢復於後時於諸靜慮審思審慮審諦觀察云何疑上靜慮者謂如有一爲性暗鈍本甞樂習奢摩他行由此因緣入諸靜慮或所餘定如是入已復於上定勤修方便爲得未得於四聖諦勤修現觀性暗鈍故不能速證聖諦現觀由此因緣於餘所證便生疑惑依此疑惑復於勝進審思審慮審諦觀察

復次云何愛味相應靜慮等定謂有鈍根或貪行故或煩惱多故彼唯得聞初靜慮等所有功德廣說如前愛上靜慮於上出離不了知故便生愛味戀著堅住其所愛味當言已出其能愛味當言正入云何清淨靜慮等定謂有中根或利根性等煩惱行或薄塵行彼從他聞初靜慮等愛味過患及上出離勇猛精進入初靜慮或所餘定如是入已便能思惟諸定過患於上出離亦能了知不生愛味云何無漏靜慮等定謂如有一是隨信行或隨法行薄塵行類彼或先時於四聖諦已入

現觀或復正修現觀方便彼先所由諸行狀相入初靜慮或所餘定今於此行此狀此相不復思惟然於諸色乃至識法思惟如病如癰等行於有爲法心生厭惡怖畏制伏於甘露界繫念思惟如是方能入無漏定

復次云何順退分定謂有鈍根下劣欲解勤精進故入初靜慮或所餘定於喜於樂於勝功德不堪忍故從靜慮退如如暫入諸定差別如是如是還復退失乃至未善調練諸根

云何順住分定謂有中根或利根性彼唯得聞諸定功德廣說如前愛味相應於所得定唯生愛味不能上進亦不退下云何順勝分定謂有亦聞出離方便於所得定不生喜足是故於彼不生愛味更求勝位由此因緣便得勝進云何順決擇分定謂於一切薩迦耶中深見過患由此因緣能入無漏又諸無漏名決擇分極究竟故猶如世間珠瓶等物已善簡者名爲決擇自此已後無可擇故此亦如是過此更無可簡擇故名決擇分

復次云何無間入諸等至謂如有一得初靜慮乃至有頂然未圓滿清淨鮮白先順次入乃至有頂後還次入至初靜慮

復次云何超越入諸等至謂即於此已得圓滿清白故從初靜慮無間超入第三靜慮第三無間超入空無邊處空處無間超入無所有處乃至廣故無有能說逆超亦爾以極遠超第三等至唯除如來及出第二阿僧企耶諸大菩薩彼隨所欲入諸定故

復次云何熏修靜慮謂如有一已得有漏及與無漏四種靜慮爲於等至得自在故爲受

等至自在果故長時相續入諸靜慮有漏無漏更相間雜乃至有漏無間無漏現前無漏無間還入有漏當知齊此熏修成就若於是處是時是事欲入諸定即於此處此時此事能入諸定是名於諸等至獲得自在等至自在果者謂於現法樂住轉更明淨又由此故得不退道又淨修治解脫勝處及遍處等勝品功德能引之道若有餘取而命終者由此因緣便入淨居由輭中上品修諸靜慮有差別故於一切處受三地果如前有尋有伺地已廣分別修習無尋唯伺三摩地故得爲大梵由輭中上上勝上極品熏修力故生五淨居當知因修清淨靜慮定故生靜慮地不由習近愛味相應既生彼已若起愛味即便退没若修清淨還生於彼或生下定或進上定先於此間修得定已後往彼生何以故非未離欲得生彼故非諸異生未修得定能離欲故又非此間及在彼處入諸等至樂有差別唯所依身而有差別

復次已說修習作意相差別云何攝諸經宗要謂八解脫等如經廣說八解脫者謂如前說有色觀諸色等前七解脫於已解脫生勝解故名爲解脫第八解脫棄背想受故名解脫云何有色觀諸色謂生欲界已離欲界欲未離色界欲彼於如是所解脫中已得解脫即於欲界諸色以有光明相作意思惟而生勝解由二因緣名爲有色謂生欲界故得色界定故又於有光明而作勝解故問觀諸色者觀何等色復以何行答欲界諸色於諸勝處所制少色若好若惡若劣若勝如是於多

乃至廣說何故修習如是觀行爲淨修治能引最勝功德方便何等名爲最勝功德謂勝處遍處諸聖神通無諍願智無礙解等雖先於彼欲界諸色已得離欲然於彼色未能證得勝解自在爲證得故數數於彼思惟勝解云何内無色想觀外諸色謂生欲界已離色界欲無色界定不現在前又不思惟彼想明相但於外色而作勝解若於是色已得離欲說彼爲外由二因緣名内無色想謂已證得無色等至亦自了知得此定故不思惟内光明相故餘如前說云何淨解脫身作證具足住謂如有一已得捨念圓滿清白以此爲依修習清淨聖行圓滿名淨解脫何以故三因緣故謂已超過諸苦樂故一切動亂已寂靜故善磨瑩故身作證者於此住中一切賢聖多所住故云何空無邊處解脫謂如有一於彼空處已得離欲即於虛空思惟勝解如是識無邊處解脫於彼識處已得離欲即於是識思惟勝解無所有處解脫者謂已得無所有處於識無邊處思惟勝解有頂解脫更不於餘而作勝解乃至遍於想可生處即於是處應作勝解

復次先已修治作意勝解後方能起勝知勝見故名勝處此勝當知復有五種一形奪卑下故名爲勝謂如有一以已勝上工巧等事形奪他人置下劣位二制伏羸劣故名爲勝謂如有一以已強力摧諸劣者三能隱蔽他故名爲勝謂瓶盆等能有覆障或諸藥草呪術神通有所隱蔽四厭壞所緣故名爲勝謂厭壞境界捨諸煩惱五自在迴轉故名爲勝

謂世君王隨所欲爲處分臣僕於此義中意顯隱蔽及自在勝前解脱中勝解自在今於勝處制伏自在觀色少者謂諸有情資具等色觀色多者謂諸宫殿房舍等色言好色者謂美妙顯色一向淨妙故與此相違名爲惡色言劣色者謂聲香味觸不可意色與此相違當知勝色此四顯色有情資具宫殿等攝言勝知者謂數數隱蔽所緣勝解有如是想者謂有制伏想也

復次由諸遍處於勝解事生遍勝解故名遍處言無二者謂諸賢聖無我我所二差别故言無量者遍一切故何故遍處唯就色觸二處建立由此二種共自他身遍有色界常相續故眼等根色唯屬自身香味二塵不遍一切聲聲有閒是故不説如是有色諸遍處定色界後邊於無色中空遍一切故立遍處識所行境遍一切故亦立遍處

復次修觀行者先於所緣思惟勝解次能制伏既於制伏得自在已後即於此遍一切處如其所欲而作勝解是故此三如是次第八色遍處善清淨故能引賢聖勝解神通及於諸事轉變神通如其勝解隨所轉變皆能成就又能變作金銀等物堪有所用由識遍處善清淨故便能引發無諍願智無礙解等諸勝功德由空遍處善清淨故隨其所欲皆轉成空譬如世間瓦鐵金師初和泥等未善調練解脱位亦爾如善調練勝處位亦爾如調練已隨欲轉變遍處位亦爾

復次三三摩地者云何空三摩地謂於遠離有情命者及養育者數取趣等心住一緣當

知空性略有四種一觀察空謂觀察諸法空無常樂乃至空無我我所等二彼果空謂不動心解脱空無貪等一切煩惱三者内空謂於自身空無計我我所及我慢等一切僻執四者外空謂於五欲空無欲愛如説我已超過一切有色想故於外空身作證具足住乃至廣説此中緣妙欲想名爲色想此想所起貪欲斷故説爲外空又彼果空或修行者由時作意思惟外空或時作意思惟内空由觀察空或時思惟内外空性由此力故心俱證會設復於此内外空性不證會者便應作意思惟無動言無動者謂無常想或復苦想如是思惟便不爲彼我慢等動由彼不爲計我我慢乃至廣説動其心故便於二空心俱證會云何無願心三摩地謂於五取藴思惟無常或思惟苦心住一緣云何無相心三摩地謂即於彼諸取藴滅思惟寂靜心住一緣如經言無相心三摩地不低不昂乃至廣説云何名爲不低不昂違順二相不相應故又二因緣入無相定一不思惟一切相故二正思惟無相界故由不思惟一切相故於彼諸相不厭不壞唯不加行作意思惟故名不低於無相界正思惟故於彼無相不堅執著故名不昂此三摩地略有二種一者方便二方便果言方便者數數策勵思擇安立於彼諸相未能解脱由隨相識於時時中擾亂心故彼復數數自策自勵思擇安立方能取果解脱隨相於此解脱又解脱故不自策勵思擇而住是故名爲極善解脱若數策勵思擇安立方得住者雖名解脱非善解脱又曉了果曉

了功德者謂煩惱斷究竟故現法樂住究竟故又復滅道俱應曉了即此二種隨其次第名曉了果曉了功德又諦現觀阿羅漢果俱應曉了於見道位中名曉了果於阿羅漢果名曉了功德若於此處無有彼物由此道理觀之爲空故名空性即所觀空無可希願故名無願觀此遠離一切行相故名無相何故此中先說空性餘處宣說無常故苦苦故無我後方說空謂若無無願無常苦觀終不清淨要先安住無我之想從此無間方得無願是故經言諸無常想依無我想而得安住乃至廣說彼於無常觀無我已不生希願唯願無相專求出離故此無間宣說無相

復次云何有尋有伺三摩地謂三摩地尋伺相應云何無尋唯伺三摩地謂三摩地唯伺相應大梵修已爲大梵王云何無尋無伺三摩地謂三摩地尋伺二種俱不相應修習此故生次上地乃至有頂唯除無漏諸三摩地云何無尋無伺三摩地相謂於尋伺心生棄捨唯由一味於内所緣而作勝解又唯一味平等顯現

復次云何小三摩地謂或由所緣故小觀少色故或由作意故小小信小欲小勝解故云何大三摩地謂或由所緣故大觀多色故而非無邊無際觀諸色故或由作意故大上信上欲上勝解故而非無邊無際信欲勝解故云何無量三摩地謂或由所緣故無量無邊無際觀諸色故或由作意故無量無邊無際信欲勝解故此中大心三摩地者於一樹下想諸天光而生勝解乃至廣說無量三摩地

者謂四無量云何於一樹下想諸天光而生勝解謂於欲界極厭壞已得初靜慮爲令此定善清淨故更修方便又聞諸天身帶光明便思惟彼身光明相遍一樹下乃至大地大海邊際發生勝解由三摩地後後轉增有差別故令所生起而有差別云何作意得成唯二謂隨勝解分齊施設作意故云何作意唯二爲縁修成唯二謂即由此作意力故施設所修定有差别圓滿清淨轉增勝故云何以修惟二爲縁行成惟二謂如如善修定轉增勝如是如是施設所感生有差別云何以行惟二爲縁補特伽羅建立惟二謂此因縁所生有情施設高下勝劣差别問初二靜慮諸天光明有何差別答如末尼珠外有光明内無光明初靜慮身亦復如是外放光明内則不爾譬如明燈外發光明内自照了第二靜慮身亦如是若内若外俱有光明是故經說彼地已上惟一種身非於下地

復次云何建立四無量定謂諸有情有三品故一者無苦無樂二者有苦三者有樂如其次第欲與其樂欲令離苦欲令其樂永不相離於彼作意有四種故如其次第建立四種謂由與樂作意故拔苦作意故樂不相離隨喜作意故建立前三即於此三欲與樂等爲欲令彼不樂思慕不染汙作意故瞋恚不染汙作意故貪欲不染汙作意故建立於捨經言以慈俱心乃至廣說現前饒益故名慈俱饒益相故名慈善友其饒益相略有二種一欲利益二欲安樂此二種相一切無量之所顯示無怨者離惡意樂故無敵者離現乖諍

故無惱害者離不饒益事故廣者所緣廣大故大者利益安樂思惟最勝故無量者果無量故如四大河衆流雜處善修習者極純熟故設有問言慈俱等心有何等相故次答言勝解遍滿具足而住勝解遍滿者是增上意樂勝解周普義具足者圓滿清白故住者所修觀行日夜專注時專注故問如經言善修習慈極於遍淨乃至廣說此何密意答第三靜慮於諸樂中其樂最勝憶念此樂修習慈心慈最第一故說修慈極於遍淨憶念空處修習悲心亦最第一以修悲者樂欲拔苦無色界中遠離衆苦斷壞等苦彼都無故是故憶念無邊空處修悲等至作如是念當令一切有苦有情到無衆苦及所依處修喜定者亦常憶念無邊識處慶諸有情所得安樂作如是念當令一切有情之類受無量樂猶如識處識無限量是故憶念識無邊處修習喜定爲最第一修捨定者亦常憶念無所有處作如是念無所有處無漏心地最爲後邊捨最第一如阿羅漢苾芻一切苦樂不苦不樂現行位中皆無染汙當令一切有情之類得如是捨是故憶念無所有處修習捨定爲最第一如是一切皆是聖行唯聖能修故經宣說覺分俱行

復次云何一分修三摩地謂於此中或唯作意思惟光明相或唯作意思惟色相而入於定如是二種隨其次第或了光明或覩衆色云何具分修三摩地謂俱思惟而入於定亦了光明亦見衆色如是修習光明定者定難差別有十一種所謂疑等如經廣說問此誰

難耶答三摩地相相有二種謂所緣相及因緣相用彼爲依住三摩地若退彼相便不能性此中最初於所顯現光明色相不善知故便覺有疑方便緩故有不作意如於衆色不欲見者或閉於目或復背面此觀行者於諸色中不欲作意亦復如是由不善守根門等故有身麤重多習睡眠或多覺悟便增惛睡不見衆色設有所見而不圓滿爲此二事極非功用力勵思惟故有太過勇猛精進由有太過策勵過故還極下劣如急捉持尺鷃鳥者彼唯思求光明之相此與見色若俱生時希一得二便生踊躍猶如有人得二伏藏遍於諸方欻然並見不祥之色便生大怖猶如有人兩邊旋轉卒起彼於行時或復住時於世雜類起種種想如是外想與定爲難或復因其所修習定謂巳爲勝觀他爲劣便自高舉如是亦得名種種想或多言論或久尋思令身疲勞心不得定如是多言與定爲難若從定生光明之相及見色時便捨內修相續作意顧樂於外諦視衆色故極思察與定爲難如是諸難隨其所應障三摩地所緣境相及因緣相或有過此退失所緣因緣相故如其次第二相俱沒

復次云何喜俱行三摩地謂初二靜慮諸三摩地云何樂俱行三摩地謂第三靜慮諸三摩地云何捨俱行三摩地謂第四靜慮巳上諸三摩地

復次云何修定爲得現法樂住謂於四種現法樂住方便道中所有修定及未圓滿清淨鮮白諸根本地所有修定爲顯修習未曾得

定是故世尊說初靜慮前方便道云何修定爲得智見謂諸苾芻於光明相慇懃懇到審諦而取如經廣說當知此在能發天眼前方便道所有修定此中天眼於諸色境能照能觀說名爲見能知諸天如是名字如是種類乃至廣說如勝天經是知爲智云何修定生分別慧謂諦現觀預流果向方便道中所有修定或爲修習諸無礙解云何修定爲盡諸漏謂阿羅漢果方便道中所有修定

復次云何五聖智三摩地謂我此三摩地是聖無染無執廣說如經此中示現五行相智謂自體智補特伽羅智清淨智果智入出定相智聖者善故名聖又無漏故名聖無染者顯善聖性無執者顯無漏聖性非凡夫所近者謂諸佛及聖弟子所親近故是聰叡所讃者謂即彼所稱讃故是諸聰叡同梵行者常不訶毀者謂一切時常稱讃故非如世間初靜慮等爲背下地修方便故先以靜相而稱讃之爲趣上地修方便故後以麤相而復訶毀寂靜者所治煩惱永寂靜故微妙者自地煩惱不愛味故得安隱道者所得之道無退轉故證心一趣者已得無尋無伺地故現在安樂者能得現法樂住故後樂異熟者引無餘依涅槃樂故正念而入者善取能入三摩地相無忘失故正念而出者善取能出三摩地相無忘失故

復次云何聖五支三摩地謂諸苾芻即此身內離生喜樂廣說如經離生喜樂者謂初靜慮地所攝喜樂所滋潤者謂喜所潤遍滋潤者謂樂所潤遍充滿者謂加行究竟作意位

遍適悅者謂在巳前諸作意位由彼位中亦有喜樂時時間起然非久住亦不圓滿於此身中無有少分而不充滿者謂在加行究竟果作意位譬如黠慧能沐浴人或彼弟子者當知喻於修觀行者銅器瓦器或蚌蛤器者喻爲離欲生喜樂故教授教誡細沐浴末者喻能順彼出離尋等水澆灌者當知喻於尋清淨道沐浴摶者以喻於身帶津膩者喻喜和合膩所隨者喻樂和合遍內外者喻無間隙喜樂和合不強者喻無散動不弱者喻無染汙亦無愛味又於第二喻有差別山者喻於無尋伺定尖頂者喻於第二靜慮無尋無伺於所緣境一味勝解泉者喻於內等淨支水軸者謂水傍流出水索者謂水上涌出此二種喻如其次第顯示喜樂滋潤等言如前解釋無不充滿者當知喻於無間相應又於第三喻有差別如嗢鉢羅等離喜之樂彼相應法及所依身當知亦爾水喻離喜無尋伺定喜發踊躍由無彼故喻華胎藏沒在水中又於第四喻有差別清淨心者謂與捨念清淨相應超過下地諸災患故鮮白者謂性是善自地煩惱無愛味故何故復以長者爲喻謂彼所作皆審悉故不放逸故思惟籌量觀察勝故於增減門無不知故證得清淨第四靜慮者亦復如是凡有所爲審諦圓滿無諸放逸於一切義無不了知其性捷利八經九經以爲喻者由堅緻故顯蚊蝱等不能侵損首足皆覆者若有二失容可侵損謂衣薄故有露處故今此顯示二失俱無此定亦爾其心清淨鮮白周遍一切散動所不能侵堪忍

寒暑乃至他所呵叱惡言及内身中種種苦受又於第五諭有差別於所觀相慇懃懇到等當知已如前釋謂審觀察三世諸行於能觀察又復觀察是此中總義何等名爲聖三摩地云何建立五支差別謂四靜慮中所有聖賢心一境性及於安立審諦觀察如是名爲聖三摩地依於四種現法樂住建立四支依審觀察緣起法故又爲斷除餘結縛故建立第五當知此中二因緣故建立五支

復次云何有因有具聖正三摩地當知善故及無漏故說名爲聖有五道支名此定因所謂正見正思惟正語正業正命具有三種所謂正見正精進正念此中薄伽梵總說前七道支與聖正三摩地爲因爲具隨其所應差別當知謂由前導次第義故立五爲因於三摩地資助義故立三爲具云何正見等前導次第義謂先了知世間實有眞阿羅漢正行正至便於出離深生樂欲獲得正見次復思惟何當出離居家迫迮乃至廣說從此出家受學尸羅修治淨命是名正語正業正命此正見等於所對治邪見等五猶未能斷還即依止此五善法從他聞音展轉發生聞慧正見爲欲斷除所治法故又爲修習道資粮故方便觀察次依聞慧發生思慧復依思慧發生修慧由此正見於諸邪見如實了知此是邪見於諸正見如實了知此是正見乃至正命如實知已爲欲斷除邪見等故及爲圓滿正見等故發勤精進若由此故能斷所治集能治法令其圓滿是名正念此念即是三摩地分故亦兼說正三摩地若是時中捨邪見

等令不復生修正見等令得圓滿即於如是方便道中亦能棄捨邪精進念兼能修滿正精進念若於是時於彼諸法能斷能滿即於此時聖正三摩地亦得圓滿此中由慧爲導首於增上戒先自安處次聞他音如理作意及增上戒學並爲依止於方便道中發生增上心學及增上慧學此中正念名增上心學正見正精進名增上慧學如是三學於修聖正三摩地時皆得圓滿

復次云何金剛喻三摩地謂最後邊學三摩地此三摩地最第一故最尊勝故極堅牢故上無煩惱能摧伏故摧伏一切諸煩惱故是故此定名金剛喻譬如金剛其性堅固諸末尼等不能穿壞穿壞一切末尼寶等此定亦爾故喻金剛

復次云何五現見三摩鉢底謂諸苾芻即於此身等廣說如經已見諦者修此等至是故名爲現見等至是諸修道所斷煩惱制伏對治斷滅對治及觀察斷當知此中總略體性初不淨觀方便念住以爲依止爲令欲貪不現行故觀察內身種種不淨第一不淨觀即彼念住以爲依止乃至觀察骨人之相爲令彼貪不現行故觀察此身種種不淨當知齊此名具觀察一切不淨最極通達者是青瘀等觀品類次等極逾越義初不淨觀觀察內身現前安住種種不淨後不淨觀通達法性觀察此身有如是法有如是性乃至廣說觀識流轉者觀察此識生滅相續或觀生身展轉相續謂麤觀察行緣識等或觀剎那展轉相續謂細觀察若有貪心離貪心等品類差

別薩𦾔過度彼彼日夜剎那臘縛牟呼栗多於其中間非一衆多種種心識異生異滅觀察有學未離欲者俱住二世已離欲者唯住他世阿羅漢果俱無所住如是名爲觀察於斷勝處等至徧處等至如前已說
復次云何無想三摩鉢底謂已離徧淨欲未離上欲永出離想作意爲先諸心心法滅問以何方便入此等至答觀想如病如癰如箭入第四靜慮修背想作意於所生起種種想中厭背而住唯謂無想寂靜微妙於無想中持心而住如是漸次離諸所緣心便寂滅於此生中亦入亦起若生於彼唯入不起其想若生便從彼沒
復次云何滅盡三摩鉢底謂已離無所有處欲暫安住想作意爲先諸心心法滅問以何方便入此等至答若諸聖者已離無所有處欲或依非想非非想處相而入於定或依滅盡相而入於定依非想非非想處相而入定者謂於此上心深生厭捨非想非非想處進趣所緣皆滅盡故心便寂滅依滅盡相而入定者亦復如是將欲趣入滅盡定時有二種法多有所作謂奢摩他毗鉢舍那云何奢摩他云何毗鉢舍那云何此一多有所作謂於此義中八次第定名奢摩他所有聖慧名毗鉢舍那於此二中隨闕一種即不能入滅盡等至要具此二方能趣入是故此二多有所作問入滅定時云何次第滅三種行答此有二種謂行時住時若於行時亦起言說於初靜慮有此作用有語行故若於住時從第二靜慮已上次第定力彼三種行次第而滅當

知出時由逆次第次第而起問滅盡定中諸心心法並皆滅盡云何説識不離於身答由不變壞諸色根中有能執持轉識種子阿賴耶識不滅盡故後時彼法從此得生問入滅定時無有分別我當入定我當出定正在定時心寂滅故遠離加行將出定時心先滅故亦無作意云何能入云何能出答先於其心善修持故若有諸行諸狀諸相能入於定能出於定於彼修習極多修習由修習故任運能入任運能出云何出滅定時觸三種觸一不動觸二無所有觸三無相觸謂出定時多由三境而出於定一由有境二由境境三由滅境由此三境於出定時如其次第觸三種觸緣於有境而出定時無有我慢擾動其心謂此爲我而起我慢或計未來我當有等乃至廣説是故説言觸不動觸緣於境境而出定時無貪所有無瞋所有無癡所有是故言觸無所有觸緣於滅境而出定時於一切相不思惟故緣無相界是故説言觸無相觸如是已説靜慮解脫等持等至

瑜伽師地論卷第十二

音釋

軌範（軌居洧切法則也範音犯模範也）癰（於容切）阿僧企耶（梵語也此云無央數企丘弭切）數數（並所角切頻也）策（楚革切束勸使進也）尺鷃（鷃烏間切尺鷃鳥名）欻（許勿切急也）聰叡（聰倉紅切察也叡俞芮切明達也）黠（胡八切慧也）蚌蛤（蚌步項切蛤古沓切）膩（女利切肥

也

隙綺戟切孔罅也 緻直利切密也 蚊蝱蚊無分切蝱莫耕切 呵呵虎何切責也叱 荏苒荏汝鴆切苒而琰切荏苒猶侵尋也 叱昌栗切大呵也

瑜伽師地論卷第十三

彌勒菩薩說

唐三藏沙門玄奘奉詔譯

本地分中三摩呬多地第六之三

復次如世尊言汝等苾芻當樂空閑勤修觀行內心安住正奢摩他者謂能遠離卧具貪著或處空閑或坐樹下繫念現前乃至廣說名樂空閑當知此言顯身遠離若能於內九種住心如是名爲內心安住正奢摩他當知此言顯心遠離若樂處空閑便能引發內心安住正奢摩他若內心安住正奢摩他便能引發毗鉢舍那若於毗鉢舍那善修習已即能引發於諸法中如實覺了

復次如世尊言汝等苾芻於三摩地當勤修習無量常委安住正念者謂先總標於三摩地勤修習已後以三事別顯修相無量者謂四無量常委者謂常有所作及委悉所作故名常委安住正念者顯於四念住安住其心何故說此三種修相謂依二種圓滿故一者世間圓滿二者出世間圓滿修無量故便能引發世間圓滿修正念故便能引發出世圓滿常委修故於此二種速得通達由此因緣處二中說是故但說三種修相又無量者顯奢摩他道住正念者顯毗鉢舍那道常委者顯此二種速趣證道又無量者顯趣福德行住正念者顯趣涅槃行常委者顯趣二種速圓滿行先於奢摩他善修習已後與毗鉢舍那方得俱行修此二種三摩地故如實覺了所知境界

復次如世尊言修靜慮者或有等持善巧非

等至善巧廣說如經嗢柁南頌云何等持善巧謂於空等三三摩地得善巧故云何非等至善巧謂於勝處遍處滅盡等至不善巧故云何等至善巧非等持善巧謂於十種遍處等至及無想等至若入若出俱得善巧非於三三摩地云何俱善巧謂於彼二俱善巧故云何俱不善巧謂於彼二俱不善巧故如是於先所說等持等至中隨其所應當善建立又說等持善巧非等至善巧者謂於等持名句文身善知差別非於能入等至諸行狀相差別云何等至善巧非等持善巧謂如有一善知能入隨一等至諸行狀相亦能現入而不善知此三摩地名句文身差別之相亦不能知我已得入如是如是等持差別有諸菩薩雖能得入若百若千諸三摩地而不了知彼三摩地名句文身亦不能知我已得入如是如是等持差別乃至未從諸佛所聞及於已得第一究竟諸菩薩所而得聽聞或自證得第一究竟云何爲住謂善取能入諸三摩地諸行狀相善取彼故隨其所欲能住於定於三摩地無復退失如是若住於定若不退失二俱名住云何爲出謂如有一於能入定諸行狀相不復思惟於不定地分別體相所攝定地不同類法作意思惟出三摩地或隨所作因故或定所作因故或期所作因故而出於定隨所作者謂修治衣鉢等諸所作業定所作者謂飲食便利承事師長等諸所作業期所作者謂如有一先立期契或許爲他當有所作或復爲欲轉入餘定由此因緣出三摩地何等爲行謂如所緣作種種行而入

於定謂麤行靜行病行癰行箭行無常行等若於彼彼三摩地中所有諸行何等爲狀謂於諸定臨欲入時便有此定相狀先起由此狀故彼自了知我於如是如是相定不久當入或復正入彼教授師由此狀故亦了知彼不久當入如是如是相定何等爲相謂二種相一所緣相二因緣相所緣相者謂分別體由緣此故能入諸定因緣相者謂定資糧由此因緣能入諸定謂隨順定教誡教授積集諸定所行資糧修俱行欲猒患有心於亂不亂審諦了知及不爲他之所逼惱或人所作或非人所作或音聲所作或功用所作云何謂善謂若三摩地猶爲有行之所拘執如水被持或爲法性之所拘執不靜不妙非安隱道亦非證得心一趣性此三摩地不名調善不隨所樂安隱而住與此相違名爲調善云何猶爲有行拘執謂由誓願俱行思故制伏外緣持心於定又於作意要由功用方能運轉不令內心於外流散故作是說如水被持云何法性之所拘執謂觀下地爲麤法性觀於上地爲靜法性寂靜微妙得安隱道及能證得心一趣性如五聖智三摩地中已略解釋云何所行謂三摩地所行境界由所得定過此已上不能知故如初靜慮不能觀見第二靜慮如是根度數取趣度亦不能知云何引發謂能略攝廣文句義及能成辦諸勝功德云何等愛謂慚愧愛敬信正思惟正念正知根護戒護及無悔等樂爲最後由隨樂故心便得定與此相違名不等愛云何等愛亦不等愛謂如有一於慚愧等劣分成就少不

成就謂具慚愧而無愛敬乃至廣說云何爲增謂所得定轉復增長云何爲減謂所得定還復退失云何方便謂趣彼二道又止舉捨當知如前止等相中已具分別

復次如分別靜慮經言有靜慮者即於興等謂之爲衰乃至廣說此中四轉當知二時顛倒謂於三摩地若退墮時若勝進時趣退及退俱名爲衰趣勝進道及與勝進俱名爲興云何彼謂我今退失離生喜樂我今退失勝三摩地謂靜慮者勤修習故心趣寂靜隨捨行故從初靜慮入於第二靜慮近分然於此事不善了知於此位中初靜慮地喜樂已過第二靜慮地中所有喜樂猶未能得便作是念我今退失離生喜樂遂還從彼退攝其心當知如是修靜慮者其心顛倒云何應知於三摩地退時顛倒謂如有一得初靜慮爲涅槃故積集資粮彼於涅槃已得所修資粮圓滿由此因緣或由功用或復任運起如是想作意現前由如是想作意故於諸色中乃至識中了知如病乃至無我由如是想作意故從此無間因世間定所生喜樂不復現行便作是念我今退失定生利益及所依止遂還從彼退攝其心如是當知修靜慮者於三摩地退失顛倒云何當知於三摩地退失無倒謂如有一得初靜慮便生喜足不求上進唯起愛味由起如是欲俱行想作意故遂便退失近欲界定彼於此衰能了是衰由此因緣當知無倒又由所得靜慮定故自舉毀他謂我所得此靜慮定非餘能得由起如此欲俱行想作意故所有蓋纏轉增轉厚便從定退

彼於此衰能了是衰又以所得靜慮諸定顯示於他爲諸國王及王臣等當供養我從定起已尋思此事由如是欲俱行想作意故所有蓋纏轉增轉厚餘如前說如是當知修靜慮者於三摩地退失無倒第二無倒翻初無倒應知其相此二無倒亦於二時應知其相由依如是倒無倒處安立四轉

復次如分別四檢行定經中由四種相檢行一切三摩地等謂此等持是順退分乃至此是順決擇分云何檢行謂此是劣分此是勝分此殊勝分此最勝分如其次第此復云何謂修定者從初靜慮還退出已於諸靜慮不復樂入亦不思惟此行狀相然欲俱行諸想作意數數現前如先所說從彼起已隨念愛味當於爾時修靜慮者應自檢行我三摩地今成退劣又修定者從初靜慮還退出已得聞隨順此定教法謂初靜慮諸行狀相慇懃懇到善取其相令所得定堅住不忘如是隨念順定法故成順住分當於爾時應自檢行我三摩地已成其勝我三摩地已得安住非退非進非趣決擇又靜慮者從初靜慮還退出已得聞隨順第二靜慮教授之法既得聞已第二靜慮道俱行諸想作意數數現前當於爾時應自檢行我三摩地已成殊勝非退非住唯是勝進非趣決擇又修定者從初靜慮還退出已聞苦諦等相相應教法既得聞已苦諦等俱行諸想作意順決擇分數數現前彼於爾時當自檢行我三摩地已成最勝非退非住亦非勝進然趣決擇

復次如經言有眼有色乃至有意有法而諸

苾芻於此諸法若實若有都不領受尚不受想何況無想此復云何謂諸苾芻於初靜慮具足安住由此因緣厭壞眼色乃至意法由厭壞故威勢映奪遂於眼中無有眼想然有其想乃至於法無有法想然有其想云何有想謂於眼等作意思惟是苦是集或是病等彼於諸法不受自相如是乃至無所有處此中正說無漏作意云何名爲不受無想謂不思惟一切相故於盡滅中思惟寂靜此中意說離諸相想名爲無想又說安住滅盡定者一切諸想皆不生起

復次如經中說四種趣道云何宴坐於諸法中思惟簡擇謂有苾芻先已證得初靜慮等而未見諦由聽正法及多聞故而能宴坐依三摩地於苦等諦發起現觀如是行者依增上心修增上慧又有苾芻如實知苦乃至知道而未證得初靜慮等彼便宴坐思惟諸法如是行者依增上慧修增上心第三行者名爲俱得奢摩他毗鉢舍那雙雜轉故第四行者先已證得初靜慮等未聽正法未習多聞後從大師或餘尊所聞見諦法或復得聞斷餘結法由此得入真諦現觀或復證得阿羅漢果彼既證得出離所引大善喜悅由能制伏諸掉舉心復還宴坐如是坐已安心住於靜慮等至最初趣道引見道故第二第三引修道故第四趣道爲俱引故

復次如經中說有四淨勝爲求清淨此最爲勝故名淨勝云何爲淨云何爲勝謂所得所證所引戒等若圓滿若攝受是名爲淨發勤精進未滿令滿是名爲勝云何尸羅圓滿攝

受謂若有一雖住具戒亦能守護別解脫律儀而於軌則及所行中未能具足未於小罪深見怖畏此於尸羅未名圓滿若於一切皆悉滿足乃名圓滿如是名爲尸羅圓滿若於長時串修習故便於根門善守而住廣說乃至即於尸羅攝成自體自性安住如是名爲尸羅攝受云何三摩地圓滿謂若已得加行究竟果或第四靜慮乃名圓滿於此下位皆未圓滿云何三摩地攝受謂彼所得三摩地等後時清淨又三摩地不爲有行之所拘執乃至廣說云何見圓滿謂聞他音及如理作意故正見得生由此正見雖能知苦乃至知道若未如實猶不得名正見圓滿若能於彼如實了知爾時方名正見圓滿云何見攝受謂於後時諸漏永盡乃至廣說云何解脫圓滿謂若由有學智見解脫貪等未名圓滿若由無學智見得解脫者乃名圓滿云何解脫攝受謂若行若住常不退失現法樂住如是名爲解脫攝受

復次如經言心清淨行苾芻於時時間應正作意思惟五相乃至廣說方便勤修增上心者乃得名爲心清淨行諸惡不善欲等尋思及親里等所有尋思皆於此行能爲障礙略有三種補特伽羅由輭中上尋思行者有差別故初由正思惟所餘相故令彼尋思不復現行第二由見尋思深過患故或復不念不思惟故令彼尋思不復現行云何不念及不思惟由善於內安心等故第三補特伽羅非初即能令彼一切皆不現行要當方便令尋思行漸漸歇薄麤既息已漸當制伏若猶未

能於尋思路尋思所縁深生猒怖當以猒患俱行之心多思惟力於彼尋思俱行之心調練制伏如是三種補特伽羅分爲五種

復次盪塵經中佛世尊言當如陶鍊生金之法陶鍊其心乃至廣說如是等義云何應知謂陶鍊生金略有三種一除垢陶鍊二攝受陶鍊三調柔陶鍊除垢陶鍊者謂從金性中漸漸除去麤中細垢乃至唯有淨金沙在攝受陶鍊者謂即於彼鄭重銷煑調柔陶鍊者謂銷煑已更細鍊治瑕隙等穢如金性内所有生金種性位中心淨行者當知亦爾謂堪能證般涅槃者問從何位名心淨行者荅從得淨信求出家位此於在家及出家位有麤中細三種垢穢其在家者由二爲障不令出家一不善業謂常樂安處身語惡行二邪惡見謂撥無世間眞阿羅漢正行正至此於已得淨信位前能爲障礙欲等尋思障出家者令其不能心生喜樂親等尋思障喜樂者令其不能恒修善法由斷彼故恒修善法速得圓滿純淨之心有尋有伺如淨金沙是名爲心除垢陶鍊猶如生金仍未銷煑若有復能止息尋思乃至具足安住第四靜慮是名爲心攝受陶鍊由能攝受無尋無伺三摩地故猶如生金已被銷煑若三摩地不爲有行之所拘執乃至廣說是名爲心調柔陶鍊於神通法隨其所欲能轉變故如彼生金已細鍊治瑕隙等穢

復次如經言應於三相作意思惟乃至廣說應時時間作意思惟奢摩他等差別之相不應一向爲欲對治沉掉等故若於止舉未串

習者唯一向修是沉掉相如此修者當知住在方便道位若時時間思惟捨相如是在於成滿道位亦由於此一向修故於緣起法及聖諦中不思擇故心不正定不盡諸漏於諸諦中若未現觀不能現觀或已現觀不得漏盡初之二種是三摩地能成辦道第三一種依三摩地盡諸漏道是名略顯此中要義於時時間作意思惟遍一切故

復次有四正法攝持聖教何等爲四一者遠離二者修習三者修果四者於聖教中無有乖諍遠離者謂山林樹下空閑靜室修習者謂住於彼勤修二法謂奢摩他毗鉢舍那云何已習奢摩他依毗鉢舍那而得解脫謂如有一先已得初靜慮乃至第四靜慮彼即依此三摩地故如實知苦乃至知道彼即依此毗鉢舍那於見所斷諸煩惱中心得解脫云何已習毗鉢舍那依奢摩他心得解脫謂如有一如實知苦乃至知道彼依如是增上慧故發生靜慮即由如是奢摩他故於修所斷諸煩惱中心得解脫如是修習奢摩他毗鉢舍那已於諸界中而得解脫見道所斷諸行斷故名爲斷界修道所斷諸行斷故名離欲界一切有執皆永滅故名爲滅界是名修果於聖教中無乖諍者所謂大師及諸弟子若義若句若文於文句義平等潤洽互相隨順非如異道施設見解種種非一差別不同第一句者所謂前句若以此句問於初一即以此句而問第二設於初一依蘊而問復於第二依餘問者便不得名與第一句平等潤洽互相隨順

本地分中非三摩呬多地第七

已說三摩呬多地云何非三摩呬多地當知此地相略有十二種或有自性不定故名非定地謂五識身或有闕輕安故名非定地謂欲界繫諸心心法彼心心法雖復亦有心一境性然無輕安舍潤轉故不名爲定或有不發趣故名非定地謂愛欲者於諸欲中深生染著而常受用或有極散亂故名非定地謂初修定者於妙五欲心隨流散或有太略聚故名非定地謂初修定者於內略心惛睡所蔽或有未證得故名非定地謂初修定者雖無散亂及以略聚繞惱其心然猶未得諸作意故諸心心所不名爲定或有未圓滿故名非定地謂雖有作意然未證得加行究竟及彼果故不名爲定或有雜染汙故名非定地謂雖證得加行究竟果作意然爲種種愛味等惑染汙其心或有不自在故名非定地謂雖已得加行究竟果作意其心亦無煩惱染汙然於入住出諸定相中未得自在未隨所欲梗澀艱難或有不清淨故名非定地謂雖自在隨其所欲無澀無難然唯修得世間定故未能永害煩惱隨眠諸心心法未名爲定或有起故名非定地謂所得定雖不退失然出定故不名爲定或有退故名非定地謂退失所得三摩地故不名爲定

本地分中有心無心二地品第八第九

已說非三摩呬多地云何有心地云何無心地謂此二地俱由五門應知其相一地施設建立門二心亂不亂建立門三生不生建立門四分位建立門五第一義建立門

地施設建立者謂五識身相應地意地有尋有伺地無尋唯伺地此四一向是有心地無尋無伺地中除無想定并無想生及滅盡定所餘一向是有心地若無想定若無想生及滅盡定是無心地

心亂不亂建立者謂四顛倒顛倒其心名為亂心若四顛倒不顛倒心名不亂心此中亂心亦名無心性失壞故如世間見心狂亂者便言此人是無心人由狂亂心失本性故於此門中諸倒亂心名無心地若不亂心名有心地

生不生建立者八因緣故其心或生或復不生謂根破壞故境不現前故闕作意故未得故相違故已斷故已滅故已生故心不得生由此相違諸因緣故心乃得生此中若具生因緣故心便得生名有心地若遇不生心因緣故心則不生名無心地

分位建立者謂除六位當知所餘名有心地何等為六謂無心睡眠位無心悶絶位無想定位無想生位滅盡定位及無餘依涅槃界位如是六位名無心地

第一義建立者謂唯無餘依涅槃界中是無心地何以故於此界中阿賴耶識亦永滅故所餘諸位轉識滅故名無心地阿賴耶識未永滅盡於第一義非無心地

本地分中聞所成地第十之一

已說有心無心地云何聞所成地謂若略說於五明處名句文身無量差別覺慧為先聽聞領受讀誦憶念又於依止名身句身文身義中無倒解了如是名為聞所成地何等名

五明處謂內明處醫方明處因明處聲明處
工業明處
云何內明處當知略說由四種相一由事施設建立相二由想差別施設建立相三由攝聖教義相四由佛教所應知處相
云何事施設建立相謂三種事總攝一切諸佛言教一素怛纜事二毗柰耶事三摩怛履迦事如是三事攝事分中當廣分別
云何想差別施設建立相嗢柁南曰
句迷惑戲論　住真實淨妙　寂靜性道理
假施設現觀
云何句謂內六處無量境界無量方所無量時分復有三界謂欲界色界無色界又有三界謂小千世界中千世界三千大千世界復有四衆謂在家衆出家衆鄔波索迦衆非人衆復有三受謂苦受樂受不苦不樂受復有三世謂過去世未來世現在世復有三寶謂佛寶法寶僧寶復有三法謂善法不善法無記法復有三雜染謂煩惱雜染業雜染生雜染復有四聖諦謂苦聖諦集聖諦滅聖諦道聖諦復有九次第等至謂初靜慮等至乃至滅想受等至復有三十七菩提分法謂四念住四正斷四神足五根五力七覺支八道支復有四沙門果謂預流果一來果不還果最勝阿羅漢果復有衆多勝妙功德謂無量解脫勝處遍處無諍願智無礙解六神通等復有方廣大乘五事謂相名分別真如正智復有二空性謂補特伽羅空性及法空性復有二無我性謂補特伽羅無我性及法無我性復有遠離二邊處中觀行謂離增益邊離損

滅邊復有四種眞實謂世間所成眞實道理所成眞實煩惱障淨智所行眞實所知障淨智所行眞實復有四尋思謂名尋思事尋思自性假立尋思差別假立尋思復有四如實遍智謂名尋思所引如實遍智事尋思所引如實遍智自性假立尋思所引如實遍智差別假立尋思所引如實遍智復有三種自性謂遍計所執自性依他起自性圓成實自性復有三無性性謂相無性性生無性性勝義無性性復有五相大菩提謂自性故功能故方便故轉故還故復有五種大乘一種子二趣入三次第四正行五正行果最初發心悲愍有情波羅蜜多攝衆生事自他相續成熟復有五無量想謂有情界無量想世界無量想法界無量想所調伏界無量想調伏方便界無量想復有眞實義隨至謂於一切無量法中遍隨至眞如及於彼智復有不思議威德勝解無障礙智三十二大士夫相八十種隨形相四種一切相清淨十力四無所畏三念住三不護大悲無忘失法拔除習氣一切相妙智等如是諸句略唯二句謂聲聞乘中所說句及大乘中所說句云何迷惑謂四顚倒一於無常計常顚倒二於苦計樂顚倒三於不淨計淨顚倒四於無我計我顚倒云何戲論謂一切煩惱及雜煩惱諸蘊云何住謂四識住或七識住云何眞實謂眞如及四聖諦云何淨謂三清淨性一自體清淨性二境界清淨性三分位清淨性云何妙謂佛法僧寶名最微妙隨最第一施設中故云何寂靜謂從善法欲乃至一切菩提分法及所得果

皆名寂靜云何性謂諸法體相若自相若共相若假立相若因相若果相等云何道理謂諸緣起及四道理云何假施設謂於唯法假立補特伽羅及於唯相假立諸法云何現觀謂六種現觀如有尋有伺地已說

復次嗢柁南曰

方所位分別　作執持增減　宴言所覺上
遠離轉藏護

云何方所謂色蘊云何位謂受蘊云何分別謂想蘊云何作謂行蘊云何執持謂識蘊云何增謂有二種一煩惱增二業增如增有二種當知減亦爾云何宴謂無明及疑云何言謂諸如來十二分教說名爲言云何所覺謂彼彼言音所說之義名爲所覺云何上謂四沙門果云何遠離謂五種遠離一惡行遠離二欲遠離三資具遠離四憒丙遠離五煩惱遠離云何轉謂三界五趣云何藏護謂追戀過去希慕未來耽著現在

復次嗢柁南曰

思擇與現行　睡眠及相屬　諸相攝相應
說住持次第

云何思擇謂一行順前句順後句四句無事句復有有色法無色法有見法無見法有對法無對法有漏法無漏法有爲法無爲法有諍法無諍法有味著法無味著法依耽嗜法依出離法世間法出世間法有繫屬法無繫屬法內法外法麤法細法劣法勝法遠法近法有所緣法無所緣法相應法不相應法有行法無行法有依法無依法因法非因法果法非果法異熟法非異熟法有因法非有因

法有果法非有果法有異熟法非有異熟法有執受法無執受法大種造法非大種造法同分法彼同分法有上法無上法又有過去法未來法現在法善法不善法無記法欲繫法色繫法無色繫法學法無學法非學非無學法見所斷法修所斷法無斷法又有四緣謂因緣等無間緣所緣緣增上緣又有四依一法是依非補特伽羅二義是依非文三了義經是依非不了義四智是依非識又有四無量法四念住法四正斷法四神足法五根法五力法七覺支法八支聖道法四行跡法四法跡法奢摩他法毗鉢舍那法增上戒法增上心法增上慧法解脫法勝處法遍處法如是等法無量無邊應當思擇云何現行謂諸煩惱纏云何睡眠謂諸煩惱隨眠云何相屬謂內六處於一身中當知展轉互相繫屬又若此法能引彼法當知此彼互相繫屬又諸根境當知能取所取互相繫屬云何攝謂十六種攝一界攝二相攝三種類攝四分位攝五不相離攝六時攝七方攝八一分攝九具分攝十勝義攝十一蘊攝十二界攝十三處攝十四緣起攝十五處攝處攝十六根攝云何相應當知此相略有五種一與他性相應非自性二於他性中與不相違相應非相違三於不相違中輭中上品與輭中上品自相應非餘品四於輭中上品中同時相應非異時五於同時中同地相應非異地云何說謂四種言說一見言說二聞言說三覺言說四知言說云何住持謂四食一段食二觸食三意思食四識食云何次第謂六種次第一

流轉次第二成所作次第三宣說次第四生起次第五現觀次第六等至次第

復次嗢柁南曰

所作及所緣 亦瑜伽止觀 作意與教授 德菩提聖教

云何所作謂八種所作一滅依止二轉依止三遍知所緣四喜樂所緣五得果六離欲七轉根八引發神通云何所緣謂四種所緣一遍滿所緣二淨行所緣三善巧所緣四淨煩惱所緣云何瑜伽謂或四種或九種四種瑜伽者一信二欲三精進四方便九種瑜伽者一世間道二出世道三方便道四無間道五解脫道六勝進道七輭品道八中品道九上品道云何止謂九種住心云何觀謂或三事觀或四行觀或六事差別所緣觀三事觀者一有相觀二尋求觀三伺察觀四行觀者謂於諸法中簡擇行觀極簡擇行觀遍尋思行觀遍伺察行觀六事差別所緣觀者一義所緣觀二事所緣觀三相所緣觀四品所緣觀五時所緣觀六道理所緣觀云何作意謂七種作意了相等如前說云何教授謂五種教授一教教授二證教授三次第教授四無倒教授五神變教授云何德謂無量解脫等如向中已說云何菩提謂三種菩提一聲聞菩提二獨覺菩提三阿耨多羅三藐三菩提云何聖教謂授以歸依制立學處施設說聽建立師徒施論戒論生天之論訶欲愛味示欲過失顯說雜染及清淨法教導出離及與遠離稱讚功德乃至廣說無量無邊清淨品法云何攝聖教義相此中有能修習法謂於諸

善法專志所作相續此作方便勤修有所修習法謂所有諸善法有有過患法謂應遍知法有有染汙法謂應不著制伏初應斷法有障礙法謂違逆現觀究竟法有隨順法謂隨順現觀究竟法有眞如所攝法謂應覺悟法有勝德所攝法謂所應引發法有隨順世間法謂應習應斷及斷已現行法有得究竟法謂究竟自義所應證法

云何佛教所應知處相當知此中一切有情住有三種謂曰別住盡壽住善法可愛生展轉住初由食增上力第二由命行增上力第三由於諸善法不放逸增上力於諸不善無記法中亦有相似不放逸法如於殺生等事及威儀工巧等中審諦而作然於善法不放逸者於現法中乃至能得般涅槃故於後法中往善趣故多有所作

復次依有情世間及器世間有二種法能攝一切諸戲論事謂能取法及彼所依所取之法

又諸世間略有二種雜染根本能引無義無利雜染謂於眞實無正解行及彼爲先希求無義

又正法外若諸沙門若婆羅門略有二種雜染根本謂薩迦耶見增上力故推求我常推求我斷

又諸有情略有二種衆苦根本謂於有漏法喜愛俱行所有期願及非理所引厭離俱行所有期願

又有二種師及弟子教授教誡相違之法謂諸弟子不能堪忍教誨語言及師倒見習行

邪行與此相違當知即是白品二法
又有二法甚能違越世出世間正行境界謂於自非法增上所生不可愛果無有顧慮於所作罪無有羞恥及於現法他所殺縛衰退等事無有顧慮於所作罪無有羞恥與此相違當知即是白品二法
又有二種無倒建立能令行者少用功力住於梵行終不唐捐一正立學處若有違越便獲大罪若不違越便生大福二正立出離令違越者速復出離
又有二法能令作者得自他利一居遠離者心常安定現法樂住二居憒丙者有來求法時時爲説能令正法相續久住
又有二法能令有情内正作意外聞他音二因緣故於現法中入諦現觀或令當來諸根成熟一於因所生法正通達因二於如來所説所有甚深相似甚深空相應經一切緣性及諸緣起隨順作意數數思惟
又有二法能令根熟補特伽羅速證通慧一於教授教誡遠離諂誑二猒離爲先身語意行離諸調戲
又有二法令居一處同梵行者展轉皆得安樂而住一者堪忍他所逼惱二者自不逼惱於他
又有二法令居一處同梵行者未生違諍遮令不生其已生者速令止息無鬬無訟無諍無競一者展轉互起慈心二者平等受用財法
又有二法速令心住得三摩地清淨梵行一者憶持久遠所作所説增上力故若有所犯

如法悔除若無所犯便生歡喜晝夜隨學嘗無懈廢二者於身語意一切事業能正了知增上力故於諸過失終無違犯由此因緣亦無憂悔隨生歡喜廣說乃至解脫知見

又有二法能越衆苦謂能超越諸惡趣苦及能超越生死大苦一者深見現法當來諸過患故遠離惡行二者心常安定精勤修習菩提分法

又有二法能令修斷居遠離者得安樂住一者於諸境界不生雜染無惡尋伺擾亂其心二者凡所噉食要爲利益稱量消化能隨順斷令身調適

又有二法令修善品諸苾芻等時無虛度一者於諸根境正勤方便研究法相二者知時知量少習睡眠

又有二法能壞增上心學慧學一者建立邪學違越正學及懷猶豫二者增益損減邪見決定與此相違當知即是白品二法

又有二法能令已集菩提資粮未入現觀補特伽羅速入現觀一者思惟現在過去自他衰盛二者勤修諦行所攝無倒作意

又有二法令觀行者最極究竟離垢梵行速得圓滿一者修諦現觀二者於後離欲方便勤修於諸等至無有愛味離諸障難

又有二法令觀行者速能引發世出世間一切勝德一者九相住心二者由六種事以正定心思擇諸法如聲聞地當廣分別

又觀行者有二種淨謂作意淨及所依淨於三世中遠離愚癡智清淨故名作意淨遠離三界諸煩惱品麤重法故名所依淨

又有二法心善解脱諸阿羅漢内自所證一者於現法中苦因永盡二者由此爲先當來世苦畢竟不生

瑜伽師地論卷第十三

音釋

盪（徒朗切滌也）　串（古患切與慣同）　梗澀（梗古杏切塞也澀所立切）　素怛纜（梵語也此云契經怛當割切纜盧瞰切）　耽嗜（耽丁含切樂也嗜常利切好也）

瑜伽師地論卷第十四

彌勒菩薩說

唐三藏沙門玄奘奉　詔譯

本地分中聞所成地第十之二

已說二種佛教所應知處次說三種謂依十相三門三種及與三根於諸有情發起邪行能令有情墮諸惡趣言十相者謂壞生命財物妻妾若壞實義善友讚美所爲事業若意三濁謂執受他財欲爲已有欲令他遭所不愛事誹謗眞實所有惡見言三門者一作業毀壞門二意樂毀壞門三方便毀壞門於十相中前之七種作業毀壞其次二種意樂毀壞最後一種方便毀壞所謂惡見由惡見故羞恥慈悲離諸惡行悉皆毀壞無有羞恥無有慈悲廣造衆惡言三種者一身所作二語所作三意所作言三根者一爲自饒益相二爲損害他相三於他顛倒相謂於非法而作法想於不應作作應作想堅執現行

復有三法能令有情不護諸根一於依止中邪法種子二於諸境界取不正相三於私隱處不正思惟如是三種當知即是欲貪瞋恚及與害品依四處所發生三種不正尋思謂於自已利等四種白品法處爲欲獲得或爲不失生欲尋思於能障彼怨中二品有情處所生恚尋思於親友品有情處所生害尋思所以者何若親友品或時違犯於彼不生全斷滅欲唯有輕微苦楚方便訓罰之欲與此相違所有白品如應當知略有四種內法種子遍攝一切諸法種子一世間種子二出世種子三不清淨種子四清淨種子世間種子

者謂欲色無色界繫諸行種子出世種子者謂能證三乘及三乘果八聖道等清淨種子不清淨種子者謂欲界繫諸行種子清淨種子復有二種一世間淨二出世間淨色無色繫諸行種子名世間淨能證三乘及三乘果八聖道等所有種子名出世淨

復有三種從因所生有漏法因若於此中不如正理修方便者能生諸苦若能如理修方便者於苦於因能知能斷謂於欲界繫法染汙希求於色無色界繫法亦爾又有三種諸煩惱趣令諸有情流轉生死謂於勝欲發意希求名初煩惱趣於色無色界勝自體中發意希求名第二煩惱趣於邪解脫發意希求名第三煩惱趣又有三種諸有情類欲爲根本作業方便一爲得勝欲二爲得勝自體三爲證解脫道又有三種諸有情類於三界中攝受自體諸行威勢一牽引威勢二能得威勢三成滿威勢牽引威勢者謂能引之業能得威勢者謂健達縛正現在前成滿威勢者謂住於此受淨不淨諸業異熟又有三種無明蘊諸有情類住無明者由此因緣能生三世自體差別謂於過去世前際等無知能生現在自體於現在世前際等無知能生未來自體於未來世前際等無知即於未來能生後後當來自體又有三種未究竟聖共諸異生生死災患若有於彼深厭怖者當速斷除三種憍逸修習現法涅槃方便一無病衰退二少年衰退三壽命衰退其有智者應觀未來如是三事定當隨逐又有三種有情之類貪瞋癡縛所依處所身分差別能急繫縛諸

有情類閉在大苦生死牢獄一能饒益二能損害三者平等二種俱離又有三處所生諸苦遍攝有情所有衆苦一合會所生苦二乖離所生苦三平等相續苦初由損害位和合故第二由饒益位變壞故第三於一切位相續而轉麤重所攝諸行所生唯衆賢聖覺之爲苦非諸異生又有三種心高舉法違害欲求沙門果證修方便者預流果支能障沙門令不得證一者以已校量於他謂我爲勝心生高舉二者以已校量於他謂我相似心生高舉三者以已校量於他謂我爲劣心生高舉復有三種種子當知能生一切諸行一已與果二未與果三果正現前又有三種諸行言說所依處所謂去來今又有三相能攝一切色法自相謂顯形作用安立眼識所取之色於自處所障礙餘色行住安立根色若一切境界色當知一切總有十色及定地色若得淨定爲引變化修方便者所有諸色當知是內化心境界亦是未滿變化心果又有三種爲諸煩惱所隨逐心一諸異生心二未滿學心三已滿學心又有三種聽聞法者一於法於義不能受持二唯能領受不能任持三能受能持又有三法是修行者觀身語意無常性觀趣入上首一者入出息二者尋伺三者想思又有三種尊勝應受供養一年齒增上二族姓增上三功德增上又有三種住定不定因一是定因一不定因一惡趣定因謂無間業二善趣涅槃定因謂無漏有爲法三不定因謂所餘法又有三法爲令聖教得久住故展轉舉罪一者現見身語現行違犯學

處二從他聞三以餘相比度了知又諸如來自說具足三不護德爲顯外道諸師内懷衆惡自稱一切智者實非一切智者又欲令彼於如來所發起真實一切智信復有三種邪執所生大火所起有情燒惱一貪愛燒惱二愁憂燒惱三顛倒燒惱又有三火爲化樂福邪事外火勝解有情示無虚誑所應事火雖實非火假立火名一者父母二者妻子三者真實應供福田又有三種爲諸樂欲增上生者所説真實增上生道一者布施得大財富二者持戒得往善趣三者修定遠離苦受得生一向無有惱害樂世界中又有三種諸受欲者劣中勝欲觀待諸欲所生樂故一多用功力依緣諸欲謂現前住所有諸欲二少用功力依心諸欲謂樂化天所有諸欲三極少功力依心諸欲謂他化天所有諸欲又有三種超過諸欲劣中勝樂一有尋伺喜二無尋伺喜三離喜之樂又有三種覺悟所知能令三乘出離衆苦一從他聞音種類二内正思惟種類三長時修習止觀種類又有三種覺悟所知一者具縛二不具縛三全無縛又有三種所應作事修觀行者由此三事增上力故修習信等一切善法一者永斷見道所斷諸煩惱已證預流果二者永斷修道所斷諸煩惱已漸次證得一來不還阿羅漢果三者證得阿羅漢已現法樂住又由三分照了一切所知境界增上力故建立三眼一者肉眼能照顯露無有障礙有見諸色二者天眼能照顯露不顯露有障無障有見諸色三者慧眼照一切種若色非色所有諸法又有三法

能害現行煩惱怨敵一者信順善友二者不與在家出家諸衆雜住三者内正作意覺悟所知眞實道理

復有三種正教誡方便能展轉證後後所證及得涅槃一於尸羅正教誡方便二於心住正教誡方便三於覺悟所知眞實道理正教誡方便如正教誡方便有三種當知數習正教誡方便亦爾又於正教誡方便現修習時由三種法得安隱住一者空無願無相滅盡等至二者四靜慮三者四無量又略有三種心一境性能令證得如實智見一於意言中種種差別所緣行相二意言無間種種差別所緣行相三超度意言專注一境無種種無差別所緣行相又有三處能善攝受於惡邪處妄計尊勝及處中容所化有情引入聖教

一現已所有最勝神通二於他所有染淨諸行遮止開許三宣說妙法正教正誡又有三淨爲欲斷除樂淨外道以外事水暫除外垢自謂已得第一清淨所起邪慢故建立此三第一義淨不淨處生超越因故又有三種牟尼爲欲斷除持牟尼戒諸外道等暫自語言自謂已得眞實寂靜所起邪執故又爲顯說無倒牟尼故建立三種眞實牟尼即是聖所愛戒所攝身語二業及無漏心又有三法能令處遠離者斷除現行不正尋思謂由他所誹毀退失大利增上力故所起慚愧及與愛敬又依道及道果當知有三種最勝無上謂無常智苦智無我智樂速通等四種行跡一切世間出世間有學無學時解脫不動心解脫最勝無上修觀行者先得其智由此智故

爲斷煩惱次修行跡修行跡已心得解脫又有三明當知爲顯於前後中際斷常二邊邪執現法涅槃愚癡沙門婆羅門無明性故建立三明

已說三種佛教所應知處次說四種謂有四法能攝一切所知及智謂身及聞思修增上念住以爲依止緣身境慧如身及緣身境慧當知受心法及緣受心法境慧亦爾復有差別謂四種縛一執取縛二領受縛三了別縛四執著縛當知心於身由執取縛所縛於受由內領受縛所縛於色等境界相由了別縛所縛即於所說身等由貪瞋等大小煩惱執著縛所縛對治如是四種縛故立四念住又有四種欲勤爲先觀察過患及與對治以爲依止能斷現行諸不善法及斷彼繫能得善法及能增長又有四種爲欲住心爲得勝定修方便者心住如意能生長門一樂出離欲二受持讀誦悔過精進三能取賢善定相之心四住空閑處觀察諸法又有四種心定心住一有尋有伺有喜心住二無尋無伺有喜心住三無尋無伺離喜心住四捨念清淨超度一切苦樂心住又有四種所知眞實染汙清淨二品別故建立四種若能了知善了知者能斷見修所斷一切煩惱一染汙品果眞實二彼品因眞實三清淨品果眞實四彼品因眞實又有四種想爲先戲論縛一於小欲中想爲先戲論縛二於大色中想爲先戲論縛三於無量空識無邊處想爲先戲論縛四於無所有處想爲先戲論縛又有四法於諸有情對治恚害不樂欲貪善修習時能生大

福能趣離欲一慈二悲三喜四捨又有四法超過色界令成遠分謂空處識處無所有處非想非非想處又有四種爲令解脫速得圓滿勤修行者聖解脫欲勝任持法爲斷四愛增上力故謂爲衣服飲食卧具少有所求無作無亂時無虛度勤修方便心離散亂樂斷煩惱樂修正道又有四種修習道果諸煩惱斷一見所斷煩惱斷二修所斷下分結上中品斷三即此無餘斷四上分結無餘斷

復有四種證預流支能令行者於佛聖教及善趣中畢竟不動謂於大師所眞覺所生無動心淨如於大師所當知於所證法及爲證法修證行者所亦爾如是三種名心清淨第四一種名色清淨聖所愛戒所攝故前之三種令於聖教無有動搖最後一種令於善趣無有動搖又有四種證預流支一於說法師及教授者能善承事無所違犯二無倒聽聞師所說法及教授法三於所聞法能正思惟及善通達四成辦所修又有四智攝一切智一唯無漏於諸法中能現見智二一向無漏於諸法中非現見智三一向有漏或如理所引或不如理所引或非如理非不如理所引世間智四通有漏無漏他心差別智又有四種於轉還品眞實能取智能盡諸漏一轉品果眞實智二轉品因眞實智三還品果眞實智四還品因眞實智又有四法能令信者爲斷煩惱修正方便一相續殷重作用精進二正知行念三奢摩他四毗鉢舍那又有四種能通達法能盡上漏所依足跡謂爲得聖道修有漏慧既得道已缺諸煩惱及缺諸事無

餘永斷諸煩惱事如所得道轉更修習又有四法展轉相應有行有緣和合而轉同一緣轉謂受想行識又有四護能令已入佛聖教者愛樂聖教一者命護二者力護三者心煩惱護四者正方便護又有四種能得正見無倒義行所依處所由前三種行時清淨由後一種住時清淨謂守根門者於諸境界不慎不違爲守根門念增上力正智而行住遠離者心無染汙專注一緣又由四行當知能證明及解脱由念眼慧能證於明又由身故能證不動及時解脱

復有四法能爲廣大種種差別諸所造色生起依止一者堅性二者濕性三者煖性四者輕等動性又有四法能持已生諸有情類令得久住及能攝益尋求有者攝事分中當廣分別又有四種於生死中諸識流轉所依足迹謂於諸色見已趣向由貪愛故取爲所緣所依境界俱有建立如於諸色於受想行當知亦爾又諸苾芻顧戀現法身命爲依止故而於衣服飲食卧具生希求愛顧戀後法身命爲依止故而於後有生希求愛愚於涅槃爲依止故而於無有生希求愛如是略有四種希求之愛謂衣服愛飲食愛卧具愛有無有愛又有四法能令有情現行造作所不應作謂隨順可愛事違逆不可愛事怖畏強敵其心顛倒愚於現法及後法果又有四種謂問記論能斷所疑能悟未悟又能任持勝決擇力謂於法實相應一向記於諸有情業果異熟應分別記於隱密説非一向問應詰問記於不如理應當置記於此問中云何名記

謂記彼問言佛世尊於斯不記又有四種惠捨或清淨或不清淨三種清淨謂唯自身戒見具足或復唯他戒見具足或自及他戒見具足一不清淨謂自及他戒見二種俱不具足其清淨者當生善趣資産豐饒不清淨者當生惡趣資産無匱又有四種攝衆方便能正攝化一切大衆一饒益方便二攝受方便三引導方便四修治方便又有四種從業所生諸有情類於彼彼趣生依止門一由業及卵縠二由業及胎膜三由業及潤汙四唯由業又彼彼處受生有情有四種死一者由自故死謂於戲忘意忿天中而受生者二由他故死謂於羯羅藍頞部曇閉尸鍵南毋腹中者三俱由故死謂在欲界所餘有情四俱不田故死謂色無色界有頂爲後所有有情

復有四清淨道一非功用根圓滿亦非喜樂圓滿二功用根圓滿非喜樂圓滿三喜樂圓滿非功用根圓滿四喜樂圓滿亦功用根圓滿又有四清淨道一背惡說法及毗柰耶二向善說法及毗柰耶三資粮道四清淨道此中最初謂如有一於外道見及引無義苦切行中心不愛樂亦不忍可第二謂如有一於蘊界處緣起處非處等諸善巧中愛樂忍可又能堪忍寒熱等苦第三謂淨尸羅守根門等諸善資粮所攝正法第四謂奢摩他毗鉢舍那斷諸煩惱現法樂住又有四種學增上心方便謂未離欲者爲得不還果或不還果依未至定求現法樂住又爲令他斷諸惡法及往善趣又爲自已斷諸煩惱得勝決擇又有二業四相差別謂轉所攝業差別有三還

所攝業總立一種當知初業一向能感不可愛果惡趣異熟第二業一向能感可愛樂果色無色界異熟第三業能感愛非愛果欲界天人異熟第四業能斷前三業又有四種諸有情類增上勤務一樂而非利益二利益而非樂三亦樂亦利益四非樂非利益又有四門起諸煩惱能令有情與生等苦和合不離一染著諸欲門二染著色無色等至門三外道諸見門四住此法中未得眼者無智門又修聖道令此四門所生衆苦速得離繫如能令有情與苦和合能令順流取後有業難可解脱當知亦爾

復有四種補特伽羅當知遍攝一切補特伽羅一者異生二者未離欲有學三者已離欲有學四者超薩迦耶見一切無學又有四種補特伽羅一自住律儀不能爲他宣説正法二自不住律儀而能爲他宣説正法三倶能作四倶不能作又有四種補特伽羅一族姓卑下現行白法二族姓尊高現行惡法三族姓卑下現行惡法四族姓尊高現行白法此中最初現法有苦非於後法第二後法有苦非於現法第三二世倶苦第四二世倶樂又有四種補特伽羅一以苦自任不任於他而生非福謂受外道自苦戒者二以苦任他不任於自而生非福謂隨有一不律儀者三以苦倶任而生非福謂諸國王及祠祀主馬祠祀等四不以苦任於自他而生大福謂住靜慮者及離諸惡補特伽羅又略有四種語失一不實二乖離三毀德四無義與此相違當知即是四種語德又略有四種非聖妄語謂

於見不見顛倒而說於聞不聞於覺不覺於知不知當知亦爾與此相違當知即是賢聖諦語

已說四種佛教所應知處次說五種謂有五種諸欲貪品麤重隨逐流轉雜染所攝行聚一所依所緣自性行聚二能領納自性行聚三能分別言說分位取諸法相自性行聚四能作用自性行聚五能了別自性行聚此五相違當知即是離欲貪品麤重還滅清淨所攝自性行聚又有五種受用欲者所愛境界諸樂欲者常所追求常所受用諸背欲者恒正觀察謂色聲香味觸當知此中依所追求所尋思所染著事有四種愛樂謂未來所愛樂事即所追求過去所愛樂事即所尋思現在所愛樂事即所染著此復二種一所愛樂事二從彼所生所愛樂受又有五種有情所得受愛非愛業果異熟自體謂天人那落迦傍生鬼趣又有五種失利養因行亦是背涅槃因行謂若於是處受用利養若從彼得若所得物若所爲得若如是得於此諸處心生悋惜又有五法令修行者先毀淨戒多聞後虧止觀善軛謂於諸欲中心生愛染於能覺發憶念教授教誡者所心生瞋恚未受尸羅令其不受雖先受得後令棄捨或使穿穴耽著惛睡恒不寂靜染污追悔常懷疑惑於所聞法不能領受雖初領受尋即忘失雖不忘失不證決定又有二種下分謂見道是修道下分欲界是色無色界下分約此二種下分說五下分結依初下分說薩迦耶見戒禁取疑依第二下分說貪欲瞋恚又有二種上分

謂色界及無色界依此二種上分說五上分結或有無差別結謂色貪無色貪或有有差別結謂愛上靜慮者掉慢上靜慮者慢無明上靜慮者無明又爲五種不信敬所執持者心不調柔不能生長諸善根本謂於大師所說正法增上戒學增上心學增上慧學正覺發者正教授者正教誡者同梵行所無有信敬又有五種爲斷煩惱正精進障一者耽著等至令生二者耽著利養恭敬三者放逸四者惡慧五者其心下劣或增上慢

復有不能堪忍補特伽羅於他怨敵所起五種邪行謂不堪忍者於他怨敵先起瞋心怨嫌意樂於彼親友樂欲破壞常欲令彼發生憂苦廣作一切不饒益事壞自所受清淨尸羅由身語意多行惡行由此五種惡邪行故能感後世還來此中二種等流過患一種現法等流過患一種後法異熟過患謂此生中多諸怨敵親友乖離由他發起種種憂苦不可愛事恒現在前臨命終時多生憂悔命終已後顛墜惡趣與此相違能堪忍者於他怨敵發起五種正行由此所感勝利差別如應當知又有五法能生現法後法一切憂苦一親屬滅亡二所有財寶非理喪失三疾病緣身此三能生現法憂苦四毁犯尸羅五毁謗一切諸惡邪見此二能生後法憂苦與此相違五法當知能生現法後法所有喜樂又阿羅漢雖現追求供身財物亦常受用而能超度三邪追求二邪受用謂能超過殺生偷盜妄語所引三邪追求亦能超過妻妾畜積二邪受用又修斷者成就五法隨其所欲於諸

善品方便修行亦能速證究竟通慧一者於所修斷猛利樂欲如教奉行二者於自所有如實發露三者身力康強四者相續無間修方便中其心勇鋭五者成就通達止舉捨相時分智慧又有五種能圓滿解脫厭離所對治法謂於諸法中有三種愚以爲依止起三顛倒三種愚者一時節愚二分位愚三自性愚三顛倒者一於無常計常顛倒二者於苦計樂顛倒三於無我計我顛倒及規求利養希望壽命爲治如是五所治法起五取相謂於諸行取無常相亦取苦相於諸法中取無我相於飲食中取惡逆相於其命根取中夭相又有五種修定修智二勝行者正心解脫生長之門定勝行者因聞依諦聖言論故正解法義如因聽聞因廣大音讀誦經典因爲他人開闡妙義在空閑處審諦思惟正解法義當知亦爾智勝行者於上品亂貪欲對治無倒思惟又有五種修觀行者意樂方便悉皆具足謂於涅槃菩提起猛利信解名意樂具足無間殷重修習正智而行奢摩他毗鉢舍那名方便具足又有五法令諸有情受愛非愛業果異熟煩惱身心具攝衆苦謂苦樂憂喜捨又由成就如前所説意樂方便悉皆具足不退轉故令觀行者堪能速證聖諦現觀亦善安住諸勝善品又有五種離欲界欲未盡餘結學生差別一住中有便能究竟得般涅槃二於初靜慮初受生巳得般涅槃三受生巳後少用功力聖道現前得般涅槃四多用功力聖道現前得般涅槃五或色界邊際乃至色究竟得般涅槃或無色界邊際乃

至有頂方能究竟得般涅槃又有五種雜修第四静慮果得不還者生地差别一下品静慮果生地二中品静慮果生地三上品静慮果生地四上勝品静慮果生地五上極品静慮果生地又有五種修觀行者觀察作意能令三界煩惱永斷究竟決定謂雖深厚憶念分别思惟欲相於諸欲中仍不趣入任運捨心於離欲相率爾思惟便能任運其心趣入如於欲離欲相如是於恚無恚相害無害相色等至生相無色等至生相及涅槃相當知亦爾

已説五種佛教所應知處次説六種謂依六相宣説八種有情事差别爲令墮在我及有情命者見等衆生趣入無我故謂我所依事差别境界事差别自性事差别受用因事差别受用事差别隨説事差别作用事差别希望事差别於如是等事差别於中未善純熟修觀行者便謂有我依眼等根於色等境由觸及受種種受用有如是名如是種如是姓如是食等於自於他隨起言説造作一切法非法行於可愛事希望和合久住增益於非愛事希望不合不住損減若於如是事差别中已善純熟修觀行者爾時妄計皆不得生又於實學有六輕懱能令善法成未得退或已得退捨佛聖教乃至微信亦皆退失謂於佛法僧寶增上戒學增上心學增上慧學由惡友故於增上心慧令得邪僻教誡教授由惡語故全無所得彼由邪僻及無所得故退失一切所有善法與此相違當知即是白品六法又有情心與不如理作意俱行於色等

境有六種貪所依處平等分位如貪所依處平等分位如是瞋所依處不平等分位癡所依處非平等非不平等分位當知亦爾又有六種最極清淨轉自所依第一究竟無間無缺無有染汙恒平等住謂若行若住於眼所識色乃至意所識法中恒平等住又有六法是諸色根及所依處隨其所應之所依止無有障礙引導安養於彼彼生自在而轉謂四大種空界識界如是識界能於現在積集任持福非福業能引當來愛非愛果亦能執持識所依止五種色根及所依處令不爛壞又由現法後後所生識自在力令諸有情於善不善無記業中差別而轉

復有三處諸修行者難可超越一者超越欲貪恚害不樂所攝下界二者超越一切行相現行三者超越有頂超越此三難超越處當知由六種無上對治四無量是初對治無相心三摩地是第二對治我慢永盡是第三對治永害如是所對治故諸三摩地皆悉成滿善修對治故害所對治令彼決定不復現行已斷我慢者終不爲彼我爲究竟爲不究竟如是疑惑纏擾其心當知有疑惑者必不離我慢若離我慢必無疑惑又有六種諍根本處一展轉相違作不如意二覆藏諸惡三於等類中秉受利養執爲已有四於衣服等更相欺誑五違越學處六於法於義顛倒執著又有六法能斷如是諍根本處慈心所發身語意業能斷初二同受利養能斷三四同趣尸羅能斷第五同趣正見能斷第六又有六法能攝一切諸修行者威德究竟謂神境天

耳宿住他心生死智通能攝威德漏盡智通能攝究竟又於聖諦未得現觀補特伽羅略有六種能障諦現觀法謂如前說三種愚癡增上力故起三顛倒規求利養希望壽命此中差別者於順惡見惡聞惡說惡分別處法中喜樂惡見惡聞惡說惡分別事如是喜樂於未得聖諦現觀異生心最能漂動極爲障礙非於聖者是故說此在明分中非在解脫成熟分中對治如是能障礙法當知即是六種正取相謂如前說五種取相及一切世間不可樂取相又有二種具足隨念六行差別能令心没諸修行者正策其心令生歡喜謂歸依具足隨念有三種行證具足隨念有三種行於佛法僧隨念之行名歸依隨念於趣涅槃行趣資財行趣生天行隨念之行名證隨念又有六法於善說法毗柰耶中立爲無上不與一切外道共謂見大師聞正法得淨信隨學一切所有學處於大師所起隨念行謂佛世尊是正等覺者能說一切法乃至廣說又於大師以身語行承事供養又有六法能令爲盡貪愛修觀行者決定證知我於今者猶有貪愛非無貪愛謂於色境乃至法境繫攝其心又六因緣故應知諸業是實可依非種家姓是實可依謂下劣種姓補特伽羅亦生不善往於惡趣亦生善業往於善趣亦於現法能般涅槃貴勝種姓三種亦爾已說六種佛教所應知處次說七種謂有七法能於諸諦如實覺了圓滿解脫謂毗鉢舍那品有三一擇法二精進三喜奢摩他品亦有三一安二三摩地三捨念通二品又由根

故果故解脱故建立七種補特伽羅於向道中依鈍根利根故建立隨信隨法行於果道中即此二種名信解脱見到定障解脱非煩惱障解脱故建立身證煩惱障解脱非定障解脱故建立慧解脱定障煩惱障俱解脱故建立俱分解脱又三因緣七種行故令修行者心得内定心正一緣謂趣入安住攝受因緣若世間正見了知定有施與等行及此爲依了知居家迫迮居家塵染等行出離所引正思惟名趣入因緣既趣入已受持正語正業正命名安住因緣於趣入因緣安住因緣及後方便作意隨行中所有正精進正念名攝受因緣又諸世間樂求財者爲得樂故雖樂積集一切凡財而未能得七種聖財所生之樂謂與信俱行清淨之樂生於善趣所起之樂顧自妙好不行諸惡無有追悔所生之樂顧他誹毁不行諸惡無有追悔所生之樂於法於義正解俱行所生之樂後世資財無所匱乏所生之樂於勝義諦如實覺悟所生之樂諸如是等無量無邊無罪之樂樂求積集世間財者皆所未得唯得現法資財無匱所生有罪妄想之樂又有七種魔惑品力一憎疾聖教二現行能往惡趣惡行三樂習不顧自妙好障法四樂習不顧他誹毁障法五於善不善有罪無罪若劣若勝若黒若白及廣分别緣起法中不能解了六慳妬弊心積集衆具七智慧陋劣愚癡增廣若能降伏如是七種魔惑品力當知即是聖法律中信等七力又有七種第一義法涅槃所對治法能令正法衰退隱没如是七法三衰損攝謂受

用衰損增上意樂衰損方便衰損於衣服等樂求妙好樂欲多求及彼所起種種受用名受用衰損於道及道果涅槃心不信解名增上意樂衰損懈怠失念心亂惡慧名方便衰損受用衰損是貪不善根品類意樂方便衰損是癡不善根品類與此相違當知即是白品七法又有七種第一義法涅槃品法能令正法無退久住一聞所成慧二思所成慧三修所成慧四不爲惡緣侵損依止五正求財法六無增上慢七於可供養不可供養補特伽羅能善揀擇此可供養此不可供養此中由聞慧故於未了義能正解了由思慧故於未善決定義能善思惟由修慧故斷諸煩惱由無惡緣侵損依止故堪能修斷正求非法故速證通慧無增上慢故於下品所證不生喜足能善揀擇補特伽羅故於諸世智大福者等不樂親近亦不供養唯樂親近供養少欲者等又有七種諸有情類受生處所於彼處所受生有情諸識現前相續而住於三界中唯除惡趣無想有情及非想非非想處由惡趣中極可厭故不立識住無想有情一向轉識不現行故不立識住非想非非想處行與不行不決定故不立識住身異類故名種種身想異類故名種種想當知與此相違名一種身一種想梵世已下身形異類所生身形種種色相有差別故於梵世中初受生時彼諸梵衆咸作是念我等皆是大梵所生爾時梵王亦作是念是諸梵衆皆吾所生如是彼想非有異類第二靜慮已上一切諸天身光等照故名一種身光音天衆先後生者由

覩梵世猛燄燒然爾時便有怖不怖想是故於彼有異類想又諸有情有七種麤重遍攝一切煩惱品麤重謂劣界貪瞋品麤重中界妙界貪品麤重劣中妙界慢無明見疑品麤重又於外道惡說法律中當知有七種過失謂解過失行過失依止過失思惟過失功用過失增上心過失增上慧過失彼諸外道雖少於法聽聞受持而常隨順四顛倒故凡與言論專為毀他免脫徵難為勝利故其所生解皆有過失所受禁戒邪範邪命所攝受故不能令自得出離故亦有過失所事師友唯能宣說顛倒道故亦有過失所有思惟邪求出離損壞心故亦有過失所有功用離方便故亦有過失彼增上心忘念愛慢及與無明疑上靜慮之所攝故亦有過失彼增上慧六十二見所損壞故亦有過失與此相違當知善說法律中亦有七種無過失事又有七法令諸苾芻所起違犯諍事止息餘如攝事分中當說當知此中有七種違犯諍事一開悟現前犯諍事二開悟過去失念犯諍事三開悟不自在犯諍事四尋思犯諍事五決擇犯諍事六自悔犯諍事七忍愧建立二眾展轉舉罪諍事

瑜伽師地論卷第十四

音釋

蹔 昨濫切不久也 卵㲉 卵力管切㲉苦角切 胎膜 胎土來切膜慕各切 羯羅藍 梵語也此云凝滑羯居謁切 頞部曇 梵語也此云疱頞烏曷切曇徒南切 閉尸 梵語也此云凝結 鍵南 梵語也此云凝厚鍵音健 銳 俞芮切利也 㦘 莫結切輕易也 迫迮 迫博陌切迮側革切

瑜伽師地論卷第十五

彌勒菩薩說

唐三藏沙門玄奘奉詔譯

本地分中聞所成地第十之三

已說七種佛教所應知處次說八種謂有八支聖道所攝令諸苾芻究竟斷結三種修法謂修戒修定修慧正語正業正命名爲修戒正念正定名爲修定正見正思惟正精進名爲修慧又由正方便及果增上力故建立清淨品八種補特伽羅謂行四向住四果者又有二種施八相差別一有過失施二無過失施前七種施名有過失最後一種名無過失謂有布施懈怠所損故有過失或有布施不隨所欲故有過失謂有染心者怖畏貧窮希求富樂而行布施或有布施顧戀過去故有過失或有布施希望未來故有過失或有布施有輕慢過故有過失或有布施希求富樂故有過失或有布施求他知聞故有過失無過失施者謂迴向涅槃故爲彼資粮故無染汙心爲往善趣故爲得大財故而行布施又依四處於八時中趣入懈怠不發精進當知如是補特伽羅是懈怠類非精進類謂依乞食處依所作處依遊行處依界不平等處依此四處八時差別多食精美身沉重時少食麤惡身劣頓時將欲所作護惜力時已有所作身疲倦時將欲遊行護惜力時已涉長塗身疲倦時正爲病苦所纏擾時所病已愈恐更發時此懈怠類補特伽羅乃至未遇懈怠所依少似精進若得遇已速發懈怠是故名爲懈怠種類與此相違亦依四處於八時中

發勤精進當知如是補特伽羅能伏懈怠勤精進類雖遇懈怠所依亦能發勤精進何況不遇是故名爲勤精進類又有八種正願所攝可愛生因能令於諸欲中樂增上生不求永離一切欲者當生八種可愛生處謂願人中卑惡種類修小施戒二福業事如是願樂人中尊貴種類四大王天三十三天夜摩天覩史多天化樂天他化自在天修小施戒二福業事又四因緣故於人趣中建立如來四衆三因緣故於天趣中建立四衆最增上故世間共許爲福田故受用資財不由他故棄捨一切世間資財故由此四緣於人趣中建立四衆依地邊際故欲界邊際故語行邊際故由此三緣於天趣中建立四衆又於世間三處轉時恒常世間八法所觸謂樂欲處功

用處衆緣處於樂欲處轉時或觸於利或觸非利於功用處轉時或稱他意或不稱意於背面位觸於毀譽於現前位觸於稱譏於衆緣處轉時或由先世或由現法苦樂衆緣觸於苦樂又八勝解能引不還或阿羅漢諸聖神通及最勝住謂未伏內色想外無染汙色勝解是名第一已伏內色想是名第二淨不淨非二色第一捨勝解是名第三此三解脫於一切色得自在故便能引發諸聖神通謂諸神通不與一切異生共有空無邊勝解識無邊勝解無所有勝解非想非非想勝解微微任運心勝解此五勝解次第善修治故能引想受滅等至最勝住又若觀諸色若如所觀於初三解脫中而修習者謂三解脫方便道所攝三勝處也此中觀外諸色若小若大

若好若惡若劣若勝者謂觀非三摩地所行現所得色由緣三摩地所行作意不種種現前故名爲勝於三摩地所行中奢摩他行名知毗鉢舍那行名見如於三摩地所行若知若見如於彼色已尋思已了別如是於外所想非三摩地所行中觀諸色亦爾

已說八種佛教所應知處次說九種謂有九結如攝事分當廣建立又有九種生處受生有情於彼彼處同所居止謂三界中除諸惡趣可厭處故如前已說

已說九種佛教所應知處次說十種謂十遍處當知即諸解脫所作成就餘解脫勝處遍處如攝事分當廣分別又有十無學支當知無學五蘊所攝謂戒蘊定蘊慧蘊解脫蘊解脫知見蘊如是已說十種佛教所應知處及前所說佛教所應知處等當知皆是內明處攝云何醫方明處當知此明略有四種謂於病相善巧於病因善巧於已生病斷滅善巧於已斷病後更不生方便善巧如是善巧廣分別義如經應知

已說醫方明處云何因明處謂於觀察義中諸所有事此復云何嗢柁南曰

論體論處所　論據論莊嚴　論負論出離

論多所作法

當知此中略有七種一論體性二論處所三論所依四論莊嚴五論墮負六論出離七論多所作法

云何論體性謂有六種一言論二尚論三諍論四毀謗論五順正論六教導論

言論者謂一切言說言音言詞是名言論

尚論者謂諸世間隨所應聞所有言論諍論者謂或依諸欲所起若自所攝諸欲他所侵奪若他所攝諸欲自行侵奪若所愛有情所攝諸欲更相侵奪或欲侵奪若無攝受諸欲謂歌舞戲笑等所攝若倡女僕從等所攝或爲覲看或爲受用於如是等諸欲事中未離欲者爲欲界貪所染汙者因堅執故因縛著故因耽嗜故因貪愛故發憤乖違喜鬬諍者興種種論與怨害論故名諍論或依惡行所起若自所作身語惡行他所譏毀若他所作身語惡行自行譏毀若所愛有情所作身語惡行互相譏毀於如是等行惡行中願作未作諸惡行者未離欲界貪瞋癡者重貪瞋癡所拘蔽者因堅執故因縛著故因耽嗜故因貪愛故更相憤發懷染汙心互相乖違喜鬬諍者興種種論與怨害論故名諍論或依諸見所起謂薩迦耶見斷見無因見不平等因見常見兩衆見等種種邪見及餘無量諸惡見類於如是諸見中或自所攝他所遮斷或他所攝自行遮斷或所愛有情所攝他正遮斷或已遮斷或欲攝受所未攝受由此因緣未離欲者如前廣說乃至興種種論與怨害論是名諍論

毀謗論者謂懷憤發者以染汙心振發威勢更相擯毀所有言論謂麤惡所引或不遜所引或綺言所引乃至惡說法律中爲諸有情宣說彼法研究決擇教授教誡如是等論名毀謗論

順正論者謂於善說法律中爲諸有情宣說正法研究決擇教授教誡爲斷有情所疑惑

故爲達其深諸句義故爲令智見畢竟淨故隨順正行隨順解脫是故此論名順正論

教導論者謂教修習增上心學增上慧學補特伽羅心未定者令心得定心已定者令得解脫所有言論令彼覺悟眞實智故令彼開解眞實智故是故此論名教導論

問此六論中幾論眞實能引義利所應修習幾不眞實能引無義所應遠離答最後二論是眞是實能引義利所應修習中間二論不眞不實能引無義所應遠離初二種論應當分別

云何論處所當知亦有六種一於王家二於執理家三於大衆中四於賢哲者前五於善解法義沙門婆羅門前六於樂法義者前云何論所依當知有十種謂所成立義有二種能成立法有八種

所成立義有二種者一自性二差別所成立自性者謂有立爲有無立爲無所成立差別者謂有上立有上無上立無上常立爲常無常立無常如是有色無色有見無見有對無對有漏無漏有爲無爲如是等無量差別門當知名所成立差別

能成立法有八種者一立宗二辯因三引喻四同類五異類六現量七比量八正教

立宗者謂依二種所成立義各別攝受自品所許或攝受論宗若自辯才若輕懱他若從他聞若覺眞實或爲成立自宗或爲破壞他宗或爲制伏於他或爲摧屈於他或爲悲愍於他建立宗義

辯因者謂爲成就所立宗義依所引喻同類

異類現量比量及與正教建立順益道理言論

引喻者亦爲成就所立宗義引因所依諸餘世間串習共許易了之法比況言論

同類者謂隨所有法望所餘法其相展轉少分相似此復五種一相狀相似二自體相似三業用相似四法門相似五因果相似相狀相似者謂於現在或先所見相狀相屬展轉相似自體相似者謂彼展轉其相相似業用相似者謂彼展轉作用相似法門相似者謂彼展轉法門相似如無常與苦法苦與無我法無我與生法生法與老法老法與死法如是有色無色有見無見有對無對有漏無漏有爲無爲如是等類無量法門展轉相似因果相似者謂彼展轉若因若果能成所成展轉相似是名同類

異類者謂所有法望所餘法其相展轉少不相似此亦五種與上相違應知其相

現量者謂有三種一非不現見二非已思應思三非錯亂境界

非不現見現量者復有四種謂諸根不壞作意現前相似生故超越生故無障礙故非極遠故相似生者謂欲界諸根於欲界境上地諸根於上地境已生已等生若生若起是名相似生超越生者謂上地諸根於下地境已生等如前說是名超越生無障礙者復有四種一非覆障所礙二非隱障所礙三非映障所礙四非惑障所礙覆障所礙者謂黑暗無明暗不澄清色暗所覆障隱障所礙者謂或藥草力或呪術力或神通力之所隱障映障

所礙者謂少小物爲廣多物之所映奪故不可得如飲食中藥或復毛端如是等類無量無邊且如小光大光所映故不可得所謂日光映星月等又如月光映奪衆星又如能治映奪所治令不可得謂不淨作意映奪淨相無常苦無我作意映奪常樂我相無相作意映奪一切衆相惑障所礙者謂幻化所作或色相殊勝或復相似或内所作目眩惛夢悶醉放逸或復顛狂如是等類名爲惑障若不爲此四障所礙名無障礙非極遠者謂非三種極遠所遠一處極遠二時極遠三損減極遠如是一切總名非不現見非不現故名爲現量非已思應思現量者復有二種一纔取便成取所依境二建立境界取所依境纔取便成取所依境者謂若境能作纔取便成取所依止猶如良醫授病者藥色香味觸皆悉圓滿有大勢力成熟威德當知此藥色香味觸纔取便成取所依止藥之所有大勢熟德病若未愈名爲應思其病若愈名爲已思如是等類名纔取便成取所依境建立境界取所依境者謂若境能爲建立境界取所依止如瑜伽師於地思惟水火風界若住於地思惟其水即住地想轉作水想若住於地思惟火風即住地想轉作火風想此中地想即是建立境界之取地者即是建立境界取之所依如住於地住水火風如其所應當知亦爾是名建立境界取所依境此中建立境界取所依境非已思惟非應思惟地等諸界解若未成名應思惟解若成就名已思惟如是名爲非已思應思現量

非錯亂境界現量者謂或五種或七種五種者謂非五種錯亂境界何等爲五一想錯亂二數錯亂三形錯亂四顯錯亂五業錯亂七種者謂非七種錯亂境界何等爲七謂即前五及餘二種遍行錯亂合爲七種何等爲二一心錯亂二見錯亂想錯亂者謂於非彼相起彼相想如於陽燄鹿渴相中起於水相數錯亂者謂於少數起多數增上慢如瞖眩者於一月處見多月像形錯亂者謂於餘形色起餘形色增上慢如於旋火見彼輪形顯錯亂者謂於餘顯色起餘顯色增上慢如迦末羅病損壞眼根於非黃色悉見黃相業錯亂者謂於無業事起有業增上慢如結拳馳走見樹奔流心錯亂者謂即於五種所錯亂義心生喜樂見錯亂者謂即於五種所錯亂義忍受顯說生吉祥想堅執不捨若非如是錯亂境界名爲現量

問如是現量誰所有耶答略說四種所有一色根現量二意受現量三世間現量四清淨現量色根現量者謂五色根所行境界如先所說現量體相意受現量者謂諸意根所行境界如先所說現量體相世間現量者謂即二種總說爲一世間現量清淨現量者謂諸所有世間現量亦得名爲清淨現量或有清淨現量非世間現量謂出世智於所行境有知爲有無知爲無有上知有上無上知無上如是等類名不共世間清淨現量

比量者謂與思擇俱已思應思所有境界此復五種一相比量二體比量三業比量四法比量五因果比量

相比量者謂隨所有相狀相屬或由現在或先所見推度境界如見幢故比知有車由見烟故比知有火如是以王比國以夫比妻以角犎等比知有牛以膚細輭髮黑輕躁容色姸美比知少年以面皺髮白等相比知是老以執持自相比知道俗以樂觀聖者樂聞正法遠離慳貪比知正信以善思所思善說所說善作所作比知聰叡以慈悲愛語勇猛樂施能善解釋甚深義趣比知菩薩以掉動輕轉嬉戲歌笑等事比未離欲以諸威儀恒常寂靜比知離欲以具如來微妙相好智慧寂靜正行神通比知如來應等正覺具一切智以於老時見彼幼年所有相狀比知是彼如是等類名相比量

體比量者謂現見彼自體性故比類彼物不現見體或現見彼一分自體比類餘分如以現在比類過去或以過去比類未來或以現在近事比遠或以現在比於未來又如飲食衣服嚴具車乘等事觀見一分得失之相比知一切又以一分成熟比餘熟分如是等類名體比量

業比量者謂以作用比業所依如見遠物無有動揺鳥居其上由是等事比知是杌若有動揺等事比知是人廣跡住處比知是象曳身行處比知是蛇若聞嘶聲比知是馬若聞哮吼比知師子若聞咆勃比知牛王見比於眼聞比於耳齅比於鼻甞比於舌觸比於身識比於意水中見礙比知有地若見是處草木滋潤莖葉青翠比知有水若見熱灰比知有火叢林掉動比知有風瞑目執杖進止問

他蹎蹶失路如是等事比知是盲高聲側聽比知是聾正信聰叡離欲未離欲菩薩如來如是等類以業比度如前應知

法比量者謂以相鄰相屬之法比餘相鄰相屬之法如屬無常比知有苦以屬苦故比空無我以屬生故比有老法以屬老故比有死法以屬有色有見有對比有方所及有形質屬有漏故比知有苦屬無漏故比知無苦屬有爲故比知生住異滅之法屬無爲故比知無生住異滅法如是等類名法比量

因果比量者謂以因果展轉相比如見有行比至餘方見至餘方比先有行若見有人如法事王比知當獲廣大祿位見大祿位比知先已如法事王若見有人備善作業比知必當獲大財富見大財富比知先已備善作業見先修習善行惡行比當興衰見有興衰比先造作善行惡行見豐飲食比知飽滿見有飽滿比豐飲食若見有人食不平等比當有病現見有病比知是人食不平等見有靜慮比知離欲見離欲者比有靜慮若見修道比知當獲沙門果證若見有獲沙門果證比知修道如是等類當知總名因果比量是名比量

正教量者謂一切智所說言教或從彼聞或隨彼法此復三種一不違聖言二能治雜染三不違法相

不違聖言者謂聖弟子說或佛自說經教展轉流布至今不違正法不違正義

能治雜染者謂隨此法善修習時能永調伏貪瞋癡等一切煩惱及隨煩惱

不違法相者謂翻違法相當知即是不違法相何等名爲違法相耶謂於無相增爲有相如執有我有情命者生者等類或常或斷有色無色如是等類或於有相減爲無相或於決定立爲不定如一切行皆是無常一切有漏皆性是苦一切諸法皆空無我而妄建立一分是常一分無常一分是苦一分非苦一分有我一分無我於佛所立不可記法尋求記別謂爲可記或安立記或於不定建立爲定如執一切樂受皆貪所隨眠一切苦受瞋所隨眠一切不苦不樂受癡所隨眠一切樂受皆是有漏一切樂俱故思造業一向決定受苦異熟如是等類或於有相法中無差別相建立差別有差別相立無差別如於有爲無差別相於無爲中亦復建立於無爲法無差別相於有爲法亦復建立如於有爲無爲如是於有色無色有見無見有對無對有漏無漏隨其所應皆當了知又於有相不如正理立因果相如立妙行感不愛果立諸惡行感可愛果計惡說法毗柰耶中習諸邪行能得清淨於善說法毗柰耶中修行正行謂爲雜染於不實相此假言說立真實相於真實相以假言說種種安立如於一切離言法中建立言說說第一義如是等類名違法相與此相違當知即是不違法相是名正教

問若一切法自相成就各自安立已法性中復何因緣建立二種所成義耶答爲欲令他生信解故非爲生成諸法性相問爲欲成就所成立義何故先立宗耶答爲先顯示自所愛樂宗義故問何故次辯因耶答爲欲開顯

依現見事決定道理令他攝受所立宗義故問何故次引喻耶答爲欲顯示能成道理之所依止現見事故問何故後說同類異類現量比量正教等耶答爲欲開示因喻二種相違不相違智故又相違者由二因緣一不決定故二同所成故不相違者亦二因緣一決定故二異所成故其相違者於爲成就所立宗義不能爲量故不名量不相違者於爲成就所立宗義能爲正量故名爲量是名論所依論莊嚴者略有五種一善自他宗二言具圓滿三無畏四敦肅五應供善自他宗者謂如有一若於此法毗柰耶中深生愛樂即於此論宗旨讀誦受持聽聞思惟純熟修行已善已說已明若於彼法毗柰耶中不愛不樂然於彼論宗旨讀誦受持聞思純熟而不修行然已善已說已明是名善自他宗

言具圓滿者謂如有一凡有所說皆以其聲不以非聲何等爲聲謂具五德乃名爲聲一不鄙陋二輕易三雄朗四相應五義善不鄙陋者謂離邊方邊國鄙俚言詞輕易者謂有所說皆以世間共用言詞雄朗者所謂依義建立言詞能成彼義巧妙雄壯相應者謂前後法義相符不散義善者謂能引發勝生定勝無有顛倒又此聲論由九種相言具圓滿一不雜亂二不麤獷三辯了四限量五與義相應六以時七決定八顯了九相續如是一切總名言具圓滿無畏者謂如有一處在多衆雜衆大衆執衆諦衆善衆等中其心無有下劣憂懼身無戰汗面無怖色音無謇吃語無怯弱如是說者名爲無畏

敦肅者謂如有一待時方說而不傀速是名敦肅

應供者謂如有一爲性調善不惱於他終不違越諸調善者調善之地隨順他心而起言說以時如實能引義利言詞柔輭如對善友是名應供

若有依此五論莊嚴與言論者當知復有二十七種稱讚功德何等名爲二十七種一衆所敬重二言必信受三處大衆中都無所畏四於他宗旨深知過隙五於自宗旨知殊勝德六無有僻執於所受論情無偏黨七於自正法及毗柰耶無能引奪八於他所說速能了悟九於他所說速能領受十於他所說速能酬對十一具語言德令衆愛樂十二悅可信解此明論者十三能善宣釋義句文字十四令身無倦十五令心無倦十六言不謇澀十七辯才無盡十八身不頓顇十九念無忘失二十心無損惱二十一咽喉無損二十二凡所宣吐分明易了二十三善護自心令無忿怒二十四善順他心令無憤恚二十五令對論者心生淨信二十六凡有所行不招怨對二十七廣大名稱聲流十方世咸傳唱此大法師處大師數如受欲者以末尼眞珠瑠璃等寶莊環釧等寶莊嚴具以自莊嚴威德熾盛光明普照如是論者以二十七稱讚功德莊此五種論莊嚴具以自莊嚴威德熾盛光明普照是故名此爲論莊嚴是名論莊嚴

論墮負者謂有三種一捨言二言屈三言過捨言者謂立論者以十三種詞謝對論者捨所言論何等名爲十三種詞謝立論者謝對

論者曰我論不善汝論爲善我不善觀汝爲善觀我論無理汝論有理我論無能汝論有能我論屈伏汝論成立我之辯才唯極於此過此已上更善思量當爲汝說且置是事我不復言以如是等十三種詞謝對論者捨所言論捨所論故當知被破爲他所勝墮在他後屈伏於彼是故捨言名墮負處

言屈者如立論者爲對論者之所屈伏或託餘事方便而退或引外言或現憤發或現瞋恚或現憍慢或現所覆或現惱害或現不忍或現不信或復默然或復憂慼或竦肩伏面或沉思詞窮假託餘事方便而退者謂捨前所立更託餘宗捨先因喻同類異類現量比量及正教量更託餘因乃至正教引外言者謂捨所論事論說飲食王臣盜賊衢路倡穢等事假託外緣捨本所立以違他難現憤發者謂以麤獷不遜等言擯對論者現瞋恚者謂以怨報之言責對論者現憍慢者謂以卑賤種族等言毀對論者現所覆者謂以發他所覆惡行之言舉對論者現惱害者謂以害酷怨言罵對論者現不忍者謂發怨言怖對論者現不信者謂以毀壞行言謗對論者或默然者謂語業頓盡或憂慼者謂意業焦惱竦肩伏面者謂身業威嚴而頓萎顇沉思詞窮者謂才辯俱竭由如是等十三種事當知言屈前二妄行矯亂中七發起邪行後四計行窮盡是名言屈墮在負處

言過者謂立論者爲九種過汙染其言故名言過何等爲九一雜亂二麤獷三不辯了四無限量五非義相應六不以時七不決定八

不顯了九不相續雜亂者謂捨所論事雜說異語麤獷者謂憤發掉舉及躁急掉舉不辯了者謂若法若義衆及對論所不領悟無限量者謂所說義言詞復重或復減少非義相應者當知有十種一無義二違義三損理四與所成等五招集過難六不得義利七義無次序八義不決定九成立能成十愼不稱理諸邪惡論非時者謂所應說前後不次不決定者謂立已復毀毀而復立速疾轉換難可了知不顯了者謂言招譏弄不領而答先爲典語後爲俗語或先俗語後復典語不相續者謂於中間言詞斷絕凡所言論犯此九失是名言過墮在負處

論出離者謂立論者先應以彼三種觀察觀察論端方與言論或不與論名論出離三種觀察者一觀察得失二觀察時衆三觀察善巧及不善巧

觀察得失者謂立論者方與論端先當觀察我立是論將無自損損他及俱損耶不生現法後法及俱罪耶勿起身心諸憂苦耶莫由此故執持刀杖鬬罵諍訟諂誑妄語而發起耶將無種種惡不善法而生長耶非不利益安樂若自若他及多衆耶非不憐愍諸世間耶不因此故諸天世人無義無利不安樂耶彼立論者如是觀時若自了知我所立論能爲自損乃至天人無義無利亦無安樂便自思勉不應立論若如是知我所立論不爲自損乃至能引天人義利及與安樂便自思勉當立正論是名第一或作不作論出離相

觀察時衆者謂立論者方起論端應善觀察

現前衆會爲有僻執爲無執耶爲有賢正爲無有耶爲有善巧爲無有耶如是觀時若知衆會唯有僻執非無僻執唯不賢正無有賢正唯不善巧無善巧者便自思勉於是衆中不應立論若知衆會無所僻執非有僻執唯有賢正無不賢正唯有善巧無不善巧便自思勉於是衆中應當立論是名第二或作不作論出離相

觀察善巧不善巧者謂立論者方起論端應自觀察善與不善我於論體論處論依論嚴論負論出離等爲善巧耶不善巧耶我爲有力能立自論摧他論耶於論負處能解脫耶如是觀時若自了知我無善巧非有善巧我無力能非有力能便自思勉與對論者不應立論若自了知我有善巧非無善巧我有勢力非無勢力便自思勉與對論者當共立論是名第三或作不作論出離相

論多所作法者謂有三種於所立論多所作法一善自他宗二勇猛無畏三辯才無竭問如是三法於所立論何故名爲多有所作答能善了知自他宗故於一切法能起談論勇猛無畏故處一切衆能起談論辯才無竭故隨所問難皆善酬答是故此三於所言論多有所作

已說因明處云何聲明處當知此處略有六相一法施設建立相二義施設建立相三補特伽羅施設建立相四時施設建立相五數施設建立相六處所根栽施設建立相嗢柁南曰

法義數取趣　時數與處所　若根栽所依

是略聲明相
云何法施設建立謂名身句身文身及五德相應聲一不鄙陋二輕易三雄朗四相應五義善
云何義施設建立當知略有十種一根建立二大種建立三業建立四尋求建立五非法建立六法建立七興盛建立八衰損建立九受用建立十守護建立嗢柁南曰
眼等與地等　身等及尋求　非法法興盛衰損受用護
根建立者謂見義聞義齅義甞義觸義知義大種建立者謂依持等義澆潤等義照了等義動搖等義業建立者謂往來等義宣說等義思念覺察等義尋求建立者謂追訪等義非法建立者謂殺盜等義法建立者謂施戒等義興盛建立者謂證得喜悅等義衰損建立者謂破壞怖畏憂慼等義受用建立者謂飲食覆障抱持受行等義守護建立者謂守護育養盛滿等義又復略說有六種義一自性義二因義三果義四作用義五差別相應義六轉義嗢柁南曰
自性與因果　作用相應轉
云何補特伽羅施設建立謂建立男女非男非女聲相差別或復建立初中上士聲相差別
云何時施設建立謂有三時聲相差別一過去過去殊勝二未來未來殊勝三現在現在殊勝
云何數施設建立謂有三數聲相差別一者一數二者二數三者多數

云何處所根栽施設建立當知處所略有五種一相續二名號三總略四彼益五宣說若界頌等名爲根栽如是二種總名處所根栽建立

已說聲明處云何工業明處謂於十二處略說工業所有妙智名工業明處何等十二工業處耶謂營農工業商估工業事王工業書筭計度數印工業占相工業呪術工業營造工業生成工業防邪工業和合工業成熟工業音樂工業

瑜伽師地論卷第十五

音釋

憤房吻切懣也 遜先困切謙恭也 眩黃絹切目無常主也 惛呼昆切心不明也 翳於計切障也 犎府容切牛頸上肉犦起也 杌五忽切樹無枝也 嘶先稽切馬鳴也 哮吼哮許交切吼呼后切 咆薄交切 齅許救切鼻氣也 擥瞑母迥切閉目也 蹎躄蹎都年切躓也躄居月切僵也 麤獷麤倉胡切踈也獷古猛切惡也 謇吃謇居偃切吃居乙切謇吃難於言也 儳仕陷切謂儳先而言也 廁初吏切閒也 環釧環獲頑切釧尺絹切 竦肩竦息拱切肩居妍切 酷苦沃切虐也

瑜伽師地論卷第十六

彌勒菩薩說

唐三藏沙門玄奘奉詔譯

本地分中思所成地第十一之一

已說聞所成地云何思所成地當知略說由三種相一由自性清淨故二由思擇所知故三由思擇諸法故

云何自性清淨謂九種相應知一者謂如有一獨處空閑審諦思惟如其所聞如所究達諸法道理二者遠離一切不思議處審諦思惟所應思處三者能善了知黙說大說四者凡所思惟唯依於義不依於文五者於法少分唯生信解於法少分以慧觀察六者堅固思惟七者安住思惟八者相續思惟九者於所思惟能善究竟終無中路厭怖退屈由此九相名爲清淨善淨思惟

云何思擇所知謂善思擇所觀察義何等名爲所觀察義謂於有法了知有相於非有法了知無相如是名爲所觀察義

何等名爲所觀有法當知此法略有五種一自相有法二共相有法三假相有法四因相有法五果相有法

何等名爲自相有法當知此法略有三種一勝義相有二相狀相有三現在相有勝義相有者謂諸法中離言說義出世間智所行境界非安立相相狀相有者謂由四種所觀相狀一於是處名可得二於是處事可得三此名於此事非不決定謂或迷亂不決定故或無常不決定故四此名於此事無礙隨轉非或於是處隨轉或於是處退還現在相有者

謂若已生及因果性如是一切總說爲一自相有法

何等名爲共相有法當知此相復有五種一種類共相二成所作共相三一切行共相四一切有漏共相五一切法共相種類共相者謂色受想行識等各別種類總名爲一種類共相成所作共相者謂善有漏法於感愛果由能成辦所作共相說名共相如善有漏法於感愛果如是不善法於感非愛果念住正勝神足根力覺支道支菩提分法於得菩提由能成辦所作共相說名共相當知亦爾一切行共相者謂一切行無常性相一切有漏共相者謂有漏行皆苦性相一切法共相者謂一切法空無我性相如是一切總說爲一共相有法

何等名爲假相有法謂若於是處略有六種言論生起當知此處名假相有何等名爲六種言論謂屬主相應言論遠離此彼言論衆共施設言論衆法聚集言論不通一切言論非常言論屬主相應言論者謂諸言論配屬於主方解其相非不屬主如說生時此誰之生待所屬主起此言論謂色之生受想行識之生非說色時此誰之色待所屬主起此言論如生如是者住無常等心不相應行隨其所應盡當知是名屬主相應言論若於是處起此言論當知此處是假相有遠離此彼言論者謂諸言論非以此顯此亦非以彼顯彼是說名爲遠離此彼言論若以此顯此言論是言論亦於實相處轉亦於假相處轉若以彼顯彼言論是言論亦於實相處轉亦於假

相處轉若非以此顯此亦非以彼顯彼亦論是言論一向於假相處轉云何以此顯此言論於實相處轉如言地之堅云何此復於假相處轉如言石之圓如地之堅石之圓如是水之濕油之滴火之熢爕之燄風之動飄之鼓亦爾云何以彼顯彼言論於實相處轉如言眼之識身之觸如是等云何此復於假相處轉如言佛授德友之所飲食車乘衣服莊嚴具等云何非以此顯此亦非以彼顯彼言論一向於假相處轉如言宅之門舍之壁瓶之口甕之腹軍之車林之樹百之十十之三如是等是名遠離此彼言論衆共施設言論者謂於六種相狀言說自性假立言論六種相狀者一事相狀二所識相狀三淨妙等相狀四饒益等相狀五言說相狀六邪行等相狀事相狀者謂識所取所識相狀者謂作意所取能起於識淨妙等相狀者謂觸所取饒益等相狀者謂受所取言說相狀者謂想所取邪行等相狀者謂思所取衆法聚集言論者謂於衆多和合建立自性言論如於内色受想行識建立種種我等言論於外色香味觸等事和合差別建立宅舍瓶衣車乘軍林樹等種種言論不遍一切言論者謂諸言論有處隨轉有處旋還如於舍宅舍宅言論於諸舍宅處處隨轉於村聚落亭邏國等即便旋還於瓮甕等瓮等言論於瓮甕等處處隨轉於瓶器等即便旋還於軍軍言隨諸軍轉於別男女幼少等類即便旋還於林林言隨諸林轉於别樹根莖枝條葉華果等類即便旋還非常言論者由四種相應知一由破壞

故二由不破壞故三由加行故四由轉變故破壞故者謂瓶等破已瓶等言捨瓦等言生不破壞故者謂種種物共和合已或丸或散種種雜物差別言捨丸散言生加行故者謂於金段等起諸加行造環釧等異莊嚴具金段等言捨環釧等言生轉變故者謂飲食等於轉變時飲食等言捨便穢等言生如是等類應知名爲非常言論隨於諸物發起如是六種言論當知此物皆是假有是名假相有法

何等名爲因相有法當知是此因略有五種一可愛因二不可愛因三長養因四流轉因五還滅因可愛因者謂善有漏法不可愛因者謂不善法長養因者謂前前所生善不善無記法修習善修習多修習故能令後後所生善不善無記法展轉增勝名長養因流轉因者謂由此種子由此熏習由此助伴彼法流轉此於彼法名流轉因還滅因者謂諸行還滅雜染還滅所有一切能寂靜道能般涅槃能趣菩提及彼資粮并其方便能生能辦名還滅因如是總名因相有法若廣分別如思因果中應知其相

何等名爲果相有法謂從彼五因若生若得若成若辦若轉當知是名果相有法

何等名爲所觀無法當知此相亦有五種一未生無二已滅無三互相無四勝義無五畢竟無未生無者謂未來諸行已滅無者謂過去諸行互相無者謂諸餘法由所餘相若遠離性若非有性或所餘法與諸餘法不和合性勝義無者謂由世俗言說自性假設言論

所安立性畢竟無者謂石女兒等畢竟無類復有五種有性五種無性何等名爲五種有性一圓成實相有性二依他起相有性三遍計所執相有性四差别相有性五不可說相有性此中初是勝義相第二是緣生相相第三是假施設相第四是不二相生相老相住相無常相苦相空相無我相事相所識相所取相淨妙等相饒益等相言說相相邪行等相相如是等相應知名差别相第五由四種不可說故名不可說相一無故不可說謂補特伽羅於彼諸蘊不可宣說若異不異二甚深故不可說謂離言法性不可思議如來法身不可思議諸佛境界如來滅後若有若無等不可宣說三能引無義故不可說謂有諸法非能引發法義梵行諸佛世尊雖說不說四法相法爾之所安立故不可說所謂眞如於諸行等不可宣說異不異性何等名爲五種無性一勝義相無性二自依相無性三畢竟自相無性四無差别相無性五可說相無性云何思擇諸法此復二種應知一思擇素呾纜義二思擇伽他義思擇素呾纜義如攝事分及菩薩藏教授中當廣說思擇伽他義復有三種一者建立勝義伽他二者建立意趣義伽他三者建立體義伽他建立勝義伽他者如經言

都無有宰主　及作者受者　諸法亦無用

而用轉非無　唯十二有支　蘊處界流轉

審思此一切　衆生不可得　於內及於外

是一切皆空　其能修空者　亦常無所有

我我定非有　由顚倒妄計　有情我皆無

唯有因法有　諸行皆刹那　住尚無況用
即說彼生起　爲用爲作者　眼不能見色
耳不能聞聲　鼻不能齅香　舌不能嘗味
身不能覺觸　意不能知法　於此亦無能
任持驅役者　法不能生他　亦不能自生
衆緣有故生　非故新新有　法不能滅他
亦不能自滅　衆緣有故生　生已自然滅
由二品爲依　是生便可得　恒於境放逸
又復邪升進　愚癡之所漂　彼遂邪升進
諸貪愛所引　於境常放逸　由有因諸法
衆苦亦復然　根本二惑故　十二支分二
自無能作用　亦不由他作　非餘能有作
而作用非無　非內亦非外　非二種中間
由行未生故　有時而可得　設諸行已生
由此故無得　未來無有相　過去可分別
分別曾所更　非曾亦分別　行雖無有始
然有始可得　諸色如聚沫　諸受類浮泡
諸想同陽燄　諸行喻芭蕉　諸識猶幻事
日親之所說　諸行一時生　亦一時住滅
癡不能癡癡　亦不能癡彼　非餘能有癡
而愚癡非無　不正思惟故　諸愚癡得生
此不正思惟　非不愚者起　福非福不動
行又三應知　復有三種業　一切不和合
現在速滅壞　過去住無方　未生依衆緣
而復心隨轉　畢竟共相應　不相應亦爾
非一切一切　而說心隨轉　於此流無斷
相似不相似　由隨順我見　世俗用非無
若壞於色身　名身亦隨滅　而言今後世
自作自受果　前後差別故　自因果攝故
作者與受者　一異不可說　因道不斷故

和合作用轉　從自因所生　及攝受所作
樂戲論爲因　若淨不淨業　諸種子異熟
及愛非愛果　依諸種異熟　我見而生起
自内所證知　無色不可見　無了別凡夫
計斯爲内我　我見爲依故　起衆多妄見
總執自種故　宿習助伴故　聽聞隨順故
發生於我見　貪愛及與緣　而生於内我
攝受希望故　染習外爲所　世間眞可怖
愚癡故攝受　先起愛藏已　由玆趣戲論
彼所愛藏者　賢聖達爲苦　此苦逼愚夫
剎那無暫息　不平等纏心　積集彼衆苦
積集是愚夫　計我苦樂緣　諸愚夫固著
如大象溺泥　由癡故增上　遍行遍所作
此地泒衆流　於世流爲暴　非火風日竭
唯除正法行　於苦計我受　苦樂了知苦
分別此起見　從彼生生彼　染汙意恒時
諸惑俱生滅　若解脫諸惑　非先亦非後
非彼法生已　後淨異而生　彼先無染汙
說解脫衆惑　其有染汙者　畢竟性清淨
旣非有所淨　可得有能淨　諸種子滅故
諸煩惱盡故　即於此無染　顯示二差別
自内所證故　唯衆苦盡故　永絕喜論故
一切無戲論　衆生名相續　及法想相中
無生死流轉　亦無涅槃者

此中依止補特伽羅無我勝義宣說如是勝義伽他爲欲對治增益損減二邊執故於所攝受說爲宰主於諸業用說爲作者於諸果報說爲受者如是半頌遮遣別義所分別我諸法亦無用者遮遣即法所分別我由此遠離增益邊執而用轉非無者顯法有性

由此遠離損減邊執用有三種一宰主用二作者用三受者用因此用故假立宰主作者受者

雖言諸法而未宣說何等爲法故次說言唯有十二支等半頌如有支次第諸蘊等流轉此顯不取微細多我便能對治宰主作者及受者執眼色爲緣生眼識果無别受者此中顯示即十八界說受者性雖言無主而未宣說無何等主爲欲顯示故次說言審思此一切衆生不可得言審思者由依三量審諦觀察此若無者云何建立内外成就故次說言於内及於外是一切皆空此顯内外唯假建立云何建立能觀所觀二種成就故次說言其能修空者亦常無所有

云何建立聖者異生二種成就故次說言我我定非有由顛倒妄計此顯聖者及異生我決定無有眞實我性唯由顛倒妄計爲有云何建立彼此成就故次說言有情我皆無云何建立染淨成就故次說言唯有因法有染者淨者皆不可得

雖說諸法皆無作用而未宣說云何無用故次說言諸行皆刹那住尚無況用如前已說用轉非無云何無用而有用轉故次說言即說彼生起爲用爲作者果故名爲用因故名作者彼生起者顯從諸處諸識得生彼得生者非離眼等彼成就故

如前所說諸法無用此顯無用略有七種一無作用用謂眼不能見色等二無隨轉用謂於此亦無能住持驅役者如其次第宰主作者俱無所有故無有能隨轉作用三無生他

用謂法不能生彼四無自生用謂亦不能自生五無移轉用謂衆緣有故生非故新新有六無滅他用謂法不能滅他七無自滅用謂亦不能自滅問如衆緣有故生亦衆緣有故滅耶答衆緣有故生生巳自然滅

如前所說有因法有欲顯在家及與出家雜染自性有因法有故次說言由二品爲依是生便可得等由此二頌顯無明愛有因法有次後五頌顯雜染品差别所依因及時分此中有因諸法者謂無明乃至愛有因衆苦者謂愛乃至老死此言顯示煩惱業生三種雜染根本二惑故者此言顯示煩惱雜染唯取最勝煩惱雜染自無能作用等言復重别顯業雜染義由彼所作有差别故彼果異熟不思議故自無能作用者待善惡友他所引故

亦不由他作者待自功用所成辦故非餘能有作者要待前生因差别故方有所作非内亦非外等頌中顯依未來不生雜染依止現在過去諸行能生雜染設行巳生即由此相無有分别未來無相故無分别如此如是當來決定不可知故若不如是分别異類或時可得若於過去即可分别如此如是曾有相貌可分别故非唯曾更而可分别未曾更者雖不分明取其相貌然隨種類亦可分别此則顯示依現在行分别爲因生諸雜染行雖無始然始可得者顯示雜染時分差别無始時來常隨逐故刹那刹那新所起故

自此巳後顯清淨品如實觀時得清淨故或由自相故謂觀色等如聚沫等或由共相故謂觀有爲同生住滅所有共相或由世俗及

勝義諦故謂雖無癡者非無愚癡衆緣所生世俗諦故說癡能癡又復顯示非不愚者不正思惟是故彼爲愚癡所癡又由世俗宣說諸識隨福等行若就勝義無所隨逐又三應知者謂去來今三種業者謂身等業一切不和合者更互相望不和合故所以者何現在速滅壞過去住無方未來依衆緣而復心隨轉若彼與此更互相應如福等行無有和合彼心相應道理亦爾云何當有實隨轉性何以故若心與彼諸行相應或不相應非此與彼或時不相應或時非不相應又非一切心或相應或不相應如是由勝義故心隨轉性不得成就今當顯示由世俗故說心隨轉所有因緣於此流無斷者今此頌中顯世俗諦非無作用及與隨轉又由勝義無有作者及與受者由世俗故而得宣說自作自受又作者受者若一若異皆不可說爲顯此義故次說言前後差別等頌

如是由勝義故無有宰主作者受者唯有因果於因果相釋通疑難略由五頌顯示於此起我顛倒初頌顯示雖無有我而有後有無有斷絕又諸因果非頓俱有非從一切一切得生又此因道無有斷絕頌中四句如其次第釋此四難由第二頌顯因果相由後三頌顯於無我諸因果中起我顛倒此中顯示彼所緣境彼所依止彼因彼果初頌顯示彼所緣境自內所證無色難見難可尋思故名無色經說色相爲尋思故難說示他故不可見由第二頌顯彼依果凡夫是依衆見是果由第三頌顯示彼因俱生我見由總執計自種

隨眠之所生起諸外道等分別我見由宿習等之所生起此外道見要由數習故不正尋思故又得隨順從他聽聞非正法故而得生長此中顯示由所依止作意所緣諸過失故分別我見方得生起

次後五頌顯彼我見由集次第發生於苦又即此苦并及我見二苦因緣又於解脫能爲障礙此中初頌顯示於集第二第三顯示行苦所攝阿賴耶識愛藏此已而趣戲論謂我當有非當有等言愛藏者攝爲已體故又復此苦於一切時恒常隨逐無一刹那而暫息者由第四頌顯示此苦是能計我及苦樂緣由第五頌顯示計我由愚癡故障礙解脫言增上者望餘二苦故言遍行者隨逐諸受故遍所作者遍善惡無記故

今當顯示阿賴耶識所攝行苦共他相似又顯差別由正法行方能竭故於世衆流最爲暴惡言衆流者譬眼等六五趣三界等又法行者顯示解了解脫遍知及縛遍知解了縛遍知者即了知苦謂了知我受苦受樂皆依於苦又此分別能起諸見從彼所生亦能生彼顯示解了縛遍知已餘有六頌顯示解了解脫遍知謂染汙意恒時諸惑俱生滅若解脫諸惑非先亦非後等非先者與諸煩惱恒俱生故非後者即與彼惑俱時滅故又顯所說解脫之相謂非即彼生已後方清淨別有所餘清淨意生即彼先來無染汙故說爲解脫爲成此義故復說言其有染汙者畢竟性清淨等頌又復顯示二種解脫謂煩惱解脫及事解脫諸種子滅故諸煩惱盡故者顯示

煩惱解脱即於此無染者顯事解脱如經言苾芻當知若於眼中貪欲永斷如是此眼亦當永斷乃至廣説如是顯示有餘依解脱已次當顯示無餘依解脱自内所證者顯彼不思議故唯衆苦盡者爲遣妄計唯無性執謂有餘依永寂滅故説爲寂滅非全無性無戲論者此解脱性唯内所證若異不異死後當有或當無等一切戲論不能説故爲顯補特伽羅及法俱非流轉生死或般涅槃故復頌言衆生名相續及法想相中無生死流轉亦無涅槃者

已釋勝義聖教伽他次當建立意趣義伽他如經言一時索訶世界主大梵天王往世尊所頂禮佛足退坐一面以妙伽他而讚請曰於學到究竟　善斷諸疑網　今請學所學

修學爲我説　大仙應善聽　學略有三種
增上戒心慧　於彼當修學　應圓滿六支
四樂住成就　於四各四行　智慧常清淨
初善住根本　次樂心寂靜　後聖見惡見
相應不相應　先淨樂靜慮　及於諦善巧
即於諸諦中　應生遠增長　於諸學處中
有四趣三所　遠離於二趣　於二趣證得
二安住二種　一能趣涅槃　漸次爲因緣
純雜而修習　最先離惡作　最後樂成滿
諸學是爲初　於此學聰叡　由此智修淨
淨生樂成滿　諸學是爲中　於此學聰叡
從此心解脱　永滅諸戲論　諸學是爲尊
於此學聰叡　若行趣不淨　亦趣於善趣
是行説爲初　當知此非共　若行趣清淨
非諸趣究竟　是行説爲中　當知亦非共

若行趣清淨　於諸趣究竟　是行說爲尊
當知此必共　若有學無學　當知並聰叡
若有學無學　當知並愚夫　若棄捨攝受
亦斷除麤重　及現見所知　是受持三學
若有緣無緣　亦細麤顯現　由受持遠離
言發悟所引　初學唯有一　第二學二種
第三學具三　慧者皆超越　不毀壞尸羅
於學誓能順　軌範無譏論　於五處遠離
若無犯出離　無惡作惡作　於彼學尋求
及勤修彼行　終無有棄捨　命難亦無虧
常住正行中　隨毗柰耶轉　修治誓爲先
亦修治淨命　二邊皆遠離　亦棄捨邪願
於諸障礙法　終無有耽染　亂心法纔生
尋當速遠離　非太沉太浮　恒善住正念
根本眷屬淨　而修行梵行　應發勤精進
常堅固勇猛　恒修不放逸　五支善安住
當隱自諸善　亦發露衆惡　得諸衣服等
麤妙皆歡喜　少隨於世務　麤弊亦隨轉
受杜多功德　爲寂離煩惱　當具足威儀
應量而攝受　終無有所爲　詐現威儀相
不自說實德　亦不令他說　雖有所方求
而非現異相　從他邊乞求　終不強威逼
以法而獲得　得已不輕毀　不耽著利養
及所有恭敬　亦不執諸見　增益與損減
不著順世間　無義文呪術　亦不樂畜積
無義長衣鉢　恐增諸煩惱　不染習居家
爲淨修智慧　當親近賢聖　不畜朋友家
恐發憂悲亂　能生苦煩惱　纔起尋遠離
不受於信施　恐加害瘡皰　於如來正法
嘗無有棄捨　於他懱犯中　無功用安樂

常省自過失　知巳速發露　若犯於所犯
當如法遠離　所應營事中　能勇勵自作
於佛及弟子　威德與言教　一切皆信受
觀大罪不謗　於極甚深法　不可思度處
能捨舊師宗　不堅執自見　常樂居遠離
及邊際卧具　恒修習善法　堅精進勇猛
無有欲生欲　不憎惡憎惡　離睡眠睡眠
時不居寂靜　離惡作惡作　無希慮希慮
一切種恒時　成就正方便　引發與覺悟
及和合所結　有相若親昵　亦多種喜樂
侵逼極親昵　名虛妄分別　能生於欲貪
智者當遠離　諸欲令無飽　衆多所共有
是非法因緣　能增長貪愛　賢聖所應離
速趣於壞滅　仗託於衆緣　危逸所依地
諸欲如枯骨　亦如轉肉段　如草炬相似
猶如大火坑　譬如蟒毒蛇　亦如夢所見
如借莊嚴具　如樹端熟果　如是知諸欲
都不應耽樂　當聽聞正法　常思惟修習
先觀見麤靜　次於修一向　捨煩惱麤重
於斷生欣樂　於諸相觀察　得加行究竟
能離欲界欲　及離色界欲　入眞諦現觀
能離一切欲　證現法涅槃　及餘依永盡

於學到究竟善斷諸疑網今請學所學修學爲我說者於此頌中大梵天王先讚世尊後興請問讚世尊者謂於一切學中巳得第一究竟此依自利行圓滿不共德說又能善斷展轉所生一切疑網此依利他行圓滿不共德說與請問者何等爲學學有幾種云何於彼當修學耶

是故世尊意爲策勵怖多所作懈怠衆生總

攝一切略說三學故次告曰大仙應善聽學略有三種增上戒心慧於彼當修學此中顯示依戒心慧若散亂者令不散亂方便爲說增上戒學心未定者爲令得定方便爲說增上心學心已得定未解脫者爲令解脫方便爲說增上慧學由此因緣諸修行者一切所作皆得究竟此顯世尊密意宣說一切諸學無不攝在此三學中

又爲顯示於諸學中由此方便成辦所學故次說言應圓滿六支四樂住成就於四各四行智慧常清淨今此頌中如其次第顯示成辦三學方便應圓滿六支者應依增上戒學方便修學何等六支一安住淨尸羅二守護別解脫律儀三軌則圓滿四所行圓滿五於諸小罪見大怖畏六受學學處如是六支顯示四種尸羅清淨安住淨尸羅者是所依根本守護別解脫律儀者顯示出離尸羅清淨爲求解脫而出離故軌則所行俱圓滿者此二顯示無所譏毀尸羅清淨於諸小罪見大怖畏者顯無穿缺尸羅清淨受學學處者顯無顛倒尸羅清淨如是六支極圓滿故增上戒學與餘方便作所依止四樂住成就者顯示增上心學方便四種靜慮名四心住現法樂住故名爲樂於四各四行智慧常清淨者依增上慧學說謂於苦集滅道四聖諦中一一皆有四行即無常等增上慧學由此淨智之所顯故

初善住根本次樂心寂靜後聖見惡見相應不相應者此頌顯示增上三學次第生起根本者謂增上戒由後二種是此初學所流類

故既具尸羅由無悔等次第修習能得第二心樂靜定心得定者見如實故能得第三成就聖見遠離惡見

先淨樂靜慮及於諦善巧即於諸諦中應生遠增長者此頌顯示三學次第清淨差別先淨者是初學樂靜慮者是第二學於諦善巧者是第三學又於如是諦善巧中應生者謂道諦應生起故應遠者謂苦集諦應遠離故應增長者謂滅諦輭中上品煩惱次第數數漸斷增長滅故

於諸學處中有四趣三所遠離於二趣於二趣證得者此頌顯示於增上戒心慧學處由所修學有成敗故隨其所應所得果報四趣差別謂於欲界人天所攝所有善趣是增上戒成所得果即於欲界餘趣所攝所有惡趣是增上戒敗所得果色無色界天趣所攝所有上趣是增上心果三界所不攝涅槃趣是增上慧果於如是諸趣中遠離前二善趣惡趣已應證後二上趣及涅槃趣此言顯示世出世間二道所得

二安住二種一能趣涅槃漸次爲因緣純雜而修習者於此頌中顯示最初增上戒學增上心學漸次能爲增上心學增上慧學安住因緣顯示中間增上慧靜慮律儀所攝增上戒學能爲二種安住因緣顯示最上一種能爲涅槃安住因緣當知此中顯示修習若別若總隨其所應

最先離惡作最後樂成滿諸學是爲初於此學聰叡者此頌顯示由增上戒學以無悔等漸次修習爲後轉因

由此智修淨淨生樂成滿諸學是爲中於此
學聰叡者此頌顯示由增上心學修所成慧
最勝善根漸次生故爲最上學因
從此心解脫永滅諸戲論諸學是爲尊於此
學聰叡者此頌顯示由增上慧學能爲最勝
涅槃果因
若行趣不淨亦趣於善趣是行說爲初當知
此非共者此頌顯示增上戒學若有敗毀爲
惡趣因若能成立爲善趣因此是不共離後
二學亦能成故
若行趣清淨非諸趣究竟是行說爲中當知
亦非共者此頌顯示中間學行離欲界欲得
清淨故名趣清淨未能盡離上界欲故亦未
永拔欲隨眠故不得名爲於諸趣中究竟清
淨此離最上亦能成辦故名不共非離最初

若行趣清淨於諸趣究竟是行說爲尊當知
此必共者此頌顯示最上學行三界諸欲皆
遠離故亦能永拔諸隨眠故於諸趣中最爲
究竟不離前二能獨成辦故名必共
若有學無學當知並聰叡者此初半頌顯示
於三學中聰叡者相有正學故無邪學故若
有學無學當知並愚夫者此後半頌顯示於
三學中愚夫之相有邪學故無正學故
若棄捨攝受亦斷除麤重及現見所知是受
持三學者此頌顯示若能棄捨家親屬等所
攝受故若能斷除三摩地障諸麤重故若能
現見四聖諦相所知理故如其次第三學成
滿
若有緣無緣亦細麤顯現者此初半頌顯後
二學及最初學如其次第有緣無緣細麤差

別由受持遠離言發悟所引者此後半頌顯初中後如其次第引發因緣謂誓期所引故身心遠離所引故由他言音內正思惟所引故

初學唯有一第二學二種第三學具三慧者皆超越者此頌顯示初一不共中不離初上不離二超彼一切當知無學是阿羅漢

不毀壞尸羅於學誓能順軌範無譏論於五處遠離者此後顯示受持戒相不毀壞尸羅於學者謂安住淨戒誓能順者謂守護別解脫律儀軌範無譏論者謂軌則無犯於五處遠離者謂所行無犯略有五處諸苾芻等非所應行謂王家唱令家酤酒家倡穢家旃茶羅及羯恥那家唱令家者謂屠羊等由遍宣告此屠羊等成極重罪多造惡業殺害羊等故

若無犯出離無惡作惡作者顯示於諸小罪見大怖畏如其出離亦無惡作如其惡作亦無有犯於彼學尋求及勤修彼行者顯示受學學處

終無有棄捨命難亦無虧常住正行中隨毗柰耶轉者此頌四句如其次第顯示常尸羅性堅尸羅性恒所作性恒隨轉性

修治誓爲先亦修治淨命者此初半頌顯示軌範及命清淨由諸軌範先發誓願方乃修行故名爲誓二邊皆遠離亦棄捨邪願者此後半頌顯示遠離受用欲樂自苦二邊及棄捨生天等願故尸羅清淨

於諸障礙法終無有耽染亂心法纔生尋當速遠離者此頌顯示於諸根門不守護等障

礙清淨所學法中不見功德無躭染故於諸不善欲恚尋等擾亂意法雖暫生已即除遣故學得清淨

非太沉太浮恒善住正念根本眷屬淨而修行梵行者此頌顯示遠離微劣惡作故遠離非處惡作故遠離失念故於究竟時及方便時修行梵行皆得清淨

瑜伽師地論卷第十六

音釋

燬 許委切火也 甕 烏貢切汲瓶也 邏 郎佐切遮也 瓫 蒲奔切缶也

瘡皰 瘡初良切皰匹皃切 昵 尼質切近也 蟒 莫朗切大蛇也

瑜伽師地論卷第十七

彌勒菩薩說

唐三藏沙門玄奘奉詔譯

本地分中思所成地第十一之二

應發勤精進常堅固勇猛恒修不放逸五支善安住者此頌顯示由被甲方便無退精進故修習五支不放逸故令所修學清淨殊勝五支不放逸者謂去來今先時所作及俱所行

當隱自諸善亦發露衆惡得諸衣服等麤妙皆歡喜少隨於世務麤弊亦隨轉受杜多功德爲寂離煩惱者此二頌顯示遠離眷屬貪欲多欲不知足因故及遠離多欲不知足障淨學因故學得清淨

當具足威儀應量而攝受終無有所爲詐現威儀相者此頌顯示具足威儀故不於他前詭現相故凡所攝受善知量故爲修梵行資持壽命有所受故學得清淨

不自說實德亦不令他說雖有所方求而非現異相從他邊乞求終不強威逼以法而獲得得已不輕毀者此二頌中顯示遠離綺言說故詭現相故強威逼故以所得利轉招利故令所修學清淨殊勝

不耽著利養及所有恭敬亦不執諸見增益與損減者此頌顯示不耽著利養恭敬故不執著五種惡見故令所修學清淨殊勝

不著順世間無義文呪術亦不樂畜積無義長衣鉢者此頌顯示不執著諸惡見因外道邪論以能障礙取蘊解脫彼所制造名順世間及遠離耽著利養恭敬因長衣鉢等因清

淨故學得清淨
恐增諸煩惱不染習居家爲淨修智慧當親
近賢聖者此頌顯示遠離所治因親近能治
因故學得清淨
不畜朋友家恐發憂悲亂能生苦煩惱纔起
尋遠離者此頌顯示若親近居家生憂悲散
亂增長諸煩惱能爲衆苦因由親近彼能生
衆苦煩惱纔生尋即除遣如是顯示對治之
因
不受於信施恐加害瘡皰於如來正法甞無
有棄捨者此頌顯示不耽著利養恭敬不堅
執諸惡邪見不虛受用信施不毀謗正法亦
能遠離貪著後世諸欲及能生起諸惡見因
如是所學清淨殊勝
於他憿犯中無功用安樂常省自過失知已
速發露者此頌顯示遠離作意求覓他人所
有過失於自善品無有散亂常生歡喜於自
過失如實了知發露悔除離增上慢由此因
緣學得清淨
若犯於所犯當如法出離所應營事中能勇
勵自作者此頌顯示出離所犯及能遠離貪
受他人恭奉侍衛由此因緣學得清淨
於佛及弟子威德與言教一切皆信受觀大
罪不謗者此頌顯示信圓滿故於能誹謗見
大罪故學得清淨
於極甚深法不可思度處能捨舊師宗不堅
執自見者此頌顯示遠離安住自見取故清
淨殊勝
常樂居遠離及邊際臥具恒修習善法堅精
進勇猛者此頌顯示若身若心皆遠離故習

近順定諸卧具故遠離一切不善尋思純修白淨諸善法故非沉掉等諸隨煩惱所摧蔽故能善圓滿正加行故增上心學方便殊勝無有欲生欲不憎惡憎惡離睡眠睡眠時不居寂靜離惡作惡作無希慮希慮一切種恒時成就正方便者此二頌中顯示遠離貪欲瞋恚惛沉睡眠掉舉惡作及疑蓋故於諸善法生起欲故於諸欲中極憎厭故爲修善品方便加行有所堪任及心安靜於時時間習睡眠故若心沉没或慮彼生於淨妙相思惟作意及遊行時不居靜故於先所犯便生憂悔於所不犯無憂悔故後後殊勝生希慮故殷重無間正方便故增上心學轉得清淨引發與覺悟及和合所結有相若親昵亦多種喜樂侵逼極親昵名虛妄分別能生於欲貪智者當遠離者此二頌中顯示八種虛妄分別能生婬欲所有貪愛從初方便次第生起乃至究竟由遠離故諸所修學清淨殊勝引發分別者謂能引發於可愛事不正思惟相應之心所有分別覺悟分別者謂即於彼可愛事中覺悟貪纏相應分別和合所結分別者謂即於彼可愛事中所有分別有相分別者謂即於彼可愛事中執取種種淨妙相狀所有分別親昵分別者謂於已得所愛事中勇勵相應所有分別喜樂分別者謂即於彼所得事中種種受用希慕愛樂種種門轉所有分別侵逼分別者謂兩根會時所有分別極親昵分別者謂不淨出時所有分別諸欲令無飽衆多所共有是非法因緣能增長貪愛賢聖所應離速趣於壞滅仗託於衆緣危

逸所依地者此二頌中顯示八種現法後法如其所應諸欲過患若能觀見即是斷除欲愛方便

諸欲如枯骨亦如輭肉段如草炬相似猶如大火坑譬如蟒毒蛇亦如夢所見如借莊嚴具如樹端熟果如是知諸欲都不應耽樂者此中廣引如前所說令無飽等於諸欲中八種過患一切世間共成譬喻顯示諸欲過患深重又爲顯示於諸欲中具有如是衆多過患分明可了何有智者於彼耽樂又彼諸欲如枯骨故令無飽滿如段肉故衆多共有猶如草炬正起現前極燒惱故非法因緣如大火坑生渴愛故增長貪愛如蟒毒故賢聖遠離如夢見故速趣壞滅猶如假借莊嚴具故仗託衆緣猶如樹端爛熟果故危亡放逸所依之地

當聽聞正法常思惟修習先觀見麤靜次於修一向捨煩惱麤重於斷生欣樂於諸相觀察得加行究竟能離欲界欲及離色界欲入真諦現觀能離一切欲證現法涅槃及餘依永盡者此中顯示由了相等七種作意世出世道皆清淨故證得有餘及無餘依二涅槃果增上慧學究竟清淨聽聞正法常思惟言顯示了相作意常修習言顯示勝解作意由起勝解而修習故先觀見麤靜言顯示遠離作意於修習一向等言顯示攝樂作意於諸相觀察言顯示觀察作意加行究竟言顯示加行究竟作意能離欲界欲及離色界欲入真諦現觀能離一切欲等言顯示世間出世間方便究竟果作意

已釋意趣義聖教伽他今當建立體義伽他如頌言

於身語意諸所有　一切世間惡莫作
由念正知離諸欲　勿親能引無義苦

今此頌中所言惡者謂諸惡行於一切種一切因緣一切處所有惡行皆不應作云何於一切種不作惡耶謂由身語意不造衆惡故云何於一切因緣不作惡耶謂由貪瞋癡所生諸惡終不造作故云何於一切處所不作惡耶謂依有情事處及非有情事處不造衆惡故云何由念正知遠離諸欲謂斷事欲及斷煩惱欲故云何斷事欲謂如有一於如來所證正法毗柰耶中得清淨信了知居家迫迮猶如牢獄思求出離廣說乃至由正信心捨離家法趣入非家然於欲貪猶未永離如是名爲斷除事欲云何斷煩惱欲謂彼既出家已爲令欲貪無餘斷故往趣曠野山林安居邊際卧具或住阿練若處乃至或在空閑靜室於諸事欲所起一切煩惱欲攝妄分別貪爲對治故修四念住或復還出依近聚落村邑而住善護其身善守諸根善住正念而入聚落或復村邑遊行旋反去來進止恒住正知爲解睡眠及諸勞倦彼即於是四念住中善安正念爲依止故爲欲永斷欲貪隨眠修習對治又即以彼正知而住爲依止故遠離諸蓋身心調暢有所堪能熾然方便修斷寂靜彼由如是念及正知爲依止故便能證得煩惱欲斷遠離諸欲乃至於初靜慮具足而住如是能於受用欲樂行邊劣鄙穢性諸異生法若斷若知何等名爲引無義苦謂如

有一若諸沙門或婆羅門行自苦行於現法中以種種苦自逼自切周遍燒惱自謂我今由現法苦所逼惱故解脫當苦雖求是事而自煎逼彼於此事終不能得然更招集大損惱事如是名爲引無義苦諸聖弟子能於如是受用自苦行邊能引非聖無義苦法善了知已遠而避之不親不近亦不承事

復次今當略辯上所説義云何略辯謂諸有情有二種滿一增上生滿二決定勝滿增上生滿者謂往善趣決定勝滿者謂愛盡離欲寂滅涅槃於此二滿及與障礙能斷能證是名略義若於一切種一切因緣一切處所不作惡行彼便能斷增上生滿所有障礙亦能證得增上生滿若於受用欲樂行邊及於受用自苦行邊決定遠離彼便能決定勝滿所有障礙亦能證得決定勝滿當知是名此中略義

應説想衆生　依應説安住　不了知應説
而招集生死　若了知應説　於説者無慮
由無有此故　他不應識論　若計等勝劣
彼還興諍論　於三種無動　等勝劣皆無
斷名色愛慢　無著煙寂靜　無惱希不見
此彼天人世

此四頌中初言應説者謂一切有爲法所以者何諸有爲法皆三種言事之所攝故今此義中説妙五欲以爲應説又妙五欲諸餘沙門婆羅門等從施主邊以言求索故名應説又諸君主於妙五欲從僕使等以言呼名而受用之由是因緣亦名應説又諸受欲者於妙五欲不能自然善知過患唯除諸佛及佛

弟子爲其宣說彼過患已乃能了知由是因緣亦各應說諸受欲者於諸欲中不正思惟而取其相亦取隨好即於彼欲便生愛染受用耽嗜乃至堅著又於諸欲不如實知有衆過患所謂諸欲無常虛僞空無有實敗壞之法猶如幻事誑惑愚夫甚少愛味多諸過患亦不如實了知如是少味多患諸欲出離所謂於彼欲貪調伏乃至超越是其出離彼既如是不見過患不知出離而受諸欲由是因緣便於欲界生於根本所有諸行深起樂著又復造作生爲根本所有業已受欲界生生已死滅生已殞歿如是故言應說想衆生依應說安住不了知應說而招集生死

若遇善士得聞正法如理作意則於諸欲如實了知過患出離所謂諸欲無常虛僞廣說乃至欲貪超越彼於如來所證正法毗柰耶中得清淨信便於諸欲深見過患轉復增勝遂能捨離若少若多財寶庫藏眷屬遊從以正信心捨離家法趣於非家所謂一切生老病死皆悉永滅如是出家無所願求修行梵行謂我由此持戒精進修梵行故當得生天或異天處彼無如是邪祈願故於已不見不恐不慮他所譏論謂他不應如是譏論怨尤訶責告言賢首汝今何爲成就盛年捨現妙欲不隨親戚之所願樂而更希求待時諸欲誓修梵行耶如是故言若了知應說於說者無慮由無有此故他不應譏論

此即成就清淨尸羅及清淨見何以故由見顛倒發起於慢所持故與餘沙門婆羅門等共興諍論由此因緣說如是見爲諍根本若

有沙門或婆羅門依等勝劣諍根本見心現高舉由此因緣遂與餘沙門婆羅門等遞相諍論依止我勝我等我劣三種慢類立已爲勝或等或劣若聖弟子非我我所我慢所動乃至亦非我當非有想非無想所動了知諸行皆衆緣生於諸行中唯見法性尚不以已校量於他爲勝等劣況起見慢而興諍論彼聖弟子雖於他所顯揚自宗摧伏他論然於諸法唯爲法性緣於慈悲謂當云何若有於我所說妙義一句領解如是如是正修行者令彼長夜獲得大義利益安樂亦令如來正法久住不依見慢及爲利養恭敬因緣而興諍論如是不爲希求現法諸妙欲故誓修梵行彼由如是修梵行故遠離邪願及諸邪見棄捨貪求利養恭敬於一切種皆得清淨輝光熾然無不普燭諸天世人唯當讚美不應譏論又能超度生老病死如是故言若計勝等劣彼遂興諍論於三種無動等勝劣皆無言名色者謂五取蘊若有於彼觀見爲苦當諦現觀於五取蘊盡見苦時於五取蘊所有貪愛由意樂故皆說爲斷非隨眠故彼若即如已所得道轉更修習於其我慢無餘斷滅成阿羅漢諸漏永盡由已證得阿羅漢果心善解脫便於自身自身衆具纏及隨眠皆悉永斷離愛離憍離諸放逸彼由如是離愛離憍離放逸故名煙寂靜無有燒惱亦無希望云何名爲煙寂靜耶煙名爲愛何以故如世間煙是火前相能損眼根便爲擾亂令不安住愛亦如是是貪瞋癡火之前相能損慧眼亂心相續謂能引發無義尋思彼於此愛已

斷已知乃至令其於當來世成不生法名煙寂靜彼既如是煙靜離著雖復追求命緣衆具非不追求然能解脫貪愛追求所求無染云何無惱謂彼如是現追求時若他自施或勸餘施施時殷重非不殷重精而非麤多而非少速而非緩然不愛味於所得物無染受用不生耽吝乃至堅著如是受用命資具時不爲貪惱之所燒惱若彼施主自不能施或障餘施設有所施現不殷重不現殷重乃至遲緩而不急速然不嫌恨由此因緣不生恚惱又於受用所得物時不感不念無損害心及瞋恚心如是不爲瞋惱所惱又於所得若精若麤於受用時深見過患善知出離安住正念遠離愚癡如是不爲癡惱所惱云何無希望名希望繫心有在彼不驚畏內懷貪願往趣居家謂刹帝利大宗葉家或婆羅門長者居士大宗葉家我當從彼獲得上妙應所噉食乃至財寶衣服餚膳諸坐卧具病緣醫藥供身什物如是追求及與受用於此財物都無希望又彼恒常安住死想謂過夜分入晝分中復過晝分還入夜分於其中間我有無量應死因緣如經廣說所謂發風乃至非人之所恐怖由此因緣所爲追求所爲受用所有財物於此壽命亦無希望如是無著煙寂靜無燒惱無希望故於此天人帝釋自在世主天等所有因中都不可見於彼天人諸因果中亦不可見又於此四洲天人世間及彼餘處都不可見又於此世界天人世間及彼餘處都不可見如是故言斷名色愛慢無著煙寂靜無惱希不見此彼天人世

復次初頌顯示待時諸欲於欲邪行及邪行果第二頌中顯示捨欲應正道理淨修梵行仍被譏論不應道理及待時欲如第二頌第三亦爾第四頌中世尊顯示現所證法永離熾然乃至智者內自所證又初頌中宣說諸欲是應說相顯待時欲由彼諸欲非纔須時即便稱遂要以言說爲先然後追求受用又顯於彼由想安住不了知故起於邪行及招生死邪行果報第二頌中顯於諸欲能了知故離邪願故修梵行故離邪見故離見根本我慢種故遠離耽著利養恭敬故棄捨諸欲應正道理由此因緣他所譏論不應道理又顯諸欲是待時性所以者何若於先世不作福者今雖用功於所樂欲不能果遂或唯今世造作福者即於此時其所樂欲亦不諧偶由此因緣後方成辦所以諸欲名曰待時第四頌中顯示見斷煩惱斷故即於現在證初沙門及沙門果又修所斷煩惱斷故即於現在證後沙門及沙門果斷貪愛故斷我慢故如是顯示現所證法又離著故煙寂靜故顯示永離熾然及至智者自內所證彼得如是內所證法云何令他當得了知由無燒惱無所希望相所表故此中前三頌顯示世尊爲諸天說苾芻不能顯揚如來聖教大義而我獨能說是語時彼既領悟於苾芻所生陵懱心及於自身心生憍慢皆得除滅第四頌中廣顯如來聖教大義

欲貪所摧蔽　我心遍燒然　唯大仙哀愍
爲說令寂靜　由汝想顛倒　令心遍燒然
是故常遠離　引貪淨妙相　汝當修不淨

常定於一境　爲貪火速滅　數數應澆灌
觀非妙諸行　爲苦爲無我　亦繫念於身
多修習厭離　修習於無相　壞慢及隨眠
由於慢現觀　當證苦邊際

云何想顛倒謂於不淨境捨不淨相不正思惟取淨妙相及取隨好云何遠離引貪淨相謂如有一見少盛色應可愛樂諸毋邑已便攝諸根而不隨念云何常定一境修習不淨謂如有一先以巧便取於賢善三摩地相所謂青瘀乃至白骨或骨瑣相即以此相於現所得可愛境界繫念思惟如前所取後亦如是又於内身或自或他觀察種種不淨充滿謂此身中有髮有爪乃至便利種種不淨云何觀察非妙諸行以之爲苦謂如有一作是思惟見少盛色應可愛樂諸毋邑已所生貪愛受用希望即是集諦爲衆苦因由此故生生已老死愁歎憂苦種種擾惱從此而生云何觀察非妙諸行以爲無我謂如有一作是思惟於我身形女身形中都無有我及有情等誰能受用誰所受用唯是諸行唯是諸法從衆緣生云何繫念於身多修厭離謂如有一性是猛盛欲貪種類由是猛盛欲貪類故雖攝諸根然被貪欲損壞其心雖復作意思惟不淨苦及無我亦爲欲貪損壞其心由此因緣彼依不淨或苦無我作意思惟權時厭毀違逆不順於身念住繫念在前親近修習若多修習彼由多住如是行故便能斷此猛盛欲貪若攝諸根不爲欲貪損壞其心若復作意思惟不淨苦及無我亦不貪欲損壞其心彼由修習如是行故諸欲貪纏但現行斷

非隨眠斷又此欲貪纏及隨眠略於二種補特伽羅相續可得一於異生相續可得二於有學相續可得雖有一分有學身中亦不可得然於下貪由永斷故已得安隱上貪未斷不得安隱無學身中中界妙界所有欲貪尚不可得何況劣界以無學者下上貪斷於一切分已得安隱了知而已未離欲貪一分學者於後無學心生願樂見般涅槃寂靜功德不復思惟一切相故恒正思惟無相界故於無相定勤修學故又即於此多修習故永斷三界修斷我慢由此斷故說名無學離三界欲上下貪斷已得安隱一切苦因皆捨離故證得一切衆苦邊際如是故言修習於無相壞慢及隨眠由於慢現觀當證苦邊際

復次今當略辯上所說義謂顯貪欲由是而生由是寂靜及彼寂靜當知是名此中略義云何貪欲由是而生謂五因故一由淨妙想二由欣樂樂三由有情想四由猛盛貪五由隨眠有餘未盡云何欲貪生已由是寂靜謂五因故一由作意思惟不淨二由作意思惟於苦三由作意思惟無我四由繫念多修厭離五由隨眠無餘永滅云何寂靜謂此寂靜略有二種一者現行寂靜二者永斷隨眠當來不起由前四種寂靜因緣成初寂靜由第五因第二成就

云何苾芻多所住　越五暴流當度六
云何定者能度廣　欲愛而未得腰舟
身輕安心善解脫　無作繫念不傾動
了法修習無尋定　憤愛惛沉過解脫
如是苾芻多所住　越五暴流當度六

如是定者能度廣　欲愛而未得腰舟

此因天女所問伽他暴流有六謂眼暴流能見諸色乃至意暴流能了諸法佛聖弟子有學見迹於隨順喜眼所識色不住於愛於隨順憂眼所識色不住於恚於隨順捨眼所識色數數思擇安住於捨彼設已生或欲貪纏或瞋恚纏或愚癡纏三身爲緣所謂喜身憂身捨身而不堅著乃至變吐由是因緣於屬三身諸煩惱纏得不現行輕安而住如是名爲得身輕安而未能得心善解脫由彼隨眠未永斷故彼於後時又能永斷屬彼隨眠即於屬彼諸煩惱中遠離隨縛如是乃名即於三身貪瞋癡所心善解脫如於眼所識色乃至於身所識觸當知亦爾如是已斷五下分結越五暴流謂越眼暴流能見諸色乃至越身暴流能覺諸觸如是越度五暴流已餘有第六意暴流在爲當越度復修無作無動繫念云何無作謂於涅槃心生願樂不爲我慢之所傾動無所思惟亦無造作又不爲彼計我我所當來是有乃至我當非想非非想等之所傾動無所思惟亦無造作云何無動謂不爲彼上分諸結纏繞其心無動無變亦無改轉又於隨一寂靜諸定不生愛味戀慕堅著云何繫念謂爲斷彼上分諸結於其內身住循身觀如是乃至廣說念住彼由如是修無作故斷諸生愛修無動故斷諸定愛此離現行說名爲斷修繫念故爲令一切上分諸結無餘永斷修習對治如是修習無作繫念不傾動故能令一切上分諸結無餘永斷是名越度第六暴流謂意暴流能了諸法復有

差別

云何無動言無動者是慈善根無瞋性故由此因緣諸聖弟子於薩迦耶斷除邪願修奢摩他毗鉢舍那由彼慈故修奢摩他由念住故修毗鉢舍那如是正修行者於能隨順斷上分結三心修習速得圓滿謂於上身無耽染心於下有情無憤恚心不放逸者於上下境無染汙心餘如前說如是名爲越五暴流當度第六云何了法謂於苦法能了能觀於集滅道法能了能觀云何修習於無尋定謂能了知如是法已又復安住居家諸欲依持斷滅及棄出中或於阿練若處或於樹下空閑於隨順喜眼所識色所有喜身於隨順憂眼所識色所有憂身於隨順捨眼所識色所有捨身於此所緣無欲尋纏心多安住乃至亦無所生家世相應尋纏心多安住設起欲尋乃至家世相應尋等即能如實了知出離不爲欲尋之所障礙乃至不爲家世相應尋所障礙而能靜慮審慮諦慮由此方便由此道修能斷喜身染愛過失能斷憂身憤恚過失能斷捨身惛沉過失諸纏斷故身得輕安隨眠斷故於欲界繫三身染汙心善解脫彼於爾時名已越度廣大欲愛謂於諸色乃至諸觸遍流行愛若和合愛若增長愛若不離愛若不合愛若退減愛若別離愛或於欲界復受生愛復有差別云何修習於無尋定謂已得無尋無伺靜慮餘如前說

復次今當略辯上所說義謂彼天女略問世尊三種要義一者下分結斷二者上分結斷方便三者即彼下分結斷方便及如彼善斷

如是問已爾時世尊隨應而答謂由身輕安心善解脫答彼所問下分結斷非斷方便由無作繫念不傾動答彼所問上分結斷方便非斷而於彼斷天女類前亦即領解唯餘下分結斷方便及如彼善斷爾時世尊先以修無尋定廣說差別答斷方便謂若能斷如斷所斷此中了法說名能斷修無尋定說名如斷所斷憒過謂瞋恚品所斷愛過謂貪欲品所斷惛沉過謂愚癡品如是名爲能如所斷如是廣答斷方便已唯有所餘如善斷在復由第二修無尋定差別因緣答其善斷言善斷者謂畢竟斷遠分斷一切雜染斷由了知法故釋畢竟斷由修無尋定故釋遠分斷由貪瞋癡纏及隨眠一切斷故釋一切雜染斷當知是名此中略義又彼天女依諸有學未得勝意已離欲貪未離上貪而興請問意名腰舟如經說慙軸意腰舟於此腰舟猶未得者說彼名爲未得腰舟此中何等名爲腰舟謂於諸結善解脫心

常有怖世間　衆生恒所厭　於未生衆苦
或復已生中　若有少無怖　今請爲我說
天我觀解脫　不離智精進　不離攝諸根
不離一切捨　我觀極久遠　梵志般涅槃
已過諸恐怖　超世間貪著

今此頌中始從欲界乃至有頂諸薩迦耶皆名世間此中義者意在欲界有樂有苦有情世間若諸有情十資身具之所攝養無所匱乏身康無病年未衰老名爲有樂有情世間與此相違當知有苦有情世間衆生少分有樂多分有苦諸有有樂有情世間常懷

恐怖勿我財寶王所侵奪廣說乃至勿由此緣遭諸苦難勿或風熱於内發動乃至或人或非人等侵損我耶如是懼慮未來財寶變壞之苦及身壞苦心常怖畏諸有有苦有情世間現爲衆苦逼切身心有苦有憂有愁有箭有諸擾惱恒不安住如是故言常有衆苦世間衆生恒所厭於未生衆苦或復已生中由是因緣彼天現見諸有有樂有情世間樂非決定請問如來有決定樂無怖畏處爾時世尊即爲彼天方便示現唯聖教中有如是處非諸外道謂如有一住正法外所有沙門或婆羅門於現法中及當來世諸欲過患不如實知由不知故希求未來諸欲差別捨現法欲求後法欲精進受學所有禁戒雖復安住如是禁戒然無智慧不護根門不守正念

無常委念乃至廣說彼不調攝諸根門故於他所惠少小利養及與恭敬尚生愛味隨起戀著何況廣大如是精勤受禁戒者遠離智慧密護根門於現法欲尚不能斷況後法欲又即於彼有一沙門若婆羅門於欲過患粗了知故能越現法後法諸欲而復欣求上離欲地於非解脫起解脫想斷棄諸欲便臻遠離彼由精勤數多修習正思惟故離欲欲界乃至離欲無所有處由此因緣捨下自體愛上自體由愛彼故於當來世尚不解脫下地自體何況上地如是棄捨財寶自體迷失道者雖復安住勇猛精勤而不能得一向快樂無怖畏處何以故彼外道師尚於是處不見不識况能爲彼諸弟子等當廣開示如是外道師及弟子所制論中決定無有衆苦邊際

與此相違善說正法毗柰耶中當知具足一切義利乃至定有衆苦邊際依此密意佛爲彼天說如是言天我觀解脫不離智精進不離攝諸根不離一切捨

復次今當略辯上所說義謂爲顯示惡說邪法毗柰耶中師及弟子皆有衰損善說正法毗柰耶中皆具吉祥於一切苦能證邊際當知是名此中略義爾時彼天聞佛世尊答所請問歡喜踊躍即以四種無上功德讚歎如來謂佛世尊難出現故出已能成利他行故亦能建立自利德故於自他利離染心故我觀極久遠梵志般涅槃者此讚世尊難出現德已過諸怨者此讚世尊利他行德已過諸怖者此讚世尊建自利德超世間貪欲者此讚世尊於自他利離染心德如是四種功德差別當知復有三種差別謂難出現故難可見故建立自利利他行故見者則能成就大義成大義者離染心故遍一切生亦無衆罪如是衆德諸佛世尊最爲殊勝故以此相讚歎如來

瑜伽師地論卷第十七

音釋

詭 居洧切 詐也

餚膳 餚胡交切 膳時戰切

瑜伽師地論卷第十八

彌勒菩薩說

唐三藏沙門玄奘奉　詔譯

本地分中思所成地第十一之三

誰獎勝類生　及開出離道　於何住何學
不懼後世死　戒慧自熏修　具定念正直
斷諸愁熾然　正念心解脫　能獎勝類生
及開出離道　住此於此學　不懼後世死

今此頌中言勝類者即是四種勝上姓類一婆羅門二刹帝利三吠舍四戍達羅以法以正以制以導教勝類生故名爲獎此中顯示唯佛世尊能以法以正以制以導教勝類生由此因緣世尊自顯唯我獨爲眞獎導者故爲彼天作如是說具戒具慧以自熏修又唯世尊能爲四種勝上類生宣說出離一切衆苦聖八支道此中世尊亦自顯示是眞說者云何具戒謂佛世尊昔菩薩時棄上妙欲捨離居家受持身語所有律儀云何具慧謂即於彼受持身語律儀住者起如是相內正思惟深心籌量審諦觀察今此世間多遭難苦所謂若生若老如經廣說云何自熏修謂於往昔無量餘生經三大劫阿僧企耶於六波羅蜜多修習善修習由彼因緣今無師自然心趣出離又於衆緣所生諸行以微妙智能隨悟入云何具定謂能乃至離無所有處欲證得非想非非想處云何具念謂依如是所得勝定爲斷見斷諸煩惱故修四念住即以如是所修念住爲其導首乃至修習三十七種菩提法分云何正直謂彼生起逆流正直聖八支道能斷見斷所有煩惱於逆流道得

預隨流云何永斷一切愁憂熾然謂從諦現觀俱得成不還者又能永斷五下分結瞋恚似順愁憂貪欲似順熾然於如是等皆巳永斷云何正念謂爲永斷上分諸結復更修習四種念住乃至修習三十七種菩提分法云何心解脫謂巳永斷上分結故於二種障心善解脫謂煩惱障及所知障其心如是善解脫故得成如來應正等覺廣說如經由此故能獎勝類生開出離道諸有四種勝類隨一於此聖教愛樂正行爲欲證得聖八支道於三學中勤修學者彼定能證聖八支道及涅槃果由證彼故不懼當來生老病死

復次今當略辯上所說義謂略顯示唯佛世尊能令四類速得清淨彼若於此能正修行不唐捐故又復示現如來聖教善說正法及毗柰耶又復示現佛是天人無上大師當知是名此中略義

云何檀名譽 云何具珍財 云何獲美稱
云何攝親友 持戒檀名譽 布施具珍財
諦實獲美稱 惠捨攝親友

云何持戒能檀名譽謂如有一或男或女具足尸羅及賢善法乃至命終斷除殺罪遠離殺生如經廣說乃至十方所有沙門婆羅門等常所稱歎由是因緣爲諸國王羣臣長者乃至城邑聚落人民恭敬供養云何布施能具珍財謂如有一昔餘生中作及增長施福業事由此因緣今生巨富大財寶家乃至衆多府庫盈積云何諦實能獲美稱謂如有一不以假僞斗稱函等諂誑陵懱妄言等事而致財寶但以如法作業技能依法不暴而致

財寶彼既如是衆咸唱言賢哉儒士乃能如法作業技能引致財寶云何惠捨能攝親友謂如有一現前多有種種家産遠離慳垢不吝資具以正安樂而自歡娛乃至友朋親戚者長彼諸人等便相佐助引致財寶守護滋息

復次今當略辯上所説義謂略顯示恭敬利養二種因縁持戒檀名譽者顯恭敬因縁所餘諸句顯利養因縁謂因力故士用力故助伴力故當知是名此中略義

齊何泉止息　於何徑不通　世間諸苦樂
何處無餘滅　若於是處所　眼耳及與鼻
舌身意名色　永滅盡無餘　齊此泉止息
於斯徑不通　世間諸苦樂　是處無餘滅

云何爲泉謂六觸處何以故譬如泉池能生諸水水所繫屬堪任觸用又能存養男女大小下及禽獸乃至一切未盡枯竭六内觸處亦復如是一切愚夫六境界觸之所觸用又能存養乃至是中諸貪愛水未盡枯竭云何爲徑徑有二種一煩惱徑二者業徑此中徑者意明因義云何苦樂謂或於現法六種觸處爲縁所生或安受受所攝或不安受受所攝或於後法煩惱攝持妙行惡行爲縁所生或安受受所攝或不安受受所攝於何處所如是六處及名色等無餘滅盡謂無餘依涅槃界中若諸異生泉徑苦樂一切無缺亦未有捨若諸有學缺而未捨若諸無學徑及當來所有苦樂亦缺亦捨不復現行泉及現法所有苦樂亦缺亦捨有餘依故猶復現行是故無餘涅槃界中説彼一切無餘盡滅

復次今當略辯上所説義謂略顯示於現法中因及苦樂於後法中因及苦樂於無餘依涅槃界中皆悉永滅當知是名此中略義

誰能越暴流　誰能超大海　誰能捨衆苦
誰能得清淨　正信越暴流　無逸超大海
精進捨衆苦　智慧得清淨

今此頌中云何正信能越暴流謂如有一爲欲了知諸欲過患聽佛所説若弟子説所有正法聞是法已獲得正信便生欲樂爲斷事欲及煩惱欲遂能棄捨居家事欲正信出家往趣非家既出家已爲欲斷除煩惱諸欲遠離而住彼由熾然勤精進故乃至修習正思惟故斷煩惱諸欲得離欲定地如是正信爲依爲導便能越度諸欲暴流云何無逸能超大海謂於彼定終不愛味乃至亦無堅著安住唯除爲證諸漏盡智專注其心由此定心清淨鮮白正直調柔於四聖諦能入現觀乃至證得諸漏永盡如是由不放逸爲依爲導能斷色無色繫二有暴流及斷一切無明與見二種暴流是故名爲超渡大海云何精進能捨衆苦謂如有一有學見迹作是思惟我應當證三界離欲諸結永盡便臻遠離於彼勇猛精勤而住不多安止貪欲纏心又能如實了知現在諸欲貪纏所有出離於貪欲蓋淨修其心遂能斷滅諸貪欲纏及貪欲纏爲緣所生心諸憂苦如貪欲蓋乃至疑蓋當知亦爾如是精進爲依爲導能捨衆苦云何智慧能得清淨謂彼除滅能染汙心乃至能障究竟涅槃五種蓋已即依未至安住未至如先所得苦集滅道諸無漏智於諸苦中思惟

眞苦乃至於道思惟眞道便得無餘三界離欲諸漏永盡如是由先所得智慧爲依爲導能證清淨

復次今當略辯上所説義謂薄伽梵於此頌中略顯異生先已離欲後於聖諦現觀清淨及顯有學於諸聖諦現觀爲先離欲清淨當知是名此中略義

誰超越暴流　晝夜無惛昧　於無攀無住
甚深無減劣　圓滿衆尸羅　具慧善安定
内思惟繫念　能度極難度　諸欲想離染
亦超色界結　彼無攀無住　甚深無減劣

今此頌中云何暴流所謂四流欲流有流見流無明流云何無攀無住所謂諸愛永盡離欲寂滅涅槃及滅盡定所以者何所言攀者諸煩惱纒所言住者煩惱隨眠於彼處所二種俱無是故説言無攀無住此謂涅槃無攀無住又想名攀受名爲住若於是處二種俱無即説彼處無攀無住如是顯示滅受想定無攀無住今此義中意取滅定云何圓滿衆尸羅謂善安住身語律儀修治淨命云何具慧謂於苦聖諦如實了知乃至於道聖諦亦復如是云何善安定謂遠離諸欲乃至具足安住第四靜慮或第一有三摩鉢底云何内思惟謂於二十二處數數觀察言我今者容飾改常去俗形好廣説如經云何繫念謂於二十二處數觀察時依沙門想恒作恒轉而現在前由此因緣爲斷餘結修四念住云何能度極難度謂一切結無餘斷故能度最極難度有頂彼非一切愚夫異生可能度故云何於諸欲想而得離染謂於下分諸結已斷

已知云何超於色界諸結謂於色繫上分諸結已斷已知云何於無攀無住甚深中無有滅劣謂於無色界或已離欲或未離欲已得非想非非想處堪能有力入滅盡定學與無學俱容有此故不定言超無色結

復次今當略辯上所說義謂薄伽梵於此頌中略顯能得最究竟道及顯能證第一住道當知是名此中略義

貪恚何因緣　由何故欣慼　毛竪意尋思
如孩依乳母　潤所生自生　如諸瞿陀樹
別縛於諸欲　猶摩迦處林　是貪恚因緣
由斯故欣慼　毛竪意尋思　如孩依乳母
知彼彼因緣　生已尋除滅　超昔未超海
暴流無後有

今此頌中云何貪恚謂如有一處在居家於可意境可意有情共相會遇而生貪著於不可意境及有情共相會遇而生瞋恚云何欣慼謂如有一於佛所證法毗柰耶率爾得生須臾正信不善觀察前後得失忽然自勵便棄家法往趣非家既出家已與凡道俗共相雜住遂於去來貨財親友追念思慕憂慼纏心或復有一非由正信亦非自勵往趣非家然或爲王之所驅迫乃至或爲不活邪畏之所恐怖捨離居家既出家已於其正信諸婆羅門居士等邊時時多獲利養恭敬深生愛味竊作念言吾此一方善哉奇要無勞稼穡不事商賈少致艱辛足堪活命彼緣如是利養恭敬便自欣悅安然而住云何毛竪及意尋思謂如有一非由自勵不爲活命捨離居家然由正信捐棄家法往趣非家既出家已

不與道俗共相雜住便臻遠離寂靜閑居彼閑居時或於塵霧或昏夜分見大雲氣聞震雷音或逢雹雨師子虎豹或遭兇猾竊劫抄虜或遇非人來相嬈逼便生驚怖身毛爲竪或至晝分於彼去來奇妙親友發依耽嗜所有尋思謂欲尋思如經廣說乃至家世相應尋思如是已說貪恚等事云何潤生及與自生猶如世間諾瞿陀樹潤名愛水由此爲緣能生諸取彼貪恚等一切皆用此爲共緣自者即是貪恚爲先尋思爲後各各差別種子界性云何貪恚乃至尋思別縛諸欲猶如世間摩魯迦條纏繞林樹謂略說有六種別欲或有身手力所引致現在事欲謂居家者所有諸欲於此境界用此爲緣發生貪恚或有從他所得種種現在事欲謂爲活命而出家者所有諸欲於此境界用此爲緣發生欣悅或有過去未來事欲謂忽自勵而出家者所有諸欲於此境界用此爲緣發生憂慼或有所餘諸煩惱欲略有二種謂於欲界自體及資身命或有未斷妄分別貪謂由正信而出家者寂靜閑居於永夜分所遭衆事於此境界用此爲緣便生驚怖身毛爲竪或有未斷妄分別貪所謂即此補特伽羅至晝日分於外色聲香味觸境用此爲緣發生意地所有尋思又有沙門若婆羅門如實了知如前所說貪與恚等及彼因緣又能了知衆緣生法無常性已隨其所生不起貪著即便棄捨變吐斷滅離色無色二界貪故度有暴流離欲貪故度欲暴流如是暴流昔所未度今既度已終無有退

復次今當略辯上所說義謂薄伽梵於此頌中略顯三位一在家位二出家位三遠離位又略顯示共與不共因緣所生若愛若恚於諸欲中二種別縛及斷方便并斷勝利當知是名此中略義又於此中若貪若欣若依耽嗜所有尋思當知愛品若恚若慼及與驚怖當知恚品

應作婆羅門　謂斷無縱逸　永棄捨諸欲
不希望此有　若更有所作　非眞婆羅門
當知婆羅門　於所作已辦　諸身分劬勞
未極底未度　已得度住陸　無動到彼岸
天汝今當知　此喻眞梵志　謂永盡諸漏
得常安靜處　彼永斷一切　愁憂及熾然
恒住於正念　亦常心解脫

今此頌中顯示彼天依於世俗諸婆羅門爲世尊說謂有種姓諸婆羅門自號我爲眞實梵志計梵世間爲最究竟希求梵世安住於色常勤精進心無懈倦恒樂遠離寂靜閑居減省睡眠修習靜定爲斷事欲及煩惱欲由彼種姓諸婆羅門計梵世間以爲究竟希望梵世不求欲有又顯如來依第一義諸婆羅門而報彼天若婆羅門作所作已數復應作更有勝上所應作事當知此非眞婆羅門若婆羅門證婆羅門所應作事超登一切薩迦耶岸安住陸地當知此是眞婆羅門由此顯示學與無學皆婆羅門學有二種謂於欲界或未離欲或已離欲未離欲者未得源底未到彼岸於二種法猶未具足一未得內心勝奢摩他二雖已得增上慧法毗鉢舍那未善清淨由闕內心奢摩他故乘如所得聖道浮

囊爲證内心奢摩他故運動如是勇猛精進又復爲令增上慧法毗鉢舍那善清淨故運動如手勇猛精進彼於如是勤精進時離欲界欲如得源底證阿羅漢如到彼岸已離欲者證得内心勝奢摩他亦得善淨毗鉢舍那唯爲進斷上分諸結發勤精進非諸身分若已越度成阿羅漢所作已辦離勤功用名住陸地已到彼岸此則顯示諸婆羅門依第一義略有三種二是有學一是無學若已究竟到於彼岸諸婆羅門名永盡漏若未離欲一切身分勤精進者名得常委若已離欲得源底者名得靜慮得靜慮者永斷一切下分結故已斷貪欲及瞋恚品所有一切愁憂熾然永盡漏者永斷修斷諸煩惱故已善修習四種念住恒住正念及心解脫彼非作已數數更作亦無增勝所應作事是故說彼名第一義眞婆羅門　苾芻苾芻　度暴流耶　告言如是天　無攀無住　已度暴流耶　告言如是天　苾芻汝今　猶如何等　無攀無住　已度暴流　如如我劬勞　如是如是劣　如是我劣已　如是如是住　如如我住已　如是如是漂　天我如如捨劬勞　如是如是無滅劣　如是廣說鮮白品　此中祇餘頌應知今此頌中無攀無住者謂涅槃滅定如前已說世尊依昔示現修習菩薩行時所有最極難行苦行非方便攝勇猛精進又依示現坐菩提座非方便攝勇猛精進斷遍知故說如是言天汝當知我昔如如虛設劬勞如是如是我便減劣如如減劣如是如是我便止住

如如止住如是如是又被漂溺與此相違應知白品此中顯示修苦行時非方便攝勇猛精進名曰劬勞行邪方便善法退失名爲減劣既知退失諸善法已息邪方便說名止住捨諸苦行更求餘師遂於嗢達洛迦阿邏荼等邪所執處隨順觀察故名漂溺復於後時坐菩提座棄捨一切非方便攝勇猛精進所有善法遂得增長如如善法既增長已如是如是於諸善法不生知足不遑止住於所修斷展轉尋求勝上微妙既由如是不知足故遂不更求餘外道師無師自然修三十七菩提分法證得無上正等菩提名大覺者此中四義捨劬勞等四句經文如其次第配釋應知云何復依涅槃無依無住以顯差別謂不能度諸煩惱纏隨眠暴流略由四因何等爲四謂最初有依耽嗜尋依耽嗜尋爲依止故便有懈怠又由懈怠爲依止故住異生分住異生分爲依止故順生死流貪愛勢力令於五趣生死河中順流漂溺與此相違四種因故能度暴流如應當知云何復依想受滅定以顯差別謂如有一先已證得想受滅定復住放逸多住想受而不多住諸想受滅由此因緣退失滅定由退失故還復止住下地生因住彼因故心便定趣彼所得果與此相違應知白品四句差別

獨臻阿練若　靜慮棄珍財　爲別有方求
爲窺窬封邑　何不與人交　而絕無徒侶
得義心寂靜　摧妙色魔軍　我獨處思惟
受最勝安樂　故不與人交　而絕無徒侶

此因天女所問伽他言得義者略有二種一

者證得沙門果義二者證得聖神通義由初得義超越一切生死大苦第二得義證八解脫寂靜思惟現法樂住又初得義降伏可愛妙色魔軍第二得義獨處思惟受勝安樂此中意辯聖神通義所以者何謂如有一爲欲成辦聖神通義爲令解脫清淨圓滿依十遍處方便修行由此因緣令遍處定清淨圓滿亦令解脫轉得清淨圓滿鮮白亦能成辦聖神通義彼既了知此成辦已便自通達我義已辦沙門果義亦得成就是眞沙門於求財者深修厭毀於諸城邑交遊等處了知其初了知過患了知出離亦能了知趣出離行生彼因緣說名爲初無常衆苦變壞法性是名過患欲貪調伏斷除超越名爲出離聖八支道名趣出行若有於彼不見其初乃至不見趣出離行由是因緣於具珍財有情等處不能厭毀城邑交遊周旋不絕而謂彼爲心得寂靜於出居家證八解脫靜慮定者內心寂靜及生誹謗由是彼於內心寂靜則不堪能善見善知善鑒善達若第一義內心寂靜與此相違則能善見乃至善達

復次今當略辯上所說義謂薄伽梵於此略示諸受欲者樂雜住者非第一義內心寂靜若有證得八解脫定離諸愛味名第一義內心寂靜當知是名此中略義

諸行無常　有生滅法　由生滅故　彼寂爲樂

今此頌中蘊及取蘊皆名諸行此中義者意在取蘊是五取蘊略有三種謂去來今諸行無常者謂彼諸行本無而生生已尋滅若過去生過去所得諸自體中所有諸蘊皆過去

故已謝滅故生已没故體是無常若未來生未來所得諸自體中所有諸蘊皆未生故非已起故未滅没故可生起故是有生法若現在生現在所得諸自體中所有暫住支持存活有情諸蘊皆死法故可爲殞滅之所滅故是有滅法若彼諸蘊在於未來所得自體是有生法於中都無所得自體是常是恒乃至即當如是正住唯除纔生生已尋滅若諸有情於現法中永盡未來諸蘊因者一切未來自體諸蘊皆不生故說名彼寂又復此寂由二因緣說之爲樂一者一切苦因滅故一切麤重永止息故於現法中安樂住故說之爲樂二者當來生老病等所有衆苦永解脫故說之爲樂

復次今當略辯上所說義謂薄伽梵此中略說正見依處及正見果復有差別謂略顯示遍知依處及彼斷滅又略顯示所遍知法及與遍知又略顯示三世諸行所有雜染及彼寂故所有清淨又略顯示諸緣起法及緣起滅又略顯示苦諦滅諦又略顯示空與無願二解脫門所依處所及顯無相一解脫門所依處所又略顯示聖諦現觀相違二法斷所依處言二法者一隨順戲論二怖無戲論又略顯示不共外道二對治法何等爲二一者所知無顛倒性二者所證無顛倒性

無逸不死迹　放逸爲死迹　無逸者不死　縱逸者常死

今此頌中云何無放逸是不死迹耶謂如有一依四所依立四種護謂命護力護心雜染護正方便護是名不放逸此不放逸爲依爲

持涅槃資粮未圓滿者令速圓滿已圓滿者令於現法得般涅槃云何放逸爲死迹耶謂如有一居家白衣於諸欲境耽著受用造不善業或有出家現四無護謂命無護乃至正方便無護如是放逸通於二品謂在家品及出家品即此放逸爲依爲持樂生本行造生本業因此故生生已壽終生已夭没云何無縱逸者不死縱逸者常死耶謂死有五種一者調善死二者不調善死三者過去死四者現在死五者未來死若善修習此無縱逸補特伽羅於現在世由調善死而正死時由過去死已死於過去世亦由不調善死於現在世不由不調善死而死於未來世不由調善死不由不調善死而死故名不死若有縱逸補特伽羅於現在世由不調善死而正死時於過去世亦由不調善死已死於現在世即由不調善死而死於未來世亦由不調善死當死故名常死

復次今當略辯上所説義謂薄伽梵此中略示無縱逸者道諦滅諦有縱逸者集諦苦諦又略顯示處非處性自業作性前半顯示處非處性後半顯示自業作性又前半顯示師於弟子作所應作後半顯示諸弟子等自所作義

衆生尋思所鑽搖　猛利貪欲隨觀妙

倍增染愛而流轉　便能自爲堅固縛

今此頌中云何尋思之所鑽搖謂如有一於先所得先所受用諸欲境界不正作意發生不善依於耽嗜諸惡尋思云何猛利貪欲謂如有一於昔餘生修習貪欲亦多修習由是

因緣令此生中於先所得先所受用諸欲境界不正作意而被貪欲散壞其心云何隨觀淨妙謂如有一不善護身不攝諸根不住正念遊行聚落見甚少年可愛美色諸毋邑已便不如理取淨妙相由此因緣身心燒惱云何倍增染愛謂由五種相貌當知染愛增長何等為五謂如有一雖於下劣諸欲境界尚生猛利諸貪欲纏耽著不捨何況上妙又以非法多分兇暴積集珍財不以正法亦常攝受增上衆具又於輕賤無所用物尚不欲捨何況貴重雖為追求少劣財物尚行衆多身語意惡何況多勝又於受持少小妙行其心尚無趣向愛樂何況廣大又於涅槃尚不樂聞何況欲得云何堅固縛謂由三種相知堅固縛一堅牢故二苦所觸故三長時隨逐故於現法中由惡行根貪瞋癡故知縛堅牢於當來世由生那洛迦傍生鬼趣知苦所觸及長時隨逐

復次今當略辯上所說義謂略顯示依二失壞因有二種失壞何等名為二失壞因謂不正思惟力及因力云何名為二種失壞謂方求失壞及受用失壞云何不正思惟力謂隨念先所受用境界因緣所生不正思惟或邪分別現前境界因緣所生不正思惟或取相不正思惟或即於彼若住若行不正思惟云何因力謂於可愛境界宿習欲貪云何方求失壞謂如有一成就二種失壞因故以非正法或以兇暴追求積集所有邪財云何受用失壞謂如有一於先所得順樂順苦順非苦樂諸境界中或有於一生染生著廣說乃

至不知出離而受用之或有於一發生憎恚憎恚所蔽或有於一發生愚癡愚癡所蔽彼由如是貪染所蔽乃至愚癡之所蔽故行身語意種種惡行爲貪瞋癡三堅固縛之所纏縛亦爲那洛迦傍生鬼等諸縛所縛又有差別謂愛結所繫補特伽羅略有七種雜染當知皆是貪愛所作謂隨念雜染不自在雜染境界雜染熱惱雜染善趣相應雜染惡趣相應雜染諸見雜染云何隨念雜染謂如有一不正隨念先所受用可愛境界希望追求令心散壞云何不自在雜染謂如有一宿世串習貪欲法故今世貪欲爲性猛利雖復如理於可愛境隨念作意而有希望追求貪欲散壞其心彼由貪欲極猛利故心不自在云何境界雜染謂如有一遊城邑等現前會遇容色端嚴可愛境界由彼境界極端嚴故隨美妙相心識纏綿因此發生希望追求種種貪愛云何熱惱雜染謂如有一由是三種能長貪愛諸雜染故令已貪愛展轉增盛追戀過去已受用境希求未來當受用境耽著現在正受用境乃令身心周遍熱惱云何善趣相應雜染謂即由彼貪愛集諦增上力故行身語意種種妙行得生善趣或天或人彼於樂受耽著不捨醉悶而住專行放逸云何惡趣相應雜染謂即由彼貪愛集諦增上力故行身語意種種惡行身壞命終墮諸惡趣生那洛迦等於彼生已便爲種種極重憂苦惡心憤心之所擾惱云何諸見雜染謂即由彼貪愛集諦增上力故會遇惡友說顛倒法爲令雜染得解脫故彼雖希求雜染解脫由遇如

是倒說法故不證解脫於六十二諸見趣中隨令一種邪見增長於諸緣起法愚癡增上故彼由如是見結所繫於五趣等生死大海不得解脫

住法具尸羅　有慙言諦實　能保愛自身亦令他所愛

今此頌中云何住法謂於如來所證善說正法毗柰耶中淨信出家樂修梵行云何具尸羅謂如是出家如是愛樂故於戒無缺乃至無雜相續而作相續而轉於諸學處能受能學云何有慙謂慙於可慙慙於能生惡不善法謂能順惡戒冗戒因緣即不正相不正尋思若諸煩惱及隨煩惱云何言諦實謂發露諸惡不藏諸惡若有所犯即於智者同梵行邊如實自舉如法對治

復次今當略辯上所說義謂薄伽梵於此頌中略顯四因所攝尸羅清淨謂能正受故受已不冗故遠離冗因故雖由無知放逸冗已即便如法而對治故當知是名此中略義

若見他惡業　能審諦思惟　自身終不爲由彼業能縛

今此頌中云何見他惡業審諦思惟謂如有一或善男子或善女人爲性聰慧成就如理諦觀法忍見他現行惡行因故便遭種種撻辱楚撻又爲王人執至王所廣說如經乃至斷命見已便作如是思惟觀觀是人於現法中造作如是惡不善業即於現法還受如是辛楚果報乃至止止如是惡不善業終不應爲終不應作終不應行終不應犯即彼又見屠羊雞豬廣說一切不律儀衆不由如是作

業技能活命方術而乘象馬車乘輦輿又不因此能致廣大財寶庫藏令不散失然爲世間之所訶毁凡在傭俗尚不以身暫相觸受而遠避之况餘賢哲見巳便作如是思惟餘如前説即彼又見他人巨富饒大財寶然由懶惰多住縱逸經過日夜淹積歲月所有珍財僮僕基業及諸善法漸漸衰退見巳便作如是思惟餘如前説即彼又見種種有情身相差別或有生盲生聾生瘂或瞎或跛或癖或癩或復短壽或惡形色或多疾病或貧賤家或少技屬或弊惡慧或扇宅迦或半宅迦或醜形類餘即不爾見巳便作如是思惟觀觀是人先作種種惡不善業今受如是苦惡果報乃至止止如是惡不善業餘如前説即彼又見他人黠慧無有懶惰具足翹勇所謂能作營農商賈行船等業及能正作言論事業彼雖具足如是翹勇所作事業數漸衰損終無成辦見巳便作如是思惟餘如前説即彼又見二人出家趣於非家同修梵行一於衣服飲食等利有所匱乏一則不爾見巳便作如是思惟餘如前説即彼又見或有國王或是王等大地封疆咸皆克伏堅著不捨但爲一身一具骸骨唯爲現在少小安樂身語意門現行無量廣大惡行損壞多生多身安樂當受多生多身大苦見巳便作如是思惟觀觀是王或是王等甚爲愚弊唯知保愛一生一身不知保愛多生多身唯愛現在少時小樂不愛當來多時大樂亦非不愛多生重苦乃至止止如是惡不善業終不應爲終不應作終不應行終不應犯復有或善男子或

善女人爲性聰慧獲得天眼用此天眼見諸有情死時生時如經廣說乃至生在大那洛迦中見已便作如是思惟觀觀是人於現法中造作如是惡不善業令受後法辛楚果報乃至止止如是惡不善業餘如前說如是或善男子或善女人見他所作諸惡業已由四種行諦善思惟諦善觀察何等爲四一者觀察或因違越或邪活命或放逸懈怠於現法中造作種種惡不善業即現法受非愛果報二者觀察或有有情依身差別或有所作而不果遂或有所求而不果遂皆由先造惡不善業故現法中各受如是非愛果報三者觀察或有國王或與王等因現法中行諸惡業皆知當來定受種種非愛果報四者觀察諸有情類死時生時因現法中造作種種惡不善業後法中受非愛果報彼由如是如實知故終不自作云何業縛謂樂諸業故由業重故於業果報不自在故樂諸業者謂如有一串習惡故愛樂諸惡由此因緣於諸善法心不能入是初業縛由業重者謂如有一於無間業或有具造或不具造由此因緣雖有欣樂於佛所證善說正法毗柰耶中暫時出家尚不能得況當能獲沙門果證如是名爲第二業縛於業果報不自在者謂如有一由身語意惡行因緣生諸惡趣生彼處已不得自在不能自任長夜受苦或生邊地於彼絶無四賢善衆所謂苾芻廣說乃至鄔波斯迦如是名爲第三業縛

復次今當略辯上所說義謂薄伽梵於此略示依諸有情業業果報如理思惟及顯如理

思惟爲先法隨法行當知是名此中略義

瑜伽師地論卷第十八

音釋

兇猾 兇許容切惡暴也猾胡刮切狡猾也 嬈逼 嬈而沼切亂也逼彼側切迫也 鑽搖 鑽相官切穿也搖于嬌切動也 挫 則卧切摧也 輦轝 輦力展切轝羊諸切 傭 余封切與庸同常也 聾瘂 聾盧紅切瘂烏下切 瞎跛 瞎呼鎋切目盲也跛布火切足偏廢也 癬癩 癬息淺切癩落蓋切

瑜伽師地論卷第十九

彌勒菩薩說

唐三藏沙門玄奘奉　詔譯

本地分中思所成地第十一之四

賢聖常說最善語　愛非不愛語第二
諦非不諦語第三　法非非法語第四

今此頌中言善語者所謂善說善言善論當知善說有三種相所謂悅意無染唯善由第一語令他慶悅由第二語令自尸羅終無穿缺由第三語能令他人出不善處安住善處因此引攝利益安樂或有愛語非諦非法謂如有一以美妙言稱讚他人非眞實德或有諦語非愛非法謂如有一以染汙心發麤惡言訶責他人眞實過惡或有法語亦愛亦諦謂如有一善知稱讚及與訶責知可稱讚可訶責已然不稱讚亦不訶責唯善方便爲說正法能令彼人出不善處安住善處

復次今當略辯上所說義謂薄伽梵此中略示所有善語若標若釋當知是名此中略義

信慙戒施法　善人所稱讚　是名趣天道
能往天世間

此頌所明謂如有一於佛所證法毗柰耶獲得正信恥在居家受持淨戒趣得衣服飲食卧具便生喜足滅除器物儉約資緣凡所獲得如法利養終無私隱必與智人同梵行者而共受用所有正法初中後善稱揚梵行所謂契經乃至論議皆能受持研尋究達傳授他人廣爲開闡彼既成就是諸善法當知必獲三種勝利一者諸佛諸佛弟子眞實善人之所稱讚二者若彼尸羅財施之所攝引福

德資粮法施攝引智慧資種善圓滿者便得趣入證解脱處清淨諸天衆同分中三者若彼二種資粮猶未圓滿便能令彼速得圓滿身壞已後定生善趣多往天上樂世界中復有差別謂如有一於佛所證法毗柰耶獲得正信信惡尸羅當墮惡趣信慳貪者得貧窮報如是信已於現法中惡戒慳貪深生羞恥以羞恥故棄惡尸羅受清淨戒棄捨慳貪以無垢心安處居家廣説乃至善行布施由此因緣於現法中聖賢所讚身壞已後乃至當生善趣天上樂世界中

復次今當略辯上所説義謂薄伽梵此中略示在家出家二種正行及正行果所有勝利當知是名此中略義

多聞能知法　多聞能遠惡　多聞捨無義　多聞得涅槃

此頌所明謂如有一於依先時正所應作施論戒論生天之論無倒教法恭敬聽聞聞已遂能了知其義謂現法中種種惡行及當惡趣苦無義因諸惡行所應速遠離及往善趣捨生惡趣苦無義因彼由了知如是法義法隨法行能遠苦因能引樂因由此因緣得樂捨苦若於增上四聖諦等相應教法恭敬聽聞聞已遂能了知其義謂一切有生死大苦寂靜涅槃彼由了知如是法義若根已熟資粮已滿便能獲得如是義識心清淨故纔聞法已於諸聖諦未現觀者能入現觀已現觀者便得漏盡若根未熟資粮未滿即由如是遠離諸惡依增上戒起增上心依增上心發增上慧由此能捨一切苦本煩惱無義證得

涅槃

復次今當略辯上所說義謂薄伽梵此中略示先聞正法如理思惟先如理思法隨法行法隨法行爲先因故得勝利果當知是名此中略義

智者如空無染汙　不動猶如天帝幢
如泛清涼盈滿池　不樂於泥生死海

今此頌中辯阿羅漢苾芻心善解脫超諸戲論猶如虛空何以故譬如虛空離諸戲論淨與不淨皆不能染諸阿羅漢亦復如是一切世法若順若違皆不能染所謂利衰乃至苦樂又諸有學已離欲貪向阿羅漢於四念住善住其心修無相心三摩地時如天帝幢於其一切動發憍舉戲論營爲生願俱行所有貪愛不能傾動又諸有學已離欲貪得不還果於上解脫心生欲樂譬如遊泛清泠泉池於愛味定上分諸結熱淤泥中終不欣樂由於此中不欣樂故亦不欣樂生死大海復有差別謂阿羅漢所有飲食言說遊行處無相住有餘依苦之所隨逐如其次第三處應知復有差別謂慧解脫諸阿羅漢有學身證及俱解脫諸阿羅漢如其次第三處應知

復次今當略辯上所說義謂薄伽梵此中略示離三界欲於佛聖旨猶有餘依離欲界貪勝進道攝及不還果復有差別謂略顯示解脫勝利等持勝利智慧勝利復有差別謂略顯示增上心慧學所得果及顯增上心慧二學

若以色量我　以音聲尋我　欲貪所執持
彼不能知我　若於內了知　於外不能見

由内果觀察　彼音聲所引　若於内無知
於外而能見　由外果觀察　亦音聲所引
若於内無知　於外不能見　彼普障愚夫
亦音聲所引　若於内了知　於外亦能見
英雄出離慧　非音聲所引

此頌所明謂如有一體是異生未斷虚妄分别欲貪觀見世尊具三十二大丈夫相遂便測量此薄伽梵定是如來應正等覺其所說法決定微妙其弟子衆所行必善彼於後時近不善人聞不正法隨逐他論及他音聲信順於他他所引攝他所引故於佛法僧還生毁謗如是皆由不如實知如來法身故致如此復有異生由内靜慮果天眼通遠見世尊便作是解此薄伽梵定是如來應正等覺餘如前說復有由外欲界繫業果報肉眼見已測量當知彼亦隨逐他論及他音聲信順於他他所引攝復有異生於爾所見都無所有彼普被障長時爲他音聲所引若諸賢聖除斷調伏超越欲貪得聖慧眼彼由如是聖慧眼故於内證解如來法身雖於外見如來色身或見制多或圖畫等而能了知非第一義應正等覺彼由如是於内正知於外正觀不隨他論及他音聲不信順他非他所引於佛法僧決定信受如是皆由如實了知如來法身故致如此

復次今當略辯上所說義謂薄伽梵此中略示若唯世俗見如來者則不決定若以勝義見如來者是則決定當知是名此中略義

第六增上王　染時染自取　於無染不染
染者名愚夫

今此頌中第六增上王者謂心意識若有已度五暴流未度第六意暴流爾時其心隨逐諸定所有愛味故名染時復有補特伽羅於長夜染取爲巳有於可愛法執藏不捨是故說彼爲染自取貪名爲染因貪所生當來世苦亦名爲染若染自取於所染心不隨功用攝受遮止修意對治作意故如是彼心於現法中無有染汙於無染心此染自取當來世中因彼諸苦亦無有染若有於彼隨作功用而不攝受亦不遮止不修意對治作意故依此苦因長夜受苦於此苦因不能遠離故名愚夫

復次今當略辯上所說義謂薄伽梵此中略示遠離苦因所有勝利及顯苦因能感自苦是愚夫性當知是名此中略義

有城骨爲牆　筋肉而塗飾　其中有貪恚慢覆所任持

今此頌中所言城者謂心意識此城唯以骨充軔石筋代繩紆肉當塗漫爲形骸牆周帀圍遶此城中有違害善說法毗柰耶所有善法四種惡法之所任持二是在家諸受欲者謂貪與瞋二是惡說法毗柰耶中而出家者謂慢與覆由著諸欲希求諸欲與鄙穢行不相違背於善說法及毗柰耶尚不信受況當修善恃惡說法而生憍慢不能自然趣佛世尊或弟子所設佛世尊或佛弟子由悲愍故自往其所然彼由覆隨煩惱纏染汙其心尚不如實發露巳過況能信解修諸善法如是當知於彼善說法毗柰耶相應善法二種心城皆不能入何況復能取爲巳有

復次今當略辯上所說義謂薄伽梵此中略示在家出家總由四種雜染因緣失壞善說法毗柰耶當知是名此中略義

如龜藏支於自殼　苾芻善攝意尋思
無所依止不惱他　證般涅槃無所謗

此頌所明謂如有一依初靜慮捨三惡尋所謂欲尋恚尋害尋又能棄捨初靜慮地諸善尋思安住無尋無伺定中如龜藏支於其自殼略攝尋思亦復如是無尋無伺定者應知此上乃至有頂彼於此定正安住時不生愛味出已成就可愛樂法調順柔和易可共住不惱有智同梵行者又爲智人同梵行者欣樂共住又復成就無違諍法彼由如是正方便故於諸聖諦能入現觀及得漏盡彼於諸法不由他信獲得善淨勝智見故如實了知法真是法毗柰耶真是毗柰耶由如是知故終不依止諸見顛倒於法謗法及於非法亦謗非法終不顯示非法爲法法爲非法非毗柰耶爲毗柰耶或毗柰耶爲非毗柰耶

復次今當略辯上所說義謂薄伽梵此中略示善說法者四種擾亂斷對治道何等名爲四種擾亂一染不染尋思擾亂二於勝定愛味擾亂三互相違諍訟擾亂四於正道誹謗擾亂當知是名此中略義

等不等而生　牟尼捨有行　內樂定差別
如俱舍卵生

此頌所明謂佛示現住最後有菩薩位時先所獲得三十有二大丈夫相八十隨好圓滿莊嚴妙色身生於後證得阿耨多羅三藐三菩提時其色身生與前正等其名身生由勝

無漏不相似故與前不等又佛示現内寂靜樂及沙門樂爲依止故得定自在如定心力捨諸壽行及諸有行彼捨邊際妙色身生與前正等其名身生與前不等故有差別如因其觳卵生雞等依卵而生即此生已漸漸增長種類相似破觳而出如是如來色身名身差別道理當知亦爾此中差別謂佛世尊若不棄捨諸壽行者應滿壽量方般涅槃定力所持捨壽行故不滿壽量而般涅槃

復次今當略辯上所說義謂薄伽梵此中略示捨諸壽行色身名身二種差別及顯棄捨所依因縁當知是名此中略義

無淤泥等欲　無魑魅等瞋　無羅網等癡無江河等愛

此頌所明謂有四種能爲世俗不自在法世間現見能令有情不自在轉一者陷溺淤泥二者鬼魅所著三者入於羅網四者墮駛流河隨流漂溺復有四種能爲眞實不自在法能令有情不自在轉當知亦爾何等爲四謂如有一生長欲界陷溺不淨腥臊生臭諸欲淤泥不能自在引發守護增長善法又如有一棄捨諸欲於善說法毗柰耶中而得出家心懷忿恚性多惡言由忿所持不得自在不數學處動生違越於諸智者同梵行所屢以麤言鞕刺訶擯侵惱毀辱又如有一棄捨諸欲於惡說法毗柰耶中而得出家入諸惡魔大魔見網彼旣入已流轉生死不得自在又如有一生長上分諸離欲地於諸愛結未能永斷亦未遍知不得自在還生下界順流而住難可出離

復次今當略辯上所說義謂薄伽梵此中略示諸界諸品愚夫纏縛

復有差別謂如有一陷欲淤泥不能自在於善說法毗柰耶中清淨出家又如有一爲性忿怒忿怒所蔽憤恚纏心尚於自身或害或損何況於他又如有一成就癡品諸惡邪見謂無父母毀謗父母於父母所反希敬養況自能爲又如有一廣集諸欲貪愛所漂不得自在尚不欲自食況能惠於他如是四法當知能障諸聰慧者四應知法謂善說法毗柰耶中清淨出家遠離恚害敬事父母樂行惠施

虛空無鳥迹　外道無沙門　愚夫樂戲論　如來則無有

此頌所明謂有衆生希樂勝欲欲求所攝又有衆生希樂勝身有求所攝又有衆生希樂沙門及婆羅門所有解脫梵行求攝此中欲求有求攝者謂我因少分布施少分持戒當得往生善趣天上樂世界中以妙五欲而自賞納歡娛遊戲彼既修習如是願已得最勝欲及最勝身譬如衆鳥翱翔虛空遍虛空中無安足處如是衆生於其所得無常諸欲及身分中都無安住當知亦爾若樂沙門及婆羅門所有解脫梵行求攝復有二種或依善說法或依惡說法依惡說法諸外道輩並無沙門依善說法邪梵行求所攝受者亦無沙門正梵行求所攝受者得有沙門又此一切三門所攝或欲求門或有求門或梵行求門如是皆名樂著戲論當知如來棄捨一切所有希求故無戲論即以此義類知如來諸弟

子衆正梵行求所攝受者亦無戲論

復次今當略辯上所說義謂薄伽梵此中略示離善說法及毗柰耶勤精進者皆空無益當知是名此中略義

住戲論皆無　踰牆壍離處　牟尼遊世間
天人不能識

此頌所明謂阿羅漢苾芻永離貪愛由四種相於惡魔怨一切愚夫所繫屬主解脫自在隨意遊行空閑聚落有諸愚夫遇見如是真阿羅漢於最究竟自在遊行不如實知便於二處妄生輕毀云何此善男子棄捨自屬養命珍財乃求屬他資生衆具何故棄捨生天方便苦勤精進求有斷滅是諸愚夫見生天上有勝功德見處居家有多財産故於牟尼妄生輕忽彼所事天於此牟尼廣大功德尚不能了況能事者而能識知云何離愛諸阿羅漢由四種相於惡魔怨一切愚夫所繫屬主解脫自在謂諸愚夫由四識住爲魔怨主之所驅役令生死中往還五趣非阿羅漢又諸愚夫如由重過爲魔怨主之所驅役謂或增益或復損減諸惡見故發起種種執刀杖等惡不善法墮諸戲論生諸惡趣令造種種諸惡業緣非阿羅漢又諸愚夫如由中過爲魔怨主之所驅役令處欲愛繫縛垣牆不能出離欲界生苦非阿羅漢又諸愚夫如由輕過爲魔怨主之所驅役令生色界及無色界無明深壍周帀圍遶閉在生死衆苦牢獄於生等苦不得出離非阿羅漢

復次今當略辯上所說義謂薄伽梵此中略示一切愚夫羞不應羞應羞不羞於不應怖

而生怖見於應怖中生無怖見當知是名此中略義

若有熏除諸尋思　於内無餘離分別
超過礙著諸色想　四軛蠲除不往生

此頌所明謂如有一已入有學位未離欲界欲依初靜慮熏除欲界諸惡尋思依第二靜慮内等清淨心一趣性初靜慮地所有分別無餘永離無復分別依第三靜慮超過第二靜慮地諸喜礙著依第四靜慮超過第三靜慮地諸樂礙著依無色定超過一切所有色想如是漸次用依諸定乃至有頂若定若生蠲除四軛何等爲四一蠲除染汙尋思軛二蠲除不染汙尋思軛三蠲除喜樂繫縛軛四蠲除一切色想軛由此因緣於諸下地不復往生當知異生雖到有頂若定若生猶爲四軛所繫縛故於諸下地還復往生

復次今當略辯上所說義謂薄伽梵此中略示到有邊際有學異生二種差別當知是名此中略義

惠施令福增　防非滅怨害　修善捨諸惡
惑盡得涅槃

此頌所明謂如有一於佛所證法毗柰耶獲得正信雖處居家而心遠離慳垢纏縛受持七種依福業事由此因緣若行若住廣說如經乃至性長如是福德若有復能於善說法毗柰耶中清淨出家既出家已具足忍力爲護尸羅雖遭他罵侵惱訶責或以身手瓦礫刀杖毆擊傷害恐壞尸羅當爲障礙心無惡念不出惡言唯緣彼境與慈俱心於一切方遍滿而住由此因緣於現法中自他相續所

有怨害並皆止息當生無惱樂世界中無多怨敵爲世欣仰衆所樂見如是善修正方便已依增上戒起增上心依增上心發增上慧當於聖諦入現觀時則能永捨趣惡趣業及諸惡趣又修如先所得道故漸次永除所有諸結於有餘依涅槃界中而般涅槃如是後時於無餘依涅槃界中復般涅槃

復次今當略辯上所說義謂薄伽梵此中略示得淨信者四種正行一感財富行二感善趣行三離惡趣苦清淨修行四離一切苦清淨修行當知是名此中略義

諸惡者莫作　諸善者奉行　自調伏其心　是諸佛聖教

此頌所明謂知有一於佛所證法毗柰耶獲得正信於一切種一切因緣一切處所所有惡行皆能斷滅於善說法毗柰耶中能善受學尸羅律儀彼由三相奉行諸善謂善住尸羅守別解脫清淨律儀乃至受學所有學處依增上戒學發增上心學依增上心學發增上慧學彼由此故於所知境如實知見如是具足諸善法已復由三相調伏自心謂如實知故能起厭患由厭患故能得離染由離染故能得解脫

復次今當略辯上所說義謂薄伽梵此中略示三學學果顯自聖教不與他共當知是名此中略義

難調伏輕躁　淪墜於諸欲　善調伏其心　心調引安樂

此頌所明謂宣說心若意若識長夜愛樂憒鬧雜處於憒鬧處難得遠離難可調伏雖強

安處無間修習諸善法中而不一向能住離貪離瞋離癡亦不一向能住策舉無掉寂靜然復疾病還生有貪有瞋有癡下劣掉舉及不寂靜雖强安處内寂止中長夜愛樂色聲香味觸故於五欲境馳趣淪没諸聖弟子於如是等樂著雜染能生苦心終不縱其令自在轉亦不隨順數數思擇成辦遠離恒修善法心一境性彼由如是正定心故能如實知如實知故能起厭患由厭患故能得離染由離染故能得解脫彼既如是善調伏心盡苦因故於現法中得安樂住當來衆苦亦得永盡

復次今當略辯上所說義謂薄伽梵此中略示能不隨順長夜流轉左道之心及不隨順所得勝利當知是名此中略義

於心相善知　能餐遠離味　靜慮常委念受無染喜樂

此頌所明謂如有一有學見迹能善了知止舉捨相由此因緣得四功德謂心住一緣遠離麤重能善受用身心安樂是初功德又淨定心盡所修故如所修故能正審慮諸染道理獲得内法毗鉢舍那是第二功德彼由如是清淨止觀爲依止故於所修習菩提分法勇猛無間能常修習能委修習無懈無懼是第三功德彼由如是無懈懼心獲得第一正念正知心善解脫又能受用解脫喜樂及無染樂於現法中得安樂住是第四功德

復次今當略辯上所說義謂薄伽梵此中略示於相善巧四種功德謂奢摩他所作毗鉢舍那所作無懈懼所作到究竟所作當知是

名此中略義

無工巧活輕自己　樂勝諸根盡解脫
無家無所無希望　斷欲獨行眞苾芻

此頌所明謂成就五支永斷五支當知得名眞實苾芻何等爲五謂不依止矯設方便邪活命法亦不恃賴有勢之家亦不修治名稱族望亦不詐受諸佛所說聖弟子說猶如依止工巧處所非法希求衣服飲食是名初支又復減省器物衆具善棄珍財衣僅蔽身食纔充腹知足歡喜凡所遊行必持衣鉢是第二支又希慕沙門愛樂沙門希慕學處愛樂學處命難因緣尚不違越所學禁戒何況少小利養因緣是第三支又彼如是正修方便淨命喜足愛樂學處於諸聖諦未現觀者能入現觀得清淨見或時失念暫爾發生惡不善尋引起貪欲瞋恚惡癡遲緩忘念速復除遣是第四支又彼修習如先得道於諸結縛一切隨眠隨煩惱纏心得解脫是第五支如是名爲成就五支云何復名永斷五支謂阿羅漢苾芻於五處所不復能犯所謂不能捨所學處而復退還又復不能有所貯積執爲己有而受用之亦不受用諸欲境界又復不能爲財爲命知而妄語又復不能棄捨諸欲行不與取亦不復能求離貪欲獨住獨行而更習近非梵行法兩兩交會或計自作而招苦樂或計他作或自他作或非自作亦非他作不由因生而招苦樂如是名爲五支永斷

心遠行獨行　無身寐於窟　能調伏難伏
我說婆羅門

今此頌中所言心者亦名爲意亦名爲識此

於過去一切愚夫無量差别自體展轉及因展轉雖無作者而流生死前際叵知故名遠行此於現在一一而轉第二伴心所遠離故一切種心不頓轉故名爲獨行又此現在隨其自體初起現前或由貪性或由瞋性或由癡性或由一一所餘煩惱隨煩惱性即彼自體不畢竟轉如五色根或同或異或劣或勝隨其自體初起現前即此自體畢竟而轉心不如是何以故心經彼彼日夜刹那臘縛等位非一衆多種種品類異生時生異滅時滅由心自性染汙之體不成實故名爲無身此未來世居四識住而有隨眠可於後生有往來義名寐於窟若有聰慧由此四相能於過現未來世心如實了知修厭離滅及心解脱彼能超度諸薩迦耶到於彼岸安住陸地名婆羅門

復次今當略辯上所説義謂薄伽梵此中略示心於過去長時染汙無作者性於現在世性是刹那自性清淨於未來世由有放逸不放逸故染汙清淨當知是名此中略義

誰能覆世間　誰能令不顯　誰復能塗染
誰爲大怖畏　無明覆世間　放逸令不顯
戲論能塗染　苦爲大怖畏　諸流處處漏
是漏誰能止　當説誰防護　衆流誰所堰
世間諸流漏　是漏念能止　我説能防護
由慧故能堰　念慧與名色　今問是一切
何當永滅盡　唯願爲我説　念慧與名色
我説是一切　若諸識永滅　於斯永滅盡
云何念所行　諸識當永滅　今請垂方便
爲釋令無疑　於内外諸受　都不生欣樂

如是念所行　諸識當永滅　若諸善說法
及有學異類　彼常委能趣　請大仙爲說
不耽著諸欲　其心無濁染　於諸法巧念
是苾芻能趣

此是波羅延中因阿氏多所請問頌言世間者略有三種一欲世間二色世間三無色世間今此義中意辯出家在家二種世間出家世間復有二種一惡說法二善說法惡說法者無明所覆善說法者由有明故應可顯了由放逸故令不顯了若諸在家異類白衣爲諸戲論之所塗染當知戲論略有三種謂三種言事名爲戲論於四種言說有所宣談亦名戲論能發語言所有尋伺亦名戲論若於過去未來現在三種言事依四言說發起異類分別思惟或違或順是名塗染若前戲論若後塗染諸在家者多分可得是故說彼爲諸論戲之所塗染此中惡說法者無明所覆善說法者放逸不顯諸在家者戲論塗染彼於現法苦因轉時於此苦因不能如實知是苦因於此苦因愛樂而住由此因緣生當來苦即說此苦名大怖畏又惡說法者由無明門從六處流漏泄衆苦諸在家者由戲論門從六處流漏泄衆苦善說法者由放逸門從六處流漏泄衆苦如是無明放逸戲論諸門流漏由聞他音內正作意於諸行中了知過患此相應念逆流而轉故能遮止如是方便名伏對治若出世間正見所攝諸無漏慧於三種流皆能堰塞如是方便名斷對治於此流漏若伏若永二種對治皆能斷故俱名防護又惡說法者及在家者一向墮於染汙品

攝若善說法毗柰耶中二種可得諸縱逸者隨雜染品非顯了攝不縱逸者隨清淨品顯了所攝又若已顯了若應顯了當知二種皆無放逸諸阿羅漢斯已顯了於不放逸無更須作不放逸事於四念住若念若慧已善修故已善證得清淨識故唯有決定於無餘依涅槃界中善清淨識當永滅故若念若慧亦隨永滅餘依所攝先業所引一切名色亦隨滅盡乃至彼法未永滅來於六恒住常善安住於離欲地所有內受及於諸欲相應外受不生欣樂如是名爲諸阿羅漢正念現行乃至壽盡識方永滅若諸有學斯應顯了於不放逸應更須作不放逸事彼復二種於不放逸不放逸事謂常所作委悉所作有學異類若諸有學極七反有或復家家一來果等及於現法堪般涅槃於下分結及上分結心無染汙爲斷彼故修習對治又於諸欲不耽著故諸下分結不能染汙心無濁故諸上分結不能染汙又於一切有苦法中　如實知集乃至出離於四念住善住其心修習如先所得聖道能趣究竟如是修習對治道故彼於一切不放逸中諸所應作不放逸事皆得究竟

復次今當略辯上所說義謂薄伽梵此中略示諸在家者及於外法而出家者決定雜染及顯於善說法毗柰耶中而出家者若行放逸隨染汙品若不放逸隨清淨品當知是名此中略義

於諸欲希求　或所期果遂　得已心定喜
至死而保愛　諸樂欲衆生　若退失諸欲
其色便變壞　如毒箭所中　若遠離諸欲

猶如毒蛇首　彼於愛世間　正念能超度
田事與金銀　牛馬珠環釧　女僕增諸欲
是人所耽樂　攀緣沉下劣　變壞生諸漏
從此集衆苦　如船破水溢　若永絶諸欲
如斷多羅頂　棄捨諸愁憂　猶蓮華水滴

此是義品中依諸欲頌謂如有一希求未來所有諸欲爲獲得故發勤方便得已現前耽著受用如是希求及正受用所得諸欲由此因緣生喜生樂如是總名諸欲愛味又彼希求及正受用所有諸欲於其所得所受用事若退失時隨彼諸欲戀著愛味愛箭入心如中毒箭受大憂苦或致殞沒如是名爲諸欲過患又復毒蛇譬諸欲境毒蛇首者譬諸欲中所有愛味若諸愚夫愛味諸欲貪著受用如蛇所螫若有多聞諸聖弟子遠離諸欲所有愛味如毒蛇首終不愛染而受用之廣說乃至不生耽著彼於諸色所有貪愛乃至於觸所有貪愛皆能調伏斷滅超度如是名爲諸欲出離又諸欲自性略有二種一者事欲二煩惱欲事欲有二一者穀彼所依處謂田事二者財彼所依處謂金銀等事何以故諸求穀者必求田事諸求財者必求金銀等事求金銀等復有二種一者事王二者商賈求穀求田方便須牛求財事王方便須馬求財商賈所有方便若金銀等共相應者謂諸寶珠金銀異類不相應者謂環釧等此舉最勝若買賣言說事務當知亦爾積集如是財穀事已受用戲樂所有助伴謂諸女色若未積集招集守護及息利中所有助伴謂諸僮僕如是財穀積集廣大於此處所耽樂不捨如

是一切皆名事欲煩惱欲者謂於事欲隨逐愛味依耽著識發生種種妄分別貪又於事欲由煩惱欲令心沉没成下劣性若彼事欲變壞散失便生諸漏愁歎憂悲種種苦惱纏繞其心彼由如是於現法中諸漏蔽伏無有對治猶如船破水漸盈溢招集當來生老病等種種苦惱若於諸欲已得出離便能永絶隨欲愛味發起貪著諸染汙識猶如斷截多羅樹頂不復生長又彼事欲可愛可樂乃至可意若變壞時於清淨識諸憂愁等一切苦惱皆不得住如蓮華葉水滴不著

復次今當略辯上所說義謂薄伽梵此中略示諸欲愛味過患出離三種自性又顯愛味能爲過患及彼出離所有功德當知是名此中略義

於過去無戀　不希求未來　現在諸法中處處遍觀察　智者所增長　無奪亦無動

此是造賢善頌謂如有一於佛所證法毗柰耶獲得淨信以正信心棄捨家法趣於非家由五種相修行梵行令善清淨謂能捨離居家諸行無所顧戀亦不緣彼心生追戀還起染著是名初相又於現法利養恭敬未來種類所有諸行不生希望亦不願求當來人天所有諸行修行梵行是第二相又於現在五取蘊攝色等諸法及彼安立能正觀察又於現法及當來世諸身惡行及惡果報謂我於身不應發起所有惡行廣說如經乃至應斷身諸惡行修身善行語意善行當知亦爾又於色等諸蘊能隨觀察去來今世皆是無常無常故苦苦故無我由無我故於彼一切不

執我所乃至於彼不執爲我如是如實正慧觀察是第三相又依初法毗鉢舍那諸根成熟福德智慧二種資粮於當來世通達增長非諸王等所能劫奪是第四相又依第二法毗鉢舍那於現法中涅槃功德能善增長非諸煩惱及隨煩惱所能傾動是第五相由此五相修行梵行令善清淨若依如是一日一夜亦爲賢善第一賢善當知超度此餘一切所有梵行

復次今當略辯上所說義謂薄伽梵此中略示於善說法毗柰耶中所修梵行於一切相皆善清淨不與他共當知是名此中略義嗢柁南曰

惡說貪流怖　類與池流貪　作劬勞得義

論議十四種

瑜伽師地論卷第十九

音釋

淤埿（淤央居切滓濁也埿年題切與泥同）筋（舉欣切骨絡也）氈（職緣切）觔（舉欣切與筋同）絍（汝鴆切縷也）骸（戶皆切骸骨也）𣪊（苦角切）魑魅（魑抽知切魅靡寄切魑魅鬼屬）駛（爽士切疾也）腥臊（腥桑經切臊蘇遭切腥臊犬羊臭也）屢（良遇切頻數也）擯（必刃切斥也）壍（七豔切坑也）軛（於革切）蠲（古玄切絜除也）礫（郎擊切小石也）毆擊（毆烏后切以杖擊也）螫（施隻切蟲行毒也）

瑜伽師地論卷第二十

彌勒菩薩說

唐三藏沙門玄奘奉　詔譯

本地分中修所成地第十二

已說思所成地云何修所成地謂略由四處當知普攝修所成地何等四處一者修處所二者修因緣三者修瑜伽四者修果如是四處七支所攝何等爲七一生圓滿二聞正法圓滿三涅槃爲上首四能熟解脫慧之成熟五修習對治六世間一切種清淨七出世間一切種清淨如此四處七支所攝普聖教義廣說應知依善說法毗柰耶中一切學處皆得圓滿

云何生圓滿當知略有十種謂依內有五依外有五總依內外合有十種云何生圓滿中依內有五謂衆同分圓滿處所圓滿依止圓滿無業障圓滿無信解障圓滿衆同分圓滿者謂如有一生在人中得丈夫身男根成就處所圓滿者謂如有一生在人中又處中國不生邊地謂於是處有四衆行謂苾芻苾芻尼近事男近事女不生達須篾戾車中謂於是處無四衆行亦無賢聖正至正行諸善丈夫依止圓滿者謂如有一生處中國不缺眼耳隨一支分性不頑嚚亦不瘖瘂堪能解了善說惡說所有法義無業障圓滿者謂如有一依止圓滿於五無間隨一業障不自造作不教他作若有作此於現身中必非證得賢聖法器無信解障圓滿者謂如有一必不成就五無間業不於惡處而生信解不於惡處發清淨心謂於種種邪天處所及於種種外

道處所由彼前生於佛聖教善説法處修習淨信長時相續由此因緣於今生中唯於聖處發生信解起清淨心云何生圓滿中依外有五謂大師圓滿世俗正法施設圓滿勝義正法隨轉圓滿正行不滅圓滿隨順資緣圓滿大師圓滿者謂即彼補特伽羅具內五種生圓滿已復得值遇大師出世所謂如來應正等覺一切知者一切見者於一切境得無障礙世俗正法施設圓滿者謂即彼補特伽羅值佛出世又廣開示善不善法有罪無罪廣説乃至諸緣生法及廣分別謂契經應頌記莂諷誦自説緣起譬喻本事本生方廣希法及與論議勝義正法隨轉圓滿者謂即大師善爲開示俗正法已諸弟子衆依此正法復得他人爲説隨順教戒教授修三十七菩提分法得沙門果於沙門果證得圓滿又能證得展轉勝上增長廣大所有功德正行不滅圓滿者謂佛世尊雖般涅槃而俗正法猶住未滅勝義正法未隱未斷隨順資緣圓滿者謂即四種受用正法因緣現前受用正法諸有正信長者居士婆羅門等知彼受用正法而轉恐乏資緣退失如是所受正法是故慇懃奉施種種衣服飲食諸坐臥具病緣醫藥供身什物如是十種名依內外生圓滿即此十種生圓滿名修瑜伽處所由此所依所建立處爲依止故證得如來諸弟子衆所有聖法如是聖法略有二種一有學法二無學法今此義中意取無學所有聖法謂無學正見廣説乃至無學正智何以故由諸有學雖有聖法而相續中非聖煩惱之所隨逐現可

得故如是初支生圓滿廣聖教義有此十種除此更無餘生圓滿若過若增云何聞正法圓滿謂若正說法若正聞法二種總名聞正法圓滿又正說法略有二種所謂隨順及無染汙廣說當知有二十種如菩薩地當說又正聞法略有四種一遠離憍傲二遠離輕懱三遠離怯弱四遠離散亂遠離如是四種過失而聽法者名正聞法當知廣說有十六種亦如菩薩地中當說

云何涅槃爲上首謂如來弟子依生圓滿轉時如先所說相而聽聞正法唯以涅槃而爲上首唯求涅槃唯緣涅槃而聽聞法不爲引他令信於已不爲利養恭敬稱譽又緣涅槃而聽法者有十法轉涅槃爲首謂依止有餘依涅槃界及無餘依涅槃界當知依止有餘依涅槃界有九法轉涅槃爲首依止無餘依涅槃界有一法轉涅槃爲首謂以聞所成慧爲因於道道果涅槃起三種信解一信實有性二信有功德三信已有能樂方便如是信解生已爲欲成辦思所成智身心遠離憒鬧而住遠離障蓋諸惡尋思依止此故便能趣入善決定義思所成智依止此故又能趣入無間殷重二修方便由此次第乃至證得修所成智依止此故見生死過失發起勝解見涅槃功德發起勝解由串修故入諦現觀先得見道有學解脫已得見迹於上修道由數習故更復證得無學解脫由證此故解脫圓滿即此解脫圓滿名有餘依涅槃界即此涅槃以爲上首令前九法次第修習而得圓滿當知即此解脫圓滿以無餘依涅槃界而爲

上首如是涅槃爲首聽聞正法當知獲得五種勝利何等爲五謂聽聞法時饒益自他修正行時饒益自他及能證得衆苦邊際若說法師爲此義故宣說正法其聽法者即以此意而聽正法是故此時名饒益他又以善心聽聞正法便能領受所說法義甚深上味因此證得廣大歡喜又能引發出離善根是故此時能自饒益若有正修法隨法行大師爲欲建立正法方便示現成正等覺云何令彼正修行轉故彼修習正法行時即是法爾供養大師是故說此名饒益他因此正行堪能證得寂靜清涼唯有餘依涅槃之界是故說此能自饒益若無餘依涅槃界中般涅槃時名爲證得衆苦邊際是名涅槃以爲上首聽聞正法所得勝利如是名爲涅槃爲首所有

廣義除此更無若過若增云何能熟解脫慧之成熟謂毗鉢舍那支成熟故亦名慧成熟奢摩他支成熟故亦名慧成熟所以者何定心中慧於所知境清淨轉故又毗鉢舍那支最初必用善友爲依奢摩他支尸羅圓滿之所攝受又依善友之所攝受於所知境眞實性中有覺了欲依尸羅圓滿之所攝受於增上尸羅毀犯淨戒現行非法壞軌範中若諸有智同梵行者由見聞疑或舉其罪或令憶念或令隨學於爾所時堪忍譏論又依所知眞實覺了欲故愛樂聽聞初樂聞故便發請問依請問故聞昔未聞甚深法義數數聽聞無間斷故於彼法義轉得明淨又能除遣先所生疑如是覺慧轉明淨故於諸世間所有盛事能見過患深心厭離

如是厭心善作意故於彼一切世間盛事不生願樂彼由如是於諸世間增上生道無願心故爲欲斷除諸惡趣法心生正願又爲修習能對治彼所有善法修習一切煩惱對治所有善法爲欲證得彼對治果亦爲自心得清淨故心生正願如是十種能熟解脫慧成熟法如先所說漸次能令解脫圓滿又隨次第已說三支謂聞正法圓滿涅槃爲上首能熟解脫慧之成熟如是三支廣聖教義謂十種除此更無若過若增又此三支當知即是修瑜伽因緣何以故由依此次第此因此緣修習瑜伽方得成滿謂依聞正法圓滿涅槃爲上首能熟解脫慧成熟故

云何修習對治當知略說於三位中有十種修習瑜伽所對治法云何三位一在家位二出家位三遠離閑居修瑜伽位云何十種修習瑜伽所對治法謂在家位中於諸妻室有婬欲相應貪於餘親屬及諸財寶有受用相應愛如是名爲處在家位所對治法由此障礙於一切種不能出離設得出家由此尋思之所擾動爲障礙故不生喜樂如是二種所對治法隨其次第修不淨想修無常想當知是彼修習對治又出家者於出家位中時時略有四種所作一常方便修善法所作謂我於諸法當方便修爲依止故當能制伏隨愛味樂一切心識又能如實覺了苦性二於無戲論涅槃信解愛樂所作謂我當於無戲論涅槃心無退轉不生憂慮謂我我今者何所在耶三於時時中遊行聚落乞食所作謂我乞食受用爲因身得久住有力調適常能方

便修諸善法四於遠離處安住所作謂若愛樂與諸在家又出家衆雜居住者便有種種世間相應見聞受用諸散亂事勿我於彼正觀觀察心一境位當作障礙於四種所作事中當知有四所對治法於初所作有嬾惰懈怠於第二所作有薩迦耶見於第三所作有愛味貪於第四所作有世間種種樂欲貪愛如是四種所對治法如其次第亦有四種修習對治一於無常修習苦想二於衆苦修無我想三於飲食修厭逆想四於一切世間修不可樂想又於遠離閑居方便作意位中當知略有四種所治何等爲四一於奢摩他毗鉢舍那品有暗昧心二於諸定有隨愛味三於生有隨動相心四推後後日顧待餘時隨不死尋不能熾然勤修方便如是四種所對治法當知亦有四種修習對治一修光明想二修離欲想三修滅想四修死想又不淨想略有二種一思擇力攝二修習力攝思擇力攝不淨想中當知五法爲所對治何等爲五一親近母邑二處顯失念三居隱放逸四通處隱顯由串習力五雖勤方便修習不淨而作意錯亂謂不觀不淨隨淨相轉如是名爲作意錯亂修習力攝不淨想中當知七法爲所對治何等爲七謂本所作事心散亂性本所作事趣作用性方便作意不善巧性由不恭敬勤請問故又由不能守根門故雖處空閑猶有種種染汙尋思擾亂其心又於飲食不知量故身不調適又爲尋思所擾亂故不樂遠離內心寂靜奢摩他定又由彼身不調適故不能善修毗鉢舍那不能如實觀察諸

法如是一切所對治法當知總說一門十二一門十四又即如是所對治法能治白法還有爾所於修二種不淨想中當知多有所作又於無常所修苦想略有六種所對治法何等爲六一於未生善法最初應生而有懶惰二於已生善法應住不忘修習圓滿倍令增廣所有懈怠三於恭敬師長往請問中不恒相續四於恒修善法常隨師轉遠離淨信五由遠離淨信不能常修六於內放逸由放逸故於常修習諸善法中不恒隨轉如是六種所對治法還有六法能爲對治多有所作與此相違應知其相又光明想緣多光明以爲境界如三摩呬多地中已說今此義中意辯緣法光明以爲境界修光明想謂如所聞已得究竟不忘念法名法光明與彼俱行彼相應想應知名光明想何以故眞實能令心暗昧者謂方便修止觀品時於諸法中所有忘念與此相違當知即是光明又第一義思所成慧及修所成慧俱光明想有十一法爲所對治云何十一謂思所成慧俱光明想有四法修所成慧俱光明想有七法如是所治合有十一思所成慧俱光明想有四法者一不善觀察故不善決定故於所思惟有疑隨逐二住於夜分懶惰懈怠故多習睡眠故虛度時分三住於晝分習近邪惡食故身不調柔不能隨順諦觀諸法四與在家出家共相雜住於隨所聞所究竟法不能如理作意思惟如是疑隨逐故障礙能遣疑因緣故此四種法是思所成慧俱光明想之所對治令思所成若智若見不得清淨何等名爲修所成慧

俱光明想所治七法一依舉相修極勇精進所對治法二依止相修極劣精進所對治法三依捨相修貪著定味與愛俱行所有勇悅四於般涅槃心懷恐怖與瞋恚俱其心怯弱二所治法五即依如是方便作意於法精勤論議決擇於立破門多生言論相續不捨此於寂靜正思惟時能爲障礙六於色聲香味觸中不如正理執取相好不正尋思令心散亂七於不應思處强攝其心思擇諸法如是七種是修所成慧俱光明想所對治法極能障礙修所成慧俱光明想令修所成若智若見不清淨轉此所治法還有十一與此相違能對治法能斷於彼當知亦令思修所成若智若見清淨而轉又正方便修諸想者有能斷滅所治法欲又於所治現行法中心不染著速令斷滅又能多住能對治法斷滅一切所對治法如是三法隨逐一切對治修故名多所作如是名爲修習對治此修對治當知即是修習瑜伽此第五支修習對治廣聖教義當知唯有如是十相除此更無若過若增

云何世間一切種清淨當知略有三種一得三摩地二三摩地圓滿三三摩地自在此中最初有二十種得三摩地所對治法能令不得勝三摩地何等二十一有不樂斷同梵行者爲伴過失二伴雖有德然能宣說修定方便師有過失謂顛倒說修定方便三師雖有德然於所說修定方便其能聽者欲樂羸劣心散亂故不能領受過失四其能聽者雖有樂欲屬耳而聽然暗鈍故覺慧劣故不能領受過失五雖有智德然是愛行多求利養恭

敬過失六多分憂愁難養難滿不知喜足過失七即由如是增上力故多諸事務過失八雖無此失然有懈怠懶惰故棄捨加行過失九雖無此失然有爲他種種障礙生起過失十雖無此失然有於寒熱等苦不能堪忍過失十一雖無此失然有慢恚過故不能領受教誨過失十二雖無此失然有於教顛倒思惟過失十三雖無此失然有於所受教有忘念過失十四雖無此失然有在家出家雜住過失十五雖無此失然有受用五失相應卧具過失五失相應卧具應知如聲聞地當說十六雖無此失然於遠離處不守護諸根故有不正尋思過失十七雖無此失然由食不平等故有身沉重無所堪能過失十八雖無此失然性多睡眠有多睡眠隨煩惱現行過失十九雖無此失然不先修行奢摩他品故於內心寂止遠離中有不欣樂過失二十雖無此失然先不修行毗鉢舍那品故於增上慧法毗鉢舍那如實觀中有不欣樂過失如是二十種法是奢摩他毗鉢舍那品證得心一境性之所對治又此二十種所對治法略由四相於所生起三摩地中堪能爲障何等爲四一於三摩地方便不善巧故二於一切修定方便全無加行故三顛倒加行故四加行緩緩故此三摩地所對治法有二十種白法對治與此相違應知其相由此能斷所對治法多所作故疾疾能得正住其心證三摩地又得此三摩地當知即是得初靜慮近分定未至位所攝又此得三摩地相違法及得三摩地隨順法廣聖教義當知唯有此二十

種除此更無若過若增由此因緣依初世間一切種清淨於此正法補特伽羅得三摩地已善宣說已善開示

復次如是已得三摩地者於此少小殊勝定中不生喜足於勝三摩地圓滿更起求願又即於彼見勝功德又由求願見勝功德爲求彼故勇猛精進策勵而住又彼於色相應愛味俱行煩惱非能一切皆永斷故名非得勝又非於彼諸善法中皆勤修故名他所勝又於廣大淨天生處無有沉没又彼無能陵懱於已下劣信解增上力故又彼如是心無沉没於定所緣境界法中即先所得止舉捨相無間殷重方便修故隨順而轉又彼如是隨法相轉數入數出爲欲證得速疾通慧依定圓滿樂聞正法故於時時中慇懃請問又依如是三摩地圓滿故於正方便根本定攝內心奢摩他證得遠離愛樂又證得法毗鉢舍那如是觀察熾然明淨所有愛樂當知齊此已能證入根本靜慮如是名爲三摩地圓滿又此三摩地圓滿廣聖教義當知唯有如是十相除此更無若過若增

復次雖已證得根本三摩地故名三摩地圓滿其心猶爲三摩地生愛味慢見疑無明等諸隨煩惱之所染汙未名圓滿清淨鮮白爲令如是諸隨煩惱不現行故爲練心故爲調心故彼作是思我應當證心自在性定自在性於四處所以二十二相應善觀察謂自誓受下劣形相威儀衆具又自誓受禁制尸羅又自誓受精勤無間修習善法若有爲斷一切苦惱受此三處應正觀察衆苦隨逐由剃

除鬚髮故捨俗形好故著壞色衣故應自觀察形色異人如是名爲觀察誓受下劣形相於行住坐卧語默等中不隨欲行制伏憍慢往趣他家審正觀察遊行乞食如是名爲觀察誓受下劣威儀又正觀察從他獲得無所畜積諸供身具如是名爲觀察誓受下劣衆具由此五相當知是名初處觀察又善說法毗柰耶中諸出家者所受尸羅略捨二事之所顯現一者棄捨父母妻子奴婢僕使朋友眷屬財穀珍寶等所顯二者棄捨歌舞倡妓笑戲歡娛遊縱掉逸親愛聚會種種世事之所顯現又彼安住尸羅律儀不由犯戒私自懇責亦不爲彼同梵行者以法訶擯有犯尸羅而不輕舉若於尸羅有所缺犯由此因緣便自懇責若同梵行以法訶擯即便如法而自悔除於能舉罪同梵行者心無恚恨無損無惱而自修治由此五相是名於第二處觀察如是尸羅善圓滿已應以五相精勤方便修諸善品謂時時間諮受讀誦論量決擇勤修善品如是乃應受他信施又樂遠離以正方便修諸作意又復晝夜於退分勝分二法知斷修習又於生死見大過失又於涅槃見勝功德由此五相是名第三處觀察如是精勤修善品者略爲四苦之所隨逐謂於四沙門果未能隨有所證故猶爲惡趣苦所隨逐體是生老病死法故爲内壞苦之所隨逐一切所愛離別法故爲愛壞苦之所隨逐自業所作故一切苦因之所隨逐彼爲如是四苦隨逐應以七相審正觀察由此七相是名第四處觀察彼於如是四處以二十二相正觀

察時便生如是如理作意謂我爲求如是事故誓受下劣形相威儀及資身具誓受禁戒誓受精勤常修善法而我今者於四種苦爲脱何等若我如是自策自勵誓受三處猶爲四苦常所隨逐未得解脱我今不應爲苦隨逐未於勝定獲得自在中路止息或復退屈如是精勤如理作意乃得名爲出家之想及沙門想彼於圓滿修多方便以爲依止由世間道證得三摩地圓滿故於煩惱斷猶未證得復依樂斷常勤修習又彼已得善世間道數數爲得三摩地自在故依止樂修無間而轉又於正信長者居士婆羅門等獲得種種利養恭敬而不依此利養恭敬而生貪著亦不於他利養恭敬及餘不信婆羅門等對面背面諸不可意身業語業現行事中心生憤恚又復於彼無損害心又愛慢見無明疑惑種種定中諸隨煩惱不復現行善守念住又非證得勝奢摩他即以如是奢摩他故謂已一切所作已辦亦不向他説已所證彼由如是樂斷樂修心無貪恚正念現前離增上慢於諸衣服隨宜獲得便生喜足如於衣服於餘飲食臥具等喜足當知亦爾又正了知而爲受用謂如是等諸資生具但爲治身令不敗壞暫止饑渴攝受梵行廣説乃至於食知量彼由如是正修行故於三摩地獲得自在依止彼故其心清白無有瑕穢離隨煩惱廣説乃至獲得不動能引一切勝神通慧是名三摩地自在此三摩地自在廣義當知唯有如所説相除此更無若過若增又先所説得三摩地若中所説三摩地圓滿及今所説三

摩地自在總名無上世間一切種清淨當知此清淨唯在正法非諸外道

云何出世間一切種清淨當知略有五種何等爲五一入聖諦現觀二入聖諦現觀已離諸障礙三入聖諦現觀已爲欲證得速疾通慧作意思惟諸歡喜事四修習如所得道五證得極清淨道及果功德

云何入聖諦現觀謂有如來諸弟子衆已善修習世間清淨知長夜中由妙五欲積集其心食所持故長養其心於彼諸欲生愛樂故而於諸欲深見過患於上勝境見寂靜德彼於戲論界易可安住謂於世間一切種清淨於無戲論界難可安住謂於出世間一切種清淨是故於彼厭惡而住非不厭惡又此住正法者於無戲論涅槃界中心樂安住樂欲證得由闕沙門果證增上力故於已雜染相應心生厭患於已清淨不相應心生厭患於已雜染相應過患心生厭患於已清淨不相應過患心生厭患於已清淨見難成辦心生厭患此中略有三種雜染相應一未調未順而死雜染相應二死已當墮煩惱大坑雜染相應三由彼煩惱自在力故現行種種惡不善業往有怖處雜染相應彼觀已身闕沙門果證由彼闕故與三種雜染相應如是觀已心生厭患當知清淨不相應亦有三種一諸煩惱斷究竟涅槃名無怖處二能證此謂依增上心學善心三摩地三能證此於增上慧學正見所攝微妙聖道彼觀已身與此三種清淨不相應故心生厭患當知雜染相應過患亦有三種一老病死苦根本之生二自性

苦生無暇處三一切生無常性彼觀已身有此三種雜染相應過患心生厭患當知清淨不相應過患有五種一於邊地生未能止息二於惡道生未能止息三於在家衆諸無間業未能偃塞四於出家衆無量見趣未不相應五雖由世間道乃至有頂若定若生而於無初後際生死流轉未作邊際彼觀自身有此五種清淨不相應過患心生厭患於已清淨見難成辦當知亦有五種一若捨不爲不能自作故二於所餘事非請他爲能成辦故三決定應作故由於自心未令清淨必於衆苦不得解脱成吉祥性四非於惡業現在不作即說彼爲已作清淨即名已得於現見法永離熾然無對治道先所造作惡不善業必不壞故五由彼清淨學無學道證得所顯故彼觀清淨由此五相難可成辦心生厭患又復發起堅固精進爲欲證得彼由觀見雜染清淨相應不相應故心生厭患又由觀見雜染清淨相應不相應過患故心生怖畏又於清淨證得又雜染斷滅中有懶惰懈怠故心便遮止又由作意思惟彼相故以生厭患即於此相多所作故心極厭患如厭患極厭患怖畏極怖畏遮止極遮止當知亦爾如是彼以由厭俱行想於五處所以二十種相作意思惟故名善修治復有五因二十種相之所攝受令於愛盡寂滅涅槃速疾多住心無退轉亦無憂慮謂我我今者爲何所在何等五因一由通達作意故謂由如是通達作意無間必能趣入正性離生入諦現觀證聖智見二由所依故謂由依此所依無間必能趣入

正性離生餘如前說三由入境界門故謂由緣此入境界門必能趣入正性離生餘如前說四由攝受資粮故謂由此攝受資粮必能趣入正性離生餘如前說五由攝受方便故謂由攝受如是方便必能趣入正性離生乃至廣說如是五因當知依諦現觀逆次因說非順次因依最勝因如先說事逆次說故謂於空無願無相加行中於隨入作意微細現行有間無間隨轉我慢俱行心相能障現觀作意正通達故既通達已於作意俱行心任運轉中能善棄捨令無間滅依無間滅心由新所起作意以無常等行如實思惟由此作意修習多修習故所緣能緣平等平等智生彼於爾時能障現觀我慢亂心便永斷滅證得心一境性便自思惟我已證得心一境性

如實了知當知是名由通達作意故入諦現觀又若先以世間道得三摩地亦得圓滿亦得自在彼或於入三摩地相謂由此故入三摩地或於住三摩地相謂由此故住三摩地或於出三摩地相謂由此故出三摩地於此諸相作意思惟安住其心入諦現觀若得三摩地而未圓滿亦未自在彼或思惟止相或思惟舉相或思惟捨相安住其心入諦現觀如是當知由所依故其心安住又有二法於修現觀極爲障礙何等爲二一不正尋思所作擾亂心不安靜二於所知事其心顛倒爲欲對治如是障礙當知有二種於所緣境安住其心謂爲對治第一障故修阿那波那念爲對治第二障故修諸念住如是當知由入境界門故其心安住又於妙五欲樂習近者

於聖法毗柰耶非所行處若於隨宜所得衣服飲食諸坐卧具便生喜足隨所獲得利養恭敬制伏其心謂依妙五欲不由所得利養恭敬心便堅住由此因緣遠離一切非所行處既遠離已依諸念住樂斷樂修於晝夜分時時觀察自他所有衰盛等事心生厭患又復修習佛隨念等令心清妙又復安住諸聖種中如是當知由資粮故其心安住此依最勝資粮道說又彼如是資粮住已爲修相應作意加行故有二種加行方便何等爲二一自於契經阿毗達磨讀誦受持修正作意於蘊等事令極善巧二依他師教所謂大師鄔波柁耶阿遮利耶於時時間教授教誡攝受依止又正加行作意思惟當知是名第三方便此正加行作意思惟名正加行此中義者謂尸羅淨所有作意名正加行作意思惟彼自思惟尸羅清淨故無悔惱無悔惱故便生歡喜廣說乃至心入正定是故宣說此正加行作意思惟名心住方便由如是方便故心速安住彼於爾時由此五因二十種相攝持其心於愛盡寂滅涅槃界中令善安住無復退轉心無驚怖謂我我今者何所在耶當於如是心安住時應知已名入諦現觀如是名入聖諦現諦又此聖諦現觀義廣說應知謂心厭患相有二十種心安住相亦二十種除此更無若過若增

云何入聖諦現觀已離諸障礙當知此障略有二種一行處障二住處障行處障者謂如聖弟子或與衆同居隨其生起僧所作事棄捨善品數與衆會或復安住常乞食法而愛

重飲食或兼二處好樂營爲衣鉢等事或爲讀誦經典而好樂談話或居夜分而樂著睡眠或居晝分樂王賊等雜染言論或於是處有親戚交遊談謔等住而於是處不樂遠離謂長夜數習與彼共居增上力故或復樂與第二共住諸如是等名行處障住處障者謂處空閑修奢摩他毗鉢舍那總名爲住依奢摩他毗鉢舍那當知復有四種障礙一毗鉢舍那支不隨順性二奢摩他支不隨順性三彼俱品念不隨順性四處所不隨順性若謂已聰明而生高舉不從他聞順觀正法是名毗鉢舍那支不隨順性若不安靜身語意行躁動輕舉數犯尸羅生憂悔等乃至不得心善安住當知是名奢摩他支不隨順性若有忘念增上力故於沉掉等諸隨煩惱心不遮護當知是名彼俱品念不隨順性若有習近五失相應諸坐臥具當知是名處所不順隨性或於晝分多諸諠逸於夜分中多蚊䖟等衆苦所觸又多怖畏多諸災癘衆具匱乏不可愛樂惡友攝持無諸善友諸如是等名住處障又此二障當知總有二種因緣能爲遠離一多諸定樂二多諸思擇多諸定樂應知略有六種謂若有已得三摩地而未圓滿未得自在彼應修習止舉捨三種善巧由此發生多諸定樂若有於三摩地已得圓滿亦得自在彼應修習入住出定三種善巧由此發生多諸定樂云何名爲多諸思擇謂勝善慧名爲思擇由此慧故於晝夜分自已所有善法增長如實了知不善法增長如實了知善法衰退如實了知不善法衰退如實了知又

彼如於晝夜若行若住習近衣服飲食命緣由習近故不善法增長善法衰退或善法增長不善法衰退皆如實了知即此思擇爲依止故於所生起諸不善法由不堅著方便道理驅擯遠離於諸善法能勤修習如是二處十種善巧於二處所十一種障能令斷滅隨所生起即便遠離如是名爲遠離障礙又此遠離障礙義廣說應知如所說相除此更無若過若增

云何入聖諦現觀已爲欲證得速疾通慧作意思惟諸歡喜事謂聖弟子已見聖諦已得證淨即以證淨爲依止故於佛法僧勝功德田作意思惟發生歡喜又依自增上生事及決定勝事謂已身財寶所證盛事作意思惟發生歡喜又依無嫉如於自身於他亦爾又依知恩謂有恩者念大師恩作意思惟發生歡喜由依彼故遠離衆苦及與苦因引發衆樂及與樂因如是思惟隨順修道歡喜事故便能證得速疾通慧又此思惟隨順修道歡喜事義廣說應知如所說相除此更無若過若增

云何修習如所得道謂彼如是所生廣大無罪歡喜漑灌其心爲趣究竟於現法中心極思慕彼由如是心生思慕出離樂欲數數現行謂我何當能具足住如是聖處如阿羅漢所具足住如是欲樂生已發勤精進無間常委於三十七菩提分法方便勤修又彼如是勤精進故不與在家出家衆相雜住習近邊際諸坐卧具心樂遠離又彼如是發生欲樂發勤精進樂遠離已不生喜足謂於少分殊勝所證心無喜足於諸善法轉上轉勝

轉微妙處希求而住由此四法攝受修道極善攝受即此四種修道爲依如先所說諸歡喜事所作歡喜彼於爾時修圓滿最極損減方便道理煩惱斷故獲得殊勝所證法故亦令喜悦修得圓滿又修所斷惑品麤重已遠離故獲得輕安輕安故生身心清涼極所攝受如是二種修得圓滿又此有學金剛喻定到究竟故修得圓滿是名修習如所得道又此修習如所得道義廣說應知謂四種法爲依止故能令五法修習圓滿除此更無若過若增云何證得極清淨道及果功德謂於三位樂位苦位不苦不樂位爲諸煩惱之所隨眠有二種補特伽羅多分所顯一者異生二者有學又有二種能發起雜染品一者取雜染品二者行雜染品即爲斷此二雜染品入

善說法毗柰耶時能爲障礙所有煩惱此諸煩惱能爲隨眠深遠入心又能發生種種諸苦若能於此無餘永斷名爲證得極淨道果又十無學支所攝五無學蘊所謂戒蘊定蘊慧蘊解脱蘊解脱智見蘊名極清淨道又由證得此極淨道離十過失住聖所住云何名爲十種過失所謂依外諸欲所有愁歎憂苦種種惱亂苦苦相應過失又有依内不護諸根過失由不護諸根故生愁歎等又有愛味樂住過失又有行住放逸過失又有外道不共即彼各别邪見所起語言尋思追求三種過失又有依靜慮邊際過失又有緣起所攝發起取雜染品過失又有發起行雜染品過失若於如是十種過失永不相應唯有最後身所任持第二餘身畢竟不起於最寂靜涅

槃界中究竟安住一切有情乃至上生第一有者於彼一切所有有情得爲最勝是故說名住聖所住以能遠離十種過失又能安住聖所住處故名功德又若彼果若極淨道若彼功德如是一切總略說名證得極清淨道及果功德又此證得極清淨道及果功德義廣說應知如所說相除此更無若過若增若得如是最上無學諸聖法者如是聖法相應之心於妙五欲極爲厭背無異熟故後更不續若世間心雖復已斷猶得現行彼於後時任運而滅又煩惱道後有業道於現法中巳永斷絶由彼絶故當來苦道更不復轉由此因果永滅盡故即名苦邊更無所餘無上無勝此中若入聖諦現觀若離障礙若爲證得速疾通慧作意思惟諸歡喜事若修習如所得道若證得極清淨道及果功德如是名爲出世間一切種清淨又此出世間一切種清淨義廣說應知如所說相除此更無若過若增如是若先所說世間一切種清淨若此所說出世間一切種清淨總略爲一說名修果如是如先所說若修處所若修因緣若修瑜伽若修果一切總說爲修所成地

瑜伽師地論卷第二十

音釋

篾戾車　梵語也此云邊地篾莫結切戾郎計切
囂　語巾切口不道忠信之言爲囂
瘖瘂　瘖於金切瘂烏下切
記莂　莂必列切記莂謂授將來成佛之記劫國名號之莂也
憍傲　憍舉喬切恣也傲五到切倨也
偃　於殄切
謔　虛約切戲調也
癘　力制切疫癘也
溉灌　溉古代切滌也灌古玩切注也

瑜伽師地論卷第二十一

彌勒菩薩說

唐三藏沙門玄奘奉詔譯

本地分中聲聞地第十三

初瑜伽處種性地品第一

如是已說修所成地云何聲聞地一切聲聞地總嗢柁南曰

若略說此地　性等數取趣　如應而安立
世間出世間　此地略有三　謂種性趣入
及出離想地　是說爲聲聞

云何種性嗢柁南曰

若略說一切　種性地應知　謂自性安立
諸相數取趣

謂若種性自性若種性安立若住種性者所有諸相若住種性補特伽羅如是一切總略爲一名種性地

云何種性謂住種性補特伽羅有種子法由現有故安住種性補特伽羅若遇勝緣便有堪任便有勢力於其涅槃能得能證問此種性名有何差別答或名種子或名爲界或名爲性是名差別問今此種性以何爲體答附在所依有如是相六處所攝從無始世展轉傳來法爾所得於此立有差別之名所謂種性種子界性是名種性

云何種性安立謂應問言今此種性爲當言細爲當言麤應答言細何以故由此種子未能與果未習成果故名爲細若已與果已習成果爾時種性若種若果俱說名麤

問如是種性當言墮一相續墮多相續答當言墮一相續所以者何若法異相俱有而轉

見彼差别種種相續種種流轉如是種子非於六處有别異相即於如是種類分位六處殊勝從無始世展轉傳來法爾所得有如是想及以言說謂爲種性種子界性是故當言墮一相續

問若住種性補特伽羅有涅槃法此住種性有涅槃法補特伽羅何因緣故有涅槃法而前際來長時流轉不般涅槃答四因緣故不般涅槃何等爲四一生無暇故二放逸過故三邪解行故四有障過故云何生無暇謂如有一生於邊國及以達須蔑戾車中四衆賢良正至善士不往遊涉是名生無暇云何放逸過謂如有一雖生中國又非達須非蔑戾車四衆賢良正至善士皆往遊涉而生貴家財寶具足於諸妙欲躭著受用不見過患不知出離是名放逸過云何邪解行謂如有一雖生中國乃至廣說而有外道種種惡見謂起如是見立如是論無有施與廣說乃至我自了知無諸後有復由如是外道見故不值諸佛出現世間無諸善友說正法者是名邪解行云何有障過謂如有一雖生中國廣說如前亦值諸佛出現於世遇諸善友說正法者而性愚鈍頑騃無知又復瘖瘂以手代言無力能了善說惡說所有法義或復造作諸無間業或復長時起諸煩惱是名有障過如是名爲四種因緣由此因緣故雖般涅槃法而不般涅槃彼若值遇諸佛出世聽聞正法獲得隨順教授教誡無彼因緣爾時方能善根成熟漸次乃至得般涅槃無涅槃法補特伽羅住決定聚彼若遇緣若不遇緣遍一切

種畢竟不能得般涅槃
問何等名爲涅槃法緣而言闕故無故不會遇故不般涅槃答有二種緣何等爲二一勝二劣云何勝緣謂正法增上他音及内如理作意云何劣緣謂此劣緣乃有多種謂若自圓滿若他圓滿若善法欲若正出家若戒律儀若根律儀若於食知量若初夜後夜常勤修習悎寤瑜伽若正知而住若樂遠離若清淨諸蓋若依三摩地云何自圓滿謂善得人身生於聖處諸根無缺勝處淨信離諸業障云何名爲善得人身謂如有一生人同分得丈夫身男根成就或得女身如是名爲善得人身云何名爲生於聖處謂如有一生於中國廣説如前乃至善士皆往遊涉如是名爲生於聖處云何名爲諸根無缺謂如有一性不愚鈍亦不頑騃又不瘖瘂乃至廣説支節無減彼由如是支節無缺耳無缺等能於善品精勤修集如是名爲諸根無缺云何名爲勝處淨信謂如有一於諸如來正覺所説法毗柰耶得淨信心如是名爲勝處淨信言勝處者謂諸如來正覺所説法毗柰耶能生一切世出世間白淨法故此中所起前行增上諸清淨信名勝處淨信能除一切所有煩惱垢穢濁故云何名爲離諸業障謂能遠離五無間業所謂於彼害母害父害阿羅漢破和合僧於如來所惡心出血隨一所有無間業障於現法中不作不行如是名爲離諸業障若有於此五無間業造作增長於現法中竟不能轉得般涅槃生起聖道故約彼説離諸業障唯由如是五種支分自體圓滿是故説

此名自圓滿云何他圓滿謂諸佛出世說正法教法教久住法住隨轉他所哀愍云何名爲諸佛出世謂如有一普於一切諸有情類起善利益增上意樂修習多千難行苦行經三大劫阿僧企耶積集廣大福德智慧二種資糧獲得最後上妙之身安坐無上勝菩提座斷除五蓋於四念住善住其心修三十七菩提分法現證無上正等菩提如是名爲諸佛出世過去未來現在諸佛皆由如是名爲出世云何名爲說正法教謂即如是諸佛世尊出現於世哀愍一切諸聲聞故依四聖諦宣說眞實苦集滅道無量法教所謂契經應頌記別諷誦自說因緣譬喻本事本生方廣希法論議如是名爲說正法教諸佛世尊及聖弟子一切正士皆乘此法而得出離然後爲他宣說稱讃是故說此名爲正法宣說此故名正法教云何名爲法教久住謂說正法已轉法輪已乃至世尊壽量久住及涅槃後經爾所時正行未滅正法未隱如是名爲正法久住如是久住當知說彼勝義正法住證道理云何名爲法住隨轉謂即如是證正法者了知有力能證如是正法衆生即如所證隨轉隨順教授教誡如是名爲法住隨轉云何名爲他所哀愍他謂施主彼於行者起哀愍心惠施隨順淨命資具所謂如法衣服飲食諸坐卧具病緣醫藥如是名爲他所哀愍云何善法欲謂如有一或從佛所或弟子所聞正法已獲得淨信得淨信已應如是學在家煩擾若居塵宇出家閑曠猶處虛空是故我今應捨一切妻子眷屬財穀珍寶於善說

法毗柰耶中正捨家法趣於非家既出家已勤修正行令得圓滿於善法中生如是欲名善法欲云何正出家謂即由此勝善法欲增上力故白四羯磨受具足戒或受勞策所學尸羅是名正出家云何戒律儀謂彼如是正出家已安住具戒堅牢防護别解律儀軌則所行皆得圓滿於微小罪見大怖畏受學一切所有學處是名戒律儀云何根律儀謂即依此尸羅律儀守護正念修常委念以念防心行平等位眼見色已而不取相不取隨好恐依是處由不修習眼根律儀防護而住其心漏泄所有貪憂惡不善法故即於彼修律儀行防護眼根依於眼根修律儀行如是行者耳聞聲已鼻齅香已舌甞味已身覺觸已意了法已而不取相不取隨好恐依是處由不修習意根律儀防護而住其心漏泄所有貪憂惡不善法故即於彼修律儀行防護意根依於意根修律儀行是名根律儀云何於食知量謂彼如是守諸根已以正思擇食於所食不爲倡蕩不爲憍逸不爲飾好不爲端嚴食於所食然食所食爲身安住爲暫支持爲除飢渴爲攝梵行爲斷故受爲令新受當不更生爲當存養力樂無罪安隱而住如是名爲於食知量云何初夜後夜常勤修習悎寤瑜伽謂彼如是食知量已於晝日分經行宴坐二種威儀從順障法淨修其心於初夜分經行宴坐二種威儀從順障法淨修其心過此分已出住處外洗濯其足右脇而卧重累其足住光明想正念正知思惟起想於夜後分速疾悎寤經行宴坐二種威儀從順障

法淨修其心如是名爲初夜後夜常勤修習悎寤瑜伽云何正知而住謂彼如是常勤修習悎寤瑜伽已若往若來正知而住若覩若瞻正知而住若屈若伸正知而住持僧伽胝及以衣鉢正知而住若食若飲若噉若嘗正知而住若行若住若坐若卧正知而住於悎寤時正知而住若語若默正知而住如解勞睡時正知而住是名爲正知而住云何樂遠離謂由如是所修善法無倒修治初業地已遠離一切卧具貪著住阿練若樹下空室山谷峯穴草積迴露塜間林藪虛曠平野邊際卧具是名樂遠離云何清淨諸蓋謂彼如是住阿練若或復樹下或空室等於五種蓋淨修其心所謂貪欲瞋恚惛沉睡眠掉舉惡作及以疑蓋從彼諸蓋淨修心已心離諸蓋安住賢善勝三摩地如是名爲清淨諸蓋云何依三摩地謂彼如是斷五蓋已便能遠離心隨煩惱遠離諸欲惡不善法有尋有伺離生喜樂入初靜慮具足安住尋伺寂靜於内等淨心一趣性無尋無伺定生喜樂第二靜慮具足安住遠離喜貪安住捨念及以正知身領受樂聖所宣說捨念具足安樂而住第三靜慮具足安住究竟斷樂先斷於苦喜憂倶没不苦不樂捨念清淨第四靜慮具足安住如是名爲依三摩地彼由如是漸次修行後後轉勝轉增轉上修集諸緣初自圓滿依二摩地以爲最後得如是心清淨鮮白無諸瑕穢離隨煩惱質直堪能安住無動若復獲得依四聖諦爲令遍知永斷作證修習他音教授教誡便有如是堪能勢力發生如理所引

作意及彼爲先所有正見由此便能於四聖諦入真現觀圓滿解脱於無餘依般涅槃界而般涅槃當知此中始從正見圓滿解脱於無餘依般涅槃界而般涅槃是名種性真實修集從自圓滿乃至最後依三摩地當知是名修集劣緣若依四諦法教增上所有教授教誡他音若如正理所引作意當知是名修集勝緣如是名爲種性安立

云何住種性者所有諸相謂與一切無涅槃法補特伽羅諸相相違當知即名安住種性補特伽羅所有諸相

問何等名爲無涅槃法補特伽羅所有諸相成就彼故應知説名無涅槃法補特伽羅答無涅槃法補特伽羅有衆多相我今當説彼相少分謂彼最初不住種性無涅槃法補特伽羅阿賴耶愛遍一切種皆悉隨縛附屬所依成無量法不可傾拔久遠隨逐畢竟堅固依附相續一切諸佛所不能救是名第一不住種性補特伽羅無種性相復有所餘不住種性補特伽羅無種性相謂彼聽聞以無量門呵毀生死衆多過失又復聽聞以無量門稱讃涅槃衆多功德而於生死不見少分戲論過失不見少分所有過患亦復不能少分猒離如是見猒於過去世不能已生於未來世不能當生於現在世不能正生又於愛盡寂滅涅槃不見少分下劣功德不見少分所有勝利亦復不能少分欣樂如是見樂於過去世不能已生於未來世不能當生於現在世不能正生是名第二不住種性補特伽羅無種性相復有所餘不住種性補特伽羅無

種性相謂彼本性成就上品無慚無愧由是因緣無有猒惡心無怯畏以歡喜心現行衆惡由是因緣未甞追悔唯觀現法由是因緣自身財寶衰退過患是名第三不住種性補特伽羅無種性相復有所餘不住種性補特伽羅無種性相謂一切種圓滿分明稱當道理美妙殊勝易可解了或依苦諦或依集諦或依滅諦或依道諦宣說開示正法教時不能獲得微小發心微小信解況能獲得身毛爲豎悲泣墮淚如是亦依過去未來現在世别是名第四不住種性補特伽羅無種性相復有所餘不住種性補特伽羅無種性相謂彼或時於善說法毗柰耶中暫得出家或爲國王所逼迫故或爲狂賊所逼迫故或爲債主所逼迫故或爲怖畏所逼迫故或不活畏所逼迫故非爲自調伏非爲自寂靜非爲自涅槃非爲沙門性非爲婆羅門性而求出家既出家已樂與在家及出家衆共諠雜住或發邪願修諸梵行謂求生天或餘天處或樂退捨所學禁戒或犯尸羅内懷朽敗外現貞實如水所生雜穢蝸牛螺音狗行實非沙門自稱沙門非行梵行自稱梵行如是亦依過去未來現在世别當知如是不住種性補特伽羅假相出家非不樂學補特伽羅名真出家受具足戒成苾芻性由此異門由此意趣義顯於彼本非出家唯有任持出家相狀墮出家數是名第五不住種性補特伽羅無種性相復有所餘不住種性補特伽羅無種性相謂彼少有所作善業或由於身或語或意一切皆爲希求諸有或求當來殊勝後有或

求財寶或求殊勝所有財寶是名第六不住種性補特伽羅無種性相如是等類有衆多相成就彼故墮在不般涅槃法數

云何安住種性補特伽羅謂住種性補特伽羅或有唯住種性而未趣入亦未出離或有安住種性亦已趣入而未出離或有安住種性亦已趣入及已出離或有軟根或有中根或有利根或有貪行或有瞋行或有癡行或生無暇或生有暇或有縱逸或無縱逸或有邪行或無邪行或有障礙或無障礙或遠或近或未成熟或已成熟或未清淨或已清淨

云何名爲安住種性補特伽羅唯住種性而未趣入亦未出離謂如有一補特伽羅成就出世聖法種子而未獲得親近善士聽聞正法未於如來正覺正說法毗柰耶獲得正信未受持淨戒未攝受多聞未增長惠捨未調柔諸見如是名爲唯住種性而未趣入亦未出離補特伽羅云何名爲安住種性亦已趣入而未出離補特伽羅謂前所說所有黑品相違白品當知即名安住種性亦已趣入補特伽羅而差別者謂猶未得所有聖道及聖道果煩惱離繫云何名爲安住種性亦已趣入及已出離補特伽羅謂如前說而差別者已得聖道及聖道果煩惱離繫去何軟根補特伽羅謂有如是補特伽羅於所知事所緣境界所有諸根極遲運轉微劣運轉或聞所成或思所成或修所成作意相應謂或信根或精進根或復念根或復定根或復慧根無有堪能無有勢力通達法義速證眞實是名軟根補特伽羅云何中根補特伽羅謂有如

是補特伽羅於所知事所緣境界所有諸根少遲運轉一切如前應當廣說是名中根補特伽羅云何利根補特伽羅謂有如是補特伽羅於所知事所緣境界所有諸根不遲運轉不劣運轉或聞所成或思所成或修所成作意相應謂或信根或精進根或復念根或復定根或復慧根有所堪能有大勢力通達法義速證眞實是名利根補特伽羅云何貪行補特伽羅謂有如是補特伽羅於可愛事可染著事所緣境界有猛利貪有長時貪是名貪行補特伽羅云何瞋行補特伽羅謂有如是補特伽羅於可憎事可瞋恚事所緣境界有猛利瞋有長時瞋是名瞋行補特伽羅云何癡行補特伽羅謂有如是補特伽羅於所知事所緣境界有猛利癡有長時癡是名癡行補特伽羅若生無暇若有縱逸若有邪行若有障礙補特伽羅如是一切如前應知與此相違應知即是生於有暇無有縱逸無有邪行無有障礙補特伽羅云何名遠補特伽羅謂有如是補特伽羅由時遠故去涅槃遠或有復由加行遠故說名爲遠云何名爲由時遠故去涅槃遠謂有如是補特伽羅經多百生或多千生多百千生然後方能值遇勝緣得般涅槃云何名爲加行遠故說名爲遠謂有如是補特伽羅唯住種性而未趣入不能速疾值遇勝緣得般涅槃彼於涅槃未能發起勝加行故由加行遠說名爲遠不由時遠如是二種總略爲一說名爲遠補特伽羅云何名近補特伽羅謂有如是補特伽羅由時近故去涅槃近或有復由加行近故說

名爲近云何名爲由時近故去涅槃近謂有如是補特伽羅住最後生住最後有住最後身即由此身當得涅槃或即由此刹那無間於煩惱斷當得作證如是名爲由時近故去涅槃近云何名爲由加行近說名爲近謂有如是補特伽羅安住種性亦已趣入如是二種總略爲一說名爲近補特伽羅云何未成熟補特伽羅謂有如是補特伽羅未能獲得最後有身謂住於此能般涅槃或能趣入正性離生是名未成熟補特伽羅云何已成熟補特伽羅謂有如是補特伽羅已能獲得最後有身謂住於此能般涅槃或能趣入正性離生是名已成熟補特伽羅云何未清淨補特伽羅謂有如是補特伽羅未生聖道於聖道果煩惱離繫未能作證是名未清淨補特伽羅云何已清淨補特伽羅謂與上相違應知其相如是名爲安住種性補特伽羅所有差別爲度彼故諸佛世尊出現於世謂若未趣入令其趣入若未成熟令其成熟若未清淨令其清淨轉正法輪制立學處

初瑜伽處趣入地品第二

如是已說種性地云何趣入地嗢柁南曰

若略說一切　趣入地應知　謂自性安立

諸相數取趣

謂若趣入自性若趣入安立若趣入者所有諸相若已趣入補特伽羅如是一切總略爲一名趣入地

云何趣入自性謂安住種性補特伽羅本性成就涅槃種子若於爾時有佛出世生於中國不生達須篾戾車中乃至廣說初得見佛

及佛弟子往諸承事從彼聞法得初正信受持淨戒攝受多聞增長惠捨調柔諸見從是已後由此法受由此因緣身滅壞已度此生已獲得六處異熟所攝殊勝諸根能作長時轉勝正信生起依止亦能與彼受持淨戒攝受多聞增長惠捨調柔諸見轉上轉勝轉復微妙為所依止復由如是轉上轉勝轉復微妙信等諸法更得其餘殊勝異熟由此異熟復得其餘隨順出世轉勝善法如是展轉互為依因互與勢力於後後生轉轉勝進乃至獲得最後有身謂住於此得般涅槃或能趣入正性離生是名趣入何以故若道若路若正行跡能得涅槃能趣涅槃彼於爾時能昇能入能正行履漸次趣向至極究竟是故說此名已趣入如是名為趣入自性

云何建立趣入謂或有種性或有趣入或有將成熟或有已成熟或有唯趣入非將成熟非已成熟或有亦趣入亦將成熟非已成熟或有亦趣入亦已成熟非將成熟或有非趣入非將成熟非已成熟云何有種性謂如前說云何有趣入謂住種性補特伽羅最初獲得昔所未得於諸如來正覺正說法毗柰耶所有正信受持淨戒攝受多聞增長惠捨調柔諸見是名趣入云何將成熟謂即如是已得趣入補特伽羅除所獲得最後有身謂住於此得般涅槃或能趣入正性離生從趣入後於後後生修集諸根轉上轉勝轉復微妙是名將成熟云何已成熟謂所獲得最後有身若住於此得般涅槃或能趣入正性離生是名已成熟云何唯趣入非將成熟非已成

熟謂初獲得於諸如來正覺正說法毗柰耶所有正信廣說乃至調柔諸見未從此後復經一生是名唯趣入非將成熟非已成熟云何亦趣入亦將成熟非已成熟謂初獲得於諸如來正覺正說法毗柰耶所有正信廣說乃至調柔諸見從此已後復經一生或二或多而未獲得最後有身謂住於此得般涅槃餘如前說是名亦趣入亦將成熟非已成熟云何亦趣入亦已成熟非將成熟謂即如是已得趣入補特伽羅復已獲得最後有身若住於此得般涅槃餘如前說是名亦已趣入亦已成熟非將成熟云何非已趣入非將成熟非已成熟謂即如是有涅槃法補特伽羅唯住種性而未趣入是名非已趣入非將成熟非已成熟補特伽羅然有堪能定當趣入當得成熟復有一類補特伽羅定無堪能當得趣入當得成熟謂離種性無涅槃法補特伽羅當知如是補特伽羅無種性故定無堪能當得趣入及當成熟何況當能得般涅槃當知此中如是一切補特伽羅六位所攝何等為六一有堪能補特伽羅二成就下品善根補特伽羅三成就中品善根補特伽羅四成就上品善根補特伽羅五究竟方便補特伽羅六已到究竟補特伽羅

云何堪能補特伽羅謂安住種性補特伽羅而未獲得最初於佛正覺正說法毗柰耶所有正信廣說乃至調柔諸見是名堪能補特伽羅

云何成就下品善根補特伽羅謂安住種性補特伽羅已能獲得最初於佛正覺正說法

毗柰耶所有正信廣説乃至調柔諸見是名成就下品善根補特伽羅
云何成就中品善根補特伽羅謂安住種性補特伽羅已能獲得最初於佛正覺正説法毗柰耶所有正信廣説乃至調柔諸見從是已後或經一生或二或多展轉勝進而未獲得最後有身謂住於此能般涅槃或能趣入正性離生是名成就中品善根補特伽羅
云何成就上品善根補特伽羅謂即如是展轉勝進補特伽羅已能獲得最後有身若住於此能般涅槃或能趣入正性離生是名成就上品善根補特伽羅
云何名爲究竟方便補特伽羅謂已獲得最後有身補特伽羅爲盡諸漏聽聞正法或得無倒教授教誡正修加行而未能得遍一切種諸漏永盡未到究竟如是名爲究竟方便補特伽羅
云何名爲已到究竟補特伽羅謂即如是補特伽羅爲盡諸漏聽聞正法獲得無倒教授教誡如是如是正修加行已能獲得遍一切種諸漏永盡所作已辦究竟獲得第一清涼如是名爲已到究竟補特伽羅當知此中堪能種類補特伽羅即以種性爲依爲住便能獲得下品善根及能趣入既趣入已下品善根爲依爲住復能獲得中品善根以此善根而自成熟彼於如是自成熟時中品善根爲依爲住復能獲得上品善根已得成熟彼由如是上品善根修集爲因所得自體復能修集轉勝資糧由是觸證心一境性復能趣入正性離生證預流果或一來果或不還果而

未能證最勝第一阿羅漢果如是名爲究竟方便補特伽羅若已證得一切煩惱皆悉永斷阿羅漢果爾時名爲已到究竟補特伽羅此則顯示由初中後一切聲聞所修正行所立六種補特伽羅由有種性聲聞正行顯示最最初補特伽羅由到究竟聲聞正行顯示最後補特伽羅由餘聲聞所修正行顯示中間補特伽羅

問已得趣入補特伽羅爲有定量一切時等得般涅槃爲無定量一切時分而不齊等得般涅槃答無有定量亦非一切時分齊等得般涅槃然隨所應如所遇緣有差別故而般涅槃當知此中或有一類極經久遠或有一類非極久遠或有一類最極速疾得般涅槃謂住種性補特伽羅最極速疾般涅槃者要

經三生第一生中最初趣入第二生中修令成熟第三生中修成熟已或即此身得般涅槃或若不得般涅槃者必入學位方可夭没極經七有得般涅槃如是名爲趣入安立云何名爲已趣入者所有諸相謂安住種性補特伽羅纔已趣入設轉餘生於自大師及善說法毗柰耶中雖復忘念若遇世間現有惡說法毗柰耶及有善說法毗柰耶雖久聽聞以無量門讃美惡說法毗柰耶有勝功德而不信解愛樂修行亦不於彼而求出家設暫出家纔得趣入尋復速疾棄捨退還爲性於彼不樂安住如蜜生蟲置之醎酢或如受樂受妙欲者置淤泥中彼由宿世妙善因力所任持故若暫聽聞讃美善說法毗柰耶少分功德或全未聞雖暫少聞或全未聞而能速

疾信解趣入愛樂修行或求出家既出家已畢竟趣入終無退轉爲性於此愛樂安住如賓生蟲置之上賓或如受樂受妙欲者置勝欲中彼由宿世妙善因力所任持故是名第一已得趣入補特伽羅已趣入相復有所餘已得趣入補特伽羅已趣入相謂雖未得能往一切要趣無暇煩惱離繫而能不生惡趣無暇世尊依此已得趣入補特伽羅密意說言若有世間上品正見雖歷千生不墮惡趣彼若已入上品善根漸向成熟爾時便能不生無暇及餘惡趣是名第二已得趣入補特伽羅已趣入相復有所餘已得趣入補特伽羅已趣入相謂暫聞佛或法或僧勝功德已便得隨念清淨信心引發廣大出離善法數數緣念融練淨心身遂毛豎悲泣雨淚是名

第三已得趣入補特伽羅已趣入相復有所餘已得趣入補特伽羅已趣入相謂性成就猛利慚愧於所現行諸有罪處深生羞恥是名第四已得趣入補持伽羅已趣入相復有所餘已得趣入補特伽羅已趣入相謂於受持讀誦請問思惟觀行求善法中有深欲樂猛利欲樂是名第五已得趣入補特伽羅已趣入相復有所餘已得趣入補特伽羅已趣入相謂於一切無罪事業修集一切善品加行正方便中能善修集堅固發起長時發起決定發起是名第六已得趣入補特伽羅已趣入相復有所餘已得趣入補特伽羅已趣入相謂彼爲性塵垢微薄煩惱羸劣雖起諸纏而不長時相續久住無諂無誑能制憍慢我我所執好取功德憎背過失是名第七已

得趣入補特伽羅已趣入相復有所餘已得趣入補特伽羅已趣入相謂能善巧藏護其心於諸廣大所應證處不自輕懱不自安處無力能中其所信解增多猛威是名第八已得趣入補特伽羅已趣入相如是等類已得趣入補特伽羅已趣入相當知無量我於是中已說少分如是諸相若有安住下品善根而趣入者當知下品名有間隙未能無間未善清淨若有安住中品善根而趣入者當知中品若有安住上品善根而趣入者當知上品無有間隙已能無間已善清淨如是名爲已得趣入補特伽羅已趣入相成就如是趣入相者當知墮在已趣入數應知如是安住種性已得趣入補特伽羅所有衆多吉祥士相唯佛世尊及到第一究竟弟子以善清淨勝妙智見現見現證隨其種性隨所趣入如應救濟

云何名爲已得趣入補特伽羅謂或有已得趣入補特伽羅唯已趣入未將成熟未已成熟未得出離或有亦已趣入亦將成熟未已成熟未得出離或有亦已趣入亦已成熟未得出離隨欲而行如是差別應知如前已辯其相復有所餘如種性地說輭根等補特伽羅所有差別今於此中如其所應亦當了知所有差別如是所說若趣入自性若趣入安立若已趣入者所有諸相若已趣入補特伽羅一切總說名趣入地

瑜伽師地論卷第二十一

音釋

嗢柁南 梵語也正云鄔柁南此云自說嗢烏骨切柁徒可切

蔑戾車 梵語也此云邊地蔑彌列切戾力計切

頑騃 頑五關切騃五駭切愚癡也

悎㝟 悎古孝切與覺同㝟五故切心了也

胝 張尼切

積 資四切聚也

迥 戶頂切遠也

釅酢 釅魚念切醲也酢倉故切與醋同

淤 央居切濁泥也

懱 莫結切輕易也

瑜伽師地論卷第二十二

彌勒菩薩說

唐三藏沙門玄奘奉詔譯

本地分中聲聞地

初瑜伽處出離地品第三之一

如是已說趣入地云何出離地嗢柁南曰

若世間離欲　如是出世間　及此二資糧

是名出離地

謂若由世間道而趣離欲若由出世道而趣離欲若此二道所有資糧總略爲一名出離地云何名爲由世間道而趣離欲謂如有一於下欲界觀爲麤相於初靜慮離生喜樂若定若生觀爲靜相彼由多住如是觀時便於欲界而得離欲亦能證入最初靜慮如是復於初靜慮上漸次如應一切下地觀爲麤相一切上地觀爲靜相彼由多住如是觀時便於乃至無所有處而得離欲亦能證入乃至非想非非想處如是名爲由世間道而趣離欲除此更無若過若增云何名爲由出世道而趣離欲謂如有一親近善士於聖法中已成聰慧於聖法中已得調順於苦聖諦如實知苦於集聖諦如實知集於滅聖諦如實知滅於道聖諦如實知道既得成就有學智見從此已後漸修聖道徧於三界見修所斷一切法中自能離繫自得解脫如是便能超過三界如是名爲由出世道而趣離欲云何名爲二道資糧嗢柁南曰

自他圓滿善法欲　戒根律儀食知量

悎寤正知住善友　聞思無障捨莊嚴

謂若自圓滿若他圓滿若善法欲若戒律儀

若根律儀若於食知量若初夜後夜常勤修習悎寤瑜伽若正知而住若善友性若聞正法若思正法若無障礙若修惠捨若沙門莊嚴如是等法是名世間及出世間諸離欲道趣向資糧當知此中若自圓滿若他圓滿若善法欲此三如前修集種子諸劣緣中已辯其相

云何戒律儀嗢柁南曰

戒律儀當知　辯三虧滿十　六異門三淨勝功德十種

戒律儀者謂如有一安住具戒廣說乃至受學學處云何名爲安住具戒謂於所受學所有學處不虧身業不虧語業無缺無穿如是名爲安住具戒云何名爲善能守護別解律儀謂能守護七衆所受別解律儀即此律儀衆差別故成多律儀今此義中唯依苾芻律儀處說善能守護別解律儀云何名爲軌則圓滿謂如有一或於威儀路或於所作事或於善品加行處所成就軌則隨順世間不越世間隨順毗柰耶不越毗柰耶云何名爲於威儀路成就軌則隨順世間不越世間隨順毗柰耶不越毗柰耶謂如有一於所應行於如所行即於此中如是而行由是行故不爲世間之所譏毀不爲賢良正至善士諸同法者諸持律者諸學律者之所呵責如於所行於其所住所坐所卧當知亦爾如是名爲於威儀路成就軌則隨順世間不越世間隨順毗柰耶不越毗柰耶云何名爲於所作事成就軌則隨順世間不越世間隨順毗柰耶不越毗柰耶謂如有一於其所作若衣服事若

便利事若用水事若楊枝事若入聚落行乞食事若受用事若盪鉢事若安置事若洗足事若爲敷設卧具等事即此略説衣事鉢事復有所餘如是等類諸所應作名所作事如其所應於所應作於如所作即於此中如是而作由是作故不爲世間之所譏毀不爲賢良正至善士諸同法者諸持律者諸學律者之所呵責如是名爲於所作事成就軌則隨順世間不越世間隨順毗柰耶不越毗柰耶云何名爲於諸善品加行處所成就軌則隨順世間不越世間隨順毗柰耶不越毗柰耶謂於種種善品加行若於正法受持讀誦若於尊長修和敬業參覲承事若於病者起慈悲心殷重供侍若於如法宣白加行住慈悲心展轉與欲若於正法請問聽受翹勤無惰於諸有智同梵行者盡其身力而修敬事於他善品常勤讚勵常樂爲他宣説正法入於靜室結加趺坐繫念思惟如是等類諸餘無量所修善法皆説名爲善品加行彼於如是隨所宣説善品加行如其所應於所應作於如所作即於此中如是而作由是作故不爲世間之所譏毀不爲賢良正至善士諸同法者諸持律者諸學律者之所呵責如是名爲於諸善品加行處所成就軌則隨順世間不越世間隨順毗柰耶不越毗柰耶若於如所説行相軌則差别悉皆具足應知説名軌則圓滿云何名爲所行圓滿謂諸苾芻略有五種非所行處何等爲五一唱令家二婬女家三酤酒家四國王家五旃荼羅羯恥那家若於如是如來所制非所行處能善遠離於

餘無罪所有行處知時而行如是名爲所行圓滿云何名爲於微小罪見大怖畏謂於諸小隨小學處若有所犯可令還淨名微小罪於諸學處現行毀犯說名爲罪既毀犯已少用功力而得還淨說名微小由是因緣名微小罪云何於中見大怖畏謂作是觀勿我於此毀犯因緣無復堪能得所未得觸所未觸證所未證勿我由此近諸惡趣往諸惡趣我當自責或爲大師諸天有智同梵行者以法呵責勿我由此通諸方維惡名惡稱惡聲惡頌遐邇流布彼於如是現法當來毀犯因生諸非愛果見大怖畏由是因緣於小隨小所有學處命難因緣亦不故犯或時或處失念而犯尋便速疾如法發露令得還淨如是名爲於微小罪見大怖畏云何名爲受學學處謂於先受別解脫戒白四羯磨受具戒時從戒師所得聞少分學處體性復從親教軌範師處得戒所餘別解脫經總略宣說過於二百五十學處皆自誓言一切當學復從所餘恒言議者同言議者常交往者有親愛者聞所學處復於半月常所宣說別解脫經聞所學處一切自誓皆當修學以於一切所應學處皆受學故說名獲得別解律儀從此以後於諸學處若已善巧便能無犯設有所犯尋如法悔若諸學處未得善巧未能曉悟由先自誓願受持故復於今時求受善巧欲求曉悟於如前說諸所學處從親教師或軌範師如先請問既得善巧及曉悟已隨所教誨無增無減復能受學又於尊重及等尊重所說學處若文若義能無倒受如是名爲受學學

處

如是廣辯戒律儀已云何應知此中略義謂於是中世尊顯示戒蘊略義有三種相一者無失壞相二者自性相三者自性功德相此復云何謂若説言安住具戒由此顯示尸羅律儀無失壞相若復説言能善守護別解律儀由此顯示尸羅律儀自性相若復説言軌則所行皆悉圓滿由此顯示別解律儀如其所受觀他增上自性功德相所以者何由他觀見如是軌則所行圓滿未信者信信者增長由是發生清淨信處心無猒惡言不譏毀若異於此具足尸羅軌則所行皆圓滿者觀他增上所有功德勝利應無與此相違過失應有若復説言於微小罪見大怖畏受學學處由此顯示別解律儀如其所受觀自增上自性功德相所以者何雖由如是軌則所行皆悉圓滿獲得如前觀他增上功德勝利然由毀犯淨戒因緣當生惡趣或無堪能得所未得如前廣説若能於彼微小罪中見大怖畏於先所受上品學處能正修學由是因緣身壞已後當生善趣亦有堪能得所未得如前廣説由是因緣説此名爲別解律儀如其所受觀自增上功德勝利復有異門謂佛世尊此中略顯三種戒性一受持戒性二出離戒性三修習戒性謂若説言安住具戒由此顯示受持戒性若復説言能善守護別解律儀由此顯示出離戒性所以者何別解律儀所攝淨戒當知説名增上戒學即依如是增上戒學修增上心增上慧學由此能得一切苦盡究竟出離如是出離用增上戒以爲前

行所依止處是故說此別解律儀名出離戒性若復說言軌則所行皆悉圓滿於微小罪見大怖畏受學學處由此顯示修習戒性所以者何若由如是所說諸相別解律儀修習淨戒名善修習極善修習如是一種尸羅律儀現前宣說當知六種

又即如是尸羅律儀由十因緣當知虧損即此相違十因緣故當知圓滿云何十種虧損因緣一者最初惡受尸羅律儀二者太極沈下三者太極浮散四者放逸懈怠所攝五者發起邪願六者軌則虧損所攝七者淨命虧損所攝八者墮在二邊九者不能出離十者所受失壞云何名爲最初惡受尸羅律儀謂如有一王所逼迫而求出家或爲狂賊之所逼迫或爲債主之所逼迫或爲怖畏之所逼迫或不活畏之所逼迫而求出家不爲沙門性不爲婆羅門性不爲自調伏不爲自寂靜不爲自涅槃而求出家如是名爲最初惡受尸羅律儀云何名爲太極沈下謂如有一性無羞恥惡作羸劣爲性慢緩於諸學處所作慢緩如是名爲太極沈下云何名爲太極浮散謂如有一堅執惡取非處惡作於不應作諸惡作中浪作惡作非處於他起輕懱心或惱害心於其非處强生曉悟如是名爲太極浮散云何放逸懈怠所攝謂如有一由過去世毀犯所犯於此毀犯由失念故一類不能如法還淨如由過去由未來世由現在世當知亦爾謂毀犯所犯於此毀犯由失念故一類不能如法還淨又非先時於所毀犯發起猛利無犯樂欲謂我定當如如所行如如所

住如是如是行於所行如是如是住於所住於所毀犯終不毀犯由是因緣隨所行住如是如是毀犯所犯由此成就前際俱行後際俱行中際俱行先時所作及俱隨行所有放逸又自執取睡眠爲樂偃卧爲樂脇卧爲樂性不翹勤爲性嬾惰不具起發於諸有智同梵行者不能時時覲問供事是名放逸懈怠所攝云何名爲發起邪願謂如有一依止邪願修行梵行言我所有若戒若禁若常精勤若修梵行當得生天或餘天處或復愛樂利養恭敬而修梵行謂因此故從他希求利養恭敬即於如是利養恭敬深生染著如是名爲發起邪願云何軌則虧損所攝謂如有一於威儀路或所作事或諸善品加行處所所有軌則不順世間違越世間不順毗柰耶違越毗柰耶准前廣說是名軌則虧損所攝云何淨命虧損所攝謂如有一爲性大欲不知喜足難養難滿常以非法追求衣服飲食卧具病緣醫藥及諸資具不以正法又爲貪求種種衣服飲食卧具病緣醫藥資具因緣方便顯已有勝功德矯詐構集非常威儀爲誑他故恒常詐現諸根無掉諸根無動諸根寂靜由是令他謂其有德當有所施當有所作所謂承事供給衣服飲食卧具病緣醫藥及諸資具又多兇勃强口矯傲修飾其名執恃種姓或求多聞或任持法爲利養故亦復爲他宣說正法或佛所說或弟子說或自宣說已實有德或少增益或於他前方便現相爲求衣服或求隨一沙門資具或爲求多或求精妙雖無匱乏而現彼服故弊衣裳爲令淨

信長者居士婆羅門等知其衣服有所匱乏殷重承事合施衆多上妙衣服如爲衣服爲餘隨一沙門資生衆具亦爾或於淨信長者居士婆羅門所如其所欲不得稱遂或彼財物有所闕乏求不得時即便强逼研磨麤語而苦求索或彼財物無所闕乏得下劣時便對施主現前毀棄所得財物如是告言咄哉男子某善男子某善女人方汝族姓及以財寶極爲下劣又極貧匱而能惠施如是如是多妙悦意資産衆具汝望於彼族姓尊貴財寶豐饒何爲但施如是少劣非悦意物彼由如是或依矯詐或邪妄語或假現相或苦研逼或利求利種種狀相而從他所非法希求所有衣服飲食卧具病緣醫藥諸資生具非以正法而有所求由非法故説名邪命如是

名爲尸羅淨命虧損所攝云何名爲墮在二邊謂如有一躭著受用極樂行邊從他所得或法非法所有衣服飲食卧具病緣醫藥及諸資具愛玩受用不觀過患不知出離是名一邊復有一類好求受用自苦行邊以無量門而自煎迫受極苦楚謂依棘刺或依灰坌或依木杵或依木板或狐蹲住或狐蹲坐脩斷瑜伽或復事火謂乃至三承事於火或復升水謂乃至三升上其水或一足住隨日而轉或復所飲如是等類修自苦行是第二邊如是名爲墮在二邊云何名爲不能出離謂如有一或戒或禁由見執取謂我因此若戒若禁當得清淨解脱出離一切外道所有禁戒雖善防護雖善清淨如其清淨不名出離如是名爲不能出離云何名爲所受失壞謂

如有一都無羞耻不顧沙門毀犯淨戒習諸惡法内壞腐敗外現眞實猶如淨水所生蝸牛螺音狗行實非沙門自稱沙門實非梵行自稱梵行如是名爲所受失壞略由如是十種因緣名戒虧損世尊或說尸羅虧損或時復說尸羅艱難當知於彼諸因緣中由二因緣謂不能出離及所受失壞由餘因緣當知唯說尸羅虧損與此安立黑品因緣相違白品所有因緣當知說名尸羅圓滿尸羅清淨

有處世尊宣說尸羅名爲根本如伽他說

若善住根本　其心便寂靜　因聖見惡見

相應不相應

有處世尊宣說尸羅名莊嚴具如伽他說

苾芻苾芻尼　戒莊嚴圓滿　於不善能捨

於善能修習

有處世尊宣說尸羅名爲塗香如伽他說

苾芻苾芻尼　戒塗香圓滿　於不善能捨

於善能修習

有處世尊宣說尸羅名爲薫香如伽他說

阿難有香類　順風善能薫　逆風亦能薫

順逆薫亦爾

有處世尊宣說尸羅名爲妙行如伽他說

身妙行能感　可愛諸異熟　於現法當來

語妙行亦爾

有處世尊宣說尸羅名爲律儀如伽他說

諸有惠施主　具戒住律儀　有阿笈摩見

及有果正見

復有說言安住具戒善能守護别解律儀乃至廣說問何緣世尊宣說尸羅名爲根本答能建立義能任持義是根本義由此尸羅建

立任持一切世間及出世間能引無罪最勝第一快樂功德令生令證是故尸羅說名根本譬如大地建立任持一切藥草卉木叢林令生令長如是尸羅如前廣說問何緣世尊宣說尸羅名莊嚴具答諸餘世間耳環指環腕釧臂釧及以寶印金銀鬘等妙莊嚴具若有成就幼稚黑髮少年盛壯姝妙形色而服飾之少增妙好非有成就朽老衰邁齒落髮白年逾八十或九十者而服飾之當有妙好唯除俳戲令衆歡笑若遭病苦財貨匱乏親戚喪亡當爾服之亦無妙好戒莊嚴具於一切類於一切時若有服者皆爲妙好是故尸羅名莊嚴具問何緣世尊宣說尸羅名爲塗香答由此所受清淨無罪妙善尸羅能正除遣一切所受惡戒爲因身心熱惱譬如最極炎熾熱時塗以栴檀龍腦香等一切鬱蒸皆得除滅是故尸羅說名塗香問何緣世尊宣說尸羅名爲薰香答具戒士夫補特伽羅遍諸方域妙善稱譽聲頌普聞譬如種種根莖香等隨風飄颺遍諸方所悅意芬馥周流彌遠是故尸羅名爲薰香問何緣世尊宣說尸羅名爲妙行答由此尸羅清淨善行能趣妙樂往妙天趣向妙安隱故名妙行問何緣世尊宣說尸羅名爲律儀答由此尸羅清淨善法是防護性是息除相是遠離體故名律儀又戒律儀有三種觀清淨因相何等爲三一觀身業二觀語業三觀意業云何觀察如是諸業令戒律儀皆得清淨謂希當造及欲正造身作業時如是觀察我此身業爲能自損及以損他是不善性能生衆苦招苦異熟爲

不自損亦不損他是其善性能生諸樂招樂異熟如是觀巳若自了知我此身業自損損他是不善性能生衆苦招苦異熟即於此業攝斂不作亦不與便若自了知我此身業不損自他是其善性餘如前說即於此業而不攝斂造作與便復於過去巳造身業亦數觀察我此身業爲能自損餘如前說如是觀巳若自了知我此身業自損損他餘如前說便於有智同梵行所如實發露如法悔除若自了知我此身業不損自他餘如前說便生歡喜晝夜安住多隨修學如是彼於去來今世所造身業能善觀察能善清淨如於身業於其語業當知亦爾由過去行爲緣生意由未來行爲緣生意由現在行爲緣生意即於此意數數觀察我此意業爲能自損餘如前說如是觀巳若自了知我此意業是其黑品即於此業攝斂不起不與其便若自了知我此意業是其白品即於此業而不斂攝發起與便如是於彼去來今世所起意業能善觀察能善清淨所以者何去來今世所有沙門若婆羅門於身語意三種業中或巳觀察或當觀察或正觀察或巳清淨或當清淨或正清淨或巳多住或當多住或正多住　一切皆由如是觀察如是清淨如佛世尊曾爲長老羅怙羅說

汝今羅怙羅　於身語意業　應數正觀察
念諸佛聖教　羅怙羅汝應　學是沙門業
若能於此學　唯勝善無惡

若於如是身語意業審正思擇我此諸業爲能自損廣說如前是名觀察若觀察若於一

分攝斂不作亦不與便廣說乃至發露悔除復於一分而不斂攝造作與便廣說乃至便生歡喜晝夜安住多隨修學是名清淨如是清淨尸羅律儀應知有十功德勝利何等爲十謂諸所有具戒士夫補特伽羅自觀戒淨便得無悔無悔無悔故歡歡故生喜由心喜故身得輕安身輕安故便受勝樂樂故心定心得定故能如實知能如實見實知見故便能起猒能起猒故便得離染由離染故證得解脫得解脫故便自知見我已解脫乃至我能於無餘依般涅槃界當般涅槃如是所有具戒士夫補特伽羅尸羅清淨增上力故獲得無悔漸次乃至能到涅槃是名第一尸羅律儀功德勝利復有所餘具戒士夫補特伽羅於臨終時起如是念我已善作身語意行非我惡作身語意行乃至廣說若有其趣作福業者作善業者作能救濟諸怖畏者之所應生我於斯趣必定當往如是獲得能往善趣第二無悔由無悔根所有士夫補特伽羅名賢善死賢善夭逝賢善過往是名第二尸羅律儀功德勝利復有所餘具戒士夫補特伽羅遍諸方域妙善稱譽聲頌普聞是名第三尸羅律儀功德勝利復有所餘具戒士夫補特伽羅寢安悟安遠離一切身心熱惱是名第四尸羅律儀功德勝利復有所餘具戒士夫補特伽羅若寢若悟諸天保護是名第五尸羅律儀功德勝利復有所餘具戒士夫補特伽羅於他兇暴不慮其惡無諸怖畏心離驚恐是名第六尸羅律儀功德勝利復有所餘具戒士夫補特伽羅諸喜殺者怨讎惡友雖

得其隙亦常保護了知此是具戒士夫補特伽羅或爲善友或住中平是名第七尸羅律儀功德勝利復有所餘具戒士夫補特伽羅一切魍魎藥叉宅神非人之類雖得其便雖得其隙而常保護謂具尸羅增上力故是名第八尸羅律儀功德勝利復有所餘具戒士夫補特伽羅法無艱難從他獲得種種利養所謂衣服飲食卧具病緣醫藥及諸資具由依尸羅增上因力國王大臣及諸黎庶饒財長者及商主等恭敬尊重是名第九尸羅律儀功德勝利復有所餘具戒士夫補特伽羅一切所願皆得稱遂若於欲界願樂當生或刹帝利大族姓家或婆羅門大族姓家或諸居士大族姓家或諸長者大族姓家或四大王衆天或三十三天或夜摩天或覩史多天或樂化天或他化自在天衆同分中由戒淨故即隨所願當得往生若復願樂入諸靜慮現法樂住或有色天衆同分中若住若生由戒淨故便得離欲所願皆遂若復願樂寂靜勝解超過色定入無色定具足安住或無色天衆同分中當得往生餘如前說若復願樂當證最極究竟涅槃由戒淨故便證一切究竟離欲是名第十尸羅律儀功德勝利如是已說戒蘊廣辯戒蘊虧損戒蘊圓滿戒蘊異門戒蘊觀察及以清淨戒蘊所有功德勝利於此宣說明了開示一切種相最極圓滿資糧所攝尸羅律儀若有自愛樂沙門性婆羅門性諸善男子應勤修學

瑜伽師地論卷第二十二

音釋

軌範 軌居洧切法也 範音犯模也 翹 渠堯切 矯詐 矯居夭切 詐側駕切 匭乏 匭求位切 乏房法切 坌 蒲悶切 塵埨也 蹲 徂尊切 踞也 阿笈摩 梵語也此云教法 笈極瞱切 腕釧 腕烏貫切臂也 釧尺絹切鐶也 姝 昌朱切 美好也 邁 莫懈切 老也

瑜伽師地論卷第二十三

彌勒菩薩說

唐三藏沙門玄奘奉詔譯

本地分中聲聞地

初瑜伽處出離地品第三之二

云何根律儀謂如有一能善安住密護根門防守正念常委正念乃至廣說云何名爲密護根門謂防守正念常委正念廣說乃至防護意根及正修行意根律儀如是名爲密故根門云何名爲防守正念謂如有一密護根門增上力故攝受多聞思惟修習由聞思修增上力故獲得正念爲欲令此所得正念無忘失故能趣證故不失壞故於時時中即於多聞若思若修正作瑜伽正勤修習不息加行不離加行如是由此多聞思修所集成念於時時中善能防守正聞思修瑜伽作用如是名爲防守正念云何名爲常委正念謂於此念恒常所作委細所作當知此中恒常所作名無間作委細所作名殷重作即於如是無間所作殷重所作總說名爲常委正念如其所有防守正念如是於念能不忘失如其所有常委正念如是即於無忘失念得任持力即由如是功能勢力制伏色聲香味觸法云何名爲念防護意謂眼色爲緣生眼識眼識無間生分別意識由此分別意識於可愛色色將生染著於不可愛色色將生憎恚即由如是念增上力能防護此非理分別起煩惱意令其不生所有煩惱如是耳鼻舌身廣說當知亦爾意法爲緣生意識即此意識有與非理分別俱行能起煩惱由此意識於可

愛色法將生染著於不可愛色法將生憎恚亦由如是念增上力能防護此非理分別起煩惱意令其不生所有煩惱如是名爲念防護意

云何名爲行平等位平等位者謂或善捨或無記捨由彼於此非理分別起煩惱意善防護已正行善捨無記捨中由是說名行平等位如是名爲行平等位

云何於此非理分別起煩惱意能善防護謂於色聲香味觸法不取其相不取隨好終不依彼發生諸惡不善尋思令心流漏若彼有時忘失念故或由煩惱極熾盛故雖離取相及取隨好而復發生惡不善法令心流漏便修律儀由是二相故能於此非理分別起煩惱意能善防護云何此意由是二相善防護已正行善捨或無記捨謂即由是二種相故云何二相謂如所說防護眼根及正修行眼根律儀如說眼根防護律儀防護耳鼻舌身意根及正修行意根律儀當知亦爾由是二相於其善捨無記捨中令意正行云何於眼所識色中不取其相言取相者謂於眼識所行色中由眼識故取所行相是名於眼所識色中執取其相若能遠離如是眼識所行境相是名於眼所識色中不取其相如於其眼所識色中如是於耳鼻舌身意所識法中當知亦爾

云何於眼所識色中不取隨好取隨好者謂即於眼所識色中眼識無間俱生分別意識執取所行境相或能起貪或能起瞋或能起癡是名於眼所識色中執取隨好若能遠離

此所行相於此所緣不生意識是名於眼所識色中不取隨好如於其眼所識色中如是於耳鼻舌身意所識法中當知亦爾復有餘類執取其相執取隨好言取相者謂色境界在可見處能生作意正現在前眼見衆色如是名爲執取其相取隨好者謂即色境在可見處能生作意正現在前眼見色已然彼先時從他聞有如是如是眼所識色即隨所聞號名句文身爲其增上爲依爲住如是士夫補特伽羅隨其所聞種種分別眼所識色如是名爲執取隨好如於其眼所識色中如是於耳鼻舌身意所識法中當知亦爾又此取相及取隨好或有由此因緣由此依處由此增上發生種種惡不善法令心流漏或有由此因緣由此依處由此增上不生種種惡不

善法令心流漏若於此中執取其相執取隨好不如正理由此因緣由此依處由此增上發生種種惡不善法令心流漏彼於如是色類境界遠離取相及取隨好

云何名爲惡不善法謂諸貪欲及貪所起諸身惡行諸語惡行諸意惡行若諸瞋恚若諸愚癡及二所起諸身惡行諸語惡行諸意惡行是名種種惡不善法

云何由彼令心流漏謂若於彼彼所緣境界心意識生遊行流散即於彼彼所緣境界與心意識種種相應能起所有身語惡行貪瞋癡生遊行流散是名由彼令心流漏如是於眼所識色中乃至於意所識法中執取其相及取隨好由是發生種種雜染彼於取相及取隨好能遠離故便不發生種種雜染若由

忘念或由煩惱極熾盛故雖獨閑居由先所見眼所識色增上力故或先所受耳鼻舌身意所識法增上力故發生種種惡不善法隨所發生而不執著尋便斷滅除棄變吐是名於彼修行律儀若於其眼所識色中應策眼根及於其耳鼻舌身意所識法中應策意根即便於彼作意策發如是策發令不雜染由是因緣於此雜染防護眼根廣說乃至防護意根如是名為防護眼根廣說乃至防護意根若於其眼所識色中不應策發所有眼根及於其耳鼻舌身意所識法中不應策發所有意根即便於彼遍一切種而不策發不策發故令不雜染由是因緣於此雜染修根律儀如是名為能正修行眼根律儀廣說乃至能正修行意根律儀如是應知已廣分別根律儀相

云何當知此中略義此略義者謂若能防護若所防護若從防護若如防護若正防護如是一切總略為一名根律儀令於此中誰能防護謂防守正念及所修習常委正念是能防護何所防護謂防護眼根防護耳鼻舌身意根是所防護從何防護謂從可愛不可愛色廣說乃至從其可愛不可愛法而正防護如何防護謂不取相不取隨好若依是處發生種種惡不善法令心流漏即於此處修行律儀防守根故名修律儀如是防護何者正防護謂由正念防護於意行平等位是名正防護又略義者謂若防護方便若所防護事若正防護如是一切總略為一名根律儀此中云何防護方便謂防守正念常委正念眼

見色已不取其相不取隨好廣說乃至意知法已不取其相不取隨好若依是處發生種種惡不善法令心流漏即於是處修行律儀防守根故名修律儀如是名爲防護方便云何名爲所防護事所謂眼色乃至意法如是名爲所防護事此中云何名正防護謂如說言由其正念防護於意行平等位名正防護又根律儀略有二種一者思擇力所攝二者修習力所攝思擇力所攝根律儀者謂於境界深見過患不能於此所有過患除遣斷滅修習力所攝根律儀者謂於境界深見過患亦能於此所有過患除遣斷滅又由思擇力所攝根律儀故於所緣境令煩惱纏不復生起不復現前而於依附所依隨眠不能斷除不能永伏由修習力所攝根律儀故於所緣境煩惱隨眠不復生起不復現前一切時分依附所依所有隨眠亦能斷除亦能永拔如是思擇力所攝根律儀修習力所攝根律儀有此差別有此意趣有此殊異當知此中思擇力所攝根律儀是資粮道所攝修習力所攝根律儀當知墮在離欲地攝

云何名爲於食知量謂如有一由正思擇食於所食不爲倡蕩不爲憍逸不爲飾好不爲端嚴乃至廣說

云何名爲由正思擇食於所食正思擇者如以妙慧等隨觀察段食過患見過患已深生猒惡然後吞咽

云何名爲觀見過患謂即於此所食段食或觀受用種類過患或觀變異種類過患或觀追求種類過患云何受用種類過患謂如有

一將欲食時所受段食色香味觸皆悉圓滿甚爲精妙從此無間進至口中牙齒咀嚼津唾浸爛涎液纏裹轉入咽喉爾時此食先曾所有悦意妙相一切皆捨次後轉成可惡穢相當轉異時狀如變吐能食士夫補特伽羅若正思念此位穢相於餘未變一切精妙所受飲食初尚不能住食欣樂況於此位由如是等非一相貌漸次受用增上力故令其飲食淨妙相没過患相生不淨所攝是名於食受用種類所有過患云何轉變種類過患謂此飲食既噉食已一分消變至中夜分或後夜分於其身中便能生起養育增長血肉筋脉骨髓皮等非一衆多種種品類諸不淨物次後一分變成便穢變已趣下展轉流出由是日日數應洗淨或手或足或餘支節誤觸著時若自若他皆生猒惡又由此縁發生身中多種疾病所謂癰痤乾癬濕癬疥癩疽丁上氣痔瘷皰漿噦噎乾消癲癇寒熱黄病熱血陰瘧如是等類無量疾病由飲食故身中生起或由所食不平和故於其身中不消而住是名飲食變異種類所有過患云何追求種類過患謂於飲食追求種類有多過患或有積集所作過患或有防護所作過患或壞親愛所作過患或無猒足所作過患或不自在所作過患或有惡行所作過患云何名爲於食積集所作過患謂如有一爲食因縁寒時爲寒之所逼惱熱時爲熱之所逼惱種種策勵劬勞勤苦營農牧牛商估計筭書數雕印及餘種種工巧業處爲得未得所有飲食或爲積聚如爲飲食爲飲食縁當知亦爾如

是策勵劬勞勤苦方求之時所作事業若不諧遂由是因緣愁憂焦惱拊胷傷歎悲泣迷悶何乃我功唐捐無果如是名爲於食積集所作過患云何名爲於食防護所作過患謂所作業若得諧遂爲護因緣起大憂慮勿我財寶當爲王賊之所侵奪或火焚燒或水漂蕩或宿惡作當令滅壞或現非理作業方便當令散失或諸非愛或宿失財當所理奪或即家中當生家火由是當令財寶虧損如是名爲於食防護所作過患云何於食能壞親愛所作過患謂諸世間爲食因緣多起鬪諍父子母女兄弟朋友尚爲飲食互相非毀況非親里爲食因緣而不展轉更相鬪訟所謂大族諸婆羅門剎帝利種長者居士爲食因緣迭興違諍以其手足塊刀杖等互相加害是名於食能壞親愛所作過患云何於食無有猒足所作過患謂諸國王剎帝利種位登灌頂亦於自國王都聚落不住喜足俱師兵戈互相征討吹以貝角扣擊鍾鼓揮刀盤矟放箭穳矛車馬象步交橫馳亂種種戈仗傷害其身或更致死或等死苦復有所餘如是等類是名於食無有猒足所作過患云何因食不得自在所作過患謂如一類爲王所使討固牢城因遭種種極熱脂油熱牛糞汁及鎔銅鐵而相注灑或被戈仗傷害其身或便致死或等死苦復有所餘如是等類是名因食不得自在所作過患云何因食起諸惡行所作過患謂如有一爲食因緣造作積集身諸惡行如身惡行語意亦爾臨命終時爲諸重病苦所逼切由先所作諸身語意種種惡

行增上力故於日後分見有諸山或諸山峯垂影懸覆近覆極覆便作是念我自昔來依身語意所造諸業唯罪非福若有其趣諸造惡者當生其中我今定往如是悔已尋即捨命既捨命已隨業差別生諸惡趣謂那洛迦傍生餓鬼如是名爲因食惡行所作過患如是段食於追求時有諸過患於受用時有諸過患於轉變時有諸過患又此段食有少勝利此復云何謂即此身由食而住依食而立非無有食

云何名爲有少勝利謂即如是依食住身最極久住或經百年若正將養或過少分或有未滿而便夭沒若唯修此身暫住行非爲妙行若於如是身暫時住而生喜足非妙喜足亦非領受飲食所作圓滿無罪功德勝利若不唯修身暫住行亦不唯於身暫時住而生喜足而即依此暫時住身修集梵行令得圓滿乃爲妙行亦妙喜足又能領受飲食所作圓滿無罪功德勝利應自思惟我若與彼愚夫同分修諸愚夫同分之行非我所宜我若於此下劣段食少分勝利安住喜足亦非我宜若於如是遍一切種段食過患圓滿知已以正思擇深見過患而求出離爲求如是食出離故如子肉想食於段食應作是念彼諸施主甚大艱難積集財寶具受廣大追求所作種種過患由悲愍故求勝果故如割皮肉及以刺血而相惠施我得此食宜應如是方便受用謂應如法而自安處無倒受用報施主恩令獲最勝大果大利大榮大盛當隨月喻往施主家盪滌身心安住慙愧遠離憍傲

不自高舉不輕懱他如自獲得所有利養心生喜悦如是於他所得利養心亦喜悦又應如是自持其心往施主家豈有出家往詣他所要望他施非不惠施要望他敬非不恭敬要多非少要妙非麤要當速疾而非遲緩應作是心往施主家設不惠施終不於彼起恚害心及瞋恚心而相嫌恨勿我由此起恚害心及瞋恚心增上緣力身壞已後生諸惡趣多受困厄設不恭敬而非恭敬設少非多設麤非妙設復遲緩而非速疾亦不於彼起恚害心及瞋恚心而相嫌恨如前廣說又我應依所食段食發起如是如是正行及於其量如實了達謂我命根由此不滅又於此食不苦躭著纔能隨順攝受梵行如是我今住沙門性住出家性受用飲食如法清淨遠離衆罪由是諸相以正思擇食於所食

云何所食謂四種食一者段食二者觸食三者意等思食四者識食今此義中意說段食此復云何謂餅麨飯羹臛糜粥酥油糖蜜魚肉葅鮓乳酪生酥薑鹽酢等種種品類和雜爲摶段段吞食故名段食所言食者所謂餐噉咀嚼吞咽甞吮飲等名之差別云何名爲不爲倡蕩謂如有一樂受欲者爲受諸欲食於所食彼作是思我食所食令身飽滿令身充悦過日晚時至於夜分當與姝妙嚴飾女人共爲嬉戲歡娛受樂倡掉縱逸言倡蕩者於此聖法毗柰耶中說受欲者欲貪所引婬逸所引所有諸惡不善尋思由此食噉所食噉時令其諸根皆悉掉舉令意躁擾令意不安令意不靜若爲此事食所食者名爲倡蕩

食於所食諸有多聞聖弟子衆以思擇力深見過患善知出離而食所食非如前說諸受欲者食於所食是故名爲不爲倡蕩云何名爲不爲憍逸不爲飾好不爲端嚴謂如有一樂受欲者爲受諸欲食於所食彼作是思我今宜應多食所食飽食所食隨力隨能食噉肥膩增房補益色香味具精妙飲食過今夜分至於明日於諸武事當捔力能所謂按摩拍毱託石跳躑蹴蹋攘臂扼腕揮戈擊劒伏弩控弦投輪擲索依如是等諸角武事當得勇健膚體充實長夜無病久時少壯不速衰老壽命長遠能多噉食數數食已能正消化除諸疾患如是爲於無病憍逸少壯憍逸長壽憍逸而食所食既角武已復作是思我應沐浴便以種種清淨香水沐浴其身沐浴身已梳理其髮梳理髮已種種妙香用塗其身既塗身已復以種種上妙衣服種種華鬘種種嚴具莊飾其身此中沐浴理髮塗香名爲飾好既飾好已復以種種上妙衣服華鬘嚴具莊飾其身名爲端嚴如是總名爲飾好故爲端嚴故食於所食彼既如是憍逸飾好身端嚴已於日中分或日後分臨欲食時飢渴並至於諸飲食極生希欲極欣極樂不見過患不知出離隨得隨食復爲數數倡蕩憍逸飾好端嚴多食多飲令身充悅諸有多聞聖弟子衆以思擇力深見過患善知出離而食所食非如前說諸受欲者食於所食唯作是念我今習近所不應習所應斷食爲欲永斷如是食故云何名爲爲身安住食於所食謂飲食已壽命得存非不飲食壽命存故名身

安住我今受此所有飲食壽命得存當不夭没由是因緣身得安住能修正行永斷諸食云何名爲爲暫支持食於所食謂略説有二種存養一有艱難存養二無艱難存養云何名爲有艱難存養謂受如是所有飲食數增飢羸困苦重病或以非法追求飲食非以正法得已染愛躭嗜饕餮迷悶堅執湎著受用或有食已令身沈重無所堪能不住修斷或有食已令心遲鈍不速得定或有食已令入出息來往艱難或有食已令心數爲惛沈睡眠之所纒擾如是名爲有艱難存養云何名爲無艱難存養謂受如是所有飲食令無飢羸無有困苦及以重病或以正法追求飲食不以非法既獲得已不染不愛亦不躭嗜饕餮迷悶堅執湎著而受用之如是受用身無沈重有所堪能堪任修斷令心速疾得三摩地令入出息無有艱難令心不爲惛沈睡眠之所纒擾如是名爲無艱難存養若由有艱難存養壽命得存身得安住此名有罪亦有染汙若由無艱難存養壽命得存身得安住此名無罪亦無染汙諸有多聞聖弟子衆遠離有罪有染存養習近無罪無染存養由是故説爲暫支持

問云何習近如前所説無罪無染所有存養以自存活答若受飲食爲除飢渴爲攝梵行爲斷故受爲令新受當不更生爲當存養力樂無罪安隱而住如是習近無罪無染所有存養而自存活

云何名爲爲除飢渴受諸飲食謂至食時多生飢渴氣力虛羸希望飲食爲欲息此飢渴

纒逼氣力虛羸知量而食如是食已令於非時不爲飢羸之所纒逼謂於日晚或於夜分乃至明日未至食時如是名爲爲除飢渴受諸飲食

云何名爲爲攝梵行受諸飲食謂如其量受諸飲食由是因緣修善品者或於現法或於此日飲食已後身無沈重有所堪能堪任修斷令心速疾得三摩地令入出息無有艱難令心不爲惛沈睡眠之所纒擾由是速疾有力有能得所未得觸所未觸證所未證如是名爲爲攝梵行受諸飲食

云何名爲爲斷故受受諸飲食謂如有一由過去世食不知量食所匪宜不消而食由是因緣於其身中生起種種身諸疾病所謂疥癩皰漿瘷等如前廣說由此種種疾病因緣發生身中極重猛利熾然苦惱不可意受爲欲息除如是疾病及爲息除從此因緣所生苦受習近種種良醫所說饒益所宜隨順醫藥及受種種悅意飲食由此能斷已生疾病及彼因緣所生苦受如是名爲爲斷故受受諸飲食

云何名爲爲令新受當不更生受諸飲食謂如有一由現在世安樂無病氣力具足不非量食不食匪宜亦非不消而更重食令於未來食住身中成不消病或於身中當生隨一身諸疾病所謂疥癩皰漿瘷等如前廣說由是因緣當生身中如前所說種種苦受餘如前說如是名爲爲令新受當不更生受諸飲食云何名爲爲當存養力樂無罪安隱而住受諸飲食謂飲食已壽命得存是名存養若

除飢羸是名爲力若斷故受新受不生是名爲樂若以正法追求飲食不染不愛乃至廣說而受用之是名無罪若受食巳身無沈重有所堪能堪任修斷如前廣說如是名爲安隱而住是故說言由正思擇食於所食不爲倡蕩不爲憍逸不爲飾好不爲端嚴乃至廣說是名廣辯於食知量

云何應知此中略義謂若所受食若如是食當知總名此中略義何者所食謂諸段食即餅麨飯羹臛糜粥如前廣說云何而食謂正思擇食於所食不爲倡蕩不爲憍逸不爲飾好不爲端嚴乃至廣說復次應知此中略義謂爲攝受對治爲遠離欲樂行邊爲遠離自苦行邊爲攝受梵行受諸飲食云何爲攝受對治受諸飲食謂如說言由正思擇食於所食云何爲遠離欲樂行邊受諸飲食謂如說言不爲倡蕩不爲憍逸不爲飾好不爲端嚴食於所食

云何爲遠離自苦行邊受諸飲食謂如說言爲除飢渴爲斷故受爲令新受當不更生爲當存養若力若樂食於所食云何爲攝受梵行受諸飲食謂如說言爲攝梵行爲得無罪安隱而住食於所食

復次應知此中略義謂有二種一無所食二有所食無所食者謂一切種都無所食無所食故即便夭沒有所食者有其二種一平等食二不平等食平等食者謂非極少食非極多食非不宜食非不消食非染汙食不平等食者謂或極少食或極多食或不宜食或不消食或染汙食當知此中由平等食非極少

食令身飢羸未生不生已生斷滅由平等食非極多食身無沈重有所堪能堪任修斷如前廣說由平等食非不宜食非不消食能斷故受不生新受由是因縁當得存養若力若樂由平等食非染汙食當得無罪安樂而住由極少食雖存壽命而有飢羸亦少存活由極多食如極重擔鎮壓其身不能以時所食消變由不消食或住身中成不消病或生隨一身諸病苦如不消食由不宜食當知亦爾此不宜食有差別者謂於身中集諸過患由此復觸極重病苦由染汙食非法追求諸飲食已有染有愛躭嗜饕餮如前廣說而受用之由此受用平等所食及以遠離不平等食故說於食平等所作即此於食平等所作廣以諸句宣示開顯所謂說言由正思擇食於所食不爲倡蕩不爲憍逸不爲飾好不爲端嚴如前廣說此中說言由正思擇食於所食不爲倡蕩不爲憍逸不爲飾好不爲端嚴爲身安住爲暫支持由此遮止都無所食若復說言爲除飢渴爲攝梵行廣說乃至安隱而住由此遮止不平等食

云何遮止不平等食謂若說言爲除飢渴由此遮止所食極少若復說言爲攝梵行由此遮止所食極多若復說言爲斷故受爲令新受當不更生由此遮止不消而食食所匪宜若復說言爲當存養爲當得力由此顯示不極少食不極多食若復說言爲當得樂由此顯示消已而食及食所宜若復說言爲當無罪安隱而住由此顯示無染汙食所以者何若以非法追求飲食得已染愛如前廣說而

受用之名染汙食亦名有罪若於善品勤修習者於住空閑瑜伽作意受持讀誦思惟義中由彼諸惡不善尋思令心流漏令心相續隨順趣向臨入而轉由是因緣不安隱住此安隱住復有二種一者遠離所食極多由是因緣身無沈重有所堪能堪任修斷如前廣說二者於食不生味著由是因緣遠離諸惡尋思擾動不安隱住是故如此一切諸句皆爲宣示開顯於食平等所作如是名爲廣略宣說於食知量

瑜伽師地論卷第二十三

音釋

咀嚼 咀慈呂切嚼在爵切 癰痤 癰於容切痤昨禾切 疽 七余切 痔瘷 痔五加切瘷蘇奏切 麭 匹兒切 噦噎 噦於月切嘔也噎烏結切氣窒也 癩癇 癩都年切癇戶間切 瘇 直偽切重瘇足腫病也 拊 芳武切拍也 稍 色角切 穳矛 穳祖筭切矛莫浮切並兵器也 盪滌 盪徒朗切滌亭歷切盪滌洗濯也 麨 尺沼切乾糧也 臛 虛郭切肉羹也 葅 側魚切菜肉之酢通稱爲葅 鮓 側下切釀魚肉爲葅也 吪 祖兗切欶也 躁 則到切不安靜也 毬 渠竹切以葦爲圓囊實以毛髮曰毬 跳躑 跳他弔切跳躍也躑直炙切躑躅也 蹴蹋 蹴七六切躪也蹋徒合切踐也 攘臂 攘如陽切捋也 湎 彌兗切溺也

瑜伽師地論卷第二十四

彌勒菩薩說

唐三藏沙門玄奘奉詔譯

本地分中聲聞地

初瑜伽處出離地品第三之三

復次初夜後夜常勤修習悎寤瑜伽者云何初夜云何後夜云何悎寤瑜伽云何常勤修習悎寤瑜伽言初夜者謂夜四分中過初一分是夜初分言後夜者謂夜四分中過後一分是夜後分悎寤瑜伽者謂如說言於晝日分經行宴坐從順障法淨修其心於初夜分經行宴坐從順障法淨修其心淨修心已出住處外洗濯其足還入住處右脇而臥重累其足住光明想正念正知思惟起想巧便而臥至夜後分速疾悎寤經行宴坐從順障法淨修其心常勤修習悎寤瑜伽者謂如有一世尊弟子聽聞悎寤瑜伽法已欲樂修學便依如是悎寤瑜伽作如是念我當成辦佛所聽許悎寤瑜伽發生樂欲精進勤劬超越勇猛勢力發起勇悍剛決不可制伏策勵其心無間相續此中云何於晝日分經行宴坐從順障法淨修其心言晝日者謂從日出時至日沒時言經行者謂於廣長稱其度量一地方所若往若來相應身業言宴坐者謂如有一或於大牀或小繩牀或草葉座結加趺坐端身正願安住背念所言障者謂五種蓋順障法者謂能引蓋隨順蓋法云何五蓋謂貪欲蓋瞋恚蓋惛沈睡眠蓋掉舉惡作蓋及以疑蓋云何順障法謂淨妙相瞋恚相黑闇相親屬國王不死尋思追憶昔時笑戲喜樂承

事隨念及以三世或於三世非理法思問於經行時從幾障法淨修其心云何從彼淨修其心答從惛沈睡眠蓋及能引惛沈睡眠障法淨修其心爲除彼故於光明相善巧精懇善取善思善了善達以有明俱心及有光俱心或於屏處或於露處往返經行於經行時隨緣一種淨妙境界極善示現勸導讚勵慶慰其心謂或念佛或法或僧或戒或捨或復念天或於宣說惛沈睡眠過患相應所有正法於此法中爲除彼故以無量門訶責毀呰惛沈睡眠所有過失以無量門稱揚讚嘆惛沈睡眠永斷功德所謂契經應頌記別諷頌自說因緣譬喻本事本生方廣希法及以論議爲除彼故於此正法聽聞受持以大音聲若讀若誦爲他開示思惟其義稱量觀察或觀方隅或瞻星月諸宿道度或以冷水洗灑面目由是惛沈睡眠纏蓋未生不生已生除遣如是方便從順障法淨修其心問於宴坐時從幾障法淨修其心云何從彼淨修其心答從四障法淨修其心謂貪欲瞋恚掉舉惡作疑蓋及能引彼法淨修其心爲令已生貪欲纏蓋速除遣故爲令未生極遠離故結跏趺坐端身正願安住背念或觀青瘀或觀膿爛或觀變壞或觀胮脹或觀食噉或觀血塗或觀其骨或觀其鎖或觀骨鎖或於隨一賢善定相作意思惟或於宣說貪欲過患相應正法於此法中爲斷貪欲以無量門訶責毀呰欲貪欲愛欲藏欲護欲著過失以無量門稱揚讚嘆一切貪欲永斷功德所謂契經應頌記別乃至廣說爲斷貪欲於此正法聽聞

受持言善通利意善尋思見善通達即於此法如是宴坐如理思惟由是因緣貪欲纏蓋未生不生已生除遣如是方便從順障法淨修其心於瞋恚蓋法有差別者謂如是宴坐以慈俱心無怨無敵無損無惱廣大無量極善修習普於一方發起勝解具足安住如是第二如是第三如是第四上下傍布普遍一切無邊世界發起勝解具足安住餘如前說於掉舉惡作蓋法有差別者謂如是宴坐令心內住成辦一趣得三摩地餘如前說於疑蓋法有差別者謂如是宴坐於過去世非不如理作意思惟於未來世於現在世非不如理作意思惟我於過去爲曾有耶爲曾無耶我於過去爲曾何有云何曾有我於未來爲當何有云何當有我於現在爲何所有云何

而有今此有情從何而來於此殞沒當往何所於如是等不如正理作意思惟應正遠離如理思惟去來今世唯見有法唯見有事知有爲有知無爲無唯觀有因唯觀有果於實無事不增不益於實有事不毀不謗於其實有了知實有謂於無常苦空無我一切法中了知無常苦空無我以能如是如理思惟便於佛所無惑無疑餘如前說於法於僧於苦於集於滅於道於因及因所生諸法無惑無疑餘如前說又於瞋恚蓋應作是說爲斷瞋恚及瞋恚相於此正法聽聞受持乃至廣說於掉舉惡作蓋應作是說爲斷掉舉惡作及順彼法於此正法聽聞受持乃至廣說於其疑蓋應作是說爲斷疑蓋及順彼法於此正法聽聞受持乃至廣說如是方便從貪欲瞋

恚惛沈睡眠掉舉惡作疑蓋及順彼法淨修其心是故説言經行宴坐從順障法淨修其心如是已説由法增上從順障法淨修其心復有由自增上及世增上從順障法淨修其心云何名爲由自增上及世增上謂如有一於諸蓋中隨起一種便自了知此非善法於所生蓋不堅執著速疾棄捨擯遣變吐又能自觀此所生蓋甚可羞恥令心染惱令慧羸劣是損害品如是名爲由自增上從順障法淨修其心云何名爲由世增上從順障法淨修其心謂如有一於諸蓋中隨一已生或將生時便作是念我若生起所未生蓋當爲大師之所訶責亦爲諸天及諸有智同梵行者以法輕毀彼由如是世增上故未生諸蓋能令不生已生諸蓋能速棄捨如是名爲由世增上從順障法淨修其心又爲護持諸卧具故順世儀故晝夜初分經行宴坐從順障法淨修其心從順障法淨修心已出住處外洗濯其足洗濯足已還入住處如法寢卧爲令寢卧長養大種得增長已長益其身轉有勢力轉能隨順無間常委善品加行問以何因緣右脇而卧答與師子王法相似故問何法相似答如師子王一切獸中勇悍堅猛最爲第一苾芻亦爾於常修習悎寤瑜伽發勤精進勇悍堅猛最爲第一由是因緣與師子王卧法相似非如其餘鬼卧天卧受欲者卧由彼一切嬾惰懈怠下劣精進勢力薄弱又法應爾如師子王右脇卧者如是卧時身無掉亂念無忘失睡不極重不見惡夢異此卧者與是相違當知具有一切過失是故説言右脇而卧重

累其足云何名爲住光明想巧便而卧謂於光明相善巧精懇善取善思善了善達思惟諸天光明俱心巧便而卧由是因緣雖復寢卧心不惛闇如是名爲住光明想巧便而卧云何正念巧便而卧謂若諸法已聞已思已熟修習體性是善能引義利由正念故乃至睡夢亦常隨轉由正念故於睡夢中亦常記憶令彼法相分明現前即於彼法心多隨觀由正念故隨其所念或善心眠或無記心眠是名正念巧便而卧云何正知巧便而卧謂由正念而寢卧時若有隨一煩惱現前染惱其心於此煩惱現生起時能正覺了令不堅著速疾棄捨既通達已令心轉還是名正知巧便而卧云何名爲思惟起想巧便而卧謂以精進策勵其心然後寢卧於寢卧時時時覺寤如林野鹿不應一切縱放其心隨順趣向臨入睡眠復作是念我今應於諸佛所許悎寤瑜伽一切皆當具足成辦爲成辦故應住精勤最極濃厚加行欲樂復作是念我今爲修悎寤瑜伽應正發起勤精進住爲欲修習諸善法故應正翹勤離諸嬾惰起發具足過今夜分至明清旦倍增發起勤精進住起發具足當知此中由第一思惟起想無重睡眠於應起時速疾能起終不過時方乃悎寤由第二思惟起想能於諸佛共所聽許師子王卧如法而卧無增無減由第三思惟起想令善欲樂常無懈廢雖有失念而能後後展轉受學令無斷絶如是名爲思惟起想巧便而卧云何至夜後分速疾悎寤經行宴坐從順障法淨修其心夜後分者謂夜四分中過

後一分名夜後分彼由如是住光明想正念正知思惟起想巧便而卧於夜中分夜四分中過於一分正習睡眠令於起時身有堪能應時而起非爲上品惛沈睡眠纏所制伏令將起時闇鈍薄弱嬾惰懈怠由無如是闇鈍薄弱嬾惰懈怠暫作意時無有艱難速疾能起從諸障法淨修心者如前應知如是廣辯初夜後夜常勤修習悎寤瑜伽已復云何知此中略義謂常勤修習悎寤瑜伽所有士夫補特伽羅略有四種正所作事何等爲四一者乃至悎寤常不捨離所修善品無間常委修善法中勇猛精進二者以時而卧不以非時三者無染汙心而習睡眠非染汙心四者以時悎寤起不過時是名四種常勤修習悎寤瑜伽所有士夫補特伽羅正所作事依此四種正所作事諸佛世尊爲聲聞衆宣說修習悎寤瑜伽云何宣說謂若說言於晝日分經行宴坐從順障法淨修其心於初夜分經行宴坐從順障法淨修其心由此言故宣說第一正所作事謂乃至悎寤常不捨離所修善品無間常委修善法中勇猛精進若復說言出住處外洗濯其足還入住處右脇而卧重累其足由此言故宣說第二正所作事謂以時而卧不以非時若復說言住光明想正念正知思惟起想巧便而卧由此言故宣說第三正所作事謂無染汙心而習睡眠非染汙心若復說言於夜後分速疾悎寤經行宴坐從順障法淨修其心由此言故宣說第四正所作事謂以時悎寤起不過時此中所說住光明想正念正知思惟起想巧便卧者顯

由二緣無染汙心而習睡眠非染汙心謂由正念及由正知復由二緣以時悎寤起不過時謂由住光明想及由思惟起想此復云何由正念故於善所緣攝斂而卧由正知故於善所緣若心退失起諸煩惱即便速疾能正了知如是名爲由二緣故無染汙心而習睡眠非染汙心由住光明想及思惟起想無重睡眠非睡眠纒能遠隨逐如是名爲由二緣故以時悎寤起不過時如是宣說常勤修習悎寤瑜伽所有略義及前所說廣辯釋義總說名爲初夜後夜常勤修習悎寤瑜伽云何名爲正知而住謂如有一若往若還正知而住若覩若瞻正知而住若屈若伸正知而住持僧伽胝及以衣鉢正知而住若食若飲若噉若甞正知而住若行若住若坐若卧正知而住於悎寤時正知而住若語若默正知而住解勞睡時正知而住若往若還正知住者云何爲往云何爲還云何往還正知而住所言往者謂如有一往詣聚落往聚落間往詣家屬往家屬間往詣道場往道場間所言還者謂如有一從聚落還聚落間還從家屬還家屬間還從道場還道場間還所言往還正知住者謂於自往正知我往及於自還正知我還於所應往及非所往能正了知於所應還及非所還能正了知於應往時及非往時能正了知於應還時及非還時能正了知於其如是如是應往及不應往能正了知於其如是如是應還及不應還能正了知是名正知彼由成就此正知故自知而往自知而還往所應往非非所往還所應還非非所還以

時往還不以非時如其色類動止軌則禮式威儀應往應還如是而往如是而還如是名爲若往若還正知而住若覩若瞻正知住者云何爲覩云何爲瞻云何覩瞻正知而住所言覩者謂於如前所列諸事若往若還先無覺慧先無功用先無欲樂於其中間眼見衆色是名爲覩所言瞻者謂於如前所列諸事若往若還覺慧爲先功用爲先欲樂爲先眼見衆色謂或諸王或諸王等或諸僚佐或諸黎庶或婆羅門或諸居士或饒財寶長者商主或餘外物房舍屋宇殿堂廊廟或餘世間衆雜妙事觀見此等是名爲瞻若復於此覩瞻自相能正了知於所應覩於所應瞻能正了知於應覩時於應瞻時能正了知如所應覩如所應瞻能正了知是名正知彼由成就

此正知故自知而覩自知而瞻覩所應覩瞻所應瞻於應覩時於應瞻時而正瞻覩如所應覩如所應瞻如是而覩如是而瞻如是名爲若覩若瞻正知而住若屈若伸正知住者云何爲屈云何爲伸云何名爲若屈若伸正知而住謂彼如是覩時瞻時若往爲先若還爲先或屈伸足或屈伸臂或屈伸手或復屈伸隨一支節是名屈伸若於屈伸所有自相能正了知若所屈伸能正了知若屈伸時能正了知若如是屈及如是伸能正了知是名正知彼由成就此正知故於屈於伸自知而屈自知而伸於所應屈於所應伸而屈而伸於應屈時於應伸時而屈而伸如所應屈如所應伸如是而屈如是而伸如是名爲若屈若伸正知而住持僧伽胝及以衣鉢正知住

者云何持僧伽胝云何持衣云何持鉢云何持僧伽胝及以衣鉢正知而住謂有大衣或六十條或九條等或兩重刺名僧伽胝被服受用能正將護說名爲持若有中衣若有下衣或持爲衣或有長衣或應作淨或巳作淨如是一切說名爲衣被服受用能正將護說名爲持若堪受持或鐵或瓦乞食應器說名爲鉢現充受用能正將護說名爲持若於如是或僧伽胝或衣或鉢所有自相能正了知於所應持或僧伽胝或衣或鉢或淨不淨能正了知若於此時或僧伽胝或衣或鉢巳持應持能正了知若於如是或僧伽胝或衣或鉢應如是持能正了知是名正知彼由成就此正知故於所應持或僧伽胝或衣或鉢自知而持持所應持於應持時而能正持如所應持如是而持如是名爲持僧伽胝及以衣鉢正知而住若食若飲若噉若嘗正知住者云何爲食云何爲飲云何爲噉云何爲嘗云何若食若飲若噉若嘗正知而住謂諸所有受用飲食總名爲食此復二種一噉二嘗云何爲噉謂噉餅麨或飯或糜或羹或臛或有所餘造作轉變可噉可食能持生命如是等類皆名爲噉亦名爲食云何爲嘗謂嘗乳酪生酥熟酥油蜜沙糖魚肉鹽鮓或新果實或有種種咀嚼品類如見一切總名爲嘗亦名爲食云何爲飲謂沙糖汁或石蜜汁或飯漿飲或鑽酪飲或酢爲飲或抨酪飲乃至於水總名爲飲若於如是若食若飲若噉若嘗所有自相能正了知若於一切所食所飲所噉所嘗能正了知若於爾時應食應飲應噉應

嘗能正了知若於如是應食應飲應噉應嘗能正了知是名正知彼由成就此正知故於自所有若食若飲若噉若嘗自知而食自知而飲自知而噉自知而嘗於所應食於所應飲於所應噉於所應嘗正食正飲正噉正嘗應時而食應時而飲應時而噉應時而嘗如所應食乃至如所應嘗如是而食乃至如是而嘗如是名爲若食若飲若噉若嘗正知而住若行若住廣說乃至若解勞睡正知住者云何爲行云何爲住云何爲坐云何爲卧云何悎寤云何爲語云何爲默云何名爲解於勞睡云何於行廣說乃至於解勞睡正知而住謂如有一於經行處來往經行或復往詣同法者所或涉道路如是等類說名爲行復如有一住經行處住諸同法阿遮利耶鄔波陀耶及諸尊長等尊者前如是等類說名爲住復如有一或於大牀或小繩牀或草葉座或諸敷具或尼師壇結加趺坐端身正願安住背念如是等類說名爲坐復如有一出住處外洗濯其足還入住處或於大牀或小繩牀或草葉座或阿練若或在樹下或空閑室右脇而卧重疊其足如是等類說名爲卧復如有一於晝日分經行宴坐從順障法淨修其心於初夜分於後夜分經行宴坐從順障法淨修其心說名悎寤復如有一常勤修習如是悎寤於未受法正受正習令得究竟所謂契經應頌記別廣說如前即於如是已所受法言善通利謂大音聲若讀若誦或復爲他廣說開示於時時間與諸有知同梵行者或餘在家諸賢善者語言談論若相慶慰爲

欲勸勵及求資具如是等類說名爲語復如有一隨先所聞隨先所習言善通利究竟諸法獨處空閑思惟其義籌量觀察或處靜室令心内住等住安住及與近住調伏寂靜最極寂靜一趣等持或復於彼毗鉢舍那修瑜伽行如是等類說名爲默復如有一於其熱分極炎暑時或爲熱逼或爲劬勞便生疲倦非時惛寐樂著睡眠是名勞睡若復於行廣說乃至於解勞睡所有自相能正了知於所應行乃至於應所解勞睡能正了知於應行時乃至於應解勞睡時能正了知如所應行乃至如所應解勞睡能正了知是名正知彼由成就此正知故於其自行乃至於其自解勞睡正知而行乃至正知而解勞睡若所應行乃至若所應解勞睡即於彼行乃至於彼解於勞睡若時應行乃至若時應解勞睡即此時行乃至此時解於勞睡如所應行乃至如所應解勞睡如是而行乃至如是而解勞睡如是名爲於行於住於坐於卧於其悎寤於語於默於解勞睡正知而住復次如是正知而住云何次第爲顯何事謂如有一依止如是村邑聚落亭邏而住作是思惟我今應往如是村邑聚落亭邏巡行乞食如是乞已出還本處又於如是村邑等中或有居家我不應往何等居家謂唱令家或酤酒家或婬女家或國王家或旃荼羅羯恥那家或復有家一向誹謗不可迴轉或有居家我所應往謂刹帝利大族姓家或婆羅門大族姓家或諸居士大族姓家或僚佐家或饒財家或長者家或商主家又有居家我雖應往不應太

早太晚而往若施主家有遽務時亦不應往若戲樂時若有營搆嚴飾事時若為世間弊穢法時若忿競時亦不應往又如所往如是應往不與暴亂惡象俱行不與暴亂衆車惡馬惡牛惡狗而共同行不入閙叢不蹈棘刺不踰垣墻不越坑塹不墮山崖不溺深水不履糞穢應隨月喻往施主家具足慙愧遠離憍傲盪滌身心不求利養不希恭敬如自獲得所有利養心生喜悅如是於他所得利養心亦喜悅不自高舉不輕懱他心懷哀愍又應如是自持其心往施主家豈有出家往詣他所要望他施非不惠施廣說乃至要當速疾而非遲緩又作是心我於今跂往施主家所受施物應知其量又我不應利養因緣矯詐虛誑現惑亂相以利求利得利養已無染

無愛亦不耽嗜饕餮迷悶堅執湎著而受用之復於已往或正往時觀見衆色於此衆色一分應觀或有一分所不應觀於不應觀所有衆色當攝其眼善護諸根於所應觀所有衆色應善住念而正觀察何色類色所不應觀謂諸妓樂戲笑歡娛或餘遊戲所作歌儛音樂等事如是復有女色殊勝幼少盛年美妙形色或復有餘所見衆色能壞梵行能障梵行能令種種諸惡不善尋思現行如是色類所有衆色不應觀視何色類色是所應觀謂諸所有衰老朽邁上氣者身傴僂憑杖戰掉者身或諸疾苦重病者身脚腫手腫腹腫面腫膚色萎黃瘡癬疥癩衆苦逼迫身形委頓身形洪爛諸根闇鈍或有夭喪死經一日或經二日或經七日被諸烏鵲餓狗鵄鷲狐

狼野干種種暴惡傍生禽獸之所食噉或命終已出置高牀上施幰帳前後大衆或哀或哭以其灰土塵坌身髮生愁生苦生悲生怨生憂生惱如是等類所有衆色我應觀察觀是衆色能順梵行能攝梵行能令諸善尋思現行不應搖身搖臂搖頭跳擲携手叉腰竦肩入施主家不應輒坐所不許座不應不審觀座而坐不應放縱一切身分不應翹足不應交足不大狹足不太廣足端嚴而坐不應開紐不軒不磔亦不褰張而被法服所服法衣並皆齊整不高不下不如象鼻非如多羅樹間房穗非如龍首非如豆摶而被法服不應持鉢預就其食不應持鉢在飲食上不應置鉢在雜穢處若坑澗處若崖岸處又應次第受用飲食不應以飯覆羹臛上不以羹臛覆其飯上不應饕餮受諸飲食不應嫌恨受諸飲食不太麤食不太細食應圓摶食不應舐手不應舐鉢不振手食不振足食不應齧斷而食其食從施主家還歸住處於晝夜分在自別人所經行處往及經行非於他處非不委處非不恣處非不與處而輒經行非身劬勞非身疲倦非心掉舉所制伏時而習經行爲修善品爲善思惟內攝諸根心不外亂而習經行不太馳速不太躁動亦非一向專事往來而習經行時時進步時時停住而習經行如是於自所居住處自院自房自別人處僧分與處非於他處非不委處非不恣處習經行已復於大牀或小繩牀或草葉座或尼師壇或阿練若樹下冢間或空閑室結跏趺坐端身正願安住背念而習宴坐於夜中

分如法寢息於晝日分及夜初分修諸善品不應太急如是寢時應如前說住光明想正念正知思惟起想於夜後分速疾悟寤或於語論或於讀誦勤修加行或爲修斷閑居宴默思惟法時應當遠離順世典籍綺字綺句綺飾文詞能引無義不能令證神通等覺究竟涅槃復於如來所說正法最極甚深相似甚深空性相應隨順緣性及諸緣起殷重無間善攝善受令堅令住令無失壞爲成正行不爲利養恭敬稱譽又於是法言善通利慧善觀察於諠雜衆不樂習近不樂多業不樂多言於時時間安住正念與諸有智同梵行者語言談論共相慶慰樂與請問樂求諸善無違諍心言詞稱量言詞合理言詞正直言詞寂靜樂勤爲他宣說正法又應宴默於惡不善所有尋思不樂尋思又於非理所有諸法不樂思惟於自所證離增上慢於少下劣差別證中不生喜足於上所證中無退屈善能遠離不應思處時時修習止觀瑜伽樂斷樂修無間修習殷重修習又於熱分極炎暑時勇猛策勵發勤精進隨作一種所應非事勞倦因緣遂於非時發起惛睡爲此義故暫應寢息欲令惛睡疾疾除遣勿經久時損減善品障礙善品於寢息時或開閉門或令苾芻在傍看守或毗柰耶隱密軌則以衣蔽身在深隱處須臾寢息令諸勞睡皆悉除遣如是名爲正知而住先後次第謂依行時及依住時又於善品先未趣入心與加行如理作意俱行妙慧說名正知即此正知行時住時一切成辦無所減少如是名爲正知而住當

知此中若往若還若覩若瞻若屈若伸持僧伽胝及以衣鉢若食若飲若噉若嘗正知而住由是名爲於村邑等如法行時正知而住若行若住若坐若卧若習悎寤若語若默若解勞睡正知而住由是名爲於其住處如法住時正知而住如是應知已廣分別正知而住復云何知此中略義謂於行時有五種業於其住時有五種業行時住時正知而住有四種業如是名爲正知而住所有略義云何行時有五種業一者身業二者眼業三者一切支節業四者衣鉢業五者飲食業如是名爲行時五業謂若説言若往若還此言顯示行時身業若復説言若覩若瞻此言顯示行時眼業若復説言若屈若伸此言顯示行時一切支節業若復説言持僧伽胝及以衣鉢此言顯示行時衣鉢業若復説言若食若飲若噉若嘗此言顯示行時飲食業云何名爲住時五業一者身業二者語業三者意業四者晝業五者夜業謂若説言若行若住若坐此言顯示住時身業若復説言若語此言顯示住時語業若復説言若卧若默若解勞睡此言顯示住時意業若復説言若習悎寤此言顯示住時晝業夜業身業語業又若卧者此言顯示住時夜業當知是名住時五業云何名爲行時住時正知而住所有四業謂初依彼行業住業起如是業即於彼業安守正念不放逸住當知此業正念所攝不放逸攝若於是事是處是時如量如理如其品類所應作者即於此事此處此時如量如理如其品類正知而作彼由如是正知作故於現法

中無罪無犯無有惡作無變無悔於當來世亦無有罪身壞死後不墮惡趣不生一切那落迦中爲得未得積習資糧如是名爲正知而住所有略義前廣分別今此略義一切總名正知而住

瑜伽師地論卷第二十四

音釋

抨 補耕切彈也 塹 七豔切 傴僂 傴委羽切僂力主切傴僂背曲也 鵄鷲 鵄赤脂切鴟鴞也鷲疾救切大鵰也 幰 虛偃切張繒爲蓋也 竦 息隴切高起也 紐 女久切結也 磔 陟革切張伸也 褰 去乾切猶牵也 穗 徐醉切禾穗也 舐 神帋切餂也 齧 五結切筮也

瑜伽師地論卷第二十五

彌勒菩薩說

唐三藏沙門玄奘奉詔譯

本地分中聲聞地

初瑜伽處出離地品第三之四

云何名善友性謂八因緣故應知一切種圓滿善友性何等爲八謂如有一安住禁戒具足多聞能有所證性多哀愍心無猒倦善能堪忍無有怖畏語具圓滿云何名爲安住禁戒謂安住具戒善能守護別解律儀如前廣說樂沙門性樂婆羅門性爲自調伏爲自寂靜爲自涅槃修行正行如是名爲安住禁戒云何名爲具足多聞謂若有法宣說開示初中後善文義巧妙獨一圓滿清白梵行於如是類衆多妙法能善受持言善通利意善尋思見善通達如是名爲具足多聞云何名爲能有所證謂能證得勝無常想無常苦想苦無我想猒逆食想一切世間不可樂想有過患想斷想離想滅想死想不淨想青瘀想膿爛想破壞想胮脹想噉食想血塗想離散想骨鎖想觀察空想復能證得最初靜慮第二靜慮第三靜慮第四靜慮空無邊處識無邊處無所有處最後非想非非想處又能證得慈悲喜捨或預流果或一來果或不還果或神境通或宿住通或天耳通或死生通或心差別通或阿羅漢具八解脫靜慮等定有大堪能具大勢力能善爲他現三神變教授教誡三神變者一神力神變二記說神變三教導神變如是名爲能有所證云何名爲性哀愍謂於他所常起悲憐樂與其義樂與其

利樂與其樂樂與猗觸樂與安隱如是名爲爲性哀愍云何名爲心無猒倦謂善能示現善能教導善能讚勵善能慶慰處於四衆宣説正法不辭勞倦翹勤無惰報發圓滿爲性好樂發勤精進如是名爲心無猒倦云何名爲善能堪忍謂罵不報罵瞋不報瞋打不報打弄不報弄堪耐椎杵於諸逼迫縛録禁閉捶打毁辱迫惱斫截衆苦事中自推已過以業異熟爲所依趣終不於他發生憤恚亦不懷恨隨眠不捨如是雖遭輕陵毁辱而其本性都無變改唯常於彼思爲義利又能堪忍寒熱飢渴蚊蝱風日蛇蠍惡觸他所干犯磣毒語言身内所生猛利堅勁辛楚切心奪命苦受爲性堪忍能有容納如是名爲善能堪忍云何名爲無有怖畏謂處大衆説正法時

心無怯劣聲無戰掉辯無誤失終不由彼怯懼因縁爲諸怖畏之所逼切腋不流汗身毛不竪如是名爲無有怖畏云何名爲語具圓滿謂彼成就最上首語極美妙語甚顯了語易悟解語樂欲聞語無違逆語無所依語無邊際語如是名爲語具圓滿言詞巧妙成就如是八種因縁善能諫舉善作憶念善能教授善能教誡善説正法云何名爲善能諫舉謂若有餘於增上戒毁犯尸羅於增上軌毁犯軌則由見聞疑能正諫舉眞實不以虚妄應時不以非時饒益不以衰損柔輭不以麤獷善友不以憎嫉如是名爲善能諫舉云何名爲善作憶念謂令憶念先所犯罪或法或義云何名爲令其憶念先所犯罪謂若有餘先起毁犯而不能憶善作方便令彼憶念告

言長老曾於其處其事其時毀犯如是如是色類如是名爲令其憶念先所犯罪云何名爲令憶念法謂若有餘於先所聞所受正法獨處思念所謂契經應頌記別廣說如前彼若不憶令其憶念或復稱述授與令憶或與請問詰難令憶如是名爲令憶念法云何名爲令憶念義謂若有餘於先所聞所受正義有所忘失爲作憶念宣說開示令新令顯又若有善能引義利能引梵行久時所作久時所說彼若忘失亦令憶念如是名爲善作憶念云何名爲善能教授謂於遠離寂靜瑜伽作意止觀時時隨順教授而轉時時宣說與彼相應無倒言論所謂能趣心離障蓋甚可愛樂尸羅言論等持言論聖慧言論解脫言論解脫智見言論少欲言論喜足言論永斷言論離欲言論寂滅言論損減言論無雜言論隨順緣性緣起言論如是名爲善能教授云何名爲善能教誡謂於大師所說聖教能以正法以毗柰耶平等教誨或軌範師或親教師或同法者或餘尊重等尊重者如實知彼隨於一處違越毀犯便於時時如法訶責治罰驅擯令其調伏既調伏已如法平等受諸利養和同曉悟收斂攝受於所應作及不應作爲令現行不現行故於其積習及不積習教導教誨如是名爲善能教誡云何名爲善說正法謂於時時能善宣說初時所作無倒言論所謂施論戒論生天之論於諸欲中能廣開示過患出離清淨品法又於時時宣說超勝四種聖諦相應言論所謂苦論集論滅論道論爲諸有情得成熟故爲諸有情得

清淨故爲令正法得久住故宣説相應助伴隨順清亮有用相稱應順名句文身所有言論又此言論應時而發殷重漸次相續俱有令其欣慶令其愛樂令其歡喜令其勇悍無所訶擯相應助伴無亂如法稱順衆會有慈憐心有利益心有哀愍心不依利養恭敬讃頌不自高舉不陵懱他如是名爲善説正法由彼成就如是八支於時時間善能諫舉善作憶念善能教授善能教誡善説正法是故説彼名爲善友如是廣辯善友性已復云何知此中略義謂若善友心善稠密爲性哀愍最初於彼樂爲利益樂爲安樂又即於此利益安樂如實了知無有顛倒離顛倒見又即於此利益安樂有大勢力方便善巧能令積集能令引發又即於此利益安樂翹勤無惰起發圓滿爲性好樂發勤精進當知由此四因緣故攝一切種總略圓滿善知識性如是名爲此善友性所有略義若前所説廣分別義若此所説所有略義一切總説爲善友性云何名爲聞思正法謂正法者若佛世尊若佛弟子正士正至正善丈夫宣説開顯分別照了此復云何所謂契經應頌記別廣説如前十二分教是名正法云何契經謂薄伽梵於彼彼方所爲彼彼所化有情依彼彼所化諸行差別宣説無量蘊相應語處相應語緣起相應語食相應語諦相應語界相應語聲聞乘相應語獨覺乘相應語如來乘相應語念住正斷神足根力覺支道支等相應語不淨息念諸學證淨等相應語結集如來正法藏者攝聚如是種種聖語爲令聖教久住世

故以諸美妙名句文身如其所應次第安布次第結集謂能貫穿縫綴種種能引義利能引梵行眞善妙義是名契經云何應頌謂於中間或於最後宣說伽陀或復宣說未了義經是名應頌云何記別謂於是中記別弟子命過巳後當生等事或復宣說巳了義經是名記別云何諷頌謂非直說是結句說或作二句或作三句或作四句或作五句或作六句等是名諷頌云何自說謂於是中不顯能請補特伽羅名字種性爲令當來正法久住聖教久住不請而說是名自說云何因緣謂於是中顯示能請補特伽羅名字種性因請而說及諸所有毗柰耶相應有因有緣別解脫經是名因緣云何譬喻謂於是中有譬喻說由譬喻故本義明淨是名譬喻云何本事謂諸所有宿世相應事義言教是名本事云何本生謂於是中宣說世尊在過去世彼彼方分若死若生行菩薩行行難行行是名本生云何方廣謂於是中宣說一切諸菩薩道爲令修證阿耨多羅三藐三菩提十力無畏無障智等一切功德是名方廣云何希法謂於是中宣說諸佛諸佛弟子苾芻苾芻尼式叉摩那勞策男勞策女近事男近事女等若共不共勝於其餘勝諸世間同意所許甚奇希有最勝功德是名希法云何論議所謂一切摩怛理迦阿毗達磨研究甚深素怛纜義宣暢一切契經宗要是名論議如是所說十二分教三藏所攝謂或有素怛纜藏攝或有毗柰耶藏攝或有阿毗達磨藏攝當知此中若說契經應頌記別諷頌自說譬喻本事本

生方廣希法是名素怛纜藏若說因緣是名毗柰耶藏若說論議是名阿毗達磨藏是故如是十二分教三藏所攝如是一切正士正至正善丈夫共所宣說故名正法聽聞此故名聞正法此復云何謂如有一或受持素怛纜或受持毗柰耶或受持阿毗達磨或受持素怛纜及毗柰耶或受持素怛纜及阿毗達磨或受持毗柰耶及阿毗達磨或具受持素怛纜毗柰耶阿毗達磨如是一切名聞正法此聞正法復有二種一聞其文二聞其義云何思正法謂如有一即如所聞所信正法獨處空閑遠離六種不應思處謂思議我思議有情思議世間思議有情業思議果異熟思議靜慮者靜慮境界思議諸佛諸佛境界但正思惟所有諸法自相共相如是思惟復有二種一者以筭數行相善巧方便筭計諸法二者以稱量行相依正道理觀察諸法功德過失謂若思惟諸蘊相應所有言教若復思惟如前所說所餘隨一所有言教皆由如是二種行相方便思惟此復云何謂言色者即十色處及墮法處所攝衆色是名色蘊所言受者即三種受是名受蘊所言想者即六想身是名想蘊所言行者即六思身等是名行蘊所言識者即六識身等是名識蘊如是名爲以筭數行相思惟諸蘊相應言教或復由此筭數行相別別思惟展轉差別當知即有無量差別云何以稱量行相依正道理思惟諸蘊相應言教謂依四道理無倒觀察何等爲四一觀待道理二作用道理三證成道理四法爾道理云何名爲觀待道理謂略說有

二種觀待一生起觀待二施設觀待生起觀待者謂由諸因諸緣勢力生起諸蘊此蘊生起要當觀待諸因諸緣施設觀待者謂由名身句身文身施設諸蘊此蘊施設要當觀待名句文身是名於蘊生起觀待施設觀待即此生起觀待施設觀待生起諸蘊施設諸蘊說名道理瑜伽方便是故說爲觀待道理云何名爲作用道理謂諸蘊生已由自緣故有自作用各各差別謂眼能見色耳能聞聲鼻能齅香舌能嘗味身能覺觸意能了法色爲眼境爲眼所行乃至法爲意境爲意所行或復所餘如是等類於彼彼法別別作用當知亦爾即此諸法各別作用所有道理瑜伽方便皆說名爲作用道理云何名爲證成道理謂一切蘊皆是無常衆緣所生苦空無我由三量故如實觀察謂由至教量故道現量故由比量故由此三量證驗道理諸有智者心正執受安置成立謂一切蘊皆無常性衆緣生性苦性空性及無我性如是等名證成道理云何名爲法爾道理謂何因緣故即彼諸蘊如是種類諸器世間如是安布何因緣故地堅爲相水濕爲相火煖爲相風用輕動以爲其相何因緣故諸蘊無常諸法無我涅槃寂靜何因緣故色變壞相受領納相想等了相行造作相識了別相由彼諸法本性應爾自性應爾法性應爾即此法爾說名道理瑜伽方便或即如是或異如是或非如是一切皆以法爾爲依一切皆歸法爾道理令心安住令心曉了如是名爲法爾道理如是名爲依四道理觀察諸蘊相應言教如由筭數行

相及稱量行相觀察諸蘊相應言教如是即由二種行相觀察其餘所有言教如是總名審正觀察思惟一切所說正法如是名爲聞思正法云何無障謂此無障略有二種一者依内二者依外我當先說依内外障與彼相違當知即是二種無障云何名依内障謂如有一於其先世不曾修福不修福故不能時時獲得隨順資生衆具所謂衣食諸坐卧具病緣醫藥及餘什具有猛利貪及長時貪有猛利瞋及長時瞋有猛利癡及長時癡或於先世積集造作多疾病業由彼爲因多諸疾病或由現在行不平等由是因緣風熱痰癊數數發動或有宿食住在身中或食麤重多事多業多有所作多與衆會樂著事業樂著語言樂著睡眠樂著諠衆樂相雜住樂著戲論樂自舉恃掉亂放逸居止非處如是等類應知一切名依内障云何名依外障謂如有一依不善士由彼因緣不能時時獲得隨順教授教誡或居惡處於此住處若晝日分多有種種諠雜衆集諸變異事若於夜分多有種種高聲大聲大衆諠雜復有種種猛利辛楚風日惡觸或有種種人及非人怖畏驚恐如是等類應知一切名依外障如是廣辯内外障已復云何知此中略義謂於此中略有三障一加行障二遠離障三寂靜障云何加行障謂若此障會遇現前於諸善品所有加行皆無堪能亦無勢力此復云何謂常疹疾困苦重病風熱痰癊數數發動或有宿食住在身中或被蛇蠍百足蚰蜒之所蛆螫或人非人之所逼惱又不能得衣食卧具病緣醫

藥及餘什具如是等類應知一切名加行障云何遠離障謂食麤重多事多業多有所作或樂事業由此因緣愛樂種種所作事業彼彼事中其心流散或樂語言由此因緣雖於遠離斷寂靜修有所堪能有大勢力然唯讀誦便生喜足或樂睡眠由此因緣惛沈睡眠常所纏遶爲性懈怠執睡爲樂執倚爲樂執卧爲樂或樂諠衆由此因緣樂與在家及出家衆談說種種王論賊論食論飲論妙衣服論婬女巷論諸國土論大人傳論世間傳論大海傳論如是等類能引無義虛綺論中樂共談說枉度時日又多愛樂數與衆會彼彼事中令心散動令心擾亂或樂雜住由此因緣諸在家衆及出家衆若未會遇思慕欲見若已會遇不欲別離或樂戲論由此因緣樂著世間種種戲論於應趣向好樂前行於遠離中喜捨善軛如是等類衆多障法應知一切名遠離障若有此障會遇現前難可捨離阿練若處山林曠野邊際卧具所有貪著亦不能居阿練若處冢間樹下空閑靜室云何寂靜障謂寂靜者即奢摩他毗鉢舍那有奢摩他障有毗鉢舍那障云何奢摩他障謂諸放逸及住非處由放逸故或惛沈睡眠纏遶其心或唯得奢摩他便生愛味或於下劣性心樂趣入或於闇昧性其心樂著由住如是非處所故人或非人諠雜擾亂他所逼惱心外馳散如是名爲奢摩他障當知此障能障寂靜云何毗鉢舍那障謂樂自恃舉及以掉亂樂自恃舉者謂如有一作是思惟我生高族淨信出家非爲下劣諸餘苾芻則不如是

由此因縁自高自舉陵懱於他如是我生富族淨信出家非爲貧匱我具妙色喜見端嚴多聞聞持其聞積集善巧言詞語具圓滿諸餘苾芻則不如是由此因縁自高自舉陵懱於他彼由如是自高舉故諸有苾芻耆年多智積修梵行不能時時恭敬請問彼諸苾芻亦不時時爲其開發未開發處爲其顯了未顯了處亦不爲其殷到精懇以慧通達甚深句義方便開示乃至令其智見清淨如是名爲樂自恃舉毗鉢舍那障又如有一唯得少分下劣智見安隱而住彼由如是少分下劣智見安住便自高舉自高舉故便生喜足更不上求是名樂自恃舉所作毗鉢舍那障言掉亂者謂如有一根不寂靜諸根掉亂諸根躁舉於一切時惡思所思惡說所說惡作所作不能安住思惟諸法不能堅固思惟諸法由此因縁毗鉢舍那不能圓滿不得清淨是名掉亂毗鉢舍那障如是二法障奢摩他謂多放逸及住非處二法能障毗鉢舍那謂樂自恃舉及以掉亂如是若奢摩他障若毗鉢舍那障總名寂靜障如是名爲障之略義即此略義及前廣辯總略爲一說名爲障此障相違當知無障謂即此障無性遠離不合不會說名無障

云何惠捨謂若布施其性無罪爲莊嚴心爲伴助心爲資瑜伽爲得上義而修布施是名惠捨問誰能施誰所施用何施何相施云何施何故施由此因縁施性無罪答誰能施者謂施者施主是名能施云何施者云何施主謂若自手施名爲施者若自物施若欲樂施

非不樂施名爲施主誰所施者謂四種所施一有苦者二有恩者三親愛者四尊勝者云何有苦者謂貧窮者或乞匃者或行路者或希求者或盲瞽者或聾騃者或無依者或無趣者匱乏種種資生具者復有所餘如是等類名有苦者云何有恩者謂或父母或乳飲者或養育者或成長者或於曠野沙磧等中能濟度者或飢儉時能振恤者或怖怨敵而救拔者或被執縛而能解者或遭疾病而救療者教利益者教安樂者引利益者引安樂者隨所生起諸事務中爲助伴者同歡喜者同憂慼者遭厄難時不相棄者復有所餘如是等類名有恩者云何親愛者謂諸親友或於其處有愛有敬或信順語或數語言談論交往或有親昵復有所餘如是等類說名親愛云何尊勝謂若沙門若婆羅門世間同許爲賢善者離損害者極離害者離貪欲者爲調伏貪而修行者離瞋恚者爲調伏瞋而修行者離愚癡者爲調伏癡而修行者復有所餘如是等類名尊勝者用何施者謂若略說或用有情數物而行惠施或用無情數物而行惠施云何有情數物持用惠施謂或妻子奴婢作使或諸象馬牛羊雞鴨駝騾等類或有諸餘大男大女小男小女或復所餘如是等類所用施物或復内身頭目手足血肉骨髓隨願施與此亦名爲有情數物持用布施是諸菩薩所現行事非此義中意所許施若有於彼諸有情類或得自在或有勢力或能制伏若應持彼惠施於他若惠施時自無有罪若不由彼惠施因緣他心嫌恨若施於他

知彼有情不爲損惱是名無罪有情數物持用惠施云何無情數物持用惠施謂若略説有三種物一者財物二者穀物三者處物言財物者謂末尼眞珠瑠璃螺貝璧玉珊瑚碼磁采石生色可染赤珠布施復有所餘如是等類或諸珍寶或金或銀或諸衣服或諸什物或香或鬘是名財物云何穀物謂諸所有可食可飲大麥小麥稻穀粟穀穈黍胡麻大小豆等甘蔗蒲萄乳酪果汁種種漿飲復有所餘如是等類是名穀物云何處物謂諸田宅邸店廛肆建立福舍及寺館等復有所餘如是等類是名處物是名無罪無情數物持用惠施當知此中有情數物無情數物一切總説名所用施何相施者謂無貪俱行思造作心意業及此所起身業語業捨所施物或自相續或他相續是名施相云何施者謂由淨信而行惠施由正教見而行惠施由有果見而行惠施由極殷重而行惠施由恭敬心自手行施而不輕慢應時而施濟他要用不損惱他而行惠施如法平等不以凶暴積集財物而行惠施以鮮潔物而行惠施以精妙物而行惠施以清淨物而行惠施由此自他俱無有罪數數惠施制伏慳垢積集勢力而行惠施先心歡喜而行惠施於正施時其心清淨施已無悔如是而施何故施者或慈悲故而行惠施謂於有苦或知恩故而行惠施謂於有恩或愛或敬或信順故而行惠施謂於親愛或爲希求世出世間殊勝功德而行惠施謂於尊勝由是因緣故修惠施由是行相或在家者或出家者修行布施爲莊嚴心

爲伴助心爲資瑜伽爲得上義而行布施由此因緣施性無罪是名惠捨

云何名爲沙門莊嚴嗢柁南曰

正信而無諂　少病精進慧　具少欲喜足
易養及易滿　杜多德端嚴　知量善士法
具聰慧者相　忍柔和賢善

謂如有一具足正信無有諂曲少諸疾病性勤精進成就妙慧少欲喜足易養易滿具足成就杜多功德端嚴知量具足成就賢善士法具足成就聰慧者相堪忍柔和爲性賢善

云何名爲具足正信謂多淨信多正敬順多生勝解多善欲樂於諸善法及大師所深生淨信無惑無疑於大師所恭敬尊重承奉供養既修如是恭敬尊重承奉供養專心親附依止而住如於大師如是於法同梵行者於諸所學教授教誡於修供養於無放逸於三摩地當知亦爾如是名爲具足正信云何名爲無有諂曲謂有純質爲性正直於其大師及諸有智同梵行所如實自顯如是名爲無有諂曲云何名爲少諸疾病謂性無病順時變熟平等執受不極溫熱不極寒冷無所損害隨時安樂由是因緣所食所飲所噉所嘗易正變熟如是名爲少諸疾病云何名爲性勤精進謂能安住有勢有勤有勇堅猛於善法中能不捨軛翹勤無惰起發圓滿能有所作於諸有智同梵行者躬自承奉如是名爲性勤精進云何名爲成就妙慧謂聰念覺皆悉圓滿根不闇鈍根不頑愚亦不瘖瘂非手代言有力能了善說惡說所有法義具足成就俱生覺慧具足成就加行覺慧如是名爲

成就妙慧云何少欲謂雖成就善少欲等所有功德而不於此欲求他知謂他知我具足少欲成就功德是名少欲云何喜足謂於隨一衣服飲食卧具等事便生歡喜生正知足於所未得所有衣服或麤或妙更無希望更無思慮於所已得不染不愛如前廣說而受用之如於衣服於其飲食卧具等事當知亦爾是名喜足云何易養謂能獨一自得怡養不待於他或諸僮僕或餘人衆又不追求餘長財寶令他施者施主等類謂爲難養是名易養云何易滿謂得微少便自支持若得麤弊亦自支持是名易滿云何成就杜多功德謂常期乞食次第乞食但一坐食先止後食但持三衣但持毳衣持糞掃衣住阿練若常居樹下常居迥露常住塚間常期端坐處如常坐如是依止若食若衣若諸敷具杜多功德或十二種或十三種於乞食中分爲二種一者隨得乞食二者次第乞食隨得乞食者謂隨往還家隨獲隨得而便受食次第乞食者謂入里巷巡家而乞隨得隨現而便受食不高舉手越趣餘家願我當獲精妙飲食乃至期願多有所得當知此中若依乞食無差別性唯有十二若依乞食有差別性便有十三云何名爲但一座食謂坐一座乃至應食悉皆受食從此座起必不重食如是名爲但一座食云何名爲先止後食謂爲食故坐如應座乃至未食先應具受諸所應食應正了知我今唯受爾所飲食當自支持又正了知我過於此定不當食如是受已然後方食如是名爲先止後食云何名爲但持三衣謂但

三衣而自支持何者三衣一僧伽胝二嗢怛羅僧伽三安怛婆參除此三衣終不貯畜過此長衣如是名爲但持三衣云何名爲但持毳衣謂所持衣或三衣數或是長衣一切皆用毛毳而作終不貯畜餘所作衣如是名爲但持毳衣云何名爲持糞掃衣謂所有衣他捨棄擲或街或巷或市或廛或道非道或雜便穢或爲便穢膿血洟唾之所塗染取如是等不淨衣物除去麤穢堅執洗浣縫染受持如是名爲持糞掃衣云何名爲住阿練若謂住空閑山林坰野受用邊際所有臥具遠離一切村邑聚落如是名爲住阿練若云何名爲常居樹下謂常期願住於樹下依止樹根如是名爲常居樹下云何名爲常居迥露謂常期願住於迥露無覆障處如是名爲常居迥露云何名爲常住塚間謂常期願住塚墓間諸有命過送尸骸處如是名爲常住塚間云何名爲常期端坐謂於大牀或小繩牀或草葉座端身而坐推度時日終不以背或以其脇依倚大牀或小繩牀或壁或樹草葉座等如是名爲常期端坐云何名爲處如常座謂所坐臥或諸草座或諸葉座如舊敷設草座葉座而常坐臥一敷設後終不數數翻舉修理如是名爲處如常座問何故名爲杜多功德答譬如世間或毛或氎未鞭未彈未紛未擘爾時相著不輭不輕不任造作縷綫氈蓐若鞭若彈若紛若擘爾時分散柔輭輕妙堪任造作縷綫氈蓐如是行者由飲食貪於諸飲食令心染著由衣服貪於諸衣服令心染著由敷具貪於諸敷具令心染著彼由如

是杜多功德能淨修治令其純直柔輭輕妙有所堪任隨順依止能修梵行是故名爲杜多功德於飲食中有美食貪及多食貪能障修善爲欲斷除美食貪故常期乞食次第乞食爲欲斷除多食貪故但一座食先止後食於衣服中有三種貪能障修善一多衣貪二輭觸貪三上妙貪爲欲斷除多衣貪故但持三衣爲欲斷除於諸衣服輭觸貪故但持毳衣爲欲斷除於諸衣服二妙貪故持糞掃衣於諸敷具有四種貪能障修善一諠雜貪二屋宇貪三倚樂卧樂貪四敷具貪爲欲斷除諠雜貪故住阿練若爲欲斷除屋宇貪故常居樹下逈露塚間又爲斷除婬泆貪故常住塚間爲欲斷除倚樂卧樂貪故常期端坐爲欲斷除敷具貪故處如常座是名成就杜多功德云何端嚴謂能成就若往若還若覩若瞻若屈若伸持僧伽胝持衣持鉢端嚴形相是名端嚴云何知量謂於淨信諸婆羅門長者居士極次衣服飲食敷具病緣醫藥諸什物中知量而取是名知量云何成就賢善士法謂生高族淨信出家或生富族淨信出家顔容姝妙喜見端嚴具足多聞語具圓滿或隨獲得少智小見少安樂住由是因緣不自高舉不陵懱他能知唯有法隨法行是其諦實旣了知已精進修行法隨法行是名成就賢善士法云何成就聰慧者相謂由住業相表知愚夫由作業相表知聰慧其事云何謂諸愚夫惡思所思惡說所說惡作所作諸聰慧者善思所思善說所說善作所作是名成就聰慧者相云何堪忍謂如有一罵不報罵

瞋不報瞋打不報打弄不報弄又彼尊者堪能忍受寒熱飢渴蚊虻風日蛇蠍毒觸又能忍受他所干犯麤惡語言又能忍受身中所有猛利堅勁辛楚切心奪命苦受爲性堪忍有所容受是名堪忍云何柔和謂如有一於大師等具足成就慈愍身業具足成就慈愍語業具足成就慈愍意業與諸有智同梵行者和同受用應所受用凡所飲食無有私容如法所獲如法所得墮在鉢中爲鉢所攝而爲受用同戒同見成就如是六種可樂可愛可重無違諍法易可共住性不惱他與諸有智同梵行者共住一處常令歡喜是名柔和云何賢善謂如有一遠離顰蹙舒顏平視含笑先言常爲愛語性多攝受善法朋侶身心澄淨是名賢善若有成就如是諸法愛樂正法愛樂功德不樂利養恭敬稱譽亦不成就增益損減二種邪見於非有法未嘗增益於實有法未嘗損減於諸世間事文綺者所造順世種種字相綺飾文句相應詩論能正了知無義無利遠避棄捨不習不愛亦不流傳不樂貯畜餘長衣鉢遠離在家共諠雜住增煩惱故樂與聖衆和合居止淨修智故不樂攝受親里朋友勿我由此親友因緣當招無量擾亂事務彼或變壞當生種種愁慼傷嘆悲苦憂惱隨所生起本隨二惑不堅執著尋即棄捨除遣變吐勿我由此二惑因緣當生現法後法衆苦終不虛損所有信施終不毀犯清淨禁戒受用信施終不毀呰他人信施終不棄捨所受學處常樂省察己之過失不喜伺求他所愆犯隱覆自善發露己惡命難

因緣亦不故思毀犯衆罪設由忘念少有所犯即便速疾如法悔除於應作事翹勤無惰凡百所爲自能成辦終不求他爲已給使於佛世尊及佛弟子不可思議威德神力甚深法教深生信解終不毀謗能正了知唯是如來所知所見非我境界終不樂住自妄見取非理僻執惡見所生言論呪術若與如是功德相應如是安住如是修學以正沙門諸莊嚴具而自莊嚴甚爲微妙譬如有人盛壯端正好自莊嚴樂受諸欲沐浴身首塗以妙香服鮮白衣飾以種種妙莊嚴具所謂瓔珞耳環指環腕釧臂釧諸妙寶印并金銀等種種華鬘如是莊嚴極爲奇妙如是行者以正沙門種種功德妙莊嚴具而自莊嚴其德熾然威光遍照是故說爲沙門莊嚴是名沙門莊嚴具義

瑜伽師地論卷第二十五

音釋

瘀依倨切血瘀積也　猗於其切輕安也　耐奴代切忍也　椎杵椎直追切杵昌與切　愶虛業切以威力相恐也　憤房吻切懣也　磣初朕切　勁居正切堅强也　怯去劫切畏也　腋羊益切肘脇間也　獷古猛切惡貌　悍侯旰切有力也　縫綴縫符容切紩也綴陟衛切聯也　疹丑刃切病也　蛆蝥蛆七余切蝥施隻切蟲行毒也　乞匃匃居太切乞請也　盲莫耕切目無童子也　瞽公戶切目但有眹也　磧七迹切沙磧也　眤尼質切近也　邸典禮切舍也　廛直連切市廛也　毳此芮切細毛也　坰古熒切林外爲坰　氎徒協切細毛布也　擘博陌切鈲也　綫思箭切與線同　顰蹙顰毗賓切蹙子六切顰蹙愁貌　呰將此切口毀也

故大過現是故說爲沙門莊嚴是名沙門莊
門種種功德莊嚴具而自莊嚴其德殊妙
華鬘如是莊嚴極爲奇妙如是丈行若以正少
環指環臂釧腕釧諸妙寶印并金銀等種種
服鮮白衣餘以種種妙莊嚴具所謂瓔珞耳
正好自莊嚴樂安諸欲沐浴身首塗以妙香
嚴具而自莊嚴其諸威儀妙善所有入出端
進相應如是安住如是修學以正沙門莊
非理語執見所生言論深內省察其過失
來所說所行見非狀於果報不樂住自安是最
法教深生信解終不毀訾能正了知自是如
佛世尊及佛弟子不可思議威德神力其深
凡百所爲自能成辨終不求他爲已給使於
犯即便發露如法悔除於應作事精勤無惰
因緣亦不故思愁犯衆罪設由忘念少有所

[illegible]

音釋

瑜伽師地論卷第二十五

嚴具遊